파란 실타래

A SPOOL OF BLUE THREAD

Copyright ⓒ 2015 by Anne Tyler
Korean Translation rights ⓒ 2015 by INVICTUS MEDIA Co.
All rights reserved.
Korean edition is published by arrangement with Hannigan Salky
Getzler(HSG) Agency through Shinwon Agency Co.

이 책의 한국어판 저작권은 Shinwon Agency Co.를 통해 Hannigan Salky Getzler(HSG) Agency와의 독점 계약으로 인빅투스미디어에 있습니다.
저작권법에 의해 한국 내에서 보호를 받는 저작물이므로 무단전재와 무단복제를 금합니다.

A
SPOOL
OF
BLUE THREAD

파란 실타래

앤 타일러 지음 | 공경희 옮김

인빅투스

CONTENTS

1부
떠나지 마세요
_7

2부
세상에나! 세상에나!
_357

3부
파란 페인트 통
_423

4부
파란 실타래
_541

# 1부

떠나지 마세요

1

1994년 7월말의 어느 저녁, 레드와 애비 휘트섕크는 아들 데니의 전화를 받았다. 부부는 잠자리에 들 참이었다. 애비는 속치마 차림으로 화장대 앞에 앉아 틀어 올린 머리에서 핀을 하나씩 뽑았다. 드문드문 새치가 눈에 띄었다. 가무잡잡하고 수척한 얼굴의 레드는 줄무늬 파자마 바지와 흰 티셔츠를 입고 침대 끝에 앉아 양말을 벗고 있었다. 그래서 침대 옆 협탁에서 전화벨이 울리자 바로 옆에 있던 레드가 전화를 받았다.
"휘트섕크 입니다."
곧 레드는 다시 말했다.
"그래, 너구나."
애비가 양손을 머리에 올린 채로 거울에서 고개를 돌렸다.
"뭔데."
묻는 말투가 아니었다.

"뭐? 대체 무슨 수작이냐, 데니!"

레드가 쏘아붙였다.

애비가 팔을 내렸다.

레드는 한참 말이 없다가 수화기를 내려놓았다.

"무슨 일이에요?"

애비가 남편에게 물었다.

"자기가 게이라는데."

"네?"

"내게 해야 될 말이 있다고 하면서 자기가 게이래."

"아, 당신은 전화를 끊어버렸고요!"

"그게 아냐, 애비. 녀석이 끊은 거라구! 내가 한 말은 '무슨 수작이냐' 뿐인데 데니가 전화를 끊었다구. 뚝!"

"레드, 어떻게 그럴 수가 있어요?"

애비는 흐느꼈다. 그녀는 몸을 획 돌려서 목욕가운을 집었다. 원래 분홍색이었지만 색이 바래서 거무주죽했다. 그녀가 가운을 걸치고 허리끈을 단단히 매면서 남편에게 물었다.

"당신은 무슨 생각으로 그런 말을 한 거예요?"

"의미 없는 말이었어! 누가 나를 덮치면 '무슨 수작이야?'라고 대꾸하잖아?"

애비는 이마를 덮은 머리를 쓸어 넘겼다.

레드가 말했다.

"내 말뜻은 이런 거지. '뭔 수작을 부리려는 거냐, 데니? 요 다음에는 또 뭘 갖고 우리를 걱정시키려고?' 그리고 녀석은 내 의중을 파악했지. 틀림없이 데니는 내 말뜻을 간파했어.

이제 모든 게 내 탓이라느니, 내가 편협하다느니, 뭐든 저 좋은 대로 갖다 붙일 수 있겠군 그래. 내가 그렇게 반응하자 얼씨구나 했겠지. 얼마나 다급히 전화를 끊었는지 보면 그 놈 속이 뻔하지. 내가 꼬투리 잡힐 말을 하길 기다린 거라구."

"됐고요. 데니는 지금 어디 있대요?"

애비는 현실적인 화제로 돌렸다.

"어디서 전화했는지 내가 어떻게 알아? 정해진 주소도 없고, 여름 내내 연락 한 번 없었는데. 우리가 안 것만 벌써 두 번 직장이 바뀌었으니 몇 번이나 더 옮겼는지 알 수가 없지……. 열아홉 살 먹은 아들이 세상 어느 구석에 처박혀 있는지 모르다니! 어디서 뭐가 잘못됐는지 따져봐야 된다구."

"통화소리가 장거리 전화 같았어요? 급히 서두르는 기색 같은 게 있던가요? 잘 생각해봐요. 데니가 바로 여기 볼티모어에 있을 수도 있을까요?"

"모르겠어, 여보."

그녀는 남편 옆에 앉았다. 매트리스가 그녀 쪽으로 처졌다. 애비는 덩치가 크고 튼실한 여성이었다.

"데니를 찾아봐야 해요."

애비가 말했다. 그러더니 얼른 덧붙였다.

"그 뭐라더라? 발신자번호 표시 장치를 미리 사둘 걸!"

그녀는 몸을 숙이고 전화기를 빤히 쳐다보았다. 그러다가 다시 말했다.

"아, 바로 지금 발신자번호 표시 장치가 있다면 얼마나 좋아!"

"뭐하게? 그래서 데니한테 전화할 수 있다 한들 녀석이 전화를 안 받으면 그만인데?"

"데니는 그러지 않을 거예요. 내가 전화했다는 걸 알 텐데 왜 그러겠어요. 내가 전화한 줄 알면 전화를 받을 거라구요."

그녀가 침대에서 발딱 일어나서 왔다 갔다 했다. 발밑의 페르시아 카펫은 그녀가 늘 밟고 다녀서 가운데가 허옇게 닳아버렸다. 침실은 널찍하고 설계가 잘된 멋진 방이었지만, 오랫동안 손대지 않은 공간 특유의 아늑하고 허름한 분위기를 자아냈다.

"데니의 말소리가 어땠어요? 초조해 하던가요? 화난 것 같아요?"

애비가 물었다.

"괜찮았어."

"그건 당신 말이고요. 술을 마시고 있는 것 같았어요?"

"낸들 알 수 있나."

"사람들이랑 같이 있었어요?"

"내가 어떻게 알겠어, 애비."

"아님 혹시…… 한 사람이랑 같이 있었나?"

레드는 아내를 날카롭게 쏘아봤다.

"설마 당신, 데니가 진지했다고 생각하는 건 아니겠지."

레드가 말했다.

"당연히 데니는 진지했죠! 아니면 왜 그 말을 하겠어요?"

"녀석은 게이가 아니야, 애비."

"그걸 당신이 어떻게 알아요?"

"그냥 아니야. 내 말을 들어. 곧 '어머나, 내가 과잉반응했네'라면서 우스꽝스런 기분을 느낄 테니."

"하긴, 당신이야 당연히 믿고 싶지 않겠죠."

"여자의 육감으로 그게 아니라는 걸 모르겠어? 고등학교 졸업도 하기 전에 여자애를 난처하게 만든 녀석이 바로 데니라구!"

"그래서요? 그게 무슨 의미가 있는 건 아니죠. 심지어 그게 징후였을 지도 몰라요."

"뭐라고?"

"우린 자식의 성생활에 대해 완전히 알 수가 없다구요."

"그야 그렇지, 천만다행으로!"

레드가 대꾸했다.

그는 투덜대면서 허리를 굽혀 침대 밑에서 슬리퍼를 꺼냈다. 한편 애비는 멈춰 서서 또다시 전화기를 쳐다봤다. 그러다가 수화기로 손을 가져갔다. 애비는 망설였다. 그러더니 수화기를 들어서 귀에 대보고 곧 쾅 소리가 나게 내려놓았다.

레드가 혼잣말처럼 중얼댔다.

"발신자번호 표시 장치란 게 꼭 속임수 같단 말이지. 전화를 받는 것은 상대가 누군지 몰라도 기꺼이 한번 받아보겠다는 거지. 난 전화라는 게 원래 그런 개념이라고 보거든."

그는 발을 바닥에 내리고 일어나서 욕실로 향하기 시작했다. 등 뒤에서 애비가 말했다.

"이제 여러 가지 설명이 되겠네요! 안 그래요? 데니가 게이로 밝혀진다면."

그 순간 레드는 욕실 문을 닫다 말고 머리를 내밀고 아내를 노려보았다. 평소 일자인 검은 눈썹이 양미간을 찌푸려서 거의 맞닿았다.

"가끔 사회복지사와 결혼한 그날이 후회되고 애통하군."

레드가 쏘아붙이고 문을 쾅 닫았다.

그가 욕실에서 다시 나오니, 애비는 레이스가 달린 잠옷을 입고 팔짱을 낀 채 침대에 앉아 있었다.

"설마 데니의 문제들이 내 직업 때문이라는 말은 아니겠죠."

애비가 말했다.

레드가 대답했다.

"그저 이해심이 '지나칠' 수도 있다는 말을 하는 거야. 지나치게 공감하고 연민을 갖는다고 할까. 당신이 애 머릿속에 들어가는 거지."

"'지나친 이해심'이라는 건 없어요."

"흠, 사회복지사 분께서야 그렇게 생각하시겠지."

그녀는 부아가 나서 한숨을 쉬고 또 한 번 전화기를 쳐다보았다. 전화기는 남편 자리 옆에 있었다. 레드가 이불을 들추고 들어가자 그녀의 시야가 가려졌다. 그는 팔을 뻗어서 협탁에 놓인 램프를 껐다. 방이 깜깜해졌고, 앞마당이 내려다보이는 키 높은 뿌연 창으로 희미한 빛이 들어왔다.

이제 레드는 똑바로 누웠지만 애비는 그대로 꼿꼿이 앉아 있었다. 그녀가 말했다.

"데니가 또 전화할까요?"

"아, 그럼. 조만간 할 거야."

"아까 데니가 엄청난 용기를 내서 전화했을 거예요. 아마 갖고 있는 용기를 다 써버렸을 거야."

애비가 말했다.

"용기라니! 무슨 용기? 우린 그 애 부모야! 자기 부모한테 전화하는 데 무슨 용기가 필요하다는 거야?"

"상대가 당신이라면 데니는 용기를 내야 될 거라구요."

애비가 쏘아붙였다.

"말도 안 되는 소리. 난 애한테 손찌검 한번 안 했다구."

"그렇지만 당신은 데니가 마땅치 않죠. 만날 결점을 들춰내잖아요. 딸들한테는 그렇게 다정하고, 스템이야 당신이랑 똑같은 부류고. 그런데 데니는요! 데니로서는 상황이 더 힘들어지기만 해요. 때때로 당신이 그 아이를 좋아하지 않는다는 생각도 든다구요."

"애비, 제발! 그렇지 않다는 걸 알면서 그래."

"네, 당신이 데니를 사랑하는 것은 맞아요. 하지만 당신이 아이를 쳐다볼 때보면 '얘는 누구일까?'라는 표정이죠. 데니도 똑같이 느낄 거라고 생각해본 적 없어요?"

"만일 그렇다면, 왜 데니가 늘 당신에게서 벗어나려고 했을까?"

"데니는 나한테서 벗어나려고 애쓰는 게 아니에요!"

"그 아이는 대여섯 살 때부터 당신을 방에 못 들어오게 했지. 당신이 들어가서 침대보를 갈아주는 것보다 직접 하는 것을 더 좋아했잖아! 친구들을 집에 데려오지도, 친구 이름을 말해주지도 않았지. 심지어 학교에서 뭘 했는지 말하지 않으려 했어. '내 인생에서 비켜요, 엄마' '잔소리 좀 그만해요, 캐묻지 말아요, 내 목덜미에 콧김 뿜지 말아요'라고 말했던 거야. 데니가 가장 질색하는 그림책에 ― 싫어한 나머지 북북 찢어버린 책 말이야, 기억나지? ― 나오는 토끼가 도망칠 수 있게 물고기와 구름으로 변하고 싶다는데도, 엄마 토끼는 계속 따라 변해서 쫓아다니겠다고 하지. 데니는 그림책의 마지막 한 쪽까지 다 찢어버렸다고!"

"그건 아무 상관없는 일이에요……."

"왜 데니가 게이가 됐는지 궁금해? 데니가 게이가 됐다는 게 아니고 만약 그랬다면, 데니가 그걸로 우리를 괴롭히겠다고 생각했다면 그 이유를 알고 싶어? 내가 이유를 말해주지. 엄마 때문이야. 늘 목을 조르는 엄마가 문제라구."

"세상에! 그렇게 구닥다리에다 미개하고…… 잘못된 생각을 하다니! 대꾸할 가치도 없군요."

애비가 쏘아붙였다.

"그 얘기를 하려고 참 많은 말을 하시는군요. 당신이 그런 이론이나 내세우려고 암흑시대로 돌아가고 싶다면 아버지는 어떤가요? 마초 같고 아들한테 이래라저래라 해대는 아버지는 어떻죠? 아들에게 기운내, 투지를 보여줘, 사소한 일에 징징대지 마, 망할 놈의 지붕에 올라가서 슬레이트를 박으라고 지시하는 아버지는요?"

"슬레이트는 박는 게 아니야, 애비."

"그런 아버지는 또 어떠냐니까요?"

그녀가 물었다.

"그래, 알았다구! 내가 그랬지. 난 세상에 다시없는 최악의 부모였어. 됐지?"

잠시 침묵이 흘렀다. 밖에서 차가 지나가는 소리만 났다.

"당신이 최악이라고는 말 안 했어요."

애비가 말했다.

"글쎄."

레드가 대꾸했다.

다시 침묵.

애비가 물었다.

"전화기에 마지막 통화 번호로 연결되는 버튼이 있지 않나?"

"별 69."

레드가 즉시 대답했다. 그는 헛기침을 하고 덧붙여 말했다.

"하지만 전화하지 않는 편이 나아."

"왜요?"

"통화를 끝낸 건 데니였거든. 내 의견을 말하자면 그래."

"애가 감정이 상해서 그런 거죠."

애비가 말했다.

"데니가 감정이 상했다면 시간을 끌다가 전화를 끊었을 거야. 그렇게 황급히 통화를 중단하지 않았겠지. 그런데 전화를 끊을 때만 기다렸다는 듯이 뚝 끊던걸. 뭐, 그 소식을 전하면서 끊을 순비를 하고 있는 것 같더라구, 대뜸 이렇게 말하는 거지. '하고 싶은 말이 있는데요.'"

"아까는 '해야 될 말이 있는데요'라고 했다면서요."

"뭐 이거나 저거나."

레드가 대꾸했다.

"어느 쪽이었어요?"

"그게 중요해?"

"그래요, 중요해요."

그는 잠시 생각에 잠겼다. 그러다 입속말로 문장을 중얼거려보았다.

"'해야 될 말이 있는데요'."

그러고 나서 다시 중얼중얼.

"'하고 싶은 말이 있는데요' '아빠, 하고 싶……"

레드가 말을 끊었다가 이어서 말했다.

"솔직히 기억 안 나."

"전화기에 별 69 좀 눌러줄래요?"

"데니의 사고방식을 이해 못하겠어. 그 아이는 내가 게이에 반대하지 않는 걸 알아. 조립식 건축 석고판 관리를 게이 직원에게 맡긴 사람이 나라구. 데니도 그걸 알지. 한데 왜 그 소식에 내가 괴로워할 거라고 예상했는지 도무지 이해를 못 하겠어. 물론 그 소식을 화들짝 반기기야 하겠나. 부모들이야 항상 자식이 최대한 편안히 살기를 바라니까. 하지만……"

"전화기 이리 줘요."

애비가 말했다.

전화벨이 울렸다.

레드가 수화기를 들려는 순간, 애비가 몸을 날려서 수화기에 손을 뻗었다. 레드가 먼저 잡았지만 가벼운 실랑이 끝에 결국 전화기를 든 사람은 애비였다. 그녀가 똑바로 앉으면서 말했다.

"데니?"

그러더니 그녀가 말했다.

"아. 지니."

레드는 다시 똑바로 누웠다.

"아니, 아니야. 아직 잠자리에 들지 않았다."

애비가 말했고 잠시 침묵이 이어졌다. 그녀가 다시 말했다.

"물론이지. 무슨 문제니?"

다시 짧은 침묵. 그러다가 애비가 말했다.

"성가실 것 없다. 내일 8시에 보자. 잘 자라."

그녀가 수화기를 내밀자 레드는 받아서 내려놓았다.

"지니가 내 차를 빌리고 싶다네요."

애비가 남편에게 말했다. 그녀는 자기 자리에 누웠다. 그러더니 가느다란 쓸쓸한 목소리로 중얼댔다.

"이제 별 69를 눌러도 소용 없겠네, 그렇지요?"

"그렇지. 안 될 거야."

레드가 대답했다.

"어떡해요, 레드. 이제 어쩌면 좋죠? 다시는 데니에게 연락이 안 올 거예요! 데니는 우리한테 다시 기회를 주지 않을 거라구요!"

"자 자, 여보. 네니에게 연락이 올 거야. 내 장담하지."

레드가 말했다. 레드는 팔을 뻗어 아내를 가까이 당겨서 머리를 그의 어깨에 기대게 했다.

 부부는 한동안 그렇게 누워 있었고 차츰 애비는 꼼지락대지 않다가 고르게 숨쉬었다. 하지만 레드는 계속 어둠 속을 멀뚱멀뚱 올려다보았다. 그는 어느 시점에서 실험하듯 입술을 달싹여 문장을 말해보았다.

 "'……하고 싶은 말이 있는데요.'"

 그러고 나서 그는 다시 입술을 움직였다.

 "'아빠, 해야 될……'"

 그는 베개 위에서 머리를 짜증스럽게 움직였다. 다시 시작했다.

 "'……해야 될 말이 있는데요. 난 게이에요.' '……하고 싶은 말이 있는데요. 난 게이인 것 같아요.' '난 게이에요.' '난 게이인 것 같아요.' '나는 게이일지 모르겠어요.' '난 게이에요.'"

 하지만 결국 레드는 점점 조용해졌고 마침내 그도 잠에 빠져들었다.

* * *

 당연히 다시 연락이 왔다. 휘트섕크 일가는 극단적인 사람들이 아니었다. 심지어 데니도 돌연 자취를 감추거나 연락을 끊거나 대화를 중단하는, 적어도 영원히 그러는 타입이 아니었다. 그해 여름 데니가 가족 여행에 불참힌 깃은 사실이지만 아무튼 참석할 수가 없었다. 다음 학기에 쓸 용돈을 벌어야 했으니까(그는 미네소타 주 프롱혼에 있는 세인트 에스킬 대학에 재학 중이었다.). 그에게 다시 전화가 온 것은 9월이었다. 교과서 구입비가 필요하다고 했다. 안타깝게도 당시 집에는 레드 혼자 있었기에 시시콜콜 사정을 파악할 수 있는 통화는 아니었다.

"당신이 뭐라고 말했어요?"

애비가 묻자 레드가 대답했다.

"교과서는 네가 번 돈으로 사야 된다고 말했지."

"당신이 지난 번 통화에 대해 무슨 말을 했냐는 뜻이에요. 사과했어요? 설명했냐고요? 데니에게 뭐든 물어봤어요?"

"사실 그 얘기는 꺼내지 않았지."

"레드! 이건 전형적이에요! 너무나 전형적인 반응이죠. 아들이 게이라고 통고하면 가족은 그 말을 들은 적 없다는 듯 처신해요."

애비가 말했다.

"알았어, 알았다구. 데니에게 전화해 봐. 기숙사로 연락하면 되겠네."

레드가 말했다.

애비는 자신 없는 표정을 지었다.

"무슨 용건으로 전화했다고 말해요?"

그녀가 물었다.

"널 다그치고 싶어서 했다고 말해."

"데니가 다시 연락할 때까지 기다릴래요."

애비가 결정을 내렸다.

하지만 데니가 다시 연락한 것은 한 달쯤 후, 마침 애비가 집에 있다가 전화를 받았다. 크리스마스 방학 때 타고 올 항공편 예약에 대해 의논하기 위해서였다. 데니는 먼저 여자 친구를 만나러 히빙에 갈 예정이어서 도착 날짜를 바꾸고 싶어 했다.

나중에 애비는 남편에게 말했다.

"내가 뭐라고 할 수 있겠어요? '그래, 알았다'라고 대답할 밖에."

"당신이 뭐라고 할 수 있었겠어."

레드가 맞장구쳤다.

그는 그 이야기는 다시 꺼내지 않았지만, 크리스마스까지 몇 주간 애비는 점점 감정이 고조되고 안달했다. 누가 봐도 그녀는 밝히고 싶은 게 있어서 조바심냈다. 나머지 가족은 애비 주위를 조심스레 서성댔다. 그들은 게이 발표에 대해서는 까맣게 몰랐지만 뭔가 있음을 눈치챌 수 있었다. 부부는 그 문제만큼은 데니에게 다시 듣기 전에는 일체 언급하지 않기로 합의했다. 데니가 집에 오는 즉시 앉혀놓고 마음을 연 따뜻한 대화를 한다는 게(레드는 아니지만) 애비의 계획이었다. 하지만 그가 비행기를 타기로 한 아침, 세인트 에스킬 대학에서 편지가 왔다. 휘트섕크 부부가 동의했던 항목을 상기시키려고 보낸 편지였다. 데니가 자퇴했지만 휘트섕크 부부는 다음 학기 등록금을 지불할 책임이 있다는 내용이었다.

"'자퇴'라니."

애비가 되뇌었다. 부부가 함께 편지를 읽었지만 편지를 뜯은 사람은 그녀였다. 그녀는 느릿느릿 고민하는 말투로 관련된 모든 문제들을 드러냈다. 데니가 자퇴해버렸다, 퇴학당했다. 그는 오래전에 가족으로부터 떨어져나갔다. 다른 중산층 가정의 십대도 데니처럼 살까? 부모의 통제에서 완전히 벗어나 방랑자처럼 전국을 떠돌면서 가뭄에 콩 나듯 연락하고, 연락처가 있을 때 부모에게 알려주는 일조차 등한시할까? 어쩌다 이처럼 곤란한 지경이 되었을까? 부부는 다른 자녀들이 이렇게 처신하는 것은 철저히 금했다. 레드와 애비는 한참 동안 서로 쳐다보았다. 절망적인 순간이었다.

그러니 그해 크리스마스의 주요 화제는 데니의 자퇴인 게 당연했다(그는 학교는 돈 낭비라고 결론지었고, 인생에서 하고 싶은 게 뭔지 전혀 몰랐기에 그 말밖에 할 수가 없었다. 1, 2년 후쯤 뭔가 생길 거라나.). 데니가 게이인지에 대한 문제는 혼란한 와중에 묻혀버렸다.

크리스마스가 지나자 애비가 말했다.

"왜 못 들은 척 넘어가는지 이제 이해가 될 것 같아요."

"음-흠."

레드는 무표정한 얼굴로 대꾸했다.

* * *

레드와 애비의 네 자녀 가운데 늘 가장 예쁜 아이는 데니였다(딸들이 그런 외모를 타고 나지 않아서 아쉬웠다.). 휘트생크 집안 내력인 검은 직모, 좁고 강렬한 파란 눈, 윤곽이 또렷한 이목구비. 피부는 새하얀 다른 아이들보다 한 단계 가무잡잡했다. 데니는 별로 마르지 않았고 전체적으로 더 좋은 체격이었다. 하지만 미남으로 보이지 않게 하는 점, 반듯하지 않다고 할까, 매끈하지 않거나 비대칭적인 면이 있었다. 그의 외모를 칭찬하는 사람은 나중에야 자신의 안목이 대견한 듯 약간 놀란 투로 말하곤 했다.

 태어난 순서로 치면 데니는 셋째였다. 큰누나 아만다와는 아홉 살, 둘째 누나 지니와는 다섯 살이 터울이었다. 누나들이 있는 게 남자아이에게 힘이 들까? 위협적일까? 수치스러울까? 두 딸은 자기 확신이 아주 강했다. 우두머리 기질을 가진 아만다가 특히 그랬다. 하지만 데니는 큰누나를 그리 대수롭지 않게 취급했고, 선머슴 같은 지니에게는 제법 살갑게 굴었다. 그러니까 누나들과는 문제가 없었다. 그런데 스템이 있었다! 스템은 데니와 네 살 터울이었다. 그게 문제였을 가능성이 있었다. 스템은 태생이 선량한 아이였다. 가끔 그런 아이들이 있다. 순종적이고 상냥한 성품에 나긋나긋하고. 스템은 노력하지 않아도 그런 품성을 보였다.

 그렇다고 데니가 못된 아이는 아니었다. 예를 들면 데니는 나머지 세 아이를 합한 것보다 훨씬 인심이 좋았다(지니가 아끼는 고양이가 죽자 데니는 자신의 새 자전거를 주고 새끼 고양이를 데려왔다.). 다른 아이들을 괴롭히거나 떼를 쓰지도 않았다. 하지만 말수가 너무 적었다. 설명이 되지 않는 고집을 부릴 때가 있어서, 얼굴이 굳고 울상을 지을 듯한 표정을 지으면 아무도 다가설 수가 없었다 일종의 '내면의' 떼를 쓰는 것 같았다. 분노가 저절로 차올라서 데니를 굳어지거나 얼어붙게 만드는 듯했다. 그런 상황이 벌어지면 레드는 손을 들고 쿵쿵 발소리를 내면서 물러났지만, 애비는 아들을 내버려둘 수가 없었다. 그녀는 데니가 그 심연에서 벗어나도록 씨름해야 했다. 그녀는 사랑하는 사람들이 행복하기를 바랐다!

한번은 식품점의 스피커에서 '굿 바이브레이션스(Good Vibrations 1966년 비치 보이스가 사랑의 떨림을 노래한 밝은 곡)'가 흘러나오기 시작하자, 데니가 잔뜩 겁을 먹었다. 애비가 장례식에서 나오면 좋겠다고 말할 만큼 좋아하는 곡이었다. 그녀가 음악에 맞춰 춤을 추기 시작했다. 몸을 낮추었다가 일으키고 미끄러지듯 나아가서는, 데니가 봉이라도 되는 듯이 맴돌았다. 하지만 데니는 재킷 주머니에 양손을 찌른 채 앞만 뚫어져라 보면서 수프 진열대 앞을 지나갔다. 집에 돌아와서 애비는 남편에게 데니한테 망신을 당했다고 푸념했다(그녀는 이 일을 웃어넘기려고 애썼다.). 아들은 그녀에게 눈길 한 번 주지 않았다! 미친 여자로 보였을 거야! 게다가 데니는 아홉이나 열 살이었으니, 엄마를 창피해 할 나이 근처에도 가지 않았다. 하지만 데니는 아주 어릴 때부터 애비를 창피해 했다, 분명히 그랬다. 애비는 아들이 엉뚱한 어머니 손에 떨어진 것처럼 군다고, 그녀는 자격이 없는 것 같다고 투덜댔다.

레드는 바보 같은 소리 말라고 대꾸했다.

그러자 애비는 맞다고, 그렇다고, 안다고 대답했다. 그런 의도로 한 말은 아니었다고.

애비는 교사들의 전화를 반복해서 받았다.

"데니에 대해 의논해야 하니 학교에 오시겠어요? 가능한 빨리 나오시죠."

주의 태만, 게으름, 부주의가 문제였지, 실력 부족이 문제였던 적은 없었다. 사실 3학년이 끝나고 데니는 더 큰 도전이 필요하다는 이유로 한 학년 월반했다. 하지만 어쩌면 그게 실수였다. 월반 때문에 데니는 더 이방인이 되었다. 친구가 몇 안 되고 그나마 미심쩍은 아이들이었다. 학교에 안 다니는 아이들. 가족들과 산다 해도, 중얼대고 몸을 움직이면서 한눈을 팔고 나머지 가족을 불편하게 만드는 아이들.

하긴 드문드문 희망이 보이는 순간들도 있었다. 데니는 멀리서 던져도 달걀이 깨지지 않게 포장하는 방법을 고안해서 과학대회에서 상을 받았다. 하지만 그 후 다시는 과학대회에 나가지 않았다. 또 어느 여름에는 프렌치 호른에 매료되었다. 초등학교 시절 몇 번 레슨을 받은 적이 있었다. 그 여름, 데니는 끈기 있게 프렌치 호른을 연습했고, 가족은 그런 모습을 처음 보았다. 몇 주간 닫힌 문 밖으로 삐삐 붕붕 뚜우 소리가 나는 모차르트 호른 협주곡 1번이 새나왔다. 더듬더듬 빽빽대는 소리가 몇 시간이고 들리자, 결국 레드는 입속으로 욕설을 중얼댔다. 하지만 애비는 남편의 손을 토닥이면서 말했다.

"아이참, 그러지 말아요. 더 나쁠 수도 있다구요. 버트홀 서퍼스(Butthole Surfers 1980년대 시끄럽고 혼란스런 음악을 연주한 미국의 밴드)의 곡이었으면 어쩔 뻔했어요. 데니가 직접 소일거리를 찾아서 잘됐잖아요."

당시 지니는 버트홀 서퍼스의 팬이었다. 데니가 오케스트라 파트에서 몇 박자 쉴 때면 애비는 빠진 부분을 트라-라-라 흥얼댔다(데니가 직접 연주하지 않을 때는 스테레오에서 쿵쾅쿵쾅

음악이 흘러나와서 온 가족이 곡을 외울 지경이었다.). 하지만 1악장을 되돌아가지 않고 쭉 연주하게 되자, 데니는 연습을 중단했다. 프렌치 호른이 따분하다고 했다. '따분'은 데니가 입에 달고 사는 말이었다. 축구 캠프 역시 따분해서 사흘 후에 탈퇴했다. 테니스도 수영도 마찬가지.

레드는 애비에게 의견을 말했다.

"우리가 마음을 느긋하게 먹어야 해. 데니가 어떤 일에 관심을 보일 때마다 흥분해서 들썩이지 말라구."

하지만 애비는 이렇게 받아쳤다.

"우린 데니의 부모예요! 부모가 흥분하지 않으면 누가 흥분해요!"

데니는 프라이버시를 병적으로 지켰지만—숨겨야 될 국가 기밀이라도 가진 것처럼—정작 자신은 상습적으로 남의 일을 캐기 좋아했다. 그의 손을 타지 않는 게 없었다. 누나들의 일기장을 읽고 어머니가 관리하는 대상자의 서류철을 뒤졌다. 책상 서랍을 뒤진 후에는 윗면은 대충 정돈했지만 아래쪽은 헝클어진 채로 놔두었다.

그러다 십대 중반에 접어들자 음주, 흡연, 무단결석, 마리화나를 비롯해 더 나쁜 약물에 손댔다. 모르는 사람들이 망가진 차를 몰고 집 앞에 와서 경적을 울리며 "이 개자식아!"라고 소리치기도 했다. 데니는 두 차례 경찰과 문제를 일으켰다(무면허 운전, 위조한 신분증). 옷차림은 보통 사춘기 소년의 너저분한 행색 정도가 아니었다. 벼룩시장에서 산 낡아빠진 오버코트, 뻣뻣한 헐렁한 모직 바지, 박스용 테이프를 붙인 운동화.

머리는 감지 않아서 기름이 끼어 뻣뻣했고, 몸에서는 곰팡내 나는 옷장 냄새가 풍겼다. 노숙자라고 해도 믿을 정도였다. 참 아이러니한 일이라고 애비는 남편에게 말했다. 휘트생크 집안 혈육이 아닌가. 가족 중심적이고 똘똘 뭉치는…… 독특한, 누구나 부러워하는 집안! 그런데 데니는 형편이 딱해서 데려온 아이처럼 집안에서 겉돌았다.

그 무렵 두 아들 모두 '휘트생크 건설'에서 아르바이트를 했다. 데니는 능력을 보였지만 고객 응대에 능숙하지 않았다(어느 부인이 '내가 페인트를 다른 색으로 바꾸겠다고 하면 청년이 날 좋아하지 않을까봐 걱정이네'라고 너스레를 떨자, 데니는 '애초에 제가 부인을 좋아했다고 누가 그래요?'라고 대꾸했다.). 한편 스템은 고객들을 고분고분 대하고 일에 몰두했다. 야근을 하고, 이것저것 묻고 다른 일거리를 달라고 요구했다. 나무와 관련된 작업을 하려 했다. 스템은 목재를 다루는 게 좋았다.

데니는 말투가 거만해졌다. 잘난 척하고 빈정대는 밀투였다. 스템이 신문의 스포츠 면을 달라고 하면 데니는 '그러지, 친구'라고 대답했고, '뜻이 그러시다면요, 아비게일'이라고 말했다. 애비는 사회적 부적합자, 독거인, 불운한 이들을 불러 식사를 대접했고, 가족들은 이를 '고아만찬'이라고 불렀다. 이 자리에 오는 사람들은 처음에는 데니의 공손한 행동을 매력적으로 느꼈지만 나중에는 불쾌해 했다. 그는 말론 부인에게 말했다.

"제발 제 의자에 앉으시지요. 이게 부인의 체중을 더 잘 버텨낼 겁니다."

그러면 세련된 이혼녀로 극도로 날씬한 몸매를 자랑으로 여기는 말론 부인은 쏘아붙였다.

"어머나! 왜……?"

그러자 데니가 말했다.

"부인의 의자가 좀 약하거든요."

부모는 아무 조치도 취할 수가 없었다. 끼어들면 많은 사람들의 시선이 쏠릴 터였다. B. J. 오트리 사건도 있었다. 정신이 온전치 않은 금발의 오트리는 깍깍대는 웃음소리로 사람들을 찌푸리게 만들었다. 데니는 부활절 일요일 내내 그녀의 '종소리 같이 딸랑대는 소리'를 칭찬했다. 아무튼 B. J.도 지지 않았다. 결국 그녀는 '꺼져, 애 녀석아'라고 쏘아붙였다. 나중에 레드는 데니를 나무랐다.

아버지가 말했다.

"이 집에서는 손님을 모욕하지 않는다. B. J.에게 사과하거라."

데니가 대꾸했다.

"이런, 제 실수네요. 그 여자가 그렇게 쉽게 풀이 죽을지 몰랐거든요."

"너무 심하게 찔러대면 누구라도 풀이 죽는 법이지."

"정말요? 난 아닌데."

데니가 중얼댔다.

물론 부부는 아들에게 상담치료를 받게 하려고 생각했다. 적어도 애비는 그럴 작정이었다. 그녀는 전부터 그럴 생각을 했고 이제 강력하게 주장했다. 네니는 거부했다. 데니가 11학년이었던 어느 날 애비는 아들에게 개를 동물병원에 데려가려는 데 도와달라고 했다. 두 사람이 필요한 일이었다. 그들은 클레어런스를 끌어다 차에 태웠고, 데니는 앞좌석에 앉아서 가슴에 팔짱을 끼었다. 그들은 출발했다. 뒷좌석에서는 클레어런스가 낑낑대면서 왔다 갔다 하고, 발톱으로 비닐 커버를 긁어댔다. 동물병원이 가까워지자 낑낑 소리는 신음으로 변했다. 애비는 동물병원에서도 멈추지 않고 계속 달렸다. 신음소리가 점점 약해지고 의심하는 소리로 변하더니 결국 멈추었다. 애비는 낮은 벽토 건물 앞에서 차를 세우고 시동을 껐다. 그녀는 얼른 조수석으로 돌아가서 데니가 내리도록 문을 열었다.

"내려라."

그녀가 지시했다.

데니는 한동안 그대로 앉아 있다가 엄마 말을 들었다. 어찌나 천천히 마지못해 팔짱을 푸는지 굼벵이가 기는 것 같았다. 두 사람은 계단 두 개를 올라서서 현관 앞에 섰고, 애비가 '리처드 핸콕 M.D.(의학박사)'라고 적힌 명패 옆의 버튼을 눌렀다.

"50분 후에 데리러 올게."

그녀가 말했다.

데니는 무표정한 눈길로 엄마를 쳐다보았다. 버저 소리가 나자 데니는 문을 열고 들어갔고, 애비는 차로 돌아갔다.

레드는 이 이야기를 좀처럼 믿지 못했다.

"애가 그냥 들어갔다고? 고분고분 말을 들었다는 거야?"

그가 애비에게 물었다.

"물론이죠."

애비는 가볍게 대꾸했다. 그러더니 눈물이 그렁그렁해서 덧붙였다.

"아, 여보. 데니가 내 말대로 하긴 했지만 얼마나 힘든 시간을 보낼지 상상이 돼요?"

데니는 2, 3개월간 매주 닥터 핸콕을 만났고, 의사를 '행키'라고 불렀다('지하실 청소를 할 시간이 없는데요. 빌어먹을 행키 면담일이거든요'). 데니는 의사와 무슨 이야기를 나누는지 밝히지 않았고, 물론 닥터 핸콕도 말하지 않았다. 한번은 애비가 전화해서 가족 면담이 도움이 되겠느냐고 물었다. 아닐 것 같다는 게 닥터 핸콕의 대답이었다.

이때가 1990년, 그러니까 1990년 후반이었다. 1991년 초에 데니는 여자애랑 눈이 맞아 도망갔다.

여자애 이름은 에이미 린이었다. 뼈만 남은 말라깽이, 치렁치렁한 머리, 고딕 패션(흰 얼굴에 짙은 눈 화장, 검은 색 일색의 옷차림), 부모가 다 중국계 미국인 정형외과의였다. 에이미는 임신 6주였다. 하지만 휘트생크 집안에서는 아무도 이 일을 몰랐다. 에이미 린에 대해 들어본 적도 없었다. 처음 가족이 이 일에 대해 안 것은 에이미의 아버지가 전화해서 딸이 어디 있는지 아느냐고 물었을 때였다. 애비는 '누구요?'라고 반문했다. 처음에는 잘못 걸린 전화라고 짐작했다.

"에이미 린이요, 내 딸입니다. 아이가 댁의 아들과 사라졌어요. 둘이 결혼할 거라는 메모를 남겨놓고."

"둘이 뭘 한다고요? 지희 애는 열여섯 살이데요!"

애비가 말했다.

닥터 린이 말했다.

"에이미도 동갑입니다. 그저께가 생일이었지요. 에이미는 열여섯 살이 합법적인 혼인 연령이라고 생각하는 듯합니다."

"어쩌면 좋아, 모잠비크에서나 그렇겠죠."

애비가 대꾸했다.

"데니의 방에 메모가 있는지 확인해주시겠습니까? 기다리겠습니다."

"그러지요. 하지만 선생님이 잘못 알고 있다는 생각이 드네요."

애비가 말했다.

그녀는 수화기를 내려놓고 지니를 불러서—가족 중 데니의 습성을 가장 잘 알았다—메모를 찾는 일을 도와달라고 했다. 지니는 애비 못지않게 믿을 수 없어했다.

지니가 계단을 올라가면서 물었다.

"데니가요? 결혼요? 여자 친구도 없는 애인 걸요!"

애비가 대꾸했다.

"그래, 틀림없이 머리가 어떻게 된 사람일 거야. 또 어찌나 오만한지! 자기를 '닥터 린'이라고 소개하지 뭐냐. 사람들에게 지시하는 전형적인 의사의 태도를 가진 사람이구나."

당연히 메모나 단서가 될 만한 것은—연애편지나 사진—나오지 않았다. 지니가 옷장 선반에 놓인 애비는 처음 보는 깡통을 열어봤지만, 말보로 담배와 성냥만 들어 있었다.

"봤지?"

애비가 의기양양하게 말했다.

하지만 지니는 생각에 잠긴 표정을 지었고, 계단을 내려오면서 말했다.

"그런데 데니가 언제 어떤 이유로라도 메모를 남긴 적이 있나요?"

"닥터 린은 완전히 잘못 알고 있어."

애비가 단호하게 말했다. 그녀는 수화기를 들고 말했다.

"잘못 아신 것 같네요, 닥터 린."

그래서 두 아이를 찾는 일은 린 부부가 떠맡게 되었고, 나중에 에이미는 수신자 부담 통화로 전화해서 집이 조금 그립지만 잘 있다고 연락했다. 두 아이는 메릴랜드 주 엘크턴 외곽의 모텔에서 숨어 지냈고, 혼인 신고를 하려 했지만 순조롭게 풀리지 않았다. 그들이 사라지고 사흘 후, 휘트생크 집안에서도 닥터 린이 이상한 사람이 아님을 인정해야 했다. 물론 그들은 여전히 데니가 그런 짓을 벌였다고는 믿지 못했다.

린 부부는 차를 몰고 엘크턴으로 가서 그들을 데리고 곧장 휘트생크의 집으로 갔다. 양가 회의를 해야 했다. 레드와 애비가 에이미를 본 것은 이때가 처음이자 마지막이었다. 어리둥절할 만치 매력 없는 여자애라는 게 첫인상이었다. 누르스름하고 핼쑥한 얼굴에 활기라고는 전혀 없었다. 또 나중에 애비가 말했듯이 린 부부가 데니를 무척 잘 아는 듯한 게 충격이었다. 담청색 조깅복을 입은 왜소한 닥터 린은 데니에게 친숙하고 심지어 다정하게 말을 걸었다. 또 마침내 데니가 낙태가 현명한 조치임을 인정하자 린 부인은 위로하듯 데니의 손을 토닥였다.

애비는 남편에게 말했다.

"그런데 당신이랑 나는 에이미의 존재도 몰랐잖아요."

레드가 말했다.

"뭐, 딸들이야 경우가 다르지. 우리도 아만다와 지니의 남자 친구들은 많이 만나봤잖아. 하지만 남자애들의 부모 모두가 우리 딸들을 만나지는 않았을걸."

"아뇨, 그런 말이 아니구요. 데니가 에이미의 가족을 그냥 만난 것 같지 않아서 그래요. 그 집 식구 같더라니까."

애비가 말했다.

"말도 안 되는 소리."

레드가 말했다.

애비는 안심이 되지 않는 기색이었다.

린 일가가 떠나자 그들은 데니와 가출에 대해 대화하려 했다. 하지만 데니는 아기를 키울 기대가 컸다는 것 외에 아무 말도 안 하려고 했다. 아기를 키우기에는 너무 어리다는 부모의 지적에 데니는 입을 다물어버렸다. 스템은 늘 그렇듯 서툴게 아이처럼 물었다.

"그러면 형이랑 에이미랑…… 이제 약혼한 거야?"

그러자 데니가 대답했다.

"뭐? 몰라."

사실 휘트섕크 가족은 다시는 에이미를 만나지 못했고, 그들이 알기에 데니 역시 에이미와 만나지 않았다. 다음 주말 그는 북부 펜실베니아에 있는 문제 청소년을 위한 기숙학교에 들어갈 수 있었다. 닥터 핸콕이 모든 과정을 주선해준 덕분이었다. 데니는 11학년과 12학년 과정을 거기서 마쳤고, 건설 일에는 관심이 없다면서 두 해 여름 내내 오션시티의 식당에서 일하며 지냈다. 이제 외할머니의 장례식이나 지니의 결혼식 같은 중요한 가족 행사에만 집에 왔고, 행사가 끝난 후에는 득달같이 다시 모습을 감추었다.

애비는 이건 문제가 있다고 말했다. 그들 부부는 아직 아들을 데리고 있어야 마땅했다. 자녀들은 적어도 열여덟 살까지는 집에서 살아야 했다(두 딸은 심지어 대학도 집에서 다녔다.).

애비는 레드에게 말했다.

"우린 데니를 빼앗긴 것 같아요. 때가 되기도 전에 아이를 낚아채간 꼴이라고요!"

"꼭 아이가 죽은 것처럼 말하는군."

레드가 아내에게 말했다.

"데니가 죽은 것처럼 느껴져요."

애비가 중얼댔다.

데니는 집에 돌아올 때마다 낯선 사람이 되어 있었다. 그는 다른 체취를 풍겼다. 이제 곰팡내 나는 옷장 냄새가 아니라 새 카펫 같은 화학 물질 냄새가 났다. 그가 쓴 그리스 선원의 모자(1960년대 물건)를 보고, 애비는 젊은 밥 딜런을 연상했다. 데니는 부모에게 예의 바르게 말했지만 거리를 두었다. 기숙학교로 보냈다고 부모를 미워하는 걸까? 하지만 그들에게는 선택의 여지가 없었는걸! 아니, 데니의 불만은 훨씬 이전에 생겼을 것이다.

"내가 아이를 제대로 막아주지 않아서 그런 거예요."
애비가 생각을 털어놓았다.
"아이를 뭐로부터 막아준다는 거야?"
레드가 물었다.
"저기…… 신경 쓰지 말아요."
"나로부터 막아주지 못했다는 거지."
레드가 말했다.
"당신이 그렇게 말한다면."
"내 탓으로 돌리지 마, 애비."
"알았다구요."
이런 순간이면 부부는 서로 미워했다.

* * *

그러다가 데니가 세인트 에스킬 대학으로 떠났다. 변화무쌍한 과거와 평점 C 마이너스인 성적을 고려하면 그것은 기적이었다. 그렇다고 대학이 상황을 바꾸었다고 말할 수는 없겠지만. 데니는 여전히 휘트생크 집안의 수수께끼 같은 자식이었다.

그 충격적인 전화 통화도 상황을 바꾸지 못했다. 부모는 데니와 그 일에 대해 대화하지 못했으니까. 그들은 아들을 앉혀놓고 이렇게 말하지 않았다.

"말해봐라. 게이냐, 게이가 아니냐? 우리가 요구하는 것은 네가 직접 설명하라는 것뿐이야."

다른 사건들이 너무 긴박하게 이어졌다. 데니는 한 곳에 오래 머무르지 않았다. 크리스마스가 지나고 왕복 티켓을 이용해 미네소타로 돌아갔다. 아마도 여자 친구 때문이겠지. 가족의 짐작에 그는 이후 한두 달 철물자재상에서 일했다. 지니의 생일에 데니가 '톰슨 파이프&부품'이라고 새겨진 선캡을 보낸 걸 보면 그랬다. 하지만 다음에 들려온 소식은 데니가 메인 주에 있다는 것이었다. 배를 재건하는 일자리를 구했지만 해고당했다. 데니는 학교로 돌아갈 거라고 말했지만 그렇게 되지는 않았다.

통화할 때의 말투가 너무나 강하고 힘차서, 부모는 데니가 연락할 필요를 간절히 느낀다고 믿기 시작했다. 데니는 몇 주간 일요일마다 전화했고, 부모가 전화가 올 거라고 예상하고 의존할 즈음이 되면 몇 달간 소식을 끊기 일쑤였다. 그러면 애비와 레드는 아들과 연락할 방도가 없었다. 그렇게 이동이 잦은 사람에게 휴대전화가 없는 걸 보면 무슨 문제가 있는 듯했다. 이제 애비는 발신자 번호 표시 장치를 구비했지만 무슨 소용이 있을까? 데니의 전화는 구역 외 통화였다. 그가 전화하면 '발신자 불명'이라고 떴다. 아들의 전화일 경우 특별한 문구가 뜨면 좋을 텐데. '잡을 수 있으면 잡아봐'라는 문구.

데니는 한동안 버몬트에서 살았지만 그러다 덴버에서 엽서를 보냈다. 한때 장래성 있는 소프트웨어 제품 개발자와 일했지만 오래 가지 않았다. 그는 계속해서 직장에 실망하는 것 같았고 동료, 애인, 지역 모두 실망스럽기는 매일반인 듯했다.

1997년에 데니는 뉴욕의 레스토랑에서 열리는 결혼식에 가족을 초대했다. 그의 신부감은 그 식당에서 웨이트리스로, 데니는 주방장으로 일한다고 했다. 뭐로 일한다고? 어쩌다 '그런 일'이 생겼을까? 데니는 집에서 살 때 '호멜' 칠리 통조림 이상의 요리를 욕심낸 적이 없었다. 물론 레드와 애니, 스템, 딸들과 사위들까지 결혼식에 참석했다. 돌아보면 너무 우르르 몰려갔던 걸까. 가족 수가 나머지 하객 수보다 많았으니. 하지만 결국 초대받고 간 게 아닌가! 데니가 가족 모두 오면 좋겠다고 말한 걸! 가족이 거기 올 '필요가 있다'는 뜻이 강하게 드러나는 말투였다. 그래서 미니밴을 렌트해서 북쪽으로 달려가 작은 식당으로, 실은 술집이라는 말이 더 걸맞는 식장으로 갔다. 나무 카운터에 스툴의자 여섯 개, 간소한 둥근 테이블 네 개가 전부인 좁고 허접한 곳이었다. 신부 어머니와 다른 웨이트리스, 업소 주인이 참석했다. 칼라라는 이름의 신부는 가는 어깨 끈이 달린 임신복 드레스를 입었다. 드레스가 속옷을 겨우 가릴까 말까 했다. 분명히 데니보다 연상이었다(당시 데니는 스물두 살로 결혼을 생각하기에는 너무 어렸다.). 헝클어진 머리칼은 시체라도 이고 있는 듯이 진갈색으로 고르게 염색되었고, 파란 유리구슬 같은 눈은 날카로웠다. 통통한 체구에 곱슬대는 금발로 선드레스를 입은 어머니보다 신부가 더 노숙해 보였다. 하지만 휘트생크 일가는 최선을 다해 예의를 지켰다. 예식이 시작되기 전에 장내를 돌면서 내화를 나누었고, 칼라에게 데니와 어디서 만났느냐고 물었다. 다른 웨이트리스에게는 신부들러리인지 물었다. 칼라와 데니는 직장에서 만났다. 그리고 결혼식 들러리는 세우지 않았다.

데니는 평소에 비해 상당히 붙임성 있게 굴었다. 말쑥한 검은 양복에 빨간 타이를 매고, 모두에게 상냥하게 말을 걸었다. 이 사람, 저 사람에게 옮겨 다녔지만 중간 중간 칼라 옆에 서서, 내 여자라는 듯이 그녀의 등에 손을 올렸다. 칼라는 쾌활했지만, 집에 가스불을 켜놓고 나왔는지 걱정하는 사람 마냥 산만했다. 뉴욕 억양이었다.

애비는 신부 어머니와 친해지는 것을 목표로 삼았다. 자리에 앉을 시간이 되자 사돈 옆에 앉았고, 양가 어머니는 작은 소리로 대화하기 시작했다. 머리가 맞닿을 정도로 가깝게 앉아서 연신 신랑신부를 쳐다보았다. 이 광경을 본 휘트생크 가족은 속사정을 들을 수 있다는 희망을 가졌다. 여기서 정확히 어떤 일이 벌어지고 있는지? 연애결혼인지? 출산 예정일은 언제인지?

맞는 호칭인지 모르겠지만 목사는 유니버설 라이프 교회(미국에서 결혼 주례자가 되려는 사람 누구에게나 목사 면허를 주는 기독교를 표방한 단체)의 면허를 가진 사람으로 퀵서비스 기사였다. 칼라는 그가 '진짜 깔끔해졌다'고 몇 번이나 말했고, 휘트생크 가족은 그렇다면 평소 어떤 모습일지 상상할 수 있었다. 주례자는 검은 가죽 재킷을 입고—8월인데도!—검은 짧은 염소수염을 길렀다. 부츠에 두른 체인이 어찌나 묵직한지 딸랑 소리가 아닌 철컥 소리가 났다. 하지만 그는 역할을 진지하게 수행했고, 신랑과 신부에게 차례로 사랑하고 돌볼 것을 약속하느냐고 물었다. 두 사람이 '그러겠습니다'라고 대답하자, 그는 신랑신부의 어깨에 양손을 얹고 독특한 어투로 말했다.

"평화롭게 살거라, 내 자녀들아."

다른 웨이트리스가 힘없고 불확실한 소리로 '예에'라고 환호하자 데니와 칼라는 키스했다. 길고 진심어린 입맞춤이어서 휘트쌩크 일가는 마음이 놓였다. 그 후 업소 주인이 스파클링 와인 몇 병을 내왔다. 휘트쌩크 가족은 한동안 어울렸지만, 데니가 다른 사람들을 챙기느라 분주하자 결국 그들은 그 자리를 빠져나왔다.

미니밴으로 걸어가면서 다들 애비가 칼라의 어머니에게 알아낸 소식을 알고 싶어 했다. 하지만 애비는 별게 없다고 말했다. 칼라의 어머니 레나는 화장품 가게에서 일했다. 아버지는 '등장하지 않았다'. 칼라는 결혼한 적이 있지만 금방 끝나버렸다. 애비는 임신 이야기가 나오기를 기다리고 또 기다렸지만, 그 말은 나오지 않았고 묻고 싶지 않았다고 했다. 대신 레나는 결혼식이 갑작스럽게 치러졌다고 불평을 길게 늘어놓았다. 미리 귀띔 받았다면 근사하게 치룰 수 있었을 텐데 1주일 전까지도 언질을 받지 못했다고 했다. 이 말에 애비는 마음이 가벼워졌다. 휘트쌩크 가족도 그때까지 소식을 못 들었으니까. 애비는 그들만 배제되었을까 걱정했던 참이었다. 그런데 레나는 계속 데니가 이랬다, 데니가 저랬다고 말했다. 데니가 구제품 상점에서 양복을 샀다, 데니가 사장에게 넥타이를 빌렸다, 데니가 한국 레코드점 위층의 침실 한 칸짜리 작은 집을 구했다…… 그러니까 레나는 데니를 안다는 뜻이었다. 휘트생크 가족은 칼라를 잘 몰랐지만, 레나는 데니를 잘 아는 게 분명했다. 왜 데니는 늘 남의 가족을 자기 가족처럼 여길까?

집으로 오는 차에서 애비는 평소와 달리 시무룩했다.

결혼식 이후 석 달 가까이 데니에게 아무 소식도 없었다. 그러다가 놀랍게도 추수감사절 아침—추수감사절에는 평소보다 많은 '고아들'이 놀러왔고 데니는 대개 이날을 피했다—데니는 전화해서 수전과 볼티모어 행 기차를 탈 건데 마중 나올 수 있느냐고 물었다. 그는 아기띠로 수전을 앞으로 안고 도착했다! 생후 3주인 아기를! 아니 실은 3주도 안 되는 갓난애를. 어찌나 어린지 데니의 가슴에 기댄 작은 얼굴이 찌푸린 땅콩처럼 보였다. 그래도 가족들은 아기를 두고 소란을 피웠다. 검은 머리가 천상 휘트생크 아이라고 입을 모았고, 작은 주먹을 펴서 손가락이 긴지 확인하려 했다. 다들 아기가 눈을 떠서 눈 색깔을 확인할 수 있기를 바랐다. 애비가 띠를 벗기고 안았는데도 수전은 계속 잤다.

"그래 어쩌다가 너 혼자 여기 오게 된 거니?"

애비가 데니에게 물었다. 그녀는 어깨 위로 수전을 안았다.

"혼자 온 게 아니에요. 수전이랑 왔죠."

데니가 말했다.

애비가 눈을 굴리자 데니는 누그러져서 다시 말했다.

"칼라의 어머니가 손목이 부러졌어요. 그 사람은 어머니를 모시고 응급실에 가야 돼서요."

"이런, 안됐구나."

애비가 말했다. 다른 가족들도 동정하는 말을 중얼댔다(적어도 칼라가 '배경에서 사라진' 것은 아니었다.).

다시 애비가 물었다.

"그런데 그건 어쩌지? 칼라가 짜주던?"

"짜다니요?"

"칼라가 젖을 충분히 짰느냐고?"

"아니에요, 엄마. 분유를 가져왔어요."

데니가 어깨에 맨 분홍색 비닐 가방을 탁탁 쳤다.

애비가 말했다.

"분유. 하지만 그러면 양이 줄 텐데."

"뭐가 양이 줄어요?"

"모유 양 말이다! 아기에게 분유를 먹이면 엄마 젖이 마를 거야."

"아, 수전은 분유 수유하는데요."

데니가 말했다.

애비는 좋은 할머니가 되는 법에 관련된 책들을 읽고 있었다. 책들의 요지는 간섭하지 마라였다. 평가하지 마라, 조언하지 마라. 그래서 그녀는 '아'라고만 대꾸했다.

데니가 말했다.

"뭘 기대하시는 거예요? 칼라는 전일제로 일해요. 모든 사람이 집에서 빈둥대며 모유나 먹일 형편이 되는 게 아니라구요."

"내가 무슨 말을 했다고 그러니."

애비가 대꾸했다.

예전에 데니가 집에 와서 이만큼 머물다 떠난 적이 여러 번 있었다. 조금만 많이 물어도 그는 쌩하니 가버렸다. 그 기억이 났는지 애비는 아기를 꼭 끌어안았다.

"아무튼 네가 집에 오니까 좋구나."

애비가 말했다.

"집에 오니까 좋네요."

데니가 그렇게 말하자 모두 긴장을 풀었다.

그가 기차를 타고 내려오면서 각오를 단단히 했을 것이다. 집에 와서 그렇게 느긋하고 심지어 '고아들'에게도 까탈부리지 않는 걸 보면 그랬다. B. J. 오트리가 까치 같이 웃자 아기가 놀라서 깼지만, 데니는 '됐네요, 여러분. 이제 수전의 눈을 확인할 수 있겠네요'라고 말할 뿐이었다. 또 그는 귀가 어두운 데일 씨를 무척 배려해서, 짜증내는 기색 없이 같은 말을 몇 번이나 되풀이했다.

임신 7개월인 아만다가 육아에 대한 질문들을 퍼붓자 데니는 일일이 대답했다(신생아용 침대는 전혀 불필요하다, 서랍장 서랍을 쓰면 된다. 보행기도 필요 없다. 아기용 의자? 아마 필요 없을 것이다.). 그는 '휘트생크 건설'에 관련해서 아버지뿐 아니라 거기서 목수로 일하는 지니와 예의바르게 대화했다. 심지어 스템과 회사 이야기를 나누었다. 스템이 업무에 관련된 사소한 것들을 시시콜콜 말해도 데니는 고개를 끄덕이며 조용히 귀 기울였다("그래서 고객이 바닥에서 천장까지 붙박이장을 짜달라고 해서 우리가 칸막이벽들을 허물려고 하면 '아, 잠깐만요!'라고 소리치는 거야.").

애비는 아기에게 우유를 먹이고 트림을 시킨 후, 손바닥 만한 기저귀를 갈아주었다. 일회용이었지만 애비는 '쓰레기 매립'이라는 말을 입 밖에 내지조차 않았다. 턱이 토실토실하고 입술이 예쁘게 굴곡진 수전이 청회색 눈으로 쳐다보면서 찌푸렸다. 애비가 아기를 레드에게 주자, 그는 심란하고 가당치 않다는 내색을 했지만 나중에는 아기의 솜털 같은 머리에 코를 대고 냄새를 깊이 맡았다.

데니가 자고 가지 못한다고 말하자 물론 다들 이해했다. 애비는 칼라 모녀에게 갖다 주라며 남은 칠면조를 싸 주었고, 레드가 데니와 아기를 역까지 데려다주었다. 데니가 차에서 내리자 아버지가 소리쳤다.

"이제 남처럼 지내지 말거라."

그러자 데니가 대답했다.

"네, 곧 뵙죠."

그는 전에도 몇 번이나 그렇게 말했고, 그때마다 설렁설렁하는 대답이었다. 하지만 이번에는 달랐다. 아빠가 되어서일까. 어쩌면 가족의 중요성을 깨닫기 시작한 지도 몰랐다. 아무튼 데니는 크리스마스에 다시 찾아왔고—당일로 다녀갔지만 그래도 오긴 왔다!—수전뿐 아니라 칼라도 데려왔다. 수전은 생후 7주였고 이제 많이 자라서 주위를 의식하며 말을 거는 사람들을 쳐다보았다. 아기가 배시시 웃으면 오른쪽에 볼우물이 패였다. 칼라는 크게 노력하는 눈치는 아니어도 자연스럽게 상냥했다. 며느리가 청바지와 티셔츠 차림이어서, 애비는 분위기를 맞추려고 만찬을 위해 갈아입지 않고 그대로 청치마를 입고 있었다.

애비가 말했다.

"칼라, 와인 한잔 권해도 되겠니? 네가 모유 수유를 하지 않아 잘됐구나. 뭐든 마시고 싶은 걸 마실 수 있으니."

딸들이 서로 쳐다보며 눈을 굴렸다. 엄마가 평소처럼 오버하네! 하지만 그들은 무던히 애썼다. 왼팔 안쪽의 애완견 이름 문신을 포함해 칼라에 대해 할 수 있는 칭찬은 다 늘어놓았다.

나중에 가족은 데니 가족의 방문이 제법 술술 풀렸다고 입을 모았다. 이후 데니가 거의 매달 수전을 데려오기 시작한 것을 보면, 그의 생각도 같은 듯했다(데니는 주로 칼라가 일하는 날 왔기 때문에 가족 모두 오지 않았다. 칼라는 이제 햄버거 가게에서 일했다. 두 사람 다 식당에서 나왔지만, 데니의 근무 시간이 더 유동적이었다.). 수전은 앉아 있는 것을 배웠고, 딱딱한 음식을 먹기 시작했다. 또 기는 것도 배웠다. 이제 가끔 데니는 밤에 자고 갔다. 그는 예전에 쓰던 방에서 잤고 침대 옆에 아기 요람을 놓고 수전을 재웠다, 애비가 아이를 키울 때 쓰다가 간수해둔 휴대용 요람이 있었다. 이즈음 아만다의 아기 엘리스가 태어났고, 가족은 두 아기가 평생 단짝 친구로 성장할 거라고 상상하면서 즐거워했다.

그러다가 데니가 아버지의 말에 화를 내는 일이 생겼다. 여름이었고 그들은 다가올 가족 해변여행에 대해 얘기 중이었다. 데니는 수전을 데려갈 수는 있지만 칼라는 일해야 한다고 잘라 말했다.

레드가 말했다.

"너는 일을 하지 않아도 되나 본데 어떻게 된 거냐?"

데니가 대답했다.

"그냥 그래도 돼요."

"하지만 칼라는 해야 되고?"

"네."

"이런, 난 그게 이해되지 않는구나. 칼라는 엄마야, 맞지?"

"그래서요?"

옆에 있는 애비와 지니는 갑자기 불안해졌다. 두 사람 다 레드에게 주의하라는 눈짓을 했다. 레드는 아랑곳하지 않는 듯했다. 그가 말했다.

"직장이 있기는 한 거냐?"

"그게 무슨 상관인데요?"

데니가 대꾸했다.

그러자 레드는 입을 다물었다. 그로서는 그러기 힘들 터였지만 그것으로 이야기는 마무리된 듯했다. 하지만 애비가 아기 요람을 꺼내는 것을 도와달라고 하자 데니는 신경 쓸 필요 없다고 대답했다. 자고 가지 않을 거라고. 하지만 그는 흠잡을 데 없이 예의를 지켰고 시끄러운 상황을 만들지 않고 떠났다.

가족이 데니의 소식을 다시 듣기까지 3년의 세월이 흘렀다. 처음 몇 달간 다들 아무 조치도 취하지 않았다. 가족은 데니가 연락을 끊으면 그런 식으로 넘기면서 한편으로 겁을 먹었다. 하지만 수전의 생일이 되자 애비는 데니에게 전화를 걸었다. 처음 발신자 번호 표시가 떴을 때 적어둔 번호가 있었다(데니 같은 아들을 둔 부모들은 비밀 첩보원처럼 작전을 구사한다.). 레드는 태연한 표정으로 가까운 곳에 조용히 있었다. 하지만 애비에게 응답한 것은 사용되지 않는 번호라는 안내음성이었다.

"아이들이 이사했나 봐요. 하지만 그건 희소식이죠, 당신은 그렇게 생각하지 않아요? 수전의 방이 따로 있는 더 큰 집을 구했을 거예요."

애비가 남편에게 말했다. 그녀는 전화 안내에 전화를 걸어서 데니스 휘트생크의 바뀐 번호를 문의했지만 그런 등록자는 없었다.

"칼라 휘트생크는요?"

그녀가 안내원에게 물으면서 레드 쪽을 초조하게 힐끗 보았다(결국 지금쯤 두 사람이 헤어졌을 가능성도 없지 않았다.). 하지만 곧 애비는 전화를 끊고 말했다.

"데니가 먼저 연락할 때까지 기다릴 수밖에 없겠네요."

레드는 고개만 끄덕이고 다른 방으로 가버렸다.

몇 달이 더 지났다. 그렇게 몇 해가 흘렀다. 수전은 걸음을 떼고 말을 할 터였다. 하루하루 다르게 기하급수적으로 말이 느는 황홀한 시기일 텐데. 아이가 언어를 스펀지처럼 빨아들이는 시기를 휘트생크 부부는 놓쳤다. 이 무렵 손주 둘을 더 봤지만―데니가 마지막으로 다녀간 직후에 제니가 뎁을 낳았다―다른 두 손주가 크는 것을 보면서, 수전의 성장 과정을 못 보는 게 더 마음에 걸렸다.

9/11 사건이 일어나자 애비는 걱정에 제정신이 아니었다.

하긴 가족 모두 데니를 염려하기는 했다. 하지만 그들이 아는 한 데니가 세계무역센터에 볼 일이 있을 리 없으니 무사할 거라고 자위했다. 그래, 무사할 거야, 애비도 동의했다. 하지만 그녀가 확신 못하는 기색이 너무도 역력했다. 나머지 가족은 고층 건물들이 무너지고 또 무너지는 장면을 보는 게 지겨웠지만 애비는 이틀간 텔레비전 화면에 매달렸다. 그녀는 데니가 안에 있을 만한 이유들을 생각해내기 시작했다. 데니는 예측이 불가능한 아이야. 끝없이 직장을 전전했잖아. 혹은 그냥 그 앞을 지나갔을지 몰라. 그녀는 아들이 사고를 당했다고 느껴진다고 믿기 시작했다. 뭔가 잘못 됐다고 애비는 말했다. 레나에게 전화해봐야 되겠다고.

"누구?"

레드가 물었다.

"칼라의 어머니 말이에요. 그녀의 성이 뭐였죠?"

"난 모르는데."

"당신은 틀림없이 알고 있어요. 잘 생각해봐요."

애비가 말했다.

"우린 그녀의 성을 들어본 적이 없는 것 같은데, 여보."

애비는 서성대기 시작했다. 부부는 안방에 있었고, 그녀는 잠옷 차림으로 페르시아 카펫의 늘 밟는 자리 위를 서성댔다. 잠옷 자락이 무릎 위에서 펄럭거렸다.

"레나 애벗…… 애덤스…… 암스트롱."

애비가 계속 중얼댔다.

"레나 바콕…… 베넷…… 브라운."(가끔 알파벳 순서가 효과가 있었다.)

그녀가 다시 말했다.

"우린 소개를 받았어요. 데니가 인사시켰죠. 틀림없이 그때 그녀의 성을 말했을 거예요."

"내가 아는 데니라면 안 그랬을 걸. 데니가 인사를 시켰는지조차 의심스럽지만, 만약 그랬다면 '레나, 저희 가족이에요'라고 말했겠지."

애비는 그 말을 맞받아칠 수가 없었다. 그녀는 계속 왔다 갔다 했다.

그러다가 애비가 말했다.

"웨이트리스! 다른 웨이트리스가 있었죠."

"흠, 이름이 뭐였는지 난 모르겠는데."

"네, 나도 몰라요. 하지만 그녀가 레나를 누구 부인이라고 불렀던 건 기억나요. 틀림없이 수줍음을 타는 성격이라고 생각했던 기억이 나거든요. 요즘 같은 시대에도 레나의 이름이 아니라 누구 부인이라고 불렀으니까요."

그녀는 걸음을 멈추고 침대를 빙 돌아 자기 자리로 갔다.

애비가 다시 말했다.

"아, 그래요. 점차 떠오를 거예요."

그녀는 발군의 기억력을 자랑했지만 가끔 발동이 늦게 걸리기도 했다. 애비가 덧붙여 말했다.

"억지로 끄집어내지 않아도 때가 무르익으면 저절로 떠오르겠죠."

그녀는 반듯하게 누워서 이불을 똑바로 덮고 과장되게 눈을 감았다. 그러자 레드도 침대로 들어가서 전등 스위치를 껐다.

하지만 한밤중에 그녀는 남편의 어깨를 살짝 찌르면서 말했다.

"칼루치."

"어?"

"웨이트리스가 '칼루치 부인, 더 채워드릴까요?'라고 말했던 소리가 귀에 쟁쟁해요. 칼라 칼루치. 이름과 성이 두음법칙에 맞죠. 아니면 두음법칙 이상의 뭔데 정확한 문법 용어는 모르겠네요. 화장실에 가려고 일어났는데 기억이 딱 나지 뭐예요."

"아. 잘됐군."

레드가 반듯하게 누우면서 말했다.

"안내 번호에 문의해볼래요."

"지금?"

레드가 눈을 가늘게 뜨고 시계 라디오를 보며 말을 이었다.

"새벽 2시 30분이야! 지금 그녀에게 전화할 수는 없다구."

"그렇긴 하지만 번호를 알아낼 수야 있죠."

애비가 대답했다.

레드는 다시 잠들었다.

아침에 애비는 맨해튼에 L. 칼루치가 세 명 있다며 차례로 전화해보겠다고 말했다. 그녀는 7시에 전화를 걸기 시작하기로 결정했다. 지금은 6시가 막 지난 시간이었다. 휘트생크 부부는 일찍 일어나는 사람들이었다.

"7시에도 아직 안 일어난 사람들도 있을 텐데."

레드가 말했다.

"그렇겠죠. 하지만 엄밀히 말해 7시는 아침이라구요."

애비가 대꾸했다.

레드가 말했다.

"그렇긴 하지."

그는 아래층으로 내려가서 커피를 내렸다. 평소라면 지금쯤 출근해서 던킨 도너츠에 잠깐 들를 터였다.

7시 5분 전 애비가 첫 번째 전화를 걸었다.

"안녕하세요, 레나와 통화할 수 있을까요?"

그러더니 그녀가 다시 말했다.

"어머나, 죄송해요! 전화를 잘못 걸었나 보네요."

그녀는 두 번째 전화를 걸었다.

"여보세요, 레나신가요?"

아주 짧은 침묵.

그녀가 다시 말했다.

"아, 실례했습니다. 네, 이른 시간인 줄 알지만……."

애비는 양미간을 찌푸렸다. 그녀가 다시 전화를 걸었다.

"여보세요, 레나?"

애비가 몸을 펴면서 말을 이었다.

"아, 안녕하세요! 애비 휘트섕크예요, 볼티모어에 사는……제가 잠을 깨운 게 아니면 좋겠네요."

그녀는 잠깐 귀 기울여 들은 후 말했다.

"어머, 무슨 말인지 알아요. 저는 계속 남편에게 '이따금 왜 잠자리에 들어야 되는지 모르겠어요, 별로 자지도 않는데'라고 말하죠. 나이 때문일까요? 아님 현대의 스트레스 때문일까요? 레나, 말이 나왔으니까 말인데요, 제가 궁금해서요. 칼라와 수전, 데니는 잘 있나요? 그러니까 지난 화요일 사건 이후로요?"(아직 사람들은 그 사건을 '지난 화요일' 사건으로 표현했다. 다음 주가 되어야 '9/11'이라고 불리기 시작할 터였다.)

애비가 말했다.

"아, 그래요. 알았어요. 아, 적어도 중요한 얘기니까요! 위로가 되네요. 그러면 사돈은…… 네, 물론 그러시겠죠……. 네, 정말 감사해요, 레나! 그리고 칼라와 수전에게 제 안부를 전해주세요……. 네? 네, 여기 식구 모두 잘 지내요, 감사합니다. 고맙습니다! 안녕히 계세요!"

애비가 전화를 끊었다.

그녀가 말했다.

"칼라와 수전은 잘 지낸대요. 레나는 데니도 잘 있을 거라고 짐작하지만, 데니가 뉴저지로 옮겨서 확실히는 모른다고 하네요."

"뉴저지? 뉴저지 어디?"

"그 말은 하지 않았어요. 데니의 전화번호를 모른다고 하던데요."

레드가 말했다.

"하지만 칼라는 번호를 알겠지. 수전 때문에라도. 칼라의 전화번호를 물어봤어야지."

"아니, 뭐 때문에요? 우린 데니가 쌍둥이 빌딩 근처에 없었다는 걸 알아요. 그것으로 충분하지 않아요? 또 솔직히 말하자면 난 칼라도 데니의 번호를 모를 거라고 장담해요."

그녀가 식기세척기에 그릇을 넣기 시작하자, 레드는 넋을 잃고 서서 아내를 바라보았다.

뉴저지라니. 또다시 관계가 끊겼다. 데니가 수전과 연락하지 않는다면 두 개의 관계가 끊긴 셈이었다. 물론 레드는 데니가 계속 연락할 거라고 말했다. 데니처럼 밀착해서 아기를 보살피는 아빠가 또 있느냐고? 애비는 계속 그러라는 법은 없다고 맞받아쳤다. 어쩌면 수전 역시 지나가는 환상이었다고. 무르익다 중단된 데니의 소프트웨어 프로젝트와 똑같다고.

이것은 평소 애비의 태도와는 달랐다. 그녀는 사람들이 변할 수 있다고 확신했고 가끔 가족들은 그런 낙관이 답답해서 화가 났다. 그런데 이제 그녀는 단념한 듯했다. 지니와 아만다에게 전화해서 소식을 전하면서도 담담하게 감정 없는 목소리로 말했다. 또 스템에게는 연락할 것 없이 레드가 출근해서 알려주라고 말했다.

"내 당장 알려주지. 스템이 안심할 거야."

레드는 마음과 달리 열의 있는 척하며 말했다.

"아무 위험한 일이 없었는데 왜 그런 기분이었는지 모르겠어요."

애비가 중얼댔다.

다음 날은 토요일이었고 아침에 아만다가 예고 없이 들렀다. 그녀는 변호사였고, 자식들 중 가장 강단 있고 능력이 뛰어나고 만이다웠다.

"이 레나라는 사람의 전화번호는 어디 있어요?"

아만다가 물었다.

애비가 냉장고에서 메모지를 떼서 딸에게 주었다(당연히 번호를 간수해두었다.). 아만다는 부엌 식탁에 앉아서 수화기를 들고 번호를 눌렀다.

그녀가 말했다.

"여보세요, 레나? 아만다입니다. 데니의 누나예요. 칼라의 전화번호를 알 수 있을까요?"

저쪽에서 뭐라 뭐라면서 거부했음이 분명했다. 아만다가 다시 말했다.

"분명히 말씀드리는데 칼라를 속상하게 할 의도는 없습니다. 다만 제 망나니 같은 동생 녀석이랑 연락해야 돼서 그런 겁니다."

그 방법이 통한 모양이었다. 아만다는 수화기를 들지 않은 손으로 핸드백에서 메모장을 꺼냈다. 메모장에는 작은 금색 펜이 붙어 있었다.

"네."

아만다가 번호를 받아 적고 나서 말했다.

"정말 감사합니다. 안녕히 계세요."

그녀가 다시 번호를 눌렀다.

"통화 중이네요."

애비가 신음소리를 냈지만 아만다가 다시 말했다.

"당연히 통화 중이겠죠. 칼라의 어머니가 잽싸게 전화했을 테니까요."

그녀는 잠시 손가락으로 식탁을 두드렸다. 그러다가 다시 번호를 눌렀다.

아만다가 말했다.

"안녕, 칼라. 나 아만다야. 어떻게 지냈어?"

칼라가 길게 대답한 게 아닌데도 아만다는 답답한 모양이었다.

아만다가 말했다.

"다행이네. 저기, 내 동생의 연락처를 알 수 있을까? 내가 녀석을 혼내주려고 그래."

아만다가 번호를 받아 적는 동안, 레드와 애비는 몸을 숙여 숨을 멈추고 메모장을 쳐다보았다.

아만다가 말했다.

"고마워. 잘 있어요."

그녀가 전화를 끊었다.

애비가 벌써 메모장에 손을 뻗었지만, 아만다가 빼앗으면서 말했다.

"이 통화는 내가 해요."

그녀가 다시 번호를 눌렀다.

"데니, 큰누나다."

애비와 레드는 그의 반응을 듣지 못했다.

이만다가 말했다.

"어느 날 너는 중년 남자가 되어 인생을 돌아보게 될 거야. 네 가족들이 어떻게 지내는지 궁금해지기 시작하겠지. 그리면 기차에 올라타서 내려올 거고, 볼티모어에 도착하면 아름다운 여름 오후겠지. 펜 역 천창으로 뿌연 햇빛이 비스듬히 들거야. 너는 역에서 나와 도로로 나올 거고 아무도 거기서 널 기다리지 않지만 그거야 괜찮지. 가족은 네가 오는 줄 모르니까. 그래도 다른 승객들은 마중나온 이들과 포옹하고 차에 올라 떠나는데 넌 거기 혼자 서 있으려니 기분이 좀 이상하지. 넌 택시를 잡아서 운전사에게 주소를 알려주지. 차를 타고 도시를 지나면서 낯익은 광경들이 눈에 들어오지. 연립주택들, 브래드포드 배나무들, 현관 입구 계단에 앉아서 자식이 노는 것을 지켜보는 부인들. 그러다가 택시가 보우턴 가로 접어들자마자 넌 묘한 감정을 맛보지. 우리 집이 방치된 기미를 보이는 소소한 징후들이 있지. 아버지가 그렇게 되도록 두고 볼 리 없는데 말이지. 페인트칠이 벗겨지고 셔터는 틈이 벌어지고. 인도에 색이 맞지 않는 모르타르가 발라져 있지 않나, 현관 계단에는 고무 디딤판이 박혀 있고…… 모든 게 아버지가 못마땅해 하는 집주인이 직접 수리한 흔적들이지. 너는 현관문 손잡이를 잡고 필요한 만큼 힘껏 당기지. 그래야 엄지로 걸쇠를 아래로 눌러서 문을 열 수 있으니까. 그런데 문이 잠겨 있어. 초인종을 누르지만 망가졌지. 너는 '엄마? 아버지?'라고 소리치지. 아무도 대답이 없어. 너는 '여보세요?'라고 고함을 질러. 아무도 달려오지 않아. 문을 활짝 열고 '니구나! 이렇게 만나니 정말 반갑다! 왜 우리한테 알려주지 않았니? 역으로 데리러 나갔을 텐데! 고단하니? 배고파? 들어가자!'라고 반겨주는 사람이 없어. 너는 거기 한참 서 있지만 이제 어떻게 해야 될지 생각이 나지 않아. 몸을 돌려 거리를 돌아보려니 나머지 가족의 안부가 궁금해지지. '어쩌면 지니가 있을 거야'라고 중얼대지. '아니면 아만다 누나' 하지만 알지 않니, 데니? 내가 널 받아줄 거라는 기대는 하지 말아. 왜냐면 나는 화가 났으니까. 오랜 세월 이런 장황한 말을 늘어놓게 만들었다는 게 분통 터져. 요 몇 년뿐 아니라 언제나 그랬어. 명절마다 오지 않고 가족 여행에도 얼씬하지 않고, 엄마 아버지의 결혼 30주년도, 35주년도, 지니가 아기를 낳을 때도 오지 않았어. 내 결혼식 때도 오지 않았고, 행복을 빌어주는 카드나 전화조차 주지 않았지. 하지만 데니, 무엇보다도, 그 무엇보다도 용서되지 않는 것은…… 네가 우리 부모님의 관심을 마지막 한 방울까지 다 빨아들였기 때문에 나머지 형제들의 몫은 하나도 남지 않았다는 사실이야."

그녀는 말을 중단했다. 데니가 뭐라고 말했다.

아만다가 말했다.

"아, 난 괜찮아. 너는 어떻게 지냈니?"

* * *

그래서 데니는 집에 왔다.

처음에는 혼자 왔다. 애비는 수전이 같이 오지 않아서 실망했지만 레드는 다행이라고 말했다.

"이번 방문이 예전과는 다르다는 거지. 데니가 먼저 묵은 감정부터 털어낸다고 할까. 데니는 당연히 떠난 지점에서 다시 시작할 수 있다고 보지 않는 거야."

그는 핵심을 지적했다. 데니는 달라 보였다. 더 신중하고, 부모의 감정을 더 배려했다. 그는 집 주변이 별로 달라지지 않았다고 말했다. 애비의 새 헤어스타일이 마음에 든다는 말도 했다(그녀는 머리를 짧게 자르기 시작했다.). 소년 같은 날렵한 턱 선은 사라졌고 걸음걸이가 더 안정적이 되었다. 애비가 질문들을 하자—많이 묻지 않으려고 최선을 다했지만—데니는 대답하려고 노력했다. 그는 말수가 많다고 할 수는 없지만 대답은 했다.

수전은 잘 지낸다고 했다. 이제 유치원에 다닌다고. 수전을 데려올 수 있다고. 이제 함께 지내지는 않지만 칼라도 잘 지낸다고. 일? 음, 지금은 건설회사에서 일하고 있다고.

애비가 말했다.

"건설이라니! 당신, 들었어요? 데니가 건설 쪽에서 일한다고 하네요!"

레드는 툴툴대기만 했다. 남들의 예상만큼 반색하는 표정이 아니었다.

하지만 데니가 말하지 않은 부분들을 눈여겨봐야 했다. 그는 딸과 얼마나 잘 지내는 걸까? 이제 칼라가 '함께 지내지 않는다'는 말은 이혼했다는 의미일까? 데니는 누구와 어떻게 살고 있을까? 건설 일은 선택한 직업일까? 대학은 포기한 건가?

그때 지니가 뎁을 데리고 찾아왔고, 부부는 데니가 지니와 대화하게 자리를 비켜주었다. 덕분에 지니가 갈 무렵 부부는 더 많은 것을 알게 되었다. 데니는 수전과 아주 가깝게 지낸다고 지니가 전해주었다. 데니는 딸의 생활에 무척 많이 관여했다. 당장은 이혼이 너무 부담스러웠다. 그는 셋집에서 다른 두 사람과 살았지만, 그들이 신경에 거슬리기 시작했다. 물론 대학은 마칠 작정이었다. 언젠가는.

그래도 어쩐지 정보가 충분하지 않았다. 늘 뭔가 더 있을 것만 같았다. 그들이 찾아낼 수 있다면 마침내 데니에 대해 파악할 어떤 부분이.

처음 왔을 때 데니는 하루하고 반나절을 머물렀다. 그러다 떠났지만—이 대목이 중요하다—이제 부모는 아들의 휴대전화 번호를 알았다. 그들이 전화했던 번호가 휴대전화 번호였다! 이것이 모든 것을 바꿔놓았다.

그들은 전략적으로 몇 주간 뜸을 들인 후 애비가 데니에게 전화해서(레드는 뒤에서 서성댔다.) 크리스마스에 수전을 데리고 오라고 초대했다. 데니는 칼라가 아이가 크리스마스에 집을 떠나는 것은 허락하지 않겠지만 봐서 크리스마스 '이후에' 데려가겠다고 대답했다.

레드와 애비는 데니의 '봐서'를 너무 잘 알았다.

그런데 데니는 말한 대로 했다. 수전을 데려왔다. 그해 크리스마스는 화요일이었고, 데니는 딸을 데리고 수요일에 와서 금요일까지 머물렀다. 수전은 네 살로, 갈색 곱슬머리와 큼직한 갈색 눈을 가진 차분한 아이였다. 눈 색깔은 좀 충격이었다. 휘트섕크의 눈이 아니었다! 옷차림도 아무렇게나 입고 노는 휘트섕크 아이들과 달랐다! 수전은 빨간 벨벳 드레스와 흰 타이츠, 빨간 메리제인 구두를 신고 왔다. 뭐, 크리스마스 날이니까 멋을 냈겠지. 그런데 다음 날 아침 수전은 흰 러플 블라우스와 화려한 빨간 체크무늬 공단 점퍼스커트를 입고 식사를 하러 왔다. 지니는 데니가 점퍼스커트 뒤에 달린 작은 흰 단추들을 끼워줄 생각을 하면 서글퍼진다고 말했다.

그들은 수전에게 물었다.

"우리가 기억나니? 아기였을 때 우리를 만나러 왔던 게 기억나?"

수전은 느릿느릿 대답했다.

"그런 것 같아요."

물론 사실일 리 없었다. 하지만 손녀가 기억하는 척해줘서 고마웠다. 수전은 덧붙여 말했다.

"다른 개가 있었지요?"

"아니, 이 개였는데."

"난 노란 개가 있다고 생각했는데."

수전이 말하자 그들은 섭섭한 눈빛을 교환했다. 아이는 노란 개가 있는 다른 집을 생각하는 거겠지? 늙은 클라렌스처럼 침을 흘리고 관절염에 걸린 개는 아니겠지?

수전은 사촌들에게 홀딱 빠졌다(오호! 두 손주가 휘트섕크 부부의 미끼가 될 수 있었다. 엘리스는 요정 같은 아이였고, 뎁은 수선스러웠다.). 수전은 카드놀이를 안 해본 눈치였지만 곧 '고 피시' 게임에 재미를 붙였다. 또 알고 보니 수진은 글을 읽을 줄 알았다. 그들은 칼라가 수전을 철든 아이로 키울 수 있었다는 점에 놀랐지만 어쩌면 데니 덕분에 가능했을 터였다. 수전은 애비 옆에 딱 붙어서 '홉 온 팝'(Hop on Pop 닥터 수스의 그림책)의 글자들을 읽어나갔고, 한 쪽을 다 읽을 때마다 만족스런 한숨을 크게 쉬었다.

떠날 즈음 수전은 새침한 구석을 완전히 떨쳐버렸다. 아이는 데니의 손을 잡고 기차역 앞에 서서 미친 듯이 손을 흔들면서 소리쳤다.

"안-녕! 또 만나! 모두 금방 만나요! 안-녕!"

그래서 데니는 다시 딸을 데려왔고 이후에도 또 왔다. 이제 수전은 고모들이 쓰던 방에서 지냈다. '수전'이라고 쓰인 머그잔으로 코코아를 마셨고, 상을 차릴 때가 되면 데니가 쓰던 알파벳 접시가 있는 자리를 알고 미리 꺼냈다. 한편 데니는 물러나 앉아서 모든 상황을 온화하게 지켜보았다. 그는 나무랄 데 없이 아이를 잘 보는 아빠였다. 수전을 키우면서 날카로운 면이 누그러진 듯했다.

2002년 지니가 알렉산더를 출산한 직후, 데니는 누나 집에 머물면서 조카들을 돌봤다. 당시 이것은 어리둥절한 일이었다. 애비는 여느 할머니가 감당할 일을 다 하고 있었다. 지니가 입원한 동안 휴가를 내서 뎁을 데리고 있었고, 나중에는 자주 딸 집에 들러 여러 가지 일들과 세탁을 거들어주었다. 그런데 갑자기 데니가 등장했다. 그리고 그는 그 십에서 지냈다. 무려 3주간 침대 겸용 소파에서 자면서 매일 오후 뎁을 유모차에 태워서 놀이터에 데려갔다. 식사 준비를 했고, 어깨에 기저귀를 걸친 채 아기를 안고 애비에게 현관문을 열어주었다.

지니가 일종의 산후우울증을 앓았다는 것이 나중에야 밝혀졌다. 그 때문에 그녀가 데니에게 전화해서 와서 보살펴달라고 부탁했을까? 친정 엄마가 아니라 남동생에게 부탁했다고? 애비는 담담하고 화나지 않은 말투로 사정을 파악하려고 안간힘을 썼다. 지니는 데니에게 먼저 전화한 것은 사실이지만 이야기나 나눌 셈이었다고 말했다. 그런데 그녀의 말소리가 이상했는지―하긴 당연히 그랬을 터였다. 말하기 창피하지만 좀 눈물바람을 했으니―데니는 다음 기차를 타고 내려오겠다고 말했다고 했다.

애비에게는 뭉클하면서도 마음이 쓰라린 일이었다. 지니는 엄마에게 전화하면 된다는 걸 몰랐을까?

저기, 하지만 어머니는 직장에 출근해야 되지 않냐고 지니는 말했다.

데니는 직장이 없기라도 한 것처럼.

아니, 누가 아나? 어쩌면 그는 직장이 없었을 것이다.

레드는 데니가 도우러 와준 것을 고마워해야 한다고 아내에게 말했다.

애비가 대답했다.

"아, 그럼요. 맞아요, 나도 그건 알죠."

*　*　*

상황은 대충 패턴에 맞춰 돌아갔다. 데니가 꾸준히 연락을 하지 않았지만, 다른 집 아들들도 그런 경우가 많았다. 핵심은 연락을 끊지 않았고 가족들은 전화번호와 현주소를 안다는 점이었다. 늘 주소를 아는 것은 아니었지만.

가족이 그 정도로도 만족하는 게 충격적이라고 애비는 레드에게 말했다.

"예전 같았으면 당신이 믿었겠어요? 가끔 난 데니 생각을 전혀 하지 않고 며칠씩 지내기도 해요. 이건 도무지 자연스럽지 않아요!"

레드가 대답했다.

"'완벽하게' 자연스러운 일이지. 새끼 고양이들이 자라면 어미가 그러기 마련이라구. 당신이 사리분별을 아주 잘하네."

"인간은 그런 식으로 되는 게 아닐 거예요."

애비가 남편에게 말했다.

가족들은 데니가 뉴욕에서 멀리 살지 않으리란 것은 확신할 수 있었다. 수전이 뉴욕에 사는 동안은 그럴 터였다. 데니가 샌프란시스코에서 알렉산더의 생일 카드를 보낸 것을 보면 이따금 여행을 하긴 했다. 또 한번은 여자 친구와 캐나다 여행을 간다면서 크리스마스에 짧게 방문했다. 여자 친구 얘기를 들은 것은 이때가 처음이자 마지막이었다. 그 해에는 수전 혼자 지내다 갔다. 수전도 그럴 나이가 됐다. 일곱 살이지만 더 나이 많은 아이 같았다. 몸통에 비해 두상이 약간 크고 어른 미인처럼 얼굴이 아름다웠다. 갈색 눈은 크고 지쳐 보였고 입술은 도톰하고 부드러우면서 설명하기 어려웠다. 수전은 집이 그리운 내색은 하지 않았고, 데니가 데리러오자 차분하게 아빠를 맞이했다.

"캐나다는 어땠니?"

애비가 용기를 내서 아들에게 물었다.

"아주 좋았어요."

데니가 대답했다.

데니의 사생활을 상상하기란 몹시 어려웠다.

또 데니의 직장에 대해 명확히 모르는 때가 많았다. 어느 시점에서 그가 음향 장비 설치 업무를 한다고 파악되었다. 지니의 남편 휴가 실내에 전선을 배치할 때 데니가 나서서 전문가다운 솜씨를 발휘했기 때문이었다. 다른 때 그는 주머니에 '컴퓨터 클리닉'이라고 박힌 후드티를 입고 나타났고, 애비의 부탁으로 굼뜨게 돌아가는 그녀의 맥 컴퓨터를 즉석에서 수리했다. 하지만 데니는 늘 자유롭게 오가고, 원하는 기간만큼 머무는 것 같았다. 전일제 직장이 있다면 어떻게 그렇게 시간 조절을 할 수 있을까? 예를 들면 스템이 결혼식을 올릴 때 데니는 꼬박 1주일간 머물면서 들러리의 의무를 다했다. 애비는 좋긴 했지만(두 아들이 그리 친하지 않아서 그녀는 조바심했다.), 그러면 직장에 문제가 없겠느냐고 연신 물었다.

"직장이요? 아뇨."

데니는 그렇게 대꾸했다.

한번은 그가 아무 설명도 없이 한달 가까이 머물렀다. 가족들은 그가 개인적으로 곤란한 처지에 빠졌다고 의심했다. 데니가 도착했을 때 너무 시무룩하고 건강상태가 좋아 보이지 않아서였다. 처음으로 그의 눈가에서 희미한 주름이 보였다.

뒤쪽 목 칼라 위로 머리가 삐죽삐죽 했고. 하지만 데니는 아무 문제에 대해서도 말을 꺼내지 않았고, 지니조차 묻지 못했다. 마치 그가 가족을 교육시킨 것 같았다. 그들도 데니처럼 말을 에둘러서 하게 되었다.

그래서 종종 가족은 부아가 났다. 왜 그들은 데니 주위를 까치발로 걸어야 될까? 왜 이웃들이 그의 안부를 물으면 얼렁뚱땅 넘어가야 될까? 애비는 이렇게 대꾸하곤 했다. '아, 데니는 잘 지내요. 정말 잘 지내죠! 지금 일하는 곳은…… 흠, 근무처를 정확히 모르지만 아무튼 아주 잘 지낸답니다!'

그런데 그는 가족이 기댈 만한 구석을 제공했다. 그가 없으면 구멍이 생겼다. 예를 들어 데니가 처음 가족 해변여행에 빠진 것은 게이라고 주장했던 여름이었다. 아무도 그가 오지 않을 줄 몰랐다. 다들 그가 전화해서 도착 날짜를 알려주기를 내내도록 기다렸다. 마침내 그가 여행에 참석하지 않을 게 분명해지자, 모두 말할 수 없이 침울한 감정을 경험했다. 늘 임대하는 별장에 도착해 식재료를 풀고 침대를 정리한 후 평소처럼 해변에서 놀면서도, 데니가 나타날 거라는 생각을 떨치지 못했다. 조각 맞추기 퍼즐을 하다가 저녁 바람에 방충문이 흔들리면 혹시나 해서 돌아보았다. 큰 파도 뒤편에서 누군가 데니처럼 흔들대면서 팔을 저으면서 다가오면, 그들은 대화를 멈추었다. 또 며칠 후쯤……. 여기가 가장 이상한 부분이었다. 며칠 후 오후, 애비와 딸들은 방충망이 쳐진 현관에 앉아 옥수수 껍질을 까다가, 뒤쪽에서 흘러나오는 모차르트 호른 협주곡 1번을 들었다. 그들은 시로 바라보다가 의자에서 일어나, 문 밖으로 뛰어나갔고…… 건너편 도로에 주차된 차에서 나오는 소리임을 알았다. 운전석에 앉은 사람이 라디오를 최고 음량으로 틀었다. 그는 민소매 티셔츠를 입었고, 데니는 절대 그런 옷을 입지 않을 터였다. 창에 걸친 팔꿈치의 크기로 봐서 덩치가 큰 남자였다. 지난번 만난 후 데니가 먹고 자기만 했다고 해도 그런 덩치가 될 수 없었다. 하지만 사랑하는 사람이 그리울 때는 그렇지 않던가. 낯선 사람을 봐도 내가 보고 싶은 사람이라고 생각하려고 한다. 어떤 곡을 들으면 자신에게 말한다. 그의 옷 입는 스타일이 바뀌었을 수도 있다고, 엄청나게 살이 쪘을 수도 있다고, 차를 사서 다른 집 숙소 앞에 세웠을 수도 있다고. '그 아이야! 왔어! 그럴 줄 알았지. 우린 쭉 알고 있었지…….'라고 말한다. 하지만 그 말소리가 얼마나 가련한지 알고는 말끝을 흐린다. 가슴 아프다.

2

휘트생크 집안에는 대를 이어 내려오는 두 가지 이야기가 있었다. 뻔한—어떤 면에서는 집안을 규정하는—사연 같았고, 스템의 세 살 난 아들을 포함해 온 가족이 귀가 닳게 들은 이야기였다. 이야기 횟수가 많아질수록 내용이 각색되고 추측이 더해졌다.

첫 번째 이야기는 집안을 일군 가장인 주니어 휘트생크와 관련된 사연이었다. 그는 일솜씨와 디자인 감각으로 볼티모어에서 인기 있는 목수였다.

가장을 '주니어'라고 부르는 게 이상했지만 그럴 만한 이유가 있었다. 주니어의 진짜 이름은 저비스 로이였는데, 어느 시점에서 제이 알(J. R.)로 줄여서 부르다 이것이 아코디언처럼 다시 늘어나 주니어가 되었다(거의 알려지지 않은 사실이어서, 며느리조차 첫아이가 아들이면 이름에 '3세'를 붙일까 잠깐 고민하다가

떠나지 마세요 67

그에게 물어봐야 했다.). 하지만 더 이상한 점은 주니어가 몇 대 조부가 아니라 고작 레드의 아버지라는 것이었다. 또 1926년 이전에는 그가 존재했다는 증거가 없었고, 1926년이면 어느 집안의 출발점치고는 예외적으로 최근이었다.

주니어의 출신지가 기록으로 남지 않았지만, 일반적으로 애팔래치아 산맥 출신이었을 거라고들 짐작했다. 한번인가 그가 그런 뉘앙스를 풍기는 말을 한 적이 있었다. 혹은 억양에 근거해서 짐작한 것에 불과했다. 처녀 시절에 주니어를 알았던 애비에 따르면 그의 목소리는 가늘고 쇳소리였고 콧소리를 내는 남부 사투리가 섞여 있었다. 물론 어느 시점에서 그는 '아이 i'를 북부 억양처럼 발음하면 사회적 위상이 올라가리라 생각했음이 분명했다. 그가 시골 식으로 $ɪ$는 발음으로 말하다가 가끔 불쑥 또렷하고 날카로운 i발음을 하곤 했다고 애비는 말했다. 이런 면모가 썩 달갑지 않은 말투였다.

몇 장 안 되는 사진 속의 주니어는 지나치게 수척했다. 당시 사람들이 양심의 가책을 느끼지 않고 '가난한 백인 쓰레기'라고 말할 만한 표정이었다. 천연색 사진에서 그는 완전히 휘트생크스러웠다. 60대인데도 머리가 검고 얼굴은 아주 희고 사팔 눈은 파랬다. 팔다리가 길고 여윈 휘트생크의 체격 그대로였다. 애비는 그가 사시사철 빳빳한 검은 양복을 입었다고 말했지만, 이 대목에서 레드가 끼어들어 양복은 나중에 입기 시작했다고 말하곤 했다. 주니어는 현장들을 돌면서 상황 점검만 해도 될 형편이 되자 정장을 갖춰 입었다. 레드의 어릴 적 기억 속 아버지는 대부분 멜빵바지 차림이었다.

아무튼 볼티모어에서 주니어와 관련된 기록이 처음 나타난 것은 클라이드 L. 워드라는 건축 도급업자의 직원 신분으로였다. 주니어가 세상을 떠난 후 서류더미에서 나온 타자 친 편지에서 이 사실이 드러났다. '담당자 앞'으로 된 편지에는 J. R. 휘트섕크가 1926년 6월부터 1930년 1월까지 워드 씨 밑에서 일했으며 유능한 목수임이 증명되었다고 적혀 있었다. 하지만 그가 단순히 유능한 것 이상이었음이 분명했다. 1934년경 〈볼티모어 포스트〉에 "'품질과 성실' 휘트섕크 건설사의 서비스"라는 작은 사각형 광고문이 실렸다.

당시는 사업을 시작하기에 좋은 시기가 아니었지만, 주니어는 번창해서 처음에는 집 수리를 하다가 나중에는 길포드, 롤랜드 파크, 홈랜드 지역의 웅장한 주택들을 지었다. 그는 포드의 모델 B 픽업트럭을 사서 양쪽 문에 페인트로 'WCC'라고 쓰고 밑에 사무실 전화번호를 적었다. 이즈음 알 만한 사람은 다 알 거라는 듯 정식 회사명이나 업무 내용을 표기하지 않았다. 1934년 주니어 밑에서 일하는 직원은 8명, 1935년에는 20명이었다.

1936년 그는 어떤 주택과 사랑에 빠졌다.

아니, 그 무렵 결혼한 걸 보면 먼저 아내와 사랑에 빠졌을 것이다. 주니어는 어느 시점에서 리니 매 인먼과 결혼했다. 하지만 그는 리니에 대해서는 할 말이 별로 없는 반면 보우턴가에 있는 그 집에 대해서는 할 말이 아주 많았다.

주니어가 처음 그 집을 본 것은 건축가의 설계도면으로였다. 볼티모어의 직물 제조업자인 어니스트 브릴 씨는 주니어와 만나기로 한 부지 앞에 서서 둘둘 말린 청사진을 펼쳐들었다. 주니어는 먼저 부지를 힐끗 보고나서(새들과 튤립나무들과 하얗게 뿌려놓은 것 같은 층층나무들이 빼곡했다.) 정면도를 내려다보았다. 큰 현관 베란다가 있는 물막이판자 주택이 그려져 있었고, 그 순간 주니어의 머릿속에 떠오른 말은 '어, 이거 내 집이잖아!'였다.

하지만 당연히 이런 말을 입 밖에 내지는 않았다.

"흠, 알겠습니다."

주니어가 말했다. 그는 브릴 씨에게 청사진 뭉치를 받아서 정면도를 꼼꼼히 살폈다. 도면들을 넘겨서 평면도들을 검토했다.

그가 다시 말했다.

"음-흠."

"어떻게 생각합니까?"

브릴 씨가 물었다.

주니어가 대답했다.

"저기……"

저택은 아니고, 주니어 같은 업자가 감당할 만한 규모였다. 말하자면 '가족용' 주택이라고 할 만했다. 천 조각짜리 퍼즐에서 흔히 보는 집이었다. 평범하고 소탈하고 집 앞에 국기가 걸려 있을 것 같고, 보도에는 레모네이드 노점상이 있을 법한 집. 높은 새시 창들, 자연석 굴뚝, 문 위쪽의 부채꼴 창. 하지만 가장 멋진 것은 현관 베란다였다. 집의 정면에 쭉 길게 난 베란다. 나중에 주니어는 '제대로 알아 맞췄지'라고 말하곤

했다. '모르겠어. 그냥 딱 맞은 거야.'

그래서 그는 브릴 씨에게 말했다.

"제가 할 수 있겠네요."

자기 집을 똑같이 지으면 되는데 주니어는 왜 그러지 않았죠? 레드의 자녀들은 묻곤 했다. 청사진들을 복사해서 자기 집을 그렇게 지으면 될 텐데? 레드는 모른다고 대답했다. 그러더니 부지와 관계 있을 거라고 덧붙였다. 역시 보우턴 가는 고급 지역이었고, 1936년 무렵에는 그곳 부지들 대부분이 이미 팔렸다. 에어컨 설비가 없던 시절이라 5월부터 10월까지 볼티모어의 집집마다 창을 밑틀까지 가리는 두꺼운 검은 차양들이 설치되었다. 하지만 튤립나무들이 있어서 브릴 씨의 집에는 차양이 필요 없을 터였다. 게다가 부지가 독특해서 집은 길고 완만한 경사지의 꼭대기에 자리 잡을 터였다. 또 어디서 집이 그렇게 잘 보일 수 있을까?

그래서 주니어는 브릴 씨의 집을 지었다.

평생 지은 어떤 집보다도 잘 지었다. 주니어는 식품 창고의 선반이며 씽크대 손잡이 하나까지 일일이 깐깐하게 챙겼다. 과정을 생략하거나 안목이 부족하다 싶은 어떤 요구에도 반대했다. 왜냐면 안목이야말로 주니어가 명성을 얻은 비결이었으니까. 그가 어쩌다 높은 안목을 갖게 되었는지 아무도 몰랐지만, 그는 허세로 보이는 부분들을 죄다 찾아냈다. 주니어에게 2층 높이의 기둥은 어림없지! 운전수가 모는 리무진이 스르르 올라와서 사람들을 내려주는 광경을 암시하는 차량 통행문이라니 무슨 허세람! 브릴 씨가 앞쪽에 U자형 차도를 만들자고 하자, 주니어는 발끈했다.

"차도라니요! 대체 왜 그게 필요합니까? 6인승 대형차가 아니라 크라이슬러 에어플로를 운전하시면서!"

그가 쏘아붙였다(혹은 그렇게 받아쳤다고 그는 사람들에게 말했다. 입바른 소리를 잘한다는 것을 과장했을 가능성이 크다.). 주니어는 애정을 담아 길고 상세하게 상상 속의 장면을 설명했다. 그는 브릴 일가가 단독으로 사용하도록 차도를 옆으로 빼야 된다고 말했다. 손님들은 도로에 주차해야 했다. 그들이 차에서 내려서 현관을 올려다보면서 판석 깐 길을 올라오기 시작하는 광경을 상상해보라고. 그 사이 브릴 씨 부부는 손님들을 맞이하려고 현관 계단에서 기다리고. 참, 그런데 그 계단은 나무로 만들어야 된다고 했다. 다른 자재로 만드는 것은 옳지 않았다. 흔히 나무 계단이 찌그러지거나 벗겨진다고 생각하지만 제대로 관리하면, 갑판처럼 단단한 바닥으로 이어지는 니스 칠한 넓은 나무 계단만큼(정지 마찰을 고려해서 니스에 고운 모래를 조금 섞어야 했다.) 멋진 게 없었다. 그런 계단은 품과 돈이 들고 조심성이 요구됐다. 그런 계단이야말로 '뭔가 보여주었다'.

브릴 씨는 백 퍼센트 동의했다.

주니어는 직원 전원과 외부에서 데려온 인력들을 동원해서 1년간 이 집을 지었다. 그 후 브릴 일가가 입주하자 그는 시름에 빠졌다. 평소 말이 많은 그였지만—고객들은 급히 갈 데가 있으면 그와 마주치는 것을 피했다—맥이 빠져서 깊은 침묵에 잠겼고, 브릴 씨의 주택 이후에 맡은 공사에는 관심이 없다시피 했다. 세월이 흐른 후 이 모든 사실을 밝힌 사람은 주니어 자신이었다(그의 부인은 말수가 적은 편이었다.).

그는 말했다.

"그 사람들이 내 집에서 살게 되다니 믿을 수가 없더군."

다행히 브릴 부부는 손재주가 없는 사람들로 밝혀졌다. 첫 서리가 내리자 그들은 주니어에게 전화해서 난방이 작동되지 않는다고 말했다. 주니어는 차를 몰고 달려가서 라디에이터마다 공기를 뺐다. 주인에게 공기 빼는 법을 가르쳐줄 수도 있었지만 그러지 않았다. 주니어는 라디에이터 열쇠를 들고 방마다 돌았고 일을 마치자 열쇠를 호주머니에 도로 넣었다. 그는 브릴 부부에게 다른 문제가 생기면 또 연락하라고 말했다. 곧 거의 매주 이 집에 들렀다. 창문들에 특대 사이즈 방충망과 방풍창을 설치할 때 까다로운 도구를 써야 했고, 봄과 가을이 오면 창문 설비를 감독하러 주니어가 달려왔다. 결혼식이 끝나고 한참 후까지 신부에게 반해서 그녀 주위를 맴도는 신랑들러리처럼 주니어는 계속 그 집에 들를 핑계를 만들었다. 부분 도장할 페인트를 갖다놓는다는 둥, 반쯤 남은 바닥 타일 상자를 갖다놓는다는 둥. 바로 전 주에 윤활유를 바른 잠금 장치를 재차 점검했으면서도 그랬다. 집에 사람이 없어도 그는 갖고 있는 열쇠로 아무 시간이나 드나들었다. 뭐든 손볼 부분을 발견하면 그는 신이 났다. 떨어져나간 회벽이든 욕실 세면대에 머리카락이 막혔든. 마치 그가 임대한 집을 세입자들이 제대로 관리 못하는 것처럼 굴었다.

레드의 어릴 때 기억들 중에는 세 살 무렵 아버지의 트럭에서 기다시피 내렸던 일이 있었다. 브릴 부인이 어깨에 카디건을 걸치고 집 뒤쪽 계단에서 기다리고 있었다. '처음에 소리가 안 들린다고 그냥 가버리지 말아요. 안에 발을 들여놓으면 그게 조용해지거든요.' 브릴 부인은 새된 소리로 레드의 아버지에게 말했다. 다락에 다람쥐가 한 마리 있다는 얘기였다고 레드는 기억했다.

레드가 말했다.

"그 여자는 진짜 겁쟁이였지. 만나는 동물들마다 자기를 잡으러 나왔다고 생각했지. 또 항상 담배 냄새를 풍겼고, 침입자를 죽도록 무서워했지. 침입자라니! 보우턴 가에서!"

그 중에서 가장 끔찍한 것은 브릴 부인이 도통 집을 마음에 들어 하지 않는다는 사실이었다. 집이 도심에서 너무 멀다고 불평했고, 예전에 살던 아파트는 엎어지면 코 닿을 거리에 숙녀 클럽이 있었다고 아쉬워했다. 당연히 이 동네에도 로런드 대로에 숙녀 클럽이 있었지만 거기는 예전 클럽과 달랐다.

브릴 씨가 자주 출장을 다녀서 상황이 더 악화되었다. 주니어의 말로는 '입찰' 때문이었고, 브릴 씨가 집을 비우면 부인을 지켜줄 사람은 망나니 두 아들밖에 없었다(주니어는 브릴네 아들들을 언급할 때마다 구체적으로 어떤 행동을 했는지 밝히지 않고 늘 '망나니'라고 했다.). 그들은 십대에 접어들었고 체중이 최소한 주니어 정도였지만, 브릴 부인이 지하실에서 이상한 소리가 나면 불러대는 사람은 주니어였다.

레드는 주니어가 고생을 하고도 수고비를 받지 않았을 거라고 장담했다. 브릴 부부는 그를 어려워하지 않았다. '씨'

'부인'이라는 호칭으로 불리면서도 주니어에게는 이름만 불렀다. 브릴 부인은 매해 크리스마스에 정원 사환 청년과 청소 아가씨의 집을 찾아가는 것처럼 주니어의 집을 방문했다. 그녀는 털이 복슬복슬한 모피 코트를 입고 상점에서 산 잼 바구니를 들고 도착했다. 부인의 차가 집 앞에서 부르릉댔고, 그녀는 늘 안으로 들어오라는 청을 받았지만 그냥 돌아갔다.

주니어는 햄든에 살았다. 브릴 일가의 집에서 겨우 몇 블록 거리인 동네였지만 완전히 딴 세상이었다. 그와 리니가 세낸 침실 두 개짜리 집은 도로 지면보다 1미터 남짓 아래에 있어서 웅크리고 있는 인상을 풍겼다. 부부는 두 아이를 낳아 키웠다. 메릭(딸)과 레드클리프. 아하! 이 대목에서 누군가 이렇게 말할지 모른다. 휘트생크 집안의 미스터리한 선조들 중 메릭이나 레드클리프가 있었나보군요? 하지만 아니었다. 조상의 이름을 딴 게 아니라 주니어가 고상한 이름이라고 생각해서 선택한 이름이었다. 그 이름들은 어쩌면 외가 쪽에 걸출한 조상들이 있는 분위기를 풍겼다. 그랬다, 주니어는 늘 품위 있게 보일 방법들을 궁리했다. 하지만 그는 가족을 햄든의 초라한 작은 집에 살게 했고, 누구보다 잘 손볼 수 있으련만 집을 고치는 것조차 성가시게 여겼다.

'때를 기다린 거지'라는 말이 세월이 흐른 후 주니어가 한 변명이었다. '그냥 때를 기다렸지, 그것뿐이야' 그러면서 그는 사랑하는 보우턴 가의 집을 드나들며 퓨즈를 교체하고 경첩을 조이고, 새들과 박쥐들을 쫓아냈다. 싫은 기색이라곤 전혀 없이.

1942년 2월 어느 추운 저녁, 브릴 부인이 두 아들을 데리고 휘트생크의 집에 나타났다. 세 사람 다 코트를 입지 않았다. 브릴 부인은 울고 있었다. 현관문을 연 사람은 리니였다. 그녀가 말했다.

"무슨 일이신지……?"

브릴 부인은 그녀의 팔목을 움켜잡고 물었다.

"주니어가 집에 있나요?"

"여기 있습니다."

주니어가 리니 옆에 나타났다.

브릴 부인이 말했다.

"말할 수 없이 끔찍한 일이에요. 끔찍해요, 끔찍해. 끔찍해요."

주니어가 대답했다.

"안으로 들어오시지요."

그녀는 그 자리에 선 채로 말했다.

"내가 일광욕실에 걸어 들어갔어요. 편지 몇 통을 쓸 계획이었죠. 내가 편지를 쓰는 작은 책상이 거기 있잖아요. 그런데 바닥에, 내 의자 옆에 이 캔버스 백이 있는 거예요. 도구 가방 같았죠. 입구가 열린 종류 있잖아요? 가방이 활짝 열려 있어서 가방에 든 절도 도구들이 다 보였죠."

"이런."

주니어가 중얼댔다.

"스크루드라이버들이랑 쇠지렛대…… 어머!"

그녀는 한 아들 쪽으로 기우뚱하게 넘어졌고, 아들은 똑바로 서서 어머니를 부축했다. 브릴 부인이 덧붙였다.

"맨 위에 밧줄 뭉치가 있었어요."

리니가 말했다.

"밧줄이라니!"

"사람을 묶을 때 쓰는 것 같은 밧줄이에요."

"세상에, 어쩜 좋아!"

"자, 이제 우리가 이 일의 진상을 밝혀야겠군요."

주니어가 말했다.

"아, 그렇게 해주겠어요, 주니어? 부탁이에요. 경찰에 전화했어야 되는 줄 알지만, '여기서 나가야 해. 애들을 데리고 나가야 해'라는 생각밖에 나지 않았어요. 그래서 자동차 열쇠를 움켜쥐고 뛰었지요. 달리 누구에게 의지해야 될지 몰랐어요, 주니어."

"아, 잘하신 겁니다. 제가 다 알아서 처리하겠습니다. 리니와 여기 계십시오, 브릴 부인. 제가 경찰을 시켜서 안전한지 확인한 후에 집에 돌아가시면 됩니다."

주니어가 말했다.

브릴 부인이 대답했다.

"아, 난 안 돌아갈 거예요. 그 집에 정나미가 떨어졌어요, 주니어."

이 시점에서 그녀의 아들 하나가 말했다.

"저기, 어머니?"(역사에는 브릴 집안의 한 아들의 반응만 기록되었다.)

하지만 그녀는 거듭 말했다.

"정나미가 뚝 떨어졌어요."

"두고 보시지요, 그렇게 하세요."

주니어가 말했다. 그는 재킷을 집었다.

두 여자만 남아서 무슨 대화를 나누었을까? 세월이 흐른 후 지니가 그 질문을 던졌지만 아무도 대답하지 못했다. 리니가 거기에 대해서는 아무 말 하지 않은 듯했고, 메릭과 레드는 너무 어려서—메릭은 다섯 살, 레드는 네 살—기억하지 못했다. 주니어가 장면에서 퇴장하자 그 장면은 거기서 끝났다. 그러다가 그가 돌아오자 모든 게 다시 시작되고, 징징대는 듯한 가는 목소리가 장면을 살아나게 했다. '경찰관이 말하기를……' '제가 말하기를……'

경찰은 그에게 말했다.

"단순히 인부의 가방처럼 보입니다."

주니어가 경관들에게 말했다.

"확실히 그렇군요."

그는 발가락으로 가방을 꾹꾹 찔러보고 잠시 후 말을 이었다.

"하지만 밧줄은 어떻게 설명될까요."

"인부들이 밧줄을 사용하는 경우가 많지요."

"하긴, 맞는 말입니다. 이견이 있을 수 없지요."

한동안 그들 모두 가방을 내려다보며 서 있었다.

"사실은 바로 제가 이 집의 인부입니다, 대부분 세가 일을 하거든요."

주니어가 말했다.

"그게 사실입니까?"

"하지만 누가 알겠습니까?"

그는 마치 비가 오는지 보려는 것처럼 양 손바닥을 위로 들고, 경찰관들에게 눈썹을 치뜨며 어깨를 으쓱했다. 이 사건은 여기서 마무리하자는 데 다들 동의했다.

그 다음은 브릴 씨가 출장에서 돌아와서 나눈 대화.

그가 물었다.

"집을 사겠다고? 이 집을 사서 뭘 하려고?"

"흠, 들어가 살지요."

주니어가 대답했다.

"들어가 산다! 아. 그렇구먼. 하지만…… 그 집에서 행복할 거라고 확신하나요, 주니어?"

세월이 흐른 후 주니어는 자녀들에게 "그 집에서 누가 행복하지 않겠니?"라고 말했다. 하지만 당시 그가 브릴 씨에게 한 대답은 이랬다.

"우선, 잘 지어진 집이라는 것을 아니까요."

브릴 씨는 체면상 그런 뜻이 아니었다고 변명하지 않았다.

* * *

레드는 그 집에서 자랄 때 천국 같았다고 기억했다. 보우턴 가에는 야구를 하고 싶으면 두 팀을 만들 정도로 아이들이 많이 살았고, 그들은 여기 시간 내내 집 밖에서 놀았다. 남자 아이, 여자 아이, 큰 아이, 작은 아이 할 것 없이 다같이. 성가시게 어머니들이 억지로 불러들이면 아이들은 저녁식사를 후딱 끝내고 다시 사라졌다. 잠자리에 들 시간이 되어 어머니들이 부르면, 아이들은 땀범벅이 된 뜨거운 얼굴에 풀잎을 붙이고는 안 들어가겠다면서 딱 30분만 더 놀게 해달라고 졸랐다.

"난 그 길에 살던 아이들 이름을 지금도 일일이 기억할 수 있다니까."

레드는 자녀들에게 말하곤 했다. 하지만 그것은 대단한 일은 아니었다. 그 아이들은 어른이 되어서도 계속 그 동네에 살거나, 다른 더 작은 동네들에서 살다가 나중에라도 돌아왔으니까.

레드와 메릭은 주저 없이 동네 아이들과 섞였지만, 부모는 다른 부모들과 좀처럼 어울리지 못하는 것 같았다. 리니의 잘못일 공산이 컸다. 그녀는 너무 부끄러움을 타고 말수가 적었다. 한눈에도 주니어보다 젊고, 마르고 창백한데다 머리카락과 눈동자는 거의 나지 않아 무색에 가까웠다. 누군가 말을 걸면 리니는 주눅이 들어서 손을 비트는 습성이 있었다. 주니어는 누구한테나 다가가서 말을 거는 사람이었으니, 어울리지 못하는 것이 그의 탓이 아님이 분명했다. 하도 수다스러워서 사람들은 귀가 아플 지경이었다. 아니, 정말 그게 문제의 원천이었을까? 이웃들은 예의를 지켰지만 주니어의 말에 별로 맞장구치지 않았다.

뭐, 상관없었다. 주니어는 마침내 그의 집을 사셨다. 그는 끝없이 집을 손봤다. 가족이 이사하자마자 욕실 한 개로는 부족하다는 것을 깨닫고 계단 밑의 벽장을 화장실로 개조했다.

또 손님방에는 레니의 바느질 도구를 넣을 장들을 짜 넣었다. 그의 집에는 손님이 오지 않았으니까. 가진 돈을 전부 이 집 계약금으로 쓰느라 몇 년간 가구가 없다시피 살았다. 하지만 나가서 싸구려 중고품을 살 의향은 없었다. 어림없는 소리! 주니어는 '이 집에서는 품격을 지켜야지'라고 말했다. 그가 '이 집에서'란 말을 너무 자주해서 우스꽝스러웠다. 이 집에서 그들은 맨발로 다니지 않았다, 이 집에서 그들은 전차를 타고 시내로 갈 때 좋은 옷을 입었다, 이 집에서 그들은 비가 오나 눈이 오나 '세인트 데이비드 감독교회'에 갔다. 휘트생크 부부가 애초에 감독교회 교인일리 만무한데도 그 교회에 출석했다. 따라서 '이 집'은 '이 가족'을 의미하는 듯했다. 두 단어는 완전히 동의어였다.

하지만 아리송한 점이 하나 있었다. 주니어가 시끄러운 사람이라는데도 손주들은 그의 이미지를 또렷이 떠올리지 못했다. 그는 정확히 어떤 사람일까? 어디 출신일까? 또 할머니 리니는 어디 출신이지? 물론 레드가 알겠지. 아니면 그의 누나는 더 잘 알 거야. 매사에 더 호기심이 많은 건 여자들이니까. 하지만 아니, 남매는 전혀 모른다고 주장했다(누가 그 말을 믿을까 마는). 그리고 주니어와 리니 둘 다 첫 손주가 두 살이 되기 전에 세상을 떠났다.

또 하나. 주니어는 남들이 싫어하는 사람이었을까, 호감이 가는 사람이었을까? 좋은 사람이었을까, 나쁜 사람이었을까? 대답은 다양한 듯했다. 한편 그의 야망에 대해 가족 모두 어리둥절했다. 주니어가 비굴할 정도로 상류층을 흉내내 이야기를 들으면서 그들은 이맛살을 찌푸렸다. 하지만 그의 위축된 처지와 간절한 동경과 열정—사실 그는 천재였다—을 고려하면 '하긴……'이라고 말할 수밖에 없었다.

그는 여느 사람과 비슷했다고 레드는 말했다. 남들에게 호감을 사기도 하고 아니기도 했다. 나쁜 사람이기도 하고 좋은 사람이기도 했다.

아무도 이 대답에 만족하지 않았다.

* * *

그랬다, 첫 번째 가족사는 주니어의 이야기, 휘트생크 일가가 보우턴 가에 살게 된 내력이었다.

두 번째 가족사는 메릭의 이야기였다.

메릭은 그 아버지에 그 딸이었고 거기에는 이견이 없었다. 아홉 살 때 스스로 나서서 공립학교에서 사립학교로 전학했고, 레드가 건설을 천직으로 여기고 메릴랜드 주립대를 간신히 다니는 반면 메릭은 브린모어 칼리지(펜실베니아 주에 있는 명문 여대)로 들어가서 신분 상승을 할 방법을 궁리했다. 겨울 주말이면 그녀는 친구들과 스키를 타러 갔다. 더운 날씨에는 요트를 타러 갔다. 그녀는 고급스러운 어휘를 쓰기 시작했다. 그녀의 부모가 그런 단어를 쓰는 게 상상이나 되나! 메릭은 이미 부모에게서 아주 멀리 있었다.

4학년 때부터 메릭은 푸키 밴덜린와 단짝이었고, 그녀도 브린모어에 다녔다. 1958년 봄, 두 사람 다 3학년을 마쳤을 때 푸키는 '트레이'로 알려진 월터 배리스터 3세와 약혼했다.

트레이는 볼티모어 사람으로 길먼(Gilman)과 프린스턴 출신이었다. 집안 회사에 근무하면서 돈과 관련된 일을 했다. 여름 방학 동안 메릭과 푸키를 비롯해 친구들은 휘트생크네 현관 베란다에 모여 폴몰 담배를 피우면서 따분해 죽겠다고 푸념했다. 트레이도 자주 거기 끼었다. 근무 시간이 아주 느슨한 것 같았다. 여름 방학에 아르바이트를 하는 레드가 오후 4시쯤―건설업계의 퇴근 시간― 집에 돌아오면, 트레이가 친구들과 베란다에서 뭉기적대곤 했다. 그는 흰 새 카디건을 자연스럽게 어깨에 묶고, 맨발에 가죽 로퍼를 신고 있었다(레드가 양말을 안 신고 신발을 신은 사람을 본 것은 이때가 처음이었다. 안타깝게도 마지막은 아니었지만). 나중에 저녁이 되면 그들은 다 같이 몰려나가 뭘 하는지 모르지만 뭔가 했다. 이 이야기의 화자는 레드였으므로 메릭의 친구들이 무슨 일을 했는지 모르지만, 어느 식당에서 저녁을 먹고 영화를 보거나 춤추러 갔을 터였다. 일행은 밤늦게 돌아와서 다시 베란다에 자리를 잡곤 했다. 베란다는 여느 집과 다르게 널찍했다. 깊이가 깊어서 폭풍우가 내려도 비가 들이치지 않았다. 그들의 말소리가 위층 앞쪽 두 침실에서도 똑똑히 들리곤 했다. 두 방은 레드의 침실과 부모님의 침실이었다. 레드는 자주 창밖으로 몸을 내밀고 '이봐요! 내일 아침에 일어나야 되는 사람도 있다구요'라고 소리쳤지만, 부모는 한 마디도 뭐라 하지 않았다. 주니어는 흐뭇해하는 눈치였다. 반들거리는 머릿결의 느긋하고 품위 있는 젊은이들이 그의 집 베란다에 모여 있다니! 그들의 부모들은 주니어와 리니를 단 한 번도 현관 베란다에 들어오라고 권한 적이 없었다.

그해 여름 젊은이들은 짝을 짓고 있었다. 곧 4학년이었고, 그 시절에는 여자들이 대학 졸업 직후에 결혼하는 경향이 있었다. 한 명도 아닌 두 남자가 메릭을 쫓아다니는 눈치였지만, 둘 다 레드가 잘 모르는 청년들이었다. 레드보다 몇 살 많았고, 두 남자가 비슷하게 생겨서 늘 헷갈렸다. 그 외에도 레드는 누군가 누나에게 진심으로 끌릴 수 있다는 게 믿기 힘들었다. 메릭은 깡마르고 볼품없었고 휘트섕크 사람답게 턱이 도드라졌다. 여자보다는 남자에게 더 어울리는 턱 모양이었다. 그해 여름, 머리칼이 왼쪽은 뻗치고 오른쪽은 머리통에 달라붙는 획기적인 스타일은 계속 강풍을 맞는 것처럼 보였다. 하지만 팅크와 빙크인가 뭔가 하는 위인들은 메릭에게 홀딱 반한 듯했다. 그들은 메릭을 '빈폴(Beanpole 버팀대, 키다리)'을 줄여 '빈'이라고 불렀고, 놀리는 말투로 볼 때 환심을 사려고 애쓰는 게 뻔히 보였다.

딱 한 번, 주니어가 딸에게 물었다.

"저기, 그 금발 청년은 누구냐? 크루 컷(각지고 짧게 자른 머리 모양)한 사람 말이다."

"어느 쪽이요?"

메릭이 물었다.

"어젯밤에 골프 게임에 대해 불평하던 청년."

"어느 쪽이요, 아빠?"

이 말로 봐서 누나가 두 사람에게 특별한 관심이 없다고 레드는 짐작했다. 또 부모가, 적어도 아버지는 레드가 짐작하는 것보다 큰 관심을 갖고 베란다에서 오가는 대화를 듣는다는 것도 알았다.

한편 푸키는 결혼식의 중요한 부분들을 준비하기 시작했다. 예식이 채 1년이 남지 않았고, 그 정도 규모의 행사는 꼼꼼한 계획이 필요했다. 날짜가 잡히고 피로연 장소도 정해졌다. 신부 들러리들이 입을 드레스 색깔은 아직 고심 중이었다. 메릭은 들러리 대표가 되어달라는 부탁을 받았다. 그녀는 부모에게 따분한 일이라고 말했지만, 어머니 리니는 이렇게 말했다.

"아, 그게 아니지. 푸키가 너를 선택하다니 고맙구나."

그러자 아버지가 말했다.

"월터 배리스터 1세가 '배리스터 파이낸셜'을 설립했다는 걸 네가 모르나보구나."

여자들끼리 있을 때마다 푸키가 트레이를 험담하는 경향이 있다는 것을 레드가 눈치 채기 시작했다. 그녀는 약혼자가 이마를 덮은 금발을 세심하게 손질하는 흉내를 냈고, 습관적으로 그를 '로랜드 파크의 왕자님'이라고 칭했다.

"난 내일 쇼핑하러 못 가. 로랜드 파크의 왕자님께서 나더러 자기 어머니랑 점심을 먹으러 가라시니 도리가 있나."

푸키의 이런 말투는, 친구들이 매사 빈정대며 놀리는 말투를 좋아해서라고 설명될 수도 있었다. 하지만 한편으로 트레이는 그런 푸대접을 받아도 마땅했다. 심지어 고교 시절에도 그는 스포츠카를 운전했고, 그의 집안은 볼티모어에 있는 배리스터 저택 외에도 주택 두 채를 더 소유했다. 나머지 집들은 '뉴욕 타임스'에 광고가 나오는 먼 리조트 안에 있었다. 푸키는 트레이가 버르장머리 없는 응석받이라고 흉보면서 어머니 '율라 왕비' 탓으로 돌렸다.

율라 배리스터는 젓가락 같은 몸매에, 패셔너블하고 불만이 많아 보였다. 레드는 교회에서 그녀를 볼 때마다 브릴 부인을 떠올렸다. 배리스터 부인은 그 교회를 관장했고 '부인 클럽'도 이끌었다. 또 겨우 세 명으로 이루어진 가족 살림도 꾸렸다. 트레이는 외아들이었다. 그녀는 옥동자라고 부르기 좋아했고, '내 새끼'라고 했다. 그녀에게 푸키 밴덜린은 트레이의 발끝에도 못 미치는 여자애였고.

여름이 지나면서 레드는 푸키가 율라 왕비에게 시달리는 사연을 장황하게 들었다. 푸키는 괴로운 가족 만찬이며 고집불통 노부인들의 티파티에 불려 다녔다. 심지어 율라 왕비의 미용사에게 가서 눈썹을 손질해야 했다. 답례 인사장을 쓰지 않았거나 답례 인사장이 성의가 부족하다고 혼났다. 푸키가 고른 은그릇 문양이 '왕비'의 허락 없이 거꾸로 박혔다고 야단맞았다. 또 그녀는 살찐 어깨를 가리는 드레스를 고르라고 들볶았다.

메릭은 무대에 선 배우처럼 몇 번이고 놀라서 말하곤 했다.

"세상에! 믿을 수가 없다! 왜 트레이는 네 편을 들지 않는 거야?"

"아, 트레이! 트레이는 그녀를 하늘같이 받들지."

푸키가 진저리내며 말했다.

그것만이 아니었다. 트레이는 배려심 없고 이기적인데다 염려증 환자였다. 그는 언제라도 친구들과 만나면 푸키의 존재를 싹 잊었다. 푸키는 딱 한 번, 평생 딱 한 번만 트레이가 하루 저녁 내내 술을 안 마시는 것을 보면 좋겠다고 말했다.

메릭이 말했다.

"트레이가 조심해야겠네. 잘못하면 너를 잃겠는걸. 너는 누구든 선택할 수 있었는데! 트레이로 만족할 필요 없어. 턱키 베넷을 보라구. 네가 약혼했다는 소식을 듣고 권총 자살하려고 했잖아."

심지어 레드가 옆에 있는데도 푸키는 자주 시시콜콜 말했다(그들은 레드를 무리의 일원으로 치지 않았다.). 그러면 레드는 '그걸 어떻게 참지?'라거나 '이 작자에게 좋다고 말했어?'라고 묻곤 했다.

"알아. 내가 바보지."

푸키는 그렇게 대답했다. 하지만 진담은 아니었다.

그해 가을 모두 대학으로 돌아갔을 때, 메릭은 주말마다 집에 왔다. 그녀답지 않은 일이었다. 레드는 학교가 가까워서 집에 자주 왔지만, 누나가 더 자주 집에 온다는 것을 차츰 알아차렸다. 일요일에 메릭은 가족과 교회에 가고, 나중에 예배당 앞에 서서 율라 배리스터에게 인사하곤 했다. 트레이가 어머니에게 착 달라붙어 있지 않아도(보통은 곁에 있었다.), 메릭은 얌전한 새 필박스 모자(pill box hat 재클린 케네디가 썼던 둥글납작한 모직 모자)를 쓰고 고개를 열심히 끄덕이면서 상냥하게 웃었다(누나가 있는 사람이라면 거짓 웃음이라는 걸 금방 알 디졌다.). 그녀는 율라 배리스터가 엄격한 표정으로 던지는 말을 한 마디도 놓치지 않았다. 저녁에 트레이가 찾아오면 이건 자연스러운 일이야! 그는 내 단짝이랑 결혼할 거니까! 라고 메릭은 말했다. 두 사람은 현관 베란다에 앉았다. 그러기에는 엄청 추운 날씨인데도. 둘이 피우는 담배 냄새가 레드가 열어놓은 창문으로 올라갔다(나중에 자녀들은 아버지가 그렇게 추운 날 왜 창을 열어두었는지 궁금해 했다.).

트레이가 말했다.

"난 푸키한테 진절머리가 나. 내가 무슨 짓을 해도 좋아하지 않거든. 뭐든 다 픽픽대지."

"내가 보기에는 푸키가 트레이를 제대로 평가하지 않는 것 같아요."

메릭이 말했다.

"게다가 어머니한테 하는 행동은 또 어떻고! 기말 보고서 때문에 어머니가 리허설 디너(결혼식 전에 예행연습을 하고 가족들과 친지들이 모여서 식사하는 행사) 메뉴를 고르시는 것을 돕지 못하겠다지 뭐야. 고작 기말 보고서 때문에! 자기 결혼식인데!"

"어머나, 어머님이 안 되셨네. 어머님께서는 푸키가 동참하게 느끼게 하시려는 건데."

메릭이 말했다.

"어떻게 빈은 이렇게 이해를 잘하는데 푸키는 못할까?"

레드는 창문을 쾅 소리가 나게 닫았다.

　　　　　　＊ ＊ ＊

　주니어는 레드가 과민하게 추측하는 거라고 말했다. 일이 벌어져서 사실이 온 천하에 드러나고 볼티모어 전체가 트레이, 메릭과 말을 섞지 않게 된 후, 레드는 말했다.

　"이런 일이 생길 줄 알았어요! 이렇게 될 줄 알았다니까요. 누나가 처음부터 계획한 거예요. 메릭이 그를 훔친 거라구요."

　하지만 아버지는 대답했다.

　"이런, 무슨 말을 하는 게냐? 인간을 어떻게 훔친다고 그래. 본인이 원하지 않으면 그럴 수가 없지."

　"장담하는데 메릭이 작년 여름에 작전을 세우기 시작해서 성공한 거예요. 아니면 제 손에 장을 지진다니까요. 메릭은 트레이의 면전에서 알랑대면서 뒤로는 푸키에게 그를 흉봤어요. 트레이의 어머니한테 어찌나 비위를 맞추고 굽신대는지 제가 토할 지경이었다니까요."

　"저기, 그가 푸키에게 어울리지 않았나보지."

　주니어가 말했다.

　그러더니 그는 덧붙였다.

　"아무튼 이제 그는 메릭의 사람이지."

　그의 입가에 주름 두 개가 깊어졌다. 거래가 뜻대로 성사되었을 때 짓는 표정이었다.

* * *

 제 삼자라면 이런 게 무슨 가족사냐고 말할 것이다. 어떤 사람이 꿈꾸던 집이 마침내 시장에 나오자 그 집을 산다. 어떤 사람이 친구의 약혼자였던 남자와 결혼한다. 그런 일은 늘 벌어지는데 뭐.
 아마도 휘트생크 집안이 최근 생긴 집안이라 내력이 짧아서였다. 가족사로 선택할 만한 이야깃거리가 그리 많지 않았다. 내세울 만한 사연들 중 가장 나은 것으로 골라야 했다.
 레드와 관련된 사연은 기대할 수가 없었다. 레드는 그냥 쭉쭉 나가다가 애비 달튼과 결혼했다. 애비가 열두 살이었을 때부터 아는 사이였다. 애비는 햄든 아가씨였고, 우연하게도 휘트생크 일가가 전에 살던 동네에 살았다. 사실 레드와 애비도 신혼 초에 햄든에서 살았다(그의 아버지는 레드에게 '기회가 생기기 무섭게 거기로 돌아가려면 성가시게 이사는 뭐 하러 했던 게냐?'라고 말했다.). 그러다 부모가 세상을 떠나자—1967년에 철로에서 정차했다가 화물열차에 들이받혀 목숨을 잃었다—레드가 보우턴 가에 있는 집을 물려받았다. 메릭은 그 집을 원하지 않았다. 그녀와 트레이는 사라소타에 부동산을 소유한데다 훨씬 좋은 저택에 살았다. 게다가 메릭은 친정집이 마음에 든 적이 없다고 말했다. 보우턴 가의 집에는 욕실을 갖춘 침실이 없었고, 1950년대에 주니어는 삼나무 패널을 댄 대형 창고를 구조변경해서 안방에 욕실을 들였다. 그러자 메릭은 변기에 물을 내릴 때마다 놀라서 깬다고 불평했었다. 그래서 레드가 그 집에 들어갔다. 그 집에서 어릴 때 성장했고, 언젠가 그 집에서 죽을 터였다. 거기에는 무슨 독특한 사연이 있을까.

이제 이웃에서 이 집은 '휘트섕크 하우스'로 불렸다. 주니어가 알았더라면 흐뭇했으리라. 그의 굵직한 불만들 중에는 이따금 그가 '브릴 하우스에 사는 휘트섕크 씨'로 소개된다는 것도 있었다.

휘트섕크 부부와 관련해서는 이렇다 할 게 없었다. 둘 다 유명하지 않았다. 유난히 지성적이라고 내세울 사람도 없었다. 외모도 평균 이상이 아니었다. 날씬한 몸은 뼈가 앙상해 보였고, 잡지 광고에 나오는 모델들처럼 유연하고 탄력 있는 날씬함이 아니었다. 지나치게 쪽 바른 얼굴은 그들은 잘 먹고 살지만 조상들은 그렇지 않았다는 기미를 드러냈다. 나이 들면서 눈 밑이 처졌고 가장자리가 늘어져서 얼핏 애처로운 인상을 풍겼다.

집안 회사는 평판이 좋았지만 그런 업체들이 많았고, 주택 수리 허가서에 적힌 숫자야 설립 연도에 불과한데 그걸로 요란을 떨 이유가 있을까? 변함없다는 것. 가족은 이것을 미덕으로 내세우는 듯했다. 레드와 애비의 네 자녀 중 셋이 본가에서 20분 내 거리에 살았다. 그리 대단한 일은 아니지만!

하지만 대부분의 집안들처럼 휘트섕크 일가는 스스로 특별한 가족으로 여겼다. 예를 들어 그들은 수리 솜씨에 대단한 자부심을 느꼈다. 수선공을—심지어 자기 회사 직원도—부르는 것을 수치스런 일로 여겼다. 가족 모두 허세를 질색하는 주니어의 성격을 물려받았고, 세상보다 더 고매한 취향을 가졌다고 믿었다. 때때로 집안의 관습이 지나쳤다. 예를 들면 아만다와 지니, 둘 다 이름이 '휴'인 남자와 결혼했고, 그들은 '아만다의 휴' '지니의 휴'로 불렸다. 또는 매일 한밤중에 두 시간씩 깨어 누워 있는 것도 집안 내력이었고, 개들을 한량없이 깨어있게 하는 불가사의한 재주도 있었다. 아만다를 제외하면 가족들은 아침에 뭘 입을지 거의 신경 쓰지 않았지만, 그러면서도 어른의 진바지 차림을 몹시 못마땅해 했다. 종교에 대한 이야기가 나오면 다들 의자에 앉은 채로 불편하게 몸을 뒤척였다. 가족 모두 단 것을 좋아하지 않는다고 말하곤 했지만, 사실 주장과 달리 단 것을 싫어하지 않는다는 증거가 있었다. 그들은 정도에 따라 다르게 배우자들을 견뎠지만, 처가나 시가에 특별히 공을 들이지 않았다. 배우자의 가족은 자기 가족처럼 가깝지 않아 잘 통하지 않는다고 느꼈다. 또 가족 전원이 육체노동을 하는 게 아닌데도 다들 노동자들처럼 질질 늘어지는 말투로 말했다. 이런 말투는 온화하고 인내심이 많은 느낌을 주었다. 실제로 꼭 그런 게 아닌데도!

사실 휘트생크 일가는 두 가지 가족사의 핵심이 인내심이라고 생각했다. 그들에게 올 거라고 믿고 참을성 있게 기다리는 것. 주니어는 이것을 '호시탐탐 때를 기다린다'라고 했고 메릭도 그 일에 대해 말해야 했다면 똑같이 표현했을 것이다. 하지만 비판적인 사람이 들었다면 질투심이 핵심이라고 말할 것이다. 또 가족과 가까운 사이였던 사람이라면(하지만 그런 사람이 전혀 없었다.), 왜 두 가지 사연의 후일담에는 관심을 두지 않느냐고 물을 것이다. 결국 두 이야기는 실망스러운 상황으로 마무리되었으니까.

　주니어는 집을 손에 넣었지만, 사람들이 추측하는 것만큼 행복하진 않은 듯했다. 그가 난처하고 쓸쓸한 표정으로 집을 골똘히 쳐다보는 광경이 자주 목격되었다. 그는 이 집을 두고 안절부절 못하고, 개축하고 옷장을 짜 넣고 판석을 다시 깔면서 한평생을 보냈다. 마치 완벽한 거주지로 꾸미면, 그를 인정하지 않는 이웃들이 결국 마음을 활짝 열기라도 할 것처럼 열심이었다. 하지만 알고 보니 주니어는 그 이웃들을 좋아한 게 아니었다.

　메릭은 남편을 얻었지만, 그는 술을 마시지 않으면 냉랭하고 무정한 사람이었고, 그럴 때는 말싸움을 하고 야비해졌다. 부부에게 자녀가 없었고, 메릭은 미운 시어머니를 피하려고 소라토타에 있는 집에서 대부분을 지냈다.

　하지만 휘트생크 일가는 이 실망스러운 결과를 의식하지 않는 듯했다. 그게 또 다른 그들의 독특한 일면이었다. 그들은 다 괜찮은 척하는 재능이 뛰어났다. 아니, 아마도 그것은 독특한 일면이 아니었다. 어쩌면 이것은 휘트생크 일가가 어떤 면에서도 특출하지 않다는 또 하나의 증거였다.

3

2012년의 첫날, 애비는 사라지기 시작했다.

그녀와 레드는 간밤에 스템의 세 아들을 데리고 잤고, 덕분에 스템과 노라는 신년 전야 파티에 참석할 수 있었다. 다음 날 오전 10시경 스템이 아이들을 데리러 왔다. 다들 그러듯 그도 형식적으로 노크 한 후 현관문으로 들어섰다.

"저 왔어요."

스템이 소리쳤다. 그는 복도에 서서, 느긋하게 개의 귀를 매만지면서 소리에 귀를 기울였다. 일광욕실에서 아이들이 노는 소리만 났다.

"저 왔다고요."

스템이 다시 외쳤다. 그는 아이들의 소리가 나는 쪽으로 걸어갔다.

아들들은 바닥에 파치시(Pacheesi board 윷놀이와 비슷한 인도 주사위 놀이) 판을 펼쳐놓고 앉아 있었다. 너저분한 청바지를 입은 누런 머리통들의 높이가 계단 세 개 같았다.

"아빠, 새미한테 우리랑 못 논다고 말해줘요. 걔는 계산을 못한단 말이에요!"

피티가 말했다.

"할머니는 어디 계시니?"

스템이 물었다.

"몰라요. 새미한테 말해줘요, 아빠! 그리고 걔가 주사위를 너무 세게 던져서 하나가 소파 밑으로 들어갔어요."

"할머니가 나도 놀아도 된다고 했어."

새미가 말했다.

스템은 거실로 들어갔다.

"엄마? 아버지?"

그가 소리쳤다.

대답이 없었다.

그가 부엌으로 가니, 아버지가 간이 식탁에 앉아서 〈볼티모어 선〉지를 읽고 있었다. 지난 몇 년 사이 청력이 약해져서 스템이 시야에 들어오자 그제야 신문에서 눈을 들었다.

"왔구나! 새해 복 많이 받아라!"

레드가 말했다.

"아버지도 새해 복 많이 받으세요."

"파티는 어땠니?"

"재미있었어요. 엄마는 어디 계세요?"

"아, 주변 어디 있겠지. 커피 마실래?"

떠나지 마세요 95

"아뇨, 됐어요."

"방금 내렸는데."

"괜찮아요."

스템은 뒷문으로 가서 밖을 내다보았다. 가장 가까운 층층나무에 남아 있는 나뭇잎처럼 빛나는 홍관조 한 마리가 앉아 있을 뿐, 그 외에 마당은 을씨년스러웠다. 스템이 몸을 돌렸다.

"제 생각에는 길레르모를 해고해야 될 것 같아요."

그가 말했다.

"뭐라고?"

"길레르모요. 내보내야 된다고요. 드온테이가 그러는데 금요일에 또 숙취 상태로 나타났대요."

레드는 혀를 차는 소리를 내면서 신문을 접었다.

"글쎄다, 요즘은 인부들이 별로 많지 않아서 말이지."

그가 말했다.

"애들이 얌전하게 굴었어요?"

"그래, 잘 있었다."

"애들을 봐주셔서 고마워요. 가서 애들 짐을 챙겨야겠어요."

스템은 복도로 나가서 계단을 올라가, 누나들이 쓰던 침실로 향했다. 이제 방에는 2층 침대들이 있고 바닥에는 벗어던진 파자마, 만화책, 배낭이 흩어져 있었다. 그는 눈에 띄는 대로 옷가지를 집어서 누구 건지 상관 않고 아무 배낭에나 넣기 시작했다. 그러고 나서 배낭들을 한쪽 어깨에 매고 다시 복도로 나갔다.

"엄마?"

스템은 안방을 들여다보았다. 애비는 없었다. 침대는 말끔히 정돈되고 욕실 문은 열려 있었다. U자형 복도에 있는 방들―예전 데니의 방은 이제 애비가 서재로 썼다―전부와 아이들의 욕실, 예전 그의 방도 마찬가지였다. 스템은 배낭들을 어깨 위로 더 올리고 아래층으로 내려갔다.

그는 일광욕실로 가서 아들들에게 말했다.

"됐다, 얘들아. 이제 가보자. 코트를 찾아봐라. 새미, 네 신발은 어디 있니?"

"몰라."

"신발을 찾도록 해."

스템이 말했다.

그는 다시 부엌으로 갔다. 레드가 조리대 앞에 서서 커피를 한 잔 더 따르고 있었다.

"저희 가요, 아버지."

스템이 그에게 말했다. 아버지는 말을 들은 것 같지 않았다.

"아버지?"

스템이 다시 말했다.

레드가 뒤를 돌아봤다.

"이제 가볼게요."

스템이 말했다.

"아! 저기, 노라에게 새해 인사 전해라."

"아버지도 엄마한테 저희 대신 고맙다고 전해주세요, 아셨지요? 엄마가 일을 보러 나가셨을까요?"

"일하러?"

"일 보러요. 엄마가 볼일이 있어 나가신 것 같아요?"

"아, 아니. 네 엄마는 이제 운전을 안 하는데."

"엄마가 운전을 안 해요?"

스템이 아버지를 빤히 쳐다보았다. 그가 덧붙여 말했다.

"하지만 바로 지난주에 운전하셨는데요."

"아니, 아니야."

"피티를 친구 집에 태워다주셨어요."

"적어도 한 달 넘은 일일걸. 애비는 더 이상 운전하지 않아."

"왜요?"

스템이 물었다.

레드는 어깨를 으쓱했다.

"무슨 일이 있었어요?"

"무슨 일이 있었던 것 같아."

레드가 대답했다.

스템은 간이 식탁에 아이들의 배낭들을 내려놓았다.

그가 물었다.

"어떤 일이요?"

"네 엄마가 말하지 않으려고 해. 흠, 사고나 그런 건 아닌 것 같아. 차가 멀쩡하거든. 그런데 집에 돌아와서는 운전을 접었다고 말하더구나."

"어디 갔다 와서요?"

스템이 물었다.

"피티를 친구 집에 데려다주고 와서."
"이런."
스템이 중얼댔다.
그와 레드는 잠시 서로 바라보았다.
레드가 말했다.
"난 애비의 차를 팔아야 될지 고민했지만, 그러면 집에 트럭 한 대만 남게 되지. 애비가 마음을 바꾸면 어쩌라고?"
"무슨 일이 생긴 거라면 엄마가 마음을 바꾸지 않는 편이 더 낫죠."
스템은 부엌을 가로질러서 지하실로 내려가는 문을 열었다. 밑에 아무도 없음이 분명했지만 불이 꺼져 있었다. 그래도 소리쳤다.
"엄마?"
정적.
그는 문을 닫고 다시 일광욕실로 갔고, 레드가 뒤따라 왔다.
스템이 말했다.
"얘들아, 난 할머니가 어디 계신지 알아야겠다."
아이들은 아까 그가 두고 간 상태 그대로였다. 파치시 놀이판 앞에 앉아 있고, 재킷도 입지 않았다. 새미는 여전히 양말만 신고 있었다. 아이들이 그를 멀뚱멀뚱 쳐다보았다.
스템이 물었다.
"너희가 아래층에 내려왔을 때 할머니가 여기 계셨지, 그랬니? 할머니가 니희한테 아침식사를 주셨지."
"우린 아침 안 먹었는데."

타미가 말했다.

"할머니가 아침식사를 안 주셨어?"

"할머니가 시리얼 먹을래, 토스트 먹을래 라고 묻더니 부엌에서 나갔는데."

"난 맨날 프룻 룹스(Froot Loops 과일 맛이 나는 둥근 모양의 시리얼)를 못 먹어. 두 봉지만 들어 있어서 맨날 피티랑 타미가 차지해."

새미가 투덜댔다.

피티가 말했다.

"그건 나랑 타미가 형이니까 그렇지."

"불공평해, 아빠."

스템이 레드에게 몸을 돌리니 아버지는 통역을 기다리는 사람처럼 그를 빤히 보고 있었다.

스템이 아버지에게 말했다.

"엄마가 여기서 아침식사 준비를 안 하셨대요."

"위층을 살펴보자꾸나."

"위층은 제가 살펴본걸요."

그래도 그들은 계단으로 향했다. 열쇠가 늘 두는 자리에 없는데 다른 데 있을 리 없어서 그 자리를 연신 뒤지는 것과 비슷했다. 계단 꼭대기에서 아이들의 욕실로 들어갔다. 구겨진 수건들, 뒤틀린 치약, 욕조 안쪽의 양 끝에 나뒹구는 플라스틱 배들. 두 사람은 다시 밖으로 나가 애비의 시재로 들어갔다. 거기 침대 겸용 소파에 애비가 앉아 있었다. 옷을 다 차려입고 앞치마까지 두르고서. 복도에서는 애비가 보이지 않았지만, 그녀는 틀림없이 스템이 부르는 소리를 들었을 터였다. 개가 러그 위의 애비 발아래 엎드려 있었다. 두 사람이 들어가자 애비와 개 모두 고개를 들었다. 애비가 말했다.

"아, 왔구나."

"엄마? 엄마를 찾아 사방을 뒤지던 참이에요."

스템이 말했다.

"미안하구나. 파티는 어땠니?"

"재미있었어요. 제가 부르는 소리를 못 들으셨어요?"

스템이 말했다.

"그래, 못 들은 것 같구나. 정말 미안하다!"

레드가 무겁게 숨을 내쉬었다. 스템이 고개를 돌려 그를 쳐다보았다. 레드는 한 손으로 얼굴을 스치면서 말했다.

"여보."

"뭐요."

애비가 말했다. 말투에 지나치게 밝은 기미가 묻어났다.

"우리가 걱정했잖아."

"아니, 무슨 말도 안 되는 소리에요!"

애비가 말했다. 그녀는 무릎을 덮은 앞치마자락을 문질렀다.

데니가 완전히 독립한 후 이 방은 그녀가 일하는 공간이 되었다. 집에 가져온 지원대상자들의 서류를 검토하거나 그들과 통화할 수 있는 곳이었다. 은퇴한 후에도 애비는 계속 이 방에 와서 시를 읽고 쓰면서 혼자만의 시간을 보냈다. 리니의 바느질 도구를 보관했던 붙박이장에는 애비의 일기들과 스크랩 자료들, 아이들이 어릴 때 만든 카드들이 빼곡했다. 한

쪽 벽에는 가족사진들이 빽빽하게 걸려서 사진틀 사이에 여백이 없었다.

한번은 아만다가 물었다.

"저렇게 걸려 있는데 어떻게 사진들을 보세요? 어떻게 제대로 사진을 보시냐고요?"

하지만 애비는 쾌활하게 대답했다.

"아이고, 볼 필요가 뭐가 있니."

이치가 닿지 않는 대답이었다.

보통 그녀는 창문 아래에 놓인 책상에 앉아 있었다. 애비가 침대 겸용 소파에 앉는다는 것을 아무도 몰랐다. 손님들의 잠자리가 부족할 때나 사용하는 소파였다. 애비의 자세가 부자연스럽고 어색했다. 그들이 계단을 올라오는 소리를 듣고 서둘러 그 자리로 간 것만 같았다. 애비는 온화하면서 묘한 미소를 지으며 남편과 아들을 올려다보았다. 미소를 지었지만 이상하게 얼굴에 주름이 지지 않았다.

"그렇죠."

스템이 중얼대고, 아버지와 눈짓을 교환했다. 그 이야기는 더 이상 하지 않았다.

* * *

새해 첫날 생긴 일은 한 해 내내 생긴다는 말이 있다시피, 애비가 사라지는 것이 2012년의 주제가 되었다. 그녀는 그 자리에 있지만 왠지 거기 있지 않기 시작했다. 주위에서 오가는 대화에서 빠져 있는 것 같은 때가 많았다. 아만다는 어머니가 사랑에 빠진 여자처럼 행동한다고 말했다. 하지만 이제껏 그들이 알기에 애비는 언제나 레드만 사랑했고 영원히 그럴 테니 말도 안 되는 소리였다. 게다가 애비는 사랑에 빠진 사람처럼 행복해서 어쩔 줄 모르는 느낌이 없었다. 사실은 불행해 보였고 이것은 전혀 그녀답지 않았다. 애비는 초조한 표정을 지었고, 머리는—이제 턱선 정도로 자른 회색 머리는 고풍스런 사기 얼굴 인형의 가발처럼 숱이 많고 부스스했다—막 비참한 불행을 겪은 사람처럼 지쳐 보이게 했다.

스템과 노라는 피티에게 친구 집에 놀러갈 때 무슨 일이 있었느냐고 물었지만, 처음에 아이는 어떤 친구 집을 말하는지 몰랐고 그러다가 차를 잘 타고 갔었다고 말했다. 그러자 아만다가 애비에게 직접적으로 말했다.

"요즘 운전을 안 하신다면서요."

애비는 그렇다고, 운전해서 아무 데도 안 가도 되는 게 자신에게 주는 작은 선물이라고 대꾸했다. 그리고는 맏딸에게 전에 없이 무덤덤한 미소를 지어 보였다. 그 미소는 '그만 해'라고 말했다. '뭐가 문제니? 왜 뭐가 잘못 됐다고 생각하지?'라고도 말했다.

2월에 애비는 아이디어 상자를 버렸다. 이것은 그녀가 수십 년간 간직한 '이지 스피릿' 구두 상자로, 언젠가 시를 쓰려고 메모해놓은 종이더미가 꽉 차 있었다. 바람이 많이 부는 날 저녁, 그녀는 재활용 쓰레기들과 함께 상자를 내놓았고, 다음 날 아침 종이쪽지들이 거리 여기저기로 날렸다. 이웃들은 계속 생울타리와 현관 매트 위에 놓인 쪽지들을—'살짝 익힌 달걀노른자 같은 달' '물 풍선 같은 심장'이라고 적힌— 발견했다. 어디서 나온 종이인지 물을 것도 없었다. 애비가 직유법을 즐겨 쓰는 것은 물론 그녀의 시에 대해 모르는 사람이 없었다. 대부분 조심스럽게 종이쪽지들을 버렸지만, 마지 엘리스는 쪽지 한 움큼 들고 휘트샌크의 집에 왔고 레드는 난처한 표정으로 종이 뭉치를 받았다.

나중에 레드가 말했다.

"애비? 당신, 이것들을 버리려고 했어?"

"시를 쓰는 것을 끝냈어요."

애비가 말했다.

"하지만 난 당신의 시를 좋아했는데!"

"그랬어요?"

애비는 무관심하게 묻고 덧붙였다.

"고맙네요."

어쩌면 레드가 좋아하는 것은 시가 아니라 아내가 시인이라는 '개념'이었다. 애비는 그가 인부를 시켜서 표면을 새로 손질한 골동품 책상에서 글을 긁적이고, 노력의 결실을 작은 잡지사들에 보냈고 잡지사들은 곧 원고를 반송했다. 레드는 애비와 똑같이 불행한 표정을 짓기 시작했다.

4월 자녀들은 어머니가 개를 '클레런스'라고 부르기 시작했다는 것을 눈치챘다. 클레런스는 오래전에 죽은 개였고, 지금 키우는 브렌다는 검은 래브라도가 아니라 전혀 다른 색깔인 황금색 리트리버였다. 이것은 평소 애비가 이름을 착각하는 것과는 달랐다. 그녀는 지니와 대화하면서 '아만다…… 아니 스템을 말한 건데'라고 말했다. 그런데 이번에는 오래전에 키우던 개를 불러오고 싶은 것처럼 계속 이름을 잘못 불렀다. 가여운 브렌다는 어떻게 해야 좋을지 몰랐다. 개는 어리둥절해서 튀어나온 금색 눈썹을 찡그렸고, 애비는 화가 나서 혀를 차곤 했다.

알츠하이머는 아니었다. 애비는 알츠하이머 환자치고는 너무 사정에 밝았다. 또 가족들이 의사에게 말할 만한 발작이나 기절 같은 특별한 신체 증상을 보이지 않았다. 하긴 진찰을 받으라고 애비를 설득할 수 있으리란 희망이 없었다. 그녀는 나이 예순에 '극단의 조치'를 취하기에는 너무 늦었다고 주장하면서 내과에 발걸음을 끊었다. 가족들이 알기에 예전 담당의는 더 이상 진료를 하지 않았다. 하지만 그가 계속 병원에 있다고 해도 '부인이 건망증이 있으신가요?'라고 물을 테고, 그러면 가족들은 '뭐, 평소보다 더 하시진 않아요'라고 대답했을 테지.

"부인이 비논리적이신가요?"

"뭐, 평소보다 더 심하지는 않은데요……."

거기 문제가 있었다. 애비의 '평소'는 무척 미덥지 못했다. 이런 행동을 평소 애비다운 것일 뿐이라고 말할 수 있으려나?

소녀 시절 애비는 초현실적인 요정 같았다. 겨울에는 검은색 터틀넥 스웨디를 입었고 여름에는 농부들이 애용하는 소박한 헐렁한 블라우스를 입었다. 나른 여자애들은 매일 밤 머리를 롤러로 동그랗게 말았지만 애비는 긴 직모를 등 위로 늘어뜨렸다. 시만 좋아한 게 아니라 미술도 좋아했고, 현대 무용을 잘했으며 가치 있는 일이 생기면 활동가로 나섰다. 학교에서 '빈곤층을 위한 통조림 모으기'와 '장갑 트리' 행사는 애비가 도맡아서 이끌었다. 애비는 메릭과 같은 학교에 다녔다. 상류층이 다니는 사립 여학교에서 애비는 유일한 장학생이었지만, 학교의 스타였고 리더였다. 대학 시절에는 머리를 여러 가닥으로 땋고 시민권 데모를 했다. 동기 중 거의 수석으로 졸업했고 사회복지사가 되어, 여고 동창들은 그런 데가 있는 줄도 모르는 볼티모어의 어느 지역으로 들어갔다. 레드와 결혼한 후(레드와는 워낙 오래 전부터 아는 사이여서, 두 사람 다 첫 만남을 기억하지 못했다.) 그녀는 평범하게 변했을까? 천만의 말씀. 그녀는 자연분만을 주장하고 공공장소에서 모유 수유를 했고, 식탁에 맥아와 집에서 발효한 요거트를 올렸다. 또 막내를 안고 베트남 전쟁 반대 행진을 했고, 아이들을 공립학교에 보냈다. 집에는 그녀가 만든 수공예품이―마크라메(굵은 실이나 가는 끈으로 만든 장식품이나 실용품) 화분 걸이와 화려한 색깔의 세라피(어깨에 걸치는 기하학적 무늬의 모포)―잔뜩 있었다. 애비는 거리에서 낯선 사람들을 집으로 데려왔고, 개중에는 몇 주씩 머무는 사람들도 있었다. 그녀의 저녁 식탁에 누가 나타날지 알 수가 없었다.

  주니어는 레드가 아버지를 골탕 먹이려고 애비와 결혼했다고 생각했다. 물론 사실이 아니었다. 레드는 간단명료하게 말해 애비를 사랑해서 결혼했다. 리니 매는 며느리를 좋아했고 애비도 시어머니를 좋아했다. 메릭은 애비 때문에 무척 놀랐다. 애비가 처음 그 학교로 전학 왔을 때, 애비를 보살펴주는 '선배' 역할을 한 사람이 메릭이었다. 그 시절에도 메릭은 애비를 구제불능이라고 생각했고, 시간이 흐르면서 짐작대로 임이 증명되었다.

애비의 자녀들은 물론 그녀를 사랑했다. 데니까지도 나름의 방식으로 어머니를 사랑한다고 할 만했다. 하지만 그녀는 자녀들을 몹시 당황시켰다. 예를 들어 친구들이 와 있을 때 애비는 방으로 쑥 들어와서 방금 쓴 시를 낭독하기도 했다. 애비는 집배원을 붙들고 수다를 떨면서 그녀가 환생을 믿는 이유를 알려주기도 했다('모차르트' 때문이라고 했다. 모차르트가 어릴 때 작곡한 곡을 들으면 그가 서너 번의 생을 산 경험에서 곡을 쓴다는 확신이 서지 않느냐고?). 누군가 조금이라도 외국인 억양이 있는 사람을 만나면, 그녀는 손을 잡고 눈을 들여다보면서 '말해 봐요. 집이 어딘가요?'라고 말하곤 했다.

나중에 자녀들은 '엄마!'라면서 못마땅해 했고, 그러면 애비는 이렇게 대꾸하곤 했다.

"왜? 내가 뭘 잘못하는데?"

"엄마가 상관할 일이 아니라구요! 그 사람은 엄마가 눈치채지 않기를 바랐어요! 어쩌면 자기가 외국인이라는 것을 엄마가 짐작도 못한다고 생각했을 거라고요."

"말도 안 돼. 그는 외국인이란 게 자랑스러울 거야. 나라면 그럴 거다."

자녀들은 일제히 신음소리를 냈다.

애비는 무척 직관적인데다, 환영받을 거라는 확신이 무척 강했고, 남의 이목을 무척 의식하지 않았다. 그녀가 묻고 싶은 것은 뭐든 물을 권리가 있다고 생각했다. 사람들이 개인사를 말하기를 꺼려도, 그녀가 상대의 입장에서 말하면 상대의 마음이 변할 거라고 고집스레 생각했다(사회 복지 업무를 하면서 그렇게 배웠을까?).

애비는 느긋하게 몸을 숙이면서 말하곤 했다.

"이걸 다른 방향으로 생각해 보자구. 네가 나한테 조언한다고 해봐. 내 남자친구가 너무 독단적으로 행동한다고 하자."

이 대목에서 그녀는 가볍게 웃곤 했다. 그런 다음 외쳤다.

"난 어찌할 바를 모르겠어요! 내가 어떻게 해야 되는지 말해줘요!"

"제발요, 엄마."

자녀들은 가능한 애비의 '고아들'—정상적인 생활로 복귀하는 데 어려움을 겪는 전역 군인들, 수도회를 떠난 수녀들, 향수병을 앓는 홉스킨 대학의 중국 유학생들—과 가능한 접촉하지 않았고 추수감사절을 지옥으로 여겼다. 그들은 집에 흰 빵과 아질산염(소시지 등에 발색제, 방부제로 쓰이는 화합물)이 잔뜩 든 핫도그를 몰래 들여왔다. 어머니가 학교 소풍을 주도한다는 말을 들으면 자녀들은 움츠러들었다. 무엇보다 가장 결정적인 것은 애비가 동정심을 인간관계의 수단으로 가장 애용한다는 점이었다. 그녀는 '어머나, 딱하기도 해라!'라고 말하곤 했다. '정말 지쳐 보이네요!'라거나 '너무 외롭겠다!' 보통 사람들은 칭찬으로 애정을 표현했지만 애비는 연민을 내비쳤다. 그것은 호감 가는 특징이 아니라는 게 자녀들의 견해였다.

하지만 막내가 학교에 다니기 시작하면서 그녀는 직장으로 복귀했고, 지니는 기대했던 것만큼 마음이 편하지 않다고 아만다에게 털어놓았다.

"난 반가울 줄 알았는데, 나도 모르게 '엄마는 어디 있지? 왜 내 목덜미에 콧김을 내뿜지 않지?'라는 생각이 들지 뭐야."

지니가 말했다.

아만다가 대꾸했다.

"앓던 이를 뺀 것 같기도 하잖아. 다시는 치통을 앓고 싶지 않을걸."

* * *

5월에 레드는 심근경색을 일으켰다.

병세가 대단히 위중하지는 않았다. 일터에서 몇 가지 애매한 증상들을 겪었고, 그게 다였지만 직원인 드온테이가 응급실에 모셔다 드리겠다고 고집을 부렸다. 그래도 가족에게는 충격적인 일이었다. 겨우 일흔네 살인데! 그는 무척 건강해 보였고 예전처럼 사다리를 오르고 무거운 짐을 날랐다. 또 체중은 결혼할 때보다 0.5킬로그램도 늘지 않고 그대로였다. 하지만 애비는 남편이 은퇴하기를 바랐고, 두 딸도 어머니와 같은 생각이었다. 레드가 지붕에 올라가 있을 때 심근경색이 일어나면 어쩌나? 레드는 은퇴하면 미쳐버릴 거라고 말했다.

스템은 아버지가 일을 계속할 수 있겠지만 지붕에 올라가서 하는 작업은 그만해야 된다고 말했다. 데니는 이 논의에 끼지 않았지만, 그 자리에 있었다면 스템의 편에 섰을 터였다.

레드가 이겼고 결국 퇴원 직후에 일터로 돌아갔다. 그는 좋아 보였다. 좀 기운이 없다고 말했고 일찍 피곤해진다고 인정하기는 했다. 하지만 그것은 그의 바람일 터였다. 레드가 맥박을 재거나 손바닥을 가슴팍에 대고 살피는 광경이 몇 번이나 목격된 것을 보면 그랬다. 애비는 '괜찮아요?'라고 묻곤 했다. 그러면 레드는 전에 없이 짜증스런 말투로 '당연히 괜찮지'라고 대답하곤 했다.

이제 레드는 보청기를 사용했지만 전혀 도움이 안 된다고 했다. 그는 자주 서랍장 위에 보청기를—닭 심장과 같은 색과 크기의 분홍색 플라스틱 덩어리 두 개—두고 나갔다. 그 결과 고객들과 제대로 대화를 나누지 못하는 경우가 있었다. 레드는 일을 손에서 놓는 게 섭섭한 기색이 완연했지만, 점점 사업의 일부를 스템에게 맡겼다.

그는 집도 그냥 내버려두었다. 이것을 처음 눈치 챈 사람은 스템이었다. 오래전에는 집이 최고 상태로 관리되었다. 못 하나 덜렁거리지 않았고, 창틀에 균열 하나 없었다. 이제는 전혀 다른 티가 났다. 어느 날 저녁 아만다가 딸을 데리고 친정에 오니 스템이 현관 방충망을 손보고 있었다. 그녀가 무심히 물었다.

"고장 났니?"

스템은 허리를 펴고 대답했다.

"예전에는 아버지가 이렇게 되도록 놔두지 않으셨는데."

"뭘 이렇게 되도록 놔두셨는데?"

"방충망이 틀에서 빠져서 펄럭이잖아! 욕실 세면대는 물이 뚝뚝 떨어지고 있는데 누나는 눈치 못 챘어?"

"이런."

아만다가 중얼대며 엘리스를 따라서 안으로 들어갈 채비를 했다.

하지만 스템이 말했다.

"아버지가 흥미를 잃으신 것 같아."

그 말에 아만다가 걸음을 멈추었다.

스템이 말했다.

"거의 상관없는 것 같다니까. 내가 '아버지, 현관 방충망이 헐렁해요'라고 말하자, '내가 어떻게 사소한 것까지 일일이 최고로 유지하겠니, 빌어먹을!'이라고 대답하셨어."

이것은 보통 일이 아니었다. 레드가 스템에게 쏘아붙이다니. 스템은 늘 그가 예뻐한 자식이었다.

아만다가 말했다.

"아버지에게 이 집이 너무 버거워지나 봐."

"그게 다가 아니야. 저번 날 엄마가 스토브에 주전자를 올려놓았는데, 노라가 들렀더니 주전자가 시끄럽게 딸랑거려도 아버지는 식탁에 앉아서 수표만 쓰시더래. 전혀 아무것도 모르고."

"아버지가 주전자 끓는 소리를 못 들었다고?"

"그랬을 거야."

떠나지 마세요 111

"그 주전자 소리는 고막이 찢어질 지경인데. 어쩌면 애당초 아버지가 귀가 먼 것도 주전자 때문이었을지 몰라."

아만다가 말했다.

"두 분만 살면 안 된다는 생각이 들기 시작해."

스템이 누나에게 말했다.

"정말이네. 그러면 안 되겠다."

그녀는 대답하고, 생각에 잠겨서 스템 옆을 지나 안으로 들어갔다.

다음 날 저녁에 가족회의가 열렸다. 스템, 지니, 아만다가 집에 잠깐 들렀다. 배우자와 아이들은 두고 모두 혼자 왔다. 스템은 미심쩍게 말쑥한 차림이었고, 반면 아만다는 출근할 때처럼 회색 바지 정장을 입고 머리를 단정히 손질하고 립스틱을 발랐다. 지니만 아무 노력도 하지 않고, 평소처럼 티셔츠에 구깃구깃한 카키 바지 차림으로 긴 검은 머리를 대충 묶었다. 애비는 신이 났다. 자녀들을 모두 거실에 앉히고 그녀가 말했다.

"이렇게 만나니 좋지 않니? 꼭 옛날 같구나! 물론 너희 가족들을 다 보는 것도 좋긴 하지만……"

레드가 말했다.

"무슨 일이냐?"

아만다가 대답했다.

"저기, 저희는 집에 대해 고민 중이에요."

"집이 왜?"

"관리하는 데 손이 많이 가는 것 같아서요. 엄마랑 아버지가 점점 나이 드시니까."

"난 한 손을 등에 묶고 한 손으로도 이 집을 관리할 수 있다."

레드가 말했다.

그 말 뒤에 짧은 침묵이 이어지자, 자녀들은 계속 이야기를 해야 될지 고심했다. 놀랍게도 그들을 돕고 나선 사람은 애비였다.

그녀가 말했다.

"저, 물론 당신은 그럴 수 있죠. 하지만 당신도 쉬어야 될 때라고 생각하지 않아요?"

"쉬어야 될 때라니!"

자녀들은 반은 웃고 반은 한탄했다.

애비가 그들에게 말했다.

"내가 뭘 참고 사는지 너희도 알겠지. 이 양반은 보청기를 끼지 않으려 한다니까! 보청기를 낀 체할 때는 아주 엉뚱한 말을 추측하지. 어찌나…… 이상하게 구는지! 내가 청과물 시장에 가고 싶다고 말하면, 너희 아버지는 '당신이 군대에 입대한다구?'라고 대꾸한단다."

"당신이 웅얼대면서 말하니까 나도 어쩔 수 없지."

레드가 말했다.

애비는 큰 소리로 한숨을 쉬었다.

아만다가 재빨리 말했다.

"우리 하던 이야기를 계속 해요. 엄마, 아버지, 저희가 생각하기에 두 분이 이사하고 싶으실 것 같아요."

"이사라니!"

레드와 애비가 동시에 외쳤다.

"아버지 심장도 그렇고, 이제 엄마는 운전을 안 하시니……. 저희는 은퇴자 단지도 괜찮겠다고 생각하고 있어요. 그게 해답이 되지 않겠어요?"

레드가 대답했다.

"은퇴자 단지라니. 거기는 노인네들이 가는 곳인데. 잘난 체하는 노파들이 남편이 죽으면 가는 곳이라구. 우리가 그런 곳에서 행복할 거라고 생각하는 게냐? 그들이 우리를 보면 퍽이나 반가워하겠구나?"

"당연히 반가워하지요, 아버지. 단지 내 집들을 거의 다 아버지가 수리하셨는데요."

"그랬지. 게다가 우리는, 너희 엄마랑 나는 너무 독립적인 사람들이야. 우리는 알아서 꾸려가는 타입이란 말이다."

자녀들은 그런 면을 그리 좋게 보지 않는 듯했다.

지니가 말했다.

"알았어요. 은퇴자 단지는 아닌 걸로 해요. 그러면 아파트는 어떨까요? 볼티모어 카운티에 있는 정원 달린 아파트라면."

"그런 집들은 겉만 번지르르 하지."

레드가 말했다.

"다 그런 건 아니에요, 아버지. 아주 잘 지은 아파트들도 있어요."

"그래서 우리가 이사한다면 이 집은 어쩌고?"

"뭐, 팔면 되겠지요."

"집을 판다고! 누구한테? 그 사고 이후 이 도시에서는 아무것도 팔리지 않는 상황인데. 집을 내놓으면 영원히 팔리지 않고 빈 집으로 남아 있을걸. 내가 대대로 살던 집이 빈 집 상태로 망가지게 둘 것 같으냐?"

"아, 아버지. 저희가 그렇게 되게 놔두지 않죠……."

"집에는 사람이 필요한 법이다. 너희 모두 그걸 알아야 해. 아, 그래. 사람들은 집을 헐게 하고 망가트리지만—바닥을 발로 문지르고 변기를 막히게 하는 짓—집을 내버려두었을 때 생기는 일에 비하면 그 정도는 아무것도 아니지. 심장이 빠져나가는 것과 같다구. 집은 축 늘어지고 쇠락하고, 땅 쪽으로 기울어지기 시작해. 맹세컨대 어느 집의 마룻대만 보면 거기 사람이 사는지 안 사는지 가늠이 되지. 내가 이 집을 그 꼴로 만들 거라고 생각하는 게냐?"

지니가 대답했다.

"저기, 조만간 '누군가' 작자가 나설 거예요. 그 동안은 제가 매일 들러서 돌아보면 되고요. 수돗물을 틀어놓을 게요. 방방마다 걸어 다니고요. 창문들도 다 열어놓고요."

"그래도 똑같지 않지. 집은 차이를 알아차릴 거다."

레드가 대꾸했다.

애비가 말했다.

"혹시 너희 중 누가 이 집을 양도받고 싶을지 모르겠구나. 우리한테 헐값에 사거나 어떻게 조치를 취할 수도 있을 텐데."

이 말에 침묵이 이어졌다. 자녀들은 각자의 집에 만족스럽게 자리 잡았고 애비도 그것을 알았다.

그녀가 애처롭게 말했다.

"이 집은 우리에게 정말 좋은 일을 많이 했지. 좋았던 시간들이 기억나지? 소녀 시절 이 집에 왔던 기억이 나는구나. 이후 너희 아버지와 내가 연애할 때 현관 베란다에서 보낸 시간들도 다 기억나. 당신도 기억하죠, 레드?"

그는 조급하게 한 손으로 밀어내는 시늉을 했다.

애비가 말했다.

"병원에서 지니를 안고 집에 왔을 때가 떠오르는구나. 지니가 태어난 지 사흘 되던 날이었지. 외할머니가 아만다에게 뜨개질해준 팝콘 스티치(팝콘 같이 튀어나온 뜨기 무늬) 담요에 지니를 작은 부리토(옥수수가루로 만든 또르띠아에 고기, 야채를 싼 멕시코 음식)처럼 싸서 문으로 들어오면서 말했지. '여기가 네 집이란다, 여기가 네가 살 집이고, 넌 여기서 굉장히 행복할 거야!'"

애비의 눈에 눈물이 고였다. 자녀들은 무릎을 내려다보았다.

"아, 그래."

그녀가 중얼대고 어색하게 웃었다. 애비가 말을 이었다.

"나 좀 봐. 몇 년간 일어날 리 없는 일을 두고 이렇게 주절대네. 클레런스가 살아 있는 동안은 어림없는데."

레드가 말했다.

"누구라고?"

"브렌다요. 엄마는 브렌다를 말하시는 거예요."

아만다가 아버지에게 말해주었다.

애비가 말했다.

"클레런스가 말년에 이사하게 하는 것은 못할 짓이야."

아무도 계속 의논할 기운이 나지 않는 것 같았다.

* * *

아만다는 가정부를 두라고 아버지를 설득했고, 가정부가 운전도 맡아주기로 했다. 애비는 직장 생활을 하던 시절에도 가정부를 두고 산 적이 없었지만, 아만다는 곧 적응될 거라고 어머니를 달랬다.

"엄마는 유한마담이 되실 거예요! 언제든 가고 싶은 데가 있으면 거트 부인이 모시고 갈 거고요."

아만다가 말했다.

"내가 가고 싶은 곳은 거트 부인을 피할 수 있는 곳밖에 없다."

애비가 대답했다.

아만다는 애비가 농담을 한 것처럼 웃었지만 그것은 농담이 아니었다.

거트 부인은 체구가 크고 쾌활한 68세 여자였다. 학교 급식일을 하다가 해고되어 수입이 필요했다. 그녀는 매일 오전 9시에 도착해서 느릿느릿 집을 돌면서 대충 정리와 청소를 한 다음, 일광욕실에 나리미판을 펴놓고 텔레비전을 보면서 다림질을 했다. 노인 두 명이 사는 집에 다림질거리가 많지 않았지만, 아만다는 거트 부인에게 일감을 주려고 다림질을 시켰다. 그러는 동안 애비는 집의 다른 쪽 끝 방에 머물렀고, 평소와 달리 새로 알게 된 사람의 인생사를 캐묻는 데 관심을 보이지 않았다. 언제든 애비가 아주 작은 인기척이라도 내면 거트 부인은 일광욕실에서 냉큼 달려 나와 묻곤 했다.

"괜찮으세요? 뭐 필요하신 게 있나요? 제가 어디 모셔다드릴까요?"

애비는 그게 참을 수 없다고 말했다. 이제 내 집 같지가 않다고 남편에게 하소연했다.

하지만 애비는 어째서 이 여자가 필요한 느낌이 드는지는 묻지 않았다.

일을 시작한 지 2주쯤 지났을 때 거트 부인은 애비의 손에서 억지로 팬을 빼앗으면서 자기가 오믈렛을 만들어주겠다고 고집했다. 그 사이 그녀가 일광욕실에 켜놓고 온 다리미에 행주가 붙어 불이 났다. 행주가 탄 것 외에 심각한 피해는 없었고, 타겟(미국의 체인 대형 마트)에서 구입한 단순한 타올지 행주는 애초에 다림질할 필요가 없었지만 그 사건으로 거트 부인은 일을 그만두어야 했다. 아만다는 다음 가정부는 40세 이하여야 된다고 말했다. 또 이유는 밝히지 않았지만 남자를 고용하는 것도 고려해보라고 권했다.

하지만 애비가 말했다.

"아니."

"아니라고요? 아, 알았어요. 그럼 여자로 하죠."

아만다가 대답했다.

"남자도 아니고 여자도 아니야. 아무도 필요 없다."

"하지만 엄마……"

"난 못하겠어! 못 참겠다구!"

애비가 말했다. 그녀가 울기 시작하면서 말을 이었다.

"낯선 사람이 내 집을 같이 쓰게 할 수가 없어! 너희가 내가 늙었다고 생각하는 걸 알아. 너희가 내 정신이 약하다고 생각하는 걸 안다. 하지만 이건 나를 비참하게 만들어! 차라리 나가서 죽는 게 낫겠다!"

지니가 말했다.

"엄마, 그만하세요. 엄마, 제발 울지 말아요. 자요, 엄마, 우리 엄마. 저희는 엄마가 비참해지는 것은 원하지 않아요."

그녀도 울고 있었고, 레드는 아내에게 가서 포옹하려고 두 딸을 밀어내려 했다. 스템은 속상할 때면 늘 그러듯 머리칼을 넘기면서 빙빙 돌아다녔다.

그래서 남자도 아니고, 여자도 아니고, 아무도 안 들이기로 했다. 레드와 애비는 다시 단둘이 지냈다.

6월말 애비가 나이트가운 차림으로 보우턴 가를 돌아다니다 발견되었지만, 레드는 그녀가 없어진 줄도 모르고 있었다.

스템이 아내 노라와 부모의 집에 들어와 살겠다고 선언한 것도 바로 그때였다.

　　　　　　　　＊　＊　＊

　하긴 아만다는 그러지 못했을 게 분명했다. 그녀와 휴와 십 대인 딸은 워낙 바쁜 생활을 해서 매일 아침 코기를 강아지 보호소에 맡겨야 했다. 또 지니의 가족은 지니의 남편 휴의 본가에서 살았고, 휴의 모친이 손님방을 쓰며 같이 살았다. 지니가 친정에 들어오려면 시어머니 앵겔 부인까지 같이 이사해야 하니 일고의 가치가 없는 얘기였다. 반면 데니가 논외라는 것은 두말하면 잔소리였다.

　사실 스템 역시 부모님 집으로 들어오리라 기대 못할 상황이었다. 스템과 노라는 대단히 활동적이고 요구가 많은 아들 셋을 키울 뿐 아니라, 하트포드 가에 있는 크래프트 스타일 주택(19세기말 시작된 수작업에 의한 미국식 건축 양식)에 정성을 쏟으며 남는 시간을 온통 집수리에 매달렸다. 그들에게 그 집을 떠나라고 한다면 심한 요구였을 것이다.

　하지만 적어도 노라는 종일 집에서 지냈다. 또 스템은 온화하고, 인생이 계획대로 풀리지 않을 때가 있음을 당연시하는 부류였다. 사실 그는 합가의 새로운 장점들을 계속 생각했다. 아들들이 할아버지, 할머니와 함께 보내는 시간이 더 길어지겠지! 아이들이 동네 수영장에 다닐 수도 있고!

　누나들은 이 계획을 알아듣자 별다른 말을 하지 않았다. 그들은 힘없이 '괜찮겠어?'라고만 물었다. 부모들은 강하게 사양했다.

　레드가 말했다.

"얘야, 우리가 어떻게 너한테 그런 기대를 하겠니."

애비는 또 눈물을 흘렸다. 하지만 부부의 바라는 표정이 훤히 읽혔다. 완벽한 해결책이 아닐까! 그래서 스템은 단호하게 말했다.

"저희가 들어올게요. 더 이상 이러쿵저러쿵 마세요."

그래서 그러기로 결정되었다.

4월초의 토요일 오후 스템의 가족은 이사했다. 스템과 지니의 휴는 회사 직원인 미구엘, 루이스와 스템의 트럭에 옷가방들과 장난감 상자들, 두발자전거와 세발자전거, 페달로 가는 자동차, 스쿠터를 실었다(스템과 노라는 세입자들이 쓰도록 가구를 남겨두었다. 세입자는 노라의 교회에서 후원하는 이라크 난민 가족이었다.). 한편 노라는 세 아들과 개를 태우고 시댁으로 왔다.

노라는 미인이었지만 정작 본인은 그런 줄 몰랐다. 어깨까지 늘어뜨린 갈색 머리, 넉넉하고 단아한 꿈꾸는 얼굴은 화장기가 전혀 없었다. 평소 앞쪽에 단추가 달린 값싼 면 원피스를 입었고, 그녀가 걸을 때 치맛단이 종아리에서 물 흐르듯 찰랑거리는 것을 본 남자들은 걸음을 멈추고 쳐다보았다. 하지만 노라는 그런 눈길을 눈치채지 못했다.

그녀는 손님처럼 차를 길가에 세웠고, 아들들과 개를 데리고 집을 향해 계단을 올라갔다. 아이들과 하이디는 신나서 펄쩍펄쩍 뛰다가 넘어졌고, 노라는 그들 뒤를 침착하게 따라갔다. 레드와 애비는 나란히 현관 앞에 서서 기다렸다. 정말이지 특별한 순간이어서였다. 피티가 소리쳤다.

"안녕하세요, 할머니! 안녕하세요, 할아버지!"

그러자 토미가 말했다.

"지금부터 우린 여기서 살 거예요!"

아이들은 이사 소식을 들은 이후 무척 흥분했다. 합가에 대해 노라가 어떻게 느끼는지 아무도 몰랐다. 적어도 겉보기에는 스템과 비슷한 성향이라서 상황을 있는 그대로 순순히 받아들인 듯했다. 며느리가 현관 앞에 도착하자 레드가 말했다.

"환영한다!"

그러자 애비는 앞으로 나가서 노라를 포옹했다.

애비가 말했다.

"어서 와라, 노라. 이렇게 해주니 너희에게 무척 고맙다."

노라는 평소처럼 천천히 살짝 미소 지었고, 뺨에 보조개가 깊게 팼다.

이층 침대방이 아이들의 방이었다. 세 아이는 어른들보다 앞서서 계단을 뛰어올라가 침대에 몸을 던졌다. 할아버지 집에서 잘 때마다 서로 이층 침대에서 자겠다고 고집을 부렸었다. 스템과 노라는 대각선 방향인 예전 스템의 방을 쓰기로 했다.

애비가 노라에게 말했다.

"저기 내가 포스터들이랑…… 다 떼어놨단다. 너희가 벽에 붙이고 싶은 것을 알아서 붙여야지. 그리고 옷장이랑 서랍장도 비워놨어. 그러면 수납공간이 충분하려나 모르겠네?"

"아, 네."

노라는 노래하듯 낮은 목소리로 대답했다. 집에 도착해서 그녀가 처음으로 한 말이었다.

"아직 침대가 배달되지 않아서 미안하구나. 화요일까지는 갖다 줄 수가 없다니까, 그때까지는 둘이 각자 일인용 침대를 써야겠네."

노라는 다시 미소만 짓고, 서랍장 앞으로 가서 핸드백을 올려놓았다.

"저녁 식사로 닭튀김을 하려고요."

그녀가 말했다.

레드가 말했다.

"뭐?"

그러자 애비가 남편에게 말했다.

"닭튀김이요!"

그녀는 목소리를 낮춰서 노라에게 말했다.

"우린 닭튀김을 좋아한다만, 네가 우리 때문에 요리할 필요는 없는데."

"저는 요리하는 걸 좋아해요."

노라가 대답했다.

"레드더러 장을 봐오라고 할까?"

"더글라스가 트럭에 식료품을 싣고 올 거예요."

그녀는 남편을 더글라스라고 불렀다. 더글라스가 스템의 진짜 이름이었지만, 두 살 이후 가족 누구도 그렇게 부르지 않았다. 그들은 이 이름을 들을 때마다 잠시 멍해졌지만, 노라가 남편을 어른스러운 이름으로 부르고 싶어 하는 이유를 이해할 수 있었다.

전에 노라와 스템이 결혼하겠다고 발표했을 때 애비가 물었다.

"이런 질문을 해서 미안하지만 혹시…… 더글라스가 네 교회에 다닐 거라고 기대하니?"

가족이 노라에 대해 아는 사실은, 그녀가 근본주의 교회 신자며 교회가 생활의 큰 부분이라는 것밖에 없었다.

하지만 노라는 대답했다.

"아, 아니요. 저는 구세대적인 전도는 믿지 않아요."

애비는 나중에 딸들에게 이 말을 전했다.

"노라는 '구세대적인 전도'는 믿지 않는다더라."

결과적으로 가족은 노라가 구시대와 구세대를 구분 못하는 것을 보면 똑똑한 여자는 아니라고 오랫동안 믿었다. 하지만 그녀는 아이들이 태어나기 전에는 책임 있는 일자리를—개인 클리닉의 의료 보조원—갖고 있었다. 또 드문드문 통찰력이 뛰어난 의견을 내놓기도 했다. 혹시 우연히 떠올린 생각일까? 사실 노라는 가족들을 어리둥절하게 만들었다. 이제 같이 살면 그들은 마침내 노라를 제대로 알 수 있을 터였다.

레드와 애비는, 베개 싸움을 하는 아이들과 주위를 돌면서 짖어대는 까불이 콜리 개 하이디를 단속하는 일을 노라에게 맡겼다. 그들은 아래층으로 내려가서 거실에 앉았다. 부부 모두 할 일이 없었다. 그들은 무릎 위에 손을 포개고 앉아 서로 멀뚱멀뚱 쳐다보기만 했다.

애비가 말했다.

"우리가 여생을 이렇게 보내게 될까요?"

레드가 대꾸했다.

"뭐라고?"

애비가 말했다.

"아무것도 아니에요."

스템과 지니의 휴가 트럭을 몰고 뒷문에 도착하자, 노라를 제외한 전원이—어린아이들과 애비까지—짐을 내리러 갔다. 노라는 스템이 맨 먼저 들여놓은 짐을 받았다. 그녀는 식품이 꽉 찬 아이스박스 위에 놓인 얌전하게 접은 앞치마를 집었다. 레드와 애비의 어머니들이 1940년대에 입던, 목 뒤에서 단추를 잠그는 꽃무늬 면 앞치마였다. 그녀는 앞치마를 입고 요리하기 시작했다.

식사를 하면서 방에 대한 이야기가 많이 오갔다. 애비는 손자 한 명이 그녀의 서재를 써야 되는지 계속 궁금해 했다.

애비가 물었다.

"피티가 써야겠지, 맏이니까? 아니면 새미가 써야 되려나, 막내니까?"

"아니면, 나요. 중간이니까!"

타미가 큰 소리로 말했다.

스템이 어머니에게 말했다.

"괜찮아요. 아이들이 집에서도 한방을 썼잖아요. 같이 지내는 데 익숙해요."

애비가 말했다.

"왜 그런지 모르겠지만, 요 몇 년 사이 늘 집의 크기가 맞지 않는 것 같았어. 아버지와 나 단둘이 있으면 너무 적적하고, 너희가 다 찾아오면 너무 갑갑하고."

"저희는 괜찮을 거예요."

스템이 말했다.

"두 사람이 개에 대해 이야기하는 거야?"

레드가 물었다.

"개요?"

"개 두 마리가 한 영역에서 어떻게 지낼 수 있을지 몰라서 말이지."

"아, 레드. 당연히 잘 지낼 수 있죠. 클레런스는 상냥해요. 당신도 잘 알면서 그래요."

애비가 말했다.

"또 시작이야?"

"바로 지금 클레런스는 내 침대에 있어요. 하이디는 새미의 침대에 있고요."

피티가 말했다.

레드는 피티가 말하는 줄 몰랐는지, 손자가 말을 마치기 전에 말했다.

"내 아버지는 집 안에 개를 두는 걸 질색하셨지. 개들은 집에는 골칫거리라니까. 집 안에 쓴 목재를 엉망으로 만들지. 아버지가 계셨으면 이 동물 두 마리를 뒷마당에서 살게 하셨을걸. 개들이 하는 일이 없는데 왜 키우느냐고 의아해 하셨겠지."

어른들은 워낙 여러 번 들은 이야기라 대꾸할 필요를 못 느꼈지만, 피티가 말했다.

"하이디는 하는 일이 있어요! 하이디가 맡은 일은 우리를 행복하게 해주는 거예요!"

"양떼를 몰면 훨씬 도움이 될 텐데."

레드가 말했다.

"그럼 양을 사도 돼요, 할아버지? 그래도 되는 거예요?"

"이 닭고기가 맛이 좋구나."

애비가 노라에게 말했다.

"감사합니다."

"레드, 닭고기가 맛있지 않아요?"

"내 말이 그 말이야! 난 두 쪽을 먹었는데 한쪽 더 먹을까 생각 중인걸."

"세 쪽은 안 돼요! 콜레스테롤 덩어리인데!"

주방에서 전화벨이 울렸다.

"이런, 대체 이 시간에 누가 전화를 걸 수 있담?"

애비가 물었다.

"누군지 알아볼 방법은 하나뿐이지."

레드가 아내에게 말했다.

"그래요, 내가 가서 받을게요. 우리에게 중요한 사람은 지금이 식사시간인 줄 알 텐데."

애비가 말했다. 하지만 그녀는 동시에 의자를 밀면서 일어났다. 애비는 여전히 누군가 자신을 필요로 한다는 믿음을 잃지 않았다. 그녀는 부엌으로 향하면서 두 손자의 의자를 움직이게 해서 그 뒤로 지나갔다.

"여보세요? 아, 데니구나!"

가족들은 그녀의 말소리를 들었다.

스템과 레드가 주방 쪽을 힐끗 쳐다보았다. 새미가 싫어서 움찔하는데도 노라는 접시에 시금치를 조금 덜어주었다.

"저기, 아무도 생각하지 못했다……. 뭐? 아, 말도 안 되는 소리 말아라. 아무도 생각 못했어……."

"디저트는 뭐야?"

토미가 엄마에게 물었다.

"블루베리 파이."

노라가 대답했다.

"야호!"

"그래, 당연히 우리가 그랬겠지."

애비가 말했다. 잠시 침묵. 그러다가 그녀가 다시 말했다.

"아니, 그건 그렇지 않아, 데니! 그건 확실히…… 여보세요?"

잠시 후 벽에 걸린 전화기에 딸깍 수화기가 걸쳐지는 소리가 났다. 애비가 부엌 문간에 다시 나타났다.

그녀가 가족들에게 말했다.

"저기, 데니였어. 오늘 밤 12시 38분 기차로 오겠다는데, 역에서 택시를 타고 올 테니까 현관문을 잠그지 말라고 하네."

"아! 그러는 게 훨씬 좋지. 나는 그렇게 늦게까지 깨 있지 않을 테니까."

레드가 말했다.

"저기, 당신이 마중 나가야죠, 레드."

"왜 그래야 되는데?"

"제가 갈게요."

스템이 어머니에게 말했다.

"아니, 아버지가 가시는 게 나을 거야."

침묵이 흘렀다.

마침내 레드가 물었다.

"무슨 문제가 있대?"

애비가 말했다.

"문제요? 저기, 딱히 문제는 아니고요. 데니는 왜 우리가 자기한테 와서 지내라고 청하지 않았는지 이해를 못하네요."

노라까지도 놀란 표정을 지었다.

레드가 말했다.

"데니한테 청한다고! 그랬으면 그렇게 해줬을 건가?"

"데니는 자기가 왔을 거라고 말해요. 아무튼 지금 오겠다고 하네요."

애비는 계속 문간에 서 있다가 의자로 돌아와서 주저앉았다.

그녀가 스템에게 말했다.

"너희가 이사 온다는 소식을 지니한테 들었다는구나. 데니는 미리 의논했어야 된다고 생각해. 너희 가족이 들어와 살기에는 침실이 부족하다면서 대신 자기가 왔어야 된다고 말하는구나."

노라가 가족들의 접시를 집어서 소리 나지 않게 쌓기 시작했다.

레드가 아내에게 물었다.

"뭐가 그렇지 않다는 거야?"

"뭐라고요?"

"당신이 '그건 그렇지 않아, 데니'라고 말했잖아."

애비가 스템에게 물었다.

"저이가 어떤지 알겠지? 목석처럼 귀머거리였다가도 멀리 주방에서 나는 소리도 다 듣는다니까."

"뭐가 그렇지 않냐고, 애비?"

레드가 채근했다.

"아, 당신도 알죠. 매번 그런 식이잖아요."

애비가 가볍게 말했다. 그녀는 포크와 나이프를 접시에 가지런히 놓고 접시를 노라에게 전달했다. 그녀가 말을 이었다.

"데니는 왜 우리가 스템을 들어오게 했는지 모르겠대요. 사실…… 알잖아요. 그 아이는 스템이 휘트섕크 핏줄도 아닌데 왜 그랬냐고 말해요."

다시 침묵이 내려앉았고, 그 사이 노라는 여전히 조용히 자연스럽게 일어나서 그릇들을 주방으로 내갔다.

* * *

사실 스템이 휘트섕크 핏줄이 아니라는 것은 맞는 말이었다. 하지만 핏줄만 다를 뿐이었다.

사람들은 그 사실을 잊고 살았지만, 스템은 '론섬(Lonesome 외로운) 오브라이언'으로 알려진 타일공의 아들이있다. 그의 본명은 로렌스 오브라이언이었다. 하지만 대부분의 타일공처럼 그는 사교적이지 않았고, 혼자 일하는 것을 좋아해서 남의 조언을 듣지 않고 알아서 해나갔다. 그래서 다들 '론섬'이라고 불렀다. 레드는 늘 론섬이 가장 일손이 빠르지는 않아도 최고의 타일공이라고 말했다.

론섬에게 아들이 있다는 사실이 어울리지 않는 듯했다. 사람들은 그를 보면—키가 크고 비쩍 마른 체구, 머리통이 들여다보일 것 같은 투명한 금발—은둔자처럼 사는 상상을 했다. 아내도 없이, 자식도 없이, 친구도 없이. 하긴 아내가 없다는 것은, 또 친구들도 없다는 것은 맞았지만, 그에게는 더글라스라는 이 아이가 있었다. 그가 해야 할 타일 작업이 덜 준비되었을 때 몇 번 더글라스를 데리고 현장에 왔다. 규칙에 위반되는 행위였지만, 두 사람이 안전모가 필요한 구역에 들어갈 일은 없어서 레드는 내버려두었다. 론섬은 부엌이든 욕실이든 그가 작업했던 공간으로 곧장 향했고, 더글라스는 짧은 다리로 종종대며 아빠를 따라가곤 했다. 론섬은 한 번도 뒤돌아서 아들이 따라오는지 확인하지 않았다. 더글라스도 불평하거나 천천히 가라고 요구하지 않았다. 그들은 선택한 공간에 들어가서 문을 닫았고, 오전 내내 한 번도 밖을 내다보지 않았다. 점심시간이 되면 그들은 나오곤 했다. 이번에도 더글라스가 아빠를 쫓아서 나왔고, 두 사람은 다른 인부들과 함께 샌드위치를 먹었지만 약간 옆으로 물러나 있었다. 더글라스는 아직 어려서 주둥이가 달린 컵으로 음료를 마셔야 했다. 몹시 앙상하고 평범한 아이였고, 그 또래 아이에게 기대될 민한 보조개가 움푹한 귀염성은 부족했다. 짧게 자른 거의 하얀 머리칼이 사방으로 뻗치고, 아주 연한 파란색 눈의 가장

자리는 분홍빛이 돌았다. 입은 옷은 너무 헐렁했다. 옷이 아이를 입고 있는 것 같아서, 옷 먼저 보이고 더글라스는 나중에 보였다. 바지 밑단은 몇 번 둘둘 접혀 있었다. 빨간 재킷의 어깨는 가냘픈 뼈대에서 튀어나왔고, 고무줄 넣은 소맷부리 밑으로 앙징 맞은 손가락 끝만 나와 있었다. 손가락은 아버지의 손처럼 살짝 얼룩덜룩했다. 직업병이었다.

다른 인부들은 더글라스를 챙기려고 최선을 다했다. '안녕, 대장님'이라고 어르기도 하고 '네 생각은 어때, 친구?'라고 묻기도 했다. 하지만 더글라스는 움츠러들면서 아빠에게 달라붙어 멀뚱멀뚱 보기만 했다. 대부분의 아버지들은 이런 상황을 부드럽게 넘기려 애쓰겠지만—아이 대신 대답하거나 예의 바르게 행동하라고 아이를 가르치거나—론섬은 그러지 않았다. 그는 찌그러진 식빵을 겹쳐 만든 초라한 샌드위치를 계속 먹을 뿐이었다.

새로 온 인부가 물었다.

"아이 엄마는 어디 있어요? 오늘 아픈가 봐요?"

그러면 론섬은 눈도 들지 않고 '여행 중'이라고 중얼댔다.

인부가 의아한 표정으로 다른 사람들을 쳐다보면, 그들은 '나중에 말해주지'라는 뜻으로 옆을 힐끗 보곤 했다. 나중에 한 사람이 새 인부에게 사정을 설명해주었다(건설 현장 인부들은 남의 얘기를 하는 걸로 악명이 높으니.).

"저기 있는 애 말이야, 갓난아기였을 때 엄마가 도망갔지. 론섬에게 다 맡기고 떠났으니 믿을 수 있나? 하지만 언제 누가 궁금해 하든 론섬은 아내가 여행 중이라고 말하지. 그는 언젠가 그녀가 돌아올 것처럼 군다니까."

물론 애비는 더글라스에 대해 들었다. 그녀는 매일 밤 레드를 채근해서 인부들의 사연을 알아냈다. 사회복지사다운 면모였다. 그리고 론섬이 더글라스의 엄마가 돌아올 거라고 주장한다는 이야기를 듣고 그녀는 담담하게 말했다.

"정말이요?"

애비는 그런 어머니들에 대해 잘 알았다.

레드가 말했다.

"저기, 사람들이 알기에 그녀가 적어도 두 번은 돌아왔지. 딱 1주간 머물렀는데, 그 동안 론섬은 좋아하면서 아기 봐주는 사람을 내보냈지."

애비가 중얼댔다.

"저런."

1979년 4월 초봄의 화창한 오후, 레드는 사무실에서 애비에게 전화해서 말했다.

"당신, 론섬 오브라이언이라고 알지? 현장에 아이를 데려오는 인부 있잖아?"

"기억나요."

"있지, 그 친구가 오늘 또 아이를 데려왔는데 지금 병원에 있거든."

"아이가 병원에 있다구요?"

"아니, 론섬이 병원에 있어. 그가 쓰러져서 사람들이 앰뷸런스를 불러야 했다더군."

"어머나, 가엾어라……"

"그래서 당신이 내 사무실에 와서 아이를 태워갈 수 있을까?"

"어머!"

"아이를 달리 어떻게 해야 될지 몰라서 말이야. 인부 한 명이 사무실로 데려와서 아이는 지금 의자에 앉아 있어."

"글쎄요……."

"내가 길게 통화할 수가 없어. 감독관과 회의를 해야 되거든. 당신이 올 수 있겠어?"

"알았어요."

애비는 서둘러 데니를 차에 태우고(당시 데니는 네 살이었고 아직 유치원에서 반나절만 보냈다.) 폴스 가를 지나 레드의 사무실로 갔다. 카운티의 경계선을 지나면 나오는 물막이판자 건물이 레드의 사무실이었다. 그녀는 자갈길 주차장에 차를 세웠지만 차에서 내리기도 전에 레드가 건물에서 나왔다. 그는 한 팔에 아주 작은 남자애를 안고 있었다. 아이가 불안감을 느끼는 게 한눈에 보였다. 아이는 품에서 떨어지려고 몸을 꼿꼿이 세우고 있었다. 애비가 그 아이를 보는 것은 처음이었고, 헐렁한 재킷까지 레드에게 들은 그대로였지만 그렇게 굳은 표정에 대한 마음의 준비는 없었다.

레드가 차 뒷좌석 안으로 몸을 숙여 아이를 앉히자, 애비가 밝게 인사를 건넸다.

"어머나, 어서 와! 안녕, 더글라스? 난 애비야! 이 아이는 데니!"

더글라스는 자리에 잔뜩 웅크려 앉아서 코듀로이 바지의

무릎만 내려다보았다. 왼쪽에 앉은 더글라스가 궁금해서 자세히 보려고 몸을 숙였지만, 더글라스는 일체 알은체하지 않았다.

레드가 말했다.

"회의를 한 후에 시나이 병원에 들를 거야. 론섬이 어떤지 알아보고, 아이 봐주는 사람과 어떻게 연락해야 되는지 물어볼게. 그러니까 당신이 잠깐만 봐줘요. 고맙게 생각해, 애비. 오래 걸리지 않을 거라고 약속할게."

"아뇨, 우리는 재미있는 시간을 보낼 거예요. 그렇지 않아?"

애비가 더글라스에게 물었다.

더글라스는 계속 무릎을 내려다보았다. 레드가 차문을 닫고 물러섰다. 그가 손을 움직이지 않고 손바닥만 보이며 인사를 했고, 애비는 뒷좌석에 조용히 앉아 있는 두 사내아이를 태우고 출발했다.

집에 도착하자 그녀는 더글라스의 재킷을 벗기고, 두 아이에게 간식으로 바나나 썬 것과 동물 모양 크래커를 주었다. 아이들은 애비가 부엌 구석에 둔 어린이 식탁에 앉았다. 데니는 재빨리 간식을 먹었고, 더글라스는 동물 크래커를 집어서 찬찬히 쳐다보다가 뒤집어서 다른 각도에서 보고는 머리나 다리를 조심스럽게 깨물었다. 바나나는 건드리지도 않았다.

애비가 말했다.

"더글라스, 주스 마실래?"

잠시 침묵이 흐른 후 아이는 고개를 저었다. 지금까지 그녀는 아이에게 한 마디도 듣지 못했다.

애비는 아이들이 텔레비전을 켜고 오후 어린이 프로그램을 보게 했다. 평소라면 허락하지 않을 일이었다. 그 사이 그녀는 마당에 있던 클레런스를 안으로 들어오게 했다. 당시 클레런스는 강아지였고 혼자 실내에 두기에는 믿음직스럽지 않았다. 클레런스는 일광욕실로 달려가서 허우적대며 소파로 올라가 아이들의 얼굴을 핥았다. 처음에 더글라스는 움찔하며 물러났지만 조심스럽게 관심을 갖는 기색이 역력했고, 그래서 애비는 끼어들지 않았다.

학교에서 돌아온 두 딸은 더글라스를 두고 요란법석을 떨었다. 더글라스를 위층으로 데려가서 장난감 상자를 뒤지고, 아이의 관심을 끌려고 서로 경쟁하면서 다정한 목소리로 질문을 했다. 더글라스는 눈을 내리깔고 계속 조용히 있었다. 강아지가 따라왔고 더글라스는 거의 내내 클레런스의 머리통을 어색하게 살짝살짝 토닥였다.

저녁식사 무렵 레드가 식품점 종이봉투를 들고 집에 왔다.

"더글라스의 옷이랑 물건이야. 내가 론섬의 아파트 열쇠를 빌렸지."

그가 봉투를 주방 조리대에 내려놓으면서 애비에게 말했다.

"그는 어때요?"

"내가 봤을 때는 몹시 불편해 하더군. 맹장염으로 밝혀졌대. 내가 병원에 있을 동안 수술을 받았어. 의료진은 론섬이 하룻밤 입원해야 된다더군. 내일 늦게나 집에 갈 수 있대. 내가 아기 봐주는 사람에 대해 물어봤는데, 그 여자가 다리에 문제가 있나 봐. 아들 때문에 우리에게 부담을 줘서 마음이 안 좋다고 론섬이 그러더군."

"저기, 아이가 성가실 것도 없어요. 없는 것과 마찬가지인걸요."

애비가 대답했다.

식사 때 더글라스는 레드가 의자 위에 놓은 대사전 위에 앉았다. 아이는 완두콩을 한 알씩 손으로 집어서 총 일곱 알을 먹었다. 식탁에서 대화가 오갈 때 더글라스는 고개를 숙이고 있었지만 다들 아이가 찬찬히 듣는 것을 알아차리고 배려해서 말했다.

애비는 더글라스에게 잠자리에 들 준비를 시켰다. 쉬하고 양치질 한 다음, 종이봉투에 든 파자마를 입혔다. 여러 번 세탁한 무명 파자마는 계절에 비해 너무 얇아 보였지만, 선택의 여지가 없었다. 그녀는 데니의 방에 있는 싱글 침대 두 개 중 하나에 더글라스를 눕혔다. 애비는 담요를 덮어준 다음 잠시 망설이다가 이마에 키스했다.

그녀가 더글라스에게 말했다.

"이제 아주 푹 자렴. 그리고 깨면 내일일 거고, 아빠를 만날 수 있단다."

더글라스는 여전히 입을 열지 않았고 표정조차 달라지지 않았지만, 갑자기 얼굴이 펴지면서 점점 굳은 표정이 풀어져 부드러워졌다. 그 순간 아이의 얼굴이 예뻐장해졌다.

다음 날 아침 애비는 이웃에게 가풀을 부탁했다. 어린이 가

시트에 대한 법이 생기기 전이었지만 그 시절에도 그녀는 작은 아이가 아이들 틈에 앉아 흔들리는 것은 좋지 않다고 느꼈다. 집에 둘이 남자 애비는 더글라스를 일광욕실 바닥에 앉아 데니의 방에서 가져온 퍼즐 맞추기를 하게 했다. 고작 여덟에서 열 조각짜리 퍼즐인데도 더글라스는 맞추지 않았다. 하지만 조용히 퍼즐 조각을 움직이고 하나하나 집어서 찬찬히 살펴보면서 즐거운 시간을 보냈고, 그 사이 강아지가 옆에 앉자 동작을 찬찬히 주시했다. 애비는 오전 집안일을 마치자 소파에 더글라스와 나란히 앉아서 그림책을 읽어주었다. 아이가 동물들이 나오는 책을 좋아하는 것을 눈치챌 수 있었다. 가끔 그녀가 책장을 넘기려고 하면 더글라스가 손을 뻗어서 멈추게 하고, 더 오래 그림을 들여다보았기 때문이었다.

집 뒤편에서 차 소리가 나자, 애비는 펙 브라운이 데니를 유치원에서 데려왔다고 짐작했다. 하지만 그녀가 부엌에 들어가니, 레드가 뒷문으로 들어오고 있었다.

"어머! 집에는 어쩐 일이에요?"

애비가 물었다.

"론섬이 죽었어."

레드가 말했다.

"네?"

"로렌스. 그 친구가 죽었다고."

"하지만 그냥 맹장염인 줄 알았는데!"

"알아. 내가 병실에 갔는데 그 친구가 없기에 옆 침대 환자에게 물었더니 중환자실로 옮겨졌다더군. 그래서 중환자실로 갔지만, 내게 환자를 보여주지 않으려고 했어. 그래서 지금은 갔다가 나중에 다시 와야겠다고 생각하는데, 갑자기 의사가 나오더니 환자를 잃었다고 말하는 거야. 밤새 치료를 했고 할 수 있는 처치를 다 했는데 환자를 잃었다고. 복막염이라고."

이상한 느낌에 애비는 고개를 돌렸고, 부엌 문간에 서 있는 더글라스를 보았다. 아이는 레드의 얼굴을 빤히 올려다보고 있었다.

애비가 말했다.

"아, 아가."

그녀와 레드는 눈짓을 교환했다. 아이가 얼마나 알아들었을까? 희망에 찬 표정을 짓는 걸 보면 아무것도 모르는 것 같기도 했다.

레드가 말했다.

"얘야……"

"아이가 이해하지 못해요."

애비가 말했다.

"하지만 그걸 비밀로 할 수는 없어."

"너무 어려요."

애비가 남편에게 말하고 나서 더글라스에게 물었다.

"몇 살이니, 아가?"

사실 두 사람 다 대답을 기대하지 않았지만, 잠시 침묵이 흐른 후 더글라스가 손가락 두 개를 올렸다.

"두 살!"

애비가 외쳤다. 그녀는 다시 레드에게 고개를 돌리고 말했다.

"난 세 살인 줄 알았는데 두 살이네요, 레드."

레드는 부엌 의자에 주저앉았다. 그가 아내에게 물었다.

"이제 어쩌지?"

"모르겠어요."

애비가 말했다.

그녀는 레드의 맞은편에 앉았다. 더글라스는 계속 두 사람을 쳐다보았다.

애비가 남편에게 물었다.

"아직도 열쇠를 갖고 있지요? 당신이 아파트에 다시 가서 서류들을 찾아봐야 해요. 론섬의 친척을 찾아봐요."

레드는 알았다고 말하고 일어났다. 말 잘 듣는 아이 같았다.

그때 집 뒤쪽에서 펙 브라운이 경적을 울렸고, 애비는 데니를 데려오려고 일어났다.

그날 저녁 그녀는 데니의 방에서 더글라스를 재울 준비를 했다. 그때 데니가 물었다.

"엄마?"

"왜?"

"저 꼬마는 언제 집에 가요?"

"아주 금방."

그녀가 아들에게 말했다. 데니는 아직 잘 시간이 아니라 옷을 입은 상태로 엄마에게 지나치게 힘껏 고집스럽게 매달렸다.

"아래층에 내려가거라. 할 일을 찾아봐."

애비가 데니에게 말했다.

"저 아이가 내일은 가요?"

"어쩌면."

그녀는 데니가 계단을 내려가는 소리가 들릴 때까지 기다렸다가, 더글라스에게 몸을 돌렸다. 아이는 파자마를 입고 아주 얌전하게 깔끔한 모습으로 침대 모서리에 앉아 있었다. 애비는 어제는 그냥 넘어갔지만 오늘은 더글라스를 목욕시켰다. 그녀는 아이 옆에 앉아서 말했다.

"내가 오늘 아빠를 만날 거라고 말했잖아. 그런데 내가 틀렸구나. 아빠는 올 수가 없었어."

더글라스의 시선이 중간쯤에 고정되었다. 아이는 숨을 참는 것 같았다.

"아빠는 아주 많이 오고 싶었어. 아빠는 네가 보고 싶었지만 올 수가 없었단다. 올 수가 없어."

사실이었다, 그게 두 살 아이가 이해할 수 있는 최선이었다. 그녀는 말을 중단했다. 한 팔로 조심스럽게 더글라스를 안았지만, 아이는 안기지 않았다. 태도가 흐트러지지 않고 멀찍이 꼿꼿하게 앉아 있었다. 한참 후 애비는 팔을 내렸지만 아이를 바라보는 눈길은 거두지 않았다.

마침내 더글라스가 누웠고, 그녀는 이불을 덮어주고 이마에 키스한 다음 불을 껐다.

애비가 부엌에 들어가자, 데니와 지니는 요요 때문에 계속 다투었지만, 아만다는 숙제를 하나가 고개를 들었다.

떠나지 마세요   141

"아이한테 말했어요?"

아만다가 물었다(열세 살이어서 돌아가는 상황을 더 잘 이해했다.).

"……할 수 있는 만큼은."

애비가 대답했다.

"애가 뭐라고 말했어요?"

"아무 말도 안 했어."

"아마 말할 줄 모를 거예요."

"아니, 말할 줄 알아. 그저 당장은 당황해서 그런 거야."

애비가 말했다.

"아마 지진아일 거야."

"하지만 내 말을 알아듣는 걸."

지니가 끼어들었다.

"엄마! 데니가 자기 요요가 아닌데 자기 요요라고 해요. 자기 요요는 망가뜨렸어요. 데니한테 말해줘요, 엄마! 이건 내 요요라고요."

"그만해, 둘 다."

뒷문이 열리고 레드가 또 식품점 봉투를 들고 들어왔다. 아까 그가 전화로 가족끼리 식사하라는 말만 했기에 애비의 첫 번째 질문은 '뭘 찾았어요?'였다.

레드는 식탁에 봉투를 내려놓았다.

그가 말했다.

"아기 봐주는 사람은 늙은 부인이더군. 전화기 위에 그녀의 번호가 붙어 있었어. 목소리로 볼 때 너무 늙어서 아이를 맡을 수 없겠더라구. 그녀는 애한테 친척이 있는지도 모르겠고 아이 엄마가 어디 있는지도 모르고 또 알고 싶지도 않대. 엄마가 없는 게 아이에게 더 나을 거라더군."

"다른 전화번호도 있어요?"

"병원, 치과, 휘트섕크 건설."

"엄마는요? 적어도 론섬이 응급 상황에 대비해서 연락처를 알고 있었을 텐데요."

"글쎄, 그녀가 여행 중이라면……"

"맙소사, 여행이라니."

애비가 중얼댔다.

레드는 식탁 위에 봉투를 뒤집었다. 옷가지와 플라스틱 트럭 두 개, 서류 몇 장이 쏟아졌다.

'자동차 등록증.'

레드가 서류 한 장을 집으면서 말했다. 그가 말을 이었다.

"은행 잔고 내역."

그는 다시 서류 한 장을 더 집으면서 덧붙였다.

"더글라스의 출생증명서."

애비가 손을 뻗자 그가 출생증명서를 건네주었다.

애비가 소리 내어 읽었다.

"더글라스 앨런 오브라이언. 부: 로렌스 도널드 오브라이언. 모: 바버라 제인 임스."

그녀가 고개를 들어 남편을 보았다.

"둘이 결혼하지 않았나요?"

"아마 여자가 성을 바꾸지 않았겠지."

"1977년 1월 8일생. 그러니까 더글라스가 제대로 알고 있네요, 두 살이에요. 왜 나이가 더 많을 거라고 생각했는지 모르겠네. 아마 아이가…… 속으로만 생각해서 그럴까요?"

"이제 어떻게 하지?"

레드가 물었다.

"어떻게 해야 될지 모르겠네요."

"사회복지국에 연락하나?"

"아, 아서요!"

레드는 눈을 깜빡거렸다(애비는 전에 사회복지국에서 일했다.).

"당신 저녁식사를 데울게요."

애비가 남편에게 말했다. 그녀가 사무적으로 일어나는 태도로 봐서 우선 그 이야기는 그만하자는 뜻이 분명했다.

아이들이 막내부터 맏이까지 차례로 자러 갔다. 지니는 잘 자라고 인사하면서 물었다.

"우리가 저 애를 데리고 있어도 돼요?"

하지만 지니는 부모에게 대답을 기대할 수 없다는 것을 깨달은 듯했다. 나머지 두 아이는 더글라스를 언급하지 않았다. 레드와 애비도 마찬가지였다. 일단 두 사람만 남은 어느 시점에서 레드가 말을 붙여보려고 시도했다.

"분명히 론섬에게 친척이 있겠지."

그가 말했다.

하지만 애비가 대꾸했다.

"갑자기 잠이 너무 너무 쏟아지네요."

레드는 더 이상 그 말을 꺼내지 않았다.

다음 날은 토요일이었다. 더글라스는 다른 아이들보다, 사춘기의 늦잠 꾸러기 시기에 접어든 아만다보다도 늦게까지 잤다.

애비가 말했다.

"아이가 쉬게 내버려둬, 가여운 것."

애비는 식탁에 앉지 않고 스토브와 식탁 사이를 드나들면서 아이들을 먹였다. 그들이 식사를 마치자마자 그녀가 말했다.

"다들 옷을 입고 클레런스를 산책시키지 그러니."

아만다가 말했다.

"지니와 데니에게 그러라고 하세요. 저는 패트리샤에게 놀러 와도 된다고 했거든요."

"아니, 너도 나가거라. 패트리샤는 나중에 오면 되지."

애비가 말했다.

아만다는 대꾸하려다가 마음을 바꾸었고, 동생들을 따라 식당에서 나갔다.

레드만 남았다. 그는 두 잔째 커피를 마시면서 신문 스포츠란을 읽고 있었다. 애비가 맞은편에 앉자 그는 불편하게 그녀를 올려다보고는 다시 신문 뒤로 얼굴을 묻었다.

"우리가 아이를 데리고 있어야 된다는 생각이 들어요."

애비가 말했다.

레드가 식탁에 탁 소리가 나게 신문을 내려놓으며 말했다.

"아이고, 애비!"

"아이에게 남은 사람은 우리밖에 없어요, 레드. 확실해요. 그 엄마…… 그녀를 찾아낸다고 해도 그녀가 아이를 원할 가능성이 얼마나 되겠어요? 혹은 그녀가 아이를 원한다 한들 얼마나 제대로 보살피겠어요? 이런저런 난관 속에서 아이를 계속 데리고 있을까요?"

"만나는 아이들을 다 입양할 수는 없는 노릇이지, 애비. 우리 자식만 해도 셋이야. 세 명이 감당할 수 있는 한계라구! 그 이상은 형편상 감당할 수가 없어요. 그리고 데니가 1학년을 시작하면 당신은 복직할 거고."

"그건 괜찮아요. 더글라스가 1학년을 시작하면 복직하죠."

"게다가 우리에겐 아이에 대한 권리가 없어. 이 나라에서는 어떤 법정도 우리가 저 아이를 키우게 해주지 않을 거야. 어딘가 아이 어머니가 있으니까."

"우리가 법정에 알리지 않으면 돼요."

애비가 대꾸했다.

"당신, 정신 나갔어?"

"엄마가 와서 아이를 데려갈 때까지만 보살피는 거라고 말할 거예요. 사실 우린 바로 그 일을 하고 있을 거고요."

"게다가 아이가 정상아이기나 한지 어떻게 알지?"

레드가 말했다.

"당연히 정상아죠!"

"애가 말을 하나?"

"수줍음을 타서 그래요! 불안감을 느끼고 있어요! 우리는 모르는 사람들인 걸요!"

"아이가 반응을 보여?"

"네, 반응해요. 어떤 아이라도 자기 세상이 경고도 없이 뒤집어지면 할 만한 반응을 하고 있죠."

"하지만 아이에게 뭔가 문제가 있어서 그럴 수도 있지."

"글쎄요, 또 그러면 어때요? 당신은 아이가 아인슈타인이 아니면 늑대들 속에 내던질 건가요?"

"또 아이가 우리 가족과 잘 맞을까? 우리 애들이랑 잘 지내겠어? 우리 같은 성격일까? 우리는 아이에 대해 뭐 하나 아는 게 없다구! 우린 그 아이를 몰라! 우린 그 아이를 사랑하지 않는다구!"

"레드."

애비가 발딱 일어났다. 토요일 오전 9시 반인데 애비는 완전히 말끔하게 차려입고 있었다. 찬찬히 보면 평소의 주말 차림새가 아니었다. 이미 머리를 올려서 핀으로 고정시킨 상태였다. 애비는 평소답지 않게 당당해 보였다.

그녀가 말했다.

"어젯밤 아이가 파자마를 입고 침대 끝에 걸터앉아 있었고 아이의 목 뒤쪽이 내 눈에 들어왔어요. 이 가녀린 목덜미(stem 스템)를 보자 갑자기 어디에도 누구도 없다는 생각이 들었어요. 지구상 어느 곳에도 이 여린 목을 보고 손을 뻗어 감싸 안아줄 사람이 아무도 없을 테죠. 가끔 우리는 자식을 쓰다듬지 않을 수가 없잖아요? 자식을 눈에 담고 몇 시간이고 바라보면서, 얼마나 사랑스럽고 말도 안 되게 완벽한 아이냐고 감탄할 수 있잖아요? 그런데 더글라스에게 다시는 그런 일이 생기지 않을 거란 생각이 들더군요. 그 아이를 특별하게 여겨줄 사람이 세상천지에 아무도 없어요."

"이런 젠장, 애비……"

"나한테 욕지거리를 하지 말아요, 레드 휘트섕크! 난 이게 필요해요! 이걸 해야 해요! 그 여린 목덜미를 보고 이 세상에서 혼자 살게 내버려둘 순 없어요. 그럴 수 없다구요! 죽으면 죽었지!"

아만다, 지니, 데니가 부엌 문간에 서 있었다. 레드와 애비는 동시에 인기척을 느꼈다. 세 아이 모두 아직 옷을 갈아입지 않고 똑같이 놀라서 휘둥그레 눈을 뜨고 부모를 쳐다보았다.

그때 뒤에서 타박타박 걷는 소리가 들렸고, 아이들이 돌아보자 더글라스가 나와서 가운데 섰다.

"침대에 쉬했어."

더글라스가 애비에게 말했다.

* * *

부부는 더글라스를 입양하지 않았다. 사회복지국에 통지하지도 않았다. 심지어 친구들에게 알리지도 않았다. 모든 게 이전처럼 돌아갔고 더글라스는 계속 더글라스 오브라이언이었다—하지만 애비가 '리틀 스템'이라고 부르는 습관이 생긴 후 더글라스에게 그 별명이 생겼다. 때로 이웃들이 스템 휘트섕크라고 불렀지만 무심코 그런 것이었다.

남들은 아이가 엄마가 상황을 정리할 때까지만 여기 살 거라고 짐작했다(아니면 다른 친척이라던가? 소문이 분분했다.). 하지만 한참 지나자 대부분 아이를 가족의 일원으로 여겼다.

몇 주 지나면서 스템은 레드와 애비를 '아빠' '엄마'라고 불렀지만, 그들이 그렇게 시킨 것은 아니었다. 다른 아이들을 따라서 그렇게 불렀고, 사리분별을 할 만큼 클 때까지는 애비를 흉내내서 어른들에게도 '아가'라고 불렀다.

스템은 점점 말수가 많아졌지만, 시나브로 그랬기에 어느 특별한 날 스템이 정상적이고 수다스러운 아이가 되었는지 아무도 기억 못했다. 스템은 몸에 맞는 옷을 입고 자기 방에서 잤다. 원래는 지니의 방이었지만, 가족은 지니를 아만다 방으로 옮기게 했다. 스템이 계속 데니 방에서 지내지 못할 게 뻔했다. 데니는 스템에게 까탈스럽게 굴었다. 하지만 모든 게 제대로 굴러갔다. 아만다는 지니가 방을 같이 쓰는 것을 그럭저럭 참아주었고, 지니는 서랍장에 화장품이 꽉 찬 십대의 방에서 사는 게 무척 맘에 들었다.

스템의 침대 위에는 버드와이저 병을 든 론섬의 흑백 사진 액자가 걸려 있었다. 집을 완공한 날 레드의 인부들 중 한 명이 찍은 사진이었다. 애비는 스템이 아빠에 대한 추억을 간직하게 해줘야 된다는 확신이 강했다. 엄마의 기억도 있으면 간직해야겠지만, 남아 있지 않은 듯했다. 애비는 늘 스템에게 엄마가 떠난 것은 불행했기 때문이라고 말해주었다. 아들을 사랑하지 않아서가 아니라고. 엄마는 너를 아주 많이 사랑한다고, 그녀가 돌아오면 네가 알게 될 거라고. 그리고 애비는 스템에게 이름이 나온 전화번호부를 보여주었다. 생모가 쉽게 찾을 수 있도록 매년 휘트생크의 전화번호 옆에 '오브라이어 더글라스 A'라고 이름을 같이 올렸다. 스템은 다 귀담아들었지만 아무 말도 하지 않았다. 시간이 흐르면서 아버지에 대한 기억조차 잃은 눈치였다. 열 살 생일에 애비가 아빠에 대해 생각나는 게 있는지 묻자 스템은 '목소리가 기억나요'라고 대답했다.

애비가 말했다.

"목소리! 무슨 말을 했는데?"

"내가 자려고 할 때 아빠가 노래를 불러줬던 것 같아요. 아니면 다른 사람이었거나."

"아, 스템. 참 멋지다. 자장가였나?"

"아뇨, 염소에 대한 노래였어요."

"아. 그 외에는 기억이 나지 않니? 얼굴이 기억나지 않아? 아니면 둘이 같이 한 일이라던가?"

"기억 안 나요."

스템은 그리 마음 쓰이지 않는 듯 말했다.

철든 아이라고 애비는 사람들에게 말했다. 분명히 스템은 잘 적응하고 앞으로 나아가는 부류였다.

성적은 딱 평균이었지만 과제를 다하고 별일 없이 학교생활을 했다. 어릴 때는 나이에 비해 체구가 작아서 괴롭힘을 당할 것 같았지만 사실은 잘 해나갔다. 다정한 표정이나 침착한 태도, 사람들의 가장 좋은 점을 보는 성품 덕분인 듯했다. 아무튼 스템은 잘 지냈다. 고등학교를 졸업하고 곧장 '휘트생크 건설'에 들어갔다. 철든 후 계속 거기서 아르바이트를 했고, 스템은 대학에 진학할 필요가 없다고 말했다. 유일하게 진심으로 관심을 가졌던 아가씨와 결혼했고 아이를 하나, 둘, 셋 낳았다. 다른 곳에 있다면 더 잘되었을지 궁금해

하면서 두리번대지 않는 듯했다. 이 마지막 특징은 레드와 가장 비슷했다. 심지어 걸음걸이도 레드와 비슷했고—기우뚱하게 이마를 내밀고 걸었다—호리호리한 체격도 마찬가지였다. 다만 머리와 눈 색은 달랐다. 남의 눈에 스템은 야외에서 오랜 시간을 보내서 머리가 탈색된 휘트생크로 보였다. 머리는 검은 색이 아니라 연갈색이었고, 눈은 사파이어 빛깔이 아니라 연파란색이었다. 색이 바랐지만 그래도 휘트생크다웠다.

데니보다도 휘트생크 같은 구석이 많았다. 스템이 아버지 회사에 들어갔다는 말을 듣자 데니는 그렇게 말했었다.

아직 집에서 살던 십대 시절, 데니는 딱 한 번이었지만 애비에게 이렇게 물었다.

"이 녀석은 여기서 뭐 하는 거예요? 엄마가 무슨 짓을 한다고 생각했어요? 우리한테 허락을 받아야 된다고 생각한 적이 있어요?"

"허락이라니! 그 아이는 네 동생이야!"

애비가 쏘아붙였다.

데니가 말했다.

"그 아이는 내 동생이 아니에요. 먼 친척 관계조차 아닌데도 엄마가 그렇게 말하는 것은 꼭…… 꼭 사람을 보면 흑인인지 백인인지 안 본다고 주장하는 진보주의자 흉내내는 인간들과 비슷해요. 그들은 눈이 없나요? 엄마는 그래요? 바깥세상에서 좋은 일을 하는 데만 정신이 팔려서 이게 '우리'에게 좋은 일인지 고민해볼 틈도 없었던 거예요?"

"아이고, 데니."
애비는 그렇게 중얼댈 뿐이었다.
아이고, 데니.

4

일요일 아침 서재 문―데니가 머무는 방―이 닫혀 있고, 가족 모두 아이들이 너무 떠들지 못하게 하려고 애썼다.

아들들이 아침 식사를 마치자 노라가 말했다.

"일광욕실에서 놀아라. 하지만 조용해야 한다. 삼촌을 깨우면 안 돼."

하지만 아이들이 최대한 얌전히 과장되게 까치발로 부엌에서 나갔지만 언제까지 그럴까 싶었다. 밀치고 서로 팔꿈치로 치고 찌르고, 파자마 바짓단에 발이 걸려 넘어졌고, 하이디는 그 주변을 정신없이 맴돌았다. 구석 바닥에서 엎드린 브렌다가 머리를 들고 아이들이 빠져나가는 모습을 구경하다가, 신음하면서 다시 턱을 발에 고였다.

레드도 늦잠을 자서, 나머지 가족은 기차역에서 무슨 일이 있었는지 알 길이 없었다.

애비가 말했다.

"두 사람이 도착할 때까지 깨어 있으려고 애썼지만, 분명히 깜빡 졸았을 거야. 요즘은 침대에서 책을 읽을 수가 없는 것 같구나! 아래층에 앉아서 기다릴 것을. 커피 한잔 더 마실래, 노라?"

"제가 갖다 마시면 돼요, 휘트생크 어머니. 그냥 앉아 계세요."

두 여자가 어떤 일을 누가 맡을지 분담하는 데 시간이 한참 걸릴 터였다. 이날 아침 애비는 평소처럼 토스트와 시리얼을 꺼내놓았지만, 노라가 내려와서 허락을 구하지도 않고 달걀 한 통을 전부 스크램블 해버렸다.

스템은 파자마 차림이었고 애비는 목욕 가운을 걸쳤지만, 노라는 진청색 잔가지 무늬가 있는 흰 면 원피스 차림이었다. 샌들 사이로 그을린 매끄러운 발이 보였다. 아침 식사 때 노라의 식사량은 나머지 가족들의 양을 합친 것보다 많았지만, 워낙 천천히 우아하게 먹어서 전혀 안 먹는 것처럼 보였다.

애비가 말했다.

"아만다와 지니의 가족들을 점심식사에 초대할까 생각했단다. 다들 데니를 만나고 싶어 할 거야."

노라가 물었다.

"점심식사를 늦게 해도 될까요? 저는 애들이랑 교회에 가거든요."

"아, 당연하지. 그렇게 해라, 식사를…… 1시에 시작하면 되겠니? 내가 롤 토스트를 준비하마."

"저 대신 오븐에 토스트를 넣어주시면, 돌아와서 나머지 음식을 챙길 수 있어요."

"저기, 내가 아직은 간단한 가족 식사 정도는 준비할 수 있단다, 노라."

"네, 그럼요."

노라가 조용히 대답했다.

스템이 말했다.

"뭐든 필요한 식료품은 제가 사올게요."

"아, 그건 아버지가 하실 수 있다."

애비가 스템에게 말했다.

"엄마. 그런 일 하려고 제가 여기 있는 건데요."

"음…… 그러면 '에디' 상점에 가거라. 거기서 우리 앞으로 외상을 하면 돼."

"엄마."

애비로서는 다행스럽게도 그 순간 레드가 들어왔다(애비는 돈 얘기를 싫어했다.). 그는 낡아빠진 목욕 가운을 걸치고 슬리퍼를 신고 있었다. 걸을 때 양복 솔 문지르는 소리가 났다. 레드는 밤에 사용한 프레드 플린스톤(미국 애니메이션 고인돌 가족 '플린스톤'의 등장인물) 유리컵을 들고 있었다.

"모두 굿모닝."

그가 인사했다.

"네, 잘 잤어요?"

애비가 말하면서 의자를 밀었지만, 노라가 이미 일어나서 커피주전자를 가져오고 있었다.

애비가 물었다.

"데니는 잘 들어왔어요?"

"응."

레드가 앉으면서 대답했다.

스템이 물었다.

"기차가 정시에 도착했어요?"

레드는 그 말을 못 들었거나 대답할 가치가 없다고 느꼈다. 그가 스크램블 에그 그릇에 손을 뻗었다.

"토스트가 있어요. 통밀 빵이에요."

애비가 남편에게 말했다.

그는 스크램블 에그를 듬뿍 덜고 그릇을 노라에게 건네주었다. 그녀는 달걀을 한 번 더 덜었다.

"한 번만 더 우라질 시간에 그 조각상을 봐야 된다면, 레킹볼(철거할 건물을 부수기 위해 크레인에 매달고 휘두르는 쇳덩이)을 빌려가지고 갈 거야. 난감해서 정말! 다른 도시의 기차역에는 분수나 철제 조각상 같은 게 있잖아. 그런데 우리는 분홍색과 파란색이 번쩍이는 심장을 가진 거대한 양철 프랑켄슈타인이라니."

"데니는 어떤가요?"

애비가 그에게 물었다.

"괜찮아, 내가 알 수 있는 한은."

레드는 크림 그릇을 들여다보더니 물었다.

"크림이 더 없나?"

노라가 일어나서 냉장고로 갔다.

그가 궁금해 하는 가족들에게 마침내 말했다.

"우린 오리올스(볼티모어의 프로야구팀) 이야기만 했지. 둘 다 오리올스가 포스트시즌까지 버티지는 못할 거라고 생각하지."

"아."

"데니가 가방을 세 개 가져왔더군."

"세 개라구요!"

"애한테 물어봤지. 왜 이렇게 짐이 많으냐고 물었더니, 여름옷이랑 겨울옷이라고 대답하더군."

"겨울!"

"겨울옷이 공간을 많이 차지한다더군. 옷감이 두툼해서."

"그걸 다 어떻게 옮겼대요?"

스템이 물었다.

"탑승할 때는 짐꾼에게 시켰다더구나. 하지만 다시 기차에서 내릴 때는…… 볼티모어에서 짐꾼을 찾으려고 해본 적이 있니? 자정이 지난 시간에? 하지만 데니가 그럭저럭 챙겨서 나왔지. 내가 미리 알았다면 주차하고 역 안으로 들어갔을 텐데."

"겨울옷이라니!"

애비가 혼잣말로 중얼대며 말꼬리를 흐렸다.

"달걀이 맛있네."

레드가 아내에게 말했다.

"아뇨, 노라가 만들었어요."

"달걀이 맛있구나, 노라."

"고맙습니다."

애비가 말했다.

"서재 장롱을 비워야 될 것 같네요. 하지만 안 그래도 이층 침대방이랑 스템과 노라의 방에 있는 옷장에서 꺼낸 물건들을 둘 공간을 마련해야 하는데."

그녀는 어쩔 줄 모르는 것 같았다.

"긴장 풀어."

레드가 달걀을 먹느라 고개를 들지 않고 말했다.

"난 당신이 긴장 풀라고 말할 때 정말 싫어요!"

노라가 말했다.

"그 옷장은 제가 비워드릴 수 있어요."

"그럼 물건을 어디 넣어두려고 그러니."

"노라는 수납공간을 정돈하는 데 선수예요."

스템이 말했다.

"그래, 노라가 잘 하긴 하지만……"

"안녕하세요, 여러분."

데니가 부엌으로 들어오면서 말했다.

그는 페인트 얼룩이 있는 카키 바지와 '스트링 치즈 인시던트'(미국의 6인조 밴드) 티셔츠를 입었고, 머리는 귀 위쪽을 덮을 만치 덥수룩했다(대체로 집안 남자들은 짧은 머리를 고수했다.). 하지만 데니는 건강하고 명랑해 보였다.

"아, 데니! 만나서 정말 반갑다!"

애비가 말하고 아들을 포옹하려고 일어났다. 데니는 짧게 포옹한 후 몸을 굽혀 브렌다를 쓰다듬었다. 개는 힘겹게 일어나 발을 질질 끌고 데니에게 가서 몸을 문질렀다. 스템이 앉은 자리에서 한 손을 내밀었고, 노라는 미소 지으면서 말했다.

"안녕하세요?"

"뭐가 남아 있나요?"

"많이 있지."

애비가 대답했다. 노라는 커피 주전자를 가져 오려고 다시 일어났다.

"애들은 어디 있어요?"

자리에 앉자 데니가 물었다.

"일광욕실에. 애들더러 널 깨우지 말라고 했지."

애비가 말했다.

"아무 소리도 못 들었는데요."

"오는 길이 어땠니?"

"별로 나쁘지 않았어요."

그는 달걀을 덜었다.

"기다렸다가 오늘 아침 기차를 타도 됐을 텐데. 일요일 오전에는 기차가 텅텅 비거든."

"어젯밤에도 비었던데요."

데니가 말했다.

스템이 물었다.

"여전히 그 주방업체에서 일해?"

"아니, 그 일은 관뒀어."

"그러면 지금은 뭘 하고 있는데?"

떠나지 마세요 159

"지금은 '여기' 있지."

데니가 대답하면서 스템을 침착하게 바라보았다.

노라가 말했다.

"양해해주시면 저는 아이들에게 교회 갈 준비를 시켜야겠어요."

데니는 잠시 그녀에게 눈을 돌렸다가 포크를 들고 먹기 시작했다.

아이들은 데니가 깼다는 말을 듣고 신이 났다. 다들 부엌으로 몰려가서 삼촌에게 달라붙어 질문과 요구를 쏟아냈다. 야구 글러브를 가져왔는지? 계곡에 데려가줄 건지? 그 사이 하이디는 왈왈 짖고 주위를 돌면서 아이들 사이에 끼려고 애썼다. 데니는 성격 좋게 아이들을 밀어내고, 나중에 같이 놀자고 약속했다. 노라가 아이들을 위층으로 몰고 갔고 스템은 새미 뒤를 바짝 따라갔다. 레드는 조간신문을 들고 일광욕실로 갔다.

그러자 애비와 데니만 남았다. 둘만 있자마자 애비는 커피를 한 잔 더 따라서 다시 식탁에 앉았다.

"데니스."

그녀가 입을 열었다.

"어-어."

"왜?"

"엄마가 저를 '데니스'라고 부르면 조심해야 되거든요."

그가 말했다. 데니는 잼을 접시에 떠 담았다.

"데니, 지니가 너한테 무슨 말을 했을지 안다. 요즘 내가 꽹

장히 불안정해서 돌봐줄 사람이 필요하다는 말이겠지."

"그런 말은 안 했어요."

"뭐, 그 아이가 무슨 말을 했든 내 입장을 설명하고 싶구나."

데니가 고개를 들었다.

애비가 말했다.

"모두를 걱정시킨 그 사건, 스템과 노라가 들어와서 같이 살아야 된다고 생각하게 된 이유 말이다. 듣는 것과는 다른 일이었어. 나는…… 정신이상자나 그런 사람들처럼 돌아다니다 길을 잃은 게 아니야. 어떤 일이 있었냐면, 어마어마한 폭풍이 불던 밤이었어. 왜 그 '드레초(먼 거리를 빨리 이동하는 폭풍의 한 형태)'라는 것 말이야, 기억하지? 아이고, 세상에. 드레초, 엘니뇨…… 요즘 우린 이런 단어들을 내뱉지. 그게 지구 온난화가 아니고 뭐람! 하지만 아무튼, 이 폭풍에 엘리스네 거목 한 그루가 우리 집과의 경계선에 쓰러진 거야. 다른 나무 수백 그루가 넘어간 건 말할 것도 없고, 우리 집을 포함해서 도시의 전기 공급이 끊겼지."

"이런."

데니가 중얼댔다. 그가 토스트를 베어 물었다.

"네가 그 나무를 봤어야 했어, 데니. 꼭 커다란 브로컬리 내가 옆으로 누운 것 같았지, 다만 뿌리가 있을 뿐이었지. 또 그러면서 땅에 구멍이 패였지! 지하실만큼 깊은 구멍이었지. 왜 사람들이 땅 구멍에 호기심을 갖는지 알 만했지."

"그 구멍을 구경하려고 나갔다는 말을 하시는 거예요?"

"글쎄, 어쩌면."

"어쩌면?"

"내 말은 그렇다는 거야. 그래서 나갔다는 확신이 드는구나."

"엄마. 그건 허리케인급 폭풍이었어요. 그런 바람이 부는 와중에 밖에 나갔다면 틀림없이 기억하실 거예요."

"기억한다니까! 내가 그 바람 속에 있었던 것은 기억난다는 뜻이야. 내가 '밖으로 나간' 기억이 나지 않을 뿐이지. 저기, 가끔 정신이 몇 분간 스쳐 지날 때가 있어, 레코드판에서 바늘이 튀듯 말이야. 평범한 일을 하는데 문득 나중이 되어 있는 거야, 알겠니? 정신을 차리면 한 5분이나 10분 후가 된 거야. 확실히는 모르겠어. 또 마지막 시간과 현재 시간 사이가 완전히 텅 비어 있어. 늘 하는 일을 하면 자기도 모르게 푹 빠지는 것과는 다르지. 그때는 시간이 흐르는 것은 의식하잖니. 이건 뭐랄까…… 수술을 받은 후 의식이 돌아온 것과 비슷해."

"듣기에는 일과성 뇌허혈 발작이나 그런 증세 같은데요. 아니면 뇌졸중일지도 모르고요."

데니가 말했다.

"글쎄다, 난 모르겠다."

"그런 증상을 의사한테 말하신 적이 있어요?"

"한 번도 안 했지."

"하지만 쉽게 고칠 방법이 있을 수도 있어요."

애비가 대꾸했다.

"내 나이에 뭘 고치고 말고 할 게 뭐 있어. 게다가 굉장히 자주 있는 일도 아니고. 빈번히 그러진 않아."

"그러니까, 알겠어요. 정신을 차리니 폭풍우 속에서 구멍을 내려다보고 있더라는 말이죠?"

"흠, 폭우가 내린 것도 아니야. 비가 멈춘 후였지. 하지만 그게 아니라면 맞아, 정확히 그 말이야. 그리고 나는 나이트가운과 슬리퍼 차림이었고, 집 열쇠를 갖고 있지 않았지. 흠, 열쇠를 왜 갖고 있겠니? 보통은 문을 손으로 돌려 잠그는데. 아이고, 난 자동 잠금 장치인가 뭔가가 싫어! 틀림없이 네 아버지가 문을 잠근 게지. 그 양반은 항상 얼떨대면서 이것저것 만진다니까. 그러다가 내가 불러도 당연히 소리를 못 들었지. 그즈음 네 아버지는 곤히 잠이 들었고, 얼마나 귀가 먹게 되었는지는 너도 알 수 있을 테지. 내가 부르고 문을 두드렸지……. 물론 초인종은 누를 수가 없었지, 전기가 나갔으니까. 어쨌거나 네 아버지는 대부분 초인종 소리를 듣지 못해. 안방 유리창에 돌멩이를 던질까도 고민했지만, 책 속에서와 달리 실생활에서는 별로 효과가 없지. 그래서 마침내 이렇게 생각했지. 뭐, 해먹에 누워 아침까지 기다려야겠다고. 과히 나쁘지 않았지. 멋지기도 하더구나. 가로등도, 사람 사는 집의 전등도 다 꺼졌고, 들리는 소리라곤 나뭇잎 떨어지는 소리와 청개구리 소리뿐이었어. 나는 해먹에 웅크리고 누웠다가 잠이 들었고, 아침에 깨보니 아직도 네 아버지가 깨기에는 너무 이른 시각이더구나. 그래서 피해 상황을 살펴볼까 하고 도로를 쭉 내려가기로 했지. 온 동네가 재난 지역이었단다, 데니! 커다란 나무기둥과 가지들이 도로에 쓰러지고 사방에 전선들이 늘어지고, 브라운의 집 앞에 세워진 차 한 대가 망가졌더라구……. 바로 그때 색스 브라운이 날 본 거야. 나는 망가진 차 안에 누가 갇혀 있는지 확인하려고 차로 다가갔어. 그래, 내 꼬락서니가 어땠을지 나도 안다. 잠옷 바람으로, 잠옷 자락이 흙투성이가 된 채 집에서 반 블록이나 떨어진 곳에 있었으니! 과히 미덥지 않은 모습이긴 하지!"

그녀는 가볍게 웃음을 터뜨렸다.

데니가 말했다.

"그렇죠……."

"하지만 그게 보살펴줄 사람을 불러들일 이유는 되지 않아."

"네, 듣기에는 그렇네요."

데니가 말했다.

"아, 그래."

"들어보니까 엄마가 통제 못하는 상황이 심해진 것 같네요. 확실히 그렇게 볼 수 있겠는데요."

"그러니까 너희 누구도 여기서 지낼 필요 없다는 데는 동의하는구나. 물론 너희랑 같이 있는 게 싫어서가 아니야, 너희 각자 모두. 하지만 난 분명히 너희가 필요하지 않다."

"스템에게 이야기를 전부 다 하지 그랬어요?"

"스템? 아니, 했지. 그러려고 했어. 모두에게 말하려고 했지."

"스템한테 떠나라고 하세요. 왜 스템이 아니라 저한테 떠나라는 거예요?"

"아, 얘야. 네게 떠나라는 게 아니야. 네가 있고 싶은 만큼 머무르면 좋겠어. 다만 내게 보모 따윈 필요 없다고 말하는 거야. 그걸 이해하렴. 스템은 그냥······ 이해하지 못해. 그 아이는 네 아버지와 마음이 척척 맞지, 너도 알지? 스템과 아버지는 가끔 머리를 맞대고 이런 '꿍꿍이'를 만들어내지, 내 말이 무슨 뜻인지 알겠지?"

"엄마 말이 무슨 뜻인지 정확히 알죠."

데니가 말했다.

하지만 애비가 마침내 이맛살을 펴고 안도한 표정으로 등을 뒤로 기대자, 데니가 중얼거렸다.

"항상 똑같네."

그는 일어나서 부엌에서 나갔다.

* * *

애비의 고아 한 명이 일요일 점심 식사에 나타난 것은 난처한 일이었다. 그녀의 이름은 '아타'인데 성은 복잡했다. 최근 이민 온 50대 후반 여자로 뚱뚱하고 누런 회색 피부였다. 벨트 달린 두꺼운 원피스와 압박붕대 같은 스타킹 차림이었다(바깥 기온이 33도가 넘었고 볼티모어에는 몇 달째 스타킹을 신은 사람이 없었다.). 처음으로 사귄 사람의 집에 온 그녀는 현관 방충문을 톡톡 두드리며 소리쳤다.

"여보세요? 내가 여기 맞게 찾아왔나요?"

그녀는 '려보세요'라고 발음했고 '여기'는 '려기'로 들렸다.

"아이고, 맙소사!"

애비가 말했다. 그녀는 스템 뒤를 따라 계단을 내려가는 중이었다. 두 사람은 일광욕실에 공간을 만들려고 서류 더미를 옮기는 참이었다.

"아타, 맞지요? 아, 이렇게 만나니……."

애비는 서류를 스템의 서류 더미 위에 올린 다음, 아타에게 방충문을 열어주었다.

아타가 쿵쿵거리며 들어오면서 물었다.

"제가 일찍 왔나요? 아닐 텐데요. 12시 30분이라고 하셨지요."

애비가 말했다.

"아뇨, 물론 아니죠. 여기는 내 아들 스템이에요. 아타는 볼티모어에 막 오셨단다, 스템. 아직 아는 사람이 아무도 없지. 나랑 슈퍼마켓에서 만났어."

"안녕하세요."

스템이 말했다. 그는 악수를 할 수는 없었지만 산더미 같은 서류철 위로 아타에게 목례를 했다. 스템이 다시 말했다.

"실례합니다. 가서 이것들을 내려놔야겠네요."

애비가 아타에게 말했다.

"이리 와서 앉아요. 집을 찾기가 어려웠나요?"

"아니에요. 그런데 부인이 12시 30분이라고 말하셨어요."

"네?"

애비는 자신 없이 대꾸했다. 옷차림이 문제인 듯했다. 그녀는 앞자락에 안전핀이 줄줄이 달린 민소매 블라우스와 무릎을 덮는 방수 천 통바지를 입고 있었다.

애비가 말했다.

"우린 집에서 아주 편하게 입죠. 별로 차려입지 않는 편이에요. 아, 여기 남편이 오네요! 레드, 이 분은 아타예요. 일요일 점심 식사를 함께 하러 오셨어요."

"안녕하세요."

레드가 인사하고 악수를 했다. 다른 손에는 스크루드라이버가 들려 있었다. 레드는 케이블 박스를 손보는 중이었다.

"저는 붉은 고기는 안 먹어요."

아타가 레드에게 크고 단조롭게 말했다.

"아, 그래요?"

"우리나라에서는 고기를 먹지만 여기서는 가축에게 호르몬을 먹여서요('코르몬'이라고 발음했다.)."

"저런."

레드가 중얼댔다.

"앉아요, 두 분 다."

애비가 그들에게 말했고, 그때 일광욕실에 갔다가 돌아온 스템에게 말했다.

"스템, 앉아서 아타랑 말동무 좀 해드려라. 나는 가서 점심을 챙겨야겠다."

스템은 곤란한 표정을 지어 보였지만, 애비는 환하게 웃으면서 거실에서 나갔다.

부엌에서는 노라가 소리내어 시서 토마토를 썰고 있었다.

애비가 물었다.

"나는 뭘 할까? 점심에 예상치 못한 손님 한 분이 왔는데, 붉은 고기를 안 먹는다는구나."

노라는 돌아보지 않고 말했다.

"더글라스가 식품점에서 사온 참치 샐러드는 어떨까요?"

"아, 좋은 생각이다. 데니는 어디 있니?"

"아이들이랑 캐치볼을 하고 있어요."

애비는 방충문으로 가서 밖을 내다보았다. 뒷마당에서 새미가 놓친 공을 집으러 간 사이, 데니는 느긋하게 서서 글러브를 탁탁 치면서 기다렸다.

"그냥 둬야겠네."

애비가 말하고 나서 얼른 덧붙였다.

"이런, 내 정신 좀 봐."

그녀는 길게 한숨을 내쉬고 아이스티를 가지러 냉장고로 갔다.

거실에서는 아타가 레드와 스템에게 미국인들의 단점을 말하고 있었다.

그녀가 말했다.

"미국인들은 엄청 따뜻하고 마음을 연 것처럼 굴어요. 요란하게 안녕하세요-아타-어떻게-지내요?라고 떠들지만 그걸로 그만이죠. 난 이곳에 친구가 한 명도 없어요."

"아이고, 저런. 분명히 점차 친구들이 생길 겁니다."

레드가 말했다.

"제 생각에는 아닐 거예요."

아타가 대꾸했다.

스템이 물었다.

"교회에 다닐 계획이 있으세요?"

"아뇨."

"왜냐면 제 아내 노라가 교회에 다니는데, 새 신자를 맞이하는 부서가 있거든요."

"난 교회에 안 다닐 거예요."

아타가 대답했다.

침묵이 흘렀다. 마침내 레드가 입을 열었다.

"마지막 말은 제대로 알아듣지 못했는데."

스템과 아타는 그를 쳐다봤지만 둘 다 잠자코 있었다.

"자, 여기요!"

애비가 쟁반을 들고 휙 들어와 명랑하게 말했다. 그녀가 커피 테이블에 쟁반을 내려놓으며 물었다.

"아이스티 드실 분?"

"아, 고마워, 여보."

레드가 진심어린 말투로 말했다.

"아타가 가족 이야기를 했나요? 정말 특별한 가족이거든요."

"네, 우리 가족은 독특했지요. 모두 우리를 부러워했죠."

아타가 말했다. 그녀는 단지에서 소포장된 '누트라스위트'(설탕 대체 감미료 브랜드명)를 집어서 눈에 바싹 대고 입술을 살짝 비틀었다. 그녀가 누트라스위트를 도로 설탕 단지에 넣고 밀을 이었다.

"우린 친가와 외가 모두 유명한 과학자 집안의 후손이고, 지적인 토론을 많이 했어요. 다른 사람들이 그 자리에 끼려고 안달했죠."

"특별하지 않아요?"

애비가 환한 표정으로 말했다.

레드는 의자에 몸을 더 깊이 기댔다.

* * *

점심 식사에 워낙 여럿이 모여서 손주들은 주방에서 따로 식사해야 했다. 아만다의 딸 엘리스는 열네 살이라 스스로 어른으로 여겨서 어른들과 식사했다. 식당 식탁에는 열두 명이 둘러앉았다. 레드와 애비, 네 자녀와 배우자 셋, 엘리스, 아타, 지니와 함께 사는 시어머니인 앵겔 부인. 접시들끼리 닿고, 포크와 나이프가 겹쳐 놓였다. 다들 계속 '미안해요, 이게 내 잔인가, 아닌가?'라고 말했다. 적어도 애비는 이 상황을 즐겁게 여기는 눈치였다.

그녀가 자녀들에게 말했다.

"진짜 많구나! 이것도 재미있지 않니?"

그들은 시무룩하게 어머니를 쳐다보았다.

아까 주방에서 간단한 비밀회동이 있었다. 다들 아타와 인사를 나누자마자 주방으로 갔다. 애비가 실수로 거기 들어가자, 자녀들은 서로 떨어지며 그녀를 노려보았다.

"엄마, 어떻게 그럴 수가 있어요?"

아만다가 물었다. 지니도 나섰다.

"이제 이런 일은 벌이지 않겠다고 약속하신 줄 알았는데요."

애비가 물었다.

"무슨 일 말이냐? 솔직히 너희가 낯선 사람에게 약간의 호의도 보이지 못한다면……"

"가족 모임을 하기로 했잖아요! 엄마는 가족만으로는 만족 못하시죠! 엄마한테는 저희로 충분하지 않은 거예요?"

하지만 이즈음 상황은 많이 진정되었다. 아만다의 휴가 야단스럽게 고기를 잘라 나누어 주었고(그는 고기 자르는 특별 과정을 수강한 후로 언제나 고기 나누는 역할을 자처했다. 큰 덩어리 고기는 식탁에서 가장이 자르는 게 관습이다.) 레드는 연신 중얼댔다.

"뼈도 없는데 뭐가 어렵다고 야단이야?"

노라가 조용히 주방을 드나들면서 아이들을 조용히 시키고 흘린 음식을 닦았다. 그 사이 파르스름한 백발에 다정한 얼굴을 가진 지니의 시어머니는 아타에게 말을 붙이려고 최선을 다했다. 앵겔 부인은 아타에게 직업, 고국의 음식, 고국의 건강보험제도에 대해 물었지만 단답형 대답만 돌아와서 대화 거기서 중단되고 말았다.

어느 시점에서 앵겔 부인이 물었다.

"미국 시민권을 신청할 건가요?"

"그건 분명히 아니에요."

아타가 대답했다.

"아."

"아타는 미국인들이 다정하지 않다는 걸 알았대요."
애비가 사돈에게 말했다.
"세상에! 그런 말은 처음 듣는데요!"
"다정한 척이야 하지요. 동료들은 '어떻게 지내요, 아타?'라고 묻고 '만나서 반가워요, 아타'라고 말하죠. 하지만 그들이 집으로 저를 초대할까요? 아뇨."
아타가 말했다.
"그거 충격적이네요."
"그들은, 미국식으로 어떻게 표현하죠? 두 얼굴인 거죠."
아타가 말했다.
지니가 식탁 위로 몸을 굽히고 데니에게 물었다.
"B. J. 오트리 기억나니?"
데니가 대답했다.
"음ㅡ흠."
"방금 갑자기 그녀가 떠올랐어. 이유는 모르겠고."
아만다가 낄낄댔고 스템은 신음소리를 냈다. 그들은 이유를 알았다(B. J.는 목소리가 귀에 거슬리고 끽끽 소리를 내며 웃는 여자로 유난히 못마땅한 어머니의 '고아'였다.). 하지만 데니는 잠시 웃음기 없는 얼굴로 지니를 바라보다가 아타에게 눈을 돌리고 말했다.
"부인께서 실수하셨다는 생각이 드네요."
"네? '두 얼굴'이 틀린 표현인가요?"
아타가 물었다.
"이 상황에서는 그렇지요. '예의를 지키다'란 말이 더 정확할 겁니다. 그 사람들은 예의를 지키려고 그런 겁니다. 그들은 부인이 그리 맘에 들지 않아서 집으로 초대하지 않지만, 친절하게 대하려고 최선을 다하는 거지요. 그래서 부인에게 어떻게 지내는지 묻고, 만나서 반갑다고 말하는 겁니다."

애비가 끼어들었다.

"그러지 말아! 데니!"

"뭐요."

아타가 냉정을 잃지 않고 데니에게 말했다.

"또 사람들은 '주말을 재미있게 보내요, 아타'라고 말하죠. 내가 어떻게 그러겠어요? 이게 그들에게 물어봐야 될 말이죠."

"그러게요."

데니가 대답했다. 그는 어머니에게 미소를 지었다. 애비는 의자에 등을 기대고 한숨을 내쉬었다.

"보세요! 이거 보이시죠, 아버님?"

아만다의 휴가 카빙 포크(고기 덩이를 써는 데 사용하는 큰 포크)에 쇠고기 조각을 끼워 들고 외쳤다.

"어?"

"이 조각은 장인어른께 딱 맞네요. 종이처럼 얇은 것 좀 보세요."

"아, 그렇군. 고맙네, 휴."

레드가 말했다.

아만나의 휴기 왜 천쭉나무 수풀 아래 졸업장 통 같은 게 있냐고 물은 일화는 집안에서 유명했다. 그가 말한 '졸업장

통 같은' 것은 지하실 배수펌프와 연결되는 흰 플라스틱 배수관이었다. 가족들은 이 일을 잊지 못했다('최근에 관목 수풀에서 졸업장 통을 본 적 있어요, 휴?'). 그들은 아만다의 휴를 무척 좋아했지만, 그가 지독히 손재주가 없고 기본적인 일들을 못해서 깜짝 놀랐다. 아만다의 휴는 벽스위치 하나 교체하지 못했다! 그는 늘씬하고 모델 같은 미남으로 칭찬받는데 익숙했고, 계속 새 직업을 구했다가 견디지 못하고 그만두었다. 현재는 칠면조 요리만 내는 '땡스기빙(추수감사절)'이라는 레스토랑을 운영 중이었다.

지니의 휴는 대조적으로 지니가 다닌 대학교에서 잡역부로 일했다. 다른 여학생들은 의예과 남학생들에게 마음을 주었지만, 지니는 톱밥 색깔 수염을 기르고 엉덩이에 연장 벨트를 맨 겸손한 휴를 본 순간 편안함을 느꼈다. 이제 여기도 사귈 만한 사람이 있네! 지니가 3학년 때 둘은 결혼해서 대학 행정 직원들을 불편하게 만들었다.

지금 그는 엘리스에게 발레에 대해 묻고 있었다. 이것은 배려 깊은 일이었다(그때까지 엘리스가 대화에서 소외되었으니까.).

"머리를 그렇게 바짝 올린 건 발레 때문이니?"

이모부가 묻자 엘리스가 대답했다.

"네, 마담 오리어리가 이걸 요구해서요."

엘리스는 더 반듯하게 앉아서—과시하는 태도를 가진 깡마른 소녀였다—도넛처럼 틀어 올린 머리를 매만졌다.

"그런데 곱슬머리여서 그 상태를 유지할 수 없는 사람은 어쩌니? 혹은 머리가 너무 길게 자라는 사람들도 있잖니?"

지니의 휴가 물었다.

"어떤 변명도 안 통해요. 우린 꼭 시뇽(뒤로 모아 틀어 올린 머리)을 해야 해요."

"아이고, 저런!"

"퍼지는 스커트도 입어요. 레오타드 위에 그 치마를 두르죠. 다들 튀튀(발레용 치마)를 입을 거라고 짐작하지만 튀튀는 공연할 때만 입고요."

아만다가 제부에게 설명했다.

애비가 말했다.

"아, 지니. 엘리스가 갓 태어났을 때 우리가 튀튀를 입힌 일을 기억하니?"

"그럼요!"

지니가 대답했다. 그녀가 웃음을 터뜨리고 덧붙였다.

"엘리스는 세 벌의 튀튀를 갖고 있었죠, 기억나세요? 세 벌을 차례로 입혀봤잖아요."

애비가 엘리스에게 말했다.

"네 엄마가 우리한테 아기를 봐달라고 부탁했거든. 엄마가 너를 떼어놓은 것은 그때가 처음이었는데, 가족이랑 두는 게 더 안전할 거라고 느꼈지. 우리는 '가봐라! 어서 가!'라고 말하고, 네 엄마가 사라진 순간 네 옷을 기저귀만 남기고 다 벗긴 후 옷들을 입혀보기 시작했지. 베이비샤워(아기가 태어나기 전 친지들이 모여 선물을 주는 파티)에서 선물받은 옷들을 다 입혀봤단다."

"저는 그런 줄 몰랐네요."

아만다가 말했다. 엘리스는 기분 좋고 수줍은 표정을 지었다.

"아, 그 정교한 옷들을 만져보고 싶어서 안달하던 차였지. 튀튀뿐 아니라 사랑스러운 세일러 원피스랑 비키니 수영복…… 기억나니, 지니?…… 고리가 박힌 파란색 신생아 커버올(상하가 붙은 소매 있는 작업복)도 있었지."

"당연히 기억나죠. 그 옷을 선물한 사람이 저였는데요."

지니가 말했다.

애비가 아타에게 설명했다.

"하긴 우리는 넋이 나갔지요. 엘리스가 첫 손주였거든요."

"그게 아닐 텐데요."

데니가 말했다.

"뭐라고 했니?"

"수전이 첫 손주라는 걸 까맣게 잊으셨나 봐요."

"아! 아니, 당연하지. 그래, 가까이 사는 첫 손주라는 뜻이었어. 지리적으로 가깝다는 거지. 내가 어떻게 수전을 잊겠니!"

"수전은 어떻게 지내?"

지니가 물었다.

"잘 있어."

데니가 대답했다.

그는 고기 위에 그레이비 소스를 떠 담고, 소스 그릇을 아타에게 넘겼다. 그녀는 그릇을 들여다보고 그냥 옆으로 건넨다.

"수전은 여름에 뭘 하면서 지내니?"

애비가 물었다.

"음악 프로그램 같은 걸 하고 있어요."

"음악이라, 정말 멋지구나! 음악에 소질이 있니?"

"틀림없이 그럴 것 같아요."

"어떤 악기인데?"

"클라리넷인가? 클라리넷이요."

데니가 말했다.

"아, 난 프렌치 호른이라고 짐작했는데."

"왜 그렇게 짐작하셨어요?"

"저기, 전에 네가 프렌치 호른을 불었으니까."

데니가 고기를 잘랐다.

"수전은 여름에 뭘 하고 지내니?"

레드가 물었다.

모두 그를 쳐다보았다.

마침내 애비가 말했다.

"클라리넷이요, 레드."

"어?"

"클라리넷이요!"

"밀워키에 사는 내 손자도 클라리넷을 연주하죠. 하지만 그 아이의 연주를 들을 때마다 킬킬 웃지 않을 수가 없어요. 서너 소절 시난 다음에는 끼익 소리가 나는 거예요."

앵겔 부인이 말했다. 그녀는 아냐에게 몸을 돌리고 말을 이었다.

"난 손주가 열세 명이랍니다. 믿을 수 있어요? 손주가 있나요, 아타?"

"어떻게 그게 가능하겠어요?"

아타가 물었다.

또다시 침묵이 흘렀다. 이번에는 담요처럼 무겁고 숨이 막혔고, 모두 먹는 데 집중했다.

* * *

점심 식사 후 아타는 케이크를 받아들고 떠났다. 디저트로 먹고 남은 상점에서 산 케이크였다(그녀는 참치 샐러드에는 손도 대지 않았지만 —'수은'이 들어 있다면서—단것은 좋아하는 눈치였다.). 엘리스는 뒷마당에 나가 사촌들과 어울렸고, 다른 사람들은 현관 앞 베란다로 나갔다. 노라까지도 주방 정리는 나중에 하라는 설득을 받고 밖으로 나왔고, 레드는 낮잠을 자겠다면서 침실이 아닌 베란다 남쪽 끝에 늘어진 곰팡내 나는 해먹을 선택했다.

"아버지의 팔이 왜 저렇게 얼룩덜룩 하지?"

데니가 낮은 목소리로 누나들에게 물었다. 세 사람은 그네에 나란히 앉아 있었다.

하지만 대답한 사람은 항상 귀가 밝은 애비였다. 그녀는 사돈과 대화를 나누다가 뚝 끊고 외쳤다.

"혈관이 얇아져서 그런 거야. 그것 때문에 멍이 잘 들지."

"그리고 언제부터 아버지가 낮잠을 주무시기 시작했죠?"

"의사들이 그렇게 하라고 주문했지. 주중에도 낮잠을 자야 되는데 그 양반이 그러지는 않지."

데니는 잠시 입을 다물고 무심히 그녀를 앞뒤로 흔들었다. 그는 덤불 밑에서 조르르 달려가는 회색 다람쥐를 지켜보았다. 그가 입을 열었다.

"아버지의 심장 발작에 대해 내게 아무도 말해주지 않았다는 게 흥미롭네. 난 어젯밤까지는 아무것도 몰랐어. 지니에게 전화하지 않았다면 그런 일이 있은 줄도 몰랐을 거야."

"저기, 네가 알았다 한들 상황이 달라지지 않았을 거야."

아만다가 말했다.

"퍽도 고맙네, 아만다."

애비가 흔들의자에서 항의하듯 몸을 뒤척였다.

앵겔 부인이 노래하는 듯한 목소리로 물었다.

"올해처럼 날씨가 좋은 여름은 없었던 것 같죠?"

사실 무척 무더운 여름이었고 강한 폭풍우가 여러 번 있었던 걸 보면, 앵겔 부인이 화제를 돌리려고 한 말임이 분명했다. 애비는 팔을 뻗어 사돈의 손을 토닥이며 말했다.

"아, 사돈은 늘 긍정적으로 보시죠."

"저는 더위가 좋거든요, 사돈은 안 그래요?"

"그래요. 하지만 시원하게 지낼 수단이 없는 도심의 궁핍한 사람들을 생각하지 않을 수 없네요."

애비가 대답했다.

휘트생크네는 천장 선풍기들, 적재적소에 설치한 환풍기, 높은 고풍스런 천장만으로 시원함을 유지했다. 이따금 레드는 냉방장치 설비에 대해 말했지만, 집의 골조를 건드리는 것은 꺼려진다고 했다. 바깥 베란다에도 천장 선풍기 석 대가 띄엄띄엄 간격을 두고 달려 있었다. 멋진 고풍스런 선풍기의 나무 날개는 니스 칠이 되었고, 역시 니스 칠한 테라스 지붕과 바닥, 꿀빛 감도는 그네와 넓은 현관 계단과 잘 어울렸다(모두 주니어가 선택했고, 1층의 모든 문 위에 유리창이 아닌 문살이 있는 채광창을 뚫어 통풍되게 한 것도 그의 결정이었다.). 물론 튤립나무들도 그늘을 드리웠다. 지나치게 그늘진다고 애비가 자주 불평하긴 했지만 그 밑에서는 아무것도 자라지 못했다. 잔디밭은 강한 바랭이 가지 몇 대만 밀고 올라왔을 뿐 흙투성이었고, 대지의 북쪽 가장자리에 핀 옥잠화가 유일한 식물이었지만 그나마 꽃봉오리는 얼마 없고 나뭇잎만 무성했다.

"넬슨네 자식들은 어떻게 됐어요?"

지니가 길 건너 넬슨의 집을 쳐다보면서 물었다.

"잘 모르겠다. 요즘은 자녀 안부를 물으면 상대방이 난감한 표정을 짓지. '네, 우리 아들은 예일대를 졸업했는데 지금 당장은 음……'라고 우물대고, 알고 보면 바텐더를 하거나 카푸치노를 내리거나 다시 집으로 들어온 경우도 많지."

"그나마 일자리를 찾았으면 운이 좋은 거죠. 저도 홀 직원 몇 명은 해고하기 시작해야 되거든요."

아만다의 휴가 말했다.

"어쩌면 좋아, 레스토랑이 잘 안 되나 보네?"

"이제는 아무도 외식하지 않는 것 같아요."

"하지만 휴는 더 좋은 아이디어를 갖고 있어요. 전혀 새로운 사업을 구상하는 중이에요, 투자자들만 찾을 수 있다면요."

아만다가 말했다.

"그래."

애비가 말했다. 그녀가 이맛살을 찌푸렸다.

"'두 낫 패스 고'(모노폴리 게임의 카드패에 나오는 문구. 'Go directly to jail, Do not pass go, Do not collect $200' 감옥에 가서 통과하지 못하고 200불을 얻지도 못하는 패다. 흔히 불리한 결과가 나오는 경우를 뜻한다.)'입니다."

아만다의 휴가 대답했다.

"뭐라고?"

"회사 이름을 그렇게 지을 겁니다. 눈길을 끌지 않나요?"

"하지만 그 회사는 무슨 일을…… 하지?"

"불안한 여행자들을 위한 서비스입니다. 과도하게 불안해하는 사람들 말입니다. 이런 사람들이 있다는 걸 모르실 거예요, 여러분은 아무도 여행하지 않으니까요. 하지만 저는 그런 사람들을 봤습니다, 정말이에요. 제 사촌이 그런 경우죠. 사촌 다시가 그래요. 그녀는 너무 미리 짐을 싸는 바람에 입을 옷이 없지요. 온갖 길 다 챙기죠, 모든 만일의 경우에 대비해서. 다시는 주인이 집을 비우면 미스터리하게도 집이 그걸 알아차린다고 생각해요. 여행을 떠나기 몇 시간 전에 물이 새거나 하수구가 막히거나 도난방지 알람이 고장 날 거라고 하죠. 다시가 개 봐주는 사람에게 써준 지침서는 소설이 따로 없을 정도죠. 다시는 고양이가 당뇨병에 걸릴 거라고 긱정히

기 시작하죠. 그래서 다시 같은 사람들을 위해 모든 준비 작업을 해주는 사업을 기획한 겁니다. 여행사 직원들이 하는 일보다 훨씬 많은 사항들을 챙기는 거지요. 고객이 날짜와 목적지를 알려주면 저희는 '더 이상 말하실 것 없습니다'라고 말합니다. 저희는 고객의 항공편과 호텔을 예약할 뿐 아니라 사흘 전에 짐을 싸서 빠른 항공편으로 부칩니다. 고객이 비행기를 탈 때 수하물을 부칠 필요가 없지요. 공항까지의 차편과 도착지에서 운전기사를 섭외해주고, 박물관 입장권이며 여행 안내원이며 최고 레스토랑 예약까지 처리해줍니다. 하지만 그건 시작에 불과하지요! 의뢰 받으면 애완동물과 집 관리 서비스도 하고(이 부분에 대해서는 장인어른과 의논할 필요가 있지요), 고객이 투숙하는 호텔 인근에 영어를 구사하는 의사도 연결해둡니다. 또 여행 중간에 미용실 예약도 해놓고요. 저희가 '떠나실 시간이 됐습니다'라고 말할 때 어느 고객이 '어머, 하지만 문제는 제 어머니가 심부전증을 앓아서 언제 돌아가실지 모르거든요'라고 말한다고 쳐요. 그러면 저희는 '아, 이게……'라고 말하면서 휴대폰을 내놓는 겁니다. 그리고 말하지요. '이게 유럽에서 통화 가능한 휴대폰입니다. 어머님이 번호를 아시고 요양병원 측도 번호를 알고 있으면 됩니다. 또 의료상 응급사태 발생시 당장 집으로 돌아올 항공편을 보장하는 여행 보험을 구매해두었습니다'"

데니는 웃었지만 다른 사람들은 웃지 않았다.

"여행자가 엄청나게 부자여야겠네요."

지니의 휴가 말했다.

"음, 비용이 저렴하지 않으리라는 건 나도 인정해."

"엄청나게 부유하고 완전히 미쳐야겠는데요, 둘 다여야겠어요. 한 사람에게 집중되어 있군요. 여기 볼티모어에 그럴 수 있는 사람이 몇 명이나 살겠습니까?"

"이거 원! 사람 기를 죽이시네!"

"아, 하지만 회사명은 마음에 드는군. 자네가 직접 생각했나?"

애비가 급하게 수습했다.

"그렇습니다."

"혹시…… '두 낫 패스 고'라고 말할 때 의미가……?"

"일상적인 계획들을 헤쳐 나가면서 수선 떨지 않아도 된다는 뜻이죠."

"그렇군. 그러니까 감옥과는 관계없는 거지."

"감옥이라뇨! 아, 아닙니다."

"그러면 레스토랑은 어쩌고요?"

지니가 물었다.

"그건 팔려고 해."

"아, 레스토랑을 사려는 작자가 나설까요?"

"이거 원!"

"그냥 궁금해서 말한 것뿐이에요."

지니가 말했다.

앵겔 부인이 말했다.

"최근에 새들이 더 수다스러워지기 시작했다는 걸 눈치챘나요? 요즘 새들은 노래가 아니라 이야기를 나누는 것 같디니까요. 다들 들려요?"

모두 잠시 귀를 기울였다.

"아마 더위 때문이겠죠."

애비가 의견을 말했다.

"새들이 노래를 포기했을까봐 걱정이에요. 이야기로 돌렸을까봐."

"아이고, 새들이 그러리라는 것은 믿기지 않아요. 그보다는 그저 지쳐서 그런 거겠죠. 귀뚜라미들에게 자리를 넘기기로 했나 보네요."

"캘리포니아에 사는 손주들이 매년 여름마다 다니러 오면 항상 '저게 무슨 소리에요?'라고 묻죠. 난 '무슨 소리?'라고 되묻지요. 그러면 아이들은 '저 찍찍대고 윙윙대는 소리요, 찌그덕-찌그덕-찌그덕' 그러면 나는 대답하죠. '아, 너희가 귀뚜라미나 메뚜기 소리 같은 걸 듣나 보구나. 우습지 않니? 내 귀에는 그런 소리가 안 들리거든' 그러면 손주들은 '하지만 그 소리 때문에 귀가 먹먹한데요! 어떻게 저 소리를 못 들을 수 있죠?'라고 말하죠."

앵겔 부인이 그 말을 하자, 다들 벌레 소리가 들리는 것 같았다. 전에는 한 번도 못 들었지만 이제 벌레 떼가 꾸준히 내는 소리가 들렸다. 옛날 썰매 종소리 같은 리듬감 있고 딸랑대는 소리였다.

아만다가 말했다.

"저기, 누가 뭐래도 나는 휴의 아이디어가 똑똑하다고 생각해요."

"고마워, 여보. 당신이 믿어주니 좋네."

아만다의 휴가 아내에게 말했다.

앵겔 부인이 말했다.

"아, 그럼요! 우리 모두 믿어요! 그래 사돈은 어때요, 데니?"

"매형이 똑똑하다고 생각하느냐고요?"

"지금 어떤 일을 하고 있느냐는 뜻이에요."

"뭐, 아무 일도요. 가족들을 도우려고 여기 내려와 있죠."

데니가 대답했다. 그는 그네의 등받이에 머리를 젖히고 가슴에 올린 손을 쫙 폈다.

애비가 앵겔 부인에게 말했다.

"데니가 집에 있으니 참 좋아요."

"그럼요, 상상이 되지요!"

"여전히 그 주방 업체랑 일하고 있나?"

지니의 휴가 데니에게 물었다.

"아뇨, 이제는 안 해요."

데니가 대답했다. 그러더니 덧붙여 말했다.

"대리 교사로 일했어요."

애비가 말했다.

"뭐?"

"대리 교사요. 저기, 지난봄에 그랬죠."

"그 일을 하려면 대학 졸업장이 필요하지 않니?"

"아니요, 사실은 필요 없어요. 저는 갖고 있지만요."

가족 모두 애비를 바라보며 그녀가 다음 질문을 던지기를 기다렸다. 하지만 애비는 더 묻지 않았다. 그녀는 긴장해서

떠나지 마세요

입매가 굳은 채 맞은편 집을 멍하니 보며 앉아 있기만 했다. 마침내 지니가 그 질문을 던졌다.

"대학을 마친 거야?"

"응."

데니가 대답했다.

"어떻게 그렇게 된 거야?"

모두 다시 애비를 바라보았다. 그녀는 여전히 입을 다물었다.

잠시 후 스템이 말했다.

"저기, 형은 건축 일을 그다지 좋아하지 않았지. 형이 여름마다 아버지랑 일했던 시절이 기억나는군."

"난 지금껏 건축 일에 대한 반감은 없었어. 다만 고객들을 참을 수 없었을 뿐이지. 지하실에 와인 저장고를 만들려는 유행을 쫓는 집주인들 말이야."

데니가 다시 몸을 똑바로 펴면서 대답했다.

스템이 말했다.

"와인 저장고! 맙소사! 차고에 개 목욕 시설도 설치하려고 든다니까."

"개 목욕 시설?"

"럭스턴에 사는 부인이 그래."

데니가 조소했다.

노라가 물었다.

"휘트생크 어머니? 뭘 더 갖다드릴까요? 아이스티 더 드실래요?"

"고맙지만 됐다."

애비가 짤막하게 대답했다.

이제 손주들이 뒷마당에서 집 앞쪽으로 옮겨왔고, 새미는 베란다로 와서 계단을 올라와 엄마 무릎을 파고들며 형제들에 대해 불평했다.

"한숨 자야 될 사람이 여기 있네."

노라는 아들에게 말했지만, 나른하게 앉아서 새미의 머리 너머로 아이들이 있는 곳을 바라보았다. 다른 아이들은 게임 규칙을 정하는 중이었다.

한 사람이 말했다.

"집 옆 수풀은 '안전지대'고 옆 마당에 있는 수풀들은 '비안전지대'야."

"하지만 왜 그 덤불들은 비안전지대야?"

"아휴."

지니의 아들 알렉산더가 술래였고, 휘트생크 집안 최초의 땅딸막한 아이였기에 지켜보기가 안쓰러웠다. 알렉산더는 다리를 엉성하게 내딛고 양손으로 허공을 가르면서 달렸다. 아이러니하게도 누나 뎁은 집안 최고의 달리기선수여서—마른 몸매에 근육이 발달된 다리에 모기 물린 자국이 많았다—가장 빼곡한 철쭉 수풀에 술래보다 먼저 도착해서 '하-하! 안전!'라고 소리쳤다.

"누가 하이디 좀 불러주실래요? 개가 계속 방해해요."

알렉산더가 어른들에게 외쳤다.

하이디는 알렉산더 옆에 있지 않았지만 평소처럼 까불대

며 주위를 맴돌았다. 스템이 휘파람을 불자, 개는 테라스 계단으로 뛰어왔다.

"앉아, 하이디."

스템이 말했다. 그가 다정하게 쓰다듬어주자 하이디는 체념하듯 낑낑대면서 발치에 웅크려 앉았다.

데니가 누나들에게 말했다.

"브렌다가 늙긴 늙었나 봐. 예전에는 여기 나와서 하이디를 쫓았는데."

지니가 말했다.

"브렌다가 늙었다는 생각만 해도 미치겠어. 이 집에 개가 없는 게 상상이 되니?"

"잘된 거지. 개들은 주택에 재앙이라구."

데니가 대답했다.

"맙소사, 데니."

"왜? 개들은 나무를 긁어대고 바닥에 흠을 내잖아……."

아만다가 재미있어서 쯧 소리를 냈다.

"뭐가 그렇게 웃겨?"

데니가 그녀에게 물었다.

"네 말을 들어봐! 꼭 아버지 같이 말하네. 우리 중에 개를 안 키우는 사람은 너 혼자고, 아버지도 당신 맘대로 하라면 개를 안 키울 거라고 하시거든."

애비가 그들에게 말했다.

"아니, 그건 말이 그렇다는 거지. 너희 아버지도 우리만큼 클레런스를 사랑하신단다."

그녀의 네 자녀는 눈짓을 교환했다.

해먹에서 레드가 신음소리를 내면서 일어나 앉았다.

"무슨 얘기를 하고 있니?"

그는 머리를 손질하며 물었다.

"아버지가 얼마나 개를 좋아하시는지에 대해 말하던 참이에요."

지니가 큰 소리로 대답했다.

"내가?"

아만다가 데니의 손목을 톡톡 두드리며 물었다.

"언제 수전을 만나볼 수 있겠니?"

"글쎄, 애가 자유롭게 쓸 방이 생기기 전에는 오지 못할 거야."

데니가 대답했다.

스템의 가족이 이사 나갈 때까지라는 의미였지만 아만다는 못 알아듣는 체하며 말했다.

"언제든 아이들과 이층 침대방을 쓰면 되지. 수전이 싫어하려나?"

"아니면 해변여행을 기다려 보자구. 이제 곧 여행인데 해변집에는 침대가 아주 많으니까."

지니가 말했다.

데니는 그 이야기를 이어가지 않았다. 그는 마당에서 노는 조카들에게로 눈을 돌렸다. 피티와 타미가 몸싸움을 벌이자 엘리스가 둘을 떼어놓으면서 가늘고 으스대는 소리로 혼냈다.

"난 페트로넬리 형제에게 현관 앞 통로 수리를 맡겨야 될지 생각 중이란다."

레드가 가족들에게 다가오면서 말했다. 그는 걸어오다가 흔들의자의 등판을 잡아 끌어당겼다. 레드가 아내 옆에 의자를 놓고 앉았다.

데니가 말했다.

"내가 여기 올 때마다 아버지는 그 통로를 손보려고 하시네요."

"그 문제는 너희 할아버지 시절로 거슬러 올라가지. 아버지는 통로의 모양새를 못마땅해 하셨거든."

"늘 통로를 손대시는 것 같았죠."

애비가 말했다.

"우리가 이사온 후 초기 기억들 중 하나는, 아버지가 모타르를 걷어내고 돌을 다시 놓은 일이지. 하지만 그 후에도 아버지는 만족하시지 않았어. 경사도가 잘못 됐다고 주장하셨지."

스템이 물었다.

"하지만 그게 지금이랑 무슨 관계가 있어요? 그 후 몇 차례나 경사면을 다시 손봤는데요. 그 통로를 수리하려면 그 밑에 뿌리를 내린 포플라 나무들을 전부 잘라야 되는데 그렇게 할 이유를 모르겠어요."

"아이고, 여러분. 전문적인 이야기는 그만해요! 그런 말이나 하기에는 날씨가 너무 좋네요. 안 그래요, 사돈?"

애비가 말했다.

"네, 그렇네요. 참 좋네요. 산들바람이 불기 시작하는 것처럼 느껴지는데요."

앵겔 부인이 말했다.

머리 위에서 나뭇잎들이 살랑대기 시작하는 것은 사실이었고, 하이디의 궁둥이 털도 나부꼈다.

"이런 날씨는 늘 나를 레드와 사랑에 빠진 그 시절로 데려간답니다."

애비가 꿈꾸듯 말했다.

다른 사람들이 미소 지었다. 다들 그 사연을 잘 알았다. 심지어 사돈인 앵겔 부인까지 알고 있었다.

새미가 엄마의 품에 안겨서 곤히 잠들었다. 엘리스는 층층나무 아래서 고개를 젖히고 양팔을 뻗고 빙빙 돌고 있었다.

"노란색과 초록색이 넘실대는 산들바람 부는 아름다운 오후였지……."

애비가 말을 시작했다. 그녀는 늘 그 이야기를 이렇게 시작했다. 매번 토씨 하나 다르지 않았다. 베란다에서 모두 느긋하게 앉아 있었다. 다들 부드러운 표정으로 손을 무릎에 내려놓았다. 이렇게 가족과 앉아 있으니 편안했다. 나무에서 새들이 두런두런 이야기를 나누고, 귀뚜라미들은 톱질하는 소리를 내고, 개는 주인 발치에 앉아 코를 골고 아이들은 외쳐댔다.

"안전지대! 난 안전해!"

5

월요일, 데니는 11시가 다 되도록 잤다.

그가 마침내 계단을 내려오자 애비가 말했다.

"늦잠꾸러기 납시네! 언제 잠자리에 든 거냐?"

데니는 어깨를 으쓱하고는 찬장에서 시리얼 상자를 꺼냈다.

"1시 반인가? 2시인가?"

그가 말했다.

"그럼 이제 깰 만하구나."

"밤늦게까지 안 자면, 내리 잘 수 있다는 희망이 생기거든요. 한밤중에 온갖 생각에 사로잡히는 건 질색이에요."

"그럴 때 네 아버지는 일어나서 책을 읽는데."

데니는 어머니의 말에 대꾸하지 않았다. 휘트생크 집안은 불면의 시간과 관련해서 두 가지 상반된 의견을 주장했고, 오래전 그 문제에 대해 지치도록 입씨름을 벌인 적도 있었다.

아침 식사를 마치자 데니는 놓친 시간을 벌충하려는 듯이 정신없이 일에 매달렸다. 아래층 전체를 진공청소기로 청소하고 뒷마당 출입문의 경첩에 윤활유를 바르고, 뒷마당의 생울타리를 다듬었다. 점심식사도 거른 채 숯 그릴을 닦고 애비의 차를 빌려서 '에디' 식품점으로 저녁에 바비큐용 스테이크를 사러 갔다. 애비는 고기값을 외상 계좌에 달아놓으라고 말했고 데니는 별말 하지 않았다.

집은 노라와 애비 사이에 보이지 않게 나뉜 것 같았다. 노라는 부엌에서 바쁘게 일하거나 아이들을 보살폈고, 애비는 안방에 올라가 있거나 거실에서 책을 읽었다. 서로 예의를 지켰지만 조심스러웠고, 서로 방해하지 않으려고 애쓰는 기색이 완연했다. 하루 중 유일하게 두 사람이 진짜 대화를 나눈 것은 데니가 식품점에 갔을 때였다. 노라는 낮잠을 재우려고 새미를 안고 위층으로 올라가다가 서류더미를 들고 계단을 내려오는 노라와 마주쳤다.

노라가 말했다.

"아, 휘트샌크 어머니. 도와드릴 일이 있나요?"

애비가 대답했다.

"아니, 괜찮다, 아가. 데니가 집을 비운 사이 그 방에서 내 물건들을 옮길까 해서 말이야. 그 짐을 어디 둘지 알 수가 없다만."

"상자에 담아서 서재 옷장에 넣어두면 안 될까요?"

"아, 아니. 그건 안 될 것 같구나."

"제가 지하실에서 상자를 갖다드릴 수 있는데요. 세탁기 옆에 상자들이 있더라고요."

"아니다."

애비가 더 단호하게 대답하고는 한숨을 내쉬고 서류더미 위에 놓인 스프링 노트를 두드리며 말을 이었다.

"데니가 손댈 만한 곳에 내 물건을 두는 게 꺼림칙해서 말이지."

"아, 네."

노라가 말했다. 그녀는 새미를 안아 올렸지만 계단을 오르지 않고 그 자리에 서 있었다.

"데니가 해를 끼칠 의사가 없는 줄은 알지만, 시들과 개인 일지, 생각을 긁적인 메모들이 있거든. 남이 보면 내 기분이 어색할 것 같구나."

"네, 그러시겠죠."

노라가 말했다.

"그래서 다 일광욕실로 가져가서 정리할까 했지. 그런 다음 레드가 책상 서랍을 비워줄 수 있는지 알아보려고."

"남은 것들을 제가 아래층으로 내려다 드릴게요."

노라가 말했다.

"아, 내가 다 챙겨온 것 같아."

그리고 두 사람은 각자 가던 길을 갔다.

저녁 식사에는 데니가 구운 스테이크와 노라가 만든 서코태시(강낭콩, 옥수수 등으로 만든 요리)가 나왔다. 노라는 시골 스타일로 조리했고, 서코태시는 다른 식구들에게 낯선 음식이었다. 또 그녀는 아이들이 스테이크를 먹지 않으려 하자 요즘 엄마들이 그러듯 따로 아이들 음식을 준비했다. 노라는 불평하지 않고 주방으로 가서 인스턴트 마카로니 치즈를 조리했다. 애비가 손자들에게 말했다.

"아이고, 네 엄마가 딱하구나! 식사하다 일어나서 너희에게 특식을 만들어주니 좋은 엄마다."

그녀의 자녀들은 차려진 음식을 먹었다는 말을 그렇게 돌려서 했다. 하지만 아이들은 전에도 들어본 말이라서 무표정하게 할머니를 쳐다보기만 했다. 레드만 말뜻을 알아들은 듯했다.

그가 애비에게 말했다.

"자, 여보, 요즘은 다들 그래."

"네, 나도 알죠!"

아이들은 오후 내내 노라와 동네 수영장에서 놀아서, 얼굴이 빨갛게 익고 머리가 달라붙고 눈이 게슴츠레 했다. 새미는 접시 위로 연신 고개를 떨구었다. 낮잠을 자지 않은 탓이었다. 스템이 아이들에게 말했다.

"오늘은 다들 일찍 자도록 해."

"먼저 삼촌이랑 캐치볼 하면 안 돼요?"

피티가 물었다.

스템은 데니를 힐끗 쳐다보았다.

"나는 괜찮아."

데니가 말했다.

"야호!"

"오늘 일은 어땠어요?"

애비가 레드에게 물었다.

레드가 말했다.

"일은 지끈지끈 골치 아팠지. 그 여자가……"

"잠깐만요."

애비가 말하고 일어나서 주방으로 향하면서 외쳤다.

"노라, 와서 식사하거라! 내가 마카로니를 조리할 테니."

레드는 눈을 굴리더니, 아내가 자리를 비운 틈을 이용해서 콩 위에 버터를 크게 한 숟가락 떠 담았다.

"그 부인이 10센티 두께의 파일을 들고 나타났을 때부터 이미 진상일 줄 알았죠."

스템이 레드에게 말했다.

"조잘 조잘, 이러쿵저러쿵."

레드가 맞장구쳤다.

노라가 소스 팬과 국자를 들고 주방에서 나왔고, 애비가 뒤따라 왔다.

"서코태시가 맛있구나, 노라."

레드가 말했다.

"감사합니다."

그녀는 마카로니를 타미의 접시에 덜고 차례로 피티와 새미의 접시에 나누었다. 애비는 다시 식탁에 앉아서 냅킨을 집었다. 그녀가 레드에게 말했다.

"그래서, 무슨 말을 하고 있었지요?"

"뭐?"

"당신이 일 얘기를 했잖아요?"

"잊어버렸어."

레드가 발끈해서 대꾸했다.

스템이 어머니에게 말했다.

"아버지는 브루스 부인 얘기를 하시던 참이었어요. 부엌을 리모델링하는 고객이에요."

레드가 말했다.

"내가 그녀에게 그라우트(욕실, 부엌 등의 타일 사이에 바르는 회반죽)에 대해 경고했거든. 두 번 넘게 말했다구. '부인, 그 우레탄 그라우트를 사용하면 작업 기일을 최소 이틀은 추가해야 됩니다. 마무리가 빌어먹게도 힘들어서요'"

그런 다음 그가 얼른 덧붙였다.

"아, 욕해서 미안하구나."

노라가 숱 많은 긴 속눈썹 아래로 속상한 표정을 지어서였다. 레드가 다시 말을 이었다.

"지옥이 따로 없거든. 내 말은 어렵다 이거지. 가장 골치 아픈 문제거든. 내가 그 여편네에게 그 말을 하던 안 하던, 스템?"

"말하셨지요."

"그런데 여편네가 뭐랬는지 알아? 우레탄을 쓰겠다는 거야. 그러더니 인부들이 작업 시간을 질질 끈다면서 발끈해서 야단이지 뭐냐."

그는 잠시 말을 중단하고 이맛살을 찌푸렸다. '발끈'이 노라가 못마땅해 할 만한 단어인지 고심하는 눈치였다.

"왜 그런 인간들을 참으시는지 모르겠어요."
데니가 말했다.
레드가 대답했다.
"그것도 일의 일부거든."
"저라면 참지 않을 거예요."
"'너'는 그럴지 모르지만 우리는 그런 호사를 누리지 못한다. 4월 첫 두 주 동안 인부의 절반이 공쳤지. 넌 이게 꽃놀이라도 되는 줄 아니? 우린 요즘 닥치는 대로 일거리를 맡고 그 행운에 감사하지."
"불평하는 사람은 아버지셨거든요."
데니가 말했다.
"나는 일이 어떤지 설명했던 것뿐이야. 하지만 네가 일에 대해 뭘 알겠니?"
데니는 접시 위로 몸을 굽히고 조용히 고기를 썰었다.
애비가 말했다.
"자! 난 언제 이렇게 멋진 식사를 해봤는지 모르겠구나, 노라."
"그래, 맛있어, 여보."
스템이 말했다.
"스테이크 맛있어, 형."
데니는 아무 말도 하지 않았다.
"이제 캐치볼 할 수 있어요?"
타미가 그에게 물었다.
스템이 말했다.

"삼촌이 식사를 다 하시게 기다려, 아들."
"아니, 다 먹었어. 고마워요, 노라."
데니가 말했다. 그는 의자를 밀고 일어났다. 접시에 스테이크가 대부분 남아 있고 서코태시는 거의 손도 대지 않은 채였다.

* * *

화요일, 데니는 정오까지 잤다. 그러더니 모든 욕실과 부엌 바닥을 걸레질했다. 현관 베란다를 비질하고 베란다 가구들을 닦은 다음, 헐거운 난간 기둥을 찾아내서 수리했다. 애비의 목걸이 잠금장치를 고쳤고, 연기 감지기의 배터리를 교체했다. 늦은 오후에 노라와 아이들이 수영장에 간 사이, 데니는 그날 저녁 식사로 야채 라자냐를 공들여 준비했다. 햄버거와 옥수수를 준비할 계획을 세웠던 노라는 집에 돌아와서 그렇게 말했지만, 데니는 햄버거는 다음 날 저녁에 먹으면 된다고 대꾸했다.

노라가 말했다.
"아주버님이 준비한 라자냐를 내일 밤에 먹어도 되죠. 햄버거와 옥수수는 신선하게 먹어야 되거든요."
"아이고, 너희 둘! 두 사람 다 저녁식사 때문에 고생할 필요 없다. 그 정도는 내가 감당할 수 있어."
애비가 큰 소리로 말했다.
"내 라자냐도 신선할 때 먹어야 되거든요. 서기, 노라. 나는 여기서 바쁘게 지내려고 노력하고 있어요. 그런데 할 일이 별로 없네요."

데니가 말했다.

"그럴 필요 없다. 도와주려는 사람이 너무 많아서 원!"

애비가 발표하듯 말했다.

하지만 그녀는 없는 사람 취급을 받았다. 데니와 노라 둘 다 그녀를 힐끗이라도 쳐다보지 않았다. 둘이 맞서느라 너무 바빴다.

그날 저녁 식사는 햄버거와 옥수수 자루였다. 식사 중간쯤 데니는 다른 뜻없이 그저 궁금해서 묻는다는 투로 물었다.

"스템, 혹시 네가 엄마랑 결혼했을지 모른다고 생각해본 적 있니?"

"엄마랑 결혼해? 어느 엄마?"

스템이 물었다.

"두 사람 다 협조적이라고 주장하지만 너도 눈치채……"

데니는 말을 하다말고 물었다.

"뭐? '어느' 엄마라니!"

그는 등을 기대고 스템을 빤히 쳐다보았다.

노라는 계속 무덤덤하게 옥수수 알에 버터를 발랐다.

스템이 말했다.

"노라는 아주 협조적이야. 살던 방식을 포기하고 짐을 꾸려 자기 집을 떠나려는 여자가 몇 명이나 되겠어."

애비가 울부짖듯 말했다.

"그래. 하지만 우리가 그렇게 해달라고 '부탁'한 건 아니지!

우린 너희 중 누구에게도 그런 부탁을 하고 싶지 않아!"

노라가 말했다.

"물론 그러시겠지요, 휘트섕크 어머니. 저희가 자원한 거예요. 그렇게 하고 싶었어요. 더글라스가 두 분께 진 신세를 생각해보세요."

"신세?"

애비가 반문했다. 그녀는 충격받은 표정이었다.

식탁 상석에 앉은 레드가 갑자기 정신을 차리고 물었다.

"뭐야? 무슨 일이 벌어지는 거야?"

레드는 가족의 얼굴을 차례로 살폈지만, 애비가 한 손으로 가만히 있으라는 신호를 하자 그 이야기를 계속 하지 않았다.

* * *

수요일에 데니는 10시 반에 일어나서 평소 일과를 해나가고 있었다. 모든 침실을 진공청소기로 청소하고, 노라가 건조기에 넣은 세탁물을 꺼내서 누구 옷인지 구분하지 않고 개켰다. 애비의 블라우스 단추 한 개를 다시 달고, 그녀가 바느질 상자를 두는 침구 장롱 선반에 실패들과 코바늘 뭉치를 대충 넣었다. 그런 다음 조카들과 크레이지 에이트(여럿이 하는 카드 게임의 한 종류)를 하고 놀았다. 애비가 도예수업을 받으러 갈 거라고 말하자, 데니는 차로 데려다주겠다고 제의했다. 하지만 그녀는 항상 리 베스쿰의 차를 타고 다닌다고 대답했다.

"좋으실 대로 하세요. 하지만 저는 여기 빈둥거리면서 앉아 있으니 얼마든지 저를 쓰셔도 됩니다."

데니가 말했다.

"네가 큰 도움이 된단다, 데니. 리와 나는 언제나 같이 차를 타고 다녀서 그런 거야. 하지만 배려해줘서 고맙다."

애비가 말했다.

"외출하신 동안 엄마 컴퓨터를 써도 될까요?"

데니가 물었다.

"내 컴퓨터?"

애비가 대답했다. 그녀의 얼굴에 겁먹은 표정이 떠올랐다.

"인터넷에 접속하고 싶어서요."

"저기, 네가…… 내 이메일이나 그런 걸 읽지는 않겠지. 그렇지?"

"엄마. 저를 뭘로 보시는 거예요?"

그녀는 안심하지 못하는 눈치였다.

"그저 바깥세상과 연결되고 싶은 것뿐이에요. 여기서 좀 고립되어서 지내잖아요."

데니가 말했다.

"아이고, 데니. 내가 계속 말하지 않았니? 넌 여기서 지낼 필요 없어!"

"참 고마운 말이네요."

데니가 말했다.

"아니, 넌 내 뜻을 알아. 난 노인이 아니다, 데니. 누가 손을 잡아주지 않아도 된단 말이다. 이건 다 불필요한 일이라구!"

"과연 그럴까요?"

데니가 대답했다.

그런데 그녀의 말이 징크스라도 있는 듯이 그날 오후 애비는 또 깜빡 정신이 나가는 경험을 했다.

애비는 도예수업에서 4시경 돌아올 거라고 말하고 나갔다. 가족들은 5시가 될 때까지는 걱정하지 않았다. 그 시간 즈음 레드와 스템이 퇴근해서 돌아왔고, 애비 얘기를 꺼낸 사람은 레드였다.

"너희 엄마가 지금쯤 집에 왔어야 되는 거 아니냐? 리랑 둘이 수다를 떨긴 하겠지만 지금까지 그럴까 싶구먼!"

"리의 전화번호를 아세요?"

데니가 물었다.

"단축 번호에 있는데. 너희 중 누가 전화해보면 될 텐데. 난 요즘은 통화를 제대로 못하니까."

세 남자 모두 노라를 바라보았다.

"제가 전화해 볼게요."

그녀가 말했다.

노라는 일광욕실에 있는 전화기로 갔고, 레드가 뒤따라갔다. 스템과 데니는 그대로 거실에 앉아 있었다.

"여보세요? 베이스컴 부인이세요?"

그들은 노라의 목소리를 들었다. 그녀가 계속 말했다.

'저는 애비 휘트생크의 며느리 노라인데요. 혹시 저희 어머니가 거기 계신가 해서요."

잠시 침묵이 흐른 후 노라가 말했다.

"알겠습니다. 네, 감사합니다!…… 네, 분명히 *그럴* 거예요.

안녕히 계세요."

전화기를 내려놓는 소리.

노라가 말했다.

"두 분은 한 시간 전에 베이스콤 부인의 집으로 돌아왔고, 어머니는 곧장 집으로 가셨다는데요."

"우라질! 미안하다. 내가 그토록 '리에게 우리 집에 데려다 달라고 부탁해'라고 귀에 못이 박히게 일렀건만. 혼자 집까지 걸어오면 안 되는 줄 알면서도 그런다니까. 쳇, 갈 때도 걸어갔겠지."

스템과 데니는 눈짓을 교환했다. 베이스콤의 집까지는 고작 한 블록 반 거리였다. 애비가 그 정도도 못 찾아다닌다는 것은 형제 모두 처음 아는 일이었다.

"집에 오는 길에 친구 집에 들르셨겠죠."

노라가 말했다.

레드가 대답했다.

"노라, 이 동네 사람들은 불쑥 '들르지' 않는단다."

"그런 줄 몰랐네요."

노라가 말했다.

그들은 거실로 돌아갔고, 데니가 의자에서 일어나며 말했다.

"알았어요. 스템, 넌 리의 집 쪽으로 보우턴 가로 올라가. 혹시 엄마가 집을 지나쳤을 수도 있으니까 난 반대 방향을 찾아볼게."

"나도 같이 가마."

레드가 말했다.

"그러세요."

세 사람이 떠났다. 노라는 가슴에 팔짱을 끼고 현관 베란다에 서서 그들을 지켜보았다.

스템은 리 베이스콤의 집을 향해 기우뚱하게 걸어갔고, 레드와 데니는 반대 방향으로 내려가기 시작했다. 레드는 더 힘겹게 걸었다. 예전에는 항상 종종걸음으로 걸어다녔지만 이제는 터벅터벅 걸었다. 두 사람은 세 번째 집 앞을 지나기 전 스템의 고함소리를 들었.

"엄마를 찾았어요!"

아니, 두 사람이 아니라 데니가 들었다. 레드는 계속 털레털레 걸었다. 데니가 아버지의 소매를 잡았다.

"스템이 엄마를 찾았대요."

그가 말했다.

"어?"

레드가 몸을 돌렸다.

"스템이 엄마를 찾았대요."

그들은 반대 방향으로 걷기 시작해서 집 앞을 지나갔다. 블록의 맨 끝, 링컨의 집 맞은편에 선 스템이 보였다. 하지만 애비는 보이지 않았다. 데니의 걸음이 더 빨라졌고 레드는 뒤쳐졌다.

애비는 링컨의 집 통로로 접어드는 벽돌 계단에 앉아 있었다. 화사한 도자기가 그녀의 무릎에 놓여 있었다. 애비는 별일 없어 보였지만 일어나려고 하지 않았다.

데니와 레드가 다가오자 애비가 말했다.

"정말 미안하구나! 어떻게 설명해야 좋을지 모르겠다. 난 그냥 여기 앉아 있었어, 처음으로 알아차린 게 그거야. 난 이 계단에 앉아 있고 '내가 오는 길인가, 가는 길인가?'란 생각이 들었어. 솔직히 구분이 되지 않았어. 아주 불확실하더라고!"

"하지만 엄마는 도자기를 갖고 있는걸요."

스템이 지적했다.

"내가 뭐를……?"

그녀가 무릎을 내려다보았다. 작은 카드 상자만한 예쁜 집 모양 도자기였다. 겉면은 병아리색이고 지붕은 빨간색이었다. 지붕 끄트머리의 초록색 덩굴손은 나뭇잎이 풍성하게 달린 가지를 표현한 것이었다.

"내 도자기."

애비가 놀란 듯 중얼댔다.

"그러니까 집에 오던 중인 게 맞죠, 그렇지요? 도예수업을 마치고 집에 오는 길이었어요."

"아, 맞아."

애비가 말했다. 그녀는 양손으로 집을 잡고 그들에게 들어 올리면서 다시 말했다.

"지금까지 중 가장 멋진 작품이야! 그렇지?"

"잘했어, 여보."

레드가 말했다.

세 남자 모두 열심히 고개를 끄덕이면서 지나치다싶게 환하게 웃었다. 아이가 유치원에서 가져온 그림을 본 부모들처럼.

* * *

보우턴 가의 집은 위층 난간에 서면 아래층 현관홀 소리가 들리게 설계되어 있었다. 초인종 소리가 날 때마다 휘트생크 아이들은—가끔은 레드도—애비의 '고아'가 아님이 확인될 때까지 위층에 숨어서 귀를 기울이곤 했다.

하지만 메릭은 오래전 이 집에 살았기에, 목요일 저녁에 들렀을 때 애비가 문을 열어주자마자 위쪽을 보면서 소리쳤다.

"저기 누구니? 그 위에 있는 걸 다 안다."

잠시 침묵이 흐르다가 데니가 계단 꼭대기에 나타났다.

"안녕하세요, 메릭 고모."

데니가 인사했다.

메릭이 말했다.

"데니? 집에는 어쩐 일이냐? 잘 있었니, 레드클리프?"

이제 레드도 앞으로 나오자 그녀가 인사를 건넸다. 레드는 퇴근 후에 샤워를 해서 머리가 아직 축축했다.

"어, 잘 지냈어요?"

레드가 인사했다.

"만나서 반가워요, 메릭."

애비가 인사하면서 시누이의 뺨에 키스했다. 메릭의 품에 든 종이상자를 피하느라 애비는 목을 길게 빼야 했다.

"올케."

메릭이 담담하게 인사했다. 그러더니 그녀가 외쳤다.

"어머, 안녕, 귀염둥이!"

하이디가 막 뛰어들어와 헐떡이며 빙그레 웃어서였다. 메릭은 늘 사람보다는 개들에게 훨씬 친절했다. 그녀가 애비에게 물었다.

"이 예쁜이는 누구지?"

"하이디에요."

"설마 늙은 브렌다가 마침내 죽었다는 말은 아니겠지."

"아니에요……"

애비가 대답했다.

"음, 안녕, 미스 하이디?"

메릭은 말하면서, 종이상자를 한쪽 옆구리에 끼고 하이디의 긴 코를 쓰다듬었다.

종이 상자만 빼면 메릭은 완벽하게 우아했다. 각진 갸름한 얼굴에 너무 검다 싶은 머리는 소년처럼 짧았고, 날렵한 흰 바지와 아시아 스타일 셔츠 차림이었다.

그녀가 애비에게 말했다.

"우리는 곧 크루즈를 떠나는데 그 후에는 플로리다 집으로 갈 예정이어서, 냉장고에 남은 식품을 가져왔지."

"흠."

애비가 말했다. 메릭은 늘 이런저런 남은 식료품을 떠넘겼다. 그녀는 버리는 것을 용납하지 않았다.

"저기, 안으로 가지고 오세요."

애비가 말했다. 그녀는 앞장서서 부엌으로 향했다. 레드와 데니는 최대한 천천히 계단을 내려와서 거리를 두고 따라갔다.

메릭이 데니에게 물었다.

"너는 여기서 지낸지 얼마나 됐니?"

"도우려고 왔어요."

그가 대답했다.

이것은 질문에 대한 정확한 답이 아니었지만, 메릭이 더 따져 묻기 전에 애비가 끼어들어 말했다.

"형님은 어떻게 지냈어요? 여름 내내 만나지 못했네요!"

"내가 더운 날씨에 여기 오기 꺼리는 걸 알잖아. 요즘 같은 시대에 이런 날씨에 에어컨 장치가 없다니 야만적이라구."

메릭이 말했다. 그녀는 식탁에 쿵 소리가 나게 상자를 내려놓고 말했다.

"아이구, 노라."

노라는 냄비를 젓다가 고개를 돌리는 둥 마는 둥 했다. 메릭은 '노라'라고 쌀쌀맞게 말했다.

메릭이 애비에게 물었다.

"그러면 스템도 여기 있다는 뜻이야? 스템이랑 데니, 둘이 동시에?"

"네, 참 좋은 일 아니에요?"

애비는 치어리더 같은 말투로 대꾸했다.

"놀랄 일이 끝없이 생기네."

"스템은 지금 위층에서 샤워 중이에요. 금방 내려올 거예요."

"그 아이가 왜 여기서 샤워를 해?"

레드가 갑자기 끼어드는 바람에 애비는 대답을 피할 수 있었다.

"뭐라고?"

"왜 여기 있느냐고 말했어."

"왜 여기 있냐니 뭐가?"

"솔직히 말할게, 레드클리프. 그만 포기하고 보청기 하나 사서 끼어."

"벌써 보청기를 갖고 있어. 두 짝 있지."

"그러면 그걸 끼라구."

뒤쪽 베란다에 세 아이가 도착해서, 방충문을 밀고 있었다. 그들이 문을 홱 제치고 밀려서 안으로 들어왔다. 더위에 달궈진 얼굴로 숨을 몰아쉬었다.

피티가 물었다.

"저녁밥 아직 멀었어요?"

"얘들아, 메릭 고모할머니를 기억하지?"

애비가 말했다.

"안녕하세요."

피티가 자신 없이 말했다.

"잘 지냈니?"

메릭이 손을 내밀며 말했다. 피티는 그녀의 손을 잠깐 보더니 한쪽 손을 들고 하이파이브를 했지만 딱 맞지 않았다. 동생들은 그 정도의 노력조차 하지 않았다.

"배고파요! 저녁 언제 먹어요?"

한 아이가 말했다.

노라가 아들들에게 대답했다.

"벌써 준비됐단다. 올라가서 씻고 와서 앉으면 되겠네."

"뭐야, 지금? 술 한잔도 안 주나?"

메릭이 물었다.

모두 애비를 쳐다보았다. 그녀가 대답했다.

"참. 뭘 드실래요?"

"보드카가 있는지 모르겠네."

메릭이 흐뭇하게 대답했다.

애비가 없다고 대답할 것만 같은 순간이 있었지만, 안주인의 본능이 살아났는지 그녀는 이렇게 대답했다.

"물론이죠."(집에 보드카가 있는 것은 메릭 때문이었다.) 레드와 데니가 주저앉았다.

애비가 데니에게 물었다.

"술 좀 준비해주겠니, 데니? 나머지 분들은 거실로 가자구요."

그녀와 레드, 메릭은 부엌에서 나갔고, 피티의 말소리가 들렸다.

"하지만 우린 배고파 죽겠는데!"

그러자 노라가 뭐라고 대답하는 소리가 났다.

복도를 지나면서 메릭이 애비에게 말했다.

"하루 종일토록 잠깐 앉을 틈도 없었다니까. 여행 준비를 하는 건 지치는 일이지."

떠나지 마세요 211

"어디로 가는데요?"

"다뉴브 강 크루즈를 할 거야."

"정말 멋지네요."

"그런데 있지, 트레이가 그 여행에 대해 구시렁대면서 진을 뺀다니까. 차라리 다른 데로 골프를 치러 가고 싶대. 아이고! 브렌다! 거기 있구나! 세상에, 기운이 없어 보이네, 딱한 것. 아버지 시계는 어쩌다 저렇게 됐지?"

애비는 서늘한 벽난로 바닥에 엎드린 브렌다를 보다가 선반에 놓인 시계로 눈을 돌렸다. 시계 유리 케이스에 금이 나 있었다.

애비가 말했다.

"야구공에 맞았거든요. 앉으시지 그래요?"

"남자애들이 집을 엉망으로 만들지."

메릭이 안락의자에 깊숙이 앉으면서 말했다. 하이디가 귀여워해주기를 기대하며 메릭의 무릎 앞에 자리 잡자, 그 그림자에 그녀가 가렸다. 메릭이 덧붙여 말했다.

"그런데 왜 이리 애들이 많지? 내가 세보니 세 명이던데?"

"아, 맞아요. 셋이에요."

애비가 대답했다.

메릭이 물었다.

"셋째는 계획해서 낳았나? 아, 스템. 잘 지냈니. 셋째 아이는 계획해서 낳은 거냐?"

"그런 건 아니에요. 어떻게 지내세요, 메릭 고모?"

스템이 명랑하게 대답했다. 그가 다이얼 비누 냄새를 풍기면서 거실을 가로질러 의자로 갔다.

"난 기진맥진이야. 매년 여행 준비가 점점 더 피곤해지는 것 같구나."

"그럼 집에 계시지 그래요?"

"뭐야!"

그녀가 놀라서 대꾸했다. 그러더니 똑바로 앉았다. 데니가 술을 들고 들어오고 있었다. 그는 한 손에는 얼음이 든 보드카가 찰랑거리는 텀블러를, 다른 손에는 화이트 와인 잔을 들고 있었다. 겨드랑이엔 맥주 세 캔이 아슬아슬하게 끼워져 있었다.

"자, 여기요."

데니가 말했다. 그는 텀블러를 고모 옆쪽의 램프가 놓인 테이블에 놓았다. 그리고 저쪽으로 가서 애비에게 와인을 준 다음, 레드와 스템에게 맥주 한 캔씩 건넸다. 그러더니 긴 소파로 가서 앉아 맥주를 땄다.

"건배."

데니가 말했다.

메릭은 술을 한 모금 쭉 들이키고는 길게 한숨을 내쉬었다.

"아. 새러도 여기 왔니?"

그녀가 데니에게 물었다.

"새러가 누군데요?"

"네 딸 새러."

"수전이겠지요."

"수전, 새러…… 수전도 여기 왔니?"

"해변여행 때 내려올 거예요."

"아, 맙소사. 그 끝나지도 않는 해변여행. 너희는 나그네쥐들처럼 그 해변을 몰려다니지! 아니 산란하는 연어나 그런 것처럼. 다른 곳으로 휴가를 갈 생각은 전혀 없는 거냐?"

"우린 그 해변을 좋아해요."

애비가 시누이에게 말했다.

"아이고."

메릭이 중얼대면서 보라색 손톱으로 하이디의 머리통을 천천히 쓰다듬었다. 그녀가 레드에게 말했다.

"우리 조상들이 미국으로 건너올 만큼 진취적이었다는 게 이따금 놀랍지 뭐냐."

"뭐라고요?"

"미국!"

그녀가 소리쳤다.

레드는 어리둥절한 표정을 지었다.

"너도 기억하겠지만 우리 어머니와 아버지는 전혀 여행을 안 했지."

메릭이 동생에게 말했다.

"뭐, 누나가 그걸 벌충하며 살잖아. 누나는 집 한 채로는 부족한 것 같구면."

"내가 무슨 말을 할 수 있겠니? 난 겨울이 싫어."

"내가 보기에 겨울에 플로리다에 가는 것은 일종의…… 의무를 다하지 않는 거라구. 힘든 부분은 견디지 않고 피하는 거지."

"그럼 볼티모어의 여름은 '쉬운' 부분이라는 말이냐?"

메릭이 물었다. 그러더니 그 말을 증명이라도 하려는 듯 '휴!'라고 탄식하며 하이디한테서 손을 떼고 얼굴을 손으로 부채질했다. 그녀가 말했다.

"누가 저 선풍기 좀 세게 돌아가게 해줄래?"

스템이 일어나서 선풍기 줄을 당겼다.

데니가 말했다.

"왜 두 군데 집을 갖고 싶은지 알 것 같아요. 아니 심지어 두 집 이상을요. 이해가 돼요. 가끔 아침에 깨면 순간적으로 여기가 어딘지 모르잖아요, 제 말이 맞나요? 완전히 혼란스러운 거예요."

"글쎄…… 그렇지."

메릭이 대답했다.

"눈을 뜨기 전에 이런 생각을 하죠. '왜 빛이 내 왼쪽으로 들지? 창이 오른쪽에 있는 줄 알았는데. 그런데 이 집이 어느 집이더라?' 혹은 밤에 소변을 보려고 침대에서 나와 벽으로 걸어가는 거예요. 그리고 이렇게 말하죠. '어! 욕실이 어디로 없어진 거야?'"

메릭이 말했다.

"글쎄다……."

애비는 걱정스러운 표정을 지었다. 분명히 데니는 예상치 못한 때 자기 이야기를 툭 던지곤 했다.

그가 말했다.

"저는 그런 느낌이 좋아요. 세상의 내 자리를 모르는 거요.

고정되지 않은 거죠. 이런 오래된 끝나지 않는 자리에 못 박히지 않는 거요."

"그렇겠지."

메릭이 말했다.

"바로 그런 이유로 사람들이 여행하는 걸까요? 제 생각에는 그럴 수도 있을 것 같아요. 고모가 여행하는 이유도 그런 건가요?"

데니가 물었다.

"흠, 저기, 내 경우는 시어머니와 최대한 멀리 떨어져 있기 위해서가 더 큰 이유겠지."

메릭이 말했다. 그녀는 잔에 담긴 얼음을 휘휘 돌렸다. 메릭이 레드에게 말했다.

"그 할망구가 막 99살 생일을 맞이했지 뭐야. 믿을 수 있니? 불멸의 율라 왕비 아니라랄까봐. 장담하는데 그 양반은 날 괴롭히려고 계속 목숨 줄 붙이고 있는 거야. 노인네 자신이 끔찍한 존재일 뿐 아니라, 트레이를 그런 지겨운 인물로 만든 책임도 있다는 생각이 들어. 어머니가 아들을 완전 망나니로 만들었다니까. 원하는 건 아주 작은 것까지 다 해줬지. 달리 롤랜드 파크의 왕자님이겠어."

레드는 한 손으로 이마를 짚으면서 말했다.

"이거 진짜 오싹한걸! 이게 기시감인가? 왜 전에 다른 데서 들어본 이야기란 느낌이 들까?"

메릭은 그 말을 못 들었는지 하던 말을 계속했다.

"그리고 그 작자는 나이들수록 점점 더 엉망이라니까. 심지어 젊을 때도 가망 없는 우울증 환자였으니 지금은 어떨까! 장담하는데 사람들이 인터넷에서 아픈 증세를 검색할 수 있게 된 날은 우주 암흑의 날이었다구."

메릭은 계속 그 이야기를 했겠지만(평소 늘 그랬다), 그 순간 피티가 거실로 들어와서 말했다.

"할머니, 저희가 남은 퍼지 리플(설탕, 버터, 우유 등으로 물결무늬로 만든 케이크나 아이스크림) 먹어도 돼요?"

"뭐라고, 식사 전에?"

애비가 물었다.

"저희는 벌써 저녁을 먹는데요."

"그래, 먹어도 된다. 그리고 나가면서 하이디를 데려가겠니? 또 재채기를 하는구나."

하이디가 재채기를 시작한 것은 사실이었다. 가볍지만 침을 튀며 연신 재채기를 해댔다.

메릭이 하이디에게 말했다.

"몸조심해야지. 뭐가 잘못된 거냐, 예쁜아? 무슨 병이라도 걸린 거야?"

"하루 종일 이래요. 재채기가 무슨 대수냐 하겠지만 진짜 짜증스럽네요."

애비가 말했다.

피티가 말했다.

"엄마는 하이디가 이 소형 카펫에 알레르기가 있대요."

"흠, 그렇다면 걔를 데려오지 않으면 되잖니. 딱하기도 하지."

메릭이 말했다.
"하이디는 데려와야 했어요. 여기서 살아요."
"하이디가 여기서 살아?"
"여기서 우리랑 같이 살아요."
"너희가 여기서 산다고?"
"네, 그리고 새미도 알레르기가 있어요. 밤새도록 숨을 이상하게 쉬어요."
메릭이 애비를 바라보았다.
"하이디를 부엌으로 데려가거라, 피티."
애비가 피티에게 말하고 나서 메릭에게 말했다.
"그래요, 아이들이 도와주러 집에 들어왔어요. 참 좋은 일 아니에요?"
"도와주다니 뭘?"
"저기, 그저…… 알잖아요. 우리가 늙어가니까요!"
"나도 늙어가지만 집을 공동주택으로 만들지 않았다구!"
"각자 나름대로 살죠!"
애비는 즐겁게 노래하듯 말했다.
메릭이 말했다.
"잠깐. 나한테 말하지 않은 게 있는 거야? 누가 시한부 진단이라도 받은 거냐구?"
"아니요, 하지만 레드가 심장발작을 일으킨 후…… "
"레드가 심장발작을 일으켰어?"
"형님도 아시잖아요. 병원으로 과일 바구니를 보내셨으면서요."

"아, 그래. 아마 내가 그랬지."

메릭이 말했다.

"최근에는 저도 그다지 민첩하지 못하고요."

"이거 이상하기 짝이 없군. 두 사람이 조금 비틀댄다고 온 가족이 짐 싸들고 들어와? 어디서 듣지도 보지도 못한 일이네."

데니가 헛기침을 하고 말했다.

"사실 스템은 여기 끝까지 있지 않을 거예요."

"아이고, 다행이구나."

"저는 있을 거고요."

메릭은 데니를 쳐다보면서 계속 설명하기를 기다렸다. 나머지 가족은 무릎만 내려다보았다.

데니가 말했다.

"여기서 지낼 사람은 바로 저예요."

스템이 말했다.

"저기, 그게 아니라……"

메릭이 물었다.

"세상에, 기가 막혀서! 누가 됐든 왜 머무느냐고? 너희 부모가 정말로 노쇠하다면—난 그렇게 믿을 수가 없다는 점을 분명히 해둬야겠다. 둘 다 70줄에 접어들지도 않았잖니—은퇴자 단지로 이사하면 되지 뭘 그래. 남들은 다 그렇게 산다."

"우리는 독립심이 강해서 은퇴자 단지에서는 못 살아요."

레드가 누이에게 말했다.

"독립심? 좋아하네. 그건 이기심의 다른 표현에 불과해. 너처럼 꼬장꼬장한 사람들이 결국 가장 큰 짐이 되고 말지."

스템이 벌떡 일어났다.

"저기, 노라가 식사가 식는다고 안절부절못할 텐데요."

그는 그렇게 말하고 거실 가운데 서서 기다렸다.

모두 놀라서 스템을 쳐다보았다. 마침내 메릭이 말했다.

"그래, 알겠다. 지겨운 여자는 그만 퇴장하라는 거지. 집안의 진실을 너무 많이 주절댄 게지."

그녀는 말을 하면서 일어났고, 현관홀을 향해 나가다가 잔에 남은 술을 흘렸다.

메릭이 말했다.

"그래, 알겠네. 어떻게 된 건지 알겠어."

다른 사람들이 일어나서 그녀를 따라나갔다.

"자."

현관문에서 메릭이 빈 술잔을 애비에게 내밀었다. 메릭이 데니에게 말했다.

"지금쯤 네 삶을 살아야 되는 거지. 너는 상황을 미루면서 아주 작은 핑계만 생겨도 허둥지둥 집으로 돌아오지."

그녀는 빠르고 기운찬 걸음걸이로 또각또각 소리를 내며 현관 베란다를 지나갔다. 모두에게 적절한 지적을 했음을 알고 의기양양한 기색이었다.

잠시 후 데니가 물었다.

"고모가 무슨 말을 하는 거예요?"

애비가 대답했다.

"아, 네 고모가 어떤 사람인지 알잖니."

평소라면 그녀는 혀를 찼겠지만 지금은 한숨만 내쉬고 부엌으로 향했다.

남자들이 식당으로 들어가서 식탁에 앉았고 아무도 말을 하지 않았다. 다만 레드가 의자에 털썩 앉으면서 '아이고!'라고 중얼댔을 뿐이었다. 말하자면 다들 지쳐서 말없이 기다렸다. 주방에서 남자애들이 재잘대는 소리와 식기들이 부딪치는 소리가 났다. 그러더니 노라가 냄비를 들고 스윙도어를 지나서 들어왔다. 애비가 샐러드를 들고 따라왔다.

그녀가 남자들에게 말했다.

"메릭이 남았다며 뭘 가져왔는지 다들 구경해야 되는데. 병바닥에만 남은 시판용 파스타 소스, 껍질만 남은 브리 치즈 한 조각. 그리고…… 또 뭐가 있지, 노라?"

애비가 물었다.

"식은 양고기 요리요."

노라가 냄비를 식탁에 놓으면서 대답했다.

"그래, 양고기 요리랑 포장한 중국 볶음밥, 지저분한 소금물 병에 달랑 하나 남은 피클."

"우리가 고모랑 휴를 연결시켜줘야 해요."

데니가 말했다.

"휴?"

애비가 물었다.

"아만다의 휴. '두 낫 패스 고'라는 거요. 고모가 여행을 가기 전에 휴한테 전화하면 될 텐데요."

"아, 맞는 말이야. 둘이 궁합이 맞지!"

애비가 맞장구쳤다.

"휴가 고모한테, 남은 식품을 얻고 싶어 안달하는 무료급식소를 안다고 말하는 거예요. 고모 집에 가서 남은 음식을 얻어서 쓰레기통으로 직행하는 거죠."

이 말에 다른 가족들이 웃었다. 노라까지도 가볍게 웃었다. 레드가 말했다.

"자, 그만하자, 애들아."

하지만 그 역시 웃고 있었다.

"뭐에요? 뭐가 그렇게 재미있는데요?"

타미였다. 아이는 주방에서 소리 나게 문을 열고 물었다.

아무도 말하고 싶지 않았다. 그들은 빙그레 웃으면서 고개를 절레절레 흔들었다. 어느 아이가 봐도 그들은 행복하고 편안한 무리로 보였을 터였다. 어른들만 낄 수 있는 집단으로.

* * *

가족 모두 해변으로 가는데 차량이 총 다섯 대 동원되었다. 다섯 대까지 필요하지 않았지만 레드가 평소처럼 픽업트럭을 몰겠다고 고집을 부렸다. 그는 트럭이 없으면 필요한 짐을 어떻게 다 옮길 거냐고 물었다. 작은 비닐 보트며 부기보드(서프보드의 절반 크기로 누워서 파도를 타는 도구), 모래놀이 장난감, 연, 패들볼(공을 코트 벽면에 번갈아 치는 게임) 라켓, 접이식 철제 프레임과 대형 캔버스 그늘막은 다 어쩔 거냐고?(컴퓨터가 나오기 전에는 '브리태니커 백과사전' 전집까지 들고 갔다.) 그래서 레드와 애비는 픽업트럭을 타고 3시간을 달렸고, 데니는 조수석에 수전을 태우고 뒷좌석에는 식료품 바구니를 싣고 애비의 차를 운전했다. 스템과 노라는 세 아들과 함께 노라의 차로 갔고, 지니와 지니의 휴는 두 아이와 함께 자기 집에서 따로 출발했다. 휴의 어머니는 같이 가지 않고 그들이 해변에서 지내는 한 주 동안 캘리포니아의 딸네로 갔다.

아만다와 아만다의 휴와 엘리스는 다른 날 떠났다. 다른 가족들이 출발하는 금요일에는 아만다가 법률사무소에서 빠져나올 형편이 아니어서 그 가족은 토요일 아침에 해변으로 갔다. 또 아만다의 휴가 시끄러워 못 견디겠다고 해서 세 사람은 따로 집을 빌렸다.

개들은 데려가지 않았다. 모두 '펜팔스'에 맡겼다.

휘트섕크 일가가 매년 여름 빌리는 집은 바로 해변에 있었지만—비교적 인파가 덜 몰리는 델라웨어의 해안이었다—호화로운 숙소는 아니었다. 벽은 사개물림(손깍지를 낀 것처럼 서로 맞물리게 연결하는 공법)이었고 칙칙한 완두콩 수프 같은 초록색이었다. 마룻바닥은 가시가 많아서 아무도 맨발로 다닐 엄두를 내지 않았고 부엌은 1940년대에 만들어졌다. 하지만 가족 모두 지낼 만큼 넓고, 해변가에 있는 큰 내리닫이 창이 달린 번쩍이는 신축주택들보다 훨씬 집같이 편안했다. 게다가 레드는 늘 집을 손보면서 소일할 수 있었다. 애비와 노라가 식료품을 다 풀기도 전에 레드는 얼른 간단히 조치할 대여섯 가지 일거리를 신나게 찾아냈다.

레드가 말했다.

"이 환풍구 좀 봐! 말 그대로 실에 대롱대롱 매달려 있네!"

지니네가 바로 뒤에 오는데도 그는 바람처럼 트럭으로 가서 공구를 챙겼다.

"옆집 사람들이 또 왔네요."

지니가 방충문을 들어서며 소리쳤다.

그들처럼 누가 올지 확실한 집은 옆집 한 군데가 더 있었고, 지니가 말하는 가족은 적어도 휘트생크가 이 집을 빌리기 시작했을 때부터 그 집을 빌렸다. 하지만 이상하게도 두 가족은 사귀지 않았다. 우연히 같은 시간대에 해변에 나가면 서로 미소를 지었지만 말을 나누지 않았다. 애비가 한두 번쯤 그들을 초대해서 술을 마실까 고민했지만 레드가 늘 반대했다. 그는 있는 그대로 놔두라고 조언했다. 공연히 사귀었다가 방해받을 수 있으니 미연에 방지하자고. 예전에 놀이 친구가 필요하던 시기에도 아만다와 지니는 부끄러워서 뒤로 물러나 지냈다. 옆집에 두 딸이 있었지만 늘 친구들을 데려온데다 나이가 조금 더 많았기 때문이다.

그래서 오랜 세월—이제 36년—휘트생크 일가는 옆집 날씬한 젊은 부모가 배가 나오고 머리가 새고 두 딸이 어린이에서 젊은 여성들이 되는 것을 멀찍이서 지켜보았다. 1990년대 후반 어느 여름 딸들이 여전히 십대였을 때 그 집 아버지가 한 번도 바다에 들어가지 않고 1주일 내내 테라스 소파에서 이불을 덮고 누워 있었다. 이듬해 여름 그는 더 이상 가족과 오지 않았다. 그 해에는 단출하게 몇 명이 와서 조용하고 애처롭게 지냈다. 이전에는 늘 자기들끼리 즐거워보였는데 이제 달랐다. 하지만 그들은 해변에 왔고 계속 해마다 와서 지냈다. 이제 어머니는 이른 아침 홀로 산책했고, 같이 온 딸들의 애인들은 차례로 남편들이 되었고, 그 후에는 남자 아이가 등장하고 나중에는 여자 아이가 나타났다.

지니가 보고했다.

"올해는 손자가 친구를 데려왔네요. 아, 그걸 보니 울고 싶어져요."

"울어! 아니 왜?"

휴가 그녀에게 물었다.

"아마…… 순환하는 것 때문이겠지. 처음에 옆집 사람들을 봤을 때 친구들을 데려온 것은 그 딸들이었는데 이제 손자가 친구를 데려오고 모든 게 다시 시작하는 거잖아."

"당신은 그 사람들에 대해 많이 생각하나 보네."

휴가 말했다.

"글쎄, 어떤 면에서 그 사람들이 바로 우리니까."

지니가 말했다.

하지만 휴는 무슨 말인지 못 알아듣는 기색이 역력했다.

휘트생크 가족이 도착한 금요일에는 남자들과 아이들만 바다에 들어갔다. 여자들은 짐을 풀고 침대를 정돈하고 저녁 식사 준비에 분주했다. 하지만 토요일에 아만다의 가족이 도착하자 다들 평소 일과대로 움직였다. 아침 내내 해변에서 보내다가 모래 묻은 수영복을 입은 채 집에 와서 점심을 먹고, 오후에 다시 해변으로 나갔다. 피부가 흰 휘트생크 어른들은 캔버스 차양 밑에 있었지만, 며느리와 사위들은 대담하게 햇빛 속에 앉았다. 스템의 세 아들은 큰 파도 앞에 서서 파도를 맞으려 했지만 마지막 순간에 웃고 비명을 지르면서 달아났고, 스템은 팔짱을 끼고 물가에 서서 아이들을 지켜보았다. 마르고 창백한 엘리스는 발레복 같은 수영복을 입었지만 물에 안 들어가고 차양 밑 담요에 도도하게 앉아 있었다. 반면 수전과 뎁은 종일 파도 속으로 뛰어들면서 놀았다. 올 여름 수전은 열네 살로 아만다의 딸 엘리스와 동갑이었지만, 열세 살인 뎁과 공통점이 많은 듯했다. 수전과 뎁은 여전히 어렸다. 뎁이 깡마른 작은 체구인 반면 수전은 더 튼실하고 허리가 없고 가슴은 평평했지만 도톰한 입술과 커다란 갈색 눈에서 성숙함이 묻어났다. 올해 두 사람만 같은 침실을 썼다. 예전에는 엘리스가 부모의 별장에서 자지 않고 사촌 자매들과 같은 방을 썼지만 이제는 그러지 않았다(뎁과 수전은 언니가 으스댄다고 주장했다.). 알렉산더는 대부분 거의 혼자 지냈다. 누나들과 어울리기에는 너무 어렸고 스템의 세 아들은 너무 활동적이었다. 주로 물가에 앉아 흰 다리 위로 파도 거품이 밀려왔다 가는 것을 지켜보았고, 아빠가 달래서 패들볼이나 래프트를 타게 할 때만 움직였다.

해변 다른 곳에서는 십대들이 커다란 모래성을 쌓고, 어머니들은 아기의 맨발을 물거품 속에 담그고 아버지들은 자녀들에게 원반을 던졌다. 머리 위에서 갈매기떼가 끼룩댔고 소형 비행기 한 대가 해안선 위쪽에서 오르내리며 뷔페식당 광고 현수막을 펄럭였다.

아만다와 아만다의 휴는 과히 좋은 것 같지 않았다. 아니,

아만다가 좋은 것 같지 않았다. 휴는 눈치 못 채고 쾌활해 보였다. 그가 무슨 말을 해도 아만다는 무뚝뚝하게 답했고, 해변 산책을 하자고 권하면 '아니, 됐어요'라고 대꾸했다. 혼자 나가는 남편을 쳐다보는 아만다의 입매가 처졌다.

애비는 차양 밖으로 나와 햇빛 아래 앉아있지만 큰딸과 가까이 있었다. 그녀가 말했다.

"아, 가여운 휴! 네가 같이 가야 되지 않겠니?"(애비는 딸들의 결혼생활을 늘 예의주시했다.) 하지만 아만다가 대꾸하지 않자 애비는 포기하고 다시 책으로 눈을 돌렸다. 텔레비전 아래 옛날 잡지책들이 있었고, 전에 머물던 사람들이 두고 갔을 터였다. 이 잡지들이 손녀들의 손으로, 딸들의 손으로, 마지막에 애비에게 넘어왔고, 그녀는 한 페이지씩 넘기면서 어처구니없는 내용에 혀를 찼다.

그녀는 딸들에게 말했다.

"흥분하는 일이 누구누구가 임신할 수 있었다는 소식밖에 없다니. 게다가 난 그 누구누구가 누군지도 모르는데! 그런 이름은 생전 처음 듣는 걸."

애비는 분홍 치마 수영복을 입고 통통한 어깨에 선탠로션이 번들대고 다리에 살짝 모래가 묻어 컵케이크처럼 보였다. 애비는 여지껏 물에 들어갈 엄두를 못 냈고 그것은 레드도 마찬가지였다. 사실 _그_는 작업화와 검은 양말을 신고 있었다. 확실히 올해 두 사람은 늙었다는 사실을 공공연히 드러냈다.

"처음 그이를 만났던 때가 기억 나. 난 멍청한 작자라고 생각했지."

아만다가 데니에게 말했다. 아만다가 남편에 대해 말하고 있음이 분명했다. 그녀가 말을 이었다.

"체이스 가에 있는 아파트에 살았고, 복도 끝에 쓰레기를 내려 보내는 투입구가 있었는데, 투입구 옆에 계속 쓰레기봉지가 놓여 있지 뭐야. 쓰레기를 투입구에 던져야 되는데 누가 바닥에 던져놓고 간 거지. 쓰레기봉지 속을 보니 맥주병들이랑 칠리 깡통하며 분리수거를 할 것들이 잔뜩 있더라구. 그걸 보자 성질이 났지! 그래서 어느 날 쓰레기봉지에 '이 짓을 한 사람은 돼지다'라고 쓴 메모지를 붙였어."

"아이고, 아만다! 정말이지."

애비가 말했지만 아만다는 못 들은 것 같았다. 그녀는 데니에게 계속 이야기했다.

"내가 쓴 걸 어떻게 알았는지 모르겠지만 아무튼 그이는 알았을 거야. 내 아파트 문을 두드리기에 문을 여니, 그가 메모지를 들고 있더라구. '이걸 썼나요?'라고 묻기에 '분명히 그랬죠.'라고 대꾸했지. 그때 그이가 내가 콩깍지를 쓰게 된 반응을 한 거야. 정말 미안하다고, 다시는 그런 일 없을 거라고, 분리수거 규칙이 있는지 몰랐다고, 쓰레기봉지가 투입구에 들어가지 않아서 넣지 못했다고 주절대더라구. 그런 게 변명이 되는 것처럼. 하지만 내가 마음을 빼앗겼다는 건 인정해. 하지만 이거 알아? 조심했어야 했는데 난 안 그랬어. 그런 기미가 있었는데, 처음부터 눈앞에 분명히 쓰여 있었는데. 이 남자는 지구상에 자기만 존재한다고 생각하는 위인이다! 이보다 더 명확할 수 없었는데 그냥 넘어간 거야."

"그래서 지금 매형은 쓰레기를 분리수거 해?"

데니가 물었다.

아만다가 대답했다.

"넌 맥을 제대로 못 잡는구나. 난 휴의 성격에 대해, 그 사람의 본성에 대해 말하는 거야. 그는 자기 편리한 대로만 해. 방금 거저나 다름없는 가격에 식당을 매도하는 계약을 했어. 지겹고 새로운 일을 시작하고 싶다는 이유만으로 어떤 사람에게 헐값에 넘기는 거지. 믿을 수 있니?"

"나는 누나가 새로운 사업에 찬성하는 줄 알았어. 누나가 멋진 일이라고 말했던 것 같은데."

데니가 말했다.

"아, 그냥 지지해주려는 것뿐이었지. 게다가 못마땅한 것은 새로운 사업이 아니야. 그가 하던 일을 처분하는 방식이 문제인 거지. 휴는 나랑 의논조차 하지 않았어! 처음으로 받은 매매 제안을 그대로 수용했지. 자기가 원할 때 원하는 대로 하고 싶기 때문이지."

애비가 아만다의 팔을 건드렸다. 그녀가 엘리스가 있다는 눈짓을 했지만 아만다는 '뭐요'라고 대꾸하고 다시 고개를 돌렸다. 그러자 엘리스는 천천히 우아한 몸짓으로 일어나 물가 쪽으로 걸어갔다. 어른들의 이야기는 자기와 아무 관계 없다는 투였다.

애비가 말했다.

"난 너희가 그렇게 만난 줄 몰랐다. 영화에 나오는 것 같네! 어떤 영화에서 록 허드슨이랑 도리스 데이가 서로 미워하면서 관계가 시작되지. 난 너희가 엘리베이터나 그런 데서 만난 줄 알았는데."

아만다는 어머니의 말에 아랑곳하지 않고 계속 말했다.

"이 남자는 구제불능이야."

"하지만 매형이 레스토랑을 팔 기회를 낚아챈 이유가 이해되잖아. 칠면조 요리만 파는 식당을 매도하기란 쉽지 않지."

데니가 말했다.

"저기, 칠면조랑 무슨 결혼을 한 것도 아니고. 다른 음식도 팔아도 됐잖아. 또 큰돈을 들인 많은 설비며 오븐 같은 물건들도 있는데."

"아, 딱한 휴. 남자들은 실패를 제대로 처리할 줄 모른다니까."

애비가 말했다.

"엄마. 부탁이에요. 그 '딱한 휴'란 말 좀 그만하세요."

"산책하러 갈까, 여보?"

불쑥 레드가 물었다. 그가 대화를 듣고 있었는지 확실하지 않았다. 어쩌면 바로 그 순간 산책이 하고 싶었을 수도 있다. 아무튼 레드는 일어나서 한 걸음 나가서 아내의 손을 잡아 일으켜 세웠다. 둘이 해변으로 향하기 시작하면서도 애비는 여전히 고개를 젓고 있었다.

멀어지는 부모를 쳐다보면서 아만다가 말했다.

"이제 두 분은 내가 얼마나 못된 마누라인지 계속 흉볼 거야."

"요즘 아버지의 걸음이 아주 느려. 좀 보라구. 아버지 몸이 너무 뻣뻣해."

지니가 말했다.

"일은 어떻게 하시는 거야?"

데니가 그녀에게 물었다.

"일하실 때는 딱히 눈에 띄지 않아. 이제 현장에서 육체적으로 요구되는 일은 안 하시니까."

그들은 부모가 노라와 만나는 광경을 지켜보았다. 노라는 혼자 산책하고 돌아오는 길이었다. 그녀는 그들과 몇 마디 나눈 후, 스템과 아들들에게 가느라 물가에서 축구공을 주고받는 십대들 앞을 지났다. 바람이 불어 검은 스커트 자락이 벌어지면서 단순한 검은 수영복이 드러났고, 어깨까지 드리워진 검은 머리가 나부꼈다. 십대들은 게임을 멈추고 눈으로 그녀를 쫓았고, 한 소년은 겨드랑이에 축구공을 끼고 쳐다봤다.

"본인도 모르는 팜므 파탈이군."

데니가 중얼대자 아만다는 재미있어 하면서 야유했다.

"엘리스가 재미있게 지내? 올해는 통 어울리지 않는 것 같네."

지니가 언니에게 물었다.

아만다가 대답했다.

"모르겠어. 나야 엄마일 뿐인데 뭘 아나."

"발레 때문에 다른 건 심드렁한가봐."

아만다는 대꾸하지 않았다. 삼남매는 잠시 침묵하면서, 근처에서 수영 기저귀를 입고 갈매기들을 쫓아다니는 아기에게 눈길을 주었다. 갈매기들은 모르는 체했지만 점잖게 걷다가 점점 빨리 걸었다.

지니가 데니에게 물었다.

"수전은 어때? 즐겁게 지내고 있니?"

"수전은 멋진 시간을 보내고 있어. 사실 여기 오는 걸 좋아해. 사촌이라고는 이 아이들이 전부니까."

데니가 대답했다.

"어머, 칼라는 다른 형제자매가 없어?"

"결혼하지 않은 남동생 하나."

지니와 아만다는 서로 바라보며 눈썹을 치떴다.

잠시 후 아만다가 물었다.

"요즘 칼라는 어떻게 지내?"

"내가 알기에는 잘 있어."

"자주 만나니?"

"아니."

"만나는 사람 있어?"

"만나는 사람이 있냐구?"

"내 말뜻을 알잖아. 여자 말이야."

"아니, 없어."

데니가 대답했다. 그러다가 대화가 끝났다 싶은 순간 그가 말을 이었다.

"현실을 직시해야지. 난 괜찮은 상대가 아니야."

"왜 아니야?"

지니가 물었다.

"흠, 난 일종의 한량이란 인상을 주거든. 즉 지금까지 인상적인 경력을 쌓으면서 살지는 못했다는 뜻이지."

"아니, 이상한 말이네. 너한테 반할 여자들이 많을 거야."

"아니. 잘 생각해보면 부모들이 딸을 지위와 재산을 가진 남자한테 시집보내려고 노력하던 시대 이후 별로 달라진 게 없어. 여전히 여자들은 남자들을 만나면 뭐 하는 사람인지 알고 싶어 하지. 여자들 입에서 처음 나오는 말이 그거야."

데니가 말했다.

"그래서? 넌 교사야! 아니 적어도 대리 교사지."

"맞아."

데니가 말했다.

한 여자애가 그들 앞을 지나 물가로 갔다. 옆집 사람들의 손녀였다. 데니와 누나들은 반쯤 몸을 돌리고, 옆집 가족이 집에서 나와 해변으로 다가오는 광경을 지켜보았다. 그들은 수건과 접이식 의자를 들고 스티로폼 아이스박스를 옮겼다. 그 가족은 휘트섕크 일가와 6미터쯤 떨어진 곳에 도착했다. 어른들은 각자 접이식 의자를 펼쳐서 바다와 마주보고 일렬로 앉았고, 손자와 친구는 여자애가 파도 속으로 뛰어든 곳으로 갔다.

아만다가 말문을 열었다.

"저 사람들이 딱 1주간 머문다고 믿을 근거가 있었나? 여름 내내 여기서 살 수도 있잖아."

지니가 대답했다.

"아니, 우린 그들이 그때 도착하는 걸 봤잖아? 옷가방이랑 해변 놀이 도구들이랑 들고 있었어."

"우리가 떠난 후에도 계속 머물지 모르지."

지니가 말했다.

"글쎄, 그럴 지도 모르지. 그럴 수도 있겠네. 하지만 난 우리가 갈 때 저 가족도 떠난다고 생각하고 싶어. 저쪽도 우리가 항상 늘 하는 말을 할걸. 내년에는 2주간 머물면 어떨까? 하지만 휴가가 끝날 즈음에는 '아니, 솔직히 1주일이면 충분해'라고 말하겠지. 그래서 이듬해에도 똑같은 주간에 내려오고, 지금부터 50년간 우리는……"

여기서 지니는 늙은 부인의 앵앵대는 소리로 바꿔서 말을 이었다.

"……아이구야, 봐라. 옆집 사람들이네. 이제 손자가 손자를 봤구먼!"

"오늘은 점심을 가지고 나왔네. 메뉴가 뭔지 확인할 수 있겠네."

데니가 말했다.

지니가 말했다.

"지금 이 순간 우리가 저기로 척척 걸어가서 인사를 하면 어떨까?"

"실망스럽기만 할 거야."

아만다가 말했다.

"어째서?"

"그들은 스미스나 브라운 같이 따분한 성씨로 밝혀질 거야. 광고업이나 컴퓨터 판매나 컨설팅 같은 일을 하겠지. 무슨 일을 하든 간에 지루한 일일 거야. 그들이 '어머, 만나서 정말 반가워요. 항상 댁들이 궁금했거든요'라고 말하면 우리는 '우리의' 따분한 성씨를 밝히고 따분한 직업들을 알려야 될 거라구."

"정말 저 가족이 우리를 궁금해 할까?"

"음, 당연히 그럴걸."

"언니 생각에는 저들이 우리를 좋아할 것 같아?"

"어떻게 안 좋아하겠어?"

아만다가 반문했다.

농담 투였지만 얼굴에 웃음기가 없었다. 그녀는 탐색하는 진지한 표정으로 내놓고 옆집 사람들을 살폈다. 사실은 확신이 없는 것 같았다. 그들은 휘트샌크 일가를 매력적으로 볼까? 관심이 있으려나? 대가족이라는 점과 친밀한 관계를 감탄할까? 혹은 어딘가 숨은 균열을 눈치챘을까? 날카로운 표정이나 불안한 침묵, 긴장감이 도는 징후를? 아, 그들의 견해는 무엇일까? 바로 그 순간 휘트샌크 가족이 다가가서 묻는다면, 옆집 사람들은 어떤 감정을 내보일까?

* * *

휴가 기간에는 매일 저녁 식사 후 남자들이 설거지하는 게 관례였다. 그들은 여자들을 밖으로 몰아낸 후—'어서, 자! 나가요! 네, 안다구요. 남은 음식은 냉장고에 넣죠!' 데니는 개수대에 뜨거운 물을 채우고 스템은 행주를 펼쳤다. 한편 철두철미하고 성실한 타입인 지니의 휴는 주방 전체를 정리하고 사방을 깨끗이 닦았다. 레드는 식당에서 접시 몇 개를 갖고 나왔지만, 곧 자녀들의 채근으로 주방 식탁에 앉아 맥주를 마시며 일하는 모습을 구경했다.

아만다의 휴는 여기 없었다. 세 식구는 주로 시내에 나가서 식사를 했다.

마지막 저녁인 목요일에는 지니의 휴가 더 대대적으로 정리했다. 남은 음식을 다 버려야 했고 냉장고를 싹 비우고 닦았다. 지니의 휴는 물 만난 고기 같았다.

스템이 거의 꽉 찬 코울슬로 그릇을 들어 보이자 휴가 말했다.

"그건 버려! 맞아, 그것도. 볼티모어까지 끌고 가봤자 쓸모없거든."

세 사람은 레드를 힐끗 쳐다보았다. 그는 메릭 만큼이나 음식 버리는 것을 질색했지만, 대화를 못 듣고 낡은 잡지만 넘겼다.

데니가 물었다.

"내일 계획은 뭐야? 동틀 때 출발하나?"

휴가 대답했다.

"흠, 적어도 난 그래야겠어. 휴대폰에 메시지가 대여섯 개 와있네. 기숙사에 손볼 일이 많다는군."

그가 일하는 대학에서 문자를 보냈다는 뜻이었다.

데니가 스템에게 말했다.

"그러니까 가을이 오고 있다는 거군."

"이제 곧이지."

스템이 대답했다. 그는 잘 닦이지 않은 접시를 설거지통에 도로 넣었다.

"넌 너무 지체하지 말고 집에 다시 들어가. 아니면 아이들이 전학을 해야 되잖아."

데니가 말했다.

스템은 다른 접시를 행주로 닦았다. 그가 잠깐 일손을 멈추었다가 다시 행주질하면서 대답했다.

"벌써 전학했어. 이미 지난주에 노라가 첫째와 둘째의 전학수속을 밟았어."

"하지만 이제 내가 왔으니까 너희가 돌아가는 게 순리에 맞아."

스템은 접시더미 위에 접시를 내려놓았다.

"형은 머물지 않을 거잖아."

그가 말했다.

"뭐야?"

"언제라도 떠날 거면서."

"무슨 말을 하는 거야?"

데니가 몸을 돌려 쳐다보았지만, 스템은 계속 접시의 물기를 닦았다. 그가 말했다.

"형은 우리 중 누군가랑 싸우거나 어떤 일에 화를 내겠지. 아니면 어느 알 수 없는 지인이 휴대폰으로 전화해서 알 수 없는 다급한 용건을 말하면 형은 다시 사라질 거야."

"말도 안 되는 소리."

데니가 쏘아붙였다.

지니의 휴가 끼어들었다.

"저, 이제 두 사람……"

그러자 레드가 잡지의 한 부분을 손으로 짚고서 고개를 들었다.

데니가 스템에게 말했다.

"네가 그런 말을 한 것은 내가 집에 있는 게 못마땅하기 때문이지. 내가 비켜나 있으면 하는 게 네 마음인 줄 나도 알아. 놀라운 일도 아니지."

"난 형이 비켜나 있길 바라지 않아."

스템이 맞받아쳤다. 이제 두 사람은 정면으로 마주보고 있었다. 스템은 한 손에 접시를, 다른 손에는 행주를 들고서 필요 이상으로 크게 말했다.

"제길! 내가 어떻게 하면 형을 곤란하게 만들 속셈 따윈 없다는 걸 믿겠어? 난 형의 것은 아무것도 원하지 않아. 그런 적 없다구! 그저 엄마랑 아버지에게 도움이 되려고 이러는 것뿐이라구!"

레드가 말했다.

"뭐라고? 잠깐만."

"뭐, 이거야말로 너답구나. 이타심이 넘쳐흐르지. 하느님보다도 성스러워."

데니가 스템에게 말했다.

스템은 뭐라고 받아치려다가 숨을 크게 쉬고 입을 열었다. 그러더니 '아' 같은 절망적인 소리를 내뱉고는, 데니 쪽으로 가서 그를 홱 밀쳤다. 미리 생각하지 않은 행동 같았다.

딱히 공격은 아니었다. 앞뒤 가리지 않는 분노에서 나온 행동에 가까웠다. 하지만 데니는 균형을 잃었다. 옆으로 비틀대다가 손에 든 접시를 떨어뜨렸고, 접시가 바닥에 떨어졌다. 그는 균형을 잡으려 했지만 그대로 넘어졌고, 머리를 식탁 모서리에 부딪치면서 주저앉았다.

"이런, 젠장."

스템이 중얼댔다.

레드가 잡지를 들고서 일어났다. 입꼬리가 처진 표정이었다. 휴가 냉장고 앞에서 건성으로 행주를 들고 말했다.

"이봐. 이보라구, 처남들."

데니가 비틀거리며 일어나기 시작했다. 왼쪽 정수리에서 피가 흘렀다. 스템이 일으키려고 허리를 굽혀 손을 내밀었지만, 데니는 손을 잡는 대신 반쯤 앉은 상태에서 달려들어 스템의 가슴팍을 들이받았다. 스템은 균형을 잃고 뒤로 자빠져서 수납장에 부딪쳤다. 그가 다시 일어나 앉았지만 넋이 나간 것 같았다. 스템은 조심스럽게 한 손을 뒤통수에 올렸다.

갑자기 주방이 수선떠는 여자들과 놀라서 눈이 휘둥그레진 아이들로 북적댔다. 셀 수 없을 만큼 사람이 많은 것 같았다. 애비가 말하고 있었다.

"뭐야? 무슨 일이 생긴 거야?"

노라가 스템 앞에서 몸을 숙이고 그를 일으키려 했다.

"그대로 앉아 있게 해."

지니가 노라에게 말한 다음 스템에게 물었다.

"스템? 어지럽니?"

스템은 계속 머리를 감싸고 불확실한 표정을 지었다. 그의 주위에 접시 파편이 흩어져 있었다.

데니는 싱크대에 기대섰다. 그는 무척 어리둥절한 듯했다. 데니가 말했다.

"녀석이 어떻게 된 건지 모르겠어! 갑자기 0에서 60이(우울감을 측정하는 지수, 최저 0에서 최고 60을 말함.) 되더라니까!"

그의 얼굴 옆쪽으로 피가 흘러서 올리브 그린색 티셔츠를 적셨다.

지니가 데니에게 말했다.

"애 좀 봐. 응급실로 데려가야겠네. 너희 둘 다."

"난 응급실은 필요 없어."

데니가 말했고 동시에 스템이 말했다.

"난 괜찮아. 나 좀 일으켜줘."

"너희 둘 다 병원에 가야 해. 데니는 봉합해야 하고 스템은 뇌진탕을 일으켰을지도 몰라."

애비가 말했다.

데니와 스템이 합창하듯 대답했다.

"난 괜찮아요."

"우선 소파에 가서 앉도록 해요."

노라가 스템에게 말했다. 그녀는 전혀 동요하지 않은 듯했다. 노라는 부축해서 남편을 일으켰고, 이번에는 지니의 제지 없이 그를 부엌에서 데리고 나갔다. 수전을 제외한 아이들 모두 멍하니 따라 나갔다. 수전은 아빠 옆에 서서 팔목을 쓰다듬었다. 수전의 뺨에 눈물이 흘러내렸다.

데니가 딸에게 물었다.

"왜 우는 거야? 이건 아무것도 아니야. 아프지도 않아."

수전은 고개를 끄덕이고 침을 삼켰지만 여전히 눈물이 줄줄 흘렀다. 애비가 손녀의 어깨에 팔을 두르며 말했다.

"아빠는 괜찮단다, 아가. 머리 상처는 늘 피가 많이 나거든."

지니가 말했다.

"나가세요, 내가 상처를 확인하는 동안 모두 부엌에서 나가 계세요. 구급상자를 가져와요, 휴. 아래층 욕실에 있어요. 수전, 종이 타월이 필요하겠다."

어느 시점에서 레드는 의자에 주저앉았지만 애비가 그의 어깨를 건드리며 말했다.

"거실로 나갑시다."

"무슨 일이 벌어졌는지 영문을 모르겠군."

그가 아내에게 말했다.

"나도 마찬가지에요. 하지만 지니에게 상황 처리를 맡기자구요."

그녀는 남편을 부축해서 일으켰고, 두 사람은 문쪽으로 갔다. 수전만 남았다. 수전이 지니에게 종이 타월 두루마리를 건넸다.

"고맙다."

지니가 말하면서 타월 몇 장을 뜯어서 수돗물에 적셨다.

그녀가 데니에게 말했다.

"우선 상처 부위를 닦은 다음 봉합이 필요한지 보자구. 앉아."

"봉합까지 필요 없어."

데니가 말했다. 그는 의자에 앉았다. 지니가 몸을 숙이고 젖은 종이 타올을 관자놀이에 댔다. 그 사이 수전은 아빠 옆 의자에 앉아 그의 손을 잡았다.

"음."

지니가 말했다. 그녀는 데니의 상처를 찬찬히 살폈다. 지니는 종이 타올을 다시 접어서 관자놀이를 다시 두드렸다.

"아야."

데니가 말했다.

"휴? 구급상자는 어떻게 됐어요?"

"지금 가."

지니의 휴가 부엌으로 들어오면서 말했다. 그는 낚시꾼들이 쓰는 철제 도구함처럼 생긴 통을 아내에게 주었다.

휴가 허리를 굽혀 깨진 접시 조각들을 줍기 시작하자 지니가 말했다.

"사람들에게 가서 스템이 못 자게 하라고 일러요, 알겠어요? 그건 놔두고요. 스템이 혼수상태에 빠지지 않게 해야 해요."

지니는 늘 위기 상황에서 권위적으로 변하는 타입이었다. 그녀는 하나로 묶은 검은 머리를 찰랑이면서 민첩하게 움직였다.

휴가 부엌에서 나갔다. 그가 가자마자 데니가 말했다.

"맹세하는데 이건 내 잘못이 아니야."

"그렇겠지."

지니가 대꾸했다.

"솔직히 그래. 날 믿어야 해."

"수전, 네오스포린(세균 감염을 막고 상처를 빨리 아물게 하는 연고)을 찾아 주렴."

수전은 눈썹을 치뜨고 고모의 얼굴을 쳐다봤지만 그대로 앉아 있었다.

"연고 말이야. 구급함에 들어 있어."

지니가 조카에게 말했다. 그녀는 종이 타월을 다시 접었다. 이제 종이가 거의 빨갛게 물들었다. 수전이 데니의 손을 놓고 구급함에 손을 뻗었다. 수전의 블라우스의 어깨 부분에 핏자국이 스몄다.

데니가 말했다.

"설거지를 하던 중이고 아주 평화로운 분위기였어. 그런데 내가 스템에게 이제 이사 나가도 된다고 말하자 녀석이 발끈하는 거야."

"그래, 딱 상상이 되네."

지니가 말했다.

"그게 무슨 말이야?"

그녀는 종이 타월을 쓰레기통에 던지고 수전에게 연고를 받았다.

"가만 있어."

지니가 데니에게 말했다. 그녀가 연고를 짜서 발랐다. 데니는 가만히 있으면서 계속 누나를 올려다보았다. 지니가 말했다.

"언제가 되야 이 모든 걸 내려놓을래, 데니? 극복하도록 해! 포기하라구!"

"포기하다니 뭘? 먼저 시작한 사람은 그 자식이라니까!"

"누구나 일종의…… 상처를 갖고 있다고 생각하지 않니? 예를 들면 스템도 말이야! 생각해 보면 나 또한 질투심을 느낄 수 있지 않을까? 아버지는 나보다 스템을 편애해, 나도 제법 괜찮은 일꾼인데도 그래. 아버지는 늘 언젠가 스템이 업체를 책임질 거라고 말하시지. 마치 나는 존재하지도 않는 것처럼, 누군가 방법을 가르쳐주면 나도 남자가 하는 일을 다 할 수 있는데 가당치 않은 것처럼 취급한다구. 하지만 너 알아, 데니? 사실 스템은 누구에게 배울 필요가 없어. 스템은 그냥 다 알고 태어난 것 같아. 가르쳐주지 않아도 상황을 척척 파악할 줄 알지. 솔직히 스템은 회사를 맡을 자격이 있어."

데니가 답답하다는 듯 조소했지만 지니는 못 들은 체했다.

그녀가 수전에게 말했다.

"나비 모양 반창고를 꺼내주렴. 네가 그걸 찾아주면 다 끝나겠다."

수전이 구급함을 뒤졌다. 약품 상자는 정돈이 잘 되지 않은 상태였다. 수전은 가위, 핀셋, 거즈 뭉치, 해파리에 물릴 때 쓰는 식초를 한쪽으로 치우고 나비 모양 반창고 통을 꺼냈다.

"잘했어."

지니가 말했다. 그녀는 식탁 위에 반창고들을 주르르 펴놓고 한 개를 집어 포장을 뜯었다. 그녀가 말했다.

"반창고를 몇 개 붙이면 괜찮을 거야. 가만히 있어 봐."

데니가 말했다.

"내가 신경 쓰는 것은 스템이 회사를 맡는 게 아니야. 난 분명히 회사를 맡고 싶지 않다구. 아버지가 나머지 우리에게 만족 못하는 게 문제라구. 자기 자식 셋한테! 누나도 말했지. 회사를 맡을 사람은 누나여야 된다고. 누나는 휘트섕크 사람이야. 그런데 맙소사, 아버지는 가족 밖에서 사람을 물색해야 했던 거라구."

"아버지가 물색한 게 아니었어."

지니가 말했다. 그녀는 물러나서 반창고 붙인 자리를 찬찬히 살피고 새 반창고를 집었다. 지니가 말을 이었다.

"아버지가 스템을 가족에 합류시키겠다고 선택한 게 아니야. 그냥 그렇게 되어버린 거지."

데니가 대꾸했다.

"내 평생 아버지는 날 적합하지 않다고 느끼게 했어. 마치 내가…… 변변찮은 것처럼, 내가 부족한 것처럼. 잘 들어봐, 지니. 어느 해 여름에 미네소타에서 일할 때 상사는 내 안목이 진짜 좋다고 했어. 수납장을 제작하는 중이었는데, 내가 설계 도면을 만들면 상사는 끝내준다고 칭찬했지. 그는 가구 제작업에 뛰어들 생각을 해본 적이 없느냐고 물었지. 그는 내 재능이 진짜 뛰어나다고 봤지. 그런데 왜 아버지는 내게 그런 느낌을 못 주는 걸까?"

"그래서 어쨌는데?"

지니가 물었다.

"어쨌다니 무슨 뜻이야?"

"가구 제작은 어떻게 됐느냐고?"

"흠, 글쎄…… 잊어버렸네. 그러다가 싫증나는 부분으로 접어들었겠지. 굽도리널(벽의 밑 부분에 대는 좁은 널빤지)이나 그런 거였지. 그래서 머지않아 그만뒀지."

지니는 한숨을 쉬고 식탁에 흩어진 반창고 포장지를 모았다. 그녀가 말했다.

"됐다, 수전. 이제 아빠를 거실로 모시고 나가도 돼."

하지만 데니가 의자에서 일어나려는 순간 스템이 들어왔고, 노라가 뒤따라 들어왔다. 표정으로 봐서 스템은 머리 타격에서 회복한 듯했다. 더 창백하고 혼란스러운 기색이었지만 예전 모습을 되찾은 상태였다. 그가 말했다.

"형, 사과하고 싶어."

"이 사람이 무척 죄송해 해요."

노라가 끼어들었다.

"내가 성질을 내지 말아야 했는데. 그리고 '스트링 치즈 인시던트' 티셔츠 값을 물어주고 싶어."

데니는 빈들거리는 콧바람 소리를 냈고, 애비가 스템 부부를 쫓아 부엌에 들어와서—가족을 바로잡으려고 기를 쓰는 어머니인만큼 당연히 이 상황에 끼어들어야 했다—말했다.

"아이고, 스템. 그건 문제가 아니야. 티셔츠는 옥시클린으로 세탁하면 말짱해질 게다."

그 말에 데니가 큰 소리로 웃었다.

그가 스템에게 말했다.

"잊어버려. 없던 일로 하자고."

"음, 대단히 너그럽네."

"사실 네가 보통 인간이라는 것을 알게 되어 안심되는걸. 지금까지 네 몸에 경쟁심 따윈 없는 줄 알았거든."

데니가 말했다.

"경쟁심?"

"그만하자구."

데니가 손을 내밀며 말했다.

스템이 물었다.

"왜 내가 경쟁심이 있다고 하지?"

데니는 손을 내리고 대답했다.

"이봐. 넌 방금 내가 부모님을 도와야 된다고 말했다는 이유로 내게 달려들었어. 그게 경쟁심이 아니고 뭐지?"

"이런 빌어먹을!"

스템이 내뱉었다.

노라가 말했다.

"어머! 더글라스."

스템이 데니의 입가에 주먹을 날렸다.

대단한 가격은 아니었지만—어설프게 빗맞았다—데니가 주춤대며 의자에 주저앉을 정도로 셌다. 곧 그의 아래 입술에서 피가 났다. 데니는 어안이 벙벙해서 머리를 저었다. 애비가 소리쳤다.

"그만해! 제발 그만들 해!"

그러자 지니가 중얼댔다.

"아이고, 맙소사."

수전이 다시 울기 시작하면서 주먹으로 입을 막았다. 다른 가족들이 이런 순간을 기다렸다는 듯 즉시 문간에 나타났다. 스템은 놀란 표정을 지었다. 그는 주먹을 물끄러미 내려다보았고, 관절에 긁힌 상처가 있었다. 그가 시선을 데니에게 돌렸다.

"나가요."

지니가 모두에게 지시했다.

그런 다음 그녀는 지친 말투로 중얼댔다.

"우선 상처를 닦고 봉합이 필요한지 볼게요."

6

처음에 애비는 닥터 위스와 진료 예약한 것이 불안했지만, 그러다가 이런 생각을 했다. '난 이걸 해낼 수 있어. 어머니가 쓰던 위스 핑킹 가위에 익숙하니까.' 곧 엄지 아래뼈를 불편하게 누르는 두꺼운 손잡이와 더불어 가위의 거추장스러운 무게감이 정확히 기억났다. 무거운 가위의 톱니바퀴가 천에 물릴 때 처음 멈칫하는 그 느낌도 떠올랐다.

그런데 잠깐. 사실 이 위스는 다른 위스인 의사와는 전혀 무관했다.

진료 예약을 한 사람은 노라였다. 그녀는 목사에게 연락해서 노인병 전문의를 소개받았고, 애비와 상의없이 닥터 위스의 병원에 전화했다. 오지랖이 넓기는! 하지만 애비가 불평했을 때 레드가 놀라지 않은 걸 보면 그와는 의논했음이 분명했다. 레드는 의사가 무슨 말을 하는지 들어봐도 손해될 게 없다고 아내를 다독였다.

애비는 노라가 신경에 거슬리기 시작했다. 예를 들어 그녀는 왜 '휘트생크 어머니'라고 부를까? 그 호칭은 나무 신발을 신고 머리에 스카프를 두른 옛날 농사꾼 아낙을 연상시켰다. 애비는 자녀들의 배우자가 생기면 '어머니'나 '애비'라고 부르라고 권했다. '휘트생크 어머니'는 입 밖에 낸 적도 없는 호칭이었다.

또 애비는 식탁을 치울 때 접시를 한 손에 한 장씩 드는 게 예절이라고 배웠지만, 노라는 접시를 포개서 쌓았다. 접시더미가 주방에 올 때는 접시마다 뒷면에 음식이 묻어 있었다. 그런 주제에 노라는 애비의 살림솜씨를 흉봤다! 아니, 새미의 알레르기를 카펫 먼지 탓으로 돌리는 데는 적어도 그런 뜻이 담겨 있었다. 또 노라는 레드의 심장에 나쁜데도 기름기 많은 튀긴 음식들을 만들었고, 아들들에게 지나치게 관대했다. 그녀가 주문한 퀸 사이즈 침대는 스템의 좁은 방을 꽉 채워, 침대 주위로 한 사람이 드나들 만한 공간도 남지 않았다.

아, 그래, 이건 함께 사는 사람들의 피로감일 뿐이라고 애비는 혼잣말을 했다. 비좁은 공간에서 부딪치며 살다보니 이런 짜증이 생기는 거지.

그녀는 하루에도 몇 번씩 이 말을 중얼댔다.

또 어떤 관계는 전생과는 무관한 전혀 새로운 관계라는―됨됨이의 크기를 키우기 위한 새로운 경험이라는―점을 되새겼다. 애비의 삶에서 노라의 역할은 그녀의 영혼을 더 깊고 풍성하게 하는 것이리라. 그런데 정말 그럴까?

애비는 자녀의 배우자에게 까다롭게 굴지 않았다. 그녀가 맏사위와 얼마나 잘 지내는지! 아만다 스스로 인정하듯 사위는 까다로운 사람이지만 애비는 그와 있으면 즐거웠다. 당연히 지니의 휴는 마음에 드는 사위였다. 며느리나 사위와 사이가 나쁜 친구들도 있었다. 그들은 사위보다 며느리가 힘들다고 입을 모았다. 만나면 안부를 묻는 사이조차 되지 않는 경우도 있었다. 애비는 그들보다 잘 해나가고 있었다.

다만 너무 밀려난 기분이 드는 게 문제였다. 꿔다놓은 보릿자루 같고 너무도 무용지물이 된 기분이었다.

예전에는 늙으면 마침내 완전한 확신을 가질 거라고 기대했다. 하지만 그녀를 보면 그게 아니었다. 여전히 불확실했다. 여러 면에서 아가씨 시절보다 지금 더 불확실했다. 또 애비는 자주 자신의 쾌활한 말투에 경악했다. 얼마나 주책맞은 푼수 노인네 같은지. 꼭 수준 낮은 텔레비전 시트콤에 나오는 엄마 같았다.

도대체 그녀에게 무슨 일이 일어난 걸까?

* * *

닥터 위스의 진료 예약은 11월로 잡혀 있었다(분명히 문제 있는 노인들이 진뜩 대기 중이었다.). 11월 즈음 모든 게 바뀔 수도 있었다. 애비가 간간이 보이는 가벼운 증세들이—그녀의 생각대로 '뇌가 트랙을 건너뛰는 것'이—저절로 없어졌을 수도 있고. 또는 그 전에 그녀가 죽을지도 모르고! 아니, 그 생각은 미뤄두어야 될 테고.

이제 9월 중순이었다. 여전히 여름 같아서 나뭇잎 색이 변하지도 않았고 아침에는 서늘하지만 쌀쌀하지는 않았다. 애비는 아침 식사 후 스웨터만 걸치고 현관 베란다에 나가 앉아 있을 수 있었다. 그네를 천천히 앞뒤로 밀면서 등교하는 부모들과 아이들을 지켜보았다. 아이들이 옷을 예쁘게 입은 것으로 봐서 아직 학기 초임을 알 수 있었다. 한 달만 지나면 다들 신경을 덜 쓸 터였다. 또 고학년 아이들은 부모가 데려다주지 않을 테고. 물론 피티와 타미는 그러기에 아직 어렸지만. 몇 분 전 아이들은 노라와 학교로 출발했다. 새미는 유모차에 착륙을 노리는 선장처럼 버티고 앉았고, 하이디는 어색하게 긴 줄을 매고 앞에서 걸었다. 나무들 사이로 누런 머리통 셋이 반짝거렸다. 전혀 휘트생크 집안답지 않았다. 스템의 머리가 누런색이었으니 아이들 머리가 그런 색일 게 당연하지 않은가.

아이들은 쉽게 동네에 적응한 것 같았다. 킥보드를 타고 골목을 오르내렸고, 친구들을 데려와서 간식을 먹었다. 아이들은 애비에게 다른 애들이 집을 '테라스 하우스'라고 부른다고 알려주었다. 그 명칭이 애비의 맘에 들었다. 그녀가 처음 이 집을 봤던 기억이 생생했다. 애비는 햄든 출신의 주근깨 많은 여중생이었고, 으스대는 메릭 휘트생크가 '큰언니'로 정해졌다. 도로에서 그 넓고 멋진 현관 테라스가 힐끗 보였고, 청바지 단을 걷어 입고 입고 화려한 스카프를 경쾌하게 맨 메릭과 친구 두 명이 이 그네에 아주 느긋하게, 아주 세련

되게 앉아 있었다.

"내 참, 어이가 없어서. 꼬마들이잖아."

애비가 반 친구 둘과 나타나자 메릭이 잘난 체하며 말했다. 그들 역시 메릭의 친구들의 '동생'이었다. 선후배가 토요일 오후에 재미나게 어울리며 교가를 배우고 쿠키를 구워야 했다. 하지만 애비는 지금 쿠키 부분은 기억나지 않았다. 이 테라스를 봤을 때의 경외감과 본채로 이어지는 인상적인 판석 깔린 길만 떠올랐다. 또 메릭의 어머니인 친절한 리니!(아니, 당시 애비는 그녀를 휘트섕크 부인이라고 불렀다.) 메릭이 쿠키 굽는 장면이 상상되지 않는 걸 보면 쿠키 굽기는 리니가 떠맡았으리라.

리니 매 휘트섕크는 창백하고 조용한 부인으로, 시골 상점에서 파는 꽃무늬 시프트 드레스(박스형의 단순한 원피스)를 입고 있었다. 하지만 애비는 눈가의 웃음 주름 자국에서 그녀가 겉보기보다 훨씬 관찰하는 타입이라는 것을 눈치챘다. 큰언니 놀이가 끝나고 오랜 후까지 애비는 리니를 따뜻하게 생각했다. 그러다 세월이 흘러 애비가 레드의 친구인 데인과 사귀면서, 늘 맘씨 좋은 리니는 밤마다 테라스에 나와 동네 아이들에게 손수 만든 레모네이드를 대접했다. 때로 주니어도 나오곤 했다. '어이, 친구들! 총각들. 아가씨들' 그는 떠들썩하게 그들과 어울렸다, 주니어가 아가씨들에게 오늘 저녁에는 유난히 예뻐 보인다고 칭찬하고 청년들과 콜츠(인디애나폴리스 풋볼팀)의 이전 경기들에 대해 열띠게 대화하면, 결국 리니가 남편의 옷소매를 끌면서 말했다.

"이제 우린 가요, 주니어. 젊은이들끼리 즐겁게 지낼 시간을 줘야죠."

이제 두 사람 다 세상을 떠났다. 아, 세상에. 화물열차에 완전히 짓뭉개져서 애도할 만한 온전한 시신조차 남지 않고 뚜껑 닫힌 관 두 개만 남았다. 이 소식을 전해준 사람은 바로 경찰이었다. 너무도 아쉽게, 아무 매듭도 지어지지 않고 끝나버렸다. 레드보다 애비가 더 속상해 했다. 레드는 즉사는 은총이라고 믿었지만 애비는 작별인사를 하고 싶었다. '리니, 어머니는 참 좋은 여인이셨고, 그렇게 외로운 인생을 사신 게 저는 늘 안타까웠어요'라고 말할 수 있었다면 좋았으련만.

최근 애비는 임종을 지킨 고인들을 모두 떠올렸다. 조부모 두 분, 친정어머니, 어려서 죽은 그녀가 사랑했던 오라버니. 하지만 아버지는 임종을 못했다. 애비는 아버지가 눈을 감고 몇 분 후에 도착했다. 하지만 그녀는 몸을 굽혀 아버지와 뺨을 맞대고, 그가 딸의 존재를 느끼는 기미를 보이기를 바랐다. 지금도 테라스에 앉아 보우턴 가를 바라보면, 이미 차가워지는 아버지의 수염 난 뺨이 떠올라 눈물이 차올랐다. 누구나 지켜봐주는 사람들 속에서 떠나야 해! 그것이 바로 애비가 원하는 바였다. 그녀가 누워서 죽어갈 때 레드가 큼직한 손으로 내 손을 잡아주겠지. 하지만 그것은 레드 자신은 그녀 없이 죽음을 맞이한다는 뜻임을 깨닫자 그 생각을 견딜 수가 없었다. 애비가 먼저 떠나면 레드가 어떻게 살아낼까?

그는 늘 손가락 깍지를 끼지 않고 애비의 손을 덥석 잡았다. 열서너 살 무렵, 애비는 조숙한 친구들한테 남자애들이 영화를 보면서 손을 잡는 이야기를 들으면서 손을 감싸서 잡는다고 상상했다. 그러다가 첫 데이트 상대가 은근히 손가락 깍지를 끼자 남녀가 손을 잡는 것은 덥석 잡는 게 아니라고 믿게 되었다. 레드를 만나기 전까지는 그랬다.

부부가 한날한시에 죽을 수도 있었다. 말하자면 비행기를 탔다가 그럴 수도 있지. 죽기 몇 분 전에 조종사의 경고를 듣고 마지막 말을 주고받을 기회를 얻을 수 있겠지. 그런데 이제 두 사람은 비행기 여행을 하지 않으니 그런 일이 벌어질 리 만무했다.

한번은 애비가 지니에게 말했다.

"죽음의 문제점은 죽은 후에는 모든 게 어떻게 되는지 모른다는 거지. 결말을 모르는 거지."

"하지만 엄마, 결말 같은 건 없어요."

지니가 말했다.

"그래, 나도 안다."

애비가 대답했다.

이론상으로는 그랬다.

하지만 마음속으로는 그녀가 없으면 세상이 돌아가지 못한다고 생각할 수도 있었다. 뭐, 인간들은 자기를 기만하잖아! 이제 그녀가 누군가에게 필요한 사람이 아님이 분명했다. 지녀들은 이른이 되있고, 복시사보서 남낭했던 지원 대상자들은 애비의 은퇴와 함께 허공으로 사라져버렸다(아무튼 마지막으로 가면서 지원 대상자들의 요구는 밑도 끝도 없는 것 같았다. 사회는 그녀가 감당할 수 없을 정도로 빠르게 붕괴했다. 애비는 딱 맞춤한

때 물러난다고 느꼈다.). 가족들이 그녀의 '고아들'이라고 부르는 이들까지도 모두 떠났다. B. J. 오트리는 약물 복용으로, 데일 노인은 중풍으로 죽었고, 외국 유학생들은 귀국하거나 크게 성공해서 스스로 추수감사절 만찬을 베풀었다.

과거에 애비는 상황의 중심이었다. 모든 사람들의 비밀을 알았고, 다들 그녀에게 털어놓았다. 시어머니 리니는—침묵을 맹세 받은 후—그녀와 주니어가 양쪽 집안의 골칫거리였다고 말했다. 데니는(애비가 수전의 갈색 눈에 대해 놀라자 즉흥적으로) 수전이 친자식이 아니라고 고백했다. 그녀는 들은 말을 다른 사람에게, 심지어 남편에게도 옮기지 않았다. 애비는 신뢰를 지키는 사람이었다. 아, 그녀가 알면서도 발설하지 않은 모든 비밀들을 다들 안다면 기절초풍하겠지!

그녀는 지니에게 이렇게 말할 수도 있었다. '네가 그 일을 하는 것은 다 내 덕이란다. 네 아버지는 여자가 건설 현장에서 일하는 것은 완강히 반대했지만 내가 설득했지.' 그 말을 하고 싶은 유혹이 얼마나 강했는지! 하지만 애비는 잠자코 있었다.

그런데 이제 그녀는 불필요한 존재가 되어 자녀들은 은퇴자 공동체로 들어가길 바랐다. 그녀와 레드 둘 다 그럴 정도의 연배가 아닌데도. 그 얘기가 유야무야 되어 다행이었다. 은퇴자 공동체를 피할 수 있다면 노라와의 합가는 참아줄 만했다. 심지어 가정부 거트 부인도 참아줄 만했을 것이다. 참겠다는 게 아니라 그럴 만한 가치가 있었다고.

이제 와서 거트 부인에게 미안한 마음이 들었다. 너무 배려

없이 거트 부인을 내보냈다! 그녀 나름의 무척 서글픈 사연이 있는 여자일 텐데. 남의 슬픈 사연을 들을 기회를 흘려보내다니 애비답지 않은 일이었다. 최근에 그녀가 아만다에게 말했다.

"아만다, 우리가 거트 부인에게 퇴직금을 줬니?"

"퇴직금이라뇨! 엄마 집에서 겨우 9일간 일했는데요!"

"그래도 거트 부인은 선의에서 그랬어. 또 너희도 선의에서 거트 부인에게 조치를 취했던 거지. 내가 고마움을 모른다 생각하지 않으면 좋겠다."

"저기요, 엄마랑 아버지 두 분 다 어떤 이유 때문에 은퇴자 공동체를 단호히 거부하셨으니까……."

"하지만 너도 우리 입장을 이해할 수 있지 않니? 그런 시설에는 수용자들을 담당하는 복지사들이 있겠지. 우리가 사회복지 대상자가 되는 거지! 상상이나 할 수 있니?"

그 말에 아만다는 받아쳤다.

"'수용자'들이라고요? '대상자'예요, 맙소사. 오랜 세월 그게 직업이었는데 그런 태도를 보이다니 어떻게 된 거예요?"

아만다는 지나치게 예리해지기도 했다. 종종 그랬다.

두 딸애들 중에는 지니가 더 수월했다(애비는 '딸애'란 표현을 그만 써야 되는 줄 알았지만 '여성들'이나 '남성들'로 표현하면 얼마나 어색할까?). 지니는 유순하고 잘난 체하지 않았고, 아만다처럼 신랄하지 않았다. 하지만 지니는 어머니에게 털어놓지 않았다. 지니가 알렉산더를 출산한 후 상황이 나빴을 때 데니에게 도움을 요청한 일이 애비에게는 크나큰 충격이었다. 친정 엄마가 바로 같은 도시에 사는데도! 데니도 마찬가지였다. 왜 대학을 마쳤다는 말을 하지 않았을까? 여러 직업을 전전하면서 돌아다녔으니 학점을 다 따는 데 오랜 세월 걸렸겠지만 데니는 아무 말도 하지 않았다. 왜 그랬을까? 계속 엄마를 애태우고 싶어서겠지. 데니는 엄마를 고통에서 벗어나게 해주기 싫었던 거야. 그래서 데니가 그런 식으로 사실을 밝혔을 때—그날 점심 식사 후에 졸업장이 있다고 발표한 순간—그녀는 따귀를 맞은 기분이었다. 아들이 대학을 졸업했으니 기뻐해야 되는 줄 알았지만 그 대신 괘씸한 마음이 들었다.

문제아들의 부모가 입 밖에 내지 않는 한 가지, 문제아로 알았는데 괜찮은 아이로 밝혀지면 부모는 안도하지만, 오래 품었던 분노는 어떻게 해야 하나?

지금도 데니는 괜찮은 게 아닐지 몰랐다. 애비는 데니에 대해 마음이 완전히 놓이지 않았다. 직장이 있어야 되지 않나? 대리 교사직? 아니 정식 교사를 해야지! 설마 집에서 거드는 것을 직업으로 삼을 수 있다고 생각하진 않겠지, 그럴 리는 없겠지? 혹시 그녀가 쥐어주는 푼돈—언제든 심부름을 보내면서 20달러짜리 두어 장을 주고 거스름돈을 요구하지 않았다—을 최저 임금이라고 할 수는 없겠지?

어제 애비는 아들에게 물었다.

"다른 짐들은 어떻게 했니? 집에 가져온 짐 말고 더 있을 게 아니냐. 짐을 창고에 보관했니?"

데니가 대답했다.

"아, 그건 아무 문제없어요. 예전 아파트에 보관되어 있어요."

"그러면 여전히 집세를 물어야 되는 거야?"

"아뇨. 차고 위의 방 한 칸인 걸요. 집주인 여자가 상관하지 않아요."

어리둥절하게 하는 말이었다. 집주인 여자가 어떤 사람이기에 세입자가 실제로 살지 않는다고 집세를 안 받는단 말인가? 정말이지 데니의 삶은…… 왠지 비정상적이었다.

혹은 데니의 삶은 완벽하게 정상인데, 아들과의 수많은 경험들로 인해 애비가 과민했다. 끝없이 사라지고, 반만 맞는 말을 하고 의심스런 알리바이를 댔으니까.

지난주 애비는 카드 몇 장을 사다줄 수 있는지 물으려고 데니의 방을 노크했다. 그녀는 들어오란 말을 들었다고 생각하고 안으로 들어갔지만 착각이었다. 데니는 휴대전화로 통화 중이었다.

그가 말했다.

"내가 어떻게 알겠어. 어떻게 해야 내 말을 믿게 할 수 있겠어?"

그러더니 데니는 애비를 쳐다보고 표정을 바꾸었다. 그가 애비에게 물었다.

"뭐가 필요하세요?"

"동화가 끝날 때까지 기다리마."

애비가 말했다.

"가봐야 해서."

데니는 전화기에 대고 말하고 너무 급하다싶게 전화를 뚝 끊었다.

 상대가 여성이라면 애비는 진심으로 반가웠다. 누구에게나 좋은 사람이 있어야 했다. 그런데 마음 한구석으로는 데니에게 이 사람에 대해 들은 적 없다는 게 속상할 수밖에 없었다. 왜 그는 매사 그렇게 비밀스러울까? 그랬다, 데니는 남의 비위를 거스르면서 쾌감을 느꼈다! 아니, 애비가 의미하는 것은 시류였다. 시류를 거스르는 것. 그것이 데니에게는 취미 같았다.

 가끔 데니 때문에 애를 태우느라 그녀도 모르게 다른 자식들이 손에서 빠져나가게 한 것 같았다. 자녀들을 방치하지는 않았지만, 데니에게 그러듯 눈에 불을 켜고 그들을 주시하지 않은 것은 사실이었다. 그런데도 무시당했다며 불평하는 자식은 데니였다!

 저번 날 애비는 우편물을 간추리는데 점점 데니가 자기 얘기를 하고 있는 것이 의식되었다.

 "음?"

 그녀는 무심히 대꾸하면서 편지 봉투를 뜯었다. 그러면서 '자산관리'라고 내뱉고는 실언을 후회했다.

 "못마땅한 말이지?"

 그러자 데니가 말했다.

 "엄마는 제 말을 듣지 않는군요, 젠장."

 "듣고 있다."

 "어릴 때 엄마를 납치하면 엄마의 관심을 통째로 받을 수 있을 거라는 공상에 젖어들곤 했어요."

데니가 그녀에게 말했다.

"아, 데니. 난 네게 무척 관심을 쏟았어! 아버지는 늘 너무 과하다고 나무라지."

데니가 어머니 쪽으로 고개를 기울였다.

애비는 데니에게 관심을 쏟았을 뿐 아니라, 속으로는 어느 자식보다 예뻐했다. 데니는 생명력이 넘쳤고 아주 강렬했다(솔직히 이따금 데니는 데인 퀸을 연상시켰다. 데인은 애비의 변심한 옛 애인이었고 몇 해 전 차사고로 목숨을 잃었다.). 또 데니는 예상치 못한 독특한 관점으로 그녀를 흐뭇하게 할 줄도 알았다. 지난달 손자들의 방에서 먼지가 많다는 소형 카펫을 걷어낼 때 데니는 잠시 일손을 멈추고 물었다.

"이 오리엔탈 카펫 짜는 사람들이 얼마나 자긍심이 강했는지 아세요? 그들은 신과 경쟁하지 않기 위해 일부러 실수를 하려 애써야 된다고 믿었거든요. 억지로 패턴을 망치지 않았다면 완벽하게 카펫을 짰을 거라며 으스댔죠!"

애비는 큰 소리로 웃었다.

그녀는 데니가 크면 언제나 왜 그리 화가 났는지 말하리라 기대했던 기억이 났다. 하지만 데니가 다 자라서 그녀가 묻자, 그는 이렇게 대답했었다.

"솔직히 말하면 나도 모르겠어요."

애비는 한숨을 쉬면서, 집 앞을 지나가는 남학생을 지켜보았다. 소년은 불룩한 백 팩을 매고 고개를 잔뜩 숙이고 있었다.

이 테라스는 길쭉할 뿐 아니라 깊었다. 쑥 들어간 폭이 작은 거실만 했다. 오래전 주부 노릇에 열성을 부리던 시절, 애비는 그네처럼 꿀 빛깔이 나는 금색 니스를 칠한 등 가구를 풀세트로 주문해서—낮은 테이블, 긴 의자, 1인용 안락의자 두 개—테라스 끝에 '대화할 수 있도록' 둥글게 배치했다. 하지만 다들 거리를 등지고 앉기 싫어해서 차츰 안락의자들이 긴 의자 옆으로 옮겨졌다. 사람들은 증기선 갑판의 승객들처럼 마주보지 않고 일렬로 도로를 보고 앉았다. 애비는 그 일이 집안에서 그녀의 역할을 드러낸다고 여겼다. 그녀가 계획을 세워도, 어떻게 상황을 끌어갈지 아이디어를 제시해도, 다들 아랑곳하지 않고 멋대로 했다.

그녀는 나무들 사이를 쳐다보다가 획 지나가는 허연 것을 보았다. 하이디가 털을 휘날리며 집으로 뛰어왔고, 노라가 우쭐대면서 이리저리 유모차를 밀면서 따라왔다. 애비는 생각할 겨를도 없이 젊은 여자처럼 힘차게 그네에서 일어나 집으로 들어갔다.

* * *

현관 복도에서는 여전히 커피와 토스트 냄새가 풍겼고 평소 애비는 늘 그 냄새를 아늑하게 느꼈지만 오늘은 폐쇄공포증 같은 느낌을 맛보았다. 곧장 계단으로 가서 민첩하게 위층으로 올라갔다. 현관 앞 계단에서 새미의 유모차가 탕탕 소리를 내면서 올려질 즈음 애비는 아래층에서 보이지 않았다.

서재 문—지금은 데니의 방—이 닫혀 있었고 그 안에서는 무거운 침묵이 흘렀다. 애비의 처음 예상과는 달리 데니의 일과표는 다시 정해지지 않았다. 그는 여전히 매일 밤 가장 늦게 잠들고 아침에 가장 늦게 일어났다. 10시나 11시에 올리브 색깔 티셔츠와 후줄근한 카키색 바지를 입은 너절한 차림으로 나타났다. 얼굴에는 베개 자국이 있고 기름 낀 머리는 늘어졌다. 그 꼴이라니.

지난주 도예수업 시간에 애비는 리에게 물었다.

"'당신의 행복 수치는 가장 불행한 자녀의 행복 수치와 똑같다'라고 말한 게 누구였더라?"

"소크라테스."

리가 얼른 대답했다.

"정말이야? 미셸 오바마가 한 말인 줄 알았는데."

리가 인정했다.

"솔직히 누가 한 말인지 모르지만, 장담컨대 미셸 오바마보다 훨씬 오래전에 통했던 말일걸."

아침에 일어나면 기분이 괜찮다가도 갑자기 이런 생각이 들었다. '뭔가 맞지 않아. 어딘가 뭔가 빠졌는데 그게 뭘까?' 그러다가 기억했다. 그게 자식임을, 행복하지 않은 그 아이임을.

애비는 손자들의 침실 문을 닫으려고 복도를 지났다. 방에는 옷이며 수건, 장난감 조각들이 나뒹굴었다. 신발을 벗고 우연히 레고 조각을 밟으니 발꿈치가 아팠다. 그녀는 안방으로 돌아가서 소리 나지 않게 문을 닫았다.

침대는 아직 정리되지 않은 상태였다. 아침에 노라와 손자들이 내려오기 전에 한갓지게 식사하고 싶어서 침대를 그대로 두고 부엌으로 내려갔었다(아이고, 어린아이들이 매일 새롭게 발산하는…… 사람을 지치게 하는 열기라니!). 이제 그녀는 이불을 끌어당기고 목욕 가운을 걸고, 레드의 파자마를 개켜서 그의 베개 밑에 넣었다. 주중에 레드는 어둠 속에서 옷을 갈아입고 늘 파자마를 내던지고 방을 나섰다.

방들 중 이 방을 거쳐간 사람들의 수가 가장 적었다. 브릴 씨 내외, 다음에 주니어와 리니, 그 다음에 레드와 애비. 구석에 놓인 화장대는 브릴 내외가 쓰던 것이었다. 사실 그들이 이사한 시내 아파트에 두기에는 화장대가 너무 컸다. 또 다른 가구는 주니어와 리니가 쓰던 것이었다. 하지만 장식품들은 애비의 물건이었다. 그녀가 어린 시절부터 간직한 어린 소녀 뒤에 수호천사가 있는 칼라 프린트 액자, 어머니에게 물려받은 벨벳 패드가 든 유리 슬리퍼 모양의 바늘 쿠션(핀과 바늘을 고정시키는 바늘꽂이), 연애 시절 레드가 준 험멜(도자기 인형 브랜드) 바이올리니스트 소년 인형 등.

아래층에서 노라의 말소리가 들렸지만 소리가 낮아서 무슨 말인지 알아들을 수가 없었다. 새미가 까르르 웃는 소리도 났다. 잠시 후 안방 문을 긁는 소리가 났다. 애비가 문을 여니 클레런스가 쑥 들어왔다.

애비가 말했다.

"안다, 아가. 거기 아래층이 너무 시끄럽지."

개는 몇 차례 카펫 위를 맴돌다가 엎드렸다. 착한 클레런스. 브렌다. 누구든. 성가시더라도 멈추고 생각을 해보면 애비도 브렌다라는 것을 알았다.

그녀는 닥터 위스에게 말할 것이다.

"막 잠 드는데 크게 잘못 된 게 머리에 떠오르는 거예요. 그런 일을 당해본 적 있어요? 아주 명확한 생각을 하다가 갑자기 완전히 '다른' 비합리적이고 무관한 생각에 빠지고, 아까 한 생각으로 되짚어 돌아갈 수가 없어요. 그저 지쳐서 그러려니 짐작하죠. 그러니까 한 5년이나 10년 전. 그래요, 내가 늙기 오래 전이죠. 다음 날 아침에 약속이 있어서 밤늦게 해변을 떠나 운전해서 집으로 가야 했어요. 그런데 문득 워싱턴디씨의 아주 으스스한 동네에 와 있는 것을 안 거지요. 그런데 맹세코 난 베이 다리를 건너지 않고 거기까지 간 거였어요! 어떻게 그랬는지는 지금도 모르겠어요. 오늘날까지도 모르겠다니까요. 난 지쳤고 그게 다였죠. 그게 전부였어요."

혹은 지난 12월 그녀와 레드는 맥카시 부부에게 크리스마스 음악회 초대를 받았다. 그 자리에는 맥카시 부부의 친구들도 있었고, 애비는 우연히 옆에 앉은 남자와 무척 수다를 떨고 비밀을 털어놓았다. 그러다 차츰차츰 그가 전혀 모르는 사람이며, 맥카시 부부와 아무 관계가 없다는 게 의식되었다. 당연히 그는 애비를 미쳤다고 생각할 터였다. 띄엄띄엄 이어지는 것, 바로 그것이었다. 어떻게 그렇게 되는지.

애비는 닥터 위스에게 말할 것이다.

"그리고 시간. 흠, 시간에 대해 아시죠. 어릴 때는 시간이 너무 더디 흐르지만 일단 어른이 되면 점점 빨리 지나가죠. 글쎄, 이제는 시간이 그저 흐릿하기만 해요. 더 이상 시간의 흐름을 따라갈 수가 없네요! 하지만 시간은 뭐랄까…… 균형이 잡힌 것 같아요. 젊은 시절은 평생에서 아주 짧지만 그런데도 젊음이 영원히 지속될 것 같지요. 그러다가 늙은 세월은 아주 길지만, 그 때는 시간이 가장 빨리 흐르죠. 그러니까 결국에는 똑같아지죠, 안 그런가요?"

애비는 노라가 계단을 올라오는 소리를 들었다. 노라의 말소리가 들렸다.

"안 돼요, 멍청이 어린이. 쿠키는 디저트로 먹는 거예요."

노라는 당당한 걸음으로 아이들 방으로 향했고, 운동화를 신은 새미의 발소리가 뒤따랐다.

뭐가 잘못 되어서 애비는 깨 있는 매 순간을 손자들과 보내려고 애쓰지 않을까? 그녀는 아이들을 정말 사랑했다. 사랑이 깊어서 손주들을 볼 때마다 팔 안쪽이 허전하게 느껴질 정도였다. 아이들을 당겨서 꼭 안고 싶어서 가슴이 먹먹했다. 셋이 몰려다녀서 항상 한 덩어리로 취급받았지만, 애비는 세 아이가 각기 어떻게 다른지 알았다. 피티는 걱정이 많은 아이였고, 동생들에게 대장처럼 굴었지만 성격이 못되서가 아니라 보호하고 감시하려는 마음 때문이었다. 타미는 아빠의 밝은 성품과 중재하는 능력을 물려받았다. 새미는 그녀의 귀염둥이였고, 아직도 오렌지주스와 오줌 냄새를 풍기고 달라붙기를 좋아했다. 할머니에게 책을 읽어달라고 했다. 더 큰 손주들도 있었다. 수전은 굉장히 진지하고 상냥하고 얌전하게 처신했고—그 아이는 문제가 없는 걸까?—뎁은 영락없이 그 나이 때의 애비여서 강단 있고 꼬치꼬치 파고들었다. 어설프고 억지로 꾸미는 것 같은 딱한 알렉산더는 그녀의 애를 태웠다. 마지막으로 엘리스는 너무 달라서, 완전히 다른 부류여서 애비는 이 아이를 가까이서 볼 수 있는 것을 특권으로 여겼다.

하지만 같이 부대끼며 손주들을 바라보는 것보다는 멀찍이서 바라보는 게 더 쉬웠다.

위층 복도가 다시 조용했다. 애비는 문고리를 조금씩 돌려서 문을 조금만 열고 빠져나왔다. 개가 코로 문틈을 더 벌려서 쫓아나와 쿵쿵대자, 애비는 찌푸리면서 손주들 방 쪽을 힐끗 쳐다봤다.

애비는 계단을 내려와 현관문으로 가서 바깥 테라스로 나갔다. 그러다가 어떤 생각이 떠올라서 우뚝 멈추었다. 그녀는 집 안으로 손을 넣어서 문 바로 옆에 걸려 있는 목줄을 꺼냈다. 클라렌스는 좋아서 테라스로 나와 애비 뒤에 섰고, 집 안쪽 깊숙이에서 하이디가 샘나서 짖는 소리가 들렸다. 넌 슬퍼하고 있거라, 하이디. 애비는 과하게 흥분할 수 있는 개들이 달갑지 않았다.

그녀는 판석 깔린 진입로에 멈춰 서서 클라렌스의 목에 줄을 끼웠다. 요즘 사람들이 선호하는 감고 푸는 목줄이 아니라 옛날식 짧은 줄이었다. 엄격히 말하면 클라렌스는 목줄이 필요하지 않았다. 클라렌스는 워낙 굼뜨고 답답하고 무심하게 순종했다. 하지만 아주 작은 개들한테는 야멸차게 성질을 부렸다. 작은 개들이 클라렌스에게 예전 강아지 시절의 적극성을 불러일으키는 것 같았다.

애비가 개에게 말했다.

"우린 멀리 가지 않을 거야. 너무 희망을 갖지 말렴."

관절이 뻣뻣하게 움직이는 것을 보자 개에게 한두 블록 이상은 무리라는 생각이 들었다.

그들은 거리로 나서자 왼쪽으로 돌았다. 리의 집과 반대 방향이었다. 애비는 리를 만나는 게 싫지는 않았지만, 그때 애비가 잠깐 사라졌던 후여서 리는 그녀가 혼자 걷는 것을 보면 불안해할 터였다. 또 애비는 혼자 걷는 게 좋았다. 그래, 이렇게 밖으로 나오니 참 좋았다, 새처럼 자유로웠다. 그녀 때문에 '우리가 엄마를 어떻게 할까?'란 말로 하지 않는 걱정이 떠돌아다니지 않으니 좋았다! 애비는 아는 사람은 아무도 마주치지 않기를 바랐다

가끔 산책길에 나서면 원래 가족들 중에서 그녀만 남았다는 생각이 떠오르곤 했다. 애비가 그들 없이 세상을 혼자 헤쳐나갈 줄 누가 상상이나 했을까? 침실에 걸린 그림 액자를 다시 떠올렸다. 우뚝 선 거대한 나무 아래 오솔길을 걸어가는 한 아이, 그 뒤에서 수호천사가 지켜주며 따라가고 있었다. 하지만 애비는 천사가 있다고 믿지 않았고, 일곱 살 때부터 그랬다. 아니, 그녀는 완전히 혼자였다.

예전에는 어디 가든 적어도 한 아이를 데리고 다녔다. 그것은 위로가 되면서 동시에 지치는 일이었다. '손? 손?' 그녀는 길을 건너기 전에는 꼭 그렇게 말하곤 했다. 이제 그 광경이 분명하게 다가왔다. 옆으로 내린 그녀의 손에 아이의 뻣뻣한 팔이 닿을 때 조막만한 손이 그녀의 손을 꼭 잡으리라는 확실한 기대감이 느껴졌는데.

클라렌스는 다람쥐를 봤지만 한눈 팔지 않고 계속 따라왔다.

"나도 찬성이야. 다람쥐는 네 상대가 안 되지."

애비가 개에게 말했다. 그러더니 가슴 위쪽의 푹신한 곳을 조사하듯 두드렸다. 집을 나서기 전에 현관 열쇠를 목에 걸 생각을 했던가? 아니, 하지만 상관없었다. 문은 수동으로 잠겼다. 그리고 필요하면 언제라도 노라가 문을 열어줄 텐데 뭘.

그녀가 아는 비밀이 더 있었지만 누구에게 들은 이야기가 아니었다. 바로 최근에 스템이 어릴 때 아빠가 불러줬다고 기억하는 자장가가 '염소와 기차'일 가능성이 크다는 생각이 떠올랐다. 애비는 어릴 때 벌 이브스가 부른 그 노래의 음반을 갖고 있었다. 스템에게 그 이야기를 해줘야 될까? 오랜 세월이 흐른 후 노래를 다시 들으면 스템에게 황홀한 순간일 수도 있는데. 하지만 그는 애비가 눈치 없이 자신이 휘트생크가 아니라는 사실을 상기시킨다고 생각할 수도 있었다. 아니면 애비가 함구하는 것은 더 이기적인 이유 때문이었다. 어쩌면 그녀는 자신이 처음이자 하나뿐인 엄마가 아니라는 사실을 스템이 잊기를 바랐다.

해변에서 다툰 이후 스템과 데니는 서로 억지 예의를 차렸다. 누가 보면 모르는 사람들로 여길 정도였다.

"데니, 마지막 닭고기를 먹을래?"

스템이 물으면 데니는 이렇게 대답했다.

"네가 먹도록 해."

애비는 두 아들에게 속지 않았다. 그들은 대기실에서 처음

본 남남처럼 살 수 있을 것이다. 그녀는 사이가 좋아지리라는 희망을 잃기 시작했다.

세상에, 해변 집에서는 늘 마지막에 사건이 벌어지는 것 같았다. 애비가 휴가를 겁낼 만도 했다! 그런 내색을 하지는 않았지만.

올 여름 여행에서 집으로 돌아오는 길에 그녀는 남편에게 물었다.

"우리가 뭐가 잘못되었을까요? 예전에는 정말 행복한 가족이었는데! 그렇지 않았어요?"

"내가 기억하는 한은 그랬지."

레드가 대답했었다.

"극장에서 다같이 키득댔던 때를 기억해요?"

"흠, 글쎄……"

"서부영화였는데 주인공의 말이 우리를 빤히 노려봤어요. 정면으로 보면서 귀리를 먹는데, 어적어적 씹을 때 양쪽 턱 근육이 안에 작은 공이 든 것처럼 울룩불룩 튀어나왔죠. 어찌나 멍청해 보이던지! 기억나요? 다같이 와락 웃었어요. 가족 모두 동시에. 그러자 다른 관객들이 의아한 표정으로 우리를 쳐다봤죠."

"내가 거기 있었나?"

레드가 아내에게 물었다.

"당신도 거기 있었지요. 당신도 웃음을 터뜨렸어요."

어쩌면 레드가 잊은 것은 가족의 행복이 특별한 게 아니어서였다. 반면 애비는…… 그랬다, 그녀가 안절부절못한다는 게 맞았다. 애비는 자신의 가족이 여느 불만투성이 엉망진창인 '보통' 가족이라고 생각하는 것을 견딜 수가 없었다.

어느 밤 침대에 누웠지만 부부가 다 잠을 못 이루자, 애비가 물었다.

"딱 한 가지 소원이 이루어진다면 당신은 어떤 소원을 말할래요?"

"글쎄, 모르겠네."

"난 자식들이 멋진 인생을 살게 해달라고 빌 거예요."

"뭐 그것도 좋지."

"당신은요?"

"글쎄, '하트포드 건축'이 파산해서 나보다 낮은 공사가로 입찰하지 않기를 바랄 것 같은데."

레드가 대답했다.

"레드! 당신 정말!"

"뭐?"

"어떻게 자식들의 행복을 최우선으로 하지 않을 수 있죠?"

애비가 남편에게 따졌다.

"나도 그걸 우선으로 하지. 하지만 이미 당신이 소원으로 그걸 해결했잖아."

"세상에."

애비가 중얼거리고 휙 왼쪽으로 돌아 남편을 등지고 누웠다.

레드 역시 늙고 있었다. 그녀만 늙는 게 아니었다. 레드는 돋보기가 콧잔등 아래로 흘러내려 그의 부친과 비슷해 보였다. 제대로 안 들리면 '어?'라고 물어대는 것은 어디서 나왔을까? 마치 레드는 어떤 역할을 연기하는 것 같았다. 그는 그 나이에는 그런 어투로 말해야 된다고 생각했다. 또 이따금 생뚱맞은 말을 했다. 예를 들면 새 모이통에 앉은 빨간 새를 '주홍색 십대'라고 표현했다. 그것 역시 청력과 관계 있겠지만, 그래도 애비는 걱정하지 않을 수 없었다. 최근에 그녀는 판매원이 레드에게 거들먹거리면서 과하게 큰 소리로 간단한 단어만 써서 말하는 광경을 보았다. 그들은 레드를 평범한 더듬대는 늙다리로 취급했다. 그것을 보자 그녀의 가슴이 미어졌다.

소위 요즘 노인들도 한때는 대마초를 피우고 머리에 반다나(목이나 머리에 두르는 화려한 색상의 스카프)를 두르고 백악관 앞에서 시위했다는 사실을 아무도 기억하지 않을까? 아만다는 어머니가 '쿨하다'라는 말을 하면 한소리 했지만(딸은 '난 나이든 세대가 젊은 애들 말을 흉내내는 게 질색이에요'라고 쏘아붙였다.) '쿨하다'라는 말은 애비가 젊은 시절에도 쓰던 표현이라는 것을 모를까? 하물며 그전에도 쓰던 말인데?

그녀는 늙어 '보이는' 것은 상관없었다. 그것은 애비의 진짜 걱정거리가 아니었다. 얼굴이 점점 푸석해지고 몸은 탄력 없이 늘어졌지만, 가족 앨범을 보면 젊은 모습도 매력 없고 상당히 왜소해 보인다는 생각이 들었다. 초췌하고 마른 모습이 굶주린 사람 같았다. 옛날 사진 속의 레드는 목이 너무 길고 목젖이 툭 튀어나와 무척 허약해 보였다. 그 시절이나 지금이나 체중이 똑같았지만 이제는 왠지 더 단단해진 인상을 풍겼다.

　남편이 괴팍한 괴짜 노인처럼 처신할 때마다 애비는 나름의 요령을 동원했다. 그녀는 레드에게 반했던 그날을 떠올렸다. '노란색과 초록색이 넘실대는 산들바람 부는 아름다운 오후였지'로 이야기를 시작하면, 모든 게 그녀를 그 시간으로 데려갔다. 그 새로움, 온통 새로운 세계가 마법같이 열렸던 그때, 오랫동안 감정 없이 지나친 이 남자가 실은 보석임을 처음 깨달은 그 순간으로. 레드는 완벽했다고 애비는 자신에게 말했다. 그러면 처지고 주름진 레드의 얼굴에서 맑은 눈과 침착한 표정의 소년이 빛났다. 주글주글한 눈꺼풀, 홀쭉한 뺨, 양쪽 입가에 깊게 패인 주름, 평소의 둔감함, 고집불통, 단순하고 냉정한 논리만이 인생의 문제를 해결할 수 있다는 답답한 신념이 싹 사라졌다. 그러면 애비는 결국 그 사람을 만난 게 말할 수 없는 행운이라고 느끼곤 했다.

＊ ＊ ＊

　애비는 걸으면서 노래했다.
　"'염소 한 마리 샀지. 염소 이름은 짐이었어'"
　그러다가 노래를 멈추었다. 저만치 앞에서 다가오는 사람이 보였다. 하지만 그가 모퉁이에서 왼쪽으로 돌자 애비는 다시 노래하기 시작했다.
　"'나는 염소를……'"
　클라렌스가 옆에서 조용히 걸으면서 이따금 우연히 혹은

일부러 그녀의 무릎에 몸을 부딪쳤다.

 노래가사는 단순한 산문구절보다 훨씬 오래 기억에 남는 게 흥미롭지 않은가! 십대 시절 부르던 노래들만—'탐 둘리' '마이클, 배를 저어'—그런 게 아니었다. 어린 시절의 짤막한 노래들도—'화이트 코럴 벨스' '굿모닝, 메리 선샤인' '하이킹할 때 우린 행복해', 어머니가 부르던 '내가 내려가서 문을 열어줄게'를 비롯해 '바다 건너 조니, 바다 너머 조니……' 같은 줄넘기할 때 외우는 구절도—마찬가지였다. 운율만 맞으면 기억이 오래 가는 것 같았다. 운율이 머릿속에 가사를 새겼다. 치과예약도, 중요한 연례 행사일도 운율로 만들면 안 잊을 텐데. 사실 인생의 의미있는 행사들 모두 그러면 좋을 것을! 도중에 날짜를 잊을 경우 기억나는 대로 노래를 시작하면—첫 구절에서 확실히—잊었던 부분이 얼른 떠오를 거야.

 애비는 외할아버지가 결국 치매를 앓았기 때문에 건망증이 심해질까 걱정하곤 했다. 하지만 그 문제는 해당 사항이 없는 것으로 밝혀졌다. 애비가 대부분의 친구들보다 기억력이 좋다는 데는 이견의 여지가 없었다. 뭐 지난주만 해도 캐럴 던이 전화해서는 애비가 전화를 받자 아무 말도 하지 않았다.

"여보세요?"

애비가 다시 말하자 캐럴이 중얼댔다.

"누구한테 전화했는지 잊었네요."

"나 애비야."

애비가 말하자 캐럴이 대답했다.

"아, 그래, 애비구나! 어떻게 지내? 아이구야, 이래서야 내 머리통이 달려 있는지도 잊겠네. 그런데 다른 사람한테 전화한 거였어."

캐럴은 전화를 뚝 끊었다.

또 리는 계속해서 사물의 이름을 잊어버렸다.

"다음 여름에 내가 심으려는 꽃이…… 메릴랜드 주의 꽃인데……"

애비가 말했다.

"노랑데이지?"

"그래, 맞다!"

항상 여백을 메우는 사람은 애비였다. 그것도 닥터 위스에게 말해야겠지.

그녀는 의사에게 말하리라.

"어떤 면에서는 기억력이 젊을 때보다 지금 더 좋아요. 기가 막힐 정도로 세세한 부분이 불쑥 떠오르는 거예요! 사소한 일들, 아주 작은 사건들. 저번 날에는 결혼선물로 받은 코닝웨어 냄비의 손잡이를 돌릴 때 손목을 비트는 느낌이 정확히 기억났어요. 손잡이 하나를 모든 냄비에 끼워서 쓰는 코닝웨어 냄비세트가 있었거든요. 그게 거의 50년 전이에요! 더구나 그 냄비세트를 얼마 쓰지도 않았죠. 계속 바닥에 음식이 눌어붙었거든요. 누가 그런 걸 기억할 수 있겠어요?"

어머니가 매일 저녁 냄비로 요리하면서 다진 양파와 고추를 태울 때 풍기는 매캐하고 얼얼하고 기운 빠지게 하는 냄새가 문득 코끝을 스치기도 했다. 걸음마를 뗀 아기였던 애비는 배고프고 피곤하고 흔한 오후의 짜증 때문에 칭얼댔다. 오래전 29번 전차가 로랜드 대로에서 정차할 필요가 없어서 쌩하니 달릴 때 철조망이 흔들리던 소리도 들었다. 또 어릴 때 키우던 개 빙키가 추운 밤에 몸을 녹이려고 코 위에 양쪽 발을 포개고 자던 기억이 갑자기 툭 차고 나왔다. 시간여행을 하는 것과 똑같았다. 타임머신을 타고 흔들리면서 창문 밖으로 특별한 순서 없이 스치는 풍경들을 내다보았다. 한 가지 이야기 다음에 다른 이야기. 하긴 그녀의 인생에는 수많은 사연들이 있었다! 휘트생크 집안이 왜 딱 두 가지 이야기만 주장하는지 애비는 알 수가 없었다. 왜 자기를 설명하는 데 고작 몇 가지 사연만 선택할까? 애비는 사연들이 차고 넘치는 사람이었다.

오랜 세월 인생이 손가락 사이로 빠져나가게 내버려둬서 애달팠다. 그녀는 다른 기회가 생긴다면 더 신경 써서 인생을 경험하겠노라 중얼댔다. 그런데 최근에 그녀가 인생을 다 경험했지만 잊었을 뿐이라는 것을 알았고, 이제 그 기억이 돌아오고 있었다.

여기가 어느 거리지? 애비는 이제껏 주의를 기울이지 않았다.

보도에서 걸음을 멈추고 주위를 둘러보았다. 클라렌스는 주저앉아 있었다. 왼쪽에 늘 새로 칠한 것 같은 아름다운 목련 거목이 있는 허치슨의 집이 있었다. 이렇게 멀리 걸어왔다는 사실이 놀라웠다. 지금쯤 클라렌스가 걷지 않으려고 해야 당연할 텐데. 애비가 쭈쭈 소리를 내자 개가 어깨에 세상의 짐을 다 진 것처럼 신음하며 일어나, 바닥에 닿을 정도로 고개를 숙였다.

"이제 집에 가자꾸나. 가서 실컷 자면 되지."

애비가 개에게 말했다.

그런데 바로 그 순간—어떻게 이런 일이 일어날 수 있을까?—쥐방울만한 치와와 한 마리가 인도를 휙 지나 길을 건넜다. 개 주인이 아무 데도 보이지 않았고, 목줄도 없고 목걸이조차 없었다. 곧장 클라렌스가 기운 없는 모습은 모두 쇼였다는 듯 벌떡 일어나서 우스꽝스럽게 으르렁대면서 달려나갔다. 애비가 손에 쥔 목줄이 끌려갔다. 그녀는 클라렌스의 일생이 흘러가는 것을 볼 수 있었다. 새끼 때 부드럽고 볼록한 배와 큼직한 발, 침 범벅이 된 테니스공을 던지면서 놀기 좋아했던 것, 아이들이 학교에서 돌아오면 기분이 좋아서 넋이 나가던 모습.

"클라렌스!"

애비가 날카롭게 불렀지만 개는 아랑곳하지 않았고, 그녀는 개를 쫓아 도로로 나갔다. 그런데 뭔지 알아볼 수 없는 물체가—예상하지 못한 크고 날렵한 쇠붙이 같은 것이—애비를 향해 달려왔다.

'아! 허, 이건……' 그녀는 생각했다.

그리고 그게 끝이었다.

7

휘트섕크 사람들은 죽지 않는다는 게 가족의 일반적인 신념이었다. 물론 이런 말을 입 밖에 내지는 않았다. 그런 말을 했다면 주제넘어 보였겠지. 누군가가 결국 주니어와 리니가 죽었는데 무슨 말이냐고 지적했겠지. 하지만 그건 아주 오래전의 일이었고, 그들의 죽음을 직접 겪은 사람들 중 생존한 사람은 레드가 유일했다(아무도 메릭을 집안사람으로 치지 않았다.). 또 지금 레드는 본래의 그가 아니었다. 그저 그의 껍데기에 불과했다. 면도를 하지 않고 허망한 눈빛으로 슬리퍼를 신고 돌아다녔다. 하루 종일 말할 기운이 없는 듯했고, 결국 또 보청기를 끼지 않았음이 밝혀졌다.

애비는 화요일에 죽었고, 수요일에 평소 그녀의 바람대로 화장되었다. 하지만 장례식은 다음 주 월요일이 되어야 열릴 터였다. 가족이 마음을 추스르고 장례식 이후의 상황을 정확히 가늠하기 위해 날짜를 늦추었다. 노라를 제외하면 가족 누구도 상을 치른 경험이 없었고, 노라는 배경이 워낙 달라서 사실 별로 도움이 되지 못했다.

하지만 장례식을 너무 오래 미룬 게 실수였다. 온가족이 이도저도 아닌 상황에서 허우적댄다는 뜻이었으니까. 그들은 얼쩡대면서 커피를 마시고 전화를 받고, 한숨을 쉬고 다투고, 이웃들에게 음식 부조를 받았다. 애비의 코믹한 일화들을 말하다가 결국 웃음 대신 울음으로 이야기를 마쳤다. 아만다와 지니에게 위로가 필요했기에 남편들이 와 있었다. 스템은 가끔 휴대폰으로 업무와 관련된 통화를 했지만, 레드는 뭐가 문제냐고 물어볼 엄두조차 내지 않았다. 손주들은 평소처럼 학교에 갔지만 오후에 집에 모여서 어리둥절하고 충격받은 표정을 지었다. 반면 종일 어른들 속에서 지내는 새미는 약간 넋이 나간 것 같았다. 아이는 변기 사용을 중단했고—가장 좋은 상황에서도 배변 훈련은 까다롭다—유난히 짜증을 내기 시작했다. 노라가 지나치게 차분한 말투로 왜 그리 속상하냐고 물으면, 새미는 클라렌스를 데려오라고 대답했다. 이 말에 가족 모두 불편해서 몸을 뒤척였다.

노라가 막내아들에게 말했다.

"브렌다를 말하는 거지. 브렌다는 예수님과 함께 있는걸."

"클라렌스를 예수님한테서 데리고 오면 좋겠어."

"브렌다. 브렌다가 돌아오길 바라는구나. 하지만 브렌다는 거기서 더 행복하단다."

노라가 달랬다.

"브렌다는 늙었어, 이 친구야."

스템이 거들었다.

방에 어색한 침묵이 내려앉았다. 하지만 다행히 새미는 그 일의 연관성을 이해하지 못했다. 아이는 할머니는 한 번도 안 찾았다. 애비가 새미가 가장 좋아하는, 지긋지긋하게 따분한 공룡 책을 반복해서 몇 시간씩 읽어주었는데도 그랬다.

애비가 노래를 흥얼거렸다고 루이사 허치슨은 말했다. 차 사고 소리를 듣고 거리로 뛰쳐나와 911에 신고하고 나중에 가족에게 연락해준 사람이 루이사였다. 애비가 신분증을 갖고 있지 않았으니 루이사가 거기 있어서 다행이었다.

"애비는 노래하면서 우리 집 쪽으로 걸어왔고, 나는 앞쪽 창으로 다가가면서 남편에게 '누군가 기분이 좋은가 봐요'라고 말했죠. 애비의 노래를 들어본 적이 없어서 그 사람이 애비인 줄은 몰랐어요."

"노래라니!"

지니와 스템이 동시에 중얼댔다. 지니가 물었다.

"무슨 노래였는데요?"

"염소 어쩌고 하는 건데 무슨 노래인지 모르겠네."

지니가 스템을 쳐다보았다. 그는 어깨를 으쓱했다.

루이사가 말했다.

"애비가 쓰러진 곳에서 제법 먼 곳에 개가 쓰러져 있었어요. 틀림없이 클라렌스가 튕겨나갔을 거예요. 운전자가 개를 발견했지요, 딱한 여자 같으니. 넋이 나갔더라고. 그녀는 차가 가로등을 들이받은 곳 근처에 쓰러진 클라렌스를 보았죠.

애비가 클라렌스를 보지 않은 게 다행이에요."

"브렌다예요."

지니가 말했다.

"네?"

"개가 브렌다였다고요."

"아, 미안해요."

"나이가 많았어요. 개 말이에요. 오래 잘 살았지요."

지니가 말했다.

"그렇다고 해도."

루이사가 대꾸했다.

그녀는 가져온 캐서롤(식탁에 올리는 뚜껑 있는 냄비나 이 냄비를 사용한 찜 요리)을 들어 보이면서, 혹시 신경 쓰는 사람이 있다면 글루텐프리로 만들었다고 말했다.

어쩌다 애비가 가족이 모르게 집을 빠져나가서 노래를 부르면서 동네를 활보했는지 누가 설명해줬으면! 루이사가 돌아가자, 그런 생각을 입 밖으로 낸 사람은 아만다밖에 없었지만 다들 똑같은 의문을 가졌다. 그들은 거실에 힘없이 모여 앉았다. 낯선 방향에서 햇빛이 들어왔다. 주중 아침에 뒤쪽 창으로 빛이 들었고, 평소라면 이 시간에 가족들은 직장에 있어야 마땅했다.

"나 쳐다보지 말아. 그 시간에 난 아직 깨지도 않았으니까."

데니가 아만다에게 말했다. 그는 괴로운 표정을 짓고 입을 여는 노라의 말을 끊었다.

노라가 말했다.

"나 자신에게 묻고 또 물어봤어요. 얼마나 여러 번 물어봤는지 몰라요. 아이들을 데리고 학교로 출발할 때, 애비는 현관 밖 테라스에 앉아 계셨어. 내가 돌아와 보니 안 계셨지. 하지만 브렌다는 집에 있었거든. 그러면 휘트생크 어머니는 어디 계셨을까? 위층 안방에? 뒷마당에 계셨나? 어떻게 나 모르게 산책을 나가셨을까?"

"저기, 올케가 매 순간 지켜볼 수 있었던 것도 아닌데 뭘."

지니가 말했다.

"하지만 그래야 했는데 후회스럽네요! 결과적으로 그렇게 했어야 했어요. 너무 너무 속상해요. 어머니와 제가 특별한 유대 관계였던 걸 아시죠. 저 자신을 용서하지 않을 거예요."

"저기, 여보."

스템이 말했다.

그것은 위로해야 할 때 스템이 할 수 있는 전부였다. 하지만 노라는 고마워하는 눈치였다. 그녀는 눈물이 그렁그렁한 눈으로 남편에게 미소 지었다.

데니가 말했다.

"우리가 무슨 독심술사인가요. 어머니가 산책하고 싶다고 우리에게 말했어야 해요. 어머넌 그런 식으로 나가버릴 권리가 없었다구요!"

다들 본래 모습대로였다. 데니는 화내고 노라는 후회하고, 아만다는 비난할 대상을 찾고 있었다.

아만다가 데니에게 물었다.

"엄마가 너한테 어떻게 말할 수 있었겠어, 넌 침대에서 코를 긁고 있는데?"

"이거 참!"

데니가 등을 젖히고 양손을 들면서 말했다.

아만다가 말했다.

"누가 들으면 네가 고된 노동으로 곯아떨어진 줄 알겠네."

"하긴 누나도 여기 와서 뼈 빠지게 일하는 건 아니지."

"그만해, 두 사람 다! 주제가 삼천포로 빠지잖아."

지니가 말했다.

"주제가 뭔데?"

아만다의 휴가 물었다.

"엄마가 장례식에서 '굿 바이브레이션스'가 연주되기를 바랐던 게 영 마음에 걸려."

"뭐야?"

휴가 반문했다.

"엄마는 그런 말을 하곤 했어요. 그랬지, 언니?"

아만다가 울기 시작하는 바람에 대답을 못하자 데니가 끼어들었다.

"설마 진심이 아니었겠지."

"엄마의 지침서를 찾아야 해. 내 기억에 엄마가 몇 가지 적어두셨어."

"아버지? 엄마가 쓴 지침서가 어디 있는지 아세요?"

스템이 물었다.

레드는 무릎에 양손을 내려놓고 허공을 응시했다. 그가 말했다.

떠나지 마세요 283

"어?"

"엄마의 장례 지침서요. 어디 뒀는지 엄마한테 들으셨어요?"

레드는 고개를 저었다.

"엄마 서재를 뒤져봐야겠네."

스템이 다른 가족들에게 말했다.

노라가 말했다.

"서재에 없을 거예요. 아주버님이 집에 돌아왔을 때 애비가 그 선반들을 비우셨거든요. 휘트생크 아버님의 책상서랍을 빌려야겠다고 하셨어요."

"그래! 애비가 그랬지. 내 서랍 하나에 자기 물건을 넣어도 되냐고 물었어."

아만다가 허리를 더 꼿꼿이 펴고 휴지로 콧잔등을 두드렸다. 그녀가 얼른 말했다.

"거기를 찾아보자. 그리고 지니, 엄마가 진심으로 '굿 바이 브레이션스'를 원하신 게 아닐 거야. 장례식을 진짜로 치러야 될 때는 아니겠지."

"그렇다면 언니는 엄마를 잘 모르는 게 분명해."

지니가 대답했다.

"난 엄마가 '놀라운 은총'을 연주하라고 요구했을까, 그것만 걱정이야."

"난 '놀라운 은총'이 좋은데."

스템이 온화하게 말했다.

"나도 그랬어, 그 노래가 진부해지기 전까지는."

"나한테는 진부하지 않은데."

아만다는 천장을 쳐다보았다.

* * *

점심시간에 가족은 음식을 만들지 않고 냉장고를 뒤졌다.

"죄다 캐서롤이고 다른 건 찾을 수가 없네."

데니가 불평하자 아만다가 말했다.

"흥미롭지 않아? 누군가 죽으면 술을 가져오는 사람은 없는 것 같아, 다들 그걸 눈치챘어? 맥주 한 상자 가져오면 어때서? 진짜 괜찮은 와인이라든가? 너나없이 지겹게 캐서롤만 들고 오는데 요즘 누가 캐서롤을 먹지?"

"저는 캐서롤을 먹는걸요. 1주일에 몇 번씩 상에 올리죠."

노라가 아만다에게 말했다.

아만다는 데니를 멋쩍게 힐끗 볼 뿐 아무 대꾸도 하지 않았다.

지니가 생각에 잠겨서 말했다.

"오늘 아침에 잠이 깨면서 옆집 사람들을 생각했어. 해변의 옆집 사람들 말이야. 내년 여름 그들은 서로 말하겠지. '어머나, 저것 봐! 이제 저 집에 어머니가 없네!'"

"우린 계속 해변에 가게 될까?"

스템이 물었다.

아만다가 그에게 말했다.

"당연히 갈 거야. 엄마는 우리가 그러기를 기대하실 거야.

만일 우리가 가지 않으면 엄마는 기절초풍하실 걸!"

침묵이 흘렀다. 그러다 지니가 양손에 얼굴을 묻고 흐느꼈다.

노라가 일어나 식탁을 돌아가서 지니의 어깨를 쓰다듬었다. 새미가 엄마 엉덩이에 달라붙었다. 새미는 비껴 서서 작은 고모를 흥미롭게 바라보았다.

노라가 그녀를 달랬다.

"자, 자. 더 나아질 거예요, 제가 장담해요. 신은 우리가 감당할 수 있는 만큼만 주세요."

지니는 더 서럽게 울었다.

"실은 그건 사실이 아니죠."

데니가 격의 없는 말투로 말했다. 그는 팔짱을 끼고 냉장고에 기대 서 있었다.

노라는 여전히 지니의 어깨를 쓰다듬으면서 그를 힐끗 올려다보았다.

데니가 그녀에게 말했다.

"신은 사람들에게 매일매일 감당할 수 있는 정도 이상을 안겨주죠. 세상의 절반이 거의 언제나…… 초죽음 상태로 걸어다녀요."

다른 가족들은 노라의 반응을 보려고 고개를 돌렸지만 그녀는 화나지 않은 것 같았다. 노라는 이 말만 했다.

"더글라스, 새미의 주스 컵을 찾아줄래요?"

스템이 일어나서 부엌에서 나갔다. 다른 사람들은 그대로 있었다. 그들 주변에 떨어져나간 뭔가가, 너덜너덜하고 어긋

난 뭔가가 있었다.

* * *

장례 지침서를 찾아보려고 레드의 책상을 뒤진 사람은 스템이었고, 그 사이 레드는 양손을 무릎에 놓고 소파에 앉아 지켜보았다. 알고 보니 애비는 책상 마지막 서랍에 물건을 두었다. 문건들이—자작시, 일기, 도움이 필요한 고아들과 옛 친구들의 편지, 오래전 반 친구들과 부모와 모르는 사람들의 사진들—서랍이 넘칠 만큼 들어 있었다.

스템은 이 문건들을 두서없이 꺼내 보고 아버지에게 넘겼고, 레드는 더 오래 살펴보았다. 사진들만 해도 몇 분 동안이나 들여다보았다.

레드가 말했다.

"아이구, 수 엘렌 무어가 있네! 오랫동안 생각하지 않은 사람인데."

그는 담배를 피우는 시무룩한 소년의 팔에 매달려 웃는 어린 애비를 오래도록 쳐다보았다. 레드가 스템에게 말했다.

"나는 애비를 보자마자 첫눈에 반했지. 그래, 애비가 항상 내게 반한 날에 대해 말을 했다는 걸 알아. '노란색과 초록색이 넘실대는 산들바람 부는 아름다운 오후였어'라고 말하곤 했지. 하지만 그것은 애비가 거의 어른이 되었을 때, 다 커서였던 반면 나는…… 이전부터 계속 애비의 주변을 맴돌았지. 거기 애비랑 같이 있는 사람은 내 친구 데인이야. 애비가 먼저 좋아한 사람은 데인이었어."

기름종이에 싼 납작하게 말린 바이올렛을 보자 그는 처음에는 당황해서 이맛살을 찌푸렸지만 곧 이유를 말하지 않고 미소 지었다. 레드는 분명히 새해의 다짐으로 쓴 타자한 목록을 한참 들여다보았다.

그가 크게 읽었다.

"'나는 아이들에게 화를 내며 말하기 전에 열까지 세겠다' '나는 어머니가 늙어가고 영원히 우리 곁에 있지 않는다는 사실을 매일 되새기겠다'"

하지만 레드는 애비의 자작시 모음집은 쳐다보지도 않고 옆으로 밀었다. 너무 마음 아플까봐 염려하는 눈치였고, 검정색과 빨강색 일기장들도 펼쳐보지도 않았다.

서랍에 든 물건들 중 몇 가지는 미심쩍었다. 주름을 편 허쉬 초콜릿 포장지, 작은 갈색 종이봉투에 든 나무껍질 조각, 캐턴스빌에 있는 요양원의 누렇게 변한 두 쪽짜리 소식지.

스템은 소식지에 나온 내용을 소리 내서 읽었다.

"'죽음을 위한 다섯 가지 할 일'"

"득음을 위한?"

"죽음을 위한."

"아이고, 뭐라고 나와 있니?"

"장례식과는 관계없어요."

스템이 소식지를 건네면서 덧붙여 말했다.

"사람들에게 사랑한다고 말하기, 사람들에게 작별인사 하기……"

"그저—제발이요, 하나님—그녀가 '축하하라'는 요구만 안 한다면. 난 당장은 축하할 기분이 아니거든."

레드는 소식지를 읽지 않고 소파의 옆자리에 던졌다. 하지만 스템은 그 말을 못 들은 듯했다. 그는 타자 활자가 흐릿한 얇은 종이를 찬찬히 살폈다. 분명히 복사지였다. 표시가 없는 마닐라 봉투에 달랑 이것만 들어 있었다.

레드가 물었다.

"찾았니?"

"아뇨, 다만……."

스템은 계속 읽었다. 그러다가 고개를 들었다. 입술이 하얗게 질렸고, 핼쑥한 거의 탈수증에 걸린 안색이었다.

"여기요."

스템이 말하면서 레드에게 종이를 넘겨주었다.

레드가 소리 내어 읽었다.

"'나, 애비게일 휘트섕크는 이로써……'"

그가 멈추었다. 그의 눈이 종이 하단으로 향했다. 레드는 헛기침을 하고 계속 읽어나갔다.

"'……이로써 더글라스 앨런 오브라이언은 모든 수반되는 권리와 특권을 가진 내 친자식처럼 양육될 거라는 데 동의한다. 나는 그의 친모가 요구할 때마다 그에게 확실히 접근하게 해줄 것과 그녀의 여건이 허락되는 대로 아이를 완전히 되찾을 수 있게 해준다고 약속한다. 이 협의서는 그의 어머니가 그를 영원히 책임지지 않으면 그리고 그러기 전까지는 절대로, 결코, 어떤 이유로도 아들에게 그녀의 신분을 밝히지 않는다는 약속에 따른다. 나 또한 그 사실을 밝히지 않을 것이다'"

그는 다시 헛기침을 하고나서 말했다.

"'서명, 애비게일 달턴 휘트생크. 서명, 바버라 제인 오트리'"

"이해가 안 돼요."

스템이 말했다.

레드는 대답하지 않았다. 그는 계약서를 물끄러미 들여다보고 있었다.

"B. J. 오트리인가요?"

스템이 물었다.

레드는 여전히 묵묵부답이었다.

스템이 말했다.

"맞아요. 그럴 거예요. 바버라 제인 임스로 시작했는데 그러다가 어느 시점에서 오트리라는 남자와 결혼했겠죠. 그녀는 늘 거기 우리 앞에 있었어요."

"그녀가 전화번호부에서 네 이름을 찾아낸 것 같구나."

레드가 계약서에서 고개를 들고 말했다.

스템이 물었다.

"왜 저한테 말해주지 않았어요? 저한테 알려줄 의무가 있었다구요! 두 분이 무슨 약속을 했는지는 상관없어요!"

"난 약속하지 않았다. 난 이 일에 대해 아무것도 모른다."

레드가 대답했다.

"틀림없이 아실 거예요."

"맹세한다, 네 엄마는 나한테 일언반구도 없었다."

"엄마가 이 오랜 세월 진실을 알면서도 자기 남편한테도 비밀로 했다고 주장하시는 거예요?"

"그런가보다."

레드가 말했다. 그가 이마를 문질렀다.

스템이 그에게 말했다.

"그건 가능하지가 않아요. 도대체 엄마가 왜 그러겠어요?"

레드가 대답했다.

"저기, 그 사람은…… 아마 내가 너를 포기하게 할까봐 걱정했겠지. 내가 너를 B.J.에게 넘겨줘야 된다고 말할까봐. 그리고 네 엄마 생각이 맞았어. 내가 알았다면 그랬을 거야."

스템의 입이 벌어졌다. 그가 말했다.

"저를 넘겨줬을 거라구요?"

"저기, 현실을 직시해라, 스템. 이건 미친 협약이었어."

"하지만 그래도요."

스템이 말했다.

"그래도 뭐? 너는 B.J.의 법적인 자녀였다."

"그럼 그녀가 이제 더 이상 얼씬대지 않아 다행이네요. 그녀는 죽었어요, 그렇죠?"

스템이 쓸쓸하게 말했다.

"그래, 그랬다고 기억나는 것 같구나."

레드가 말했다.

"'기억나는 것 같구나'라고요."

스템은 비난하듯 내뱉었다.

"스템, 나는 이 일에 대해 전혀 몰랐다고 하늘에 맹세한다. 내가 그 사람을 잘 몰랐구나! 네 엄마가 어떻게 변호사를 구해 이 일을 진행할 수 있었는지조차 이해가 안 돼."

"엄마는 변호사를 구하지 않았어요. 문장을 보세요. 그래요, 엄마는 법률적으로 보이려고 애썼지만 '수반되는 권리와 특권' '않으면 그리고 그러기 전까지는' 어느 변호사가 '절대로, 결코'라고 쓰겠어요? 어떤 공문서가 한 문단 길이겠냐구요? 엄마가 직접 문서를 만든 거예요, 엄마랑 B.J.랑 둘이서. 공증도 안 받았어요!"

레드는 다시 계약서를 내려다보면서 말했다.

"이 말은 해야겠구나. 이 일이 날 조금…… 화나게 하는구나."

스템은 장난기 없이 콧방귀를 뀌었다.

"가끔 네 어머니는…… 내 말은 애비가……"

레드가 말끝을 흐렸다.

스템이 말했다.

"저기요. 저한테 이것만 약속해주세요. 가족들한테 말하지 않겠다고 약속하세요."

"뭐야, 아무한테도 말하지 말라고? 데니와 누나들한테도?"

"아무한테도. 입 다문다고 약속하세요."

"어째서?"

레드가 물었다.

"그냥 그렇게 해주시면 좋겠어요."

"하지만 이제 넌 어른이 됐어. 가족들이 안다고 한들 아무것도 변할 수 없는데."

"제 뜻은 이래요. 아버지가 이걸 봤다는 것을 잊으셔야 해요."

스템은 합의서를 접어서 셔츠 주머니에 넣었다.

* * *

알고 보니 레드의 맨 아래 서랍에 애비의 문건이 다 들어가지 않았다. 마침내 그녀의 장례식 지침서는 창가 의자 아래 찬장에서 발견되었다. 다른 사람들의—그녀의 부모, 형제, 다른 가족들은 들어본 적도 없는 샤완다 심스라는 사람의 '추도식' 순서지와 함께—장례식 순서지 속에 끼어 있었다. 애비는 '굿 바이브레이션스'나 '놀라운 은총'을 연주하라고 요구하지 않았다. 그녀는 '양들은 한가로이 풀을 뜯고'와 '브라더 제임스 에어' 두 곡을 합창단이 노래하길 바랐다, 맙소사. 그런 다음 조문객들은 '우리 생명수 강가에 모일까?'를 합창해야 했다. 가족 친지들이 그러고 싶다면(딸들은 이것이 애절하게 망설이는 표현이라고 생각했다.) 애도사를 할 수도 있었고, 스톡 목사가 짧게 말을 하고—지나친 요구가 아니라면—'너무 과하게 종교적이지 않기를' 바랐다.

스톡 목사에 대한 언급이 모두를 혼란에 빠트렸다. 우선 그들은 그가 누구인지 짐작조차 할 수 없었다. 그때 지니는 그가 햄든 교회—애비가 유년기에 등록했고 이따금 출석했던 교회—목사일 거라고 추측했다. 하지만 휘트섕크 가족이 크리스마스 전야와 부활절에 공식적으로 출석하는 교회는 세인트 데이비드 교회였고, 세인트 데이비드 교회는 아만다가 월요일 아침 11시에 등록한 교회이기도 했다. 그게 정말, 진짜 무슨 의미가 있을까? 그녀는 생각을 밝혔다. 레드는 그러라고 했다. 그는 가족 중에는 노라가 종교 쪽 전문가니까 세인트 데이비드 교회와 스톡 목사에게 연락하는 일을 맡겼다. 노라는 일광욕실의 전화기로 갔고 잠시 후에 돌아와서, 스톡 목사는 몇 해 전에 은퇴했지만 에드윈 앨번 목사가 애비의 사망을 애도하면서 그날 오후에 상세한 사항을 의논하러 찾아올 거라고 전했다. 레드는 손님이 온다는 말에 창백해졌지만 노라에게 만남을 주선해주어 고맙다고 인사했다.

이즈음 가족 모두 제대로 지내지 못했다. 스템의 세 아들은 계속 밤에 깨서 복도를 지나 부모 방에 와서 침대로 올라왔다. 스템은 집을 대대적으로 증축할 예정인 길포드라는 여자와 미팅 약속을 취소하는 것을 잊었다. 아만다가 알렉산더가 애비의 마음에 특별히 사무쳤을 거라면서 '알지, 알렉산더가 너무…… 그래서 말이지'라고 말하자 자매는 말다툼을 벌였다.

"그 아이가 너무 뭐? 어때서?"

지니가 따졌다.

"됐어, 그만해."

아만다는 그렇게 말하면서 입을 꾹 다문 시늉을 했다. 10분도 지나지 않아서 뎁은 엘리스의 눈을 멍들게 했다. 엘리스가 할머니가 자기를 가장 사랑한다고 말했다고 주장했기 때문이었다.

"이제 오늘은 그들을 어떻게 재미나게 해줄까?"

레드가 중얼댔다. 이것은 크리스토퍼 로빈이라는 사람의 시 구절이었고, 애비는 집안에 새로 큰 문제가 생길 때마다 그 구절을 중얼거리곤 했다. 그 말을 한 후 레드는 괴로운 표정을 지었다. 애비의 명랑한 목소리가 귀에 쟁쟁해서 그랬겠지. 한편 데니는 그답게 계속 방에 틀어박혀서 지내기 시작했다. 드문드문 휴대폰으로 통화하는 소리가 들렸지만 그가 안에서 뭘 하는지 아무도 몰랐다. 한데 누구와 통화할까? 그게 미스터리였다. 하이디마저 못되게 굴었다. 계속 주방 개수대 밑에 있는 쓰레기통을 쑤셔서 은박지를 꺼내 잘근잘근 씹어 식탁 밑에 팽개쳐놓았다.

레드가 딸들에게 말했다.

"내가 후줄근하게 보이기 시작하면 너희들이 일러줘야 한다. 이제 나를 봐줄 만하게 챙겨줄 너희 엄마가 곁에 없으니까."

하지만 그 주가 지나면서 셔츠에 음식 얼룩이 묻고 그가 계속 슬리퍼만 신자 딸들이 지적했지만 레드는 흘려들었다.

"있죠, 아버지. 지금 입으신 바지가 누더기가 될 지경이에요."

지니가 말했다.

레드가 대꾸했다.

"무슨 말을 하는 게냐? 이제 막 옷이 길이 들었는데."

아만다가 장례식에 입을 양복을 세탁소에 맡겨주겠다고

제의하니, 레드는 그럴 필요 없다고 대답했다. 그는 다시키 셔츠(아프리카 서부의 남자들이 입는 화려한 무늬의 헐렁한 셔츠)를 입겠다고 했다.

"뭐를 입으신다고요?"

아만다가 아버지에게 물었다. 레드는 몸을 돌려 일광욕실에서 나갔고, 딸들은 낙심해서 서로 바라보았다. 몇 분 후 그는 블라우스 느낌이 나는 셔츠를 들고 돌아왔다. 청록색이 너무 번쩍이고 화사해서 눈이 아플 지경이었다.

레드가 말했다.

"너희 엄마가 결혼식 예복으로 만들어준 셔츠지. 애비의 장례식에 입고 갈 옷으로 적당하다는 생각이 들더구나."

아만다가 말했다.

"하지만 아버지, 두 분의 결혼식은 1960년대였잖아요."

"그게 뭐?"

"1960년대에는 이런 옷을 입었는지 몰라도…… 솔직히 그럴까 싶지만요……. 거의 반세기 전이라고요! 솔기가 다 해졌어요, 한번 보세요. 한쪽 겨드랑이가 터졌네요."

"그거야 수선하면 되지. 새 것처럼 말짱할걸."

레드가 대꾸했다.

아만다와 지니는 눈짓을 교환했고 레드가 그것을 알아차렸다. 그는 갑자기 데니에게 몸을 돌렸다. 데니는 소파에서 빈둥대면서 텔레비전 채널을 돌리고 있었다.

"이건 수선이 간단한데."

레드는 그렇게 말하고 셔츠가 걸린 옷걸이를 위로 들면서 데니에게 말했다.

"그렇지? 내 말이 맞지?"

데니가 대꾸했다.

"네?"

그는 얼른 셔츠를 쳐다보고 다시 말했다.

"아, 그럼요. 제가 손볼 수 있어요. 같은 색 실만 찾을 수 있으면."

딸들은 신음소리를 냈지만, 데니는 일어나서 아버지에게서 셔츠를 받아 방에서 나갔다.

"고맙다."

레드는 그의 등에 대고 외친 다음 딸들에게 시선을 돌리고 말했다.

"저 셔츠랑 입을 수 있는 코르덴바지 몇 벌 있는데 연한 회색이야. 회색이랑 청색이랑 잘 어울리지, 그렇지 않은가?"

"맞아요, 아버지."

아만다가 대답했다.

레드가 말했다.

"결혼식에서 난 나팔바지를 입었지. 너희 외할머니가 발끈하셨지."

애비가 사진사가 결혼식 분위기를 망친다고 주장해서, 두 사람의 결혼식 사진은 없었다. 그러자 아만다와 지니는 생기를 띠었고 지니가 물었다.

"엄마는 무슨 옷을 입었어요?"

"긴 치렁치렁한 드레스. 그걸 뭐라고 하는지 잊었네. 카플

란이라고 하나?"

레드가 말했다.

"카프탄(터키 사람들이 입는 소매가 넓고 헐렁한 긴 원피스)이요?"

"그거야."

레드의 눈에 눈물이 고였다. 그가 말을 이었다.

"예뻐 보였지."

"네, 그랬을 거예요."

"나는 '왜 내가 이런 일을 겪게 하십니까?'라고 물으면 안 되는 줄 알아."

레드가 말했다. 이제 뺨에 눈물이 흘러내렸지만 그는 알아차리지 못한 듯했다. 그가 말을 이었다.

"우리는 48년을 함께 했지. 여느 부부보다 훨씬 오래 살았지. 그리고 애비가 먼저 떠난 것을 다행으로 여겨야 된다는 걸 알아. 그 사람은 나 없이 해나갈 수 없었을 테니까. 물 새는 수도꼭지 하나 못 고치는 사람인걸!"

"맞아요, 아버지."

지니가 말했다. 이제 그녀와 아만다도 울고 있었다.

"하지만 가끔은 어쨌든 물을 수밖에 없구나. 알겠니?"

"네, 아버지. 저희도 알아요."

* * *

칼라는 수전이 장례식 참석 때문에 결석하는 게 달갑지 않았다. 가족 모두 데니가 그녀와 전화로 싸우는 소리를 들었다.

"수전은 내 어머니가 애지중지하시던 손녀야. 그런데 알량한 수학시험 한 번 빼먹으면 안 된다고 말하는 거야?"

데니가 말했다.

결국 수전이 올 수는 있지만 당일로 돌아가서 화요일 아침에 등교하는 것으로 합의되었다. 그래서 장례식 당일인 월요일 아침, 데니는 식사가 끝나자마자 차를 몰고 기차역으로 마중을 나갔다. 함께 온 수전은 예전 해변여행 때보다 훨씬 진중하고 단정해진 모습이었다. 얌전한 흰 칼라가 달린 진회색 니트 원피스에 검은 타이츠와 검정색 스웨이드 정장 구두를 신었다. 가슴 언저리에 트레이닝 브라(가슴이 나오기 시작한 소녀들이 입는 브래지어) 같은 것을 한 자국이 드러났다. 스템의 세 아들은 처음에는 수줍게 쳐다봤지만 수전이 그들을 몰고 일광욕실로 갔고, 몇 분 후 수다스러운 말소리가 부엌 쪽으로 들려오기 시작했다. 어른들은 여전히 아침 식탁에 둘러앉아 있었다

레드는 헐렁한 회색 코르덴바지와 다시키 셔츠 차림이었다. 셔츠는 옷걸이에 걸렸을 때보다 훨씬 요란해 보였다. 소매통이 과장되게 부풀고 끝단에는 고무줄이 조여서 해적 같은 분위기를 주었고, 목둘레가 깊이 파여서 덥수룩한 회색 가슴털이 보였다.

하지만 노라가 말했다.

"어머나, 아주버님이 솜씨 있게 수선했네요!"

그러자 레드는 만족스러운 표정을 지었다. 며느리가 전체적인 모습에 대해서는 아무 말도 하지 않았음을 알아차리지

못한 듯했다.

 초인종이 울리고 하이디가 짖기 시작하자, 다들 채비를 했다. 세 아이를 봐주기로 한 리 바스콤네 가정부가 도착했다. 그녀에게 몇 가지 당부를 한 후 모두—스템과 노라, 레드, 데니와 수전—뒷문으로 나가서 애비의 차에 탔다. 데니가 운전했다. 레드는 운전석 옆자리에 앉았다. 교회까지 가는 10분 동안 레드는 아무 말 없이 옆 창문만 내다보았다. 뒷좌석에서는 노라가 수전과 간단한 대화를 나누었다. 올해 학교생활은 어떤지? 엄마는 잘 계시는지? 수전은 장례식 생각만 하지 않는 것을 불경하다고 느끼는 듯 예의 바르지만 간단히 대답했다. 데니는 정지신호에서 멈출 때마다 운전대를 손가락으로 두드렸다.

 햄든에서는 세상 사람들이 보통의 월요일 아침을 즐기고 있었다. 뚱뚱한 두 여자는 서서 대화를 나누었고, 한 사람은 빨랫감이 잔뜩 든 바퀴 달린 바구니를 끌고 갔다. 어떤 남자는 꽁꽁 싸맨 아기를 태운 유모차를 밀었다. 처음에는 쌀쌀한 날씨였지만 급히 따뜻해졌고 스웨터만 걸친 사람들도 보였다. 하지만 주류상점에서 나오는 한 아가씨는 반바지와 고무 슬리퍼 차림이었다.

 가 보니 교회는 작고 조촐한 흰색 건물이었고 지붕은 첨탑이 아니라 둥그스름했다. 교회의 양쪽에는 영세한 식품점과 벌써 핼러윈데이 장식을 한 주택이 있었다. 건물 앞에 붙은 표지판이 아니었으면 그들은 교회를 지나쳤을 터였다. 건물 위쪽에 '햄든 공동체교회'라고 적혀 있고, 그 밑에는 '환영

개인 소화장'이라고 '치' 자가 떨어져 나간 채 한 글자씩 붙어 있었다. 주차장이 없거나, 있어도 데니의 눈에는 보이지 않았다. 도로에 주차해야 했다. 차에서 내릴 때, 두 자녀와 앵겔 부인이 탄 지니와 휴의 차가 다가왔다. 그런 다음 아만다와 휴 부부가 엘리스와 걸어왔다. 엘리스는 에나멜가죽 힐과 번들대는 레이스가 잔뜩 달린 원피스 차림이었고, 칵테일 바의 웨이트리스라 해도 믿을 만큼 치마가 짧았다. 짙은 화장 때문에 검은 눈이 보이지 않다시피 했다. 지니와 아만다는 서로 보는 것만으로도 눈물샘이 터졌고, 자매가 보도에 서서 포옹하는 사이 앵겔 부인은 혀를 차며 안쓰러워하면서 핸드백을 가슴에 꼭 안았다. 그녀는 교회에 어울리는 예쁜 꽃이 달린 모자를 쓰고 있었다. 사실 오늘은 다들 가장 멋진 차림이었다. 오리올스(볼티모어 야구팀) 점퍼와 다시키 셔츠를 입은 레드만 제외하면.

마침내 그들은 앞쪽 계단 두 칸을 올라가서 천장이 낮은 흰 예배당으로 들어갔다. 검은 신도석이 줄줄이 놓여 있었다. 어딘가 밑에서 난방기가 돌아가는 소리가 났지만, 가을에 밤새 난방을 하지 않은 터라 실내에 칼칼한 한기가 감돌았다. 나무 설교단이 마주보게 놓여 있고 뒤쪽 벽에 간결한 검은 십자가가 걸려 있었다. 연단 한쪽 옆에서는 머리를 빨갛게 염색한 여자가 피아노에 앉아 '앙들은 한가로이 풀을 뜯고'를 연주했다(알반 목사는 성가대원들이 직장인들이라 주중에는 찬양을 해줄 수 없다고 이미 알렸다.). 피아니스트는 들어오는 사람들을 쳐다보지 않고 계속 건반을 두드렸고, 그 사이 가족들은 통로를 지나서 두 번째 줄에 앉았다. 첫 번째 줄을 선택할 수도 있었지만, 너무 두드러져 보인다는 무언의 합의가 있었다.

설교단 앞에 놓인 길쭉한 화병에 흰 수국이 꽂혀 있었다. 저 꽃은 어디서 났을까? 휘트생크 가족은 꽃을 주문하지 않았고 〈선(the sun)〉지에 꽃 선물은 사양한다고—혹시 꽃을 보내고 싶으면 '루스의 집'에 기부해달라고—고지했다. 애비는 꽃에 대해 독특한 태도를 보였다. 그녀는 꽃이 노천에서 자라기를, 꺾이지 않기를 바랐다. 지니가 속삭였다.

"누구네 마당에서 꺾어온 거겠지."

적어도 마당에서 꺾은 꽃은 꽃집에서 사온 꽃보다는 낫겠지. 하지만 바로 옆에 앉은 아만다가 속삭였다.

"이렇게 늦게까지 저 꽃이 피나?"

평소 목소리로 말할 수도 있었지만 그들은 약간 부끄러움을 탔다. 가족 중 장례식 예절을—누구에게 인사할지, 어디를 쳐다볼지, 예배가 끝난 후 부조금은 누가 받아야 될지—확실히 아는 사람이 없었다. 아만다는 이날 아침에 리 베스콤에게 두 번이나 전화해서 조언을 구했다.

아이들은 맨 끄트머리에 앉았다. 멀리서 왔으니 가장 관심을 끄는 수전이 가운데 앉았다. 아만다가 고집을 부려서 레드가 통로에 앉았다. 그녀는 친구들이 그의 자리에 들러서 몇 마디 대화를 나눌 거라는 점을 지적했다. 이것은 레드가 겁내는 일이어서 그는 비 맞은 새처럼 어깨를 잔뜩 웅크리고 고개를 푹 숙인 채 무릎만 뚫어져라 응시했다.

피아노 옆쪽으로 난 문으로 알반 목사가 들어왔다. 그는 가족에게 '에디'라고 부르라고 당부했었다. 검은 양복을 입은 그는 완전한 금발이었고 당황스러울 만치 젊었다. 피부가 새하얘서 핏줄이 다 보일 정도였다. 먼저 그는 레드에게 절하면서 오른손을 꼭 잡았다. 다음에는 아만다에게 애도사를 할 사람들의 명단이 있는지 물었다. 목사가 집에 왔을 때는 아직 애도사를 할 사람이 정해지지 않았지만, 이제 아만다는 명단을 그에게 넘겨주었다. 알반 목사는 눈으로 쭉 훑어보면서 고개를 끄덕였다.

"좋습니다. 그런데 이 이름은 어떻게 발음하나요? 엘-리세?"

"엘-리스."

아만다가 단호하게 대답했고, 옆에 앉은 지니는 몸이 굳었다. 목사가 그런 질문을 해야 했다는 것은 좋은 징조가 아닌 듯 싶었다. 알반 목사는 재킷 주머니에 명단을 넣고, 설교단 뒤쪽으로 가서 등판이 일자인 의자에 앉았다.

조문객들이 뒤쪽 신자석에 드문드문 앉기 시작했다. 휘트생크 사람들은 발소리와 웅성대는 소리를 들었지만 계속 앞을 응시했다.

알반 목사, 에디는 집을 방문했을 때, 개인적으로 애비와 모른다고 인정했다. 그는 말했다.

"제가 햄든에서 사목한 지 겨우 3년 됐으니까요. 서로 사귈 기회를 얻지 못해 유감입니다. 아주 점잖은 어르신이셨겠지요?"

'어르신'이란 말에 가족 모두 얼굴이 굳고 조심스러워졌다.

이 사람은 애비가 어떤 사람인지 '감'도 못 잡았다! 그는 노인용 신발을 신은 수다스런 노파를 연상하고 있었다.

"어머닌 겨우 72세셨는걸요."

지니가 턱을 내밀면서 말했다.

하지만 목사 자신이 워낙 젊으니 72세면 늙었다고 느꼈을 게 분명했다.

그가 말했다.

"그렇습니다, 늘 너무 급작스럽게 느껴지지요. 하지만 지혜로운 주님께서…… 휘트생크 씨, 혹시 예배에 대해 원하시는 바가 있습니까?"

레드가 대답했다.

"나요? 아, 아니요. 아니, 난…… 없습니다……. 우리 집안에서는 장례식을 많이 치러보지 않아서."

"이해합니다. 그러면 제가 제안해 드리면……"

"내 양친이 세상을 떠나신 것은 사실이지만, 그러니까 내 말은 너무 갑작스럽게 돌아가셨지요. 철도선로에서 어떤 차가 그들이 탄 차를 들이받는 바람에. 당시 나는 충격에 빠져 있었을 겁니다. 사실 장례식이 어땠는지 별로 기억나지 않아요."

"틀림없이 그 일은…… "

"이제 와서 돌아보면 난 그 일을 제대로 받아들이지 않았던 것 같습니다. 내 옆을 슬쩍 지나가버린 느낌이에요. 모든 게 옛날 옛적 일 같지요. 겨우 1960년대에 벌어진 일인데. 그 때는 현대인데! 이미 그 시절 인간은 달에 착륙했지요. 양친이 돌아가실 즈음에는 알루미늄 방충망이며 클립으로 고정하는 중간 문설주, 플러시 도어(앞뒤에 합판을 대어 만든 문), 섬유 유리 욕조가 나와 있었거든요."

"놀랍습니다."

알반 목사가 말했다.

그래서 목사가 방문한 데는 이런저런 이유가 있었지만 정하지 못한 사항들이 많았다. 마침내 그가 자리에서 일어나 설교대에 서면서 피아노 연주가 중단되자, 유가족 모두 이제 어떻게 될지 몰랐다.

"기도합시다."

목사가 대중에게 말했다. 그는 양팔을 들었고 전원이 일어났다. 여기저기서 의자가 삐걱대는 소리가 예배당 안에 퍼졌다. 알반 목사는 눈을 감았지만, 노라를 제외한 휘트생크 가족 모두 눈을 뜨고 있었다.

목사의 목소리가 울려 퍼졌다.

"하늘에 계신 아버지, 오늘 아침 저희는 당신께서 슬픔에 잠긴 저희에게 위로를 주시기를 간구합니다. 저희는 당신께서……"

"그 아타라는 여자가 여기 왔어요."

지니가 남편에게 속삭였다.

"누구?"

"지난달에 점심식사에 왔던 '고아'요, 기억나죠?"

지니는 기도를 하려고 기립하다가 신자석을 힐끗 돌아본 모양이었다. 그녀가 다시 흘끔대면서 말했다.

"어머! 차 운전자도 와 있어요. 누구랑 같이 왔는데 남편일 수도 있겠네."

"그 여자도 안 됐어."

휴가 말했다.

애비를 친 차의 운전자는 사고 다음 날 집에 찾아왔었다. 그녀의 과실이 아님을 모르는 사람이 없는데도 그녀는 망연자실해서 열 번도 넘게 사과했다. 죽는 날까지 그 예쁜 개가 눈에 선할 거라고 계속 말했다.

"사람들이 많이 왔네요."

지니가 속삭였지만 아만다의 눈길을 받고 입을 다물었다.

애비는 봉독할 성경 구절은 구체적으로 명시하지 않았지만, 아무튼 알반 목사가 한 구절 봉독했다. 덕망 있는 여인에 대한 잠언서의 긴 구절이었다. 그것도 괜찮았다. 적어도 유족은 언짢은 느낌을 받지 않았다. 이제 '주님 제가 여기 있사오니'를 부르게 되었다. 가족들이 모르는 찬송이었다. 알반 목사는 애비의 제안보다 음악에 힘줄 필요가 있다고 본 모양이었다. 하지만 그것도 나쁘지는 않았다. 나중에 지니는, 애비가 천국에 도착해서 민첩하고 부산한 몸놀림으로 복지사답게 '주님 제가 여기 있사오니 무슨 일을 하면 될까요?'라고 묻는 광경이 상상됐다고 말했다.

애비는 시를 정해두었다. 에밀리 디킨슨의 시 '만약 내가 한 사람의 가슴앓이를 멈추게 할 수 있다면'이었고, 아만다가 설교대로 나가서 낭독했다. 그녀는 낭독에 앞서 모든 참석자를 환영하고 와줘서 고맙다고 인사했다. 데니는 나서서 말하는 건 못한다고 했고 지니는 감정이 북받칠까 염려했다. 또 스템은 이유를 밝히지 않고 간단히 싫다고 대답했다.

하지만 메릭이 하겠다고 나섰다. 메릭이라니! 전혀 예상치 못한 일이었다. 그녀는 소식을 듣자마자 플로리다에서 날아왔고, 곧장 집으로 달려와서 팔을 걷어붙이고 일을 주도할 채비를 했다. 아만다가 가까스로 만류했지만, 장례예배에서 몇 마디 하고 싶다는 것까지는 아무도 말릴 수가 없었다.

메릭이 애도사를 시작했다.

"저처럼 애비와 오래 안 사람은 없습니다. 레드보다도 오래니까요!"

그녀는 치맛단이 사선인 멋진 검은 드레스가 잘 보이게 하려는 듯, 설교대 뒤가 아니라 옆에 자리를 잡았다. 메릭의 애도사가 이어졌다.

"내가 애비 달턴을 안 것은 애비가 열두 살 때였어요. 애비는 그저 그런 햄든 출신 소녀였어요. 아버지가 철물점을 운영했지요. 거리에서 쑥 들어갔다가 '어머! 죄송해요! 남의 집 지하실에 들어왔나 보네요!'라고 말하게 되는 그런 가게였어요. 삽, 써레, 손수레가 옹기종기 모여 있고, 밧줄 뭉치와 긴 쇠사슬이 천장에 매달려 있었는데, 천장이 너무 낮아서 여차하면 머리를 부딪칠 수 있었어요. 그리고 잔디 씨앗 부대 위에서 얼룩고양이가 곤히 잠들어 있었지요. 그런데 아세요? 애비는 전교에서 가장 활달한 흥분 잘하는 소녀였어요. 출신에 발목을 붙잡히지 않았지요! 애비는 '폭죽' 같았고, 그녀가 내 가장 가깝고 사랑하는 친구라고 말하는 게 난 자랑스럽습니다."

 메릭은 턱이 떨리기 시작하자 손끝으로 입술을 눌렀고, 고개를 저으면서 자리로 돌아갔다. 그녀의 자리는 시어머니 옆이었다. 다른 휘트생크 가족들은 눈을 휘둥그레 뜨고 서로 쳐다봤다. 레드까지도.

 다음은 리 베이스콤의 차례였다. 탄력 있는 흰 곱슬머리에 모자를 쓴 그녀는 작은 요정 같았다. 그녀는 통로를 걸어가면서 벌써 말을 시작했다.

 "애비와 철물점에 간 적이 있었답니다. 물론 그녀의 아버지의 철물점은 아니었고요. 애비가 철물점 딸이던 시절에는 모르는 사이였거든요. 우린 집에 갇혀 정신없이 사는 젊은 엄마 시절에 알게 되었고, 가끔 둘이 무작정 밖으로 나가곤 했어요. 애비의 차든 내 차든 올라타고 애들은 뒷좌석에 밀어놓고 그저 달리고 싶어서 아무데나 내달리곤 했어요. 그러던 어느 날 애비가 주방용 소화기가 필요해서 '탑스 홈& 가든'에 들렀지요. 판매원이 열심히 물건을 설명하자 애비는 '서둘러 주면 안 될까요? 이건 응급상황인데'라고 말했지요. 그냥 헛소리를 한 거지요. 농담으로 한 말이었어요. 그런데 판매원은 알아차리지 못했지요. 그가 '저는 절차대로 해야 돼서요, 손님'이라고 말하자, 애비와 나는 배를 잡고 웃었지요. 어찌나 웃어댔는지 둘 다 눈물을 줄줄 흘렸어요! 아, 다시는 애비와 웃었던 것처럼 큰 소리로 웃지 못할 것 같군요. 그녀가 사무치게 그리울 거예요!"

 리 베이스콤은 울지 않고 설교단에서 물러섰고, 유족 옆을 지나면서 미소를 지었다. 하지만 그녀의 애도사는 지니와 아만다를 다시 눈물 짓게 했다.

알반 목사가 말했다.

"감사합니다. 이제 휘트생크 부인의 손녀 엘리스 베일러의 애도사를 들어보겠습니다."

엘리스는 메모 카드를 들고 있었다. 발목 끈이 있는 하이힐을 신고 불안하게 걸어 설교단으로 가서, 환하게 웃으며 사람들을 바라보았다.

엘리스가 말을 시작했다.

"저와 사촌들이 어렸을 때 할머니는 자주 전화해서 '토요일이구나! 할머니 캠프를 하자!'라고 말하셨어요. 그러면 저희 모두 할머니 댁에 갔고, 할머니는 저희와 공작을 하시거나 압화, 화분걸이, 아이스바 막대기로 사진틀 만들기, 다른 나라 어린이에 대한 책들을 읽어주셨어요. 어떤 책들은 지루했지만 어떤 책들은 좀 흥미로웠어요. 저는 살아 있는 동안 제 할머니를 기억하겠습니다."

뎁과 수전은 엘리스를 노려본 반면—'제 할머니'라는 표현에 심사가 뒤틀렸을 터였다—알렉산더는 남자애답게 울지 않으려고 시무룩한 표정만 지었다. 엘리스는 조문객들에게 의기양양한 표정을 지어보이고 어색한 걸음으로 자리로 돌아왔다.

"모두 감사합니다."

알반 목사가 말했다. 그가 반주자에게 고개를 끄덕이자, 그녀는 얼른 피아노로 돌아앉아서 '브라더 제임스스 에어

(Brother James's Air)'를 연주하기 시작했다. 상황에 비해 유난히 가볍게 느껴지는 곡이었다. 아만다의 휴는 무심코 발을 까딱이며 박자를 맞추었고, 결국 저만치 앉은 아만다가 몸을 숙이고 이맛살을 찌푸리며 주의를 주었다.

곡이 끝날 무렵 알반 목사가 일어나 다시 설교대로 다가갔다. 그는 양손을 모으고 말했다.

"저는 휘트생크 부인과 모르는 사이였고 따라서 여러분처럼 함께 한 추억이 없습니다. 하지만 이따금 이런 생각이 듭니다. 어쩌면 우리가 사랑하는 이들에 대해 갖고 있는 추억이 핵심이 아닐 겁니다. 어쩌면 핵심은 그들이 가진 추억입니다—그들이 안고 떠나는 모든 것 말입니다. 천국이 그저 죽은 이들이 돌아가는 광활한 의식이라면 어떨까요? 그들의 임무가 지상에서 살면서 모은 경험들을 보고하는 것이라면 말입니다. 부친의 철물점 안 잔디 씨앗 부대에서 잠든 고양이, 눈물을 줄줄 흘리며 같이 웃었던 친구, 손주들과 나란히 앉아 아이스바 막대기에 본드를 칠하던 토요일. 봄날 아침 많은 새들이 지저귀는 소리에 잠을 깼고, 여름 한낮에는 현관 난간에 수영 타올들이 걸려 있었습니다. 10월의 공기에서는 나무 타는 연기와 사과 주스 냄새가 풍겼고, 눈 내리는 밤이면 창가에서 따스한 노란 빛이 빛났습니다. 그들은 '그게 내가 경험한 것입니다'라고 말하고, 그것은 다른 이들의 경험들과 합해집니다. 삶이 어떤 것인지에 대한 보고가 하나 늘어나는 겁니다. 살아 있다는 게 어떤 것인지에 대한 보고인 셈이지요."

그러더니 그가 양팔을 들고 말했다.

"갖고 계신 찬송가 239장입니다. '우리 강가에서 만납시다'. 모두 일어나시기 바랍니다."

음악 소리가 크게 나자 레드가 아만다에게 말했다.

"난 이해가 안 되는구나. 애비가 어디로 갔다고 했니?"

"광활한 의식으로요."

아만다가 아버지에게 말했다.

"흠, 네 어머니가 그랬을 법하긴 하구나. 하지만 난 모르겠다. 난 그보다는 구체적인 곳이길 바랐는데."

레드가 말했다.

아만다가 그의 손을 토닥이고 찬송가의 다음 구절을 가리켰다.

* * *

리 베이스콤은 휘트생크 가족에게 예배 후 사람들이 집에 찾아갈 거라고 귀띔했다. 유가족이 초대하든 아니든 조문객들이 먹고 마시려고 모여들 거라고 했다. 그래서 첫 손님이 초인종을 눌렀을 때 가족은 마음의 준비가 되어 있었다. 한숨 돌릴 겨를도 없이 그들은 조문객들에게 고맙다고 인사하고 포옹을 받고, 손을 잡고 대화했다. 리의 가정부는 아침에 음식업체가 배달한 소형 샌드위치가 담긴 쟁반을 들고 놀아다녔다. 애비의 아들들보다 더 격식 차린 차림새의 중동 남자 셋은, 스템의 세 아들이 어른들의 다리 가랑이 사이를 뛰어다니자 놀라서 말없이 지켜보았다. 생전 처음 보는 왜소한 노부인은 혹시 애비가 전에 구웠던 비스킷은 없느냐고 몇 사람에게 물었다.

데니가 수전을 기차역에 데려다주려고 나가면서 조문객들에게 인사한 것을 보면, 집에 왔을 때는 손님들이 갔을 거라고 예상한 모양이었다. 하지만 그게 아니었다. 돌아와 보니 손님들이 아직 있었다. 색스 브라운과 마지 엘리스는 아프가니스탄 문제를 놓고 논쟁을 벌였다. 아만다의 딸 엘리스는 화이트와인 잔을 엄지와 검지로 잡고 나머지 손가락을 펼쳤다. 화장이 지워져서 검은 눈이 다시 도드라졌다. 스타킹을 신은 리 베이스콤브의 가정부는 이제 크루디테이(생야채를 소스에 찍어 먹는 전채 요리)를 돌렸고, 약간 과음한 리는 어느 집 십대 아들의 허리를 껴안고 서 있었다. 레드는 지친 기색이 역력했다. 잿빛 얼굴이 축 늘어졌다. 노라가 앉게 하려고 애썼지만 그는 고집스럽게 서 있었다.

그러다가 갑자기 손님들이 떠났다. 비밀스럽게 개를 부르는 휘파람 소리가 난 듯이 일제히 빠져나갔다. 거실에는 가족만 남았고 낮에 영화관 밖에 나온 것처럼 너무 환한 것 같았다. 큰 치즈 도마가 오토만 의자에 놓여 있고 카펫에 크래커 부스러기가 흩어져 있었다. 누군가 두고 간 숄이 의자 등받이에 걸쳐 있었다. 화장실에서 물 내리는 소리가 나더니 타미가 바지를 올리면서 거실로 들어왔다.

"흠."

레드가 말했다. 그는 가족 모두를 둘러보았다.

"흠."

아만다가 똑같이 말했다.

모두 서 있었다. 모두 할 일이 없었다. 다음 과제를 기다리는 표정을 지었지만, 물론 이제 과제는 없었다. 다 끝났다. 그들은 애비를 떠나보냈다.

뭔가 더 있어야 될 것 같았다. 더 요약하고 더 설명해야 될 듯했다. '메릭 고모가 그런 말을 하다니 믿지 못하실 걸요'라고 애비에게 말하고 싶었다. '엄마가 율라 왕비를 봤으면 깔깔대고 웃으셨을 거예요. 트레이 고모부는 나타나지 않았어요, 중요한 회의가 있다나요. 하지만 율라 왕비님은 행차하셨죠. 상상이 되세요? 그 양반은 늘 엄마를 공산주의자라고 욕했잖아요?'

하지만 잠깐. 애비는 죽었다. 그녀는 이런 말을 듣지 못할 터였다.

8

 애비가 세상을 떠났으니 누군가 레드와 살 필요가 없다고 볼 수 있었다. 사실 그는 그럭저럭 지낼 수 있었고, 장례식 다음 날 아침부터 출근하기 시작했다. 하지만 그날 오후 레드는 일찍 집에 와서 조용히 올라가 침대에 누웠다. 노라가 세탁물을 개서 안방에 들어가지 않았다면, 그가 그렇게 누워 있다 언제 발견되었을지 모를 일이었다. 레드는 한 손으로 가슴을 움켜쥐고, 통증 때문인지 염려 때문인지 이맛살을 찌푸리고 누워 있었다. 그는 아무것도 아니라고, 고단해서 라고 대답했다. 하지만 데니가 모시고 응급실에 가야 된다는 노라의 주장에 레드는 반대하지 않았다.

 사실 증세는 별게 아니었다. 6시간 후 의사들은 소화불량으로 진단했고, 레드는 네 자녀와 집으로 돌아왔다. 데니 외의 세 사람은 노라의 전화를 받고 병원으로 달려왔다. 하지만 그 일을 계기로 두 딸의 고민이 시작되었다.

이제까지 자녀들은 집안 상황을 정리할 시간이 충분히 있다는 데 동의했다. 저절로 자리가 잡히게 놔두자고 서로 이야기했다. 하지만 그 주말까지 두 딸은 자기 집보다 친정에 더 오래 있는 듯했다. 보통은 용건이 있는 것처럼 남편들과 자식들 없이 혼자 찾아왔다. 볼일이 있어서 들른 것 같았다. 지니는 애비의 요리 레시피 상자를 가지러 왔고, 아만다는 애비의 옷을 담을 상자들을 가지고 왔다. 그들은 가지 않고 얼쩡대면서 누군가 붙잡고 낯선 대화를 시도했다.

예를 들어 아만다는 노라에게 말했다.

"언제까지 데니에게 의지할 수 없다는 걸 올케도 알 거야. 데니는 계속 머물거라고 장담하겠지만, 어느 날인가 일어나서 가버리겠지. 녀석이 이렇게 오래 버틴 것도 놀랍지."

그때 데니가 부엌에 들어오자 아만다는 말을 중단했다. 그가 들었을까? 하지만 데니가 컵을 설거지통에 넣고 나간 후에도 노라는 대답하지 않았다. 아만다가 혼자 떠들어댄 것처럼 노라는 명랑하고 속 모를 표정으로 베이킹 판에서 쿠키만 들어냈다.

게다가 스템! 아마 슬픔 때문이었지만 그는 아주 말수가 줄었다.

한빈은 지니가 그에게 말을 붙여보려고 했다.

"아버지는 너희 부부가 언제까지나 여기 살 거라고 예상하셨던 것 같아. 아버지가 떠난 후 집을 물려받을 거라는 뜻이야."

그러더니 그녀는 데니를 보며 미안한 표정을 지었고, 스템 옆에 앉은 데니는 텔레비전 채널을 돌리면서 양미간만 찌푸렸다. 아버지가 희망을 걸 자식은 스템인 것을 데니까지도 알고 있었다. 스템은 지니의 말을 듣지 않는 듯 계속 텔레비전 화면만 응시했다. 연달아 광고만 나와서 볼 만한 게 없는데도.

일요일 점심 후 레드가 낮잠을 자러 올라간 사이, 아만다가 다른 사람들에게 말했다.

"아버지에게 진짜 돌보미가 필요한 것 같지는 않아. 그건 인정해. 하지만 누군가 매일 아침 밤새 잘 지내셨는지 정도는 확인해야겠지."

"그 정도는 간단한 통화로 해결되지."

스템이 말했다.

지니와 아만다는 서로 보면서 눈썹을 치떴다. 스템이 아닌 데니가 했을 법한 대답이었다.

스템은 누나들에게 눈길을 주지 않았다. 바닥에서 보드게임을 하는 아들들을 지켜보았다.

데니가 말했다.

"아, 그래. 조만간 아버지도 여자 친구를 만나실지 몰라."

"맙소사! 데니!"

지니가 소리쳤다.

"왜?"

"그래, 그럴 수도 있겠지. 마음 한구석으로는 차츰 그러면 좋겠다 싶기도 해. 참하고 푸근한 분으로. 하지만 다른 한편으로는 '그런데 우리 같은 타입이 아니면 어떡해? 칼라를 세우거나 그런 사람이면?'이라는 생각도 들거든."

아만다가 차분히 말했다.

지니가 받아쳤다.

"아버지는 절대 칼라를 세우는 여자를 만나지 않을 거야!"

그때 계단에서 레드의 발소리가 났고 다들 입을 다물었다.

그날 늦게 딸들의 가족들이 와서 모두 문간에서 작별인사를 할 때, 레드는 아만다에게 변호사에게 애비의 사망을 알려야 되느냐고 물었다.

아만다가 대답했다.

"아, 그럼요. 아직 통지 안 하셨어요? 두 분 변호사가 누구에요?"

레드가 말했다.

"나는 모르겠는데. 유언장을 작성한 게 하도 오래 전이라서. 그 일은 너희 어머니가 알아서 처리했거든."

갑자기 스템이 웃음 비슷한 날카로운 소리를 내자 모두의 시선이 그에게 쏠렸다.

스템이 가족들에게 말했다.

"구식 유머랑 비슷하잖아. 남편이 말해. '내가 어떤 직업을 가질지, 우리가 어느 집을 살지 같은 작은 일들은 아내가 결정합니다. 그리고 난 중대사를 결정하지요. 유엔에 중국을 가입시키는 일 같은'"

지니의 휴가 말했다.

"뭐야?"

스템이 매형에게 말했다.

"관장하는 것은 여자들이죠. 그건 맞는 말이에요."

"중국이 이미 유엔에 가입하지 않았나?"

하지만 그때 노라가 끼어 들었다.

"걱정마세요, 휘트생크 아버님. 제가 변호사의 이름을 알아볼게요."

그러면서 이 이야기는 끝났다.

월요일에 레드가 출근한 사이 아만다가 상자들을 더 들고 왔다. 누가 보면 직장이 없는 사람 같았다. 하지만 정장 차림이었고 사무실에 들어가는 길임이 분명했다.

아만다는 식당 구석에 상자들을 내려놓자마자 말했다.

"사실대로 말해줘, 노라. 올케랑 스템이랑 끝까지 여기서 살 수 있어?"

"아버님에게 정말 도움이 필요하다면 저희가 외면하지 않을 거라는 걸 아시잖아요."

노라가 대답했다.

"그래서, 올케는 아버지에게 도움이 필요하다고 생각해?"

"저, 그 대답을 해야 될 사람은 더글라스예요."

아만다는 어깨를 늘어뜨리고 한 마디도 말도 없이 몸을 돌려 나갔다.

현관홀에서 그녀는 데니와 마주쳤다. 그는 양말만 신고 계단을 내려왔다.

아만다가 데니에게 말했다.

'가끔 스템이랑 노라가 너무…… 도덕적인 게 못마땅해. 사람을 몹시 지치게 하거든, 정말 그래."

"맞는 말이야."

데니가 말했다.

* * *

레드는 아들들에게 어디선가 들은 이야기를 했다. 어떤 남자는 아내가 죽은 후 아내가 누웠던 자리에서 잤다. 그러면 밤에 실수로 아내에게 손을 뻗을 걱정이 없을 것 같아서였다. 그는 두 아들에게 말했다.

"나도 그 방법을 실험해보고 있단다."

"효과가 어떤데요?"

데니가 물었다.

"뭐 지금까지는 별로 효과가 없어. 잠들어도 계속 애비가 거기 없다는 것을 기억하는 것 같아."

데니는 스템에게 스크루드라이버를 건네주었다. 두 사람은 문마다 방충망을 떼고 겨울에 대비해 방풍창을 달 준비를 했고, 레드가 감독하고 있었다. 두 아들이 여러 번 방풍창을 달아봐서 사실 그가 지켜볼 필요가 없었다. 레드는 애비가 뜨개질하던 시절에 짜준 큼직한 모직 스웨터를 입고 뒤쪽 계단에 앉아 있었다.

그가 말했다.

"어젯밤 꿈에서 너희 엄마를 봤지. 술이 달린 숄을 어깨에 두르고, 예전처럼 머리가 치렁치렁했지. 그녀가 말했어. '레드, 난 스텝을 다 배워서 밤이 다가도록 당신이랑 춤추고 싶어요.'"

그는 말을 끊고 호주머니에서 손수건을 꺼내 코를 풀었다. 데니와 스템은 방충망이 기울어지지 않게 들고 서서, 무기력하게 서로 쳐다보았다.

"그러다 깼지."

얼마 후 레드가 말했다. 그는 손수건을 도로 주머니에 쑤셔 넣으면서 말을 이었다.

"이런 생각을 했어. '내가 애비가 가까이서 관심을 가져주기를 바라니까 이런 꿈을 꾼 거지. 예전에 늘 그랬듯이' 그런데 난 또 깨는 거야, 이번에는 진짜 정신을 차렸지. 너희도 그래본 적이 있니? 꿈에서 깼는데 알고 보니 여전히 자고 있더란 말이지. 진짜로 깨서 생각했지. '아이고, 이런 일이. 이제 이렇게 먼 길을 가야 되겠구먼' 아직 극복되지 않아서 그런 거겠지, 그렇지?"

"네, 힘든 일이죠."

스템이 말했다.

"수면제를 드시면요."

데니가 제안했다.

"그게 뭘 할 수 있는데?"

레드가 물었다.

"저기, 그냥 말해본 것뿐이에요."

"넌 인생의 모든 문제가 약으로 해결될 수 있다고 생각하지."

"이걸 나무에 기대 세워 놓자구."

스템이 데니에게 말했다.

데니는 입술을 꾹 다물고 고개를 끄덕이고, 방충망을 들고 포플러나무 쪽으로 뒷걸음질했다.

* * *

그날 저녁 리 베이스콤이 애플파이를 들고 찾아와서, 가족들과 둘러앉아 파이를 먹었다.

"럼주를 넣었기에 아이들이 잠자리에 들겠다 싶은 시간까지 기다렸다가 온 거야."

그녀가 말했다. 사실 아이들은 아홉 시가 다 됐는데도 아직 자지 않았다(정해진 취침 시간이 없는 것 같았고, 애비는 염려스러운 말투로 딸들에게 자주 그것을 지적했다.). 하지만 세 아이가 거실에 경주로 같은 것을 만들어놓고 정신없이 뛰어다녀서 어른들은―리, 스템, 노라, 레드, 데니―식당으로 자리를 옮겼고, 리는 애비가 늘 쓰던 접시에 애플파이를 담았다. 그녀는 자기 살림만큼이나 애비의 살림을 잘 안다고 자주 말했다.

"자네는 손가락 까딱할 필요 없어."

리가 노라에게 말했다. 하지만 노라는 이미 무 카페인 커피를 내리고 크림과 설탕, 머그잔과 포크류, 냅킨을 챙기기 시작했다.

리가 식탁에 앉아 포크를 들면서 말했다.

"여러분, 기운 냅시다. 슬픈 때는 달달한 게 도움이 된다고 하죠. 나는 그 말이 사실이라는 것을 알았어요."

"아, 이렇게 해주니 참 고맙네요, 리."

레드가 말했다.

"오늘 밤에는 단 게 나 자신한테 도움이 될 거예요. 들었는지 모르겠지만, 설상가상으로 지터가 죽었네요."

"아, 정말 안 됐네요."

노라가 말했다. 지터는 리의 얼룩고양이로 20살이었다. 동네에서 지터를 모르는 사람이 없었다.

레드가 말했다. 그는 포크를 내려놓았다.

"이런 일이! 세상에 어떻게 그런 일이 벌어질 수 있지요?"

그가 물었다.

"오늘 아침 뒤쪽 계단에 내려서는데 발 매트에 누워 있더라구요. 밤새 거기서 기다린 게 아니면 좋으련만, 딱한 것."

"맙소사! 끔찍하군요! 하지만 사인을 조사하겠지요."

레드가 말했다. 그는 당황한 기색으로 덧붙여 말했다.

"이런 일이 이유 없이 생기지는 않으니까요."

"늙으면 이런 일이 생기지요, 레드."

"늙다니요! 아직 유치원도 안 다녔는데!"

"네?"

리가 반문했다.

모두 레드를 빤히 쳐다보았다.

"그 아이가 태어났을 때를 기억하는데요! 2년도 안 됐잖아요!"

"무슨 말씀을 하시는 거예요?"

리가 물었다.

"저기, 나는…… 피터가 죽었다고 말하지 않았어요? 리의 손자가?"

"지터라고 말했어요. 지터, 내 고양이요. 아이고 맙소사!"

리가 목소리를 높여서 대답했다.

"아, 미안해요. 내 실수네요."

레드가 말했다.

"왜 그리 갑자기 고양이를 애달파하시나 했네요. 이런! 그래요. 나는 리가 하나뿐인 손자를 잃었는데 어찌 그렇게 태연할 수 있나 의아했네요."

그는 겸연쩍게 킬킬대고 다시 포크를 들었다. 그러더니 식탁 너머로 노라를 쳐다보았다. 그녀는 냅킨을 입에 대고 어깨를 들먹이면서 가볍게 큭큭 소리를 냈다. 처음에는 사래가 들린 것 같았지만 웃느라 눈물을 줄줄 흘렸다. 스템이 말했다.

"여보?"

그러자 사람들의 시선이 노라를 향했다. 그녀가 이렇게 키득대는 것을 아무도 본 적이 없었다.

"죄송해요."

그녀는 말을 할 수 있게 되자 사과했지만, 다시 냅킨으로 입을 막았다.

노라가 숨을 몰아쉬며 다시 말했다.

"죄송해요!"

"네가 날 그리도 재미있어 하는 걸 보니 반갑구나."

레드가 뻣뻣하게 말했다.

"정말 죄송해요, 휘트생크 아버님."

로라가 냅킨을 내려놓고 반듯하게 앉았다. 얼굴이 빨갛고 뺨이 젖어 있었다. 그녀가 다시 말했다.

"분명히 스트레스 때문에 이럴 거예요."

리가 말했다.

"당연히 그렇지. 다들 스트레스가 극심한 때를 지났으니! 내가 별것도 아닌 소식을 들고 건너오기 전에 그런 배려를 해야 했는데."

"아뇨, 그게 아니라 저는……"

"우습지, 두 이름의 운이 맞는다는 것은 지금 처음 알았네. 피터, 지터."

리가 생각에 잠겨 중얼댔다.

레드가 말했다.

"와줘서 고마워요, 리. 그리고 파이가 맛있어요, 정말입니다."

그는 아직 한 입도 먹지 않았다는 것을 모르는 눈치였다.

리가 레드에게 말했다.

"그래니 스미스 사과(사과의 한 종류. 초록빛이고 단단하다.)로 만들었어요. 다른 종류는 죄다 물컹하더라고요."

"이건 조금도 물컹하지 않네요."

"네, 맛이 좋아요."

레드가 말했다. 스템도 덩달아서 우물대는 소리로 맞장구쳤다. 노라가 진정한 것 같은데도 그는 아내에게서 눈을 떼지 않았다.

리가 말했다.

"자! 이제 재미있는 시간을 보냈으니, 여러분 이야기를 해봅시다. 다들 어떻게 할 계획이지? 스템? 데니? 너희는 아버지랑 계속 같이 지낼 거야?"

어색한 순간일 수도 있었지만—식탁에 둘러앉은 사람들 모두 마음의 준비를 하는 기색이 역력했다—레드가 나서서 말했다.

"아니요, 아이들은 곧 이사 나갈 거예요. 나는 아파트를 구하려고 해요."

"아파트요!"

리가 말했다.

다른 사람들이 잠잠해졌다.

"뭐, 아이들이야 각자 인생이 있는 거지요. 그리고 휑한 이 집에서 나 혼자 사는 게 무슨 도움이 되겠어요. 아파트를 임대해도 좋겠다고 생각 중이에요. 관리할 필요가 없는 편리한 아파트로. 엘리베이터가 있는 곳도 좋겠지요. 혹시 내가 늙으면 비틀거리게 될 수도 있으니."

레드는 그런 일은 없을 거라는 듯 키득대며 웃었다.

"아, 레드. 모험심이 대단하세요! 제가 그런 곳을 알아요. 베일리를 아시죠? 베일리가 '찰스 빌리지'에 있는 신축 건물에 입주했는데 아주 마음에 들어 해요. 아시죠, 베일리는 '세인트 존스'에 큰 집을 갖고 있었는데 지금은 잔디 깎기나 눈 치우기, 방풍창을 달 걱정을 할 필요가 없다더군요……"

"바로 오늘 오후에 아이들이 방풍창을 달았어요. 내가 지금까지 몇 번이나 그 일을 했는지 알아요? 가을이면 방풍창을 달고 봄이면 뜯고. 달고 뜯고. 달고 뜯고. 끝이란 게 있을까? 라는 생각을 하게 되죠."

"그런 짐에서 벗어나는 것은 대단히 현명한 처세죠."

리가 말했다. 그녀는 환한 미소를 지으면서 덧붙여 물었다. "다들 동의하지 않아?"

잠시 머뭇거리다가 데니, 스템, 노라는 고개를 끄덕였다. 모두 아무 표정도 짓지 않았다.

* * *

아만다는 이 일이 줄다리기를 할 때 상대가 경고도 없이 줄을 놔버리는 것과 비슷하다고 말했다.

"내 말은 허탈한 지경이라는 거지."

그러자 지니가 말했다.

"당연히 우린 아버지가 자식들을 걱정시키지 않기를 바라지만, 아버진 쭉 이런 생각을 했다는 거야? 천장 몰딩도 없는 비좁은 현대적인 집으로 이사하겠다고?"

아만다가 대답했다.

"아버지가 너무 순순히 행동하셔. 이건 너무 쉽잖아. 배경에 뭐가 있는지 알아봐야겠어."

"맞아, 왜 이렇게 서두르시는지 의심해봐야 해."

자매는 각자의 휴대폰으로 통화 중이었다. 지니의 뒤쪽에서 전기드릴과 못 박는 기계소리가 났다. 아만다는 조용한 사무실에 있었다. 레드의 통고를 즉시 알려준 사람이 없었다는 게 충격이었다. 자매는 다음 날 아침에야 이 소식을 들었다. 스템이 출근해서 지니와 가구제작에 대해 의논하다가 이 이야기를 꺼냈다.

지니가 급하게 말했다.

"우리가 의논해봐야 된다고 아버지한테 말했지?"

"내가 아버지한테 왜 그런 말을 하겠어?"

"뭐야, 스템?"

"아버지는 성인이고, 쭉 하고 싶었던 일을 하시려고 해. 아무튼 아버지가 어떻게 하시든 나랑 노라는 집에서 나올 거야."

"그래?"

"노라의 교회에서 세입자들이 이사 갈 집을 구하기를 기다리는 중이야."

"하지만 그런 말을 안 했잖아! 우리랑 이 문제를 의논한 적이 없어!"

스템이 반문했다.

"왜 그걸 의논해야 되는데? 나도 다 큰 성인이야."

그러더니 그는 도면을 둘둘 말아 들고 가버렸다.

지니가 언니에게 전화해서 말했다.

"요즘 스템은 안전히 딴 사람이 된 것 같아. 심술궂을 정도야. 한 번도 이런 적이 없었는데."

"분명히 데니랑 관계 있을 거야."

아만다가 말했다.

"데니?"

"틀림없이 데니가 감정 상하는 말을 했겠지. 스템이 들어온 것을 데니가 받아들이지 못하는 건 너도 알잖아."

"하지만 데니가 무슨 말을 했을까?"

"데니가 이미 말하지 않은 무슨 말을 했을까가 문제지. 무슨 말을 했던지 분명히 특별한 말이었을 거야."

"난 그렇게 생각하지 않아. 최근에 데니가 제법 착하게 굴거든."

지니가 말했다.

하지만 그녀는 전화를 끊자마자 데니에게 전화했다(다시 본가에 들어온 지금도 데니와 통화하려면 휴대폰으로 전화해야 되다니 달라진 게 없잖아?).

오전 10시였지만 데니는 아직 잠이 덜 깼음이 분명했다. 가라앉은 목소리로 전화를 받았다.

"왜."

"스템이 그러는데 아버지가 아파트로 이사하신다며."

지니가 말했다.

"응, 그러실 것 같아."

"그건 어디서 나온 생각이야?"

"나야 모르지."

"그리고 스템이랑 노라는 세입자가 이사 갈 집을 구할 때까지 기다렸다가 집에서 나올 거래."

데니는 요란하게 하품을 하고나서 말했다.

"흠, 그거 잘 생각했네."

"네가 그 아이한테 뭐라고 했어?'

"스템한테?"

"스템이 집에서 나오고 싶을 만한 말을 했느냐고?"

"아버지가 나가신다잖아, 지니. 그러니 왜 스템이 나가지 않겠어?"

"하지만 스템은 아무튼 나올 거라고 했어. 또 요즘 아주 요상하게 군다고. 아주 심술 사납고 성미 급하게."

"스템이?"

데니가 물었다.

"분명히 말하는데 뭔가 스템을 괴롭히고 있어. 아버지를 만류하려고 애쓰지도 않은 것 같고."

"그래. 우리 모두 안 그랬어."

"너는 그게 괜찮다는 거야? 아버지가 자기 아버지가 지은 집을 버려도 괜찮다는 거야?"

"그럼."

"너는 그 집에서 나오게 될 거야. 우린 집을 팔아야 될 걸. 넌 보우턴 가의 방 여덟 개짜리 집의 세금을 감당할 능력이 없겠지. 직장조차 없잖아."

"맞아."

데니가 대꾸했다. 화난 것 같지는 않았다.

"그러면 닌 뉴저지로 돌아갈 셈이야?"

"거의 그렇겠지."

지니는 잠시 침묵했다.

마침내 그녀가 입을 열었다.

"난 널 이해 못 하겠다."

"그래……."

"여기 사는가 하면 저기 살고. 어디 사는지는 아무 문제가 안 되는 것처럼 사방팔방 돌아다니지. 넌 친구도 없는 것 같아. 제대로 된 직업도 없고……. 진심으로 염려하는 사람은 있니? 수전은 제외하고 말이야. 자식들이야 그저…… 우리의 분신이니까. 하지만 넌 엄마랑 아버지가 얼마나 걱정했는지 신경이나 써? 넌 우리한테 신경이나 써? 난? 네가 스템이 상처받을 말을 해서 그 애가 모두에게 화를 내는 거니?"

"난 스템한테 아무 말도 안 했어."

데니가 말했다.

그리고 전화를 끊었다.

* * *

"마음이 안 좋아."

지니가 아만다에게 말했다. 그들은 다시 통화했다. 하지만 이번에는 아만다가 급하게, 조바심 나는 말투로 대꾸했다.

"또 무슨 일이야?"

그녀가 물었다. 그녀는 모르겠지만 데니와 말투가 비슷했다.

"실은 데니한테 한바탕 해댔거든. 스템에게 못되게 군다고, 엄마랑 아버지를 속상하게 했다고, 일하지 않고 친구도 없다고."

"그래서? 그 말 중 사실이 아닌 게 있어?"

"우리한테 신경이나 쓰느냐고 물었어. 음, 특히 나한테."

"합리적인 질문이라고 할 수 있겠네."

아만다가 말했다.

"그건 묻지 말았어야 했어."

"마음 쓰지 말아, 지니. 데니는 그런 말을 들어도 싸지."

"하지만 나한테 신경이나 쓰냐고 묻다니…… 내가 내 자식의 머리통을 후려갈기게 될까봐 걱정하자, 데니는 날 도와주러 오는 바람에 직장을 관둬서 집세까지 밀렸는데!"

침묵이 흘렀다.

마침내 아만다가 말했다.

"난 그건 몰랐네."

"데니가 우리 집에서 지냈는데 기억 안 나?"

"네가 알렉산더의 머리통을 후려갈기게 될까 겁났다는 건 몰랐어."

"아니. 흠, 그 얘긴 잊어버려."

"나한테 말하지 그랬니. 아니면 엄마한테나. 더군다나 엄마는 복지사였다구!"

"언니, 그만하자. 부탁이야."

또 침묵이 흘렀다. 그러다가 아만다가 입을 열었다.

"어쨌든 간에. 네가 한 말의 나머지는 데니가 들어도 싸. 데니는 스템에게 못되게 굴었어. 엄마랑 아버지 속을 썩이고 두 분의 삶을 생지옥으로 만들었어. 지금 직장이 없고, 친구가 있다 해도 우리는 만나본 적이 없어. 또 데니가 우리를 손톱

만치라도 신경 쓴다고 믿지 못하지! 네가 말했지. 데니가 집에 오기 전날 밤 통화했을 때 상황이 나쁜 것 같았다고. 어쩌면 데니는 집에 들어올 핑곗거리를 찾고 있었던 거야."

"그래도 마음이 안 좋아."

지니가 말했다.

"있지, 급히 전화를 끊기 싫지만 약속에 늦었어."

"그럼 얼른 가봐."

지니가 말하고, 휴대폰을 눌러 통화를 종료했다.

* * *

데니와 노라는 부엌에서 저녁식사 뒷정리를 했다. 아니, 데니가 식사를 준비해서 노라가 뒷정리를 했다. 하지만 그는 부엌에서 얼쩡대면서 조리대에 있는 물건을 집어서 뒤집어보고 다시 내려놓았다.

노라는 베일리의 아파트에 대해 데니에게 말했다. 그날 오후 그녀는 레드와 그 집을 구경하러 갔다. 하지만 그가 손가락으로 밀기만 해도 벽에 구멍이 뚫리겠다고 말했기 때문에 토요일에 다시 가족과 친구 사이인 부동산 중개업자와 다른 집을 보러 가기로…….

데니가 말했다.

"스템이 무슨 일에 화가 났나요?"

"무슨 말씀이에요?"

노라가 물었다.

"스템이 기분이 안 좋다고 지니한테 들었어요."

"그이에게 직접 물어보지 그러세요?"

노라가 말했다. 그녀는 식기세척기에 마지막 남은 작은 냄비를 이리저리 끼워 넣었다.

"제수씨한테 들을 수 있을 줄 알았거든요."

"그이한테 가서 대화하기가 그렇게 힘들어요? 그 사람이 그렇게 싫으세요?"

"난 스템을 싫어하지 않아요! 제길."

노라가 식기세척기 문을 닫고 돌아서서 그를 마주보았다.

데니가 말했다.

"왜, 내 말을 믿지 않죠? 우린 잘 지내고 있어요! 늘 잘 지냈다구요. 솔직히 스템은 '나처럼 착한 사람이 있어?'라는 식의 위선적인 타입일 수도 있고, 늘 너무나 참을성 있는 말투여서 상대를 봐주는 것처럼 들리긴 해요. 또 인생이 풀리지 않을 때도 반듯하게 처신하는 면에서는 가히 전설이죠. 뭐 사실 스템의 인생이 풀리지 않은 적이 몇 번이나 될까마는? 하지만 나랑 스템은 아무 문제없다구요."

노라는 평소의 묘한 미소를 지었다.

데니가 말했다.

"알았어요. 내가 스템한테 물어보죠."

노라가 그에게 말했다.

"식사 준비해주셔서 감사해요. 맛있었어요."

그는 한 손을 들었다가 내리고 부엌에서 나갔다.

일광욕실에서는 저녁 뉴스가 나오고 있었지만, 레드 혼자 텔레비전을 보고 있었다.
"스템은 어디 있어요?"
데니가 물었다.
"위층에 애들이랑. 누가 뭘 망가뜨렸나보더라."
데니는 복도로 나와서 계단을 올라갔다. 이층 침대 방에서 아이들 목소리가 겹쳐서 터져 나왔다. 들어가 보니 아이들은 바닥에 만든 구불구불한 경주로를 뛰어다니고, 스템은 침대에 앉아서 서랍의 이음매를 살피고 있었다.
"여긴 무슨 일이야?"
데니가 스템에게 물었다.
"애들이 서랍장이 산인 줄 알았나 봐."
"에베레스트였어요."
피티가 데니에게 말했다.
"아이쿠."
"풀 좀 줄래?"
스템이 말했다.
"정말 거기 풀을 바를려고?"
스템이 그를 쳐다보았다.
데니는 서랍장 위에서 목공용 풀을 집어 건네주었다. 그리고 가슴에 팔짱을 끼고 한 다리에 체중을 싣고 문틀에 비스듬히 기대섰다.
"저기, 이사 나간다면서."
데니가 말했다.
스템이 대꾸했다.

"응."

그는 이음매 부분에 풀을 발랐다.

"아주 확고한 것 같네."

스템은 고개를 들고 데니를 노려보았다. 그가 말했다.

"내가 아버지한테 빚졌다고 말할 생각은 하지도 말아."

"뭐야?"

아이들이 힐끗 위를 쳐다보았지만 곧 놀이를 계속했다.

스템이 데니에게 말했다.

"난 지금까지 도리를 다했어. 누군가 집에 있어야 된다면 형이 그렇게 해."

"내가 그런 말을 했던가? 왜 누군가 집에 있어야 되는데? 아버지가 이사하신다잖아."

"아버지는 우리가 말리길 바라신다는 건 형도 알잖아."

"난 그런 건 몰라. 요즘 대체 넌 무슨 일이 있는 거야? 계속 버릇없는 놈처럼 구니 말이지. 엄마 일 때문이라고는 말하지 말아."

데니가 말했다.

"형의 엄마지. 내 엄마가 아니었어."

스템이 말했다. 그는 풀 그릇을 바닥에 내려놓았다.

"뭐, 그래. 네가 그렇게 표현하고 싶다면."

"형에게 알려주지, 내 엄마는 B. J. 오트리였어."

"맙소사……"

데니가 중얼댔다.

아이들은 아랑곳하지 않고 계속 놀았다. 고가도로에서 난 대형사고를 재연하는 중이었다.

스템이 말했다.

"그리고 계속해서 애비는 그걸 알고 있었어. 알면서도 나한테 말을 안 했다구. 아버지한테도 말을 안 했대."

"그렇다 해도 난 왜 네가 뚱해서 다니는지 모르겠다."

"형 말마따나 난 뚱해, 왜냐면……"

스템은 말을 끊고 데니를 빤히 쳐다보았다.

스템이 말했다.

"형 역시 알고 있었지."

"어?"

"이 얘기가 전혀 놀랍지 않지, 그렇지? 내가 예전에 짐작했어야 했는데! 예전에 형이 그렇게 기웃거리고 다녔는데. 당연히 알았겠지! 오래전부터 알았던 거야!"

데니는 어깨를 으쓱했다. 그가 말했다.

"네 엄마가 누구였는지 나한테는 중요하지 않아."

"나한테 이것만 약속해줘. 다른 사람들한테는 말하지 않겠다고 약속해."

스템이 말했다.

"내가 왜 다른 사람들한테 말하겠어?"

"말하면 형을 죽여버릴 거야."

"아이구, 무서워라."

데니가 중얼댔다.

이즈음 어린 아이들은 눈치챘다. 놀이를 멈추고 입을 딱 벌린 채 아빠를 쳐다보았다. 타미가 말했다.

"아빠?"

스템이 타미에게 말했다.

"아래층으로 내려가. 셋 다."

"하지만 아빠……"

"어서!"

스템이 말했다.

아이들은 비척비척 일어나서 나가다가 그를 돌아보았다. 새미는 플라스틱 트럭을 손에 들고 있었다. 데니는 새미가 지나갈 때 눈을 찡긋했다.

"그러겠다고 약속해."

스템이 데니에게 말했다.

데니는 양손을 위로 들고 말했다.

"알았어! 알았다구! 저기, 스템. 너, 풀이 얼마나 빨리 말라버리는지 알아? 서랍 조각들을 붙이고 싶을 텐데."

"단 한 사람한테도 발설하지 않겠다고 목숨을 걸고 맹세하라구."

데니가 진지하게 따라서 말했다.

"단 한 사람한테도 발설하지 않겠다고 내 목숨을 걸고 맹세해. 하지만 난 이해가 안 된다. 왜 마음을 쓰고 그래?"

"그냥 마음이 쓰여, 됐어? 형한테 이유를 말할 필요 없겠지."

스템이 대꾸했다. 하지만 그러고 나서 그가 덧붙였다.

"어디선가 읽었는데, 막 태어난 아기도 엄마의 목소리를 인지한다더군. 알고 있었어? 아기들은 자궁에서 그 소리를 익힌다는 거야. 태어난 순간부터 아기들이 좋아하는 것은 엄마의 목소리지. 그래서 이런 생각이 들었어. '이런, 나는 그 시절에 어떤 목소리를 좋아했을지 궁금하네' 내가 평생 좋아할 테지만, 적어도 처음 얼마 이후에는 듣지 못한 목소리가 있다는 게 서글펐어. 그런데 이제 보라구, 그건 B. J. 오트리의 목소리였어. 그 걸걸한 거슬리는 목소리하며 그 쓰레기 같은 말투! 애비의 말투를 떠올려봐. 바로 그런 게 말을 하는 거지! 애비의 자식이면 좋았을 텐데."

"그래서? 결국 넌 그랬어. 해피엔딩이었다구."

데니가 말했다.

"하지만 가족들이 뒤에서 B. J.를 얼마나 비웃었는지 기억해봐. 그녀가 거슬리는 소리로 웃으면 다들 찌푸렸지. 그녀가 어떤 일에 대해 장황하게 떠들면 가족들은 서로 쳐다보면서 이상한 표정을 짓곤 했어. '아, 날 알잖아요. 난 그냥 있는 그대로 말해요. 보이는 대로 말하죠. 난 까놓고 말하는 사람이거든요' 그녀는 그런 말을 하곤 했지. 무슨 자랑이라도 되는 것처럼! 그러면 식탁에서 모두 은밀한 눈빛을 주고받는 거야. 그래서 지금 이런 생각이 들어. '맙소사, 그녀가 내 생모라는 걸 식구들이 알면 난 창피해서 죽을 거야' 그런데 그녀를 그렇게 여기는 내가 창피해. 가족이 그녀에게 그렇게 거만하게 굴 권리가 없었다는 생각도 들어. 어떻게 생각해야 될지 모르겠다니까! 이따금 내가 잃어버린 것을 애달파하는 것 같아. 내 생모가 저녁 식탁에 앉아 있는데도 나는 눈치 못 챘고, 애비가 말해주지 않은 게 화나서 미치겠어. 그 기막힌, 어이 없는 계약서도 화가 나. 그녀는 내 생모에게 내가 아들이라고 말하는 것을 허락하지 않았어! B.J.가 날 돌려달라고 했다면, 애비는 얼씨구나 하면서 날 돌려줬겠지. '네, 여기 있어요'라면서…… 쉽게 얻었으니 쉽게 버리는 거지. 또 아버지 말이야, 그 말을 믿을 수 있겠어? 아버지는 나한테 말했어. 자기가 알았으면 애초에 날 넘겨줬을 거라고."

"이 일에 대해 아버지랑 이야기했어?"

스템은 데니의 말을 못 들은 것처럼 말했다.

"저기, 생각해 보라구. 결국 B.J.는 나를 돌려받으려 하지 않았어. 식탁 너머로 나를 똑바로 보면서도 나를 원하지 않았다구. 나를 제대로 본 적도 없어. 언제든지 원하면 날 보러 올 수 있었을 텐데, 이따금 1년에 두세 번 찾아왔을 뿐이야."

"그래서 뭐? 너는 그녀를 좋아하지도 않았잖아. 그 목소리가 싫다고 했으면서 그래."

"그래도 그녀는 내 어머니였어. 자식을 특별하게 여기는 세상의 한 명뿐인 여자, 모든 아이가 그런 대접을 받을 자격이 있잖아?"

"너는 그랬어. 너한테는 애비가 있었어."

"흠, 미안하지만 그걸로 부족했어. 애비는 형의 엄마였어. 내게는 내 엄마가 필요했다구."

"애비가 너를 특별하게 여겼다고 생각하지 않는 거야?"

데니가 물었다.

스템은 침묵했다. 그는 손에 든 서랍을 물끄러미 내려다보았다.

데니가 말했다.

"그러지 말아. 엄마는 네 목덜미까지도 특별히 여겼어. 장담하는데 엄마가 그러지 않았으면 넌 전혀 다르게 살았을 거야. 빗나가서 어딘지 모를 곳을 떠돌았을 거라구. 뿌리도 없이 집도 없이, 어디 임시 양육 가정에 들어갔겠지. 계속 직장에 다니거나 결혼생활을 유지하거나, 친구들과 어울리는 데 문제가 있는 부적응자가 됐겠지. 어디 가든 맞지 않는다고, 어디에도 속하지 않는다고 느꼈을 걸."

데니가 말을 멈추었다. 그의 말투 때문에 스템은 고개를 들었다. 하지만 그순간 데니가 덧붙였다.

"이런! 이게 뭘 증명하는지 뻔하네."

"뭔데."

"넌 집안 전통을 따르는 거야. '다른 사람의 것을 갖고 싶어' 하다가 결국 그걸 차지하는 전통! 주니어가 꿈꾸던 집을, 메릭이 꿈꾸던 남편을 차지한 것처럼 말야. 맞아! 이게 집안의 세 번째 사연이 될 수도 있겠네."

데니는 연극조로 말을 이어갔다.

"'오래전 가족 중 한 사람은 30년간 생모의 목소리를 간구했으나, 그게 밝혀지자 가짜 엄마의 목소리의 절반도 마음에 차지 않는다는 것을 깨닫게 되었습니다'"

스템은 얼핏 쓸쓸한 미소를 지었다.

"빌어먹을. 나보다 네가 휘트섕크 사람 같단 말이지."

데니가 말했다.

그러더니 그는 덧붙였다.

"지금쯤 풀이 말라붙었겠다. 내가 그럴 거라고 경고했잖아? 풀을 긁어내고 다시 시작해야겠네."

그는 문틀에서 몸을 떼고 계단을 내려갔다.

* * *

부동산 중개인을 처음 안 것은 브렌다가 아직 활달해서 '로버트 E. 리 공원'에 데려가 달리기를 시키던 시절이었다. 헬렌 와일리는 아일랜드 세터 개를 데리고 공원에 왔고 애비와 대화를 나누게 되었다. 그래서 토요일 아침 헬렌이 집에 도착했을 때—코르덴바지와 누빔 재킷 차림의 경쾌하고 센스 있는 여자였다—장황하게 설명할 필요가 없었다. 그녀는 레드에게 직설적으로 말했다.

"제가 이미 알아요. 튼튼하게 지은 집을 원하시죠. 전쟁 이전에 지은 집을 생각 중이에요. 신축 아파트를 고려하시다니 말도 안 되는 일이었어요! 건축업자 동료들에게 보여줘도 창피하지 않을 집을 찾으시겠죠."

"뭐, 맞는 말이지요."

레드가 말했다. 사실 건축업자 동료는 없었다, 적어도 친목 삼아 찾아올 사람은 아무도 없었다.

"그럼 가보시죠."

헬렌이 아만다에게 말했다. 아만다가 그녀와 연락했고 같이 집을 보러 갈 예정이었다. 레드도 이 일은 도움이 필요할 수도 있다고 인정했다.

첫 아파트는 유니버시티 파크웨이 근처였다. 낡았지만 관리가 잘된 아파트였고, 마룻바닥이 반들거렸다. 집 주인은 부엌을 2010년에 리모델링했다고 말했다.

"누가 공사했습니까?"

레드가 물었다. 그는 업자 이름을 듣고 찌푸렸다.

두 번째 집은 엘리베이터가 없는 3층 아파트였다. 계단 꼭대기에 올라서자 레드는 살짝 찡그렸지만, 아만다가 장기간 살기에 적합하지 않겠다고 지적하자 그는 가만히 있었다.

세 번째 아파트에는 엘리베이터가 있었고 건축 연도가 괜찮았다. 하지만 가재도구가 많아서 집의 모양새를 파악하기가 어려웠다.

관리인이 말했다.

"솔직하게 말씀드리지요. 이전 세입자가 세상을 떠났습니다. 자녀들이 2주 안에 짐을 뺄 겁니다. 그러면 제가 집을 정리하고 새로 칠할 겁니다."

아만다는 헬렌에게 낙심한 표정을 지었고, 헬렌의 입꼬리가 아래로 처졌다. 흔들의자 등판에 진회색 카디건이 걸려 있었다. 복잡한 커피 테이블에는 머그컵이 있고 컵에 티백이 걸쳐 있었다. 하지만 레드는 당황한 기색이 없었다. 그가 거실을 지나 부엌으로 들어가서 말했다.

"이걸 봐라. 그 사람은 아침을 먹으려고 식탁에 앉으면 다시 일어날 필요가 없게 모든 것을 갖춰놓았구나."

흔들릴 것 같은 카드 테이블 위에 토스터, 전기 주전자, 시계라디오가 나란히 벽 쪽으로 놓여 있었다. 화병이 있을 만한 자리에는 매일 먹을 약이 담긴 약통이 있었다. 침실에서 레드가 말했다.

"텔레비전은 침대에서 볼 수 있게 놓여 있구먼."

앞으로 쑥 튀어나온 구식 텔레비전이 침대 발치 맞은편, 낮은 서랍장에 놓여 있었다.

"심야 뉴스를 보고 곧장 잠들 수 있겠네."

레드가 흡족해 하면서 말했다. 사실 보우턴 가 집에서는 침실에서 텔레비전을 본 적이 없었다. 그것이 애비의 선택이었다. 레드가 덧붙여 말했다.

"혼자 살아야 될 사람에게는 아주 편리할 것 같은 집이야."

아만다가 말했다.

"그렇긴 하지만……"

그녀와 헬렌은 다시 눈짓을 교환했다.

헬렌이 말했다.

"하지만 세간을 빼고 생각해보세요. 텔레비전이랑 가재도구가 치워진다는 점을 염두에 두셔야 합니다."

"하지만 내 텔레비전을 저기 두면 되니까."

레드가 대답했다.

"물론 그럴 수 있죠. 하지만 아파트 자체에 초점을 맞추자고요. 구조가 마음에 드세요? 공간이 이만하면 충분한가요? 제가 보기에는 방들이 약간 좁은 듯 합니다만. 부엌은 어떤가요?"

"부엌은 좋아요. 식탁 위로 손을 뻗으면 토스터에서 토스트를 쑥 뺄 수 있겠네요. 심장약도 먹고, 날씨 예보도 보고."

"네, 바닥은 리놀륨이에요. 알고 계셨죠?"

"그래요? 바닥은 괜찮아 보이는데요. 부모님의 신혼집 바닥이 바로 이랬던 것 같네요."

그 문제는 해결되었다. 아만다가 나중에 동생들에게 말했듯이, 이것은 상상의 문제인 듯했다. 레드의 상상력. 그는 상상력이 없었다. 그저 남이 물건들을 배치해서 그가 그럴 필요가 없는 게 반가운 듯했다.

뭐, 덕분에 자녀들에게는 상황이 더 수월해졌다. 레드가 이사한 후 언제든 필요한 부분을 손보면 그만이었다.

* * *

집 매도도 헬렌이 맡을 예정이었다. 그녀는 아파트를 구경한 후 집 매도 방식을 상의하기 위해 함께 보우턴 가로 갔다. 스템과 데니도 자리했다.

헬렌이 거실을 둘러보면서 말했다.

"정말 편리한 고풍스러운 집이에요. 물론 현관 앞 테라스가 대단히 매력적이고요. 매수자에게 집 구경을 시키는 게 즐거울 거예요."

레드를 제외하고 모두 용기를 얻은 표정이었다. 레드는 신문을 읽고 싶은 듯이 가까이 놓인 신문을 쳐다보았다.

헬렌이 말했다.

"하지만 여전히 시장이 부진한 상황이지요. 제가 파악하기에 이런 시기의 구매자들은 완벽한 집을 기대해요. 몇 군데

단장하면 좋겠네요."

레드가 말했다.

"단장을 한다고? 이 이상 뭘 더 바랄 수 있다고? 부엌을 제외한 아래층 방들은 다 이중 쪽 미닫이가 달려 있는데."

"아, 네. 저도 그게 마음에 들어요……."

"게다가 우리 집처럼 현관홀이 2층인 집은 흔하지 않아요. 작은 톱으로 도려내기 세공한 이런 개방형 채광창도 마찬가지고."

"하지만 냉방장치가 없어서요."

헬렌이 말했다.

레드가 대답했다.

"아이고, 맙소사."

그는 의자에 푹 주저앉았다.

헬렌이 말했다.

"요즘은……"

"그래요, 그래."

데니가 아버지에게 말했다.

"그리 어렵지 않을 거예요. 요즘은 미니 덕트 시스템이 있어서 벽을 깨지 않아도 되거든요."

레드가 말했다.

"공자 앞에서 문사를 쓰는구나. 그런 시스템은 내가 잘 안다."

데니는 어깨를 으쓱했다.

"또……"

헬렌이 말했다. 그녀는 헛기침을 하고 말을 이었다.

"이것은 전적으로 여러분의 선택 사항이겠지만 부부 각자의 욕실을 고려해도 좋을 겁니다."

레드가 고개를 들었다.

"뭐를 고려한다고?"

"건설회사를 가진 분들이 아니면 이 얘기는 안 꺼낼 겁니다. 비용이 그리 크게 들지 않을 거라서 드리는 말이에요. 지금 있는 안방 욕실이 아주 크네요. 쉽게 둘로 나눠서 중간에 샤워부스를 설치해 양쪽에서 드나들게 만들면 됩니다. 아주 멋진 샤워부스를 봤는데, 조약돌 바닥을 깔고 다양한 물이 나오는 조리개들이 달려 있죠."

레드가 말했다.

"내 아버지가 이 집을 지을 때 욕실은 위층 복도에 하나만 있었어요."

"저기, 그거야 오래전이었고……"

"그러다 우리가 이사 온 후 아래층에 화장실을 만들었지요. 우리는 특별하다고 생각했어요."

"네, 분명히 필요한……"

"안방 욕실도 누이와 내가 고교에 들어간 후에야 아버지가 만들어 넣은 거예요. 아버지가 부부 각자 욕실에 대해 들었다면 뭐라고 하셨을지 상상도 못하겠군요."

"하지만 요즘 더 멋진 주택들에는 일반적인 현상입니다. 건설업을 하시니 틀림없이 아시겠지만요."

"아버지는 변소 하나만 있는 집에서 자라셨지요."

레드가 말했다. 그는 자녀들에게 몸을 돌리고 말을 이었다.

"너희는 할아버지에 대해 그런 건 몰랐을 거야, 그렇지?"

그들은 몰랐다. 사실 조부에 대해 아는 게 없다시피 했다.

헬렌이 웃으면서 말했다.

"아이고, 변소라니. 그런 집은 팔기 어렵겠네요!"

"그러니 부부 각자 욕실은 잊어버립시다. 자, 매수자를 찾는 데 시간이 얼마나 걸릴까요?"

"네, 일단 냉방장치를 구비하고 부엌 조리대를 새 걸로 교체하면……"

"부엌 조리대라니!"

하지만 레드는 까다롭게 굴면 안 된다고 생각한 듯 그냥 입을 다물었다.

헬렌이 말했다.

"시장이 고개를 들기 시작하는 것 같아요. 매매가 1년 이상 지연되는 시기도 있었지만 요즘은 평균적으로 음, 4개월에서 6개월쯤 걸리죠, 더 괜찮은 매물들의 경우에는 그래요."

레드가 그녀에게 말했다.

"4개월에서 6개월이면 집이 헐 텐데. 빈집으로 두면 좋을 게 없잖소. 썩어 들어가거든요. 완전히 적막감이 돌 거고. 그러면 내 억장이 무너질 텐데."

아만나가 말했다.

"아, 아버지. 저희가 그렇게 방치하지 않아요. 저희가 집에 와볼 거예요. 글쎄요, 여기서 가족 피크닉을 하거나 하죠 뭐."

레드는 속상해하면서 딸을 응시했다. 눈이 흐리멍덩해서

앞 못 보는 사람으로 보였다.

* * *

지니가 아만다에게 말했다.
"솔직히, 엄마가 그렇게 갑자기 돌아가셔서 한편 안심되기도 하지?"
"기억을 깜빡깜빡했던 것 때문에?"
아만다가 말했다.
"살아계셨다면 증세가 악화되기만 했을 거야. 그건 확실히 말할 수 있어. 무슨 병이었든 간에. 아버지는 엄마를 보살피려고 애쓸 테고 노라도 그랬겠지. 그때쯤 데니는 떠날 핑계를 궁리해냈을 테고."
"하지만 병은 단순히 순환계나 그런 문제였고 병원에서 치료됐을 수도 있어."
"그럴 것 같지 않아."
지니가 말했다.
비 내리는 일요일 오후, 자매는 안방에서 짐을 쌌고, 다른 가족들은 아래층에서 야구 중계를 시청했다. 자매가 다 꾀죄죄한 옷을 입었고, 아만다의 턱에는 신문지 잉크가 묻어 있었다.
한 주일 내내 그들은 짬이 날 때마다 와서 짐을 꾸렸다. 각자 원하는 물건을 따로 챙겼고 짐 더미가 섬처럼 여기저기 쌓이기 시작했다. 노라가 가져갈 애비의 수공예 재료들과 재봉

틀은 위층 복도에, 아만다가 가져갈 좋은 그릇들은 상자에 담아 식당에 두었다(레드가 계속 사용할 간편한 식기류는 이사 전날까지 찬장에 놔둘 터였다.). 가구마다 다른 색 스티커를 붙였다. 몇 점은 레드의 아파트로, 몇 점은 스템과 지니와 아만다의 집으로, 대부분은 구세군에 보내기로 했다.

자매는 꽉 찬 상자를 같이 들어서 복도에 내놓았다. 나중에 남자가 와서 옮겨야 했다. 지니는 다른 상자를 꺼내 바닥에 테이프를 붙였다. 그녀가 말했다.

"내가 아는 엄마는 어떤 수술도 거부하셨을 거야."

"맞는 말이야. 엄마가 미리 써놓은 지침서에는 기본적으로 손거스러미만한 병이라도 생기면 그대로 편안하게 보내달라는 내용이었어."

아만다가 말했다. 그녀는 애비의 서랍장 위에서 액자들을 모았다. 그녀가 동생에게 말했다.

"이것들은 아버지가 가져가게 싸야겠네."

"그 집에 그럴 공간이 있으려나?"

"아니, 없을걸."

아만다는 가장 오래된 사진을 찬찬히 살폈다. 해변에서 웃는 사남매의 스냅사진이었다. 아만다는 열서너 살이었고, 나머지 동생들은 아직 어렸다. 아만다가 말했다.

"우리가 아주 즐거운 시간을 보내고 있었던 것 같네."

"우린 아주 즐거운 시간을 보냈지."

"그렇긴 해. 하지만 종종 무지 난처한 상황이 벌어질 수도 있거든."

"장례식에서 머릴리 호지스가 이런 말을 했어. '늘 너와 네 가족이 부러웠어. 대가족이 현관 테라스에서 이쑤시개를 놓고 미시건 포커를 하고, 남동생 둘은 어찌나 헌칠하고 잘생겼는지. 네 아버지는 남성적인 빨간 트럭의 짐칸에 너희 넷을 태우고 털털대고 달리셨지'"

지니가 말했다.

아만다가 대꾸했다.

"머릴리 호지스가 멍청이였네."

"어머, 왜 그런 생각을 해?"

"트럭 짐칸에 타고 달리는 건 생지옥이었어. 위법 행위이기도 했을걸. 또 난 아이들이 자기 방을 가져야 된다고 믿어. 엄마는 너무 센스 없고 생뚱맞고 엉뚱하게 굴기도 했어. 예를 들어 데니에게 심리검사를 받게 하고 그 결과를 우리 모두에게 말했으니."

"난 기억 안 나는데."

"잉크가 번진 보고서에 데니가 아동기 초기에 어느 여자에게 실망했다고 나와 있었어. 엄마는 우리한테 계속 물었지. '어떤 여자가 그랬을 수 있을까? 데니가 아는 여자들이 없었는데!'"

"난 전혀 기억나지 않는데."

"엄마는 확실히 데니를 가장 사랑하셨어. 데니가 엄마를 돌게 만드는데도 말이지."

아만다가 말했다.

지니가 말했다.

"언니는 아이가 하나뿐이라 그런 말을 하는 거야. 엄마들은 자식을 가장 사랑하고 그런 거 없어. 자식들은 다……"

아만다가 대신 말을 마무리했다.

"다르게 사랑하겠지. 그래, 맞아, 나도 알아."

그러더니 그녀는 스템의 너댓 살 때 사진을 들면서 물었다.

"노라가 이 사진을 좋아하지 않을까?"

지니가 눈을 가늘게 뜨고 사진을 보았다. 그녀가 말했다.

"노라의 상자에 담아."

"이 데니 사진은 어쩌지?'

"데니 상자가 있나?"

"데니는 아무것도 안 가져가겠대."

"아무튼 데니의 상자를 만들기 시작해. 어디 가서 살든 벽이 휑할 거야."

아만다가 말했다.

"어제 데니한테 돌아간다고 집주인에게 통고했냐고 물어봤어. 그랬더니 '우린 그 문제를 얘기하는 중이야'라고만 말하더라구."

"'그 문제를 얘기하는 중이야'라니! 도대체 무슨 뜻이야?"

지니가 물었다.

아만다가 대답했다.

"데니는 지독하게 비밀스러워. 우리 생활은 *쇠치쇠치* 캐넌서 우리가 그 애에 대해 물으면 피해망상 증세를 보인다니까."

지니가 언니에게 말했다.

"그래도 데니가 부드러워지고 있다는 생각이 들어. 엄마를 잃어서 그렇겠지. 내가 데니의 방에서 벽에 걸린 사진들을 뜯으면서 '이 사진들을 버려야 될까?'라고 물어봤어. 온통 외가 식구들 사진이었어. 뚱뚱한 숙모들이 40대 때 어깨에 심을 잔뜩 넣고 두꺼운 스타킹을 신은 사진들. 그런데 데니는 '아니, 안 그러는 게 좋겠어. 너무 매정한 것 같지 않아?'라고 말하더라구. 그래서 내가 '데니 맞아?'라면서 머리 옆쪽을 실제로 톡톡 두들겼어. '똑똑, 너 거기 있니?'라고 말하면서."

아만다가 얼른 말했다.

"잘됐네. 이것들은 데니한테 주자구."

그녀는 신문지를 집어서 사진을 쌌다.

지니가 말했다.

"데니는 점점 상냥해지고 스템은 점점 성질을 내고. 또 아버지는! 아버지는 어이없어지고."

"아, 그래, 아버지. 아버지와 제대로 된 대화는 전혀 못하겠어."

아만다가 말했다. 그녀는 신문지에 싼 사진을 지니가 방금 만든 상자에 넣으면서 말을 이었다.

"아버지가 집에 대해 너무 초조해하셔서. 매매되기까지 얼마나 걸릴지, 사람들이 집의 진가를 알아보지 못할지······. 그래서 내가 '브릴 가족에게 연락해볼까요?'라고 물었지."

"브릴 일가."

지니가 따라 말했다.

"원래 집주인인 브릴 가족. 애초에 이 집을 짓게 한 사람들."

"그래, 나도 누군지 알아, 언니. 하지만 지금쯤 그들은 죽지 않았겠어?"

"아들들은 죽지 않았을걸. 아버지가 어린애였을 때 그들은 겨우 십대였거든. 그래서 내가 말했지. '오랜 세월 동안 그 집 아들들이 이 집을 그리워하면서 여기 살고 있으면 좋았겠다고 생각하면요?' 모친이 이사할 거라고 말하자 아들 하나가 '정말이요, 엄마?'라고 물었다고 하잖아. 그런데 내가 불난 데 부채질을 한 셈이지. 아버지가 묻더라구. '무슨 생각을 하는 게냐? 어디서 그런 되도 않는 명청한 생각이 나온 게야? 버르장머리 없는 브릴네 두 아들 놈은 이 집에 손도 대지 못할 게다. 그런 생각은 싹 지워버려라' 아버지 말에 내가 대답했지. '저기, 죄송해요. 아이고. 완전히 제가 잘못 생각했네요.'"

지니가 언니에게 말했다.

"슬픔 때문에 그래. 아버지는 평생의 사랑을 잃었잖아, 그걸 명심해."

"어떤 상실을 말하는 거야, 어머니 아니면 집?"

"흠, 둘 다."

"세상에, 슬픔이 사람의 성미를 고약하게 만든다는 말은 생전 처음 듣네."

아만다가 말했다.

"어떤 슬픔은 그렇고 어떤 슬픔은 아니고 그래."

지니가 대꾸했다.

짐을 정리한 게 아니라 더 어지른 것처럼 보이는 지경이 되었다. 반쯤 찬 상자 몇 개가 여기저기 놓여 있었다. 사진들은 데니의 상자에, 담요들은 레드의 상자에, 애비의 스웨터들은 굿윌(기증받은 중고품을 파는 상점)에 보낼 상자에 담겼다. 스웨터 한 벌 한 벌에 대해 의견이 오갔지만—'이걸 갖고 싶지 않아? 이걸 입으면 보기 좋을 거야!'—잠시 몸에 대본 후에는 한숨을 쉬면서 스웨터들이 든 상자에 던졌다. 러그에 보풀이 끼고, 바닥에는 버릴 옷걸이들과 세탁소 비닐들이 던져졌다. 커튼 없는 창으로 강한 회색 빛줄기가 들어와 썰렁하고 버려진 방 같은 느낌을 주었다.

아만다가 말했다.

"내가 침대는 두고 가고, 싱글 침대를 사자고 말하자 아버지가 뭐라고 대답했는지 너도 들었어야 하는데."

"그래, 이해가 돼. 아버지는 익숙한 침대를 계속 쓰고 싶은 거지."

"넌 아버지가 들어갈 집을 보지 않았잖아. 작은 아파트라구."

"그 집으로 아버지를 만나러 가면 기분이 이상할 거야."

지니가 말했다.

아만다가 말했다.

"그래, 어젯밤에 아버지랑 작별인사를 하다가 난 이상한 순간을 경험했어. 아버지가 '남은 음식을 가져가지 않을래?'라고 물으셨어. 그건 엄마가 묻는 말이잖아! 아버지가 '그러면 이번 주 어느 날 저녁 준비를 안 해도 될 텐데'라고 말하시더라구. 아, 정말 이상하지 않니? 삶이 죽음을…… 다시 메우는 것 같아."

"어린아이들까지도 적응했어. 그 생각을 하면 정말 놀라워. 아이들이 그렇게 어려서 사람들이 죽는다는 것을 알다니."

"어려서부터 인생이 결국 끝난다는 것을 알면서도 왜 사람들이 쌓고 또 쌓으려고 안달하는지 의구심이 들지."

아만다는 말을 하면서 물건더미를 둘러보았다. 상자들, 차곡차곡 쌓은 베개, 낡은 잡지뭉치, 전등이 없는 램프들. 집의 다른 곳에 쌓인 물건들에 비하면 이것은 약과였다. 일광욕실 책상에는 빛바랜 책들이 탑처럼 쌓여 있었다. 부엌에는 말아놓은 카펫들이 있고, 아이들이 앞을 지날 때마다 식기장에 든 술잔들이 흔들렸다. 현관 테라스에는 아무도 원하지 않아 쓰레기장으로 갈 잡동사니들이 널려 있었다. 세 발 달린 아기요람, 망가진 유모차, 쟁반이 없어진 어린이식탁 의자, 끈 달린 쇼핑백에는 플라스틱 장난감들이 담겨 있고, 그 위에는 누군가가 만든 도자기집이 놓여 있었다. 조잡한 집에는 유치원에서 쓰는 빨강색, 초록색, 노란색이 칠해져 있었다.

2부

세상에나!
세상에나!

9

1959년 7월 노란색과 초록색이 넘실대는 산들바람 부는 아름다운 아침이었다. 애비 달턴은 앞쪽 창문에 서서 데인의 차가 오는지 지켜보았다. 그가 경적을 울리기 전에 뛰어나가고 싶었다. 어머니는 남자애들이 초인종을 누르고 집에 들어와서, 예의바르게 대화한 후에야 애비를 데리고 나갈 수 있다는 규칙을 정했다. 하지만 데인 퀸에게 그 말을 한다면 어떨까! 그는 가벼운 대화에 익숙한 사람이 아니었다.

나중에 어머니가 불평하면 애비는 '어머, 데인이 초인종을 눌렀는데 못 들었어요?'라고 말할 터였다. 어머니는 신빙성이 없다고 생각하면서도 그냥 넘어가 주리라.

애비는 올봄 대학에서 집에 다니러 왔을 때처럼 새로운 스타일로 입었다. 꽃무늬 반투명 스커트와 검은 니트 레오타드를 입고 아침부터 더워지는데도 검은 나일론 스타킹을 신었다. 애비는 스타킹이 비트족(1960년 무렵 물질주의에 반발하고 개인의 스타일과 자유를 중시한 세대) 같은 분위기를 연출하기를 바랐다(그녀의 유일한 스타킹이었고, 저녁에 벗으면 구멍 난 부분에 사인펜으로 칠해서 다리 여기저기 검은 얼룩이 있었다.). 긴 금발은 여름 햇빛 때문에 군데군데 탈색되었고, 눈은 메이블린(미국 화장품 브랜드) 눈썹연필로 까맣게 칠했지만 입술은 창백해서, 어머니는 허전한 인상을 준다고 말했다. 데인은 칭찬을 잘하는 사람이 아니었지만 그래도 괜찮았다. 애비는 이해할 수 있었다. 이따금 애비가 차에 타면 평소보다 오래 바라보았다. 이날 아침 애비는 데인이 그럴 거라고 예상했다. 오늘은 머리를 적셔서 가지런히 빗질하고, 팔목 안쪽에 바닐라 향을 한 방울 뿌리면서 외출 준비에 훨씬 공을 들였다. 어떤 날은 아몬드 에센스나 장미수나 레몬오일을 뿌렸지만, 오늘은 확실히 바닐라 향이 어울리는 날이라고 결론지었다.

애비는 위층 복도를 지나는 어머니의 발소리에 몸을 돌렸지만, 그녀는 걸음을 멈추고 남편에게 뭐라고 말했다. 아버지는 욕실 문을 열어놓고 세면대에 서서 면도하는 중이었다. 일요일이었고, 그는 늦잠을 잤다.

"당신, 기억나요······?"

어머니가 묻고 뭐라 뭐라고 말했다. 애비는 긴장을 풀고 다시 창문으로 몸을 돌렸다. 옆집 빈센트네가 셰비(미국의 대중차 시보레의 애칭)에 타고 있었다. 그들이 외출하는 것은 잘된 일이었다. 빈센트 부인은 애비의 어머니에게 짐짓 순진한 목소리로 '저기, 애비가 부리나케 집에서 나와서 만난 청년이 누구조? 요즘 젊은이들은 너무…… 격식이 없죠, 안 그래요?'라고 물을 법한 여자였다.

애비는 어머니에게 데인의 차를 얻어 타고 메릭 휘트생크의 결혼식 준비를 도우러 간다고만 말했다. 데이트가 아니라 일보러 간다는 투로(사실 애비에게 그것은 데이트였다. 아직 초기 단계여서 그를 따라 따분한 일을 하러 가고, 식품점 밖에 매놓은 강아지처럼 주위를 맴도는 것만으로도 애비는 특별히 선택받았다고 느꼈다.). 여태껏 데인은 고작 두 차례 애비의 어머니와 대면했고 분위기가 좋지는 않았다. 어머니는 가끔 사람들을 못마땅하게 보는 경향이 있었다. 대놓고 뭐라고 하지 않아도 애비는 늘 알아차렸다.

빈센트 가족이 차를 몰고 떠나자, 배달 트럭이 그 자리에 주차했다. 이 블록은 주차공간이 빠듯했다. 차고가 있는 집이 없었다. 애비네 차고였을 공간은—골목으로 나 있는, 도로면과 같은 높이의 지하실—아버지가 운영하는 철물점이었다. 데인이 집에 와서 초인종을 누르려면, 먼 곳에 주차하고 거기서 애비의 집까지 걸어와야 될 터였다. 그러니 경적을 울리는 게 당연했다.

어머니가 잔잔한 말투로 뭔가 불평을 늘어놓고 있었다.

"한 번 부탁하려면 열두 번은 말해야 된다니까."

그녀가 말하자 아버지가 들리지 않는 소리로 대꾸했다. '미안해, 여보'거나 '내가 하겠다고 했는데…….' 같은 말이겠지. 고양이가 화난 것처럼 탁탁 발소리를 내며 당당하게 계단을 내려왔다. 고양이는 애비 옆 안락의자에 뛰어올라 몸을 말고 엎드려서 못마땅한 듯 훌쩍였다.

집 안에 드리운 답답한 분위기 때문에―좁거나 꽉꽉 들어찬 가구 때문에, 혹은 거리의 밝은 햇살에 비해 어두컴컴해서―갑자기 벗어나고 싶은 마음이 간절해졌다. 사실 애비는 집을 아주 좋아했다. 가족 역시 사랑했고, 얼른 1학년이 끝나 사랑과 귀염과 칭찬이 쏟아지는 집으로 돌아오고 싶어 죽겠다고 생각하기도 했다. 하지만 올여름 내내 몸이 근질거리고 안달이 났다. 아버지는 진부한 농담을 해대고는 입을 크게 벌리고 '하! 하!' 하며 듣는 사람보다 더 크게 웃어댔다. 어머니는 몇 분마다 찬송가 구절을 흥얼대다가 두어 소절은 소리 내지 않고 잠시 후 몇 소절 더 부르는 습관이 있었다. 소리 내지 않는 동안에는 머릿속으로 계속 이어 부르는 듯했다. 어머니가 늘 그랬던가? 오빠가 집에 있으면 활기찬 분위기였을 텐데 그는 펜실베니아의 보이스카우트 캠프에서 인명구조원 노릇을 했다.

아, 저기 데인이 오네! 파란색과 흰색을 칠한 뷰익 승용차가 교차로에서 천천히 멈추어서 신호가 바뀌기를 기다렸다. 애비는 벌써 그의 차에서 쿵쾅대는 라디오 소리를 들을 수 있었다. 핸드백을 들고 방충문을 홱 밀고 쏜살같이 뛰어나갔다. 그래서 데인이 길 건너 빨래방 앞에 이중 주차할 무렵, 애비가 집 옆쪽 계단을 내려와서 그는 경적을 누를 필요가 없었다. 데인이 운전석 창에 팔을 걸치고―그을린 피부에 잔 근육이 있고, 금빛 털이 반짝이는 것을 애비는 알았다―그녀 쪽으로 얼굴을 돌렸다. 하지만 둘 사이에 차들이 지나가서 데인의 표정을 읽을 수가 없었다(데인이 나타난 것이 동네에 활기를 줬는지 갑자기 차들이 왔다 갔다 했다.). 애비는 트럭이 데인의 차를 피하려고 방향을 획 돌려 지나기를 기다렸다가 재빨리 길을 건넜고, 그 바람에 뒤차 운전자가 브레이크를 밟으면서 경적을 울렸다. 그녀는 뷰익의 앞쪽을 빙 돌아서 조수석 문을 열고 스커트를 펄럭이며 올라탔다. 차에서 '자니 비. 구드'(Jonny B. Goode 척 베리의 1958년 록큰롤 히트곡)가 흘러나왔다. 척 베리가 신나게 불러젖혔다. 애비는 데인과의 사이에 핸드백을 놓고 몸을 돌려 그와 눈을 맞추었다.

데인이 담배꽁초를 창밖에 던지고 말했다.

"안녕."

"안녕."

지난 밤 두 사람은 애정 공세를 했지만 오늘은 알아보게 차분한 척했다.

데인이 기어를 넣고 출발했다. 여전히 왼팔을 창밖에 늘어뜨리고 오른쪽 팔목을 운전대 위쪽에 자연스럽게 붙였다.

"아직도 자고 있는 사람 같아."

애비가 말했다.

사실 그는 늘 그렇게 보였다. 눈을 너무 가늘게 떠서 눈동자가 무슨 색인지 확실히 보이지 않았고, 옅은 금발이 덥수룩하게 얼굴을 덮었다.

데인이 말했다.

"자고 있으면 좋겠어. 일요일 아침의 알람소리는 진짜 듣고 싶지 않거든."

"흠, 데리러 와줘서 고마워."

"돈이 필요해서 가는 거야."

그가 말했다.

"어머, 그 집에서 돈을 받는 거야?"

"순전히 선의에서 내가 꼭두새벽부터 일어날 거라고 생각해?"

하지만 데인은 말을 거칠게 하기를 좋아할 뿐이었다. 그와 레드는 오랜 친구였고, 그가 기꺼이 돕는다는 것을 애비는 알고 있었다.

어쩌면 그가 돈에 쪼들리는 것은 사실이었다. 몇 주일 전 데인은 직장에서 해고당했다. 집은 잘 살았지만—적어도 애비네보다는 훨씬 부유했다—최근 그는 애비를 별로 돈이 안 드는 데이트장소로 데리고 다녔다. 드라이브인 식당에서 햄버거를 먹거나, 누구 부모님 집 가족실에서 친구들과 둘러앉아 있거나 극장에 갔다. 데인은 상연 중인 아무 영화나 보려 했고, 특히 서부영화와 그를 웃게 하는 저속한 공포영화를 좋아했다. 반면 애비는 영화 관람은 심드렁했다. 극장에서는 대화를 할 수가 없으니까. 이제부터 데이트비용의 절반을 내겠다고 제안해야 될까? 하지만 여름방학 아르바이트로 버는 돈은 쥐꼬리만 했고, 그래서 학비보조금을 더 많이 청구해야 했다. 게다가 데인이 자존심 상하겠지. 그가 까다롭다는 것을 애비는 알고 있었다.

이제 그들은 햄튼을 벗어나고 있었다. 집들이 더 드문드문 나오고 잔디밭이 더 넓고 파랬다.

데인이 말했다.

"내가 아버지한테 쫓겨났다는 말은 안 했지?"

"쫓겨나?"

"집에서 쫓겨났어."

"어머나, 어쩜 좋아!"

"사촌 형 집에서 지내고 있었어. '세인트 폴'에 아파트가 있거든."

데인은 자발적으로 개인사를 시시콜콜 말한 적이 별로 없었다(라디오에서 '굿 골리, 미스 몰리'가 흘러나오자, 데인의 높고 늘어지는 목소리는 리틀 리처드의 목소리에 묻혀버렸다.). 그가 계속 말했다.

"어쨌거나 집에서 나와야 했어. 아빠랑 많이 싸웠거든."

"어머, 무슨 일로?"

데인은 백미러에서 선글라스를 빼서 코에 걸쳤다. 완전히 감싸는 형태여서 이제 그의 눈이 전혀 보이지 않았다.

마침내 그녀가 말했다.

"집집마다 그런 일이 생길 수 있지."

로랜드 대로에서 정지 신호에서 멈추어서야 애비가 다시 용기를 내서 침묵을 깼다.

"아무튼 오늘 자기가 도울 일은 뭐야?"

"우린 나무 한 그루를 토막낼 거야."

"나무 한 그루라니!"

"어제 휘트생크 씨네 인부가 나무를 베어냈고, 오늘 우리가 그걸 토막내는 거지. 휘트생크 씨는 결혼식 때 마당이 깨끗해 보이기를 바란대."

"하지만 결혼식은 교회에서 올리잖아. 또 피로연도 시내 어디에서 한다고 들었는데."

"아마 그럴 거야. 하지만 사진사가 집으로 온다더군."

"아."

애비는 그렇게 말했지만 여전히 상황 파악이 되지 않았다.

"휘트생크 씨는 머릿속에 전체적인 이미지를 갖고 있지. 우리 모두에게 생각을 말하더라구. 그 양반이 늘어놓는 말이라니! 끝도 없이 지껄일 수 있다니까. 사진 두 장을 찍고 싶다나. 메릭이 웨딩드레스를 입고 계단을 내려오고, 신부들러리들은 위층 복도에 둥그렇게 서 있는 거야, 그게 첫 번째 사진이야. 그 다음에 메릭이 부케를 들고 현관 앞쪽의 판석 길에 서 있고, 들러리들은 신부 뒤쪽에 브이 형태로 서 있는 장면. 그게 두 번째 사진이지. 사진사는 집 전체가 잡히도록 도로에 서서 광각렌즈로 촬영할 거야. 그런데 신부 들러리들의 왼쪽 옆구리쯤 되는 곳에 이 튤립나무가 걸리기 때문에 잘라야 했던 거지."

"사진 한 장 때문에 아주 멋진 나무를 죽인다는 거야?"

"휘트생크 씨 말로는 이미 죽어가고 있었대."

"흠."

"메릭과 들러리들은 결혼식 당일, 동틀 무렵에 드레스를 입어야 해. 그 두 장을 찍으려면 시간이 아주 많이 걸릴 테니까. 휘트생크 부인은 신부가 아버지 때문에 결혼식에 지각하게 생겼다고 말해."

데인이 말했다.

애비가 말했다.

"그 치렁치렁한 치맛단은 어쩌고! 나뭇잎이랑 잔가지가 치맛단에 걸릴 텐데!"

"휘트생크 씨는 그런 일이 없을 거라고 주장해. 통로 전체에 하얀 카펫을 깔 거라더군. 집 양쪽으로 들러리들이 서는 지점에도 자리 카펫을 깐다더군."

애비는 입을 벌리고 데인을 바라보았다. 검은 선글라스 때문에 그가 이 계획을 어떻게 생각하는지 전혀 알 수가 없었다.

애비가 그에게 말했다.

"메릭이 거기 장단을 맞추다니 놀랍네."

"아, 글쎄. 휘트생크 씨가 어떤지 알잖아."

데인이 대꾸했다.

사실 애비는 휘트생크 씨를 전혀 몰랐다(그녀가 좋아하는 사람은 휘트생크 부인이었다.). 하지만 자기주장이 강한 사람이라는 인상은 받았다.

엿새 후에 결혼식이 치러질 교회 앞을 지났다. 사람들이 주일학교나 아침 예배를 보러 들어가고 있었다. 여자들과 여자애들은 파스텔 빛깔 옷과 꽃 달린 모자와 흰 장갑 차림이었고, 남자들과 남자애들은 정장 차림이었다. 애비는 메릭을 찾아보았지만 보이지 않았다. 이곳은 데인이 등록한 교회이기도 했다. 예배에 참석하는 것 같지는 않았지만.

애비는 십대 초반부터 데인과 안면이 있었지만, 둘이 어울린 것은 지난 5월 그녀가 내학에서 집에 놀아온 첫 주부터였다. 어느 저녁 그녀는 '세나토' 극장 매표소에 줄을 섰다가 레드 휘트생크와 우연히 마주쳤다. 레드는 친구 둘과 동행했고 한 사람이 데인 퀸이었다. 애비도 친구 둘과 동행했기에 모든 상황이 딱 맞아떨어졌다. 극장에서 레드가 애비 옆에 앉고 싶었겠지만(레드가 애비에게 반했다는 것은 다 아는 사실이었다.), 그녀는 데인의 잔뜩 찌푸린 얼굴과 방어적으로 굽히는 어깨를 힐끗 보고는 뻔뻔한 계집애처럼(나중에 루스가 그렇게 놀려댔다.) 그와 루스 사이에 앉았다. 뭔가에 사로잡혀 그에게 끌리는 기분이었다. 애비는 그의 불안감, 경계심, 세상에 대한 노골적인 불만이 마음에 들었다. 잘생긴 외모는 두말하면 잔소리고. 또 그의 사연을 모르는 사람이 없었다. 데인은 길먼(미국의 교육학자)이 말하는 표준 인물이었다. 부친과 양가 조부들처럼 프린스턴 대학에 진학했지만 지난 9월—3학년을 시작했을 때 - 그의 어머니는 남편을 버리고 헌트 밸리로 갔다. 그녀의 단거리 경주마를 관리하는 사내와 살기 위해서였다. 데인은 이 소식을 듣자마자 자퇴하고 집으로 돌아왔다. 처음에는 의기소침해서 집 안을 서성댔지만, 결국 아버지의 고집으로 '스테판슨 저축&대출금융'에 취직했다(버티 스테판슨이 아버지와 대학 동창이었다.). 그는 어머니에 대해 함구했고 그녀 말이 나오면 얼음장처럼 변했지만 그것으로 애비는 상처가 얼마나 깊은지 가늠했다. 그녀는 아픔을 감추려고 애쓰는 사람들에게 유난히 애정을 느꼈다. 그녀는 데인을 가장 새로운 가치 있는 이유로 삼았다. 그에게 헌신하고 그를 내면에서 끌어내려고 애썼다. 만날 때마다 데인에게 중점을 두고, '싫다'는 대답은 못 들은 체 넘겼다. 하지만 처음에 그의 대답은 '싫다'였다. 데인은 사람들과 떨어져 있었고, 음주와 흡연이 과했다. 또 애비의 동정적인 말에 심술궂게 단답형으로 대꾸했다. 그러던 어느 저녁—레드 휘트생크네 현관 테라스에서—그가 거의 위협적으로 애비의 몸을 돌리더니 벽에 밀어붙이고 말했다.

"왜 계속 내 주위를 맴도는지 알고 싶어."

애비는 얼마든지 적당한 이유를 둘러댈 수도 있었다. 그가 눈에 보이게 불행해서라든가, 자기가 그의 삶을 바꿀 수 있다고 믿어서라고 말할 수도 있었다. 하지만 애비는 이렇게 대답했다.

"네 코와 윗입술 사이의 옴폭한 인중 때문이야."

데인이 대꾸했다.

"뭐?"

"약간 미친 사람처럼 머리를 덥수룩하게 길러서야."

그는 눈을 깜빡이면서 뒤로 물러났다.

"무슨 말인지 모르겠네."

데인이 말했다.

"내 말뜻을 알 필요 없어."

애비가 평소답지 않게 데인 쪽으로 움직여 얼굴을 마주보았다. 그녀는 그가 그 말을 믿기 시작했음을 알아차렸다.

애비는 친구들이 놀란 것을 알 수 있었지만 아무튼 두 사람은 대체로 커플로 인식되었다. 그녀는 친구들에게 설명하지 않았다. 어떤 면에서 애비 역시 데인과 비슷해져서 비밀스럽고 얼버무리게 되었다. 그녀는 친구들이 답답하게 느껴지기 시작했다. 이제껏 그녀의 궁극적인 목표는, 남편과 아이 넷을 키우며 마당 있는 아늑한 집에서 사는 것이었다. 그런데 갑자기 '가정적' '교외 생활'이란 어휘에 눈썹을 치뜨고 입꼬리를 내리게 되었다. 누군가 '클럽에 가서 저녁 먹고 싶은 사람?'이라고 물으면 데인은 '아이구, 클럽이라니. 소름 끼쳐 죽겠네'라고 투덜댔다. 다들 애비를 곁눈질했지만 그녀는 참을성 있게 미소 지으면서 콜라를 마실 뿐이었다. 애비는 자신만이 데인을 안다고 말했다. 그가 겉보기처럼 못되지 않았다는 것을 그녀 혼자만 알았다.

이따금 순간적이지만 가끔은 궁금했다. 데인에게 끌린 것은 그의 못된 남자 같은 면 때문일까. 데인은 '정말' 나쁜 게 아니라, 그에게는 조마조마한 면이, 엇나가고 과한 데가 있었다. 예를 들면 데인은 해고당한 후 회사를 떠나면서 스테이플러 심 24박스를 갖고 나왔다. 나중에 계산해보니 스테이플 알이 5만 7천 6백 개였다(이 말을 할 때 데인의 고소한 표정을 보자 애비는 미소가 나왔다.). 그런데 그는 스테이플러를 갖고 있지도 않았다! 데인은 차를 몰고 어머니와 그가 '말 남자'라고 부르는 사내와 사는 집에 간 적이 있었다. 한밤중에 그는 집의 모든 문에 강력 접착테이프를 덕지덕지 붙였다. 그 엉뚱한 짓에 애비는 큰 소리로 웃었다.

"도대체 왜……?"

그녀가 물었지만 데인은 설명할 수 없거나 하고 싶지 않았다. 그가 '어머니'란 말을 입 밖에 낸 것은 그때 한 번뿐이었고, 말한 순간 벌써 후회했다.

또 개탄스러운 일이지만 술을 마시면 비틀대고 무모해지고 비행청소년 같은 면을 드러냈다. 이런 모습에 애비는 고개를 흔들면서도 마음이 아렸다. 반 블록쯤 앞에서 걸어오는 모습을 보면 데인인 줄 알 수 있었다. 흐느적대는 걸음걸이, 주머니에 양손을 찌르고 텁수룩한 머리에 반쯤 묻힌 얼굴, 수심에 잠겨 C자처럼 구부정한 등. 동정이 필요한 불우한 모습 정도가 아니었다! 어떤 면에서 데인은 그녀가 올여름 개인 교습하는 불쌍한 흑인 아이들처럼 힘겨운 삶을 살았다. 애비는 그 슬픔의 파편에 찔릴 수도 있었다.

그녀는 데인의 옆모습을 바라보았다. 선글라스 아래 갸름한 뺨을 보면서 그는 보지 않았지만 가벼운 따뜻한 미소를 던졌다.

"그런데. 그래서. 아무튼. 내가 말했던…… 사촌 말인데."

데인은 팔을 들어서 방향지시등을 넣으면서 말했다.

"사촌."

애비가 따라서 말했다.

"조지. 내가 같이 지내는 사촌."

"아, 내가 만나본 사람이야?"

"아니, 조지는 나이가 더 많아. 경력이 제법 되지. 형이 다음 주말에 보스틴으로 애인을 만나러 가거든."

뷰익 승용차가 보우턴 가로 접어들면서 살짝 옆으로 기울자, 애비는 핸드백이 떨어지기 전에 꽉 붙들었다.

"집에 나 혼자 있을 거야."

데인이 말했다. 그는 휘트생크의 집 앞에 주차하고, 시동을 껐다. 갑자기 음악소리가 멈추었지만 데인은 자리에 앉은 채로 앞창을 내다보았다. 그가 말을 이었다.

"금요일 밤에 네가 오면 되겠다고 생각했지. 네 어머니한테는 친구랑 잔다고 둘러대면 될 거야."

애비는 조만간 이런 일이 생기리라 예상했다. 그들은 계속 이 방향을 향해서 오고 있었다. 이것은 그녀가 향하기를 '바라는' 지점이었다.

그런 마당이니 왜 이런 대답을 했는지 이유를 설명할 수가 없다.

"글쎄, 잘 모르겠네."

데인이 고개를 돌려 그녀를 쳐다보았다. 짙은 선글라스 너머의 표정은 여전히 보이지 않았지만. 그가 애비에게 물었다.

"모르다니 뭘?"

"엄마한테 어떤 친구라고 말해야 될지 잘 모르겠어. 게다가 난 그날 밤 바쁠 것 같아. 부모님이랑 무슨 일을 해야 될 거거든. 확실히 모르겠어."

그녀는 매끄럽게 넘기지 못했다. 안절부절못하는 티가 너무 역력해서 자신에게 화가 났다.

애비가 다시 말했다.

"두고 봐야겠어."

그녀는 차문을 열었다. 순간을 모면하려고 급히 차에서 내렸다.

하지만 앞장서서 걸으면서 그녀는 날씬한 허리와 나풀대

는 치맛자락과 등에서 살랑대는 머리를 의식했다. 틀림없이 데인은 이전부터 이런 걸 생각했겠지. 그녀를 갖고 싶다고 결정내리고 그러면 어떨지 상상했을 터였다. 그것을 깨닫자 애비는 신비롭고 매력적인 어른이 된 기분을 맛보았다.

레드 휘트생크와 친구인 워드 레이니가 아래쪽 잔디 가장자리에서 인부 두 명과 대화하고 있었다. 한 인부는 쇠사슬 톱을 갖고 있었고, 레드와 다른 인부는 도끼를 들고 있었다. 그들 주위에 두꺼운 나뭇가지들과 잘라낸 나무줄기가 뒤섞여 있었다. 튤립나무가 아주 거대한 나무였음이 분명했다(그리고 새파란 나뭇잎들로 판단컨대 죽어가는 기미는 전혀 없었다.). 여전히 현관 앞 테라스에 버티고 선 3미터 높이의 남아 있는 나무줄기는 건축물 기둥처럼 꼭대기가 평편하고 완벽한 원통 모양이었다.

"미치가 도착하면 그루터기를 얼마나 남길지 말해주겠지요."

레드가 말하자 쇠사슬 톱을 든 인부가 대답했다.

"글쎄, 그가 그루터기를 남기고 싶어 할지 모르겠군. 뿌리를 완전히 캐내거나 그러지는 않겠지? 뿌리를 들어내면 큰 구멍이 뻥 뚫릴 테니."

"그러면 미치가 그루터기를 갈아내는 기계를 가져올까요?"

"그러는 게 더 합당하겠는걸."

애비가 말했다.

"안녕하세요, 여러분."

그들이 몸을 돌렸고 레드가 말했다.

"안녕, 애비! 어서 와, 데인."

"레드."

데인이 시무룩하게 인사했다.

애비는 늘 레드의 외모와 이름이 안 어울린다고 생각했다. 머리가 빨갛고 분홍빛 도는 피부, 주근깨가 많고 늘어진 얼굴을 가진 사람이어야 될 것 같았다. 그런데 레드는 검은 머리에 피부가 희고 얄상하고 수척했다. 소년처럼 목젖이 나오고, 팔목 뼈는 찬장 손잡이처럼 도드라졌다. 오늘 그는 천보다 구멍이 더 많이 뚫린 티셔츠와 무릎이 지저분한 카키색 면바지 차림이었다. 그의 아버지 밑에서 일하는 인부라고 해도 믿을 법 했다.

레드가 소개했다.

"여기는 얼이랑 랜디스. 두 분이 이 나무를 베어냈지."

얼과 랜디스는 무덤덤한 표정으로 고개만 까딱했고, 워드는 손을 들어 인사했다.

"두 분이 나무를 쓰러뜨린 거예요?"

애비가 그들에게 물었다.

"아니, 레드가 많이 거들었지요."

얼이 대답했다.

레드가 애비에게 말했다.

"힘쓰는 일만. 남길 부분을 아는 사람은 얼이랑 랜디스였어."

"나무를 아기처럼 곱게 눕혔죠."

랜디스가 흐뭇해 하면서 말했다.

애비는 눈을 들어 머리 위에 드리워진 나무 그늘을 찬찬히 살폈다. 남은 나무들이 여러 그루여서 빛을 가리는 데는 아무 변화도 느껴지지 않았다. 하지만 그 튤립나무를 없앤 것은 아까운 것 같았다. 잘린 단면은 흠잡을 데 없이 건강해 보였고, 막 흘린 피처럼 수액이 싱그럽고 싸한 냄새를 공중에 퍼뜨렸다.

인부들은 다시 그루터기를 없애는 문제를 의논했다. 얼은 나무의 남은 부분을 지면 높이까지 잘라야 된다고 주장한 반면, 랜디스는 미치를 기다려보자고 권했다.

"기다리는 동안 이 가지들을 쳐내면 되지."

랜디스는 가장 가까운 가지를 발로 누르고 시험 삼아 도끼로 어린 가지를 툭 쳐냈다. 애비는 인부들의 토론을 듣는 게 좋았다. 어린 시절로 되돌아가, 아버지의 상점 카운터에 걸터앉아 발을 까불대면서 쇠붙이와 윤활유 냄새를 맡는 느낌이 들었다.

얼이 쇠사슬 톱의 코드를 잡아당기자 귀가 먹먹하게 큰 소리가 났다. 그는 나뭇가지의 가장 두꺼운 부분에 톱날을 댔고, 워드는 몸을 굽혀 다른 가지를 집어서 이쪽으로 끌고 왔다.

레드가 데인에게 소리쳤다.

"도끼를 가져오지 않았구나."

데인은 담배에 불을 붙이고 성냥을 흔들어 끄고 대답했다.

"지금 내가 어디서 도끼를 구하겠냐?"

"내가 지하실에서 한 자루 가져올게."

레드가 말했다. 그는 들고 있던 도끼를 층층나무에 기대고 애비에게 말했다.

"가자, 애비. 내가 본채까지 데려다줄게."

"정말 내가 여기서 할 수 있는 일은 없는 거야?"

애비가 물었다. 데인을 두고 여기를 벗어나는 게 애석했다. 하지만 레드가 말했다.

"그러고 싶으면 엄마가 점심 준비하는 것을 도와드리면 되겠네."

"그래. 그러지 뭐."

데인은 말없이 애비에게 한쪽 눈썹을 치뜨며 인사했고, 그녀와 레드는 몸을 돌려 판석 길을 올라갔다. 쇠사슬 톱 소음이 심한 곳을 지나니 귀가 웅웅대는 것 같았다. 애비가 레드에게 물었다.

"정말 작업이 점심시간까지 걸려요?"

"음, 그보다 더 걸리지. 어두워지기 전에 끝나면 운이 좋은 거야."

레드가 대답했다.

애비는 그것도 좋겠다고 생각했다. 시간을 갖고 태도를 분명히 정한 후에 데인 앞에 설 수 있으니까. 저녁쯤이면 그녀는 침착하고 성숙한, 전혀 다른 사람이 되어 있겠지.

그들은 현관 앞 계단에 도착했지만, 레드는 거기서 갈 길을 가지 않고 멈춰 섰다.

레드가 말했다.

"있지, 혹시나 해서 말인데. 결혼식장까지 차편이 있으면 좋겠어?"

"결혼식에 갈지도 확실히 모르는데."

애비가 대답했다.

사실 메릭의 결혼식에 참석하지 않기로 결정했다. 초대장(종이가 워낙 두꺼워서 우표를 두 장 붙여야 되는)을 받고 깜짝 놀랐다. 그녀와 메릭은 가까운 사이가 아니었다. 게다가 데인은 초대받지 않았다. 메릭은 데인과 모르는 사이였다. 그래서 애비는 몇 주 전부터 거절 편지를 보내려고 마음먹은 참이었다.

하지만 레드가 말했다.

"결혼식에 안 오려고? 엄마가 기대하시는데."

애비가 이맛살을 찌푸렸다.

레드가 그녀에게 말했다.

"나도 그랬고. 왜냐면 하객 중에 내가 아는 사람이 또 누가 있겠어?"

애비가 말했다.

"레드, 안내 같은 역할을 맡아야 되지 않나요?"

"그런 생각은 해본 적도 없는데."

레드가 말했다.

"저기, 고마워요, 레드. 그런 제안을 해주니 정말 친절하네요. 결혼식에 가기로 결정하면 알려줄게요, 됐죠?"

그는 할 말이 남은 듯 잠시 머뭇거렸지만, 애비에게 웃어 보이고는 집 뒤쪽으로 뛰어갔다.

세상에나! 세상에나!

* * *

 성큼성큼 세 걸음에 현관 테라스를 지나는 사람이 있었다. 에이브라함 링컨처럼 큰 키에 여윈 몸매, 차림새도 그리 다르지 않은 주니어 휘트섕크가 고개를 갸우뚱하면서 애비 쪽으로 다가와 민첩하게 계단을 내려왔다.
"안녕, 아가씨."
그가 말했다.
"안녕하세요, 휘트섕크 씨."
"메릭은 아직 안 일어났을 텐데."
"저기, 저는 사모님을 찾고 있었어요."
"사모님은 부엌에 있지."
"감사합니다."
 휘트섕크 씨는 판석 길을 벗어나 사람들이 작업하는 쪽으로 향했다. 애비는 그를 바라보면서 도대체 저런 셔츠는 어디서 파는지 궁금했다. 늘 흰색이었고 유행에 뒤처지게 칼라가 높아서 가는 목을 흰 붕대로 감은 것처럼 보였다. 애비는 그가 어떤 우상을 흉내 내는 느낌을 자주 받았다. 과거에 그가 존경한 어떤 걸출한 인물이겠지. 하지만 휘트섕크 씨가 입은 좁은 바지는 엉덩이가 헐렁했고, Y모양의 멜빵은 여느 노동자의 지치고 힘든 모습을 고스란히 보여주었다.
"미치가 아직 도착하지 않았나?"
 주니어 휘트섕크가 외치는 소리가 들렸고, 통나무 속에서 벌떼가 윙윙대는 듯한 쇠사슬 톱 소리 사이로 중얼대는 대답이 들렸다.

애비는 계단을 올라가서 테라스를 지나 방충문을 열었다. 그녀가 가볍게 '야호!'라고 외쳤다. 이것은 리니 휘트섕크가 했을 법한 인사였다. 애비는 자연스럽게 휘트섕크 부인의 말투와 목소리로 변해버린 것 같았다. 가늘고 피리 같은 목소리.

"여기 있다!"

휘트섕크 부인이 부엌에서 외쳤다.

애비는 휘트섕크의 집을 아주 좋아했다. 더운 7월에도 집은 서늘하고 어두컴컴했고, 중앙 홀의 높은 천장에서 선풍기가 돌아갔다. 또 식당에서도 선풍기가 느릿느릿 돌았다. 식탁 한쪽 끄트머리에는 접은 식탁보가 있고 그 위에 식탁을 차릴 은식기류가 놓여 있었다. 애비는 계속 걸어서 부엌으로 들어갔고, 휘트섕크 부인은 개수대에서 오크라(아욱과의 채소)를 씻고 있었다. 그녀는 여리여리해 보였지만, 체크무늬 홈드레스 밑으로는 어울리지 않게 가슴이 처졌다. 옅은 색 머리가 어깨에서 찰랑거렸다. 아가씨 헤어스타일이었고, 그녀가 고개를 돌렸을 때 젊어 보였다. 주름이 없고 소탈하고 참한 얼굴이었다.

"왔구나!"

휘트섕크 부인이 말하자 애비도 인사했다.

"안녕하세요."

"오늘 정말 예쁘구나!"

"제가 도울 일이 있을까 해서 왔어요."

애비가 말했다.

"아, 아가. 그 예쁜 옷을 더럽히면 안 되지. 그냥 앉아서 말동무나 해주렴."

애비는 식탁에서 의자를 끌어 와서 앉았다. 그녀는 휘트생크 부인의 말에 토를 달아봤자라는 것을 알았다. 부인은 요리라면 타고난 솜씨가 있어서 애비가 나서봤자 걸리적거리기만 할 터였다.

"나무는 어떻게 되어가니?"

휘트생크 부인이 물었다.

"이제 가지들을 자르기 시작해요."

"그런 얘기를 들어본 적이 있니? 사진 한 장 찍자고 튤립나무를 통째로 자르다니."

그녀는 '사-징'이라고 발음했다. 휘트생크 부인은 촌사람처럼 발음했고, 남편과 달리 고치려고 애쓰지 않았다.

"데인이 그러는데 휘트생크 씨는 나무가 이미 죽어가고 있다고 하셨대요."

애비가 말했다.

"아이구, 가끔 그 양반은 자기 보고 싶은 대로 보려고 한다니까."

부인이 애비에게 말했다. 그녀가 수도꼭지를 잠그고 앞치마에 손을 닦았다. 휘트생크 부인이 말을 이었다.

"주니어는 벌써 사진을 넣을 액자를 샀단다, 참 특이하지 않니? 큼직한 나무액자 두 개를 사왔지. 내가 물었어. '그것들을 벽난로 선반 위에 걸 작정이에요?'라고 물어봤지. 그 양반이 '리니 매' 요렇게 말하더구나."

부인은 낮고 퉁명스런 목소리를 흉내 내며 말을 이었다.

"이러는 거야. '사람들은 거실에 가족사진을 걸지 않아' 내가 대꾸했지. '난 그런 줄 몰랐네요' 너는 알고 있었니?"

"제 엄마는 거실 사방에 사진들을 놔두는데요."

애비가 대답했다.

"그래, 그것 봐. 그렇지?"

휘트생크 부인은 냉장고에서 우유병을 꺼내 볼에 부었다. 그녀가 애비에게 말했다.

"오크라와 자른 토마토를 상에 올릴 거야. 닭튀김이랑 내가 만든 비스킷도 곁들일 거고. 그래, 나중에 네가 비스킷 준비를 도와주면 되겠구나. 이제 너도 어떻게 만드는지 아니까. 디저트로는 복숭아 코블러(복숭아 위에 밀가루 반죽을 두껍게 씌운 파이)를 먹자구나."

"맛있을 것 같아요."

"레드가 너를 결혼식장까지 태워주겠다고 말하든?"

"그렇게 말했어요. 그런데 제가 결혼식에 갈지 확실하지가 않아서요."

애비가 대답했다.

이제 그녀는 결정하는 데 그렇게 질질 끄는 게 당황스러웠다. 어머니가 알았다면 충격받았을 터였다. 하지만 휘트생크 부인은 이렇게만 말했다.

"아, 네가 오면 좋겠는데! 나를 응원해줄 사람이 필요하거든."

애비가 웃음을 터뜨렸다.

휘트생크 부인이 말했다.

"메릭이 '허츨러'에서 내가 입을 노란 드레스를 샀지. 그걸 입으면 황달에 걸린 사람처럼 보이는데도 메릭은 그 드레스를 입으라고 안달복달하더구나. 꼭 자기 아버지 같아. 고집이 얼마나 센지."

그녀는 옥수수 가루를 다른 볼에 담았다.

애비가 대답했다.

"제가 아는 사람이 없을 것 같아서 걱정이에요. 메릭의 친구들은 모두 저보다 나이가 많거든요."

휘트생크 부인이 말했다.

"하긴 나 역시 그들을 모른단다. 대부분 대학 친구들이 올 거고 이 동네 친구는 많지 않아."

"집안에서는 누가 오시는데요?"

애비가 물었다.

"무슨 뜻이냐?"

"조부모님이 오시나요? 숙모님들과 숙부님들은요?"

"아, 우리는 그런 친척이 없단다."

휘트생크 부인이 대답했다.

그리 아쉬워하지 않는 말투였다. 애비는 자세히 설명을 기다렸지만, 이제 휘트생크 부인은 소금을 덜고 있었다.

사실 참석하겠다고 간단히 말해 이 문제는 매듭을 지으면 그만이었다. 그런데 뭐가 그러지 못하게 하는지 알 수가 없었다. 겨우 토요일 반나절이면 되는 일인데, 인생에서 한 줌도 되지 않는 시간일 뿐인데.

데인과 밤을 보낸 후의 토요일. 만약 그녀가 밤을 함께 보낸다면…….

애비는 데인이 '설마 날 버려두고 가려는 건 아니겠지. 지난 밤 우리가……'라고 말하는 상상을 했다.

지난 밤 우리가…….

그녀는 치마를 내려다보면서 무릎 위를 쓰다듬었다.

"일은 어떻게 되고 있니? 여전히 그 유색 인종 꼬마들이 맘에 드니?"

휘트생크 부인이 애비에게 물었다.

"아, 저는 그 아이들을 사랑해요."

"하지만 난 네가 그 동네에 드나든다는 걸 생각하기도 싫다."

휘트생크 부인이 말했다.

"나쁜 동네는 아니에요."

"가난한 동네인 것은 맞지, 그렇지 않니? 그곳 사람들은 지지리 가난하고, 너를 보면 강도짓을 할 거야. 애비, 내 분명히 말하는데 넌 누굴 무서워해야 되는지 알아야 될 때 분별력이 없는 것 같아."

"저는 그 사람들을 무서워할 수가 없는 걸요!"

휘트생크 부인은 고개를 설레설레 흔들면서 오그라가 남긴 채반을 도마 위에 엎었다.

애비가 말했다.

"아, 세상에, 세상에."

"왜 그러니, 아가?"

"'오즈의 마법사'에서 못된 마녀가 하는 대사예요. 아셨어요? 시내에서 그 영화를 재상영 중인데, 저는 어젯밤에 데인이랑 가서 봤어요. 마녀가 '난 녹고 있어! 녹고 있다구! 아, 세상에, 세상에'라고 말하죠."

휘트생크 부인이 말했다.

"'난 녹고 있어'라는 대목은 기억나는구나. 레드랑 메릭이 꼬맹이였을 때 그 영화에 데려간 적이 있지."

"네, 그 대사 뒤에 마녀가 '세상에'라고 말하죠. 나중에 제가 데인에게 이렇게 말했어요. '전에 저 대사는 못 들었는데! 마녀가 저런 말을 한 줄 몰랐어!'"

"나도 마찬가지란다. 어찌 보면 좀 가련하게 들리는구나."

휘트생크 부인이 말했다.

애비가 대답했다.

"맞아요. 갑자기 마녀가 가여워지기 시작하더라구요. 저는 무서워 보이는 사람들이 대개는 사실 그냥 슬픈 거라고 믿어요."

"아, 애비. 주님이 너를 지켜주시길."

휘트생크 부인은 부드럽게 웃으면서 말했다.

* * *

계단을 내려와 현관홀을 지나는 날카로운 구두 굽 소리가 요란했다. 또각또각 소리가 식당을 지났고 곧 부엌 문간에 메릭이 나타났다. 빨간 실크 기모노 가운과 빨간 깃털이 달린 빨간 슬리퍼 차림이었다. 머리에는 우주인 헬멧 같은 커다란 금속 컬 핀들을 달고 있었다.

"맙소사, 지금 몇 시지?"

그녀가 물었다. 메릭은 의자를 끌어내서 애비 옆에 앉더니, 소매에서 켄트 담배를 꺼냈다.

"잘 잤어요, 메릭?"

애비가 말했다.

"안녕. 그거 오크라예요? 윽!"

"점심으로 먹을 거야. 배불리 먹여야 될 사내들이 저 바깥에 잔뜩 있거든."

"인부들에게 샌드위치 도시락을 싸오라는 걸 결례로 여기는 사람은 엄마밖에 없어요."

메릭이 말했다. 그녀는 애비에게 고개를 돌리고 물었다.

"애비 달턴, 스타킹을 신은 거야? 몸이 줄줄 녹지 않니?"

"난 녹고 있어!"

애비가 못된 마녀의 목소리로 울부짖자 휘트섕크 부인은 웃었지만 메릭은 짜증스러운 표정만 지었다. 그녀는 담배에 불을 붙이고 연기를 길게 내뿜었다. 메릭이 말했다.

"지독하게 나쁜 꿈을 꾸었어요. 내가 이 굽이굽이 도는 산길에서 약간 빠른 속도로 운전하다가 커브를 놓친 거예요. 난 '아아, 이거 큰일났네'라고 생각했죠. 왜 그런 순간이 있잖아요. 일이 터지리라는 것을, 벌어지리라는 것을 아는 순간이요. 난 절벽 꼭대기 위로 휙 날아갔고 눈을 꼭 감고 충격을 받을 준비를 했죠. 그런데 웃긴 일은 내가 계속 바다 위를 달리는 거예요. 바닥에 떨어지지 않고."

애비가 말했다.

"무서운 꿈이네!"

하지만 휘트생크 부인은 계속 무덤덤하게 오크라를 잘랐다.

메릭이 말했다.

"난 생각했죠. '어머나, 이제 알겠네. 분명히 난 이미 죽은 거야.' 그러다가 잠이 깼어요."

"차가 무개차였니?"

휘트생크 부인이 물었다.

메릭은 담배를 공중에 들고 잠시 침묵했다. 그러다가 입을 열었다.

"뭐라고요?"

"네 꿈에 나오는 차 말이야. 뚜껑 없는 차였느냐고?"

"음, 네. 사실은 그랬어요."

"꿈속에서 무개차에 타는 것은, 앞으로 판단할 때 큰 잘못을 저지른다는 뜻이지."

휘트생크 부인이 말했다.

메릭은 애비에게 과장된 놀란 표정을 지어보였다. 그녀가 말했다.

"어떤 잘못일 수 있는지 궁금하네요."

"하지만 지붕이 있는 차라면 승진 같은 것을 하게 된다는 뜻이지."

"뭐, 대단한 우연이네요. 난 꿈에서 무개차를 탔어요. 그런데 엄마가 이 결혼에 결사반대인 줄은 온 세상이 아는 사실이니까 공연히 헛수고 마세요, 리니 매."

 메릭은 자주 어머니를 '리니 매'라고 불렀다. 그녀의 입에서 나오는 뒤틀린 발음은 어머니의 단점들을—코맹맹이 소리, 부대자루 같은 옷, '알라나 몰라도' '고런 것' '걸상' 같은 촌구석 말투—암시했다. 애비는 휘트생크 부인이 안쓰러웠지만 정작 그녀는 화난 기색을 보이지 않았다.

"그냥 그렇다는 거야."

 휘트생크 부인이 온화하게 말하면서 오크라 한 줌을 우유 볼에 넣었다.

 메릭은 담배를 쭉 빨고 천장에 연기를 내뿜었다.

 애비가 메릭에게 말했다.

"아무튼! 그런 꿈에서 깨는 게 아주 다행스러웠겠네요, 안 그래요?"

"음흠."

 메릭이 머리 위에서 도는 선풍기 날개를 쳐다보면서 중얼댔다.

 그때 여자의 목소리가 들렸다.

"메릭? 여보세요?"

 메릭이 몸을 똑바로 펴고 외쳤다.

"부엌에 있어."

 방충문이 쾅 닫혔고 잠시 후 픽시 킨케이드와 매디 레인이 부엌에 들어왔다. 둘 다 반바지를 입었고, 매디는 샘소나이트

담청색 화장 가방을 들고 있었다.

픽시가 말했다.

"메릭 휘트생크, 여태 나이트가운 차림이라니!"

"파티에서 새벽 3시가 되어서야 집에 왔단 말이야."

"그건 우리도 마찬가지. 하지만 10시가 다 됐다구! 오늘 화장 연습을 하기로 해놓고 잊어버렸어?"

"기억해."

메릭이 대답했다. 그녀는 담배를 눌러 끄면서 친구들에게 덧붙였다.

"위층으로 올라가서 해보자구."

"안녕하세요, 휘트생크 부인."

픽시가 뒤늦게 부인에게 인사하고 애비에게 말했다.

"안녕, 음…… 애비. 나중에 봐."

메릭은 자동차의 와이퍼처럼 손만 흔들었다. 세 사람이 부엌에서 나갔고, 메릭의 또각대는 슬리퍼 소리가 났다. 갑자기 부엌 안이 조용해졌다.

잠시 후 애비가 입을 열었다.

"요즘 메릭이 약간 긴장되겠네요."

"아, 아니. 그 아이는 안 그래."

휘트생크 부인이 쾌활하게 말했다. 오크라 썰기는 이미 마무리되었다. 그녀는 구멍 뚫린 국자로 우유에 담긴 오크라를 휘저었다.

부인이 덧붙여 말했다.

"메릭은 버르장머리 없는 꼬마였는데 이제는 버르장머리

없는 아가씨가 되었지. 내가 어떻게 할 도리가 없네."

그녀가 자른 오크라를 옥수수가루로 옮기기 시작했다. 휘트생크 부인이 말을 이었다.

"가끔 인생에 이런 부류가 연달아 등장하는 것 같아. 내 말을 알아듣겠니? 쉬운 타입도 있고 까다로운 타입도 있지. 우린 그런 사람들을 반복해서 만나지. 메릭을 볼 때마다 난 인면 할머니를 떠올린단다. 못마땅한 게 많은 노인네였지, 말투도 거칠고. 할머니는 날 곱게 봐준 적이 없었어. 너는…… 너는 루이 이모를 똑 닮아 동정심 많은 사람이지."

"아, 네. 무슨 뜻인지 알아요. 환생한 것 같다는 뜻이죠."

애비가 말했다.

휘트생크 부인이 중얼댔다.

"글쎄……"

"다만 여러 생에 걸쳐서 그 사람을 만나는 게 아니라 한 번의 인생에서 똑같은 사람을 만나는 거죠."

"음, 어쩌면."

휘트생크 부인이 대꾸했다. 그러고 나서 그녀가 덧붙여 물었다.

"얘, 나를 위해서 일을 좀 해주겠니?"

"뭐든지요."

애비가 대답했다.

"아이스박스에서 물 주전자를 꺼내고 조리대에 있는 종이컵들을 챙겨서 남자들한테 내다줄래? 다들 목말라 죽을 지경일 거야. 그리고 점심이 일찍 준비될 거라고 전해주고. 다들 궁금할 거야."

애비는 일어나서 냉장고로 갔다. 스타킹이 다리 뒤쪽에 찰싹 달라붙었다. 오늘 같은 날 스타킹을 신은 건 현명한 선택이 아니었다.

그녀는 현관홀을 지나다가 일광욕실에서 휘트생크 씨가 통화하는 소리를 들었다. 그가 말하고 있었다.

"오늘 오후? 무슨 수작이야? 우라질, 미치. 저 밖에서 다섯 놈이 자네가 나무 그루터기를 어떻게 할지 말해주기만 기다린다구!"

욕하는 광경을 들킨 줄 알면 휘트생크 씨가 민망해할 것 같아서 애비는 더 사뿐사뿐 걸었다.

밖에 나가자 더운 공기가 뜨거운 행주를 덮은 것처럼 얼굴에 밀려들었고, 테라스 바닥에서 후끈한 니스 냄새가 풍겼다. 하지만 부드럽고 싱그러운 바람이—1년 중 이맘때는 드문 일이었다—젖은 머리를 살랑거리게 했고, 안고 있는 물 주전자 때문에 팔 안쪽이 시원했다.

랜디스는 어디선가 가져온 다른 쇠사슬 톱을 들고 얼과 함께 가장 두꺼운 가지를 난로 땔감 크기로 자르고 있었다. 데인과 워드는 가장 가는 가지들을 잘라서 도로 옆에 높이 쌓았다. 레드는 나무 받침을 세워 놓고 통나무를 4등분 했다. 애비가 나오자 모두 하던 일을 중단했다. 얼과 랜디스가 쇠사슬 톱을 멈추자 갑자기 사방이 조용해졌다. 그래서 애비의 목소리가 놀랄 만치 또렷하게 들렸다.

"물 드시고 싶은 분?"

"싫다고 못하겠는데."

얼이 말했고, 그들은 연장을 내려놓고 애비에게 다가왔다. 워드는 셔츠를 벗어서 아마추어 선수 같았고, 그와 데인은 힘을 쓰느라 얼굴이 새빨갰다. 물론 레드는 여름 내내 이렇게 힘든 일을 해왔지만, 역시 얼굴에 땀이 비 오듯 흘러내렸다. 얼과 랜디스는 땀에 절어 파란색 샴브레이(흰색과 파란색으로 직조한 얇은 천) 셔츠가 거의 청색으로 변했다.

애비는 종이컵을 나눠준 다음 물을 따랐고, 남자들은 컵을 내밀고 있었다. 그들은 단숨에 물을 마셨고, 애비가 모두에게 물을 따라주기도 전에 다시 컵을 내밀었다. 절반이 세 번째로 물을 받을 때까지 '고맙다'가 아니라 더 달라고 말했다. 그러다가 레드가 물었다.

"아버지가 미치와 연락이 됐는지 알아?"

"내 생각에는 지금 통화 중이실 거야."

"우리가 일을 진행해서 나무를 다 자르는 게 좋을 거야."

얼이 레드에게 말했다.

"저기, 미치가 나타나 우리가 상황을 더 힘들게 만들었다고 할까 염려스러워서요."

데인과 애비는 서로 쳐다보았다. 데인의 머리가 젖었고, 싱그러운 땀냄새와 담배 냄새가 났다. 문득 걱정이 애비의 머리를 스쳤다. 그녀는 괜찮은 속옷을 깊고 있지 않나. 하얀 년 팬티와 브이자로 패인 부분에 작은 분홍 장미가 수놓인 흰 면 브라밖에 없었다. 그녀가 다시 고개를 돌렸다.

"이봐요!"

무명 양복을 입은 뚱뚱한 사내였다. 옆집 잔디밭과 맞붙은 철쭉 생울타리를 가르면서 그가 나타났다. 사내는 흰 구두로 뚝뚝 소리가 나게 잔가지들을 밟으면서 다가왔다. 그가 가까이 와서 다시 말했다.

"저기, 이것 봐요."

그의 시선이 특히 레드에게 쏠렸다.

"안녕하세요, 바컬로우 씨."

레드가 말했다.

"오늘 아침 인부들이 몇 시에 일을 시작했는지 알려나 모르겠군."

대답한 사람은 랜디스였다.

"8시요."

그가 말했다.

"8시."

바컬로우 씨가 계속 레드를 쳐다보면서 따라 말했다.

랜디스가 말했다.

"나랑 레드랑 얼이 여기서 일을 시작한 게 바로 그때였지요. 나머지는 나중에 나타났고."

"오전 8시. 일요일 아침인데. 주말인데! 자네는 그 시간에 그래도 된다고 생각하나?"

바컬로우 씨가 물었다.

"저기, 저한테는 괜찮은 듯합니다만."

레드가 담담한 말투로 대답했다.

"그렇단 말이지. 일요일 오전 8시가 쇠사슬 톱을 가동하기 괜찮은 시간으로 여겨진다 이거군."

그의 연한 적갈색 눈썹이 성이 나서 곤두섰지만, 레드는 위축되지 않았다. 그가 말했다.

"제가 보기에 대부분의 사람들은……"

"안녕하십니까!"

휘트생크 씨가 외쳤다.

그는 경사진 잔디밭을 내려와 성큼성큼 다가왔다. 검은 정장 재킷은 서둘러 입은 티가 역력했다. 왼쪽 옷깃이 개의 귀가 뒤집힌 것처럼 뒤집혀 있었다. 휘트생크 씨가 바컬로우 씨에게 다시 말했다.

"날이 좋군요! 날씨를 즐기러 나오신 걸 보니 좋습니다."

"방금 아드님에게 쇠사슬 톱을 가동하기에 몇 시가 적당하다고 생각하는지 묻던 참입니다, 휘트생크 씨."

"아, 이런. 문제라도 있습니까?"

"문제는 오늘이 일요일이라는 겁니다. 댁도 그걸 아는지 모르겠군요."

바컬로우 씨가 대꾸했다.

눈썹이 텁수룩한 그는 주니어에게 시선을 돌리고 노려보았다. 주니어는 그보다 맞는 말은 없다는 듯 공감하며 고개를 끄덕였다. 그가 말했다.

"그렇지요, 음, 분명히 저희도 그러고 싶지 않지만……"

"동네 사람들이 잠을 자려고 할 때 이 댁에서는 얼마나 법석을 피우는지 비정상적일 지경입니다. 도랑에 망치질을 해대고, 판석을 다 뜯어내고…… 어제만 해도 나무를 통째로 잘라내질 않나! 더구나 흠잡을 데 없이 건강한 나무였는데 말이지요. 그리고 항상, 언제나 주말에 일을 벌이는 것 같으니 말입니다."

휘트섕크 씨는 갑자기 허리를 꼿꼿하게 폈다.

"주말에 일을 벌이는 것 같은 게 아니지요. 주말에 일을 벌입니다. 우리 정직한 일꾼들이 고객의 일을 하느라 바쁘지 않은 때는 주말밖에 없으니까요."

"내가 경찰에 신고하지 않는 것을 행운으로 여겨야 될 거예요. 이런 종류의 일을 처리하는 법령들이 있을 테니."

바컬로우 씨가 말했다.

"법령! 사람 좀 웃기지 마쇼. 당신들 모두 벌건 대낮까지 자고 싶고, 살찐 버르장머리 없는 아들놈이⋯⋯"

레드가 끼어들었다.

"생각해 보면 법령이 있는지 없는지는 중요하지 않을 겁니다."

두 사람 다 레드를 쳐다보았다.

"요점은 저희가 이웃들을 깨우는 것 같다는 점이겠지요. 그 점은 죄송합니다, 바컬로우 씨. 저희가 폐를 끼칠 의도가 아니었던 것은 분명합니다."

"'폐를 끼친다'고?"

아버지가 놀란 말투로 따라 말했다.

레드가 말했다.

"피차 합의할 수 있는 시간을 정하면 될 듯합니다만."

"'피차 합의한다'고?"

또 그의 아버지가 따라 말했다.

바컬로우 씨가 말했다.

"아. 그럽시다."

레드가 그에게 물었다.

"혹시 10시 정도면 괜찮을지요?"

"10시!"

휘트생크 씨가 말했다.

바컬로우 씨가 말했다.

"10시? 흠. 저, 10시도…… 하지만 그럽시다, 우리가 정 참아야 한다면 10시는 견딜 만할 것 같네."

휘트생크 씨는 자비라도 바라는 듯 하늘을 올려다봤지만 레드가 말했다.

"10시. 합의된 겁니다. 앞으로 저희는 반드시 합의 사항을 지키겠습니다, 바컬로우 씨."

"글쎄."

바컬로우 씨가 말했다. 미심쩍은 듯했다. 그는 다시 휘트생크 씨를 힐끗 쳐다보고 나서 덧붙였다.

"자, 그럼 좋소. 정해진 걸로 알겠소."

그는 몸을 돌려서 생울타리 쪽으로 걸어갔다.

휘트생크 씨가 아들에게 말했다.

"네가 무슨 짓을 서실렀는지 봐라. 미치겠네, 10시라니! 아예 점심시간이구먼!"

레드는 대꾸하지 않고 종이컵을 애비에게 주었다.

랜디스가 말했다.

"저기, 사장님?"

"뭔가."

휘트생크 씨가 대꾸했다.

"미치에게 연락 받으셨습니까?"

"오늘 오후에 처남의 그루터기 가는 기계를 갖고 올 걸세. 그루터기를 갈아버리자더군."

"그러면 지면까지 잘라낼까요?"

"최대한 많이 잘라내라구."

휘트생크 씨가 대답했다. 그는 말을 끝낼 무렵에는 모든 일에서 손을 뗀다는 듯 이미 비탈길 중간에 가 있었다. 가지런하지 않은 재킷 밑단이 애비의 눈에 들어왔다. 훨씬 더 늙고 초췌한 사내처럼 재킷 양옆이 늘어지고 가운데 부분은 위로 올라가 있었다.

애비는 말없이 인부들 사이를 돌면서 종이컵을 챙겨서 비탈길을 올라가기 시작했다.

* * *

"가끔 주니어는 이웃들에게 무시당한다고 생각하지. 그런 식으로 좀 예민한 데가 있단다."

마당에서 벌어진 일에 대해 듣자 휘트생크 부인이 말했다.

애비는 아무 말 하지 않았지만 주니어의 입장을 이해할 수 있었다. 학비 지원을 받으면서 몇 차례 바컬로우 씨 같은 부류를 접해봤다. 위세당당하고 인생을 사는 방식이 딱 한 가지라고 확신하는 사람. 그의 아들들은 라크로스(그물모양의 라켓을 사용하는 하키 비슷한 스포츠)를 하고 딸들은 사교계 데뷔 무도회를 준비 중인 것은 말하면 입이 아프겠지. 하지만 애비는 그 생각을 밀어내고, 조리대에서 비스킷 반죽을 두 번, 세 번 접었다(리니는 예전에 비스킷 굽는 법을 가르치면서 말했다. '접고, 접고, 다시 접고. 반죽을 탁 때렸을 때 트림하는 소리가 날 때까지 접어야 된단다').

애비가 말했다.

"아무튼 레드가 타협을 봤어요. 결국에는 모든 게 잘 마무리되었고요."

"레드는 성급히 화를 내지 않지."

휘트섕크 부인이 말했다. 그녀는 냉장고에서 커다란 볼을 꺼내서 그릇을 덮은 행주를 벗겼다. 그녀가 말을 이었다.

"레드가 여기서 자라서 그렇다는 생각이 드는구나. 레드는 바컬로우 가족 같은 사람들에게 익숙하거든."

볼에는 흰 반죽에 버무린 닭고기 조각들이 담겨 있었다. 휘트섕크 부인은 부젓가락으로 닭고기조각을 하나하나 건져서 반죽이 빠지도록 큰 그릇에 올렸다.

휘트섕크 부인이 계속 말했다.

"레드는 양쪽 부류 모두 편한가봐. 이웃이랑도 편하고 인부들이랑도 편하고. 하시만 그 아이는 뜻대로 하라면 낭상 대학을 그만두고 현장 인부가 되어 전일제로 일하려 할걸. 주니어가 졸업 때까지 학교에 계속 다니라고 해서 그냥 있는 거지."

"뭐, 졸업장을 받는 것도 해될 게 없지요."

애비가 말했다.

"바로 그게 주니어가 레드에게 하는 말이지. 그이는 이렇게 말하지. '더 좋은 선택의 여지가 생기면 좋지. 너는 나처럼 끝나고 싶지 않을 거 아니냐.' 레드는 '아버지처럼 끝나는 게 뭐가 나빠서요?'라고 대꾸하지. 그 아이는 현실적이지 않은 게 대학의 문제점이라고 말하지. 대학 사람들은 현실적이지 않다고. '가끔 그들이 멍청하다는 생각이 들거든요'라고 말해."

애비는 레드에게 대학 생활에 대해 들어본 적이 없었다. 레드는 두 학년 위였고 두 사람은 캠퍼스에서 거의 마주치지 않았다.

"레드의 성적은 어때요?"

애비가 휘트섕크 부인에게 물었다.

휘트섕크 부인이 대답했다.

"괜찮지. 음, 그저 그래. 머리가 공부 쪽으로 돌아가지 않아서 그런 거 아닐까? 레드는 이런 부류거든. 생전 처음 보는 설비 장치를 보면 레드는 '아, 알겠네. 맞아, 이 부분은 저 부분에 들어가고, 그런 다음 이것은 이 다른 부분과 연결되고……'라고 말하지. 제 아버지랑 똑같지만, 그이는 아들이 자기와 다른 사람이 되길 바래. 늘 그런 식이지 않니?"

"레드는 어릴 때 부엌 시계를 분해하는 아이였겠죠."

애비가 말했다.

"맞아, 다만 레드는 다시 시계를 조립할 수 있다는 게 달랐지. 다른 남자애들은 그렇게 못 하거든. 아이구야, 네가 뭐 하는지 봐라, 애비. 그 유리잔을 비틀고 있구나!"

그녀가 말한 유리잔은 애비가 비스킷 반죽을 오리는 데 쓰는 잔이었다. 휘트생크 부인이 말을 이었다.

"반죽에 유리잔을 그대로 박는 거야, 기억나지?"

"죄송해요."

"내가 비스킷을 구울 판을 가져오마."

애비는 손등으로 이마를 훔쳤다. 부엌이 점점 더워졌고, 그녀는 부인의 온몸을 휘감는 앞치마를 입고 있었다.

애비는 리니의 인생에서 누구의 환생인 게—'동정심이 많은 사람'—사실이라면, 그녀의 인생에 부인 같은 부류가 있었던 것 역시 사실이라고 생각했다. 뜨개질을 가르쳐준 할머니, 늦도록 옆에서 시 짓기를 도와준 영어 선생님. 민첩하고 똑 부러지는 친엄마보다 더 인내심 있고 상냥하게 말하는 그들은 리니처럼 그녀를 이끌고 격려했다.

부인이 말했다.

"어머나, 아주 예쁘게 만들었네! 내가 했어도 이렇게 잘 만들기 힘들겠다."

애비가 말했다.

"아마 레드는 대학 졸업 후 아버지 회사에서 정식으로 일할 수 있겠지요. 그러면 회사 이름이 '휘트생크와 아들 건설'이 될 수도 있겠네요. 휘트생크 씨가 기뻐하시지 않을까요?"

휘트생크 부인이 대답했다.

"그건 아닐 것 같아. 그이는 레드가 법을 공부하길 바라거든. 법이나 비즈니스 둘 중 하나를. 레드는 비즈니스 머리가 좋거든."

"하지만 레드가 행복하지 않다면……"

애비가 말했다.

"주니어는 행복이 없기는 여기나 저기나 마찬가지라고 말한단다. 그이는 레드가 행복하겠다고 '마음'을 먹어야 된다고 말하지."

그녀는 도구가 든 서랍을 뒤지면서 말을 이었다.

"남편을 흉보려는 건 아니고."

"물론이죠."

애비가 말했다.

"그이는 가족에게 가장 좋은 것을 바랄 뿐이야, 알지? 그이에게는 우리가 전부니까."

"저기, 물론이죠."

"우리 둘 다 본가와 연을 끊고 살거든."

"왜요?"

애비가 물었다.

휘트섕크 부인이 대답했다.

"아, 그냥 뭐 그렇지. 상황이 그런 거지. 가족들과 연락이 끊겼다고 해야겠지. 그들은 멀리 노스캐롤라이나에 사는데다가 친정 식구들은 우리가 같이 사는 것을 달가워하지 않았거든."

"사모님이랑 휘트섕크 씨요?"

"로미오와 줄리엣이랑 똑같아."

휘트섕크 부인이 말했다. 그녀는 웃음을 터뜨렸지만 곧 진지해지면서 말을 이었다.

"넌 이해 못할 사연이란다. 줄리엣이 로미오와 사랑에 빠졌을 때 몇 살이었을지 짐작해봐라."

"열세 살이요."

애비가 냉큼 대답했다.

"아."

"학교에서 배웠어요."

휘트생크 부인이 말했다.

"메릭도 고등학교 1학년 때 배웠지. 그 아이가 집에 와서 내게 말하더구나. '괴상망측하지 않아요?'라고 말하더라. 메릭은 그 이야기를 들은 후로 셰익스피어를 대단하게 여길 수가 없다고 했지."

"저기, 왜 그런지 모르겠네요. 사람이 열세 살에 사랑에 빠질 수도 있죠."

애비가 말했다.

"맞아! 사람이 그럴 수도 있지! 나처럼."

"사모님이요?"

"주니어와 사랑에 빠졌을 때 내 나이가 열 셋이었거든. 내가 너한테 말하려는 게 바로 그거야."

휘트생크 부인이 말했다.

애비가 대답했다.

"어머, 세상에. 그런데 지금 그분과 결혼해서 사시네요! 놀라워요! 당시 휘트생크 씨는 몇 살이셨어요?"

"스물여섯."

애비는 이 말을 금방 이해하지 못했다.

"사모님이 열세 살이었을 때 그분은 스물여섯이었다고요?"

"스물여섯 살이었지."

휘트생크 부인이 대답했다.

애비가 중얼댔다.

"아."

"독특하지 않니?"

"네, 그렇네요."

애비가 말했다.

"그이는 진짜 멋지게 생긴 남자였지. 약간 야성적이고 목재 저장소에서 일했는데 가끔만 그랬어. 나머지 시간에는 사냥, 낚시, 덫 놓기를 비롯해 곤란해질 만한 일들을 벌이고 다녔지. 저, 매력을 알겠지? 누가 그런 청년을 거부할 수 있겠어? 특히 열세 살 때 말이다. 또 난 좀 조숙한 열세 살이었거든, 성장이 빨랐지. 교회 야유회에서 주니어를 만났는데 그는 다른 여자랑 왔고, 우리는 첫눈에 서로 반했지. 그 즉시 그는 나와 만나기 시작했어. 그 후 기회가 날 때마다 몰래 어울렸지. 아, 서로 손을 뗄 수가 없었단다! 그런데 어느 밤 같이 있다가 내 아버지한테 들켰어."

"들키다니 어디서요?"

애비가 물었다.

"음, 건초 헛간에서. 그런데 아버지가 본 것은 우리가…… 그거 있잖아."

휘트생크 부인은 손을 허공에 저으면서 명랑하게 말을 이었다.

"아이고, 끔찍했지! 영화 장면 같았어. 아버지가 주니어의 목에 총을 겨누었어. 그러다 아버지랑 오라버니들이 그를 얀시 카운티에서 쫓아냈지. 믿을 수 있니? 아이구 참, 이제 그 일을 회상하면 꼭 다른 사람한테 벌어진 일 같거든. '그게 나였나?'라고 나한테 물어본다니까. 5년 동안 다시는 주니어를 보지 못했단다."

애비는 비스킷 반죽을 자르는 것을 멈추었다. 거기 서서 리니 휘트생크를 멍하니 바라보았다. 그러자 부인이 마무리하려고 애비에게 유리잔을 받아 반죽을 콱콱 눌렀다.

"하지만 계속 연락했군요."

애비가 말했다.

"아, 아니란다! 난 그이가 어디 있는지도 몰랐지."

휘트생크 부인은 비스킷을 기름 바른 판에 올렸다. 동심원 모양으로 반죽을 촘촘히 담았다. 그녀가 말을 이었다.

"하지만 난 주니어에게 신의를 지켰지. 한순간도 그를 잊은 적이 없었어. 그래, 우린 작게나마 세계 최고의 러브 스토리를 만들었지! 그러다 다시 만나자 헤어진 적 없는 사람들 같았어. 가끔 그런 일이 있기도 하잖니. 우린 헤어진 그 지점에서 다시 시작했지, 예전과 똑같이."

애비가 입을 열었다.

"하지만……"

휘트생크 부인은 그런 생각을 해본 적이 있을까? 그녀가 시시콜콜 말하는 이 일이…… 범죄라는 생각을?

부인이 말했다.

"그런데 내가 왜 이 이야기를 너한테 하는지 모르겠구나. 이건 비밀이어야 되는데. 내 자식들에게도 말해본 적 없는데! 그래, 특히 내 새끼들한테는 말 못 하지. 메릭은 날 놀릴 거야. 애들에게 말하지 않겠다고 약속해라, 애비. 네 목숨을 걸고 맹세해."

"아무한테도 말하지 않을게요."

애비가 말했다.

설령 말한다 해도 어떻게 표현해야 될지 난감할 터였다. 너무 극단적이고 찜찜한 일이었다.

* * *

휘트생크 부부와 레드, 얼, 랜디스, 워드, 데인, 애비. 여덟 명이 점심식사를 할 참이었다(메릭은 같이 먹지 않을 거라고 휘트생크 부인이 말했다.). 애비는 식탁을 빙 돌면서 나이프와 포크를 놓았다. 휘트생크 집안의 식사도구는 아주 고급으로 고딕 서체로 'W'가 각인되어 있었다. 애비는 언제 이 도구를 마련했는지 궁금했다. 부부가 결혼하면서는 아닐 것 같았다.

애비의 집은 싸구려 식사도구를 사용했고 그나마 짝이 맞지 않았다.

애비는 불쑥 집이 그리워졌다. 분주하고 합리적인 어머니, 셔츠 주머니에 볼펜과 샤프펜슬을 잔뜩 꽂은 친절한 아버지가 애틋하게 느껴졌다.

식당 창문들은 다 열려 있고 커튼이 바람결에 살랑거렸다. 애비는 현관 테라스를 내다볼 수 있었다. 픽시와 매디가 그녀를 등지고 그네에 앉아서 낮고 느릿한 말투로 대화했다. 메릭의 화장 연습이 끝난 모양이었다. 위층에서 샤워기 물소리가 들렸다.

그녀가 접시를 가지러 부엌으로 갔다가 식당에 되돌아오니, 쇠사슬 톱이 작동되는 소리가 다시 났다. 지금까지는 조용한 줄 몰랐는데. 소음이 너무 가까이서 들려서 애비는 허리를 굽히고 창밖에서 무슨 일이 벌어지는지 살폈다. 남자들이 남은 그루터기를 없애는 중이었다. 랜디스가 왼쪽에 서서 지켜보고, 얼은 톱을 들고 몸을 깊이 숙였다. 그는 애비의 눈이 닿지 않는 나무의 끝을 자르고 있었다. 나무가 집 쪽으로 쓰러지지 않게 홈을 파는 중인 듯했지만, 그녀 자리에서는 정확히 보이지 않았다. 두 사람은 어떻게 할지 아는 듯했지만, 애비는 나무가 인부들을 덮칠까봐 계속 염려스러웠다.

자리마다 접시를 놓은 다음, 식기장에서 냅킨을 꺼내 헤아려서 각각 포크 옆에 놓았다. 애비가 부엌으로 돌아가서 휘트생크 부인에게 물었다.

"이제 아이스티를 따를까요?"

"아니, 조금 기다리도록 하자."

리니가 내답했다. 그녀는 스토브 앞에 서서 닭을 뒤기는 중이었다. 그녀가 덧붙여 말했다.

"테라스에 나가서 더위를 식히지 그러니? 시간이 되면 내가 부르마."

애비는 토를 달지 않았다. 더운 부엌을 벗어나게 되어 다행스러웠다. 앞치마를 벗어서 의자 등받이에 걸쳐놓고 현관으로 나와 흔들의자에 앉았다. 픽시와 매디가 앉은 그네와 거리가 있었다. 애비는 눈으로 데인을 찾았고 잎사귀가 무성한 큰 가지를 도로 옆 나무더미로 끌고 가는 그를 발견했다. 그가 빛줄기가 쏟아지는 곳에 서자 머리가 금속처럼 빛났다.

엄마에게 뭐라고 해야 될까? '루스의 집에서 밤을 보낼 거예요'라고 말할 수 있었지만, 그러면 엄마는 루스네로 전화하겠지. 전에도 있던 일이었다. 애비가 루스에게 거짓말을 해달라고 부탁해도 루스의 부모님이 문제였다.

레드가 자른 장작을 손수레에 던졌다. 워드는 둘둘 뭉친 셔츠로 이마를 닦았다. 얼이 쇠사슬 톱의 작동을 멈춘 순간, 메릭이 방충문 밖으로 나와서 '휴'라고 중얼댔다. 방충문이 쾅 닫혔다.

메릭이 픽시와 매디에게 말했다.

"얼굴에서 고무 마스크를 씻어낸 기분이야."

그녀는 볼에 담긴 콘플레이크를 먹고 있었다. 메릭이 등나무 의자로 걸어가서, 의자 다리에 한 발을 걸고 그네 근처로 끌어당겨 앉았다. 메릭은 여전히 머리에 컬을 달고 있었지만 이제 반바지와 민소매 흰 블라우스 차림이었다.

"우린 저 제임스 딘이 누군지 궁금하던 참이야."

픽시가 메릭에게 말했다.

"저 누구? 아, 데인이야."

"끝내준다."

"다음 토요일도 오늘 같으면 얼굴에서 파운데이션이 줄줄 흐르겠어. 마스카라가 내 눈을 너구리 눈으로 만들 거야."

메릭이 말했다.

매디가 키득대면서 말했다.

"너랑 시어머니랑 딱 어울리겠다."

"기가 막혀서! 내 눈이 그 양반처럼 까맣게 되면 네가 나 좀 죽여줘라. 어떤 의심이 드는지 알아? 그녀가 눈을 그렇게 화장하는 것 같아. 병약해 보이고 싶어 하는 부류거든. 만날 의사한테 쫓아가고 물론 의사는 괜찮다고 말하지만, 그녀는 집에 와서 '저 말이야, 의사는 내가 괜찮을 거라지만……'이라고 말하지."

"그가 결혼식에 오니?"

픽시가 물었다.

"누가 결혼식에 와?"

"데인이라는 사람."

"아. 모르겠는데. 데인이 결혼식에 오니?"

메릭이 저쪽에 있는 애비에게 소리쳤다.

애비가 말했다.

"데인은 초대받지 않았어요."

"초대받지 않았어? 저, 네가 원하면 데인을 데려와도 좋아."

애비는 슬쩍 어깨를 들먹였다. 데인과 사귀지만 계속 만날지 아닐지는 그녀 손에 달렸다는 투였다. 픽시는 실망해서 과장되게 한숨을 내쉬었다.

메릭이 말했다.

세상에나! 세상에나!

"자, 여기 아주 어려운 질문이 있어. 내 컬 핀 말인데."
"그게 왜?"
매디가 물었다.
"이게 얼마나 크고 둥글둥글한지 알겠지. 난 열네 살 때부터 이것들을 말고 잠자리에 들었거든. 컬을 말지 않으면 머리가 뻗정다리처럼 뻗어. 결혼식 밤에 어떻게 할지가 문제야."
매디가 대답했다.
"뭐 그리 시시한 질문을 하고 그래. 컬 핀을 말지 말고 잠자리에 들어, 이 바보야. 그리고 새벽 일찍 일어나는 거야. 트레이가 깨기 전에 일어나서 살그머니 욕실에 들어가 컬 핀을 만 다음에 뜨거운 물로 샤워해. 실제로 머리에 물을 적시지는 말고 김만 쐬는 거지. 그런 다음 헤어드라이어로 바람을 줘. 전날 밤에 몰래 헤어드라이어를 욕실에 갖다 둬야겠지……."
"신혼여행에 헤어드라이어를 못 가져 가! 그걸 넣으려면 큰 가방 하나가 필요하다구."
"그러면 한 손에 들어가는 신형 드라이어를 사면 되지."
"뭐야, 신문에 나온 여자처럼 감전 사고를 당하라고! 게다가 내 머리가 얼마나 말을 안 듣는지 몰라서 그래. 수증기 2분 쐬는 것으로는 어림 없다구."
픽시가 말했다.
"머리를 쟤처럼 하면 되겠네."
"쟤라니 누구?"
"저기. 애비."
픽시가 말하면서 턱으로 애비를 가리켰다. 그녀는 이죽거리며 웃었다.

메릭은 그 말에 대꾸도 하지 않았다. 그녀가 말했다.

"트레이를 두고 두어 시간 빠져나올 수 있으면 좋을 텐데. 호텔에 미용실이 있어서 새벽 5시에 문을 열면……"

쇠사슬 톱 소리가 다시 요란해지면서 메릭의 나머지 말을 삼켜버렸다. 랜디스가 층층나무로 다가가서 허리를 굽혀 밧줄을 둘렀다. 데인은 도끼를 가지러 가려고 비탈을 오르기 시작했다.

* * *

남자들은 점심 먹으러 가기 전 집 옆쪽의 수도꼭지에 머리를 대고 씻었다. 그래서 물을 뚝뚝 흘리고 손으로 얼굴을 문지르면서 걸었다. 얼은 개처럼 몸을 흔들면서 자리에 앉았다.

휘트생크 씨가 식탁 상석에 앉고 부인이 맞은편 끝에 앉았다. 애비는 데인과 랜디스 사이에 자리잡았다. 데인은 50센티쯤 떨어져 앉았지만 발을 밀어서 애비의 발을 건드렸다. 하지만 그는 애비와 아무 상관없는 듯 앞에 놓인 접시만 내려다보았다.

휘트생크 씨는 빌리 홀리데이에 대해 장황하게 늘어놓았다. 이 여가수는 이들 선 죽었고, 그는 사람들이 왜 그리 상심하는지 이해 못했다.

"늘 내 귀에는 음을 제대로 못 잡는 것처럼 들리던데. 목소리가 슬슬 미끄러지고 가끔 멜로디를 잘못 부르는 것 같거든."

휘트생크 씨가 말했다. 그는 주의를 끌기 위해 이쪽에서 저쪽까지 돌아보며 이야기했다. 애비는 스승의 말 한 마디에 매달리는 제자가 된 기분을 느꼈고, 주니어의 속셈이 바로 그거라고 의심했다. 그래서 그녀는 관심을 바꾸어—애비는 그런 재주가 있었다—타작하거나 옥수수를 딴 농부들의 식탁에 앉아 있다고 상상했다. 예전에 추수꾼들이 모인 자리로 떠올리니 기분이 좋아졌다. 가정을 꾸리면 휘트생크 집안처럼 손님들이 북적대기 바랐다. 아무나 들러서 밥 먹고 젊은이들은 현관 테라스에서 대화를 나누고. 그녀의 집은 너무 비좁게 느껴졌고, 휘트생크의 집은 탁 트인 것 같았다. 그것은 휘트생크 씨 덕이 아니었다. 언제나 그렇지 않은가. 분위기를 주도하는 것은 안주인이었다.

휘트생크 씨가 계속 말했다.

"내가 좋아하는 음악의 종류는 존 필립 수자(미국 군대 행진곡을 많이 작곡한 음악가) 풍이지. 누굴 말하는지 다들 알 거야. 레드클리프, 내가 누굴 말하는지 알지?"

"'행진곡의 왕'이죠."

레드가 음식을 한 입 가득 물고서 대답했다. 그는 닭다리 튀김에 얼굴을 파묻고 있었다.

그의 아버지가 말했다.

"행진곡의 왕이지. 누구 '시티 서비스 밴드 오브 아메리카'를 기억하나?"

기억하는 사람이 없었다. 그들은 접시 위로 고개를 더 숙였다.

휘트섕크 씨가 말했다.

"라디오 프로그램이었어. 행진곡만 들려주는 프로그램이었지. '성조기여 영원하라'랑 '워싱턴 포스트' 행진곡이 내가 가장 좋아하는 곡이지. 방송에서 그 곡이 나오면 기절할 것 같았지."

애비는 주니어에게 얀시 카운티 출신의 거친 청년의 흔적을 더듬었다. 날렵한 얼굴하며 50대 심지어 60대에도 배가 나올 기미가 없는 그를 왜 사람들이 미남이라고 하는지 알 수 있었다. 하지만 정장의 전형일 만큼 과하게 차려입었고(지금은 뒤집힌 옷깃이 바로 펴져 있었다.), 눈가가 늘어졌다. 손등에는 보라색 혈관이 툭툭 불거졌고, 턱에 돋은 검은 점 같은 수염이 두드러졌다. 정말이지 애비는 늙고 싶지 않았다! 그녀는 왼쪽 발목으로 데인의 발목을 누르면서 랜디스에게 비스킷을 건넸다.

"제 아버지는 빌리 홀리데이를 최고로 여기시죠."

데인이 말했다. 그는 아이스티를 벌컥 들이키고 느긋하게 등을 기댔다. 그가 말을 이었다.

"아버지는 볼티모어 최고의 유명 일화는 빌리 홀리데이가 푼돈을 받고 시내에서 현관 계단을 닦은 일이라고 말하세요."

"흠, 나랑 자네 아버지는 서로 다른 견해를 가졌다고 인정해야겠군."

휘트섕크 씨가 말했다. 그러더니 그는 얼른 이맛살을 찌푸리면서 물었다.

"아버지가 누구시지?"

"딕 퀸입니다."

데인이 대답했다.

"'퀸 마케팅'의 퀸?"

"바로 그분이죠."

"가업을 이을 건가?"

"아뇨."

데인이 대답했다.

잠시 후 휘트생크 씨가 말했다.

"나라면 좋은 기회로 여길 텐데."

"저랑 아버지랑 견해 차이가 있어서요. 또 제가 직장에서 해고당했다는 이유로 아버지는 화가 나 계시죠."

데인은 자발적으로 사정을 털어놓는 게 아무렇지 않은 듯했다. 휘트생크 씨가 다시 인상을 썼다.

그가 물었다.

"무슨 이유로 해고당했는데?"

"그냥 맞지 않았던 것 같아요."

데인이 말했다.

휘트생크 씨가 말했다.

"그래, 나는 레드클리프에게 말하지. '네가 인생에서 무슨 일을 하든 최선을 다해라. 네가 쓰레기를 치워도 난 상관없다, 지금껏 그 누구보다 그 일을 잘하면 된다'라고 말하지. 또 '그 일을 자랑스러워해라'라는 말도 하고. 해고? 그건 영원히 인생 기록에 오점으로 남지. 어딜 가나 따라다니거든."

데인이 대답했다.

"이 회사는 상호 은행이었어요. 저는 상호 금융업에서 경력을 쌓을 계획이 없거든요, 그건 분명합니다."

"핵심은 어떤 평판을 얻느냐 이거지. 소속된 곳에서 자네를 어떻게 보느냐가 중요하지. 자네에게 상호 금융이 가장 중요한 종착지로 보이지 않겠지만……."

이런 남자가 어떻게 리니의 연애담의 주인공이 될 수 있었을까? 그게 근사한 연애담이든 겉만 번지르르한 이야기든 적어도 흥미와 스캔들과 애끓는 이별까지 있는 완전한 연애사였다. 그런데 주니어 휘트생크는 목석처럼 메마른 사람이었고, 남들이 침묵하면서 식사하는 사이 계속 주절댔다. 그가 힘든 노동의 가치에 대해 말할 때 부인만 관심 있는 표정으로 남편을 주시했다. 그는 젊은 세대의 진취성 부족에 대해 열변을 토하더니 대공황 시대를 살아내면서 얻은 장점들에 대해 말했다. 요즘 젊은이들이 그가 공황기를 겪은 것처럼 공황을 겪었다면…… 그러다가 그는 말을 뚝 끊고 소리쳤다.

"아! 친구들이랑 외출하니?"

그가 말을 건 사람은 메릭이었다. 그녀는 복도를 가로질러 현관으로 가다가, 걸음을 멈추고 돌아서서 아버지를 마주 보았다.

"네. 저녁 식사 때 기다리지 마세요."

메릭이 말했다. 검은 머리가 곱슬곱슬 했다.

휘트생크 씨가 식탁에 앉은 사람들에게 말했다.

"메릭의 약혼자는 집안 사업체에 들어갔지. 일도 아주 잘

하는 것 같아. 물론 현실적인 사람이라고 할 수는 없지. 자기 차의 엔진 오일도 직접 교환할 줄 모르니까. 믿을 수 있나?"

"저, 나가요."

메릭이 말하고, 손가락으로 식탁을 톡톡 두드리고는 나갔다. 주니어는 눈을 깜빡이더니 하던 이야기를 계속 했지만 — 부자들이 '버르장머리 없고' 자기 일도 전혀 못하는 일면에 대해 — 애비는 이제 듣지 않았다. 주니어의 차분하고 자족하는 느린 말투와 생뚱맞은 '나랑 자네 아버지' 운운에 갑자기 기운이 빠지고 패배당한 느낌이 들었다. 북부식으로 '아이 i' 발음을 너무 세게 하는 것이나 상류층과 특권 계층의 세세한 일면에 눈이 빨개지도록 예의주시하는 것 때문이었다. 하지만 부인은 계속 남편에게 미소지었고 레드는 토마토를 한 조각 더 먹었다. 얼은 집에 가져갈 계획이라도 세운 듯 접시의 가장자리에 비스킷을 세 개나 겹겹이 쌓았다. 워드의 아랫입술에 닭고기 살점이 붙어 있었다.

휘트섕크 씨가 주절댔다.

"이 모든 게 왜 절대, 결코, 어떤 상황에서도 그들의 권위를 인정하면 안 되는지 보여주지. 너한테 말하는 거다, 레드클리프."

레드는 토마토 조각에 소금을 뿌리다가 멈추고 고개를 들었다. 그가 말했다.

"저요?"

"왜 그들에게 굽실대지 말아야 하는지. 환심을 사고. 아첨을 하고. 그들에게 '그렇습니다, 바컬로우 씨' '아닙니다, 바컬로우 씨' '뭐든 말씀대로 하지요, 바컬로우 씨. 아, 저희는 폐를 끼치고 싶지 않습니다, 바컬로우 씨'라고 하면 안 되는지."

이제 레드는 토마토를 자르는 중이었고, 아버지와 눈을 맞추거나 말을 듣는 것 같지 않았다. 하지만 누가 손톱으로 긁기라도 한듯 퀭한 얼굴이 되었다.

"'아, 바컬로우 씨, 이러면 피차 합의가 되겠습니까?'"

휘트섕크 씨는 이죽대는 목소리로 말했다.

랜디스가 말했다.

"사장님, 저희가 그루터기를 잘랐습니다. 지면과 평편하게 잘라놓았습니다."

애비는 레드를 껴안고 싶었다.

휘트섕크 씨는 잔소리를 더 늘어놓으려다가 멈추고 랜디스를 쳐다보았다. 그가 말했다.

"아, 그래. 잘했군. 이제 미치가 장모 집에서 점심식사를 마치고 오기만 기다리면 되겠군."

"말하지 않을 수가 없네요, 사장님. 미치의 장모를 만나보셨나요? 요리의 신이라니까요. 그 양반의 자식이 일곱인데 모두 결혼했고, 모두 자식들을 낳았지요. 그런데 매주 일요일 예배가 끝나면 식구들이 다 장모 집에 모이고, 장모는 세 가지 고기와 두 가지씩의 감자 요리, 샐러드, 피클, 야채를……"

애비는 의자에 등을 기댔다. 근육이 얼마나 위축됐는지 모르고 있었다. 배고프지 않았고 닭고기를 더 먹으라는 부인의 권유에 말없이 고개를 저었다.

＊ ＊ ＊

"한 가지 더 있어."
레드가 말했다.
인부들이 식당에서 나가자 레드가 애비 옆에 멈춰 서서 말했다. 애비는 식사에 쓴 포크와 나이프 들을 모으다 말고 몸을 돌려 그를 바라보았다.
"결혼식에 오면 안 되겠다고 생각하는 이유가 참석 의사를 일찍 밝히지 않아서라면, 분명히 그건 아무 문제도 되지 않을 거야. 메릭이 초대한 하객들은 여기 없는 사람이 많아. 푸키 반딜린 동창들과 부모들은 대부분 못 온다고 답했어. 결국 피로연에 음식이 지나치게 많을 거야."
"그 점을 염두에 둘게요."
애비는 대답하고 얼른 레드의 팔을 토닥였다. 그의 아버지의 일장연설은 이미 잊었으니 그도 잊으라고 말하고 싶다는 듯.
문간에서 레드를 기다리던 데인이 애비에게 윙크했다. 그는 가끔 '네 남자'라면서 레드의 연모를 놀려대곤 했다. 평소 데인이 그럴 때면 애비는 미소 지었지만 오늘은 그냥 식탁을 치우기 시작했고, 잠시 후 두 사람은 밖으로 나가 인부들에게 갔다.
애비는 포크와 나이프들을 부엌 개수대 옆에 놓았다. 리니가 유리잔들을 씻고 있었다. 애비는 다시 식당으로 갔다. 주니어가 서서 베이킹 그릇에 담긴 복숭아 코블러를 손가락으로 뜨고 있었다. 그는 애비를 보자 얼어붙었지만, 곧 반항하듯 턱을 쳐들고 파이 덩어리를 입에 넣었다. 그는 보란 듯 냅킨에 손가락을 닦았다.

애비가 말했다.

"그렇게 지내기 힘드시겠네요, 휘트생크 씨."

그는 냅킨에 손가락을 닦으면서 대꾸했다.

"무슨 말이지?"

"따님이 부자 청년이랑 결혼하는 것은 반갑지만 부자 청년들이 너무 응석받이인 것은 못마땅하죠. 아드님의 상류사회 진입을 바라지만, 그가 그들에게 예의를 지키면 화가 나고요. 제 생각에 사장님은 만족하실 수가 없을 거예요, 그렇죠?"

"아가씨, 나한테 그런 말투로 말하다니 버르장머리가 없군."

그가 말했다.

애비는 숨을 쉬지 못할 것 같았지만 버텼다. 그녀가 물었다.

"그렇죠? 만족하실 수 없죠?"

휘트생크 씨가 강철 같은 목소리로 말했다.

"난 두 아이가 대견해. 네 아버지가 너를 대견해하는 것보다는 훨씬 더 많이. 네 불손한 말투로 미루어 그럴 것 같군."

"아버지는 저를 아주 자랑스러워하세요."

애비가 그에게 말했다.

"흠, 네 출신 성분으로 볼 때 놀랄 일도 아니지."

애비는 입을 열려다가 다물었다. 그녀는 코블러 그릇을 홱 낚아채서, 등을 펴고 머리를 꼿꼿이 들고 부엌으로 갔다.

리니는 그릇을 씻다말고 물 빼는 판에 놓인 그릇들을 행주로 닦기 시작했다. 애비가 행주를 받자 휘트생크 부인이 말했다.

"아이고, 고맙구나."

그녀는 다시 개수대로 몸을 돌렸다. 부인은 애비가 손을 떠는 것을 모르는 듯했다. 애비는 무척 의기양양했지만 한편으로는 상처를 받았다. 뼈에 사무쳤다.

휘트생크가 감히 어떻게 출신 운운할 수 있을까? 하고 많은 사람들 중 음침하고 수치스러운 과거의 장본인이! 애비의 집안은 무척 존경받을 만했다. 조상은 얼마든지 자랑할 수 있는 사람들이었다. 예를 들어 고조부는 왕을 구조한 적이 있었다(구조라는 게 도로에서 홈에 빠진 마차 바퀴를 끌어올리는 것을 돕는 정도에 불과했지만, 그래도 왕이 친히 그에게 고개를 끄덕였다고 했다.). 서부에 사는 종고모는 윌러 캐서(미국 작가)와 대학 동창이었다. 당시 종고모는 윌러 캐서라는 사람이 있는 줄도 몰랐겠지만. 아무튼 달턴 집안은 하류층이 아니고 이류 집안도 아니었다. 작은 동네에 살지만 적어도 이웃들과 잘 지냈다.

휘트생크 부인은 식기세척기에 대해 말하고 있었다. 그녀는 기계의 필요성을 모르겠다고 말했다.

"있지, 가장 재미난 대화는 보통 잔뜩 쌓인 설거지를 하면서 오고가는걸! 그런데 주니어는 식기세척기를 사야 된다고 생각해. 나가서 사들일 생각을 한다니까."

"그 분이 그 기계에 대해 뭘 아는데요?"

애비가 물었다.

휘트생크 부인은 잠시 침묵했다. 그러다가 그녀가 대답했다.

"아, 그 사람은 내 생활을 더 편리하게 해주고 싶은 거겠지."

애비는 행주로 접시를 빡빡 닦았다.

휘트생크 부인이 말했다.

"사람들이 주니어를 이해 못할 때도 있어. 하지만 그이는 네가 아는 것보다 좋은 사람이란다, 애비."

"아."

애비가 중얼댔다.

부인이 그녀에게 미소지으며 물었다.

"현관 테라스에 나가서 치울 그릇이 있는지 살펴봐주겠니?"

애비는 그 자리를 벗어나는 게 다행스러웠다. 거기 있었다면 나중에 후회할 말을 했을 터였다.

테라스에는 아무도 없었다. 애비는 메릭이 먹은 시리얼 그릇과 숟가락을 챙긴 다음 허리를 펴고 잔디밭을 살폈다. 그 순간 쇠사슬 톱 두 대 모두 조용했다. 공기가 이상스럽게 환했다. 가지를 다 쳐낸 나무는 짐작과는 사뭇 다른 풍경을 연출했다. 이제 나무는 도로 쪽을 향해 바닥에 누워 있고, 랜디스는 나무를 묶은 긴 밧줄을 풀고 있다. 네인은 담배를 피우려고 일손을 멈추었고, 얼과 워드는 손수레에 통나무를 싣고 있었다. 레드는 잘라낸 그루터기 옆에 서서 고개를 숙이고 있었다.

그 자세를 보자 애비는 레드가 점심 식탁에서 일어난 일을 생각한다고 넘겨짚고, 쳐다보는 것을 레드가 모르게 하려고 얼른 고개를 돌렸다. 하지만 몸을 돌리다가 레드가 나이테를 센다는 것을 깨달았다.

결국 레드는 오늘을 견뎌냈고—힘든 육체 노동과 소음과 괴로운 더위, 이웃과의 언쟁과 아버지와 겪은 속상한 일—이제 차분히 그루터기를 살피면서 나무의 나이를 세고 있었다.

왜 이 광경이 그녀의 마음을 그렇게 달래주었을까? 레드의 강한 집중력 때문이겠지. 어쩌면 그의 모욕에 대한 면역이나 분노하지 않는 마음 때문이었다. 그가 이렇게 말하는 것 같았다. '아, 그거. 신경 쓰지 말아. 어느 가족이나 좋을 때도 있고 나쁠 때도 있지 뭐. 이 나무의 나이나 알아보자구'

애비는 마음이 넉넉해져서 들뜬 기분을 느꼈다. 나무가 그루터기까지 잘리자 잔디밭이 넉넉해진 것과 비슷했다. 다시 집으로 들어가는 발걸음이 얼마나 가뿐한지 발소리가 나지 않았다.

"저 바깥은 어떻게 되어가니?"

휘트생크 부인이 물었다. 그녀는 조리대를 닦고 있었다. 마지막 냄비들과 프라이팬까지 물기를 닦아 치운 상태였다.

애비가 대답했다.

"음, 나무를 다 깎아냈지만 미치는 아직 나타나지 않았어요. 데인은 담배를 피면서 쉬고, 워드와 얼과 랜디스는 마당을 치우고 있어요. 레드는 나이테를 세고요."

"나이테?"

휘트섕크 부인이 되물었다. 그러더니 애비가 자연에 대해 아는 게 없다고 여겼는지 그녀가 다시 말했다.

"아! 레드가 나무 나이를 가늠하는구나."

"그 난리를 겪은 후 그렇게 서서 나무가 몇 살인지 궁금해하다니……."

애비는 말을 하다가 왈칵 눈물이 날 듯한 감정을 느꼈다. 왜 그런지 알 수 없었다. 그녀가 말을 이었다.

"레드는 좋은 사람이에요, 사모님."

휘트섕크 부인은 놀라서 힐끗 올려다보더니 미소 지었다. 눈이 초승달처럼 되는 온화하고 만족스러운 환한 미소였다.

"그래, 맞아. 레드는 좋은 사람이란다, 아가."

휘트섕크 부인이 말했다.

애비는 다시 테라스에 나가서 그네에 앉았다. 더 바랄 데 없이 예쁜 오후였다. 산들바람이 불고 하늘은 노그제마(클린징 크림. 용기가 새파란 색임.) 병처럼 초현실적인 파란색이고 노란색과 초록색이 넘실대는 날이었다. 잠시 후 그녀는 레드에게 같이 차를 타고 결혼식에 가고 싶다고 말할 터였다. 하지만 당장은 그 말을 아껴두었다. 그 말을 가슴에 바싹 끌어안았다.

애비는 발로 테라스 바닥을 밀어 그네를 움직였고, 천천히 앞뒤로 움직이면서 거슬거슬하고 익숙한 팔걸이 아래쪽을 무심코 손끝으로 스쳤다. 그녀의 눈길이 데인에게 쏠렸다. 얼핏 슬픔을 느끼면서 데인을 지켜보았다. 그가 담배를 땅바닥에 던지고 발뒤꿈치로 비비는 모습을 보았다. 데인은 도끼를 들고 느릿느릿 나뭇가지로 갔다. 세상에나, 세상에나. 그 다음 대사가 떠올랐다. 마녀는 물었다. '너 같은 어린 소녀가 내 멋진 사악함을 망가뜨릴 수 있을 줄 누가 생각이나 했겠니?'

애비는 그네에서 내려와 레드에게 다가가기 시작했다. 한 걸음 옮길 때마다 점점 더 행복하고 점점 더 확실해지는 느낌이었다.

3부

파란
페인트 통

10

부엌을 제외한 1층 방들의 문이 다 이중 미닫이문이고, 문마다 위에 여름에 통풍이 잘 되도록 뇌문 세공한 채광창이 있었다. 창문들은 꼭 맞게 설치되어서 겨울바람이 아무리 거세도 덜컥대지 않았다. 2층 홀의 홈이 팬 난간은 계단을 쭉 돌아 현관홀로 내려왔다. 바닥 전체가 고풍스런 밤나무였다. 철물은 모두―문고리, 찬장 손잡이, 다락방에 보관했다가 봄마다 설치하는 청색 린넨 블라인드의 줄을 거는 Y자 고리까지―황동 주물이었다. 아래 위층 방들 모두 천장에 나무 날개 선풍기가 달려 있고, 현관 앞 테라스에는 석 대가 있었다. 현관 홀 위의 신풍기는 날개길이가 2미터에 달했다.

브릴 부인은 현관홀에 샹들리에를 달고 싶어 했다. 금도금한 틀에 전체가 크리스털인 웨딩케이크를 뒤집은 모양을 원했다. 멍청한 여편네. 주니어는 비실용적이라고 지적하며 만류했다. 언제든 크리스털 구슬에 아주 작은 거미줄이라도 늘어지면, 인부가 5미터 높이의 사다리에 올라가서 제거해야 된다면서(그는 다른 의뢰인을 위해 케이블과 권양기를 이용해 언제든 샹들리에를 올리고 내릴 수 있는 기발한 장치를 고안했다는 사실은 밝히지 않았다.). 물론 주니어가 심하게 반대한 이유는 그런 샹들리에가 집과 어울리지 않아서였다. 이 집은 단아한 주택이었다. 수제 이불장 같은 소박함이 있었다. 단순하지만, 집을 지은 그가 알다시피 흠잡을 데가 없었다. 그는 작은 부분까지 일일이 감독했고, 다른 사람이 더 잘할 수 있는 부분들 외에는 전부 직접 손댔다. 욕실에 작은 검정색과 흰색 타일을 벌집 문양으로 박는 작업은, 영어를 한 마디도 못하는 리틀 이탈리아(웨스터 버지니아 주 클레이 카운티에 있는 자치구) 출신의 두 형제가 맡았다. 하지만 계단 발판의 홈들에 쏙 들어가는 난간 기둥들과 벽으로 매끄럽게 들어가는 미닫이문들은 그의 솜씨였다. 주니어는 삶의 모든 부분에서 자신만만하고 성미 급한 사람이었다. 정지 신호에서 브레이크를 밟지 않고 쓱 통과하고 음식을 급히 먹고 음료수를 단번에 들이켰다. 말을 더듬는 아이에게 '왜 그래, 말해버리라구'라고 윽박지르는 사람이었지만, 집짓기에서만은 세상의 모든 인내심을 발휘했다.

  브릴 부인은 거실을 벨벳 문양 벽지로 도배하려 했다. 침실마다 카펫을 깔고 현관 위 채광창에는 빨간색과 파란색 색유리를 끼우라고 요구했다. 하지만 그녀는 아무것도 얻지 못했다. 세상에! 입씨름을 벌일 때마다 주니어가 이겼다. 대개의 경우 샹들리에처럼 비실용적이라는 이유를 내세웠지만, 필요하면 안목 운운하는 것도 서슴지 않았다. '레밍턴 집안에서는 그러지 않았습니다, 워링 집안도 마찬가지였고요' 라면서 브릴 부인이 특히 동경하는 길포드의 두 집안을 들먹였다. 그러면 부인은 물러나곤 했고—'뭐, 사장님이 가장 잘 알 테니까요'—그는 원래 의도한 대로 일을 진행했다. 이것은 그의 필생의 집이었고(흔히 사람들이 평생의 '사랑'이라고 할 때 느끼는 감정이었다.) 결국 터무니없는 희망이지만 언젠가 여기서 살 거라고 믿었다. 브릴 일가가 이사 와서 어수선한 장식품을 늘어놓아 널찍한 방들이 답답해진 후에도, 주니어는 그의 집이 될 거라고 계속 낙관했다. 그러다 브릴 부인은 너무 외톨이로 사는 기분이고 시내에서 너무 멀다고 불평하기 시작했고, 일광욕실에서 도둑의 물건을 발견한 후 자제심을 잃었다. 그러자 주니어는 모든 게 착착 맞아떨어진다고 느꼈다. 마침내 그가 집을 차지하게 되리라.

실제로 그렇게 되었다.

가족을 이사시키기 전 집 단장을 한 몇 주 동안, 그는 가끔 이른 아침에 거기로 차를 몰곤 했다. 집 안을 돌면서 빈 방들과 삐걱대지 않는 바닥, 욕실 세면대의 단단한 수도꼭지를 황홀하게 음미했다(브릴 부인은 파리의 호텔에서 본, 여러 면으로 커팅된 탁구공만한 크리스털 핸들 수도꼭지를 원했다. 하지만 주니어가 보기에 어울리는 디자인은 뭉툭한 흰 사기 십자형 핸들밖에 없었고 비누 묻은 손으로 가장 쉽게 돌릴 수 있었다. 이번만은 브릴 씨도 목소리를 내서 그에게 동조했다.).

그는 계단을 올려다보면서, 우아한 젊은 여성이 된 딸이 흰 새틴 웨딩드레스를 입고 계단을 내려오는 광경을 상상했다. 식탁에 손주들이, 주로 사내애들이, 휘트생크의 대를 이은 아이들이 두 줄로 앉은 상상도 했다. 아이들은 해바라기가 태양을 보듯 주니어에게 고개를 돌리고 교육적인 이야기에 귀 기울이리라. 어쩌면 그는 매일 밤 식사를 시작하면서 한 가지 주제로—음악이나 미술, 시사 문제—이야기할 수도 있었다. 통째로 자를 햄이나 오리구이가 놓여 있고, 물은 목이 긴 유리잔에 담기고, 샐러드용 포크는 미리 냉장고에 넣었다가 꺼내오겠지. 길포드에 있는 레밍턴의 집에서 가정부가 냉장고에서 포크를 꺼내오는 것을 본 적이 있었다.

지금까지는 모든 게 엉성했다. 볼품없는 성장 배경, 도둑 연애, 파행적인 결혼, 낙후된 동네의 작고 초라한 셋집. 하지만 이제 모든 게 변할 터였다. 그의 진짜 인생이 시작될 수 있었다.

그러다가 리니 매가 나서서 현관 그네를 간섭하는 일이 생겼다.

* * *

브릴 일가가 살던 시절, 현관 그네는 흉한 흰색 단철로 만든 끝이 날카로운 소용돌이 장식이 달려서 등을 파고들었다. 녹슨 8자 모양 고리들은 삐걱대며 거슬리는 소리를 냈고, 묵직한 쇠사슬은 잘못 잡으면 손가락에 상처를 냈다. 하지만 브릴 부인은 어린 시절 그런 그네를 탔다고 주니어에게 말했고,

말투로 봐서 유년기를 얼마나 흐뭇하게 회고하는지, 귀여운 여자애의 모습을 얼마나 소중히 여기는지 확실히 알 수 있었다. 그래서 주니어는 그녀의 의견에 따를 수밖에 없었다.

브릴 일가는 이사가면서 현관 테라스 가구 일체를 두고 갔다. 그들이 새로 가는 집이 아파트여서였다. 브릴 부인은 아쉬운 목소리로 그네를 잘 보존해달라고 당부했고, 주니어는 '알겠습니다, 부인. 제가 잘 챙기겠습니다'라고 대답했다. 하지만 브릴 가족이 떠난 순간, 그는 사다리를 타고 올라가서 손수 그네를 떼어냈다. 그가 매달고 싶은 그네가 정해져 있었다. 간결한 나무 벤치 그네에 꿀색 니스를 칠하고, 등판과 양쪽 팔걸이로는 절단한 나선형 기둥을 일렬로 붙일 계획이었다. 그네 줄은 보통 밧줄보다 희고 부드럽고 손에 쉽게 잡히는 특수한 종류여야 했다. 그네가 움직일 때는 아무 소리도 안 나거나 기껏해야 배가 항해할 때 돛에서 나는 소리로 느껴질 정도의 나직한 삐걱 소리여야 했다. 주니어는 예전에 그런 그네를 고향의 멀둔 씨의 집에서 본 적이 있었다. 멀둔 씨는 운모 광산을 운영했고 자택 현관의 긴 테라스는 바닥과 계단들, 그네까지 니스가 칠해졌다.

주니어는 이렇게 생긴 기성품 그네를 찾을 수가 없어서 주문 제작을 의뢰해야 했다. 엄청난 비용이 들었다. 그는 리니에게 액수를 말하지 않았다. 그녀는 돈이 중요한 문제이기에 비용을 물었다. 집 계약금만으로도 형편이 말이 아니었다. 하지만 주니어가 말했다.

"그게 무슨 상관이야? 난 이제 흰 철제 그네가 걸린 집에서 살 일이 없어졌는데!"

그는 원하는 색으로 마감할 테니 칠하지 말라고 주문했고, 그네는 맨 나무 상태로 도착했다. 주니어 밑에 최고 도장 기술자인 유진이 있으니 그에게 칠을 맡길 참이었다. 다른 인부가 묵직한 황동 고리에 밧줄을 맸다. 동부 해안 출신인 인부는 이런 작업을 어떻게 해야 하는지 꿰고 있었다(또 그는 황동 주물을 보자 휘파람을 불었지만, 주니어가 모아둔 주물이 있었고 전쟁 때문에 주물이 귀한 것은 '그의' 탓이 아니었다.). 마침내 그네가 설치되자—니스 칠 밑으로 나뭇결이 보였고, 하얀 밧줄은 소리 내지 않고 매끄럽게 움직였다—주니어는 큰 만족감을 맛보았다. 일단 꿈꾸던 일이 마음먹은 그대로 정확하게 이루어졌다.

이때까지 리니 매는 이 집에 와본 적이 없었다. 그녀는 주니어만큼 이 집에 열광하지 않는 눈치였다. 주니어는 아내가 이해되지 않았다. 다른 여자들 같으면 좋아서 펄쩍펄쩍 뛸 텐데! 하지만 리니 매는 엉뚱한 말만 늘어놓았다. 너무 비싸다느니, 너무 점잔 뺀다느니, 친구들 집과 너무 멀다느니. 뭐, 그녀도 생각이 바뀔 터였다. 주니어는 쓸데없는 입씨름으로 힘 빼지 않으려 했다. 하지만 일단 그네를 달자 아내에게 보여주고 싶어 좀이 쑤셨고, 다음 일요일 아침에 예배가 끝난 후 가족 모두 트럭을 타고 새집에 가보자고 했다. 그네 이야기는 꺼내지 않았다. 아내가 그네에 마음이 끌렸으면 하는 마음 때문이었다. 이삿날까지 겨우 두 주 남았으니, 그녀가 미리 싸둔 상자 몇 개를 옮기면 좋을 거라는 말만 했다.

"아, 그러죠."

리니가 대답했다.

하지만 예배가 끝나자 그녀는 꽁무니를 빼기 시작했다. 먼저 식사부터 하자고 말했고, 주니어가 식사는 집에 돌아가서 해도 된다고 말하자 리니는 이렇게 말했다.

"저, 좋은 옷을 입었으니 옷이라도 바꿔 입어야겠어요."

주니어가 물었다.

"왜 그러고 싶어 하지? 그대로 가자구."

그는 아직 말을 꺼낸 적은 없지만, 이사한 후 리니가 차림새에 더 신경을 써야 된다고 느꼈다. 그녀는 고향 여자들처럼 옷을 입었다. 또 아이들의 옷뿐만 아니라 그녀의 옷도 손수 바느질했다. 그는 두 아이가 늘 허리가 두껍고 불룩한 옷을 입는 것을 알아차렸다.

하지만 리니가 말했다.

"가장 좋은 외출복을 입고 먼지투성이 상자를 옮기고 싶지 않아요."

그래서 그녀가 옷을 갈아입고 아이들에게 놀이옷을 입히는 동안 주니어는 기다려야 했다. 하지만 그는 교회에 갈 때 차림 그대로였다. 지금까지 이웃이 될 사람들이 창밖으로 내다봤다면(동네 사람들이 내다봤을 거라고 짐작되었다.) 작업복 차림의 그를 봤을 테니, 더 멋진 모습을 보이고 싶은 게 주니어의 마음이었다.

트럭에서 메릭은 부부 사이에 앉았고, 레드클리프는 리니의 무릎에 앉았다. 주니어는 아내에게 과시하려고 가장 예쁘장한 도로들을 골라 차를 몰았다. 4월이었고 사방에 철쭉과 장미봉오리와 진달래가 만발했다. 그들이 브릴의 집에—휘트생크의 집!—도착하자 주니어는 흰 층층나무를 손짓하며 아내에게 말했다.

"이사 온 후 당신이 장미를 심으면 되겠지."

하지만 그녀가 대답했다.

"저 마당에서는 장미를 키우지 못해요! 그늘밖에 없는데 뭘."

주니어는 입을 다물었다. 짐을 내려야 되므로 집 뒤편에 주차하는 게 마땅할 터였지만, 집 앞에 차를 세웠다. 그리고 트럭에서 내려서, 리니가 아이들을 내리게 할 때까지 기다렸다. 그 사이 그는 집을 올려다보면서 아내의 눈으로 집을 보려고 애썼다. '틀림없이' 집이 마음에 들겠지. 이것은 '환영합니다'라고 말하는 집이었다. '가족' '믿음직한 사람들이 여기 삽니다'라고 말하는 그런 집이었다. 그런데 리니 매는 상자들이 놓인 트럭 뒤쪽으로 향했다.

주니어가 말했다.

"짐은 그냥 둬. 잠시 후에 챙기자구. 당신이 올라가서 새집을 구경하면 좋겠는데."

그는 리니의 허리께에 손을 대고 안내했다. 메릭도 아빠의 손을 잡았고, 레드클리프는 집에서 만든 나무 트랙터의 줄을 끌고 뒤따라왔다.

리니가 말했다.

"어머나, 이것 봐. 그 사람들이 테라스 가구를 두고 갔네요."

"그럴 거라고 말했잖아."

주니어가 대답했다.

"가구 값을 내라던가요?"

"아니. 공짜로 가져도 된다더군."

"아, 잘 됐네요."

그는 그네에 대해 언급하지 않을 작정이었다. 리니가 알아볼 때까지 기다리고 싶었다.

순간적으로 그는 아내가 그네를 눈여겨볼지 염려했지만—리니는 가끔 아주 부주의할 때가 있었다—곧 그녀는 걸음을 멈추었다. 주니어도 서서 아내가 그네를 구경하는 모습을 지켜보았다.

"어머나, 저 그네는 정말 예쁘네요, 주니어."

리니가 말했다.

"마음에 들어?"

"당신이 왜 철제 그네보다 저걸 좋아하는지 알겠네요."

그는 손을 허리 쪽으로 내려서 그녀를 끌어당겼다.

"분명히 더 편안해 보이지."

주니어가 말했다.

"무슨 색으로 칠할 거예요?"

"뭐?"

"파란색으로 칠할 수 있나요?"

"파란색!"

주니어가 대꾸했다.

"난 중간쯤 되는 파란색이면 어떨까 싶네요. 뭐랄까…… 저기, 정확히 뭐라고 부르는지 모르겠지만 연한 파랑은 아니고 청색보다는 밝고. 그냥 '중간쯤'인 파란색인데 알겠어요? 말하자면…… 아마 그런 색을 스웨디시 블루라고 부를 걸요. 아니면…… 더치 블루라는 것도 있나요? 아니, 아닐 거예요. 루이스 숙모의 테라스에 내가 생각하는 파란색 그네가 있었어요. 가이 삼촌의 아내 말이에요. 두 분은 스프루스 파인에 있는 이 자그마하고 예쁜 집에 살았죠. 그렇게 친절한 부부는 다시없을 거예요. 난 부모님이 삼촌 내외 같으면 좋겠다고 바라곤 했어요. 부모님은 더…… 음…… 당신도 알죠. 하지만 루이스 숙모랑 가이 삼촌은 다정다감하고 사교적이고 재미있는 일을 좋아했죠. 자식이 없어서 난 항상 '그들이 나를 자식으로 삼아도 되냐고 물어보면 좋을 텐데'라고 생각했어요. 그리고 두 분은 날씨 좋은 여름 저녁이면 항상 테라스 그네에 나란히 앉아 있곤 했어요. 진짜 예쁜 파란색이었는데. 아마 지중해 파랑일 거예요. 지중해 파랑이라는 색도 있나요?"

"리니 매. 그네는 이미 색칠이 끝났어."

주니어가 말했다.

"그래요?"

"적어도 니스 칠은 되어 있지. 마감된 거야. 앞으로도 이런 모양새일 거야."

"아, 여보. 파란색으로 칠하면 안 되겠어요? 네? 그 파란색을 가장 잘 설명하는 말은 '하늘빛 파란색'일 것 같지만, 난 '진짜' 하늘을 말하는 거예요. 진청색 여름 하늘. 연한 청색이나 물빛 파랑이나 흐린 파란색이 아니라 더…… 뭐라고 할까……."

"스웨디시 블루."

주니어가 이를 악물고 중얼댔다.

"네?"

"스웨디시 블루였어. 당신이 처음에 제대로 말했어. '스프루스 파인'에는 집구석마다 죄다 테라스에 스웨디시 블루 빛깔 가구가 있었기 때문에 알지. 무슨 법이라도 있는 것처럼 다 똑같은 색이었지. '공통적'으로 그 색깔이었어. 평범하기 짝이 없는 하층민들이었지."

리니는 입을 헤벌리고 남편을 바라보았고, 메릭은 아버지 손을 당기면서 집 쪽으로 가자고 졸랐다. 그는 손을 비틀어 빼고 경사로를 앞장서서 올라갔고, 나머지 가족들은 뒤따라갔다. 리니가 한 마디만 더 말하면 그는 머리를 젖히고 우리에 갇힌 맹수처럼 으르렁대려고 했다. 하지만 그녀는 입을 다물었다.

* * *

가족이 이사하기 전에 주니어가 해야 될 중요한 일은 뒤편 베란다 설치 작업이었다. 지금은 덜렁 작은 콘크리트 계단만 있었다. 이것은 브릴 부부와의 입씨름에서 주니어가 양보한 몇 가지 중 하나였다. 물론 그는 부부가 설계를 의뢰한 건축가가 잡다한 물품들을 보관할 공간을 두지 않았다는 점을 거듭 지적했었다. 눈 장화, 포수 마스크, 하키 스틱, 젖은 우산

따위를 둘 공간이 따로 없었다.

주니어는 건축가 얘기만 나오면 쏘아붙이는 말투로 대꾸했다.

이즈음 전쟁 때문에 베란다 작업을 맡길 인부들이 없었다. 인부 두 명은 진주만 공습 직후에 입대했고 한 명은 '스패로우스 포인트 조선소'로 일하러 갔다. 또 다른 두 명은 징병되었다. 그래서 그는 다드와 캐리를 애덤스 현장에서 빼서 베란다를 대충 설치하게 하고 마무리 작업은 직접 맡았다. 거의 매일 저녁 그 집에 가서, 마지막 남은 햇빛을 이용해서 외부 작업을 했고, 해가 진 후에는 실내로 들어가(베란다의 한쪽 끝은 폐쇄했다.) 전기기술자들이 설치해놓은 천장 전등을 켜고 계속 일했다.

혼자 작업하는 게 좋았다. 인부들 대부분은—적어도 젊은 사람들은—그를 엄격하고 무서운 사람으로 보았다. 주니어는 그들의 생각을 바로잡아주지 않았다. 인부들은 여자 문제와 주말에 벌인 사고에 대해 떠벌리다가도, 사장이 나타나는 즉시 입을 다물었다. 주니어는 인부들이 그가 어떤 사람인지 모른다는 생각에 속으로 웃었다. 하지만 부리는 직원들이 그가 어떤 사람인지 모르는 게 최선이었다. 그는 여전히 수작업을 했지만, 소란 떨지 않고 늘 따로 방에 들어가서 일했다. 나머지 인부들이 틀을 짜는 동안 그는 기둥에 홈을 팠다. 인부들은 소문을 주고받고 농담하고 서로 놀렸지만, 주니어는 (평소에는 그렇게 말수가 많은데도) 침묵하면서 일했다. 곡을 따로 정하지 않고 그때마다 생각나는 노래를—어떤 일을 할 때는

'당신은 나의 태양', 다른 작업을 하면서는 '블루베리 힐'—속으로 흥얼거렸고, 작업 속도는 노래의 빠르기와 맞아떨어졌다. 어느 힘들었던 주에는 까다로운 계단을 설치하면서 자기도 모르게 '도버의 흰 절벽'을 흥얼대면서 어찌나 느리고 서글프게 움직였는지, 작업을 완성하지 못할 것 같았다. 결국 계단은 아주 잘 만들어졌다. 아, 정말이지 일을 제대로 해냈을 때의 쾌감이야말로 최고였다. 장부가 장붓구멍에 딱 맞게 들어가거나, 쐐기를 적당하게 깎아서 틈에 딱 맞게 끼워 이음매가 거의 드러나지 않을 때의 성취감이란.

리니에게 새집을 구경시키고 이틀 후, 그는 오후 4시쯤 차를 몰고 그 집으로 가서 뒤쪽에 주차했다. 하지만 트럭에서 내리다가 뭔가 눈에 들어오자 동작을 멈추었다

현관 테라스 그네가 차도 옆에, 페인트받이 천에 놓여 있었다.

그리고 그네가 파란색이었다.

세상에, 이럴 수가. 흉측한 파란색이었다. 지루하고 매력 없고, 이도저도 아닌 스웨디시 블루. 어찌나 충격이 컸는지 순간적으로 헛것을 보고 있나 의심스러웠다. 어린 시절의 욕 나오는 풍경을 경험하고 있는 걸까. 주니어는 신음 비슷한 소리를 냈다. 트럭에서 내려 문을 쾅 닫고 그네 쪽으로 걸어갔다. 파란색, 그래. 허리를 굽혀 손가락을 팔걸이에 갖다 댔다. 아직 덜 마른 페인트가 묻어났지만, 막 칠한 페인트 냄새가 났으니 놀랄 일은 아니었다.

누군가 지켜보는 느낌이 얼핏 들어서 얼른 주위를 둘러보

았다. 누군가 그늘에 숨어서 그를 쳐다보면서 웃고 있었다. 아니, 그는 혼자였다.

주머니에서 열쇠를 꺼내다가 뒷문이 이미 열려 있는 것을 알았다.

"리니?"

주니어가 소리쳤다. 집으로 들어가니 부엌 개수대 앞에 다드 맥도웰이 서 있었다. 다드는 페인트 붓을 얼룩덜룩한 걸레에 닦고 있었다.

주니어가 그에게 물었다.

"도대체 무슨 짓을 하는 거야?"

다드가 홱 몸을 돌렸다.

"자네가 그 그네를 칠했나?"

주니어가 물었다.

"아, 맞습니다, 주니어."

"왜? 누가 자네한테 그래도 된다고 했지?"

다드는 몹시 창백한 대머리 사내로, 눈썹과 속눈썹이 흰색에 가까운 금색이었다. 하지만 지금은 눈이 빨개지면서 눈두덩이 분홍색으로 변했고 눈물이 그렁그렁했다. 그가 대답했다.

"리니가."

"리니!"

"사장님은 모르시는 일입니까?"

"자네가 리니를 어디서 만났다는 거야?"

주니어가 물었다.

"어젯밤에 사모님이 전화를 주셨어요. 저더러 고광택 스웨디시 블루 페인트를 갖고 와서 현관 그네를 칠해줄 수 있냐고 물으셨어요. 사장님도 아시는 일인 줄 알았죠."

"내가 견고한 벚나무를 찾아다니고, 그네 비용으로 엄청난 액수를 지불한 후 유진을 시켜서 테라스 바닥과 어울리게 니스 칠을 하게 했는데, 자네가 거기다 시퍼런 페인트를 칠한 거라구."

"저기, 저는 몰랐습니다. 그저 '여자들이란'이라고 생각했죠. 아시죠?"

다드는 붓과 걸레를 손에 든 채로 양손을 폈다.

주니어는 심호흡을 크게 해야 했다. 그가 말했다.

"맞아. 여자들이란."

그는 고개를 저으면서 킬킬 웃었다. 주니어가 말을 이었다.

"여자들을 어쩌면 좋을까? 하지만 잘 듣게."

그가 말하면서 정색을 했다. 주니어가 덧붙였다.

"다드. 지금부터는 내 지시만 받아. 알았나?"

"잘 알겠습니다, 주니어. 죄송하게 됐습니다."

다드는 여전히 울음을 터뜨릴 듯한 표정이었다.

주니어가 말했다.

"자, 마음 쓰지 말아. 칠이야 다시 하면 되지. 여자들이란!"

그가 다시 말하면서 웃음을 터트렸다. 그리고는 몸을 돌려 다시 밖으로 나가 문을 닫았다. 마음을 가라앉히려면 시간이 필요했다.

* * *

그녀는 주니어 인생의 애물단지였다. 그의 목구멍에 걸린 가시였다. 1931년으로 거슬러 올라가 기차역으로 리니를 데리러 가서 역사 밖에서 기다리는 그녀를 발견한 밤—밑단이 주글주글한 회색 코트는 볼티모어의 겨울을 견디기에 너무 어설펐고, 후줄근한 챙 넓은 모직 모자는 오래 되어 주니어도 알아볼 정도였다—그는 리니가 통나무에 핀 곰팡이 같다는 생뚱맞은 생각을 했다. 곰팡이는 긁어내도 어느 날 보면 다시 나무를 파고들지 않던가.

주니어는 리니를 데리러 가지 말까 고민했었다. 그녀가 그의 하숙집에 전화했고, 그놈의 '주니?'라는 쨍쨍한 고음을 들었을 때(리니가 아니면 그렇게 부를 사람이 없었다.), 수화기를 다시 내려놓고 싶었다. 하지만 그는 참았다. 리니는 하숙집 전화번호를 알고 있었다. 어떻게 번호를 손에 넣었는지 그 누가 알까마는.

그가 대꾸했다.

"왜."

"나에요! 리니 매!"

"무슨 일이야?"

"나 여기 볼티모어에 왔어요, 믿을 수 있어요? 지금 기차역이에요! 날 데리러 와줄 수 있어요?"

"왜?"

아주 잠깐 침묵이 흘렀다.

"왜냐고요?"

그녀가 되물었다. 목소리에서 통통 튀는 기운이 사라졌다. 리니가 말을 이었다.

"부탁이에요, 주니. 난 무서워요. 여긴 유색인종이 득실대요."

"유색인종이 널 해칠 일은 없어. 그냥 못 본 척하라구."

주니어가 말했다(그들의 고향에는 유색인종이 없었다.).

"내가 어떻게 하면 될까요, 주니어? 어떻게 당신을 찾죠? 당신이 나와서 날 데려가야 해요."

아니, 그는 나가서 그녀를 데려갈 필요가 없었다. 리니는 그에게 어떤 요구도 할 자격이 없었다. 둘 사이에는 아무것도 없었다. 아니, 둘 사이에는 그의 인생 최악의 경험만 있을 뿐이었다.

하지만 주니어는 그녀를 거기 둘 수 없다는 것을 스스로 인정했다. 리니는 햇병아리처럼 이러지도 저러지도 못하리라.

게다가 그의 마음에 어렴풋이 호기심이 치밀어 오르기 시작했다. 고향에서 온 사람. 그 사람이 여기 볼티모어에 와 있다!

사실 볼티모어에는 그가 이야기를 나눌 만한 아는 사람이 별로 없었다.

그래서 마침내 주니어는 대답했다.

"저기, 그럼 기다리고 있어."

"아, 얼른 와요, 주니!"

"밖에서 기다려. 중앙 문으로 나와서 역 밖에서 내 차가 오

파란 페인트 통 441

는지 지켜봐."

"차가 있어요?"

"그럼."

그가 말했다. 무뚝뚝하게 들리도록 애썼다.

그는 재킷을 가지러 위층으로 올라갔다. 다시 아래층에 내려오니 하숙집 여주인이 거실 문을 빼꼼 열고 고개를 내밀었다. 그녀의 머리는 주니어로서는 이해가 되지 않는 특이한 금발 곱슬머리였다. 컬 하나하나가 1센트짜리처럼 둥글고 납작하고 정수리에 달라붙었다.

"별일 없어요, 휘트섕크 씨?"

여주인이 묻자 주니어는 대답했다.

"네, 부인."

그는 두 걸음에 현관홀을 가로질러 문을 나섰다.

당시 주니어의 소지품은 그만저만한 여행 가방을 다 채우지 못할 정도로 적었지만 그는 차를 갖고 있었다. 1921년형 에섹스 모델이었다. 불경기가 시작되어 모두 일자리를 잃었을 때, 다른 목수에게 37달러를 주고 산 차였다. 차가 있으면 일을 찾는 데 도움이 될 거라는 근거로 소비를 합리화했고, 과연 그 예상은 들어맞았다. 하지만 차가 말을 안 듣고 고장이 많다는 점은 계산하지 못했다. 차가운 엔진이 가동되도록 달래면서 리니를 전차를 타고 오게 할 수도 있었다고 생각했다. 하지만 그것은 그녀의 능력 밖의 일이라는 것도 알고 있었다. 리니에게 전차는 낯설었다. 전차를 타라고 했으면 그녀는 엉뚱한 데 갔겠지. 리니 혼자서 기차 여행을 하는 것조차 상상이 되지 않았다. 왜냐면 이전에 더 작은 역들은 말할 것도 없고 워싱턴디씨처럼 복잡한 역에서 기차를 갈아타야 했을 테니까.

주니어는 역 북쪽 공장지대에서 살았다. 사실 상당히 북쪽이었다. 그는 남쪽을 향해 세인트폴에서 동쪽으로 꺾어져서 희미한 불빛이 비치는 늘어선 주택들 사이를 요란하게 달렸다. 이따금 몸을 숙이고 앞창에 서린 뿌연 입김을 닦아야 했다. 마침내 기차역을 지나서 우회전해서 커다란 기둥들 앞 포장도로로 들어갔다. 곧 리니가 보였다. 거기 나와 있는 사람은 그녀 혼자였고, 리니는 허연 불안한 얼굴로 이쪽저쪽 두리번거렸다. 하지만 주니어는 그녀 앞에서 멈추지 않았다. 의식적으로 작정하지는 않았지만 속도를 더 내서 계속 차를 몰았다. 찰스 가로 다시 우회전해서 집으로 향했지만, 첫 블록의 중간쯤 지날 때 그를 보면 리니의 이마가 어떻게 펴질지 상상하기 시작했다. 얼마나 안심한 표정을 지을까. 빨간 에섹스를 몰고 도착한 그가 얼마나 노련하고 아는 게 많아 보일까. 주니어는 되돌아가서 다시 큰 기둥들을 지났고 이번에는 정차선으로 들어갔다. 속도를 늦춰 차를 세운 그는 판지로 만든 가방을 들고 급히 조수석 문을 여는 리니를 바라보았다.

그녀는 자리에 앉자마자 물었다.

"아까 한 차례 내 앞을 그냥 지나갔어요?"

그런 식으로 주니어는 선수를 빼앗겼다.

"난 잘 준비를 하고 있었어. 졸음이 몰려오던 참이었다구."

그가 말했다. 어쩐지 징징대는 소리가 나왔다.

파란 페인트 통

리니가 말했다.

"어머나, 가여운 주니. 미안해요."

그녀는 가방 위로 몸을 숙여서 그의 볼에 뽀뽀했다. 입술은 따뜻했지만 서리 냄새가 났다. 또 그 아래로 다른 냄새가, 고향을 연상시키는 냄새가 풍겼다. 구운 베이컨 같은 냄새. 그는 그 냄새를 맡자 의기소침해졌다.

하지만 기어를 바꿔 차를 움직이자, 다시 주도권을 쥔 기분이 들기 시작했다. 주니어가 리니에게 말했다.

"네가 왜 여기 왔는지 모르겠다."

"내가 왜 여기 왔는지 모른다고요?"

그녀가 대꾸했다.

"그리고 널 어디로 데려갈지도 모르겠어. 너한테 호텔을 잡아줄 돈이 없다구. 네가 돈을 가진 게 아니라면."

그녀는 돈을 가졌다고 해도 아무 내색도 하지 않았다.

"당신 집에 데려가면 되잖아요."

리니가 그에게 말했다.

"아니, 그러지 않을 거야. 하숙집 여주인은 남자들한테만 방을 빌려준다고."

"하지만 몰래 데리고 들어가면 되잖아요."

"뭐야, 내 방에 몰래 들어가겠다고?"

리니가 고개를 끄덕였다.

"그건 절대 안 돼."

주니어가 말했다.

하지만 그는 계속 하숙집 방향으로 차를 몰았다. 달리 어떻게 해야 될지 몰라서였다.

　교차로에 접어들자 주니어는 브레이크를 밟고 리니에게 고개를 돌렸다. 거의 5년이 흘렀는데 그녀는 전혀 변하지 않았다. 여전히 열세 살이라고 해도 될 정도였다. 여전히 피부는 밀려도 밀리지 않을 것처럼 착 달라붙고, 입술은 얇고 색이 없었다. 마치 그녀가 주니어가 떠나던 순간에 얼어붙은 것 같았다. 왜 예전에 리니를 매력적이라고 느꼈는지 이해가 되지 않았다. 하지만 리니는 그가 무슨 생각을 하는지 모르는 기색이 역력했다. 그러니까 미소 지으며 턱을 쑥 집어넣고 비딱하게 그를 올려다보면서 이런 말을 했겠지.

　"당신이 좋아했던 구두를 신고 왔어요."

　무슨 구두를 말하는 걸까? 주니어는 아무 구두도 기억나지 않았다. 그는 힐끗 리니의 발을 내려다보았고, 발목에 끈이 달린 짙은 색 하이힐이 눈에 들어왔다. 구두가 뭉툭하고 커서 그녀의 정강이가 토끼풀대처럼 가늘어 보였다.

　"내가 있는 곳을 어떻게 찾아냈어?"

　주니어가 그녀에게 물었다.

　"저기."

　리니는 중얼거리고 고개를 크게 끄덕였다(주니어는 그녀의 이런 고개짓을 까맣게 잊었다. '본론에 들어가자'는 뜻이었다. '내가 알아서 할게'라는 뜻이기도 했다.). 그녀가 말을 이었다.

　"나흘 전이 내 생일이었어요. 이제 난 열여덟 살이에요."

　"생일 축하해."

　주니어가 심드렁하게 말했다.

"열여덟이라구요, 주니! 성년이에요!"

"성년은 스물한 살이지."

그가 말했다.

"저기, 투표하는 나이는 그렇겠지만…… 난 벌써 가방을 싸 놓았죠. 이미 돈을 모아놨구요. 당신이 떠난 후 매해 가을에 갤럭스(암매화과의 상록 식물로 하트형의 잎사귀는 장례 장식용으로 쓰임)를 따서 돈을 모았어요. 하지만 열여덟 살이 될 때까지 납작 엎드려서 지냈어요. 그래야 아무도 날 말리지 못할 테니까. 그러다가 생일 다음 날, 마사 로팻에게 차를 태워 달래서 파티빌 목재저장소에 찾아갔어요. 그곳 사람들에게 당신이 어디로 갔는지 아느냐고 물어봤죠."

"저장소 전체를 다니면서 물었다고?"

주니어가 묻자 리니는 다시 고개를 끄덕였다.

그는 그 꼴이 어떻게 보였을지 충분히 상상할 수 있었다.

"그런데 어떤 사람이 당신이 북쪽으로 갔을 수도 있다고 말해줬어요. 어느 날 당신이 찾아와서 '트러블'이라는 목수가 어디 있는지 아는 사람이 있는지 수소문했던 기억이 난다면서. 이름이 '트림블'이어서 다들 '트러블'이라고 부른다던데요. 그 사람이 말하길, 사람들이 주니어에게 트러블이 볼티모어로 갔다고 알려줬으니, 아마 일자리를 찾아 거기 갔을 거랬어요. 그래서 마사에게 마운틴 시까지 차를 태워 달라고 부탁했고, 볼티모어행 표를 끊었죠."

주니어는 보스코인가 누군가가 절벽 밖으로 떨어졌는데 자신이 허공에 서 있는 줄 모르는 만화 영화가 떠올랐다. 리니는 불확실성을 붙잡은 게 아닌가? 그는 몇 년 전에 다른 곳으로 떠났을 수도 있었다. 지금쯤 시카고나 프랑스 파리에서 살 수도 있는데.

문득 그러지 않았던 게 실수라는 생각이 들었다. 이렇게 세월이 흘렀는데도 여전히 여기 있는 게 잘못이지. 리니가 그가 여기 있다는 것을 어찌어찌 알아낸 것도 마찬가지고.

리니가 계속 종알댔다.

"마샤 모팻은 이제 성씨가 셔포드로 바뀌었어요. 마샤가 결혼한 걸 알았어요? 타미 셔포드랑 결혼했는데 메리 모팻은 아직도 처녀고 그래서 미치겠나봐요, 딱 봐도 안다니까요. 메리가 계속 사사건건 마샤에게 미친 사람처럼 굴거든요. 하긴 두 사람은 남들이 짐작하듯 좋게 지낸 적이 없긴 하네요."

"잘."

주니어가 말했다.

"네?"

그는 설명하지 않았다.

그들은 도심을 지나고 있었다. 건물들이 다닥다닥 붙어 있고 가로등이 켜져 있었지만, 리니는 창밖에 눈길도 주지 않았다. 그녀가 도시풍경에 감격할 거라는 주니어의 예상은 빗나갔다.

리니가 말했다.

"볼티모어에 도착해서 기차에서 내리자마자 공중전화로 가서 전화번호부에서 당신 이름을 찾아봤어요. 그런데 이름이 없어서 트림블이라는 성을 가진 사람들에게 다 전화했죠.

아니 다할 작정이었죠. 그런데 트러블의 이름이 알고 보니까 딘이더라고요. 알파벳 순서로 꽤 앞쪽이라 금방 연결이 됐죠. 트러블은 주니어가 찾아왔기에 어디 가면 일자리를 구할 수 있을지 알려주긴 했지만, 거기 취직이 됐는지는 모른다고 말했어요. 그리고 주니어가 여전히 베스 데이비스 부인의 집에 있지 않다면 지금 어디서 지내는지 모른다고 했죠. 처음 북쪽에 오는 인부들이 거의 그 집에서 하숙 한다면서요."

"사설탐정으로 취직하면 되겠네."

주니어가 말했다. 자신이 그렇게 쉽게 찾아졌다는 게 달갑지 않았다.

"난 지금쯤 당신이 하숙집에서 나와 따로 거처를 마련했을까봐 걱정했어요."

주니어가 얼굴을 찌푸렸다. 그가 말했다.

"불황이 계속되고 있잖아. 혹시 그런 말 못 들어 봤어?"

"하숙집에 산다고 해도 난 괜찮아요."

리니가 말하면서 그의 팔을 토닥였다. 주니어는 팔을 뿌리쳤고 이후 한동안 그녀는 잠잠했다.

하숙집이 있는 도로에 접어들자 주니어는 집에서 멀찌감치, 도로 끝 후미진 곳에 주차했다. 둘이 있는 것을 아무에게도 들키고 싶지 않았다.

"내가 여기 와서 반갑죠?"

리니가 그에게 물었다.

주니어가 시동을 껐다. 그가 말했다.

"리니……"

"하지만 뭐, 우리가 한꺼번에 모든 이야기를 다할 필요는 없죠! 아, 주니어. 얼마나 보고 싶었는지 몰라요! 당신이 떠난 후 난 다른 남자는 단 한 번도 쳐다보지 않았다구요."

리니가 말했다.

주니어가 말했다.

"넌 열세 살이었어."

'열세 살 때부터 지금까지 쭉 남자친구를 사귀지 않고 지냈다는 거야?'라는 뜻이었다.

하지만 리니는 다른 뜻으로 이해하고 주니어에게 환하게 웃으면서 말했다.

"알아요."

그녀는 아직도 기어를 잡고 있는 주니어의 오른손을 들어 올려 자신의 양손으로 감쌌다. 날씨가 추운데도 리니의 손이 따스한 것을 보면, 그녀는 분명히 그의 손이 차다고 느꼈을 터였다.

"차가운 손에 따뜻한 마음."

리니가 말했다. 그러더니 이렇게 덧붙였다.

"그리고 내가 이렇게 여기 와서, 평생 처음 하룻밤을 온전히 같이 보내려는 순간이에요."

리니는 방에서 재워준다는 그의 결정을 당연시하는 듯했다.

주니어가 그녀에게 말했다.

"처음이자 단 하룻밤만이야. 내일 너는 다른 곳에 거처를 마련해야 될 거야. 현재 상황만으로도 위태롭다구. 데이비스 부인한테 들키면 우리 둘 다 거리로 쫓겨날 거야."

리니가 말했다.

"난 상관없어요. 당신과 쫓겨나는 거라면…… 낭만적이겠네."

주니어는 손을 빼고 차에서 내렸다.

그는 현관 앞 계단 밑에서 리니를 기다리게 하고, 소리 없이 현관문을 열었다. 데이비스 부인이 있는지 살피고 나서 리니에게 들어오라고 손짓했다. 두 사람이 계단을 오를 때 삐걱 소리가 날 때마다 주니어는 잔뜩 겁먹고 잠시 멈추었지만, 무사히 올라갈 수 있었다. 3층에 도착하자—그는 언제나 3층이 하인들 숙소로 지어졌다고 생각했다. 작은 방들이 줄줄이 붙어 있고 천장이 비스듬했다—그가 턱으로 반쯤 열린 문을 가리키면서 '욕실'이라고 속삭였다. 그는 리니가 밤새 방에 드나드는 것을 원치 않았다. 리니는 손가락을 흔들어 보이고는 욕실 안으로 사라졌고, 그 사이 그는 그녀의 가방을 들고 방 쪽으로 걸음을 옮겼다. 그가 문을 5센티쯤 열어두어 방의 불빛이 복도 바닥을 비추게 했다. 리니가 살그머니 방에 들어와서 문을 닫았다. 그녀는 한 손에 모자를 쥐고 있었고, 물에 젖은 관자놀이께 머리칼이 그의 눈에 들어왔다. 처음 사귈 때보다 리니의 머리가 짧았다. 예전에는 등까지 내려왔지만 지금은 턱 길이밖에 되지 않았다. 리니는 숨을 몰아쉬면서 가볍게 웃었다.

"비누나 얼굴 수건, 목욕수건 같은 게 하나도 없어서요."

리니가 말했다. 그녀는 속삭였지만 날카롭고 다 들리는 속삭임이라 주니어는 인상을 쓰면서 말했다.

"쉿."

그녀가 들어오기 전에 그는 옷을 벗고 내복바람이었다. 구석에 작은 네모진 안락의자와 짝이 안 맞는 발판이 있어서—좁은 간이침대와 서랍 두 개짜리 서랍장을 제외한 유일한 가구—그는 최대한 편히 누워 겨울 코트를 담요처럼 덮었다. 리니는 방 가운데 서서 입을 벌리고 주니어를 쳐다보았다. 그녀가 말했다.

"주니?"

"피곤해. 난 내일 일하러 가야 돼."

주니어가 말했다. 그는 리니를 외면하고 눈을 감았다.

그는 한동안 꼼짝도 하지 않았다. 곧 위니가 부스럭대면서 옷을 벗는 소리가 났고, 옷가방의 열림 장치를 여는 소리가 더 크게 났다. 램프가 꺼지는 소리가 들리자 주니어는 입가의 긴장을 풀고 눈을 뜨고 천장을 올려다보았다.

"주니어?"

리니가 불렀다. 주니어는 그녀가 반듯하게 누운 것을 알 수 있었다. 그녀의 목소리가 위쪽에서 떠도는 느낌이었다.

"주니어, 나한테 화났어요? 내가 뭘 잘못했는데요?"

그는 눈을 감았다.

"나더러 어쩌라고요, 주니어?"

하지만 그는 아주 느릿느릿 고르게 호흡했고, 리니는 다시 묻지 않았다.

11

리니가 뭘 잘못했냐면. 우선 주니어에게 제 나이를 말해주지 않았다. 처음 봤을 때 리니는 쌍둥이 자매 메리와 마샤 모팻과 피크닉 담요에 앉아 있었다. 두 사람 다 고교 졸업반이어서 주니어는 리니도 그들과 동갑이라고 짐작했다. 멍청한 생각이었다. 리니의 순수하고 루즈를 바르지 않은 얼굴, 등까지 찰랑대는 머리를 보고 눈치챘어야 했건만. 또 막 어른스러워진 것을 으스대는 태도—특히 가슴이 가장 대견스러운 듯 이따금 은밀히 손끝으로 건드려 확인했다—로 알아차렸어야 했지만 그러지 못했다. 하지만 워낙 가슴이 커서 물방울무늬 원피스의 가슴팍이 꽉 조였고, 리니는 헐렁한 흰 높은 샌들을 신고 있었다. 주니어가 리니의 나이를 더 많게 짐작한 게 이상한 일일까? 그가 아는 한 열세 살짜리는 굽 높은 구두를 신지 않았다.

주니어는 틸리 구지와 함께 피크닉에 갔지만, 그녀가 가자고 청해서였다. 그는 틸리에게 아무런 책임도 느끼지 않았다. 그는 음식이 차려진 피크닉 테이블에서 당밀 쿠키 한 개를 집어서 리니 매 쪽으로 걸어갔다. 허리를 굽히고―틀림없이 절하는 걸로 보였겠지―쿠키를 내밀었다.

"먹어봐요."

　그가 말했다.

　리니는 눈을 들었고, 무색에 가까운 파란 메이슨 단지(밀폐식 저장용 단지) 같은 빛깔의 눈이었다.

"어머!"

　리니가 얼굴을 붉히면서 쿠키를 받았다. 모팻 쌍둥이 자매는 예의 주시하면서 허리를 꼿꼿이 세우고 무슨 일이 벌어지는지 지켜봤다. 하지만 리니는 옅은 색 속눈썹을 내리깔고 쿠키의 가장자리를 씹어 먹었다. 그러더니 손가락을 하나씩 빨았다. 주니어도 손이 끈적거려서―생강쿠키를 고를 것을!―주머니에게 손수건을 꺼내 손을 닦았지만 그러면서 리니를 계속 쳐다보았다. 그는 손을 다 닦자 손수건을 리니에게 건네주었다. 리니는 눈을 맞추지 않고 손수건을 받아서 손을 닦고 돌려주었다. 그런 다음 남은 반달 모양 쿠키를 베어 물었다.

"'나의 도움 교회' 소속 신자예요?"

　주니어가 물었다(이 피크닉은 노동절 기념 교회 피크닉이었다.).

　리니가 눈을 내리깔고 얌전하게 쿠키를 씹으면서 고개를 끄덕였다.

　주니어가 말했다.

"난 이번에 여기 처음 와봤거든. 구경 좀 시켜줄래요?"

리니가 다시 고개를 끄덕였고, 순간적으로 그것으로 이야기가 끝인 것 같았지만 리니는 불안하게 비틀대며 일어나서—치맛단 위에 앉아 있었는데 구두 굽에 밑단이 걸렸다—모팻 쌍둥이에게는 눈길 한번 주지 않고 주니어와 나란히 걸어갔다. 리니는 아직도 쿠키를 먹고 있었다. 교회 마당과 묘지가 합류되는 지점에서 리니는 걸음을 멈추고 쿠키를 다른 손으로 바꿔들고 다시 손가락을 쪽쪽 빨았다. 주니어는 다시 한 번 손수건을 꺼냈고, 리니는 다시 손수건을 받았다. 그는 계속 이럴 수 있겠다고 생각하며 재미있어 했다. 하지만 리니는 손가락을 다 닦고 나자 쿠키를 손수건에 싸서 그에게 내밀었다. 주니어는 쿠키를 싼 손수건을 왼쪽 주머니에 넣었고, 두 사람은 다시 걷기 시작했다.

이제 와서 주니어가 그 일을 돌이켜보면 세세한 부분 전부, 모든 몸짓이 '열세 살입니다!'라고 소리쳤던 것 같았다. 하지만 당시에는 그런 생각이 스쳐지나가지도 않았다고 맹세할 수 있었다. 그는 나이가 훨씬 어린 여자를 낚아채는 남자가 아니었다.

하지만 리니가 눈에 들어온 순간은 소녀가 자기 가슴을 건드리던 그 순간이었다는 점은 인정해야 했다. 그때는 유혹적인 듯했지만, 다시 생각해보면 단순히 애 같은 동작으로 볼 수 있을 듯했다. 어쩌면 리니가 했던 일은 그저 새로 어른스러워진 면모에 스스로 감탄한 것에 불과했다.

교회 묘지에서 리니는 주니어보다 앞서 걸었고, 하이힐 속에서 가는 발목이 흔들렸다. 그녀는 조부모의 묘비들을 손짓했다. 존스 인먼과 로레타 캐럴 인먼. 그러니까 리니는 인먼 가의 사람이었고, 인먼 가는 거드름 피우는 것으로 호가 난 집안이었다.

"이름이 뭐예요?"

주니어가 물었다.

"리니 매."

리니가 대답하면서 다시 얼굴을 붉혔다.

"저기, 난 주니어 휘트샌크."

"알아요."

그는 어떻게 리니가 아는지 궁금했다. 그에 대해 무슨 말을 들었을까.

주니어가 말했다.

"저기, 리니 매. 예배당 안에 들어가서 구경할 수 있을까?"

"그러고 싶으면요."

리니가 대답했다.

그들은 몸을 돌려서 묘지를 뒤로하고 흙이 다져진 마당을 지나 '나의 도움이 어디서 올까' 교회의 현관 계단을 올라갔다. 예배당 내부는 어두컴컴한 방 하나였고, 벽은 연기 그을음이 있고 올챙이 배처럼 생긴 난로가 있었다. 장식용 덮개가 씌워진 탁자 앞으로 나무 의자가 몇 줄 놓여 있었다. 그들은 문 바로 안쪽에서 걸음을 멈추었다. 더 볼 게 없었다.

"신앙심이 깊어요?"

주니어가 리니에게 물었다.

리니 매는 어깨를 으쓱하면서 대답했다.

"별로요."

이것이 분위기의 반전을 일으켰다. 주니어가 예상하던 대답이 아니어서였다. 분명히 이 아가씨는 그가 짐작했던 것보다 복잡 미묘했다. 주니어는 빙그레 웃었다. 그가 말했다.

"마음이 통하는 아가씨네."

리니 매는 갑자기 그의 눈을 똑바로 쳐다보았다. 거의 투명한 눈동자에 주니어는 또 한 번 깜짝 놀랐다.

그가 농담조로 말했다.

"저기, 같이 온 아가씨한테 신경을 써야 되겠죠? 하지만 내일 저녁에 그쪽을 극장에 데려갈 수 있는데요."

"좋아요."

리니가 대답했다.

"사는 곳이 정확히 어디에요?"

"약국 앞에서 만날게요."

리니 매가 대답했다.

"아."

주니어가 중얼댔다.

그는 궁금했다. 리니는 가족에게 그를 보여주기 부끄러운 걸까. 그러다가 무슨 상관이냐는 생각이 들어서 그가 대답했다.

"7시?"

"좋아요."

그들은 햇살 속으로 다시 나갔고, 서로 쳐다보지도 않은 채 리니는 그를 계단에 두고 모팻 쌍둥이에게 달려갔다. 물론 쌍둥이 자매는 뾰족한 얼굴을 주니어와 리니 쪽으로 돌리고 참새 한 쌍처럼 날카롭게 주시하고 있었다.

* * *

리니의 나이가 밝혀진 것은 두 사람이 사귄 지 3주 후였다. 그것도 리니가 자발적으로 말한 게 아니었다. 어느 날 밤 우연히 리니는 오빠가 내일 8학년을 졸업한다고 말했다.

"오빠가?"

그가 물었다.

리니는 잠시 그 질문의 뜻을 파악하지 못했다. 남동생은 기가 막히게 똑똑한데 오빠는 그렇지 않다고 떠들어댔다. 또 부모는 아들이 마운틴 시에 있는 고교에 진학하기를 바랐지만 당사자는 이제 공부를 중단하고 고교에 진학하지 않게 해달라고 조르는 중이었다.

"책이랑 담 쌓고 살았거든요. 사냥 같은 걸 좋아해요."

리니가 말했다.

"몇 살인데?"

주니어가 리니에게 물었다.

"네? 열네 살이죠."

"열네 살."

주니어가 중얼댔다.

"음흠."

"너는 몇 살이지?"

주니어가 물었다.

그제야 리니는 알아차렸다. 얼굴이 빨개졌다. 하지만 태연하게 행동하려고 애썼다. 리니 매가 대답했다.

"내 말은 남동생보다 손위라는 뜻이에요."

"넌 몇 살이냐고?"

주니어가 재차 물었다.

리니는 턱을 치켜들고 대답했다.

"난 열세 살이요."

배를 강타당한 기분이었다.

주니어가 말했다.

"열세 살! 그러면 네 나이가…… 나의 절반도 안 되잖아!"

"하지만 난 이른 열세 살이에요."

리니가 말했다.

"맙소사, 리니 매!"

왜냐면 이즈음 그들은 관계를 하고 있었다. 세 번째 데이트 이후 그랬다. 이제 극장에 가지 않고 아이스크림을 먹으러 가지도 않았다. 친구들이랑 어울리는 일도 없었다(하긴 두 사람에게 친구들이 있었을까?). 둘은 주니어의 매형의 트럭을 타고 강가로 가서, 나무 밑에 낡아빠진 이불을 깔고 다급히 뒤엉켰다. 어떤 밤에 비가 쏟아졌지만 빗줄기는 그들을 잠시도 멈추게 하지 못했다. 둘은 행위를 마치자 큰대자로 누워 벌린 입에 빗물이 들어와도 가만히 있었다. 하지만 그것은 주니어가 리니를 꼬드겨서 벌인 일이 아니었다. 먼저 행동을 취했던 것은 리니였다. 어느 날 밤 주차된 트럭 안에서 리니는 그의 품에서 빠져나와 떨면서 급히 원피스 앞 단추를 풀어헤쳤다.

주니어는 체포될 수도 있었다.

리니의 아버지는 잎담배 농사를 지었고 자기 땅을 소유한 지주였다. 리니의 어머니는 버지니아 출신이었고, 버지니아 사람들이 잘났다고 뻐기는 것을 모르는 사람이 없었다. 리니의 부모는 조금의 망설임도 없이 그를 보안관에게 고발할 터였다. 젠장, 리니는 너무나 멍청하고 너무나 성질날 만큼 모지리였다! 자기 동네 한가운데 있는 약국 앞에서 화려한 원피스와 하이힐로 치장하고 그를 만나다니! 주니어는 10킬로에서 12킬로미터쯤 떨어진 패리빌 인근에 살았고, 오늘 밤 야크로우에서 그들을 본 사람들 중 그를 아는 사람은 없을 터였다. 하지만 그가 성인인데다 아주 허름한 옷과 낡은 작업화 차림으로 하루 이틀 면도도 안한 행색이니, 그의 이름을 알아내서 추적하는 것은 별로 어렵지 않으리라. 주니어가 리니에게 물었다.

"누구한테 우리 이야기를 한 적 있어?"

"아니요, 주니어. 맹세해요."

"모팻 쌍둥이나 다른 사람한테도?"

"안 했어요."

"내가 이 일로 감옥에 갈 수도 있어서 그래, 리니."

"아무한테도 말 안 했어요.."

그는 리니를 그만 만나리라 결심했지만 당장 그렇게 말하지는 않았다. 리니가 울고불고 난리치면서 마음을 바꾸라고

파란 페인트 통

애원할 테니까. 리니는 매달리는 것 같았다. 언제나 둘의 대단한 연애 운운했고, 그는 사랑한다는 말을 한 적이 없지만 자신은 주니어를 사랑한다고 말했다. 또 누구누구가 자기보다 더 예쁜 것 같냐고 물었다. 그는 모든 게 리니에게는 아주 새로워서 그런다고 짐작했다. 빌어먹을, 아기를 안고 있었다니. 주니어는 자신이 그렇게 앞뒤 못 가렸다는 게 믿기지 않았다.

두 사람은 이불을 접어서 트럭에 올라탔고, 주니어는 리니를 집에 데려다주었다. 리니 매는 다가올 오빠의 졸업식에 대해 속사포처럼 떠들어댔지만, 주니어는 가는 내내 입도 벙긋하지 않았다. 약국 앞에 차를 세우고, 아버지의 목공 일을 돕겠다고 약속했기 때문에 내일 밤에는 못 만난다고 말했다. 리니는 밤에 목공 일을 한다는 말에서 미심쩍은 점을 알아채지 못한 눈치였다.

"그럼 모레 밤은?"

리니가 물었다.

"두고 봐야지."

"하지만 내가 어떻게 알죠?"

"시간이 나면 내가 연락해줄게."

주니어가 말했다.

"미친 듯이 보고 싶을 거예요, 주니어!"

그러더니 리니는 몸을 날려서 양팔로 그의 목을 끌어안았다. 하지만 주니어는 리니의 팔을 밀치면서 말했다.

"이제 그만 가보는 게 좋겠다."

* * *

당연히 그는 리니에게 연락하지 않았다(리니는 아무한테도 관계를 밝히지 말라는 말을 듣고도 어떻게 그가 연락한다는 말을 믿는지 주니어는 이해가 되지 않았다.). 그는 정확히 거주 구역 안에만 머물렀다. 리크랙(지그재그로 짠 납작한 끈) 울타리가 둘러진 패리빌 외곽의 붉은 진흙 땅 2에이커와 방 세 칸짜리 오두막 안에서만. 이 집에서 아버지와 미혼인 막내 형이 같이 살았다.

결국 그 주에 삼부자는 도로 아래쪽에 사는 부인의 헛간 지붕을 교체하는 공사를 했다. 이른 새벽, 점심 때 먹을 버터밀크(버터를 만들고 남은 우유) 한 양동이와 옥수수 빵 한 덩이를 챙겨서 짐수레를 타고 출발했다. 허니커트 부인의 집에 도착하면 초지에 나귀를 풀어놓고, 지붕에 올라가 뙤약볕 속에서 온종일 작업했다. 저녁 무렵 주니어는 기진맥진해서 억지로 한술 떴다(어머니가 세상을 떠난 후 형 지미가 식사준비를 떠맡았다. 늘 장작 난로에 올려두는 기름 냄비에 뭐든 최근에 잡은 고기를 넣고 튀겼다.). 그들은 일꾼들의 일과에 맞춰 저녁 8시에서 8시 반에 잠자리에 들었다. 내리 사흘간 그렇게 지내면서 주니어가 리니 매를 생각한 것은 겨우 한두 번이었다. 한번은 저녁 식사 후 지미가 시내에 나가서 어울릴 만한 여자들이 있는지 찾아보겠냐고 물었다. 주니어는 '아니'라고 거절했지만 리니 때문은 아니었다. 그저 너무 기진맥진해서였다.

그러다가 지붕 공사가 끝났고 기다리는 다른 일거리가 없었다. 다음 날 주니어는 집에서 지냈지만 지겹게 따분한데다가 아버지가 심통을 부리자, 내일 아침에는 목재 보관소에 걸어가서 일거리를 찾아보리라 작정했다. 그는 이따금 목재 보관소에 들락거렸고 그곳은 늘 일손이 필요했다.

그가 현관 계단에 개들과 앉아서 담배를 피우는데—노을은 아직 투명했고 마당에서 반딧불이가 깜빡깜빡 빛나기 시작한 참이었다—처음 보는 차가 멈추었다. 종묘상 모자를 쓴 사람이 운전하는 고물 시보레 승용차였다. 곧 조수석 문이 열리고 소녀 한 명이 내리더니 그에게 다가오면서 소리쳤다.

"안녕, 주니어."

모팻 쌍둥이 자매 중 한 명이었다. 개들이 고개를 들다가 다시 앞발에 턱을 고였다.

"안녕."

주니어는 쌍둥이를 구별 못해서 이름을 부르지 않았다. 소녀가 흰 쪽지를 내밀자 그는 받아서 펼쳤지만, 어스름 녘이라서 글자를 알아보기 힘들었다.

"이게 뭐지?"

그가 물었다.

"리니 매가 보낸 거예요."

그는 방충문으로 새나오는 희미한 랜턴 불빛에 편지를 비추었다. 주니어가 편지를 읽었다.

'주니어, 할 이야기가 있어요. 모팻 남매가 우리 집에 데려다줄 거예요.'

가슴이 철렁했다. 여자가 할 이야기가 있다고 말할 때는…… 아, 이런 제길. 이미 마음 한편으로는 도망칠 궁리를 하기 시작했다. 그의 인생을 저당잡힐 소식을 리니에게 듣기 전에 어디로 빠져나가야 하나. 하지만 모팻이 말했다.

"갈 거죠?"

"아니, 지금?"

"지금이요. 우리가 태워다 줄게요."

그녀가 말했다.

주니어는 일어나서 담배를 발로 껐다. 그가 말했다.

"음, 그러지."

그는 그녀를 따라서 차로 갔다. 문이 네 짝인 지붕이 있는 자동차였다. 그녀가 앞좌석에 타고, 주니어는 뒷좌석에 다른 쌍둥이 자매 옆에 앉게 되었다.

"안녕, 주니어."

다른 쌍둥이 자매가 인사했다.

"안녕."

주니어가 말했다.

"우리 프레디 오빠를 알죠?"

"안녕, 프레디."

주니어가 인사했다. 프레디를 만난 기억이 없었다. 프레디는 그냥 툴툴대는 소리만 내더니, 기어를 바꾸고 마당에서 빠져나가 세븐 마일 가로 들어섰다.

주니어는 대화해야 되는 줄 알았지만, 리니가 무슨 말을 할지와 그가 무슨 대답을 할지 외에는 아무 생각도 나지 않았다. 그 일에 대해 뭐라고 '말할 수' 있을까? 그는 아버지가 아닌 척할 정도로 후레자식은 아니었다. 뻔뻔하게 나갈까 생각이 얼핏 스치기는 했지만.

첫 번째 쌍둥이가 말했다.

"오늘 밤에 클리포드를 위해 파티를 벌이고 있어요."

"클리포드가 누구지?"

"리니 오빠 클리포드요. 8학년을 마쳤거든요."

"아."

그가 보기엔 고작 8학년을 끝내놓고 이렇게 수선을 피운다는 게 좀 우스웠다. 주니어가 8학년을 마쳤을 때 가장 큰 사안은 왜 고교 진학을 고집하는가에 대한 문제였다. 아버지는 아들에게 일을 시키겠다고 작정한 반면, 그는 아직 배워야 될 것들이 있다고 생각했다.

설마 리니는 그를 파티에 초대하려는 것은 아니겠지? 아무리 철이 없어도 그 정도로 멍청할 리는 없지.

하지만 쌍둥이 자매는 말했다.

"가족들이 많아서 리니가 집에서 쉽게 빠져나올 수가 있대요. 아무도 리니가 없어진 줄 모를 거예요."

"아."

그는 안도하며 내뱉었다.

그것으로 이야깃거리가 떨어진 듯했다.

그들은 야로우로 들어가지 않고 소이어 가를 가로질렀고, 주니어는 인면 농장이 도시의 북쪽에 있다고 짐작했다. 열린 창문으로 갓 뿌린 비료 냄새가 들어왔다. 소이어 가는 자갈길이었고 시보레가 둔덕에 걸릴 때마다 헤드라이트 불빛이 깜빡이며 꺼질 것 같았다. 그게 주니어를 초조하게 만들었다.

젠장, 모든 게 그를 불안하게 했다.

  이게 함정이 아닐지 걱정스러웠다. 그들이 보안관을 불러 집에 대기시킨 게 아닐까. 주니어는 보안관이 좋아할 인물이 못 됐다. 소년 시절에는 친구 몇 명과 짐수레 뒤 칸에 타고 가다가 뒤에 오는 차에 지나가도 좋다는 신호를 해서 사고를 낼 뻔했다. 또 오랜 세월 몇 차례 다른 일들도 있었다.

  프레디는 소이어 가와 피 크릭 가의 교차로에서 좌회전했고, 피 크릭 가는 포장 도로여서 한결 매끄럽게 달렸다. 어느 정도 달린 후 차가 우회전해서 흙길인 차도로 들어섰다. 주니어의 눈에는 큰 집으로 보였다. 흰색이나 연회색으로 칠해지고 모든 창문에 불이 켜져 있었다. 집 앞 풀밭에 승용차와 트럭 몇 대가 제각각 방향이 다르게 서 있었다. 하지만 프레디는 집 뒤편으로 차를 몰았고, 거기서 어두운 헛간과 창고 몇 채의 윤곽선이 눈에 들어왔다. 첫 번째 쌍둥이가 말했다.

"다 왔어요."

  가장 가까운 헛간에서 그림자 하나가 튀어나왔고 알고 보니 옅은 색 옷을 입은 리니였다. 리니가 차에 다가오자 주니어가 모팻 남매에게 물었다.

"모두 여기서 날 기다릴 거예요, 아니면 어쩔 건가?"

  그들이 대답하기도 전에 리니가 주니어 옆 창문에 와서 속삭였다.

"주니어?"

"안녕."

  그가 말했다.

리니가 바싹 몸을 숙였다. 설마 그가 사람들 앞에서 친밀한 행동을 할 거라고 기대하는 건 아니겠지? 주니어는 차문을 열어 리니를 물러나게 하는 것으로 달라붙지 못하게 했다.

"모두 여기서 기다려줘요. 난 집까지 차편이 필요할 테니까."

그가 모팻 남매에게 말했다.

리니가 말했다.

"고마워요, 프레디. 안녕, 마샤. 안녕, 메리."

"응, 리니."

쌍둥이가 합창하듯 말했다.

주니어가 차에서 내려서 문을 닫자, 프레디는 곧장 후진 기어를 넣고 후진하기 시작했다.

주니어가 리니에게 물었다.

"저들이 어디 가는 거야?"

"아, 다른 데 가 있을 거예요."

"난 어떻게 집에 가지?"

"다시 올 거예요! 이리 와요."

리니는 주니어의 손을 잡고 아까 나온 헛간으로 이끌었다. 그는 가지 않으려고 했다.

"난 금방 갈 거야. 그들이 여기 있어야 했는데."

"자요, 주니어. 이러다 들키겠어요!"

주니어는 포기하고 리니를 따라 헛간으로 갔다. 둘이 안으로 들어가 문을 닫자 헛간 안은 칠흑처럼 어두웠다. 리니가 소곤댔다.

"고미다락으로 올라가요."

하지만 그러면 안 될 것 같았다. 고미다락에 있다가 궁지에 몰릴 수도 있었다. 주니어가 말했다.

"여기 아래서 이야기하면 되는데 뭘. 난 오래 머물 수 없어. 집에 돌아가야 된다구. 날 데리러 와야 되는 걸 모팻 남매가 진짜 아는 거야? 왜 그들에게 우리 얘기를 했지? 아무한테도 말 안하겠다고 맹세해놓고."

"말 안 했어요! 그냥 쌍둥이만 알아요. 그들은 낭만적이라고 생각해요. 우리가 잘돼서 진짜 좋아한다구요."

"맙소사, 리니."

"다락으로 올라가요, 정말이에요. 거기가 더 편해요. 건초가 깔려 있어서."

그는 리니를 무시하고 지푸라기가 깔린 삐걱대는 마루를 지나 헛간 안쪽으로 향했다. 리니가 말했다.

"왜 그렇게 청개구리같이 구는지 모르겠네."

리니가 어둠 속에 손을 내밀어 더듬다가 홱 젖히자, 머리 위에서 전구가 켜졌고 주니어는 눈이 시렸다. 이 사람들은 옥외 헛간에도 전기를 설치해놓고 살았다. 그는 녹슨 쟁기 옆에 서 있었다. 안쪽 구석에 사선으로 자른 밟아 뭉갠 건초가 쌓여 있었다. 갑자기 환해진 불빛 속에서 리니의 얼굴이 주름져 보였고, 그의 얼굴도 그러리라 짐작되었다. 리니는 가슴이 패인 원피스를 입고 있었다. 어머니가 그런 옷을 입게 놔두는 게 놀라웠다. 리니는 늘 어머니가 굉장히 엄격하다고 말했다. 원피스 밑의 봉긋한 젖가슴이 눈에 띄었지만 주니어의 마음을 끌지 못했다. 그는 셔츠 주머니에서 캐멀 담배를 꺼냈다.

"하고 싶은 얘기가 뭐야?"

주니어가 물었다.

"여기서 담배 피우면 안 돼요!"

그는 담배를 치웠다.

"어서 말해 보라구."

그가 말했다.

"뭘 말해요?"

"나를 여기까지 불러서 말하려던 게 뭐냐구."

리니는 허리를 펴고 똑바로 서며 말했다.

"주니어, 왜 나를 그만 만나려고 했는지 알아요. 내가 당신보다 너무 어리다고 생각하는 거지요."

"뭐야? 잠깐."

"하지만 나이는 달력에 나온 날짜에 불과해요. 당신이 이러는 것은 정당하지 않아요. 나이는 내가 어쩔 수 없는 건데 그걸로 판단하잖아요. 그리고 내가 여자라는 것을 잘 알잖아요. 내가 여자처럼 '행동하지' 않았나요? 내가 여자처럼 '느껴지지' 않아요?"

리니는 그의 손을 잡아서 목 아래, 가슴이 봉긋해지는 가슴골에 놓았다. 주니어가 말했다.

"그게 나한테 하려던 말이야?"

"주니어가 속 좁게 처신하고 있다는 말을 하고 싶어요."

"젠장, 리니. 너한테 문제가 생긴 게 아니야?"

"문제가 생기다니요! 아뇨!"

리니가 왜 그리 충격받은 투로 대꾸했는지 주니어는 알 수가 없었다. 그들이 항상 조심했던 것은 아닌데. 하지만 그는 가슴에서 무거운 덩어리를 들어낸 것 같아서 웃음을 터뜨렸고, 입술로 리니의 입술을 누르면서 목 밑으로 손을 넣었다. 옷 속에 손을 넣으니 리니는 일부러 브래지어를 하지 않은 듯했다. 그가 몸을 밀착하자 리니는 가쁜 숨을 쉬었다. 주니어는 리니의 등을 헛간 구석으로 밀면서 건초 위에 눕혔고, 그러면서 한 번도 입술을 떼지 않았다. 그는 어렵사리 부츠를 벗어던지고 작업복 바지와 속바지를 단번에 벗었다. 리니는 몸을 버둥대며 속바지를 벗었고, 주니어가 도와주려고 손을 뻗은 순간 그의 귀에 들린 소리는…… 말이 아니라 포효, 황소가 내는 소리 같았다.

"이런 우라질!"

그는 몸을 굴려서 비척비척 일어섰다. 막대기처럼 깡마른 사내가 양손을 뻗고 달려들었지만 주니어는 옆으로 비켰다. 사내는 쟁기에 부딪치자 얼른 자세를 바로잡았다. 그가 소리쳤다.

"클리포드! 브랜던!"

주니어는 사내가 자신을 이런저런 이름으로 부른다고 착각했지만, 그때 안채 쪽에서 다른 목소리가 들렸다.

"아버지?"

"이리로 오너라! 총을 가져와!"

"아빠, 잠깐만요. 아빠가 잘못 아신 거예요."

리니가 말했다.

하지만 인먼 씨는 양손으로 주니어의 목을 조르는 데 정신을 쏟았다. 주니어는 바지를 입을 틈은 있어야 된다고 생각했고 그 때문에 불리한 입장에 놓였다. 별 어려움 없이 인먼 씨의 손을 밀어냈지만 옷이 널브러진 곳으로 몸을 돌렸을 때 다시 상대의 손아귀에 붙들렸다. 그때 누군가 소리쳤다.

"꼼짝 마!"

주니어가 고개를 돌리니 소년 둘이 문간에 서서 윈체스터 총구를 그에게 겨누었다.

그는 얼어붙었다.

"이리 다오."

인먼 씨가 지시하자, 더 어린 소년이 앞으로 나와서 총을 내밀었다.

인먼 씨는 총 길이만큼 물러나서 레버를 젖히고 주니어에게 말했다.

"돌아서."

주니어가 몸을 돌려 두 소년과 마주섰고, 두 사람은 화나기보다는 흥미로운 듯했다. 그들은 주니어의 사타구니에 시선을 고정했다. 주니어는 목덜미가 움푹한 곳을 미는 완벽한 원형 총구의 냉기를 느꼈다.

인먼 씨가 말했다.

"앞으로!"

"저기, 혹시 제가……"

"앞으로!"

"저기요, 옷을 가져가도 될까요?"

"안 돼, 넌 옷을 가져갈 수 없다. 옷을 가져갈 수 있냐고! 그냥 가. 내 헛간에서 나가. 내 땅을 벗어나서 이 주에서 꺼지라고, 알았나? 아침까지 두 개의 주 밖으로 가지 않으면 법에 고소할 거야, 내 맹세하지. 우리 집안이 망신을 당할까봐 그냥 보내지만 고소하고 싶은 마음도 반쯤 있다고!"
"하지만 아빠, 저 사람은 거의 벗고 있어요."
리니가 말했다.
"그 입 닫아."
인먼 씨가 말했다.
그는 총으로 주니어의 뒷목을 더 세게 밀었고, 주니어는 앞으로 떠밀려갔다. 그는 건초더미에 던져진 옷가지를 마지막으로 흘끔댔다. 옷더미 밑에 부츠 한 짝의 앞코가 삐죽 나와 있었다.

마당은 어두웠지만 본채 뒷문 위에 켜진 전등이 그를 적나라하게 비추었다. 계단에 모인 사람들이 놀라서 중얼대는 것을 보고 주니어는 알아차릴 수 있었다. 여자들과 남자 두엇, 다양한 나이의 아이들이 눈이 보름달처럼 휘둥그레졌고, 어린애들은 서로 쿡쿡 찔렀다.

불빛이 쏟아지는 곳에서 벗어나 그 뒤쪽 깊은 암흑 속으로 들어가는 게 축복이었다. 인먼 씨는 마지막으로 총구를 겨누고는 멈춰 서서 주니어가 비척비척 가게 놔두었다.

초등학교 시절 이후 맨발로 걷기는 처음이었다. 그루터기와 자갈돌이 밟혀서 얼굴이 찌푸려졌다.

인먼네 마당 바로 옆은 수풀이었고 가시나무가 우거진 관목 숲이라 맨살이 긁혔지만 도로보다 나았다. 사방이 트인 도로를 걸어가면 언제 헤드라이트 불빛에 노출될지 모르니까. 주니어는 몸을 숨길 만한 크지도 작지도 않은 나무를 발견했다. 인먼의 집에서 가까워서 거기서도 불 밝힌 창문이 보였다. 그는 리니가 옷을 가져다주기를 바랐다.

귀에서 각다귀들이 윙윙대고 청개구리들이 울었다. 발의 중심을 이쪽저쪽으로 옮기면서, 감촉이 깃털 같은 나방을 찰싹 때려 쫓았다. 심장 박동이 다시 정상으로 돌아왔다.

리니는 오지 않았다. 가족들이 가두었을 것 같았다.

한참 지난 후 셔츠를 벗어 소매를 허리에 매고, 셔츠 등판으로 앞치마처럼 앞을 가렸다. 그런 다음 나무 뒤에서 나와 도로로 걸어갔다. 도로 옆쪽 흙길은 돌투성이여서 아스팔트 위를 걸었다. 아스팔트가 더 매끈하고 낮에 햇볕을 받아서 아직 미지근했다. 걸음을 옮길 때마다 자동차 소리가 나는지 귀를 기울였다. 모팻의 차가 지나가면 정지하라고 신호를 할 작정이었다. 벌써부터 쌍둥이 자매가 그를 보고 키득대는 장면이 눈앞에 선했다.

한번은 앞쪽에서 희미하게 웅웅 소리가 났고 지평선에 빛 같은 게 보였다. 혹시 몰라서 얼른 수풀에 숨어서 지켜봤지만 도로는 계속 비었고 빛은 사라졌다. 누군지 몰라도 어디선가 옆길로 빠졌음이 분명했다. 그는 아스팔트 위로 돌아왔다.

모팻 남매가 온다 해도 그가 늦지 않게 차를 알아볼 수 있을까? 다른 차를 그들의 차로 착각해서 모르는 사람들에게 바지도 입지 않은 모습을 들키려나?

이것은 동료 인부들이 농담 삼아 떠드는 난처한 상황이었지만, 그는 남에게 이 사건에 대해 말하는 것은 상상할 수가 없었다. 우선 상대 여자가 열세 살이었다. 바로 그것부터 상황이 달랐다.

시간이 많이 지났는데도 소이어 가가 나오지 않자, 길을 지나쳤는지 걱정되기 시작했다. 분명히 소이어 가는 이보다는 가까웠는데. 지나친 게 아닌지 확인하려고 아스팔트 도로를 건넜다. 맞은편은 풀이 낮게 자란 들판이라 거기 있으면 남들의 눈에 더 잘 띌 터였다. 머리 위에서 푸다닥 소리가 나더니 부엉이 울음이 들렸고 묘하게도 위로가 되었다.

예상보다도 훨씬 더 지난 후에야 좁은 구불구불한 소이어 가로 접어들었다. 울퉁불퉁한 자갈길이었지만 종종걸음으로 걷는 것을 그만두었다. 고집스럽게 터벅터벅 걸으면서, 발꿈치가 갈기갈기 찢기겠다는 생각을 하면서 묘한 쾌감을 느꼈다.

지금쯤 리니가 집에서 나올 궁리를 하느라 마당에 서서 손을 쥐어짜면서 '주니어? 주니어?'라고 부르면 좋을 텐데. 그 애에게 행운이 따르기를. 왜냐면 리니는 살아서 다시는 그를 보지 못할 테니까. 그가 바지를 벗은 채로 들켰다는 것을 리니가 몰랐다면 그는 리니를 용서했을 것이다. 하지만 '아빠, 저 사람은 거의 벗고 있어요!'라고 말했으니 이제 그가 리니에게 품은 알량한 애정이나마 싹 사라져버렸다.

마침내 세븐 마일 가에 접어들었을 때 몇 시인지 오리무중이었다. 주니어는 아스팔트의 한가운데를 걸었다. 그 부분이 그나마 가장 매끄러웠지만 이때쯤엔 발이 찢겨서 발을 딛는 것조차 고문이었다.

집에 도착했을 때 하늘이 밝아왔다. 아니면 그가 야생성 동물로 변한 걸 테고. 잠든 개의 옆구리를 발로 찌르고 방충문을 열고 안으로 들어갔다. 답답하고 퀴퀴한 실내는 어두웠고 코 고는 소리가 들렸다. 방에 들어가자 허리에 묶은 셔츠를 풀고, 더듬더듬 옷장으로 가서 속바지 한 벌을 꺼냈다. 속바지에 발을 넣으니 세상에서 가장 기분 좋은 포근함이 느껴졌다. 그는 지미 옆 구겨진 이불 속으로 들어가서 눈을 감았다.

하지만 잠이 오지 않았다. 아, 이럴 수가. 집까지 걸어오는 내내 자고 싶다는 생각밖에 없었는데, 이제 완전히 또렷또렷한 정신으로 눈앞을 지나는 생생한 그림들을 보았다. 계단에서 넋을 놓고 쳐다보던 파티 손님들. 바지를 입지 않은 가느다란 허연 다리. 리니의 멍한 얼굴과 헤벌린 입.

저 사람은 거의 벗고 있어요!

그는 리니가 미웠다.

* * *

볼티모어에 와서 첫 몇 달간, 그런 장면들이 떠올라 얼굴이 찌푸려졌다. 그는 고개를 한쪽으로 홱 젖혀 그 장면들을 머리에서 털어내려고 애썼다. 하지만 점차 그런 기억은 흐려졌다. 생각해야 되는 다른 일들이 있었다. 예를 들면 세상에서 출세

하는 것. 모든 것이 어떻게 돌아가는지 파악하는 것. 불안감을 주는 이 동네의 풍경에 적응하는 일. 고개를 돌리는 곳마다 다닥다닥 붙은 낮은 건물들은 혼란스럽고, 멀리서 보호해주는 듯한 거대한 보라색 산이 없었다.

어느 시점에서 인먼 씨가 고소할 가능성은 없다는 생각이 떠올랐다. 그 작자가 자기 입으로 말했듯이 집안 망신을 당하기 싫었을 테니까. 주니어가 할 일은 한동안 근처에 얼씬대지 않는 정도였으리라. 그러다 우연히 가면 안 될 자리에 있게 되면 한두 번 주먹싸움에 휘말리면 그만이었을 텐데. 하지만 그런 사실을 알고도 그는 짐을 싸서 집에 돌아가지 않았다. 우선 가족과 떨어지니 어리둥절할 만치 마음 편했다. 가슴에 사무치는 가족은 어머니였지만, 그녀는 주니어가 열두 살 때 세상을 떠났다. 이후 아버지는 괴팍해졌고 형들이나 누나와 가까웠던 적이 없었다. 모두 주니어보다 나이가 아주 많았다 (솔직히 그는 집에서 벗어날 핑계를 찾고 있던 게 아닐까?). 하지만 훨씬 중요한 것은, 이즈음 일자리를 구했다는 사실이었다. '자랑할 만한' 일자리였다. 아침마다 잠자리를 박차고 나오고 싶어지는 그런 일이었다.

그날 트러블의 소재를 수소문하러 목재저장소에 갔을 때, 주니어의 마음 한편에는 같이 일할 거라는 기대가 있었다. 주니어는 늘 트러블이 흥미로웠다. 그는 목재를 무척 진지하게 취급했다. 사실 트러블이라는 별명은 우연히 생긴 게 아니었다. 목재저장소에 그의 트럭이 나타나기만 해도, 인부들은 신음을 내뱉었다. 트러블이 신붓감을 고르는 것처럼 목재를 일

일이 살피려고 할 테니까. 옹이구멍이 없어야 하고, 끝이 깔쭉거리거나 흉물스런 나뭇결이 있어도 곤란했다(그는 '흉물스런'이란 표현을 했다.). 트러블이 고급가구를 만들기 때문이었다. 그는 예전에 '하이 포인트'에 있는 공장에서 일했지만 마음이 맞지 않아 그만두고, 처가가 있는 패리빌에 업체를 차렸다. 그리고 목재저장소에 있는 인부들에게 패리빌에서 시작해 장차 북부로 진출하겠다는 말을 몇 차례 했다. 그가 만드는 제품은 북부시장에 더 적합하다면서.

그래서 주니어는 집을 떠나던 날 아침 매형 집으로 찾아가서(끈을 매는 구두를 신어서 상처 난 발이 더 아팠다.) 시내를 빠져나가는 길에 목재저장소에 들를 수 있겠냐고 물었다. 그가 목재저장소에서 얻은 정보는 볼티모어에 대한 게 전부였지만 그 정도면 충분할 터였다. 그는 트럭에 올라탔고, 그들은 80번 고속도로 상에 있는 주유소로 달려갔다.

"식구들한테는 거처가 정해지면 엽서를 보낼 거라고 전해주세요."

주니어가 트럭에서 내리면서 말했다. 매형 레이먼드는 양손으로 운전대를 잡고 있다가 한 손을 들어 인사하고 다시 도로로 나섰다. 주니어는 북부로 가는 사람이 있는지 알아보러 주유소로 향했다.

손에 든 종이봉투에는 옷 두어 벌, 면도기, 머리빗이 담겨 있고 호주머니에 28달러가 있었다.

하지만 트러블이 일자리를 주지 않을 줄 미리 알았으면 좋았을 것을. 트러블은 혼자 일하는 것을 좋아했다(어쨌거나 직원을 쏠 여유가 없었다.). 주니어는 이틀간 그의 가게를 찾아 헤맸지만, 정작 만났을 때 트러블은 친절하게 대해주었지만 물 한 잔 대접하지 않았다.

"일자리? 목재저장소의 일자리 말인가?"

트러블은 서랍 앞면을 사선으로 절단하는 데 집중하면서 물었다.

주니어가 대답했다.

"기술이 필요한 일을 할까 해서요. 제가 만드는 걸 잘하거든요. 나중에도 자랑스러워 할 수 있는 물건을 만들고 싶어요."

그러자 트러블은 사선으로 절단하는 작업을 잠시 멈추었다. 그는 주니어를 올려다보면서 말했다.

"저기, 이 지역에 집 짓는 사람이 있는데 내가 보기에 진짜 독특하거든. 클라이드 워드라는 사람인데, 내가 가끔 장을 짜서 공급하지. 어디 가면 그를 찾을 수 있는지 알려줄 수는 있는데."

트러블은 또 살 집으로 데이비스 부인의 하숙집을 추천했다. 주니어는 항구 근처의 선원들이 묵는 호텔에서 지냈는데, 그들은 매일 저녁 그가 찬송가를 부르기를 바랬다.

그 후 주니어는 다시 트러블을 만나지 않았다. 햄든에 있는 데이비스 부인의 집에 방 한 칸을 빌렸다. 이 3층 건물은 틀림없이 한때 제분소 주인이나 적어도 관리인의 집이었다. 주니어는 클라이드 워드 밑에서 일했고, 워드는 그가 만난 건설업자 중 가장 깐깐한 사람이었다. 뭐든 제대로 만드는 큰 기

뺨을 가르쳐준 사람이 바로 클라이드 워드였다.

 마침내 가족에게 엽서를 보냈지만 고향집에서는 답장을 하지 않았고, 주니어는 더 이상 연락하지 않았다. 그건 괜찮았다. 그는 가족 생각은 하지도 않았다. 리니 매도 마찬가지였다. 리니는 다른 사람과 함께 그의 마음 언저리에 작고 어둡게 묻히고 말았다. 그 '다른 사람'은 예전의 주니어 자신이었다. 주말마다 만취해서 돌아다니고 담배와 잠깐 만난 여자들과 밀조 위스키에 돈을 써버리는, 지금과는 전혀 무관한 인물. 새로운 주니어에게는 계획이 있었다. 언젠가 사업체를 차릴 작정이었다. 이제 명확한 목적지가 있으니 그의 인생은 곧게 뻗은 빛나는 길이었고, 그 길에 발을 들여놓게 한 리니에게 감사해야 될 것 같았다.

12

볼티모어에서 리니가 맨 처음 한 일은 두 사람 다 쫓겨나게 만든 것이었다. 밤새 주니어는 두 번이나 깼다. 처음에는 방에 딴 사람이 있는 것을 의식하고 가슴이 두근거려서 깼지만, 안락의자에 누운 자신을 발견하자 '아, 겨우 리니인데 뭐'라는 생각이 들자 그런 상황치고는 마음이 놓였다. 두 번째는 꿈꾸지 않고 자다가, 리니가 이제 성년이라고 말한 게 법적으로 혼인 가능한 연령이라는 뜻임을 깨닫고 퍼뜩 정신이 들었다. '리니는 꼭…… 손풍금을 타는 거리악사의 목에 매달린 원숭이 같아' 그러자 몇 시간 동안 잠을 이룰 수가 없었다.

그런데도 주니어는 일찌감치 일어났다. 타고난 습성과 아침마다 욕실이 붐비기 때문이었다. 옷을 입고 면도를 하러 갔고, 다시 방으로 돌아와서 리니의 어깨를 쿡쿡 찔렀다.

"일어나."

그가 말했다.

리니는 몸을 뒤척여서 그를 쳐다보았다. 그는 그녀가 한참 전에 깼다는 인상을 받았다. 눈이 크고 맑았다.

"내가 일하러 나간 사이에 넌 여기 있으면 안 돼. 너도 나가야 해. 아침이면 아가씨가 청소하러 올라오거든."

"아. 알았어요."

리니가 말했다. 그러더니 일어나 앉아서 이불을 젖히고 양발을 바닥에 내렸다. 여름에 더 잘 어울릴 잠옷 차림이었다. 얇은 흰 면 속치마가 무릎도 덮지 않았다. 그는 리니가 겨울 외투를 벗은 모습을 처음 보았고, 처음 생각과 달리 그녀가 많이 달라졌음을 깨달았다. 여전히 너무 말랐지만 망아지처럼 얼빠진 구석이 없고, 장딴지와 팔뚝이 더 굴곡졌다.

그녀가 일어나자 주니어는 옷을 갈아입는 것을 안 보려고 몸을 돌려 서랍장으로 걸어갔다. 서랍장에 오트밀 깡통이 있었다. 그는 깡통을 열고 상점에서 파는 빵 덩어리를 꺼냈다. 쥐가 물어가지 않게 빵을 깡통에 간수해야 했다. 그런 다음 창틀을 위로 올리고 손을 뻗어 우유를 꺼냈다.

"아침 식사야."

그가 리니에게 말했다.

"그게 당신 아침 식사예요? 하숙집 주인이 밥을 안 주나요?"

"난 안 줘. 몇몇 하숙생은 아침을 먹지. 세 끼 제대로 사먹을 형편이 되는 사람들은 여기서 아침을 먹지만 난 그렇게 못해."

그는 창문을 닫고 우유병 뚜껑을 열어서 쭉 들이켰다(그가 역경을 얼마나 요령껏 이기는지 과시하는 맛이 있었다.). 그는 병을 리니에게 내밀면서도 여전히 그녀를 쳐다보지 않으려고 조심했다. 그는 리니가 병을 받는 것을 느꼈다. 그녀가 물었다.

"그런데 더운 날씨에는 어떻게 해요? 날이 더우면 우린 어떻게 우유를 보관하죠?"

우리? 주니어는 거리악사가 된 공포감에 다시 빠졌지만 담담하게 대답했다.

"더운 날씨에는 버터밀크로 바꾸지. 버터밀크는 잘 상하지 않거든."

우유병이 팔꿈치를 건드리자 그는 병을 받고 빵 한 조각을 내밀었다. 시선은 고집스럽게 창문을 향했다. 창밖에서는 굴뚝 연기가 추워서 흩어지지 못하는 것처럼 멈춰 있었다. 오늘 밤에는 우유를 안으로 들여놓아야 했다. 꽝꽝 얼면 곤란했다.

이제 소리로 미루어 리니 매는 옷가방을 열고 있었다. 주니어는 얼른 삼키려고 빵 덩이를 반의반으로 접어서 한 입 크게 베어물고 우적우적 씹었다. 그러면서 뒤에서 나는 부스럭대는 소리에 귀를 기울였다. 그러다가 문고리가 딸깍 하는 소리가 들리자 그는 휙 몸을 돌렸다. 리니가 문고리를 잡아 돌리고 있었다. 그는 얼른 그녀에게 몸을 던졌다. 리니가 깜짝 놀란 기색이 느껴졌다. 그녀는 주니어가 때릴 줄 알았다는 듯이 뒤로 물러났다. 그는 그럴 의도가 전혀 없었지만, 아무튼 그녀는 주니이기 용건이 있다는 것을 눈치챘다.

"어디 가려고 그래?"

그가 리니에게 물었다.

"욕실을 써야 되는데요."

"그럴 수 없어. 들킬 거라구."

"하지만 난 소변을 봐야 해요, 주니어. 급해요."

"거리 아래쪽에 카페가 있는데 화장실이 있어. 코트를 입어, 나가자구. 내가 카페 위치를 알려줄게."

주니어가 말했다.

리니가 입은 옷은 여름 원피스인 듯 허리를 묶는 반소매였다. 요즘 고향에는 겨울이 없는 거야 뭐야? 또 그 하이힐 샌들을 신고 있었다. 주니어가 말했다.

"신발도 더 따뜻한 걸로 신어."

"더 따뜻한 신발은 안 가져왔는데요."

도대체 그녀는 제정신일까?

주니어가 말했다.

"그럼 지금 그대로 나가자구. 여기 화장실을 쓰는 것은 위험천만해. 아침이면 남자 여섯이 줄을 선다구."

그녀는 옷장에서 코트를 꺼냈고, 주니어를 복장 터지게 하려는 사람처럼 느릿느릿 입었다. 그러더니 옷장 선반에서 핸드백을 챙겼다. 한편 주니어는 우유를 다시 창밖에 내놓고 재킷을 걸치고 침대로 다가갔다. 옷가방이 활짝 펼쳐져 있자, 가방을 닫아서 몸을 굽혀 침대 밑에 넣고 벽 쪽으로 쭉 밀었다. 그가 마지막으로 방 안을 둘러보고 나서 말했다.

"됐어. 가자구."

주니어는 먼저 문 밖을 내다보고 복도에 사람이 없는지 확인했다. 그가 리니에게 먼저 나가라는 손짓을 하고 뒤따라 나와 문을 잠갔다. 두 사람은 긴 복도를 지나 두 층을 내려갈 때까지 아무도 만나지 않았다. 현관홀을 지날 때가 가장 위험했지만 거실 문이 닫혀 있었다. 그릇 부딪치는 소리가 나고 커피 냄새를 풍겼다. 그는 커피를 즐기지 않았지만, 이 냄새를 맡을 때마다 마시고 싶어졌다. 아니면 함께 식사하는 사람들, 식탁보에 비스듬히 내리쬐는 아침 햇빛이 아쉬웠다.

길가로 나오자 처음에는 찬 공기가 축복 같았다(3층은 늘 열기가 있었다.). 주니어가 걸음을 멈추고 더치 가와 만나는 곳을 가리켰고, 거기서 카페 간판이 분명히 보였다.

"그런데 카페가 아직 문 열기 전이면 어쩌죠?"

리니가 물었다. 머리 바로 위가 데이비스 부인의 거실이었지만, 이제 리니는 소리를 낮추려고 하지 않았다.

"문을 열었을 거야. 여기는 노동자들이 사는 동네라구."

"그럼 그 다음에는 어떡해요? 난 어디로 가요?"

"그거야 '네' 일이지."

주니어가 말했다.

"당신이 일하는 데 따라가면 안 돼요? 내가 거들 수 있는데. 망치질이랑 톱질을 할 줄 아는데."

"그건 안 될 말이야."

주니어가 말했다.

"아니면 그냥 당신 차에서 기다리기만 할게요! 종일 추운 바깥에서 있을 순 없어요."

리니는 바짝 붙어 서서 그를 올려다보았다. 주니어는 그녀의 따스한 흰 입김을 보았고 졸린 기색을 느낄 수 있었다. 머리는 빗지 않아서 수세미 같고 코는 핑크빛이었다.

주니어가 말했다.

"오기 전에 미리 그걸 생각했어야지. 기차역 안에 가서 앉아 있거나 해. 전차를 타고 왔다 갔다 하든지. 5시 조금 지나 카페 앞에서 만나자구."

"5시요!"

"그때 네 계획에 대해 얘기해보자구."

리니가 이맛살을 편 것을 보면, 그녀는 '두 사람의' 계획으로 알아들은 모양이었다. 그는 성가셔서 리니의 오해를 바로잡아주지 않았다.

그 주에 주니어가 맡은 일은 홈랜드에 있는 노부부의 집 공사였다. 마무리되지 않은 다락방의 바닥을 깔고, 미늘판자를 댄 다락 환기구를 창문으로 바꾸는 작업이었다. 요즘 그는 대부분의 공사를 이런 식으로 의뢰받았다. 차를 몰고 부유한 동네에 가서 남의 집 현관을 노크했다. 워드 씨가 폐업하면서 써준 추천장이 차의 사물함에 들어 있었다. 하지만 사람들은 어떻게 하면 될지 안다는 주니어의 말을 순순히 믿었다. 그는 깔끔하게 입고 매일 면도를 하고, 공손하게 문법에 맞게 말하려고 애썼다. 그러다가 일거리를 맡으면 차를 몰고 필요한 건축자재를 구입하러 갔다. 그는 '로커스트 포인트'에 있는 자재상과 외상 거래를 했다. 거대한 빵부스러기를 짊어진 개미처럼 자재를 차에 잔뜩 싣고 돌아오곤 했다. 여태껏 가장 잘

한 결정은 그 중고차를 산 일이었다. 많은 인부들이 건축자재를 전차로 옮겨야 했다. 파이프나 재목은 길어서 차비를 더 내야 했고, 자재들을 차량 바깥 쪽에 묶기 위해 차장의 도움을 받아야 했지만 주니어는 그럴 필요가 없었다.

이번 공사는 그리 흥미로운 작업은 아니었지만, 워드 씨 밑에서 일하던 시절에 손으로 깎는 벽난로 선반과 장식품 선반을 짜는 작업보다는 훨씬 유용했다. 집주인 부부의 결혼한 딸은 남편이 실직하자 네 아이와 남편과 함께 친정으로 들어와야 될 형편이었다. 그래서 다락을 손주들의 침실로 만들어야 했다. 게다가 주니어는 조만간 상황이 더 좋아지리란 것을 알았다. 이 지역 주민들은 다시 벽난로 선반과 장신구 선반을 짜넣고 싶을 테고 그러면 그에게 공사를 맡길 터였다.

홈랜드 주민들은 배타적인 사람들이 많았지만, 이 부부는 친절하게 대해주었다. 어떤 날은 안주인이 다락 계단 밑에서 부르면서, 점심으로 요기할 것을 남겨두겠다고 말했다. 오늘은 그녀가 버팀대 위에 달걀 샌드위치를 남겨놓았고, 주니어는 샌드위치 절반을 먹고 나머지는 리니에게 갖다 주려고 손수건에 쌌다. 리니를 떨쳐내고 싶은 마음이 간절했지만, 어디선가 누군가 그를 기다린다는 사실이 그리 나쁘지 않았다.

솔직히 말하면 볼티모어에서 그는 여자운이 별로 없었다. 북쪽 여자들은 까다롭기 짝이 없었다. 이해하기 까다롭고 성미도 더 까다로웠다.

주니어는 조금 일찍, 5시가 아닌 4시 반쯤 작업을 마무리했다.

하숙집에서 반 블록쯤 떨어진 곳에 주차할 공간이 있었다. 이 시간에 집에 오면 그래서 좋았다. 그는 차를 그 자리에 세우면서 우연히 하숙집 쪽을 힐끗 돌아보았다. 그의 눈에 들어온 것은 후줄근한 낡은 모직 모자와 모자 아래 리니였다. 그녀는 우장 같은 데님 재킷을 걸치고 뻔뻔하게 데이비스 부인 집 계단에 앉아 있었다. 주니어는 어느 쪽이 더 신경에 거슬리는지 가늠되지 않았다. 리니가 이렇게 사람들 눈에 띄게 나와 있는 게 화나는지, 그녀가 어찌어찌 해서 그 모자를 갖고 나왔다는 게 화나는지. 그날 아침 리니는 모자를 쓰지 않았고 그 재킷은 날씨가 더 포근해지면 입으려고 그가 옷장 안쪽에 걸어둔 것이었다. 어떻게 저걸 챙겼을까? 방에 다시 들어갔나? 열쇠를 따고 들어간 거야, 뭐야?

주니어가 차에서 내려 차문을 쾅 닫았고, 그를 본 리니의 얼굴이 환하게 밝아졌다.

"왔네요!"

그녀가 소리쳤다.

"도대체 뭐야, 리니?"

그녀가 재킷 앞섶을 꼭 여미면서 일어났다. 재킷 밑에 그녀의 코트를 입고 있었다. 주니어가 가까이 다가가자 그녀가 말했다.

"저기요, 주니. 화내지 말아요."

"모퉁이에서 기다리기로 했잖아."

"모퉁이에서 기다리려고 했는데요, 마땅히 앉을 데가 없어요."

주니어는 그녀의 팔꿈치를 억세다 싶게 끌고 계단을 내려와 옆집 앞에 멈춰 세웠다.

그가 물었다.

"어떻게 내 재킷을 입고 있지?"

그녀가 대답했다.

"저기, 이렇게 된 거예요. 처음에 화장실을 쓰려고 카페에 들어갔는데, 카페 사람들이 내가 구매하지 않아서 화장실을 사용할 수 없다고 말했어요. 그래서 이따가 핫 초콜릿을 사겠다고 말했고, 나중에 핫 초콜릿을 들고 앉아서 30분에 한 모금씩 홀짝였어요. 그런데 그 사람들이 진짜 못돼먹었더라고요, 주니어. 시간이 지나자 내가 앉은 스툴 의자가 필요하다고 하대요. 그래서 카페에서 나왔고 먼 길을 걷다가 널빤지 벤치를 발견해서 한참 앉아 있었죠. 그런데 어떤 노부인이랑 대화를 하게 되었고 그녀가 거리 세 개를 지나면 줄 서서 빵 배급을 받는 데가 있다고 말해주었어요. 그녀가 거기 갈 거니까 같이 가자고요. 일찌감치 줄을 서지 않으면 음식이 떨어진다고 했어요. 겨우 열 시나 열 시 반밖에 안 됐지만, 그 부인은 당장 거기 가서 자리를 잡아야 된다고 말했어요. 나는 '빵 배급이라뇨! 무료급식인가요?'라고 물었고, 그녀를 따라 갔어요. 아무튼 거기 가면 따뜻하게 앉아 있을 자리가 있을 줄 알았거든요. 그래서 우린 줄을 섰고 줄서기는 영원히 안 끝날 것 같더라고요. 그 많은 사람들이 같이 서 있었고, 일부는 아이들도 있었어요, 주니어. 발에 감각이 없어져서, 얼음덩어리저럼 됐죠. 그리다기 급식소가 문을 열 시간이 되자 어떻게 됐는지 알아요? 우리를 안에 들어가게 해주지 않았어요. 그냥 사람들이 계단에 나와서 줄 선 이들에게 유산지에 싼 샌드위치를 하나씩 나눠주는 거예요. 빵 두 쪽 사이에 치즈 한 덩이가 들어 있었죠. 난 같이 간 노부인에게 물어봤죠. 이렇게 말했어요. '어디 앉아서 먹는 게 아닌가요?' 그랬더니 부인이 이렇게 쏘아붙이지 뭐에요. '뱃속을 채울 거라도 얻으면 그나마 다행인 거지. 거지들한테 무슨 선택권이 있나' 그래서 난 생각했죠. '그래, 이 부인 말이 맞아. 우린 거지들이야' 또 '빵 급식 줄에 섰다고 낯선 사람들한테 점심을 구걸한 꼴이 됐네'라고 생각하면서 울기 시작했어요. 노부인과 헤어져서 어디로 가는지도 모르고 걸으면서 샌드위치를 먹고 또 울었죠. 이제 내가 어디 있는지, 그 앞에서 당신이랑 만나기로 한 카페가 어디 있는지 전혀 감을 못 잡았어요. 샌드위치가 톱밥처럼 말라 비틀어져서 물을 마시고 싶고 발이 칼 같이 느껴졌어요. 그러다 고개를 드니 뭐가 보였는지 알아요? 데이비스 부인의 하숙집. 그 모든 일을 겪은 후에 보니 꼭 집 같더라고요. 그래서 생각했죠. '주니가 아가씨가 청소하러 아침에 올라온다고 했어. 그런데 지금은 아침이 아니니까'"

주니어가 신음했다.

"그래서 곧장 걸어 들어갔더니 현관홀이 진짜 따뜻하고 훈훈하더라고요! 아무에게도 안 들키고 계단을 올라가서 당신 방으로 가서 문을 열려고 했는데 잠겨 있었어요."

"너도 알잖아. 내가 문을 잠그는 걸 봤으면서 그래."

주니어가 말했다.

"내가 봤다고요? 아뇨, 모르겠는데. 틀림없이 내가 정신이 없었을 거예요. 당신이 하도 나가자고 재촉하는 바람에…… 이런 생각이 들었죠. '음, 좋아. 그냥 복도에 앉아서 기다려야지. 적어도 여긴 따뜻해'라고 생각하고 당신 방 앞의 바닥에 앉았죠."

주니어가 다시 신음소리를 냈다.

"그런데 정신을 차려보니 '악!' 소리가 났어요. 분명히 깜빡 졸았나 봐요. '악!' 소리를 들었고, 거기 유색인종 아가씨가 내 앞에 떡 버티고 서 있었어요. 눈이 왕방울만 해져서! '데이비스 부인! 이리 와보세요! 도둑이에요!'라고 소리치더라고요. 내가 단정하게 입은 걸 분명히 봤을 텐데 도둑이라니. 그러자 데이비스 부인이 그 소리를 듣고 뛰어 올라왔어요. 숨을 헉헉 대면서 계단을 타닥타닥 올라와서는 '설명을 해봐!'라고 딱딱거리는 거예요. 나는 그녀가 여자니까 마음이 좋을 줄 알았죠. 그녀의 관대한 처분을 바랐어요. 내가 말했죠. '데이비스 부인, 제가 단도직입적으로 말씀드릴게요. 주니어를 만나려고 아랫녘 고향집에서 여기로 올라왔어요. 저희 둘이 사랑에 빠졌거든요. 그런데 바깥이 너무 추워서…… 부인은 믿지 못하실 거예요……. 지독하게 추운데다 온종일 먹은 거라곤 핫초콜릿 조금이랑 무료급식 샌드위치랑 주니어가 창틀에 보관하는 우유 한 모금이랑 그가 상점에서 산 빵 한 쪽뿐이라서……."

"맙소사, 리니!"

주니어가 못마땅해서 쏘아붙였다.

"저기, 내가 뭐라고 할 수 있었겠어요? 내 짐작에 그녀가 여자니까…… 당신이라면 그렇게 생각하지 않겠어요? 난 그녀가 '어머나, 가여운 아가씨네. 뼛속까지 으슬으슬하겠네요'라고 말할 거라고 기대했죠. 그런데 그녀는 내게 막되게 굴지 뭐예요, 주니어. 그 염색한 머리를 보고 진작 감을 잡아야 했는데. 그 여자가 '나가!'라고 소리쳤어요. 이렇게 말하더라고요. '아가씨랑 그 작자랑 둘 다 나가라구! 이거야 원, 여기서 식사할 사람에게 더 비싸게 세놓을 수도 있는데 크리스천 정신으로 여기 살게 해줬더니 은혜를 이런 식으로 갚아? 나가' 그녀가 고함질렀어요. '난 매춘굴을 운영하는 게 아니라구' 그러더니 허리띠에 매달린 열쇠 뭉치를 뒤적여서 당신 방을 열고 말하는 거예요. '짐을 다 싸라구, 당신 짐이랑 그 작자 짐이랑 몽땅. 그리고 나가'"

주니어는 한 손으로 이마를 잡았다.

"그러더니 그 여자는 내가 범죄자라도 되는 듯 거기 버티고 서 있는 거예요, 주니어. 내가 짐을 싸는 동안 모든 움직임을 감시하더라구요. 유색인종 아가씨는 눈을 동그랗게 뜨고 그 여자 옆에 서 있고요. 내가 뭘 훔쳐갈 거라고 생각했을까요? 내가 뭘 훔쳐가고 싶겠어요? 당신 옷가방을 찾을 수가 없기에 난 온갖 예의를 차려서 물어봤죠. 이렇게 말했어요. '데이비스 부인, 혹시 나중에 돌려드린다고 약속하면 종이 상자 하나만 빌릴 수 있을까요?' 하지만 그녀는 '웃기네! 내가 믿어줄 줄 아나보지!'라고 대꾸했어요. 무슨 작은 종이상자떼기 하나가 대단한 재산이라도 되는 양 구는 꼴이라니. 난 당신의 작업복 바지에 당신 소지품을 싸야 했어요. 더 나은 게 없어서 방법이 없었어요."

"내 물건을 모두 챙겼어?"

주니어가 물었다.

"이 꽁꽁 묶은 커다란 보따리에 다 들어 있어요. 그런 다음 나는……"

"내 '프린스 앨버트' 깡통도 챙겼어?"

"작은 것까지 다 챙겼다니까요."

"그래서 내 프린스 앨버트 깡통을 챙겼느냐고, 리니!"

"네, 프린스 앨버트 깡통을 챙겼어요. 왜 그까짓 깡통 때문에 유난을 떠는 거예요? 난 당신이 캐멀 담배를 피우는 줄 알았는데요."

"요즘은 아무 담배도 안 피워. 돈이 너무 많이 들어서."

주니어가 씁쓸하게 말했다.

"그러면 어째서……?"

"이 점을 분명해 해두지. 네 말은 이제 내가 살 곳이 없어졌다는 거야?"

"네, 나도 마찬가지고요. 믿을 수 있어요? 그 여자가 그렇게 함부로 굴어도 되는 거예요? 그래서 난 거리로 짐을 다 끌고 나와야 했어요. 내 옷가방이랑 당신 짐 보따리, 빵이 든 깡통이랑…… 어머나! 주니어! 우유병! 당신 우유병을 깜빡했네요! 정말 미안해요!"

"네가 지금 미안한 게 '그거'야?"

"내가 우리가 먹을 우유를 살게요. 아까 지나온 가게에서 우유가 10센트였어요. 나한테 10센트는 있으니까 문제없어요."

"넌 지금 오늘 밤 길거리에서 자야 된다고 말하고 있다구."

주니어가 말했다.

"아니에요, 잠깐만요. 그 부분을 말하려던 참이에요. 그래서 우리 짐을 잔뜩 안고서 울면서 걸으면서 '방 세놓음'이라는 안내문을 찾아봤어요. 그런데 하나도 안 보이기에 마침내 어떤 부인의 집에 가서 문을 두드리고 말했죠. '부탁이에요, 남편과 제가 집을 잃어서 머물 곳이 없거든요'"

"내 참, 그래 봤자 씨도 안 먹힐걸. 전 국민의 절반이 그 말을 할 판국이니 뭐."

주니어가 말했다(이제 그는 '남편' 운운한 것은 성가셔서 따지지도 않았다.).

리니가 명랑하게 말했다.

"맞는 말이에요. 전혀 안 먹혔어요. 그 부인한테도 다음 집 안주인한테도, 그 다음 집도. 다들 진짜 친절하게 대해주었지만요. 그들은 '미안해요, 새댁'이라고 말했고, 어느 부인은 진저브레드 한 쪽을 주었지만 난 무료 샌드위치를 먹어서 이미 배가 불렀어요. 그 즈음 더치 가를 내려가고 있었어요. 카페에서 왼쪽으로 돌았고 물론 '거기'는 물어볼 엄두도 못 냈죠. 그런 꼴을 당해놓고 들어가서 묻고 싶겠어요? 하지만 그 다음 집 여주인이 우리를 받아주겠다고 말했어요."

"뭐?"

"그리고 방도 괜찮아요. 침대가 더 크니까 당신이 의자에서 잘 필요도 없을 거예요. 서랍장은 없지만 서랍이 달린 협탁이 있고 옷장도 있어요. 안주인이 내게 그 방을 세놓은 것은, 남편이 해고당해서 아들을 누나 방으로 옮기고 아들 방을 주당 5달러에 세놓아야 될지 고민한지 한참 되어서죠."

"5달러라니! 왜 그리 비싸?"

주니어가 말했다.

"그게 비싼 거예요?"

"데이비스 부인의 집에서는 4달러를 냈다구."

"그래요?"

"식사 포함 가격이야?"

주니어가 물었다.

"저기, 아뇨."

주니어는 데이비스 부인 집 쪽을 아쉽게 쳐다보았다. 순간적으로 그 집 계단을 올라가서 초인종을 누를지 고심했다. 이유를 둘러대면 될 텐데. 데이비스 부인은 늘 주니어를 좋아하는 것 같았다. 자신을 베스라고 부르라고 했지만, 주니어는 건방지게 보일 것 같아서 그러지 않았다. 부인의 나이가 40대 줄이니까. 또 지난 크리스마스 전야만 해도 그녀는 주니어를 거실로 불러서 페인트 가게서 구입한 특별한 것(그녀가 그렇게 표현했다.) 한 잔을 주었다. 하지만 주니어는 말동무가 아쉬운 입장이긴 해도 부인과 나눌 이야기가 전혀 생각나지 않아서 그 자리가 불편했다.

어쩌면 열쇠를 돌려주러 왔다고 둘러댈 수 있었고, 리니매와 노르는 사이나 다름없다고(솔직히 그게 사실이었다.) 은근

슬쩍 말하면 될 터였다. 이 아가씨는 그에게 아무도 아니라고, 단지 머물 곳이 필요한 고향 사람한테 선심을 베푼 것뿐이라고.

하지만 그 집을 쳐다보는 동안, 거실 커튼의 열린 틈새가 신경질적으로 탁 닫혔고, 주니어는 찾아가봤자 소용없다는 것을 알았다.

그는 차 쪽으로 걸어갔고 리니는 옆에서 깡충깡충 뛰다시피 걸음을 옮겼다.

리니가 말했다.

"당신도 코라 리가 마음에 들 거예요. 웨스트버지니아 출신이래요."

"아이고, 언제 알았다고 벌써 '코라 리'야."

"그녀는 우리가 양가에서 멀리 떨어져 여기서 둘이 사는 게 알콩달콩 재미있고 모험심 있는 일로 생각해요."

그는 인도에서 걸음을 멈추고 말했다.

"리니 매, 내가 남편이라고 주장한 것은 어찌된 일이야?"

"어, 내가 그 외에 뭐라고 설명할 수 있겠어요? 부부가 아니라고 하면 누가 우리한테 방 한 칸을 세놓겠냐구요? 게다가 난 결혼한 것처럼 느껴요. 내가 이야기를 꾸며댄다는 느낌조차 없었다구요."

"여기서는 그걸 '거짓말'이라고 해. 여기 사람들은 '이야기'라면서 두루뭉술 넘어가지 않는다구."

"저기요, 그건 나도 어쩔 수가 없어요. 우리 고향에서 '거짓말'이라고 말하는 것은 무례해요, 누구보다 당신이 잘 알겠지만."

리니는 그의 갈비뼈를 살짝 찔렀고 둘은 다시 걷기 시작했다. 그녀가 다시 말했다.

"아무튼 둘 다 아니에요. '거짓말'도 아니고 '이야기'도 아니에요. 솔직히 우린 언제나 부부였던 것 같아요. 심지어 태어났을 때부터."

주니어는 어디부터 입씨름을 벌여야 될지 알 수가 없었다.

이제 그들은 차를 주차한 곳에 도착했고, 주니어는 리니 매가 조수석 문을 직접 열게 두고 운전석에 올라타고 시동을 걸었다. 그의 짐이 있는 곳을 리니만 아는 게 아니라면, 그는 얼마든지 그녀를 버리고 떠났을 터였다.

* * *

새로 얻은 방은 예전 방보다 나을 게 없었다. 공장 노동자의 무허가 판잣집은 데이비스 부인의 집에서 남쪽으로 다섯 블록 거리에 있었고, 방은 훨씬 작았다. 푹 꺼진 싱글 침대가 먼저 집에 있는 침상보다 넓다고 해도 많이 넓지는 않았고, 창가 천장에는 물 얼룩이 있었다. 하지만 코라 리는 상당히 명랑해 보였고—머리가 갈색인 통통한 30대 부인이었다. 방을 보여주면서 그녀가 맨 처음 한 말은 이랬다.

"있잖아요, 제대로 되지 않은 게 있으면 저한테 말해주세요. 방을 세놓은 경험이 없어서 우리가 어떻게 해야 되는지 모르거든요."

주니어가 말했다.

"저기, 먼젓번 집에서는 방세가 4달러였습니다. 저희는 4달러를 내고 살았거든요."

하지만 코라 리의 표정이 갑자기 뒤틀리면서 얼어붙자, 주니어는 그녀가 5달러를 받기로 이미 마음을 정했음을 알아차렸다. 더 교활한 사람 같으면 그래도 흥정을 벌였겠지만 주니어는 그런 부류가 아니기에 욕실 사용 문제로 화제를 바꾸었다. 코라 리는 다시 즐거워 보였다. 그녀는 남편이 일을 나가지 않으니 아침에 주니어가 맨 먼저 욕실을 사용해도 좋다고 말했다. 한편 리니는 하릴없이 침대보를 똑바로 펴느라 부산을 떨었다. 돈 이야기가 오가는 게 민망한 눈치였다.

코라 리가 두 사람만 두고 나가자, 리니가 다가와 앞에 서서 신혼부부라도 되는 듯이 그의 목을 양팔로 껴안았다. 하지만 주니어는 뿌리치고 옷장을 살펴보러 갔다.

그가 물었다.

"내 프린스 앨버트 깡통은 어디 있지?"

"면도 도구랑 같이 들어 있어요."

그는 옷장 선반에서 구깃구깃한 종이봉투를 끌어내렸다. 분명히 깡통이 들어 있었고, 그가 넣어둔 돌돌 말린 지폐뭉치가 고이 들어 있었다. 그가 돈뭉치를 꺼냈다.

"저녁 식사거리를 사야겠군."

그가 말했다.

"아뇨, 나가서 내가 저녁을 살게요."

"나가다니 어디로?"

"모퉁이에 있는 식당을 봤어요? '샘 & 데이비드 식당'이 있잖아요. 코라 리 말로는 깨끗한 집이래요. 오늘의 특별 요리는 미트로프(다진고기와 우유에 적신 식빵, 달걀 등을 섞어 식빵 모양으로 구운 요리)인데 한 덩이에 20센트예요."

"그러면 총 40센트라는 얘기군. 식품점에서 연어 통조림 큰 것 하나에 23센트밖에 안 하는데, 그거면 내가 사나흘은 버틴다구."

그는 연어 통조림 하나로 두 사람이 사나흘 버틸 수 없다는 것을 깨달았다. 이제 혼자가 아니라 둘이 먹고 살아야 된다는 생각에 공포감에 가까운 감정을 느꼈다.

리니가 말했다.

"하지만 난 축하하고 싶어요. 둘이 진짜 함께 보내는 첫날밤이니까. 어젯밤은 포함하지 않았어요. 그리고 내가 식사비를 내고 싶어요."

주니어가 대꾸했다.

"어쨌거나 가진 돈이 얼마나 되지?"

"7달러 48센트!"

리니는 으스댈 액수라도 되는 듯이 대답했다.

주니어가 한숨을 내쉬었다. 그가 말했다.

"그 돈을 잘 간수하는 게 좋겠어."

"딱 이번 한 번만 안 돼요, 주니? 우리의 첫날밤만?"

"제발 날 주니라고 부르지 말아줄래?"

주니어가 말했다.

하지만 그는 벌써 재킷을 다시 걸치고 있었다.

거리로 나가자 리니는 신나서 주니어의 팔에 매달려 재잘대면서 걸었다. 그녀는 코라 리가 아이스박스의 선반 한 칸의 절반을 쓰게 해줬다고 전했다.

그녀가 얼른 고쳐 말했다.

"냉장고요. 그 집에 켈비네이터가 있거든요. 우유랑 치즈를 거기다 두면 되고, 나중에 그녀와 더 친해지면 스토브를 한 번만 쓰게 해달라고 부탁할 거예요. 사용한 다음 엄청 깨끗하게 치우면 그녀가 다시 스토브를 쓰게 해주겠죠. 그렇게 되면 부엌이 우리 부엌처럼 되는 거고요. 어떻게 하면 되는지 내가 잘 알아요."

주니어는 그럴 거라고 믿을 수 있었다.

리니 매가 말했다.

"또 나는 일자리를 구할 거예요. 내일 알아봐야죠."

주니어가 물었다.

"저, 어떻게 일자리를 구한다는 거야? 천 명쯤 되는 성인 남자들이 바로 이 거리들에 몰려나와서 뭐든 걸리기만 하려고 헤매고 다니지 않는 줄 알아?"

"아뇨, 내가 일을 구할 거예요. 두고 봐요."

주니어는 팔을 빼고 저만치 떨어져서 걸었다. 엿가락이 들러붙은 느낌이었다. 한 손에서 그녀의 손을 밀어내면, 리니는 다른 손에 매달렸다. 하지만 그로서는 리니가 구한 방이 필요했으므로 능수능란하게 대처해야 했다. 데이비스 부인을 설득해서 다시 들어갈 수 없다면 달리 방도가 없었다.

'샘&데이비드'는 작은 식당이었고, 김이 서린 앞쪽 창에

백색도료로 특별 메뉴가 적혀 있었다. 20센트짜리 미트로프 요리에는 빵과 콩깍지가 달려 나왔다. 주니어는 리니가 이끄는 대로 안으로 들어갔다. 식당에는 작은 테이블 네 개와 스툴 의자 여섯 개가 놓인 카운터가 있었다. 주니어는 카운터에 앉는 게 더 편하겠다고 느꼈지만 리니는 테이블을 골랐다. 카운터에는 작업복 차림의 혼자 온 남자들이 앉은 반면, 테이블에는 커플들이 앉아 있었다.

리니가 주니어에게 말했다.

"꼭 미트로프를 먹지 않아도 돼요. 더 비싼 걸 먹어도 괜찮아요."

"미트로프면 충분해."

앞치마를 두른 여자가 나와서 두 사람의 잔에 물을 채워주자, 리니는 활짝 웃으면서 말했다.

"저기, 안녕하세요! 저는 리니 매이고 이 사람은 주니어에요. 저희는 막 이 동네에 이사 왔어요."

"그래요. 저기, 난 버사라고 해요. 샘의 아내죠. 머피네 집에서 살 분들이겠네요, 그렇죠?"

여자가 말했다.

"어머나, 어떻게 그걸 아셨어요?"

"코라 리가 들러서 말해줬어요. 정말 얌전한 젊은 부부를 찾았다면서 어찌나 좋아하던지요. 내가 '이봐요, 좋아할 사람은 바로 그들이라구요'라고 말했죠. 주위에 코라 리와 조 머피보다 좋은 사람들은 없어요."

"저도 그걸 알겠더라고요. 금방 알아볼 수 있겠더라니까요.

코라 리의 예쁘게 웃는 얼굴을 한 번 보고 딱 알 수 있었죠. 고향 사람들이랑 아주 비슷한 분이에요."

리니가 말했다.

"우리 모두 고향 사람들과 비슷하죠. 우리 모두 고향 사람들이죠. 햄든은 그런 사람들이 모인 곳이에요."

버사가 말했다.

"아, 그럼 저희가 참 운이 좋네요!"

주니어는 카운터 뒤쪽 벽에 붙은 가격표를 꼼꼼히 살폈고, 마침내 두 여자가 대화를 마쳤다.

알고 보니 미트로프는 주니어가 아주 오랫동안 먹은 어떤 음식보다 맛있었다. 식사하면서 리니는 방세를 낮출 복안이 있다고 말했다.

"당신이 수리가 필요한 곳이 있는지 계속 눈을 크게 뜨고 살피는 거예요. 판자널이 헐렁하거나 경첩이 빠졌거나 그런 거요. 그런 곳을 손봐도 되겠는지 코라 리한테 물어 보는 거예요. 돈 얘기나 거북시런 얘기는 뻥긋하지도 말고요."

리니가 말했다.

"거북한 얘기는 하지 말고."

주니어가 고쳐주었다.

리니는 입을 꾹 다물었다.

주니어가 그녀에게 말했다.

"이곳에 적응하고 싶으면 그렇게 촌스러운 말투는 그만 써야 될 거야."

"저기, 그러다 며칠 후에 당신이 다른 걸 고치는 거예요. 이번에는 물어보지 않고 그냥 손을 봐요. 부인이 망치질 소리를 듣고 달려 나오겠죠. 당신이 '부인이 못마땅하시지 않으면 좋겠네요. 방금 이게 눈에 들어오기에 가만 있을 수가 없어서요'라고 말하는 거예요. 당연히 코라 리는 조금도 못마땅하지 않겠죠. 우리 천장이 새는데도 그녀의 남편은 손보지 않으리란 걸 알 수 있잖아요. 그러니까 당신이 이렇게 말하는 거예요. '저기 말이지요, 생각을 해봤는데요. 이 집을 계속 손볼 사람이 필요하실 것 같네요. 저희가 어떻게 해볼 수 있을 것도 같아서요.'"

"리니, 그 사람들은 현찰이 필요할 거야."

주니어가 말했다.

"현찰이요?"

"그들은 집이 무너지더라도 계속 입에 풀칠을 하려 할 거야. 그러니 돈이 더 필요하다는 거지."

"저기, 어떻게 그럴 수가 있죠? 그래도 머리 위 천장이 필요하다구요! 그래도 새지 않는 천장이 필요할 거예요!"

"어디 말해봐, 얀시 카운티에서는 사람들이 힘든 시기를 보내지 않나?"

주니어가 물었다.

"음, 당연히 다들 어려운 시기를 보내죠! 상점의 절반이 문을 닫았고, 다들 일자리가 없는 걸요."

"그런데 넌 왜 머피 가족을 파악하지 못 하지? 아마 한 번만 대출금을 납입 못하면 집이 은행에 넘어갈 상황일걸."

"어머나."

리니 매가 중얼댔다.

"이제 무엇도 예전 같지가 않다구. 아무도 우리와 협상을 할 수 있는 형편이 아니야. 그리고 너한테 일자리를 줄 수 있는 사람도 없을 거야. 너는 가진 돈 7달러를 다 쓰면 그걸로 끝일 테고, 나는 설령 마음은 그러고 싶다 해도 너를 부양할 형편이 못돼. 내 프린스 앨버트 깡통에 뭐가 들었는지 알아? 43달러. 그게 내 전 재산이지. 불경기가 심해지기 전에는 120달러까지 모았어. 난 수년간 아무것도 하지 않고 지냈어. 심지어 더 나았던 시절에도 담배도 끊고 술도 끊고, 내 아버지의 개들보다 못한 것을 먹고 살았어. 그러다가 뱃속이 너무 허하면 식품점에 걸어가서 통에 담긴 피클을 1센트 내고 사곤 했지. 시큼한 딜(허브의 일종) 피클은 진짜 입맛을 떨어지게 하거든. 난 데이비스 부인의 집에서 가장 오래된 하숙생이었고, 욕실을 쓰려고 다른 사내 다섯과 씨름하는 게 좋아서 거기 오래 산 게 아냐. 내가 야망을 가졌기 때문에 참고 산 거지. 내 사업을 시작하고 싶었어. 가치를 제대로 아는 사람들을 위해서 멋진 집을 짓고 싶었지. 타르 종이와 비닐장판을 쓰는 게 아니라 지붕에는 진짜 슬레이트를 얹고 바닥에는 진짜 타일을 까는 집 말이야. 뛰어난 인부들을 거느리고 싶었어. 예컨대 '워드 건설사'의 다드 맥도웰과 게리 셔먼 같은 인부들을 거느리고 내 회사 이름이 양옆에 적힌 트럭을 몰고 다니는 거지. 그런데 그러려면 고객들이 필요한데 요즘은 통 고객이 없어. 이제 내가 꿈꾸던 일은 생기지 않으리란 걸 난 알아."

리니가 말했다.

"저기, 당연히 그렇게 될 거예요! 주니어 휘트생크! 당신은 내가 모른다고 생각하지만 난 알아요. 당신은 마운틴 시 고교를 다니면서 A학점만 받은 사람이에요. 또 아주 어릴 때부터 아버지랑 목공일을 했고요. 목재 보관소에서는 누가 뭘 물어봐도 당신은 척척 대답할 수 있다는 걸 모르는 사람이 없었죠. 아뇨, 당신은 꼭 그렇게 될 거예요!"

주니어가 말했다.

"아니, 이제는 일이 그렇게 돌아가지 않아."

그러더니 그가 덧붙여 말했다.

"넌 집으로 돌아가야 해, 리니."

그녀의 입술이 벌어졌다. 리니가 대꾸했다.

"집이요?"

"고등학교는 졸업한 거야? 맞지?"

그녀는 턱을 치켜들었고 그것으로 충분한 대답이 되었다.

"게다가 가족은 네가 어디 있는지 궁금할 거야."

"그들이 궁금해 한대도 나한테는 똑같아요. 아무튼 그 사람들은 신경 안 써요. 나랑 엄마랑 사이가 안 좋았다는 걸 알잖아요."

"여전하군."

주니어가 말했다.

"게다가 아버지는 지난 4년 10개월간 나한테 말을 걸지 않았어요."

주니어는 포크를 내려놓았다. 그가 물었다.

"뭐야, 한 마디도 안 했다고?"

"단 한 마디도요. 내가 소금을 건네줘야 되면 아버지는 엄마한테 '애한테 내게 소금을 건네라고 시켜'라고 말해요."
"이런, 모욕적이네."
주니어가 말했다.
"세상에, 주니어. 당신은 뭘 상상했던 거예요? 건초 헛간에서 남자랑 있다가 들켰는데 다음 날 가족이 싹 잊어줄 거라고 생각했어요? 한동안 나는 당신이 데리러 올 줄 알았어요. 어떤 상황이 벌어질지 그려보곤 했죠. 내가 피 크릭 가를 걸어가고 있는데 당신이 매형의 트럭을 세우고 '타'라고 말하는 거예요. '내가 널 데려갈 거야' 그러다 당신이 편지를 보내고 기차삯이 동봉되어 있을 거라고 생각했어요. 당신이 그렇게 했다면 난 당장 짐을 싸서 떠났을 거예요! 나랑 말을 섞지 않은 사람은 아버지만이 아니었어요, 대부분 그랬다구요. 오빠랑 남동생까지도 나와 있을 때는 다르게 행동했고, 학교에서 사근사근하게 구는 여자애들은 나중에 알고 보니 연애에 대해 자세히 들으려고 친한 척한 것뿐이었죠. 고등학교에 들어가면서 난 거기 사람들은 그 일을 모를 거라고, 새롭게 다시 시작할 수 있을 거라고 기대했죠. 그런데 당연히 그들은 알았죠. 나랑 같은 초등학교에 다닌 애들이 고등학교 애들한테 말했으니까. 그들은 '저기 리니 매 인면 말이야. 자기 오빠 졸업 파티에서 애인이랑 홀딱 벗고 활보했잖아'라고 말했죠. 그즈음 그런 식으로 소문이 불어났으니까요."
주니어가 리니에게 말했다.
"넌 그게 내 잘못이었던 것처럼 말하는군. 먼저 시작한 사람은 바로 너야."

"아니라고는 말 못 하죠. 내가 나빴어요. 하지만 난 사랑에 빠져 있었다구요. 난 여전히 사랑에 빠져 있어요! 당신도 그렇다는 걸 난 알아요."

주니어가 말했다.

"리니……"

"제발요, 주니어."

리니가 말했다. 그녀는 미소 지으면서도 눈물이 그렁그렁한 이유를 주니어는 알 수 없었다. 리니가 말을 이었다.

"나한테 한 번만 기회를 줘요. 그렇게 해줄 수 없겠어요? 지금 당장은 그 이야기를 하지 말아요. 저녁 식사를 즐기자구요. 우리 식사가 괜찮지 않나요? 미트로프가 맛있지 않아요?"

그는 접시를 내려다보았다.

"그래, 그렇네."

주니어가 대답했다.

하지만 그는 다시 포크를 들지 않았다.

* * *

집으로 걸어오는 길에 리니 매는 주니어에게 하루 일과에 대해 묻기 시작했다. 저녁 시간은 어떻게 보내는지, 주말에는 뭘 하는지, 친구들이 있는지. 식사 때 술은 한 방울도 안 마시고 물만 마셨지만, 그는 술을 마셨을 때의 들뜨는 기분을 느끼기 시작했다. 아주 오래 차곡차곡 쌓아둔 이야기를 모두 쏟아내는 데서 생긴 감정일 터였다. '워드 건설'이 폐업하고 그가 동료 인부들과 연락을 끊은 후 친구가 없었다는 게 사실이었다(사람들과 사귀려면 돈이 필요했다. 적어도 남자들은 그랬다. 술이랑 햄버거, 휘발유를 사야 했다. 남자들은 여자들처럼 만나서 재잘대지만은 못했다.). 그는 저녁에는 아무 일도 하지 않는다고, 종종 욕조에서 세탁하면서 저녁 시간을 보낸다고 말했다. 그녀가 웃자 주니어가 말했다.

"아니, 정말이야. 주말에는 잠을 많이 자지."

창피한 단계는 지났다. 인기 있거나 성공하거나 처세에 능한 사람인 척 꾸미지 않고 리니에게 곧이곧대로 털어놓았다. 그들은 머피네 계단을 올라가서 현관문으로 들어가 문이 닫힌 거실을 지났다. 안에서 라디오 소리가 흘러나왔고 댄스 밴드 음악 같은 곡이 들렸다. 두 아이가 뭔가에 대해 느긋하게 투닥거렸다.

"네가 몰래 봤지. 내가 다 봤어!"

"아냐, 안 봤어!"

그의 거실이 아니었고 아이들을 만난 적도 없었지만 주니어는 가정의 분위기를 느꼈다.

두 사람은 계단을 올라가서 그들의 방으로 들어갔고(이 문에는 잠금 장치가 없었다.) 곧 주니어는 이제 어떻게 할지 걱정하기 시작했다. 늘 꼭두새벽에 일과를 시작했으므로 혼자라면 곧장 자리에 누웠을 터였다. 그런데 그러면 리니가 엉뚱한 오해를 할 테고 심지어 지금도 그녀가 엉뚱한 기대를 하는 눈치였다. 얌전하게 코트를 벗어서 거는 태도에서 주니어는 그렇게 느꼈다. 리니는 모자를 벗어서 옷장 선반에 올렸다. 주니어를 위해 채비라도 하는 듯이 등을 돌리고 서서, 흐트러진 머리카락을 손끝으로 얌전히 가라앉혔다. 우연히 뒷머리가 흩어지면서 드러난 창백하고 가녀린 목덜미가 그녀를 안쓰럽게 느끼게 했다. 주니어는 헛기침을 하고 말했다.

"리니 매."

그녀가 몸을 돌리면서 물었다.

"왜요?"

그러더니 리니가 말을 이었다.

"재킷을 벗지 왜 그러고 있어요? 편안하게 해요."

"저기, 난 지금 솔직해지려고 애쓰고 있어. 우리 둘 사이에 매사를 명확하게 해두고 싶어."

주니어가 말했다.

그녀의 양미간에 주름이 잡히기 시작했다.

그가 말했다.

"네가 고향 집에서 겪은 일에 대해서는 나도 마음이 안 좋아. 별로 재미없었을 거라고 짐작해. 하지만 리니, 한번 생각해봐. 우리가 서로 무슨 관계가 그렇게 있었지? 우린 서로 모르는 거나 매한가지라고! 데이트한 게 한 달도 안 되지! 또 나는 여기서 혼자 잘 견디려고 안간힘을 쓰고 있어. 혼자 살기에도 빠듯한데 둘이 사는 것은 불가능해. 고향 집에는 적어도 가족이 있어. 그들이 너를 어떻게 생각하든 적어도 굶기지는 않겠지. 난 네가 집으로 돌아가야 한다고 생각해."

"당신은 나한테 화가 나서 그런 말을 하는 거에요."

그녀가 주니어에게 말했다.

"뭐? 아니, 그런 게 아냐……"

"내가 몇 살인지 말하지 않아서 화가 나겠지만, 왜 내게 몇 살이냐고 묻지 않았죠? 왜 학교에 다니는지, 혹은 어디서 일하는지 묻지 않았냐구요? 당신이랑 만나지 않을 때는 뭘 하며 지내는지 물어보지 그랬어요? 왜 내게 관심이 없었던 거에요?"

"뭐야? 난 관심이 있었어, 정말이야!"

"아뇨, 당신이 뭐에 관심이 있었는지는 우리 둘 다 알죠!"

"잠깐. 그게 공평한 말인가? 먼저 옷을 벗기 시작한 게 누구였는지 내가 일깨워줘야 되겠어? 그리고 나를 그 헛간으로 끌어들인 게 누구였는지? 누가 내 손을 잡아 그 몸에 갖다댔는지? 넌 내가 시간을 어떻게 보내는지에 관심이 있었어?"

"그래요, 관심 있었어요. 당신한테 묻기도 했어요. 그런데 당신은 대답하는 게 귀찮았죠. 왜냐면 나를 눕히려고 애쓰느라 너무 바빴으니까. 난 이렇게 말했어요. '어떻게 지내는지 말해줘요, 주니어. 얼른요, 난 샅샅이 다 알고 싶어요' 하지만 당신은 내게 말해줬나요? 아뇨. 내 옷 단추만 벗기기 시작했죠."

주니어는 관심조차 없는 언쟁에서 지는 기분을 느꼈다. 그가 지적하고 싶었던 것과 전혀 다른 지점이었다. 그가 말했다.

"이런 젠장, 리니 매."

그는 재킷 주머니에 손을 찔렀고, 왼쪽 주머니에 든 것이

만져지자 입을 다물었다. 주니어는 그것을 꺼내서 쳐다보았다. 손수건에 싼 샌드위치 반쪽.

"그게 뭐에요?"

리니가 물었다.

"이건…… 샌드위치야."

"무슨 샌드위치인데요?"

"달걀? 달걀."

"달걀 샌드위치가 어디서 났어요?"

"오늘 일한 집 부인이 줬어. 내가 절반을 먹고 절반은 너 주려고 집에 가져왔지만, 넌 외식을 해야 된다고 했지."

"어머나, 주니어. 정말 다정하네요!"

리니가 말했다.

"아니, 난 단지……"

"마음 써줘서 정말 고마워요!"

그녀가 주니어의 손에서 손수건에 싼 샌드위치를 낚아챘다. 그녀의 얼굴이 발그레해졌고 갑자기 예뻐 보였다.

리니가 말했다.

"당신이 내게 샌드위치를 갖다 줘서 정말 좋아요."

그녀는 경건하게 손수건을 풀고 잠시 샌드위치를 바라보더니, 눈물 고인 눈으로 주니어를 올려다보았다.

"그런데 뭉개졌네."

주니어가 말했다.

"뭉개졌대도 상관없어요! 당신이 일터에 있는 동안 내 생각을 했다는 게 좋아요. 아, 주니어. 오랫동안 얼마나 외로웠는지 몰라요! 당신은 내가 얼마나 외로웠는지 모를 거야. 지금까지 완전히, 완전히 혼자였거든요!"

리니는 샌드위치를 든 채 그에게 몸을 던지고 흐느끼기 시작했다.

잠시 후 주니어는 양팔을 올려서 그녀를 안아주었다.

* * *

당연히 리니는 일자리를 얻지 못했다. 그녀의 계획들 중 그 부분은 뜻대로 되지 않았다. 하지만 부엌을 나눠 쓰는 것은 계획대로 되었다. 리니와 코라 리는 친구가 되었고 부엌에서 나란히 요리하면서 여자들이 화제로 삼을 만한 것들에 대해 수다를 떨었다. 얼마 안 지나서 주니어와 리니는 코라 리의 가족과 식사하며 어울리게 되었다. 그러다 날씨가 풀리자 두 여자는 청과물 수레를 밀고 햄든에 오는 농부들에게 채소와 과일을 구입하기로 했다. 부엌에는 두 사람이 종일 병조림을 만드는 열기가 가득했고, 나중에 리니는 용기를 내서 이웃들에게 병조림을 팔러 다녔다. 그들은 큰돈은 아니지만 돈을 벌었다.

주니어는 정말 집을 몇 군데 수리했다. 그가 손보지 않으면 고쳐지지 않을 터여서 나섰을 뿐이고, 수리비를 청구하거나 집세를 흥정하려는 시도는 하지 않았다.

경기가 나아져서 주니어와 리니가 코튼 가에 있는 집으로 이사한 후에도, 리니와 코라 리는 친구로 지냈다. 하긴 주니어가 보기에 리니는 모든 사람들과 친구인 것 같았다. 이방인처럼 지냈기에 사교적이 되어야 한다는 강박이 생겼는지 주니어는 가끔 의심했다. 그가 퇴근해서 집에 오면 부엌에 부인네들이 꽉 차 있고 어린아이들이 뒷마당에서 놀고 있었다.

"저녁을 먹으면 안 되나?"

그가 물으면 부인네들은 흩어졌고 나가면서 아이들을 데려갔다. 하지만 그는 리니가 게으르다고 말하고 싶지 않았다. 아니, 그건 아니었다. 리니는 코라와 여전히 병조림 장사를 했고, 주니어의 고객이 늘어나자 대신 전화를 받고 청구서 같은 것들을 챙겼다. 사실 그녀는 주니어보다 능숙하게 고객을 상대했고, 늘 시간을 내서 가벼운 대화를 나누고 어떤 문제나 불평을 매끄럽게 처리했다.

그즈음 주니어는 트럭을 마련했고—중고였지만 제법 쓸 만했다—인부 몇 명도 고용했다. 여기저기서 일을 그만두는 사람들에게 사들인 좋은 연장들도 많이 갖추었다. 아주 튼튼하고 잘 만든 구식 도구였다. 예를 들어 톱의 기름 먹인 나무 손잡이는 비할 데 없이 섬세하고 로즈마리 가지가 또렷이 조각되었다. 연장에 묻은 손때는 그의 조상의 손때는 아니었지만 그는 거기서 개인적인 자긍심을 느꼈다. 항상 연장들을 꼼꼼히 관리했다. 그리고 언제나 나무 널빤지를 하나하나 고를 수 있는 목재소로 갔다.

"자, 형씨들. 날 속이려고 무슨 생각을 하는지 난 뚜르르 꿰고 있소. 혹 병든 옹이가 있는 나무를 줄 생각은 아예 마시오. 뒤틀어지거나 곰팡이가 슨 목재도 주지 말고."

몇 년 후 그는 리니에게 물었다.

"내가 결혼했으면 어쩌려고 그랬어? 당신이 북쪽에 올라와 보니 내게 마누라와 자식 여섯이 있었다면?"

"아, 주니어. 당신은 안 그랬을 걸요."

리니가 말했다.

"왜 그렇게 확신하지?"

"음, 우선 겨우 5년간 어떻게 자식을 여섯이나 낳아요?"

"못 낳지. 하지만 내 말이 무슨 뜻인지 알잖아."

그녀는 빙긋 웃을 뿐이었다.

리니는 어떤 면에서는 주니어보다 어른스럽게 처신했지만 다른 면으로는 언제나 열세 살 같았다. 안달복달하고 반항적이고 고집불통이었다. 그녀가 얼마나 쉽게 가족들과 절연하는지 주니어는 깜짝 놀랐다. 거기에는 주니어가 상상도 못한 수준의 반감이 깔려 있었다. 리니는 촌스러운 말투를 버리려고 욕심내지 않았다. 여전히 '투덜댄다' 대신 '씨부렁댄다', '고단하다' 대신 '되다', '곧장' 대신 '고짱'이라고 말했다. 그녀는 여전히 고집스럽게 주니어를 '주니'라고 불렀다. 리니는 재미난 말을 하기 전에 과장되게 킬킬대는 짜증스런 습관이 있었다. 마치 그에게 킬킬대는 법을 가르쳐주려는 것 같았다. 또 그를 설득하고 싶을 때면 너무 착 달라붙었다. 주니어가 다른 사람들과 대화할 때도 그녀는 그의 소매를 잡아당겼다.

'너는 내 것'이라고 믿는 사람들이 주는 징그럽고 지겹고 숨 막히는 부담감!

주니어는 격정적이지 않았다. 둘이 만난 후 그가 겪은 모든 곤란을 유발한 사람이 리니 매였던 걸 보면 그건 분명했다.

그는 뼈대가 가늘고 체구가 작고, 몸에 기름기라곤 전혀 없고 음식에 무심한 사람이었다. 하지만 늦은 오후 퇴근해서 집에 오면 리니는 집 뒤쪽에서 옆집 사람과 수다를 떨 때가 있었다. 그러면 그는 냉장고 앞에 서서 남은 돼지고기 요리를 먹은 다음 프랑크푸르트 소시지, 찬 으깬 감자와 식은 콩, 삶은 비트를 먹었다. 좋아하지도 않는 음식을 굶은 사람처럼, 진짜로 원하는 것을 얻어본 적 없는 사람처럼 먹어댔다.

나중에 리니는 말하곤 했다.

"내가 콩을 간수해뒀는데 혹시 봤어요? 콩이 어디 있지?"

주니어는 침묵으로 일관하곤 했다. 리니는 알아야 했다. 그녀는 이런 생각을 했다. 어린 메릭이 찬 콩을 탐냈을까. 하지만 리니 매는 그런 말을 하지 않았다. 주니어는 고마움과 분노를 함께 느꼈다. 리니는 그에게 군림했다! 그녀는 틀림없이 주니어와 위치가 같다고 생각하는 것 같다.

그런 순간이면 그는 오래전 기차역에 갔던 때를 떠올렸고 이번에는 다르게 처신하는 상상을 했다. 어두운 거리들을 내려가서 역을 지나서 우회전하고 다시 우회전해서 찰스 가로 접어들어 다시 하숙집으로 돌아갔다. 그의 방으로 들어가서 문을 잠갔다. 침상에 쓰러졌다. 그리고 혼자 곯아 떨어졌다.

13

주니어와 유진은 현관 테라스의 그네를 '틸먼 브라더스'로 보냈다. 해변 부근에 있는 이 업체는 '휘트생크 건설'이 고객들의 창 가리개에 칠이 너무 두꺼워 엿가락을 붙인 것처럼 보일 때 의뢰하는 곳이었다. 틸먼 형제들은 어떤 칠이든 벗겨내서 맨 나무로 만드는 부식 용액이 담긴 큰 통을 갖고 있었다.

주니어가 유진에게 말했다.

"정확히 1주일 후에 그네를 받아야 된다고 말하라구."

"1주 후 오늘이요?"

"그렇다니까."

"사장님, 그 친구들은 그런 작업에 한 달을 잡아먹을 수도 있습니다. 재촉 받으면 달가워하지 않는 사람들이에요."

"긴급 상황이라고 말해. 필요하면 우리가 급행료를 지불하겠다고 말하라구. 이삿날은 지금부터 두 번의 일요일이 지나서니까 그때까지는 그네를 매달아두고 싶네."

"저, 해보겠습니다."

유진이 말했다.

주니어는 유진이 현관 그네 따위에 퍽도 요란을 떤다고 생각할 줄 알았지만, 유진은 분별력이 있는 사람이라 그런 말을 입에 담지 않았다. 유진은 시험 삼아 뽑은 인부였다. 페인트공이 징병 당하자 주니어가 처음으로 고용한 유색인종이었다. 지금까지 그는 일을 제법 잘 해냈다. 사실 지난주에 주니어는 유색인종을 한 명 더 고용했다.

최근에 리니 매는 주니어가 징병 당할까봐 걱정했다. 그가 자기 나이가 마흔세 살이라는 점을 지적하자 리니는 말했다.

"그래도 안심 안 돼요. 이제 국가가 언제라도 징병 연령을 높일 수 있다구요. 아니면 당신이 자원하기로 결정할지도 모르고."

주니어가 쏘아붙였다.

"자원이라니! 누굴 바보멍청이로 아는 거야?"

그는 종종 인생이 오랫동안—완전히 헛짓거리하며 아무렇게나 산 젊은 시절과 대공황기 시절—다른 선로로 빠진 열차 같다는 느낌에 사로잡혔다. 그는 뒤처졌고 만회하려고 내달렸다. 마침내 본래 선로에 접어들었는데, 유럽의 전쟁이 그의 발목을 잡는다면 미칠 것 같았다.

그네는 애초의 나무 상태로 되돌아왔다. 기적이었다. 작은 이음매까지도 파란 흔적은 조금도 보이지 않았다. 주니어는 그네 주위를 돌아보면서 감탄했다.

"세상에, 그 통에 뭐가 담겼는지 생각도 하기 싫군."

그가 유진에게 말했다.

유진은 키득키득 웃었다. 그가 물었다.

"제가 그네에 니스를 칠할까요?"

"아니. 그건 내가 하지."

주니어가 대답했다.

유진은 놀란 표정으로 쳐다봤지만 토를 달지 않았다.

두 사람은 그네를 뒤쪽에 내놓고, 페인트받이 천에 뒤집어 놓았다. 그러면 주니어가 그네 밑면부터 칠하고 마르게 놔두었다가 똑바로 놓을 수 있었다. 따뜻한 5월 날인데다 비 예보도 없었으니, 밤새 그네를 밖에 두었다가 다음 날 아침에 와서 나머지 작업을 해도 되리라 예상했다.

대부분의 목수들처럼 그도 도색 작업을 질색했고, 또 칠 솜씨가 좋지 않다는 것을 알았다. 하지만 무슨 연유인지 손수 이 일을 해내는 것이 중요한 것 같아서, 겉에서 보이지 않는 그네의 밑면인데도 조심스럽고 참을성 있게 작업했다. 사실 유쾌한 작업이었다. 나무들 사이로 햇빛이 비추고 산들바람이 얼굴을 시원하게 식혀주었다. 주니어는 속으로 '채터누가 추추'(Chattanooga Choo Choo 글렌 밀러와 악단이 녹음한 스윙곡)를 흥얼댔다.

4시 15분 전에 펜실베니아 역을 떠나
잡지를 읽다보면 볼티모어에 도착하지……

작업을 마치자 붓을 빨고 니스와 등유를 치웠다. 그런 다음 흡족해 하면서 저녁 식사를 하러 집으로 갔다.

다음 날 아침 작업을 마무리하러 새집에 다시 갔다. 그네는 말랐지만 좌석 밑에 고운 꽃가루가 달라붙어 있었다. 그가 페인트칠을 질색할 만했다! 욕설을 중얼대면서 페인트받이 천을 끌어서 그네를 뒤쪽 베란다로 옮겼다. 그는 베란다 끝부분의 폐쇄된 구역에 다른 페인트받이 천을 펼치고 그네를 끌고 가서 천 위로 옮겼다. 이렇게 하면 제대로 작업할 수 있을 터였다. 그는 그네의 양쪽 팔걸이를 잡았을 때 아래쪽 표면을 손끝으로 누른 것을 잊으려고 애썼다.

며칠 전 유진이 뒤쪽 베란다의 안쪽을 칠해서, 페인트와 니스의 냄새가 뒤섞여 가벼운 현기증이 일었다. 주니어는 몽롱한 상태에서 나무에 붓질을 했다. 나뭇결이 사연을 말해준다는 게 흥미롭지 않은가? 나뭇결의 맥락을 따라가면서 그것들이 걸어온 머나먼 여정이나 예기치 못하게 뚝뚝 끊기는 데 놀랐다.

궁금했다. 언젠가 메릭이 이 그네에 앉아서 청혼을 받을까. 레드클리프의 자식들이 그네를 마구 움직이면 애들 엄마가 줄을 잡아 속도를 늦출까.

사내가 자식들에게 어떤 감정을 가질 수 있는지 안 후, 주니어는 아버지에게 깊고 영원한 분노를 품었다. 아버지는 6남 1녀를 두었고, 개가 새끼들을 내놓는 것보다도 쉽게 자식들을 풀어놓았다. 주니어는 나이 들수록 그런 아버지를 이해하기가 점점 어려웠다.

그는 고개로 급히 떨쳐버리는 동작을 하고 다시 붓에 니스를 묻혔다.

이 니스는 메밀꽃 꿀색이었다. 나무의 특징을 끌어내고 깊이를 더하는 색이었다. 고향의 지긋지긋한 스웨디시 블루 빛깔 그네가 아니었다! 너절하게 짠 소형 카펫들과 녹슨 야외용 철제 의자도 없었다! 하늘색을 내려고 바른 연 파랑색 현관 지붕도 아니었다. 현관 바닥을 군함 같은 회색으로 칠하지도 않았다.

이사 당일 리니는 진입로를 오르기 시작하다가, 현관 테라스 계단에서 '어머나!'라고 말하리라. 그네를 노려보면서 한 손으로 입을 막고 '어머, 세상에!'라고 탄식하겠지. 아니 그러지 않을지 몰라. 어쩌면 리니는 놀람을 감추리라. 그녀는 얼마든지 교활해질 터였다. 어느 쪽이든 주니어는 걸음을 늦추지 않고 계단을 올라가리라. 그는 바뀐 게 있다는 내색을 하지 않을 작정이었다. '안으로 들어갈까?'라고 리니에게 묻고, 그녀에게 몸을 돌려서 친절한 몸짓으로 현관을 가리키리라.

이 장면을 상상하니 흐뭇했지만 뭔가 아쉬웠다. 리니는 이 일의 이면에 있는 모든 것을 완전히 알지는 못할 터였다. 그녀가 한 일을 보고 그가 받은 충격, 분노, 부당하다는 느낌, 손실을 복구하기 위한 노고. 유진이 '틸먼 브라더스'에 가야 했고, 그쪽에서는 급행료로 엄청난 액수를(일반적인 비용의 정확히 두 배) 청구했다. 주니어가 두 차례 새집에 가서 니스를 칠해야 했고, 마지막으로 금요일 아침에 가서 아이볼트(줄이나 훅을 거는 고리가 붙은 볼트)를 제자리에 넣고 8자형 고리에 로프를 다시 매고 천장에 그네를 매달 예정이었다. 그녀는 이런 상황을 눈치조차 못 채겠지. 여기에 그들이 함께 사는 삶의 패턴이 고스란히 담겨 있었다. 주니어가 리니에게 말하고 싶은 유혹을 느끼면서도 감추는 모든 비밀들. 이제껏 살면서 주니어가 얼마나 간절히 빠져나가고 싶었는지 그녀는 모를 터였다. 그가 곁에 머문 것은 단지 그러지 않으면 리니가 헤어나지 못할 줄 알기 때문인 것도 그녀는 모르리라. 또 잘못을 바로 잡으면서 하루하루 나아가기가 얼마나 힘이 부쳤는지도 모를 터였다. 아니, 리니는 주니어가 계속 머문 것은 그녀를 사랑해서라고 굳게 믿었다. 그런 마당에 그가 다른 말을 하면—그가 희생했다는 것을 그녀가 안다면—리니는 무너질 터였다. 그러면 아무 득도 없이 희생만 한 꼴이 될 테고.

주니어는 붓으로 작은 기둥을 하나하나 매만져서 니스가 각각의 이음매에 고루 퍼지게 하고, 이음매의 틈들을 매끄럽게 쓰다듬듯이 훑었다.

식당에서의 식사
캐롤라이나에서 햄과 달걀을 먹는 것보다
신나는 일은 없지……

금요일, 그네를 매러 다시 새집에 가면서 집에서 상자 몇 개와 작은 가구 몇 점을—아이들 방에 있는 놀이 테이블과 작은 의자들—가져갔다. 미리 최대한 짐을 많이 옮기는 게 좋을 터였다. 집 뒤쪽에 주차하고 모든 짐을 부엌문을 지나 계단으로 옮겼다. 위층에 올라가서 새로 얻은 재산을 훑어보며 기쁨에 잠겼다. 복도 난간에 서서 반들거리는 1층 현관 홀에 감탄했고, 안방에 들어가서 자못 흡족한 듯이 널찍한 방을 둘러보았다. 부부 각자의 침대가 놓여 있었다. 브릴 부부처럼 싱글 침대 두 개가 지난주 '소퍼' 상점에서 배달되었다. 리니는 왜 전에 쓰던 더블 침대를 쓰지 말자는지 납득하지 못했다.

하지만 주니어가 말했다.

"생각해보면 트윈 침대(두 사람이 각각 싱글 침대를 쓰는 것을 말함) 쓰는 게 더 말이 된다구. 내가 늘 한밤중에 얼마나 뒤척이는지 당신도 알잖아."

"난 당신이 뒤척여도 상관없어요."

리니가 말했다.

"저, 시험 삼아 트윈 침대를 써보자구. 그렇다고 더블 침대를 내다 버리는 것도 아니니까. 마음이 변하면 언제라도 손님방에서 더블 침대를 옮길 수 있으니까."

하지만 더블 침대를 다시 안방에 들일 마음은 추호도 없었다. 그는 트윈 침대라는 개념이 마음에 들었다. 헐리우드 식 호사라고 할까. 게다가 그는 여러 형제들과 한 침대를 지겹도록 쓰면서 어린 시절을 보냈다.

침실 구석에 놓인 브릴 부부가 쓰던 '아모아(armoire 장롱)' 역시 호사스럽게 느껴졌다. 하지만 처음에 이 가구의 이름이 '모아'인 줄 알았을 때가 떠오르자 얼굴이 화끈거렸다. 그는 브릴 부인에게 말했었다.

"브릴 부인, 새집에 '모아'는 가져가시지 않을 거라고 들었습니다. 제가 그것을 살 수 있겠습니까?"

브릴 부인은 눈썹을 찌푸렸다.

"새집에……?"

그녀가 반문했다.

"침실에 있는 모아 말입니다. 아드님이 새집에 들이기에는 덩치가 너무 크다고 말하더군요."

"아! 그래요, 확실히 그렇죠. 짐? 주니어가 아모아를 살 수 있는지 궁금해 하네요."

그제야 주니어는 말실수를 알아차렸다. 브릴 부인이 대단히 교묘하게 넘어갔다는 것은 인정해야겠지만, 그래도 실수를 간파한 그녀가 가증스러웠다.

어찌 보면 가증스런 것은 그 여자의 교묘함이었다.

그랬다, 늘 우리와 그들로 선을 그었다. 고교에 다니는 시내 아이들, 로랜드 파크에 사는 부자들이든 늘 누군가 그는 아직 그 수준이 아니라고, 그만한 급이 못 된다고 알려주었다. 그게 주니어 자신의 잘못이라는 뉘앙스를 풍겼다. 왜냐면 그는 이론적으로는 누구든 성공할 수 있는 나라에 살았으니까. 그를 막을 요소는 아무것도 없었다. 그런데 뭔가가 있고, 주니어는 그게 뭔지 콕 집어낼 수가 없었다. 늘 옷차림새나 말투에서 아주 미세한 뭔가가 계속 그를 범주의 밖으로 밀어냈다.

말도 안 되는 소리. 그만 됐어. 이제 그는 모직 옷만 넣는, 안쪽에 향나무를 댄 큰 옷장을 갖게 되었다. 침실 벽지는 모두 프랑스산이었다. 창문들이 높아서 그가 창 앞에 서면 거리에서는 그의 머리부터 무릎까지 보일 정도였다.

하지만 그 순간 문틀 구석의 칠이 물집 잡힌 부분이 눈에 들어왔다. 브릴 부부가 폭풍우가 내릴 때 창을 열어두었음이 분명했다. 아니면 응축의 결과였고 그것은 좋지 않은 일이었다.

또 아래쪽 벽지는 이음매가 너무 확연하게 드러났다. 사실 이음매가 점점 벌어졌다. 종이와 문틀이 만나는 지점에서 벽지 끄트머리가 살짝 말려 있었다.

* * *

토요일은 주니어가 견적을 내러 가는 날이었고, 찾아간 가정의 남편들이 집에 있는 날이기도 했다. 그래서 이사 갈 집에 들르지 않았다. 일찌감치 약속들을 처리했다. 내일은 이삿날이었고 아직 싸야 될 짐이 남아 있었다. 그는 오후 3시경에 집에 도착해서 부엌으로 들어갔다. 리니가 개수대 아래 오렌지색 통에서 청소 도구들을 꺼내고 있었다. 그녀는 바닥에 무릎을 꿇었고, 때가 끼어서 거무죽죽한 발꿈치가 주니어의 눈에 들어왔다.

"나, 왔어."

주니어가 리니에게 말했다.

"아, 잘 됐네요. 아이스박스 맨 위 칸에 있는 접시를 내려줄 수 있어요? 그 접시를 씻는 걸 깜빡했네요! 그대로 두고 갈

뻔했어요."

그는 냉장고에 있는 접시에 손을 뻗어서 조리대에 내려놓았다.

주니어가 리니에게 말했다.

"어두워지기 전에 한 번 더 짐을 옮길까 싶은데. 아침에 일이 한결 수월해질 테니까."

"아, 그러지 말아요. 지칠 텐데요. 내일 다드와 사람들이 여기 올 때까지 기다려요."

"무거운 짐을 가져가진 않을 거야. 상자 몇 개랑 간단한 걸 옮길까 해."

리니는 대꾸하지 않았다. 주니어는 그녀가 오렌지색 상자에서 고개를 들고 쳐다봐주기를 바랐지만, 리니는 아주 분주했다. 그래서 1분쯤 지난 후 그는 부엌에서 나왔다.

거실에서는 아이들이 빈 상자들을 쌓아서 뭔가 짓고 있었다. 아니 메릭이 그랬다. 레드클리프는 아직 어려서 어떤 계획도 세우지 못했지만, 누나가 놀아주는 게 신나서 상자들을 옮기라는 곳으로 끌어다 놓았다. 새집에 가져가려고 소형 카펫을 둘둘 말아 놓아서 휑한 마룻바닥이 드러났다.

"우리가 만든 성을 봐요, 아빠."

메릭이 말했다.

"아주 멋지구나."

주니어는 그렇게 대꾸하고 다시 안방으로 가서 외출복을 벗었다. 그는 견적을 내러 갈 때는 항상 정장을 입었다.

다시 부엌으로 가니 리니는 세제 종이상자에 청소 용품들을 담고 있었다. 주니어가 말했다.

"애벗 씨는 부인이 수리하고 싶은 부분들의 절반을 안 된다고 반대하더군. 그 자가 목록을 들여다보면서 '왜 이건 이렇게 비싸죠? 이건 왜 이렇지?'라고 투덜대지 뭐야. 그 복잡한 계산을 하기 전에 그가 그렇게 나올 줄 미리 알면 좋았을 텐데."

리니 매가 말했다.

"안타깝게 됐네요. 아마 나중에 애벗 부인이 남편에게 말해서 마음을 바꾸게 할 거예요."

"아니, 부인은 남편 의견을 따르려고 했어. 그가 항목을 지울 때마다 부인은 아주 아쉽고 서글픈 소리로 '아'라고 중얼대더군."

그는 리니가 의견을 말하기를 기다렸지만 그녀는 대꾸하지 않았다. 리니는 암모니아 병을 행주에 쌌다. 주니어는 아내가 쳐다봐주기를 바랐다. 그의 마음이 거북해지기 시작했다.

리니 매는 어떤 일에 화가 난다고 소리치거나 샐쭉해지거나 물건을 던지는 성격이 아니었다. 그저 그에게 눈길을 주지 않을 뿐이었다. 아니, 이유가 있으면 쳐다봤지만 남편을 찬찬히 살피려 하지 않았다. 리니는 상당히 쾌활하게 말하고 미소를 짓기도 하고 여느 때처럼 행동했지만, 늘 다른 데 한눈파는 것 같았다. 그럴 때마다 주니어는 아내의 시선을 갈구하는 자신에게 놀랐다. 문득 평소 아내가 얼마나 자주 그를 응시하는지 깨달았다. 리니는 그를 보는 게 순수하게 즐거운 듯 오래도록 눈에 담곤 했다.

하지만 이 순간 주니어는 그녀가 왜 화내는지 가늠되지 않았다. 화를 낼 사람은—그리고 화가 난 사람은—바로 주니어 자신이었다. 이 어정쩡한 기분이 싫었다. 그는 걸어가서 리니 앞에 버티고 섰다. 둘 사이에 세제 상자만 놓여 있었다. 주니어가 말했다.

"오늘 저녁에는 나가서 외식할까?"

그들은 좀처럼 외식하지 않았다. 특별한 경우에만 식당에 갔다. 그런데도 리니는 남편을 쳐다보지 않았다.

"그래야 될 것 같네요. 오늘 아이스박스에 든 것들을 다 새 집에 갖다 두었거든요."

리니가 말했다.

"그랬어? 어떻게 그랬지?"

주니어가 물었다.

"이삿짐을 싸라고 도리스가 아이들을 돌봐줬거든요. 그래서 '나 혼자 새집에 가볼까?'란 생각을 했어요. 한 번도 그런 적이 없잖아요. 그래서 봉투 두 개에 식료품을 담아서 전차를 타고 갔어요."

"식료품은 내일 트럭에 싣고 가도 됐을 텐데."

주니어가 말했다. 그는 마음이 어지러웠다. 리니 매는 다시 니스 칠한 그네를 봤을까? 틀림없이 봤겠지. 그가 말했다.

"왜 당신 혼자 그 짐을 다 갖다놔야 된다고 생각했는지 모르겠군."

리니 매가 대답했다.

"어쨌거나 가볼 셈이니 몇 가지 갖다 두는 게 좋겠다 싶었지요. 또 그렇게 해두면 내일 일꾼들에게 방해가 되지 않게 거기서 아침 식사를 할 수도 있을 테고요."

그녀는 '본 아미(세제 상표명)'통을 상자의 구석에 똑바로 세우는 데 주의를 기울였다.

주니어가 말했다.

"그래, 당신 보기에 집이 어땠어?"

"괜찮아 보였어요. 그런데 문이 뻑뻑해요."

리니가 말했다. 그녀는 긴 손잡이가 달린 솔을 상자의 다른 구석에 밀어넣었다.

"문?"

"현관문이요."

그렇다면 그녀는 현관문을 지나 집 안으로 들어갔음이 분명했다. 하긴 당연히 그랬겠지. 전차 정류장부터 걸었으니.

주니어가 말했다.

"그 문은 뻑뻑하지 않은데!"

"엄지로 문고리를 눌렀는데 문이 열리지 않았어요. 순간적으로 열쇠를 제대로 돌리지 않았나 싶었는데, 먼저 문을 내 쪽으로 약간 당기고 나서 '그 다음에' 누르니까 열렸어요."

"바람막이 고무 때문이야. 바람막이 고무가 꽤 두툼해서 문이 그렇게 열리는 거야. 문이 뻑뻑한 게 아니고."

"글쎄, 내가 보기에는 뻑뻑한 것 같던데."

"글쎄, 뻑뻑하지 않아."

주니어는 기다렸다. 하마터면 리니에게 물어볼 뻔했다. 이런 말이 입 밖으로 튀어나오려 했다. '당신, 그네 봤어? 원상

복구되어 있어서 놀랐지? 그렇게 해놓으니 훨씬 보기 좋다고 인정할 수밖에 없지?'

하지만 그러면 속을 다 내보여서, 그녀의 의견에 신경 쓰는 것을 들킬 터였다. 아니면 리니가 그녀의 눈치를 본다고 느끼게 할 터였다.

그녀는 그네가 우스꽝스럽게 보인다고 말할지 몰랐다. 부자들의 그네를 대놓고 흉내 냈다고. 그가 본래와 다른 사람인 체한다고.

그래서 그는 이렇게만 말했다.

"겨울이 되면 그 바람막이 고무를 설치하길 잘 했다 싶을 테니 내 말을 믿으라구."

리니는 조각 비누상자를 '봉 아미' 옆에 넣었다. 잠시 후 주니어는 부엌에서 나갔다.

* * *

어스름 녘에 식당으로 걸어가다가 현관 앞에 나와 앉은 이웃들을 지나쳤다. 다들—친구든 모르는 사람이든—'안녕하세요'나 '밤공기가 좋네요'라고 인사를 주고받았다. 리니가 말했다.

"새 동네에서도 이웃들이 인사해주면 좋겠네요."

"그럼, 당연히 인사하겠지."

주니어가 대꾸했다.

그는 레드클리프를 목마 태우고 있었다. 메릭은 고물 나무 세발자전거를 타고 발을 구르면서 앞서 갔다. 이제 그런 자전거를 타기에는 커버렸지만, 고무 부족으로 제대로 된 세발자전거를 살 수가 없었다.

리니가 말했다.

"그 브릴 부인 말이에요. 그녀가 '내' 식료품상 주인, '내' 약사 운운했던 걸 기억해요? 마치 그들이 자기 것이라도 되는 것처럼 말했죠! 크리스마스 때면 우리 집에 바구니를 들고 들리곤 했잖아요. 그 여자가 '내 꽃집 주인한테서 미슬토우(겨우살이의 일종)를 구했죠'라고 말하면 난 '꽃집 남자가 그가 이 여자 거라는 말을 들으면 놀라자빠지겠구먼'이라고 생각했죠. 새 이웃들이 그런 식으로 말하지 않으면 좋겠는데."

"부인이 그렇게 들리게 할 의도는 없었겠지."

주니어가 말했다. 그는 리니보다 성큼성큼 두어 걸음 앞서 가서, 뒤를 돌아 그녀와 마주보고 거꾸로 걸었다. 주니어가 말을 이었다.

"아마 그녀는 '우리' 꽃집 주인은 미슬토우를 갖고 있지 않겠지만, 그녀의 꽃집 주인은 갖고 있다는 뜻으로 말했겠지."

리니가 웃음을 터뜨렸다.

"'우리' 꽃집 주인이라니! 상상이나 할 수 있어요?"

그녀가 말했다.

하지만 리니의 눈은 계단을 내려오는 연로한 얼리 씨에게 향했고, 노인에게 손을 흔들고 소리쳤다.

"잘 지내시죠, 얼리 씨?"

주니어는 포기하고 다시 똑바로 걸었다.

리니가 주니어에게 가장 오래 눈길을 주지 않았던 것은, 그녀는 아기를 원하는데 그가 반대했을 때였다. 리니는 몇 년째 아기를 갖고 싶었지만, 주니어는 계속 미루었고—돈이 별로 없다느니 적당한 시기가 아니라느니 하면서—한동안 그녀는 남편의 뜻을 따랐다. 그러다가 마침내 그가 말했다.

"리니 매, 있는 그대로 말하자면 나는 자식을 원하지 않아."

그녀는 충격을 받았다. 울고불고 말싸움을 벌였다. 주니어가 그런 감정을 갖는 것은 어머니가 당한 일 때문이라고 주장했다(그의 어머니는 출산하다가 목숨을 잃었고 아기도 같이 죽었다. 하지만 그 일과는 아무 관계도 없었다. 정말 그랬다! 그는 오래전에 그 일을 잊었다.). 그러다 차츰 리니는 남편을 흐뭇하게 쳐다보는 것을 멈춘 듯했다. 아쉬웠다는 것을 그도 인정해야 했다. 주니어는 모르는 체했지만 리니가 그를 미남으로 여기는 것을 알았다. 그렇다고 그가 그런 것들에 신경 쓰는 것은 아니고! 그래도 리니의 그런 눈길을 의식하며 지냈는데 이제 그게 없으니 아쉬웠다.

당시 고집을 굽힌 사람은 주니어였다. 그는 일주일쯤 버티다가 말했다.

"들어봐. 우리가 아이를 갖는다면······."

그 순간 문득 그녀의 긴장한 눈길이 그의 얼굴에 쏠렸고, 주니어는 말라붙은 식물이 마침내 물세례를 받는 기분을 느꼈다.

저녁 식사를 하면서 그는 메릭과 레드클리프에게 이제 각자 방이 생긴다고 알려주었다. 레드클리프는 리마 콩 껍질을

까느라 바빴지만 메릭은 이렇게 대답했다.

"얼른 그러고 싶어요. 난 방을 같이 쓰는 게 싫어! 아침마다 레드클리프한테 오줌 냄새가 나요!"

"착하게 굴어야지. 전에 너한테도 오줌 냄새가 났어."

리니 매가 말했다.

"아니에요!"

"너도 아기였을 때 그랬어."

"레드클리프는 아기구나!"

메릭이 노래하는 투로 동생을 놀렸다.

레드클리프가 콩을 하나 더 깠다.

"아이스크림 먹을 사람?"

주니어가 물었다.

메릭이 대답했다.

"나요!"

그러자 레드클리프가 말했다.

"나요!"

"리니 매는?"

주니어가 물었다.

"그러면 좋겠네요."

리니 매가 대답했다.

하지만 그녀는 아들에게 눈을 돌리고 리마 콩 껍질을 털어 주었다.

* * *

아이들이 잠자리에 들면 함께 라디오를 듣는 것이 부부의 습관이었다. 리니는 옷을 만들거나 수선을 했고, 주니어는 다음 날의 작업 계획을 검토했다. 하지만 이날은 거실이 아수라장이었고 라디오는 이삿짐 속에 있었다.

리니가 말했다.

"난 가서 누워야겠어요."

그러자 주니어가 대답했다.

"나도 금방 올라갈게."

그는 업무용 서류더미를 싸고 나서 전등을 끄고 위층으로 올라갔다. 리니는 잠옷 차림이었지만 여전히 침실에서 왔다갔다 하면서 서랍장에 놓인 물건들을 서랍에 담았다.

리니 매가 말했다.

"자명종이 필요할까요?"

"아니, 내가 알아서 일어날게."

주니어가 대답했다.

그는 속옷만 입고, 셔츠와 작업복 바지를 옷장 문 안쪽 고리에 걸었다. 평소라면 다음 날 입을 옷이니까 의자에 걸쳐놓았을 터였다.

그가 말했다.

"이 집에서 우리가 보내는 마지막 밤이군, 리니 매."

"네."

그녀는 서랍장 깔개를 접어서 맨 윗 서랍에 넣었다.

"이 침대에서 우리가 보내는 마지막 밤이기도 하고."

리니가 옷장으로 가서 맨 옷걸이를 한 웅큼 모았다.

주니어가 다시 말했다.

"그래도 내가 얼마든지 당신의 새 침대로 건너갈 수 있으니까."

그는 앞을 지나가는 아내의 엉덩이를 장난스럽게 툭 건드렸다.

그녀가 얼핏 피하는 몸짓을 해서 그의 손끝이 미끄러졌고, 리니는 몸을 굽혀 옷걸이들을 서랍장 서랍에 넣었다.

그녀가 말했다.

"주니어, 사실을 말해 봐요. 그 절도 도구는 어디서 나온 거예요?"

"절도 도구? 무슨 절도 도구?"

"브릴 부인의 일광욕실에 있던 거요. 내가 뭘 말하는지 알잖아요."

"난 전혀 모르겠는걸."

주니어가 말했다.

그는 침대에 들어가서 이불을 당기고 벽 쪽으로 얼굴을 돌리고 눈을 감았다. 리니가 다시 옷장으로 걸어가서 봉에 걸린 옷걸이들을 빼는 소리가 들렸다. 열린 창문 밖에서 차가 지나갔고—부르릉 소리로 봐서 오래된 모델이었다. 어느 집 개가 짖기 시작했다.

몇 분 후 그는 리니가 침대 쪽으로 오는 소리를 들었고, 침대에 눕는 기척을 느꼈다. 리니는 눕더니 그에게 등을 돌렸다. 주니어는 이불이 살짝 당겨지는 것을 느꼈다. 리니 쪽 협탁에 놓인 램프가 딸깍하고 꺼졌다.

리니가 처음 다시 니스 칠한 그네를 봤을 때 어떻게 반응했을지 그는 궁금했다. 눈을 깜빡였을까? 놀라서 입을 벌렸을까? 소리를 질렀을까?

그는 리니가 양손에 음식 봉투를 들고 진입로를 터벅터벅 오르는 모습을 그려보았다. 챙에 목각 체리가 달린 촌스러운 밀짚모자와 면 원피스 차림의 리니 매 인먼. 접어 올린 짧은 소매 아래 앙상한 팔과 거친 팔꿈치. 그 광경은 어쩐지 마음을…… 아프게 했다. 그녀 때문에 마음이 아렸다. 그녀 혼자 커다란 튤립나무 아래 경사로를 올라 그 넓은 현관 테라스로 향했으리라. 타본 적이 없는 전차를—하워드 가에 있는 백화점에만 가봤다—혼자서 가늠해서 타고, 내린 곳에서 어느 쪽으로 갈지 결정했으리라. 다른 집 앞을 지날 때는 이웃들이 우연히 지켜볼 경우에 대비해서 당당하게 턱을 위로 들었겠지.

주니어는 눈을 뜨고 몸을 돌려 반듯하게 누웠다. 그가 천장을 올려다보면서 말했다.

"리니 매. 안 자?"

"안 자요."

그는 리니 쪽으로 몸을 돌려서 뒤에서 양팔로 안았다. 그녀는 팔을 뿌리치지 않았지만 뻣뻣하게 가만히 있었다. 주니어는 그녀의 짭짤한 연기 냄새 같은 체취를 맡았다.

"당신이 양해해주면 좋겠어."

그가 말했다.

주니어는 침묵했다.

"난 무척 열심히 애쓸 뿐이야, 리니. 내가 지나치게 애쓰나 봐. 일정한 수준에 맞추려고 안간힘을 쓰지. 그저 일을 제대로 하고 싶을 뿐이야, 그게 다야."

"어휴, 주니어."

그녀는 중얼거리면서 남편 쪽으로 돌아누웠다. 리니가 말을 이었다.

"주니, 여보. 당연히 그렇죠. 난 알아요. 난 당신을 안다구요, 주니어 휘트섕크."

리니는 양손으로 그의 얼굴을 감쌌다.

어둠 속이어서 주니어는 그녀가 쳐다보는지 알 수 없었지만, 그녀의 손끝이 얼굴을 쓰다듬는 감촉을 느낄 수 있었다. 그러다가 리니의 입술이 그의 입술을 눌렀다.

* * *

다드 맥도웰, 행크 로디언, 새로 온 유색 인종 인부가 8시에 도착할 예정이어서―주니어는 주말에 인부들에게 일을 시킬 때 약간 늦게 시작하게 했다―그는 7시에 리니와 아이들을 태우고 주방 용품 몇 상자를 싣고 새집으로 갔다. 리니가 짐을 푸는 사이 그는 살던 집에 돌아가서 가구 싣는 일을 도울 계획이었다.

그들이 도로로 나올 때 옆집에 사는 도리스가 실내복 차림으로 화분 하나를 들고 나왔다. 리니가 창문을 내리고 소리쳤다.

"안녕하세요, 도리스!"

도리스가 리니에게 말했다.

"내가 대성통곡하지 않으려고 안간힘을 쓰고 있다니까. 동네가 영 다른 느낌이 들겠네! 자, 이 화분이 보기엔 별것 아닌 것 같아도 몇 주 후에 꽃이 피면 예쁜 지니아(백일홍)가 탐스럽게 달릴 거야."

도리스는 볼티모어 식으로 '지-이니아'라고 발음했다. 그녀가 창문으로 화분을 내밀자 리니는 양손으로 받아서 벌써 꽃이 핀 것처럼 냄새를 맡았다.

그녀가 도리스에게 말했다.

"'감사합니다'라고 말하지 않을래요. 벌써부터 입방정 떨어서 화분을 죽이면 안 되니까요. 하지만 화분을 볼 때마다 도리스를 떠올릴 거란 건 아시죠?"

"이제 그만 가봐요! 잘 가라, 아가들아. 잘 가요, 주니어."

도리스가 인사하고 뒤로 물러나서 손을 흔들었다.

"잘 있어요, 도리스."

주니어가 말했다. 아직 잠이 덜 깨서 멍한 아이들은 멀뚱멀뚱 쳐다보기만 했지만, 리니는 창밖으로 고개를 내밀고 손을 흔들었다. 트럭이 모퉁이를 돌아서 도리스가 보이지 않을 때까지.

"아, 도리스가 무척 보고 싶을 거예요!"

리니가 머리를 집어넣으면서 주니어에게 말했다. 그녀는

레드클리프 앞으로 몸을 숙여서 화분을 양발 사이 바닥에 내려놓았다. 그녀가 덧붙였다.

"꼭 자매를 잃은 기분이네요."

"당신은 도리스를 잃은 게 아니야. 4킬로미터도 안 되는 동네로 이사하는데 뭐! 원하면 언제든 도리스를 초대할 수 있잖아."

"아뇨, 어떻게 될지 난 알아요."

리니가 말했다. 그녀는 검지로 오른쪽 눈 아래와 왼쪽 눈밑을 차례로 두드렸다. 리니가 말을 이었다.

"내가 도리스에게 점심을 먹으러 오라고 해봐요. 도리스와 코라 리와 사람들을 부른다고 해요. 근사한 식사를 차려내면 그들은 내가 잘난 체한다고 소곤대겠죠. 그런데 평소 먹는 음식을 내놓으면 내가 그들을 새 이웃처럼 상류층으로 대접하지 않는다고 불평할 거예요. 나를 초대하지 않을 거고요. 이제는 그들의 집이 누추해서 나랑 안 어울린다고 말할 거고, 차츰 내 초대도 받아들이지 않고 결국 그렇게 끝나겠죠."

"리니 매. 더 큰 집으로 이사하는 게 큰 죄는 아니라구."

주니어가 말했다.

리니 매는 주머니에서 손수건을 꺼냈다.

그가 집 앞에서 차를 세우자 리니가 물었다.

"차를 집 뒤쪽에 세워야 되는 거 아니에요? 갖고 들어갈 짐은 어쩌려고요?"

"먼저 아침식사부터 하면 좋을 것 같은데."

주니어가 대답했다.

사실 이해가 되지 않는 말이었지만—트럭을 집 뒤쪽에 세워도 아침식사는 얼마든지 할 수 있었다—그는 가족의 도착에 큰 의미를 주고 싶었다. 리니도 그런 의중을 헤아렸는지 이렇게만 말했다.

"거봐요. 이제 알았죠? 내가 식료품을 미리 갖다놓길 잘 했잖아요."

그녀가 내릴 차비를 하는 사이—바닥에 놓은 핸드백을 챙기고 몸을 숙여서 화분을 들었다—주니어는 트럭을 빙 돌아서 그녀를 위해 문을 열어주었다. 리니는 놀란 표정을 지었지만 레드클리프를 남편에게 주고서 트럭에서 내렸.

주니어가 레드클리프를 바닥에 내려놓으면서 말했다.

"가자, 얘들아. 어디 들어가 봅시다."

네 사람은 진입로를 올라가기 시작했다.

나무 그늘이 드리워져서 집의 앞쪽은 아침 해가 들지 않았지만, 덕분에 짙게 그늘진 현관 테라스가 더 아늑해 보였다. 난간 사이로 언뜻 비치는 꿀 빛 감도는 그네가 주니어의 가슴을 벅차게 했다. 그는 리니에게 '알겠지? 얼마나 제대로인지 이제 알겠지?'라고 말하려다가 참아야 했다.

그의 눈에 파란 색이 언뜻 보였을 때 주니어는 착시로 여겼다. 전에 겪은 일의 여파로 엉뚱한 생각이 드는 거라고 넘겼다.

그러다가 다시 파란 자국이 보이자 그는 얼어붙었다.

파란 페인트 자국이 판석들을 타고 흘러내렸다. 계단 앞에서 시작한 흩뿌려진 파란 페인트 자국이 점점 모여서 넓은 띠를 이루며 진입로로 흘러가다가, 가늘게 좁아지며 그가 서 있는 곳까지 이어졌다. 덕지덕지 붙어서 손으로 밀면 벗겨질 것 같았고, 더 찬찬히 살펴보니 마른 자국이었지만 어찌나 번들거리는지 그는 자기도 모르게 발을 뒤로 뺐다. 누구라도—아니면 주니어 혼자만일까?—언뜻만 봐도 화가 나서 페인트 통을 팽개쳤다는 것을 알 수 있었다.

한편 리니는 주니어의 손을 놓고 앞서 가면서 소리쳤다.

"천천히 가, 메릭! 천천히 가, 레드클리프! 아빠가 열쇠로 문을 열어야 돼!"

인부들이 이 자국을 지우려면 몇날 며칠이 걸릴 터였다. 연마제와 화학약품이 필요할 테고—당장은 어떤 종류가 필요할지 알 수가 없었다—닦아내고 긁고 갈아야 했다. 그래도 파란 자국들은 남을 터였다. 사실 파란 흔적은 지워지지 않을 것이다. 완전히 지워지지는 않으리라. 영영 모르타르에 미세한 파란 점들이 남을 테고, 다른 사람들은 모르고 지나친다 해도 주니어의 눈에는 확연히 들어올 터였다. 그의 눈앞에 영화처럼 또렷하게 미래가 펼쳐졌다. 한 가지 방법을 시도하고 다른 방법을 시도해보고, 전문가들에게 자문을 구하고 뜬눈으로 밤을 보내리라. 정신 나간 사람처럼 이런저런 용해제들을 조사할 테고, 틀림없이 바닥을 다 들어내고 다시 판석을 깔겠지. 그마저도 실패하면 진입로는 쭉 스웨디시 블루색이 지워지지 않고 박혀 있겠지.

한편 리니 매는 허리를 꼿꼿이 펴고 모자를 똑바로 쓰고서 진입로를 올라가고 있었다. 완전히 순진하고 자연스러워 보이는 모습이었다. 그녀는 주니어가 이 일을 어떻게 받아들이는지 알아보려고 뒤를 힐끗 보지도 않았다.

기차역에서 왜 순간적으로 리니를 버리고 가면 안 된다고 생각했을까? 그 없이도 리니는 얼마든지 잘 해나갔을 텐데! 어디서든 거뜬히 살았을 텐데.

그녀는 주니어를 방해하기 시작했고 크게 애쓰지 않고도 성공했다. 리니 매는 5년간 사람들의 조롱을 온전히 혼자 견딘 사람이었다. 그녀가 주니어를 수소문해서 찾아오기까지 몇 군데 지선에서 몇 번이나 기차를 갈아탔는지 아무도 몰랐다. 역 앞에서 목을 빼고 기다리는 그녀의 모습이 떠올랐다. 가방과 핸드백을 들고 낯선 집 초인종을 누르는 그녀. 부엌에서 코라 리와 웃음을 터뜨리는 그녀. 건조대에 올려서 모양을 잡아 널려고 세탁조에서 젖은 스웨터를 홱 당기듯 그의 인생 전체를 홱 당기는 그녀를 보았다.

마지막 부분은 다행으로 여겨야 된다는 생각이 들었다.

레드클리프가 비틀대다가 균형을 잡았다. 메릭은 앞에서 뛰어갔다.

"기다려." 이제 그들이 계단 가까이에 도착하자 주니어가 소리쳤다. 모두 걸음을 멈추고 그에게 몸을 돌렸다. 그는 걸음을 재촉해서 가족을 따라잡았다. 머리 위의 포플러 나무들에서 새들이 노래했다. 작은 흰 나비들이 햇빛 조각 속에서 퍼덕거렸다. 주니어는 리니의 옆에 도착하자 그녀의 손을 잡았고, 네 사람은 계단을 올라갔다. 그들은 현관 테라스를 지나갔다. 주니어가 열쇠로 현관문을 열었다. 집 안으로 들어갔다. 그들의 삶이 시작되었다

4부

파란
실타래

14

오래전 자녀들이 어릴 때 애비는 매년 10월이면 현관 앞에 유령 인형들을 한 줄로 매달았고 그것은 전통이 되었다. 인형은 여섯 개였다. 머리통은 고무공이고 얇은 무명천을 묶어 바닥까지 늘어뜨려서 바람이 살짝만 불어도 흐느적거렸다. 집 전면에 안개가 끼어 둥둥 떠 있는 분위기가 났다. 핼러윈데이에 사탕을 받으러 오는 아이들은 하늘하늘한 너울을 헤치고 들어와야 했고, 좀 큰 아이들은 깔깔댔지만 어린아이들은 잔뜩 겁을 먹었다. 밤에 바람이 불어서 무명천이 펄럭이고 배배꼬이면서 아이들의 몸에 휘감기면 특히 무서워했다.

스템의 세 아들은 올해도 예년처럼 유령을 달아야 된다고 떠들어댔지만, 노라는 그럴 수 없다고 대답했다.

"핼러윈데이는 수요일이고 우린 그 전에 이사 나갈 거야."

노라가 말했다.

그들은 일요일에 집을 비울 예정이었다. 레드가 아파트에 입주할 수 있는 가장 빠른 날짜였다. 가족들이 출근하는 월요일까지는 이사해서 자리를 잡는다는 계획이었다.

하지만 레드가 대화를 듣고 말했다.

"아, 아이들한테 유령들을 매달아주지 그러니? 이번이 마지막 기회일 텐데. 월요일 아침에 인부들이 와서 인형들을 떼면 될 게다."

"네!"

아이들이 소리쳤고 노라는 웃으면서 졌다는 뜻으로 양손을 들었다.

그래서 다락에서 종이 타올 상자에 담긴 유령 인형들을 내려왔고, 스템이 사다리에 올라 베란다 천장에 조르르 박힌 놋쇠 고리들에 인형들을 걸었다. 가까이서 보면 유령들이 꼬질꼬질했다. 정기적으로 옷을 갈아입힐 때가 됐지만, 당장 해야 될 일들이 많아서 아무도 짬을 내지 못했.

지니와 아만다가 고른 물건들은 이미 두 사위가 레드의 트럭에 실어서 가져갔다. 스템의 물건들은 식당 구석에 쌓아두었다. 데니가 가져갈 상자 하나는 그의 방에 있었지만, 그는 기차에 싣고 가지 못한다고 말했다.

"우리가 우편으로 보내줄게."

지니가 말했다.

"아니면 누가 가져도 되고."

데니가 말했다. 그래서 이 상자는 당분간 그대로 두기로 했다.

아직 다락에 세간이 조금 남아 있고, 지하실에도 물건이 있었지만 대부분 버릴 것들이었다. 집의 나머지 부분은 텅 비어 소리가 울렸다. 거실 맨바닥엔 레드의 아파트로 옮길 소파와 안락의자 한 개만 덩그러니 있었다. 식탁은 이미 위탁 판매점으로 보내졌고, 작고 초라해 보이는 간이식탁은 레드가 가져가기로 했다. 덩치 큰 가구들은 부엌을 통과하기가 어려워서 뒷문이 아닌 현관문으로 갖고 나가야 했다. 또 매번 현관을 드나들 때마다 누군가 현관 가운데 붙은 유령 인형들의 늘어진 천을 어느 쪽으로든 끝으로 밀어서 고무 끈으로 고정시켜야 했다. 그런데도 스템과 데니는—또는 누구든 짐을 옮기는 사람은—이따금 무명천자락에 휩싸였고, 몸을 굽히고 욕설을 중얼대면서 천을 떨쳐내려고 몸부림쳤다.

"도대체 왜 지금 이 망할 것들을 치렁치렁 늘어뜨려야 되는지……."

누군가 중얼거리곤 했다. 하지만 지금까지 아무도 이 유령들을 치우자고 하지 않았다.

* * *

최근 데니가 큰 도움이 됐다고 다들 말했지만, 과연 그는 어떻게 했을까? 토요일 저녁, 데니는 다음 날 아침에 떠나겠다고 통고했다.

"아침에?"

지니가 물었다. 냄비와 접시를 모두 싸서 보우딘가 식구들은 지니의 집에 모여 저녁을 먹는 중이었다. 지니는 형부가 자르도록 앞에 돼지 구이를 내려놓았다. 그녀는 오븐 장갑을 낀 채 의자에 주저앉으며 덧붙여 말했다.

"하지만 아버지가 아침에 이사하시는데!"

"그래, 이렇게 돼서 나도 마음이 안 좋아."

"게다가 스템은 오후에 이사하고!"

"하지만 내가 어떻게 할 수 있겠어? 허리케인이 몰려온다는데. 허리케인이 오면 모든 게 변한다구."

데니가 누구랄 것 없이 식탁에 앉은 가족들에게 말했다.

가족들은 어리둥절한 표정을 지었다(뉴스마다 허리케인 소식이 나왔지만 그들이 사는 지역의 북쪽을 강타한다고 예고되었다.). 지니의 휴가 말했다.

"보통 다들 허리케인이 오는 데가 아니라 오지 않는 곳으로 가는데."

"그렇긴 해도 내가 집에 가서 모든 게 단속되었는지 확인해야 되거든요."

데니가 말했다. 잠시 침묵이 흘렀다. 뜻밖의 말에 아연실색한 분위기였다. 뉴저지는 가족에게 '집'을 연상시키는 곳이 아니었다. 이 순간까지 그들이 알기에는 데니조차 뉴저지를 집으로 여기지 않았다. 지니는 눈을 깜빡이면서 말하려고 입을 열었다. 레드는 궁금한 표정으로 식탁을 둘러보았다. 그가 제대로 알아들은 게 맞을까? 먼저 생각을 말한 사람은 뎁이었다.

"삼촌 물건은 다 싸서 차고에 보관한 줄 알았는데요, 데니

삼촌."

뎁이 말했다.

"맞아. 짐은 집주인의 차고에 있지. 하지만 집주인 여자가 혼자 있어. 난 그녀에게 혼자 알아서 버티라고 말할 수가 없어."

데니가 대답했다.

스템이 물었다.

"아버지를 이사시켜드릴 때까지라도 여기 있으면 안 돼?"

"그런데 날씨 채널에서는 내일 오후쯤이면 암트랙(전국 철도 여객 공사)이 열차 운항을 중지할 거라고 말하고 있어. 그러면 난 여기 붙들리게 되잖아."

"붙들리다니!"

지니가 발끈한 표정으로 쏘아붙였다.

"방송에서는 동북 노선 전체의 운항이 일시 정지될 거래."

"그러니까……"

레드가 말했다. 그는 숨을 길게 들이쉬고 말을 이었다.

"그러니까 내가 제대로 알아들었는지 어디 보자. 너는 아침에 떠날 예정이라는 거지."

"맞아요."

"내가 새집에 들어가기 전에."

"그럴 것 같네요."

"하지만 문제는 그러면 내 컴퓨터는 어쩌냐?"

레드가 말했다.

데니가 대꾸했다.

"뭘 어째요?"

"난 네가 와이파이 장치를 해줄 거라고 믿었거든. 내가 그런 데 미숙하다는 걸 알잖니! 내가 연결 못하면 어떡하지? 다른 곳으로 옮겼다고 노트북이 말썽을 부리면 어째? 로그온 하려는데 아무것도 안 되면, 우라질 놈의 '인터넷에 연결되지 않았습니다' 같은 게 화면에 뜨면 어떻게 해? 비치볼 같은 게 계속 빙글빙글 돌고 내가 거기서 빠져나오지 못하면, 접속이 안 되면, 어디에도 접속을 할 수가 없으면 어쩌지?"

그는 여기저기 눈길을 던지면서 데니가 아니라 가족 모두에게 묻고 있었다.

데니가 대답했다.

"아버지. 컴퓨터는 저보다 큰 매형이 더 많이 알아요."

하지만 아만다의 휴가 대꾸했다.

"누구, 나?"

레드는 데니와 큰 사위를 번갈아 쳐다보기만 했다. 마침내 옆에 앉은 노라가 그의 손을 잡으면서 말했다.

"저희가 다 알아서 살펴드릴게요. 약속해요, 휘트생크 아버님."

레드는 한동안 그녀를 빤히 보았고 그러다가 긴장을 풀었다. 노라가 이메일 주소조차 없는 사람이라는 점을 아무도 지적하지 않았다.

"흠, 퍽도 잘났다."

지니가 데니에게 말했다. 그녀는 오븐 장갑을 벗어서 접시 옆에 팽개쳤다. 그녀가 말을 이었다.

"넌 언제든 마음이 동하면 스르르 들어오고, 모든 게 데니 님을 위해 멈추지. 네가 머물기만 하면 다들 고마워서 쩔쩔 매고. 네가 같이 있어주는 게 어찌나 귀하고 기쁜 특권인지 다들 네 앞에 쩔쩔매지."

"탕아네요(누가복음 15장 돌아온 탕아)."

노라가 느긋하게 말했다. 그녀는 식탁 너머로 아들 피티에게 싱긋 웃으면서 물었다.

"그렇지 않아?"

하지만 피티는 허리케인에 정신이 쏠려 있었다. 아이가 말했다.

"공중으로 들려서 올라가면 어떻게 돼요, 데니 삼촌? '오즈의 마법사'에 나오는 못된 이웃집 아줌마처럼. 그런 일이 일어날 수도 있어요?"

"알 수 없지."

데니가 대답했다. 그는 빵바구니에서 롤빵을 골라서 위로 획 던졌고, 빵은 그의 접시에 떨어졌다.

* * *

일요일 새벽에 구름이 많이 껴서 날씨가 안 좋았다. 그럴 만했다. 허리케인의 직격탄을 맞지 않아도 주변에 비바람이 거세고 도시 전체에 전력 장애가 생기기 마련이었다. 따라서 상황이 더 험해지기 전에 지니와 아만다는 남편들을 태우고 친정으로 왔다. 사위들이 무거운 짐을 옮기는 일을 도와야 했고, 아만다는 세 아이와 개가 이사에 걸리적거리지 않게 차에 태워 집으로 돌아갔다. 지니는 아버지를 아파트에 태워다주고, 가면서 부엌 용품을 조금 가져가서 정리하는 일을 맡았다. 레드에게 집이 텅 비어가는 것을 보게 할 필요 없다는 게 자녀들의 판단이었다. 하지만 그는 계속 시간을 끌었다. 평소 유난 떠는 것을 싫어하는 레드였지만, 노라가 아침 식사로 내놓은 찬 시리얼을 심통 맞게 거절했다. 달걀은 아이스박스로 옮겨졌고 팬들이 상자 밑바닥에 들어간 상태인데도 그는 달걀을 요구했다.

"아버지······"

스템이 입을 열었지만 노라가 막았다.

"괜찮아요. 얼른 준비해드릴 수 있어요."

레드는 미적대며 달걀을 먹었고, 지니가 도착했는데도 여전히 식사 중이었다. 지니는 기다려야 했고 답답한 기분을 드러냈다. 그 사이 레드는 천천히, 포크로 깨작깨작 달걀을 떠서 입에 넣고 골똘히 씹었다. 그러면서 스템과 두 사위가 부엌을 드나들면서 상자들을 지니의 차로 옮기는 것을 지켜보았다.

아만다의 휴가 스템에게 말했다.

"집사람은 내가 재활용 분류를 하지 않았을 때 어떤 부류인지 알았어야 했다고 늘 투덜대지. 하지만 나는 또 어떻겠어? 아만다가 그 일을 불평하는 메모를 보냈을 때 나도 알았어야 했던 거지."

지니는 차 열쇠를 흔들면서 말했다.

"아버지? 이제 출발해볼까요?"

"어젯밤에 집이 불타서 무너지는 꿈을 꿨다."

레드가 딸에게 말했다.

"아니, 이 집이요?"

"모든 들보들이랑 수직 기둥들이 보였어. 아버지가 이 집을 지은 후 밖으로 드러난 적이 없는 것들인데 말이지."

"아이고, 흠……."

지니가 중얼댔다. 그녀는 노라에게 은밀히 서글픈 표정을 지었고, 노라는 프라이팬을 신문지에 다시 쌌다.

지니가 아버지에게 말했다.

"사실 이해되긴 하네요. 데니는 잘 떠났어요?"

지니가 물었다.

"아니, 아직 누워 있을걸."

레드가 대답했다.

"누워 있다고요!"

지니가 말했다.

노라가 대꾸했다.

"한참 전에 아주버님 방에 가서 노크했더니 일어날 거라고 대답했어요. 그런데 다시 잠들었나 보네요."

"떠나고 싶어 안달하던 사람이 누군데!"

"진정해. 나 일어났어."

데니가 말했다.

그는 벌써 재킷을 입고 양쪽 어깨에 캔버스 가방을 하나씩 메고 문간에 서 있었다. 발밑에 훨씬 더 큰 가방이 놓여 있었다.

"모두 잘 잤어요?"

데니가 가족들에게 말했다.

지니가 말했다.

"그래, 결국 가네!"

"아직은 비가 내리지 않네."

"그냥 운이 좋았을 뿐이지. 네가 무척 급한 줄 알았는데!"

지니가 말했다.

"늦잠을 잤네."

"기차를 놓친 거야?"

"아니, 아직 시간이 있어."

데니는 아버지를 바라보았다. 레드는 흩어진 달걀흰자를 포크로 집는 데만 잔뜩 집중했다.

데니가 물었다.

"기분이 어떠세요, 아버지?"

"괜찮다."

"새집으로 가니까 흥분되세요?"

"아니."

"커피가 있는데요."

노라가 데니에게 말했다.

"괜찮아요. 역에 가서 마실게요."

그는 잠시 기다리다가 다시 물었다.

"택시를 불러야 되나? 어쩌나?"

데니는 지니를 쳐다보았지만, 대답한 사람은 노라였다.

"제가 모셔다드릴 수 있어요."

그녀가 데니에게 말했다.

"제수씨는 할 일이 많은 것 같은데."

그는 지니를 쳐다보았다. 지니는 하나로 묶은 머리를 휙 치면서 대꾸했다.

"저기, 난 못 데려다주겠네. 내 차가 꽉꽉 찼거든."

"제가 가면 돼요."

노라가 말했다.

"준비 됐어요, 아버지?"

지니가 물었다.

레드는 포크를 내려놓았다. 그가 종이 타올로 입을 닦으면서 말했다.

"다른 사람들이 일하게 놔두고 쌩하니 가면 안 될 텐데."

"우리는 새집에서 일할 건데요 뭐. 주걱을 어디 두면 좋겠는지 저한테 알려줄 수 있는 사람은 아버지밖에 없어요."

"허, 주걱을 어디 두던 내가 무슨 상관이냐?"

레드가 너무 불쑥, 너무 큰 소리로 물었다.

하지만 그는 자리에서 일어났고, 노라가 앞으로 나와서 그의 뺨에 뺨을 댔다. 노라가 레드에게 말했다.

"내일 저녁 때 뵐게요. 저희 집에 식사하러 오시겠다는 약속을 잊으시면 안 돼요."

"기억하마."

그는 의자 등판에서 바람막이 점퍼를 집어서 입기 시작했다. 그러더니 동작을 멈추고 데니를 바라보았다.

"말해봐라, 그 프렌치 호른 연주를 듣던 사내 말이다. 네가 벌인 일이냐?"

레드가 말했다.

"네?"

데니가 대꾸했다.

"네가 꾸민 일이지? 난 훤히 그릴 수 있는걸. 네가 그 사람에게 제법 돈을 줬겠지. 우리가 널 그리워하기 시작하게 말이다."

"무슨 말을 하시는지 통 모르겠네요."

레드는 고개를 저으면서 중얼댔다.

"그래."

그는 혼자서 킥킥 웃더니 덧붙여 말했다.

"너무 미친 짓이긴 하지."

그는 점퍼를 입고 칼라를 똑바로 폈다. 레드가 다시 말했다.

"그래도 말이지, 민소매 티셔츠 바람으로 고전 음악을 듣는 남자가 몇이나 될까?"

데니는 궁금한 눈길로 지니를 쳐다봤지만, 그녀는 외면했다.

"다 챙기셨어요, 아버지?"

지니가 물었다.

"아, 아니. 하지만 다른 사람들이 가져오겠지."

레드가 대답했다.

그는 데니에게 다가가서, 꽉 잡는 것과 포옹의 중간쯤 되게 안았다.

레드가 말했다.

"잘 가거라, 아들아."

"감사해요. 새 아파트에서 잘 지내시면 좋겠네요."

데니가 말했다.

"그래, 나도 그렇다."

레드는 몸을 돌려 식당에서 나갔다. 지니와 노라가 뒤따랐다. 데니는 발밑에 놓인 가방을 들고 따라나갔다.

"잠시 후 보세."

레드가 현관홀에서 두 사위에게 말했다. 그들은 짐을 더 가지러 들어오는 길이었다. 두 사람 다 약간 헉헉댔다.

지니의 휴가 아내에게 물었다.

"지금 가는 거야? 당신 차에 상자 하나는 더 들어가겠는데."

"그러지 말고 놔둬요. 그건 트럭에 실어요. 얼른 출발하고 싶으니까."

지니가 대답했다.

그녀는 남편 앞을 지나서 아버지를 따라잡으려고 서둘렀다. 레드가 도망 갈까봐 염려하는 듯한 태도였다. 두 사람은 현관 앞에 묶어 놓은 무명천 사이를 지나갔다. 스템이 옆으로 비켜서서 길을 터주었다.

"저희는 한 시간 후면 거기 도착할 거예요."

스템이 레드에게 말했다. 레드는 대답하지 않았다.

계단 맨 밑에서 레드는 걸음을 멈추고 집을 돌아보았다.

그가 지니에게 말했다.

"솔직히 그 자체가 꿈은 아니었어."

"뭐가요, 아버지?"

"집이 불타서 무너지는 꿈을 꿨을 때, 그건 진짜 꿈을 꾼 게 아니었어. 얼핏 잠들어 머리에 든 사진 한 장이 떠오른 것과 비슷하지. 내가 침대에 누워 있는데 그게 떠오른 거야. 말하자면…… 불에 타버린 집의 골조가. 그런데 그 순간 난 생각했지. '아니, 아니야. 아냐. 그건 잊어버려. 우리가 없어도 집은 괜찮을 거야'"

"집은 정말로 괜찮을 거예요."

지니가 말했다.

레드는 몸을 돌려서 판석 깔린 길을 내려가기 시작했지만, 지니는 데니와 노라가 나오기를 기다렸다. 두 사람이 나오자 지니는 데니가 맨 가방들 위로 몸을 숙여서 그와 포옹했다.

"집이랑 작별인사해."

지니가 동생에게 말했다.

"안녕, 집."

데니가 중얼댔다.

* * *

"마지막으로 교회에 빠진 것은, 피티를 출산하느라 입원했을 때였어요."

노라가 운전하면서 데니에게 말했다.

"그러니까 이건 제수씨가 지옥에 간다는 뜻이 되나요?"

노라는 아주 진지하게 대답했다.

"아뇨. 하지만 기분은 아주 이상하네요."

그녀가 방향지시등을 켰다. 노라가 계속 말했다.

"저녁 기도 예배에 참석하려고 노력해봐야겠죠. 그때까지 이사가 끝나면요."

데니는 창밖으로 시선을 돌리고 휙휙 지나치는 집들을 쳐다보았다. 그는 왼손을 무릎 위에 놓고 혼자만의 리듬에 따라 톡톡 두드렸다.

침묵이 흐르다가 노라가 입을 열었다.

"교사일에 복귀하는 게 반가우시겠어요."

"네?"

데니가 반문했다. 그가 곧 덧붙였다.

"그럼요."

"계속 임시 교사만 하실 거예요, 아니면 언젠가는 정교사가 되고 싶으세요?"

"글쎄요. 정교사가 되려면 과목을 더 이수해야 될 거예요."

데니가 말했다. 그는 딴 데 정신이 팔린 것 같았다.

"아주버님이 고교생들이랑 아주 잘 지내는 게 상상이 돼요."

데니는 노라 쪽으로 시선을 돌렸다. 그가 말했다.

"아뇨, 결국은 모든 게 실망스러워요. 말하자면 낙심했죠. 아이들에게 가르치는 것은 빙산의 일각에 불과하거든요. 게다가 대부분 실생활에 별로 쓰임새가 없는 것들이죠. 난 다른 일을 해볼까 고려 중이에요."

"어떤 일이요?"

"저기, 가구를 만들어볼까 생각했어요."

"가구."

노라는 그 말을 곱씹기라도 하는 것처럼 중얼댔다.

"그런 작업은 뭔가…… 눈에 보이는 걸 준다는 거죠, 맞죠? 하루가 끝나면 보여줄 게 있잖아요. 그리고 못할 이유가 있겠어요? 난 뭔가 짓는 집안 출신인데."

노라는 고개를 끄덕였고, 데니는 다시 옆 창문을 내다보았다.

그가 지나가는 버스에서 시선을 떼지 않고 말했다.

"프렌치 호른 이야기 말인데요. 무슨 일이 있었는지 알아요?"

노라가 대답했다.

"저는 몰라요."

"아버지가 정신을 똑바로 차리면 좋을 텐데."

"괜찮으실 거예요. 우리가 계속 잘 지켜볼 거예요."

노라가 말했다.

그들은 이제 세인트 폴 가의 초입에 접어들었다. 도로를 따라 남쪽으로 가면 기차역이 나왔다. 노라는 등받이에 등을 기대고 운전대를 느슨하게 잡았다. 운전하면서도 그녀는 사뿐사뿐 다니는 인상을 풍겼다.

노라가 말했다.

"도와주러 와주셔서 고마웠다고 말씀드리고 싶네요. 더글라스와 저, 둘 다 인사드리고 싶어요. 부모님께 큰 의미가 됐죠. 아주버님도 그걸 아시면 좋겠어요."

데니는 다시 그녀 쪽을 바라보았다.

"고마워요. 그런데 천만에요. 두 사람 모두에게 고마워요."

그가 말했다.

"또 그이의 어머니에 대해 함구해주셔서 감사해요."

"아, 그거야. 사실 누가 상관할 일이 아니죠."

"더글라스에게 아무 말하지 않은 것 말이에요. 그이가 어렸을 때."

"아."

다시 침묵이 흘렀다.

"무슨 일이 있었는지 알아요?"

데니가 불쑥 물었다. 마치 그 순간까지도 말할 의사가 없었던 것처럼 놀란 말투였다. 데니가 다시 말했다.

"내가 아버지 셔츠를 수선했잖아요?"

"네."

"아버지의 다시키 풍의 셔츠."

"네, 기억해요."

"나는 딱 맞는 파란색 실을 못 찾을 줄 알았어요. 너무 밝은 파란색이었거든요. 그런데 엄마가 늘 바느질함을 보관하는 리넨 장(테이블보, 침구 시트 등을 두는 장)에 가서 문을 열었는데, 바느질함에 손을 뻗기도 전에 이 밝은 파란색 실이 감긴 실패가 선반 뒤쪽에서 굴러 나온 거예요. 내가 선반 밑에 손을 받쳐서 실패를 받았죠."

이제 그들은 빨간 신호등에서 정지했다. 노라는 생각에 잠긴 덤덤한 표정을 지어 보였다.

데니가 말했다.

"음, 물론 그건 설명 가능한 일이에요. 우선 엄마가 그 실을 갖고 있을 만도 하죠. 애초에 그 셔츠를 만든 사람이 엄마였고, 실패가 오래 됐다고 버리지는 않으니까. 실패가 그렇게 바느질함 밖에 나와 있던 이유는…… 글쎄요, 내가 이전에 단추를 꿰맬 때 바느질함을 엎었거든요. 얼른 함에 물건을 담느라 그 실패는 빼먹었겠죠. 모르겠네요."

신호등이 초록색으로 바뀌자 노라는 운전하기 시작했다.

데니가 말했다.

"하지만 그것을 깨닫기 전 순간적으로, 엄마가 나한테 실패를 건네주는 게 상상됐어요. 일종의 비밀스러운 신호 같은 거라고요. 어처구니없는 얘기죠, 그렇죠?"

노라가 대답했다.

"아뇨."

"이런 생각이 들었어요. '엄마가 나를 용서한다고 말하나 봐.' 셔츠를 들고 내 방으로 가서 침대에 올라앉아 수선을 하는데, 어디선지 모르게 이런 생각이 쏙 떠오르는 거예요. '혹은 내가 엄마를 용서한다는 것을 엄마도 안다고 말하는 거야.' 그러자 갑자기 커다란…… 말하자면 안도감 같은 게 밀려들었어요."

노라는 고개를 끄덕이고 방향 신호를 넣었다.

"아니, 뭐, 누가 이런 것들을 이해할 수 있겠어요?"

데니는 차창을 스치는 연립주택들을 보면서 물었다.

노라가 그에게 말했다.

"아주버님이 제대로 이해했다는 생각이 드는데요."

그녀는 기차역으로 들어갔다.

승객을 내려주는 차선에서 노라는 기어를 주차로 넣고 몸을 폈다.

"잊지 말고 계속 연락하세요."

그녀가 데니에게 말했다.

"아, 그럼요. 불쑥 종적을 감추지는 않을 거예요. 내가 있어야 집안이 심심하지 않죠."

노라가 미소 짓자 보조개가 패였다.

"그럴 거예요. 정말 그렇다고 생각해요."

노라가 말했다. 그녀는 데니의 가벼운 뽀뽀를 받고, 차에서 내리는 그에게 천천히 손을 흔들었다.

* * *

이제 하늘의 구름은 진한 잿빛으로 변해 호수 바닥에서 휘저은 흙탕물처럼 휘휘 돌았다. 역사 안의 천장 채광창은—평소에는 흐린 반투명 청록색이 만화경처럼 흐르는—불투명했다. 티켓 판매기 앞의 줄들이 로비를 지나 길게 이어져서, 데니는 매표소로 갔다. 거기도 연에서 열두어 명이 줄지어 있어서, 그는 가방들을 바닥에 내려놓고 줄이 줄면 짐을 발로 밀면서 앞으로 갔다. 사람들의 초조한 기색이 느껴졌다. 뒤에 선 중년 부부는 미리 예약할 걸 그랬다고 부인이 계속 주절댔다.

"아, 정말 어쩜 좋아. 남은 좌석이 없을 것 같아요, 그렇죠?"
"당연히 좌석이 있겠지. 부산 좀 그만 떨어."

남편이 그녀에게 말했다.

"미리 전화예약할 걸 그랬어요. 다들 허리케인을 피하려고 하잖아요."

그녀는 '허르킨'이라고 발음했다. 꼬장꼬장하고 고무줄 같은 볼티모어 억양이었고 흡연자처럼 걸쭉한 목소리였다.

"이번 열차에 좌석이 없으면 다음 차를 타면 되지."

남편이 그녀에게 말했다.

"다음 차라고요! 봐요, 다음 열차는 없다구요. 이번 열차 이후 운행이 중단될 거예요."

남편은 화가 나서 씩씩댔지만, 데니는 아내에게 공감했다. 그는 좌석을 예약했는데도 백퍼센트 자신할 수가 없었다. 그가 탈 기차가 도착하기 전에 열차 운행이 중단된다면? 몸을 돌려서 보우턴 가로 돌아가야 된다면 그때는 어쩌나? 가족들에게 발목이 잡힐 텐데. 발톱이 살을 파고 드는 것처럼 그들에게 잡힐 텐데.

앞에 선 남자가 창구로 불려갔고, 데니는 가방들을 앞으로 밀었다. 그는 못마땅한 표정의 나이든 매표원에게 가게 되리란 걸 알고 있었다. 직원은 전혀 죄송하지 않은 목소리로 '손님, 죄송하지만……'이라고 말하겠지.

그런데 그게 아니었다. 그는 쾌활해 보이는 흑인 여직원의 창구로 불려갔다. 데니가 예약 번호를 주자 그녀가 처음 한 말은 '행운아시네요!'였다. 그는 평소에는 기차요금이 비싼

게 불만스러웠지만 반가운 마음으로 서명했다. 판매원에게 고맙다고 말하고 가방들을 챙겨서 커피를 사러 '던킨 도넛'으로 갔다. 다시 생각한 끝에 자축할 겸 패스츄리도 주문했다. 이제 이곳을 떠나게 되었다.

'던킨 도넛' 바깥의 몇 안 되는 테이블이 다 찼고 대기실 벤치들도 빈자리가 없었다. 기둥 뒤에 서서 가방들을 발밑에 쌓아놓고 먹어야 했다. 크리스마스나 추수감사절 때보다 승객이 더 많이 밀려들었고, 다들 기진맥진한 표정이었다.

어떤 어머니가 어린 아들에게 소리쳤다.

"안 돼, 사탕은 못 사. 엄마 옆에 붙어 있지 않으면 잃어버린다!"

스피커에서 낭랑한 여자 목소리가 B탑승구에 남행 열차가 도착했다고 안내 방송을 했다.

"부바(Bubba 형제, 가까운 친구, 남부 촌뜨기) 할 때 B입니다."

안내 방송이 다시 흘러나오자, 데니는 약간 이상하다고 생각했다. 옆의 젊은 여자도 똑같은 느낌을 받은 눈치였다. 금빛 도는 그을린 피부와 매력적인 빨간 머리를 가진 아가씨였다. 빨간 머리인데 그런 피부를 가진 사람을 보면 예상치 못한 즐거움이 느껴졌다. 아가씨는 웃긴 상황을 같이 나누자는 뜻으로 데니에게 눈썹을 치떴다.

가끔 어떤 여자를 쳐다봤는데 그녀가 이쪽을 힐끗 보면 묘한 교감이, 공범 같은 순간이 흐르고 이후 어떤 일이 벌어지기도 한다. 아닐 때도 있고. 데니는 고개를 돌리고 종이컵을 쓰레기통에 던졌다.

'부바의 비' 탑승구에 정차한 기차는 워싱턴디씨 행이었고 거기 가려는 사람은 없는 듯했지만, 데니가 타야 되는 북행선 기차의 탑승 방송이 나오자 승객들이 계단을 향해 밀려갔다. 데니는 전날 밤 작은 매형이 했던 말을 떠올렸다. 허리케인이 '오지 않을' 곳으로 가는 게 인지상정이라며? 하지만 북쪽은 집이 있는 방향이야. 그래서 사람들은 이동하는 철새처럼 그쪽으로 갈 수밖에 없다고 데니는 믿고 싶었다. 그는 인파에 떠밀려서 계단을 내려갔고, 플랫폼에 도착하자 사람들이 철로 가까이로 밀어대는 바람에 현기증이 났다. 앞으로 걸어나가 앞쪽 객차가 멈추는 지점으로 향했다. 하지만 그는 조용한 객실은 피하고 싶었다. 기차 안이 조용하면 신경이 날카로워졌다. 모르는 사람들이 떠드는 소음 속에 앉아 있는 게 좋았다. 다양한 휴대폰 대화들이 뒤섞인 거실 같은 아늑함이 편안했다.

멀리서 기차가 승객들을 향해 커브를 돌았다. 기차는 쌩하니 달려오는 어두운 대기와 똑같이 회색이었고, 객차들이 휙휙 지나다가 끽소리를 내며 멈추었다. 데니는 어떤 객실도 조용하지 않을 거라고 예상했다. 그는 가장 가까운 문으로 올라가서 눈에 띄는 첫 번째 빈자리를 골랐다. 가죽 재킷을 걸친 십대 소년 옆자리였다. 어차피 혼자 앉아 가는 것은 기대할 수 없었다. 먼저 짐을 머리 위 선반에 올린 후 소년에게 물었다.

"자리 있나요?"

소년은 어깨를 으쓱하고 차창 밖으로 시선을 돌렸다. 데니는 자리에 앉아서, 가슴 안쪽 주머니에서 차표를 꺼냈다.

마침내 자리를 잡고 앉으니 '아'라는 탄식이 절로 나왔다. 그러다가 몇 분 지나면 '얼마나 지나야 여기서 벗어날 수 있나?'란 생각이 따라오기 마련이다. 하지만 우선은 완전히 감사할 정도로 편안했다.

사람들이 좌석을 찾느라 고생했다. 승객들이 통로에 몰려서 불룩한 배낭을 메고 우왕좌왕 하면서 정신없는 소리로 서로 불러댔다.

"디나? 어디 가는 거야?"

"여기요, 엄마."

"앞쪽에 빈자리가 있습니다, 여러분!"

앞쪽 끝에서 차장이 소리쳤다.

기차가 움직이기 시작하자, 여전히 서 있던 사람들이 비틀대면서 뭔가 붙잡았다. 자리를 양보 받을 만한 노부인이 앞에 제법 오래 서 있자 데니는 기차표를 골똘히 들여다보았다. 그러다 다른 여자가 부르자 노부인이 걸음을 옮겼다.

연립주택들이 느릿느릿 음울하게 스쳐 지나갔다. 집 뒤쪽 창은 칙칙한 갈색 커튼이나 접이식 종이 블라인드가 내려지고, 뒷문 옆에는 바비큐 그릴과 쓰레기통이 뒤섞여 있었다. 또 마당에는 녹슨 버린 가재도구들이 나뒹굴었다. 열차 안은 점차 소란이 잦아들었다. 데니의 옆 승객은 창에 머리를 기대고 밖을 내다보았다. 데니는 최대한 옆 사람이 느끼지 못하게 주머니에서 전화기를 꺼냈다. 메모리 다이얼을 누르고 몸이 반으로 굽혀질 만큼 앞으로 숙였다. 누가 통화 내용을 듣는 게 싫었다.

녹음 음성이 흘러나왔다.

"안녕하세요. 앨리슨이에요. 외출 중이거나 전화를 받을 수 없지만 메시지를 남겨주시면 되겠죠!"

"전화받아, 앨리. 나야."

데니가 말했다.

잠시 조용하더니 딸각 소리가 났다.

"'나야'라고 말하면 내가 모든 일을 중단하고 달려올 것처럼 말하네."

그녀가 말했다.

여느 때라면 데니는 '안 그랬어?'라고 대꾸했을 터였다. 석 달 전이라면 그는 반문했겠지. 하지만 이제 그는 이렇게 말했다.

"저기, 남자는 언제나 희망을 가질 수 있지."

그녀가 아무 말도 하지 않았다.

마침내 데니가 물었다.

"뭐하는 중이야?"

"샌디를 맞을 준비를 하려는 참이야."

"샌디가 누군데?"

"샌디는 누가 아니라 뭐지, 이런 바보. 허리케인 샌디. 이제껏 어디 있었던 거야?"

"아."

"뉴스에 문간에 모래주머니를 쌓는 사람들이 나오는데, 대체 그런 건 어디서 팔지?"

"내가 알아서 할게. 벌써 기차에 탔어."

데니가 그녀에게 말했다.

다시 침묵이 흘렀고 그 동안 데니는 꼼짝하지 않았다. 하지만 결국 앨리가 내뱉은 말은 한 마디였다.

"데니."

"왜."

"난 그러라고 말하지 않았어, 아직은."

"당신이 말하지 않았다는 걸 알아. 하지만 거부할 수 없는 나의 등장이 마법을 부리면 좋겠어."

데니가 말했다. 너무 성급히 대답하는 바람에 앨리의 '아직은'이란 말이 묻혀버렸다.

"그게 옳을까."

그녀가 무덤덤하게 말했다.

데니는 눈을 감다시피 가늘게 뜨고 기다렸다.

앨리가 말했다.

"우린 이 일에 대해 벌써 이야기했어. 아무것도 변하지 않았지. 난 절대로 상황이 예전처럼 굴러가게 두지 않을 거야."

"나도 그건 알아."

"난 지쳤어. 기진맥진이라구. 난 서른하고도 세 살이야."

차장이 앞에 와서 서 있었다. 데니는 허리를 똑바로 펴고 기차표를 차장에게 쑥 내밀었다.

앨리가 말했다.

"난 의지할 수 있는 사람이 필요해. 사람들이 피트니스 센터를 바꾸는 것보다도 자주 직업을 바꾸지 않는 남자가 필요하다구. 아무 예고도 없이 길을 떠나거나, 종일 운동복 바지만 걸치고 마리화나를 피우며 빈둥대는 남자가 아니라! 무엇보다도 시무룩, 시무룩, 시무룩하지 않은 사람이 필요하다구! 그저 아무 이유 없이 시무룩! 시무룩!"

데니는 다시 몸을 숙였다.

그가 말했다.

"들어봐, 앨리. 당신은 늘 대체 뭐가 문제냐고 묻지만 나 역시 그게 궁금할 것 같지 않아? 난 평생 그 질문을 하면서 살았다구. 한밤중에 깨면 내게 묻지. '내가 무슨 문제가 있는 걸까? 어떻게 이렇게 망칠 수가 있지?' 가끔 내 처신이 어떤지 알면서 도저히 설명할 수가 없어."

저쪽이 너무나 조용해서 데니는 전화가 끊겼는지 궁금했다. 그가 물었다.

"앨리?"

"뭐."

"듣고 있어?"

"듣고 있어."

데니가 말했다.

"아버지는 자면서도 엄마가 없다는 게 기억난다고 말하셔."

"슬픈 일이네."

앨리가 잠시 후에 말했다.

"하지만 나 역시 그래. 나는 떠나 있어도 매 순간 당신이 없다는 게 기억나."

그가 들은 것은 침묵뿐이었다.

데니가 말했다.

"그래서 돌아가고 싶어. 이번에는 다르게 하고 싶어."

또 침묵.

"앨리?"

"저기, 우리가 하루하루 견뎌볼 수는 있을 것 같아."

그녀가 말했다.

데니는 숨을 내쉬었다. 그가 말했다.

"이렇게 한 걸 후회하지 않게 해줄게."

"솔직히 아마도 난 후회할 거야."

"안 그래, 내가 하늘에 맹세해."

"하지만 이건 시범적으로 해보는 거야, 알겠지? 시험해본 후에 결정한다는 조건으로 당신은 여기 오는 거라구."

"당연히! 이의 없어. 내가 잘못 하면 당장 쫓아내도 돼."

데니가 말했다.

"맙소사. 내가 왜 이렇게 만만한 상대가 됐는지 모르겠네."

앨리가 말했다.

데니가 물었다.

"내 물건들이 아직 차고에 있어?"

"마지막으로 봤을 때는 거기 있었어."

"그러면…… 짐을 다시 집으로 옮겨도 될까?"

그녀가 당장 대답하지 않자, 데니는 전화기를 더 꽉 잡았다.

데니가 말했다.

"꼭 그러겠다는 말은 아니고. 당신이 우선 다시 치고 위에서 살라고 해도 난 이해한다는 뜻이야."

앨리가 말했다.

"저기, 그렇게 할 필요까지 있을까 싶은데."

그는 전화기를 쥔 손의 힘을 풀었다.

* * *

데니의 바로 뒤에서 소녀 둘이 웃음을 멈추지 못했다. 계속 키득키득 웃고 재잘대고 깍깍 소리를 냈다. 저 또래 여자애들은 뭐가 그리 재미있을까? 다른 승객들은 책을 읽거나 음악을 듣거나, 컴퓨터 자판을 두드렸지만 두 소녀는 '어머, 어머, 어머'라고 말하면서 입을 쩍 벌렸다가 더 크게 까르르 웃었다.

데니는 옆 좌석의 소년을 힐끗 보았다. 함께 당황스러운 표정을 짓고 싶은 기대도 반쯤은 있었지만, 난감하게도 소년은 울고 있었다. 눈물을 흘리는 정도가 아니라 몸을 떨며 흐느꼈다. 고통스러워 입을 꾹 다물고 양손으로 무르팍을 필사적으로 움켜잡았다. 데니는 어떻게 할지 난감했다. 동정심을 표해야 하나? 모르는 체할까? 하지만 모르는 체하자니 냉담한 것 같았다. 누군가 이렇게 내놓고 슬픔을 보일 때는 도움을 청하는 게 아닐까? 주위를 둘러봤지만 다른 승객들은 상황을 전혀 모르는 듯했다. 그는 바로 앞의 의자 뒷면을 멍하니 보면서 시간이 지나가기 바랐다.

스템이 처음 집에 왔을 때와 비슷했다. 스템은 데니의 방에서 자면서 매일 밤 울면서 잠들었다. 데니는 몸이 굳은 채 조용히 누워서, 어둠을 올려다보면서 안 들으려고 애썼다.

혹은 데니 자신이 몇 년 후 기숙학교에 갔을 때와 비슷했다. 온종일 잠잘 시간만 기다렸다. 눈물이 베개를 적셔도 아무도 몰랐으니까. 그런데 그렇게 힘들어 할 이유가 없었다. 가족과 헤어져서 얼마나 다행스러웠는데! 가족들이 그가 떠나서 얼마나 안도했을 지는 신이 알 테고. 다행히 기숙사 아이들은 전혀 눈치 못 챘다.

이 마지막 생각을 하자 데니는 옆자리 소년에게 어떻게 해 줄지 깨달았다. 못 본 체하기로 했다. 소년 옆쪽의 빗물이 흐르는 차창을 내다보았다. 온전히 경치에만 집중했다. 이제 풍경은 탁 트인 시골로 바뀌었다. 기차는 초라한 연립주택 단지를, 몰려드는 검은 구름이 짙게 드리운 기차역을 뒤로 하고 달렸다. 역 주변의 황량한 도심의 거리들, 바람에 휘청대는 나무들이 늘어선 북쪽 지역의 좁은 길들을 뒤로 하고. 떠나온 보우턴 가의 집 현관에서는 얇은 치마를 입은 유령들이 너풀너풀 춤추었다. 이제 쳐다봐 줄 사람이 아무도 없건만.

옮기고 나서

내 외할머니는 음식 솜씨가 좋은 분이셨다. 어릴 적 아궁이 앞에서 할머니가 양갱이나 강정을 만드는 모습을 바라보던 기억이 선명하다. 잘 굳혀서 깔끔하게 잘라낸 양갱이나 강정은 색이 곱고 정갈하면서도 맛깔스러웠다. 그 솜씨를 물려받아서 엄마도 음식 솜씨가 좋다. 무남독녀로 9남매인 집안의 맏며느리가 되어, 매번 20여 명씩 모이는 제사며 손님상을 척척 차려내곤 했다. 팔십 세가 다 된 지금도 엄마는 텔레비전에서 본 새로운 레시피로 갈비찜을 만들어 상에 올리신다. 엄마는 음식솜씨뿐 아니라 사람을 좋아하셔서 나 어려서는 식사 때 손님이 없던 적이 없다시피 했고, 여럿이 먹고 웃고 떠들고 뭔가 손에 들려 보내는 것을 기쁨으로 여기는 분이셨다. 앤 타일러의 〈파란 실타래〉를 옮기면서, 세상 모든 외로운 이의 엄마 같은 애비를 보며 기시감을 느껐고 곧 어렵지 않게 내 엄마를 떠올렸다.

나는 작가 앤 타일러와 인연이 깊다. 오래전 그녀의 〈종이시계〉를 읽었고 번역 작가가 된 이후 긴 세월에 걸쳐 타일러의 소설 여러 편을 번역했다. 시간을 두고 작품을 만날 때마다 점점 타일러가 좋아졌고, 그 소설의 깊이를 알아갔다. 독자로 〈종이시계〉를 읽었을 때는 사실 좋은 문학 작품인 줄은 알았지만 무덤덤한 맛이 매력이라는 정도로 느꼈다. 하지만 나이 들어 아이를 키우고 어른의 삶을 살면서 번역자로 만난 타일러의 소설에서 삶의 무게와 더불어 사람들 속에서 관계 맺고 사는 것의 감칠맛을 느낄 수 있게 되었다. 50년간 20편의 소설을 쓰면서 세월과 함께 작가 자신이, 그녀의 문학이 성숙해져서 작품이 점점 더 좋게 다가오는 걸까. 아니면 그 작품들을 대하는 나 자신이 번역자로서, 인간으로서 조금씩 삶에 대해 더 알아가면서 제대로 볼 줄 알게 된 덕분일까. 그런데 이번에 앤 타일러의 20번째 작품 〈파란 실타래〉를 옮기면서 나는 소설을 통해 그녀와 친구가, 아니 어쩌면 딸이 된 듯한 깊고 뜨거운 감정을 경험했다. 너무 좋은 사람이나 일을 대할 때 늘 그렇듯, 이 소설에 대해 선뜻 말하기가 어렵고 한 마디로 어떻다고 말하기가 아까울 만큼 훌륭한 작품이다. 작품을 통해 등장인물이 내 엄마와 겹처지며, 그들의 삶이 마음에 오롯이 들어오는 드문 경험을 하게 해준다.

⟨파란 실타래⟩는 1920년대부터 2000년대에 이르는 세월 동안 미국 동부 도시 볼티모어를 배경으로 휘트섕크 집안 3대가 살아가는 풍경을 그린 소설이다. 주니어 부부, 그들의 아들인 레드와 애비 부부, 그들의 네 자녀가 각각 다른 시대에 다른 모습으로 만나서 결혼하고 가정을 일구고 살아가는 이야기가 펼쳐진다. 여기에는 서로간의 오해가 있고 미움과 사랑이 있지만, 노작가는 가족이란 실패에 감긴 실처럼 끊기지 않고 풀리면서 이야기를 수놓는 이들이라고 말해주는 것 같다. 이들 가족이 들려주는 저마다의 사정과 진심, 표면으로 드러나는 부부관계, 부모와 자녀의 관계, 형제자매의 관계 사이로 언뜻언뜻 비치는 그 무엇, 나에게 이 모든 것이 우리의 '삶'으로 읽힌다. 레드와 애비를 중심으로 아래위로 뻗어나가는 가계도에는 혈연에 의한 가족만 있는 게 아니다. 특히 세상의 어머니로 느껴지는 애비는 고아를 자식으로 받아들이고 슈퍼마켓이나 거리에서 만난 외로운 외국인을 식탁에 초대해서 타인들에게 '엄마'의 품을 나눠준다. 치매를 앓다가 죽은 후, 파란 실이 필요했을 때 바느질함에서 발견된 파란 실패를 통해 그녀가 사랑을, 배려를 남겨두고 떠났음을 알게 한다. 길게 뻗어나간 휘트섕크의 가계도처럼, 사람도 사람의 마음도 실패에 감긴 실처럼 멀리멀리 뻗어나간다. 앤 타일러가 우리에게 주는 '힘들지만 살아보라'는 위로와 격려, 그것이 내가 ⟨파란 실타래⟩에서 받는 기쁨이다.

이 소설은 내 어머니가 차려낸 밥상으로의 초대와 같다.

내 외할머니가 만든 양갱과 강정이 후식으로 곁들여지는 호사, 여러분과 함께 누리고 싶다.

공경희

옮긴이 공경희

서울에서 태어나 서울대학교 영어영문학과를 졸업했다. 성균관대학교 번역대학원 겸임교수를 역임했으며 서울여자대학교 영문과 대학원에서 강의했다.
시드니 셸던의 〈시간의 모래밭〉을 시작으로 〈호밀밭의 파수꾼〉〈모리와 함께 한 화요일〉〈매디슨 카운티의 다리〉〈파이 이야기〉〈우리는 사랑일까〉〈우연한 여행자〉〈행복한 사람 타샤〉〈좀비-어느 살인자의 이야기〉〈봄에 나는 없었다〉 등을 옮겼다.

초판　1쇄 발행 _ 2015년 11월 16일

지은이　| 앤 타일러
옮긴이　| 공경희
펴낸이　| 김성한
펴낸곳　| 인빅투스
등록　　| 2014년 2월 28일(제2014-123호)
주소　　| 서울시 강남구 언주로 165길 7-10(신사동 624-19) 우)06023
내용문의| 02-3446-6206
구입문의| 02-3446-6208
팩스　　| 02-3446-6209

ISBN 979-11-86682-10-4　03840

* 값은 뒤표지에 있습니다. 잘못 만든 책은 교환해드립니다.
* 이 책은 ㈜인빅투스미디어가 저작권자와의 계약에 따라 출판한 것이므로 본사의 서면 허락 없이는 어떤 형태로도 이 책의 내용을 사용하지 못합니다.

A SPOOL OF BLUE THREAD
이 책에 쏟아진 찬사

"〈파란 실타래〉는 앤 타일러의 최고의 작품들에서 강력한 영향을 일으키는 모든 요소들을 갖고 있다. 수수께끼 같은 앨리스 먼로와 유사하다. 혹은 조너선 프랜즌에게 직접적인 영향을 주었다."

_찰스 핀치, USA 투데이

"훌륭하다. 성실하고 세심한 독자들을 위한 멋진 보답. 퓰리처상 수상작인 〈종이시계〉만큼 뛰어난 이 소설은 타일러가 수십 년간 발표한 작품들 중 단연 최고다. 가벼운 코미디와 완벽한 대사가 빛나는 최고 수준의 절제된 다양한 이야기."

_자넷 커리 '더 인디펜던트'

"톨스토이만 행복한 가족들이 똑같이 행복한 게 아니라는 점을 간파한 작가가 아니다. 우리 시대에는 앤 타일러가 이런 부분을 톨스토이가 보여준 것보다 더 관대한 마음과 유머로 읽어낸다. 이 작가는 50년간 글을 썼고 계속 이 분야의 정상을 지키고 있다. 페이지마다 실제로 번뜩이는 너무도 빛나는 문장으로 그녀는 소설 집필을 힘들이지 않는 일처럼 보이게 만든다."

_바버라 리스 '휴스턴 크로니클'

"겉보기에 힘들이지 않고 느긋한 속도로 타일러는 복잡한 여러 세대의 가족들을 소개하며, 정보들을 상당히 짧게 압축하는 솜씨를 발휘하며 플롯을 전개한다. 비평가들은 앤 타일러의 작품들을 달콤하거나 감상적이라고 평해왔다. 그녀는 더 심오한 것에 강력하게 직면해서 매력을 발산한다는 주장도 있다. 하지만 사실 그녀의 소설들에서는 온갖 종류의 중요하고 비극적인 사건들이 일어난다. 앤 타일러의 작품들은 그녀가 - 길고 빛나는 작가 생활 동안 - 한 채 한 채, 한 거리 한 거리, 한 마디 한 마디 지어온 볼티모어 동네의 주택들에서 시간을 보내라는 초대장들이다."

_프랜시스 프로즈, '뉴욕 리뷰 오브 북스'

"작가는 이 소설에서 실수하고 일관성 없고 어울리지 않는 이들에게 - 레드의 말처럼 '다른 누구와도 비슷한' 사람들에게 - 뜨거운 애정을 보인다.

_샘 색스, '월 스트리트 저널'

"〈파란 실타래〉는 최고의 앤 타일러 작품이다. 20권의 소설을 쓰면서 앤 타일러의 글솜씨는 확고하고 교묘해서 그녀의 작품들은 허구가 아니라 실제 세상에서 일어난 일 같았다. 타일러는 볼티모어 중산층의 일대기, 소탈한 행위로 어떤 사상을 말하는 소설보다 신랄하게 인간 상황을 조명할 수 있음을 거듭 증명해 왔다. 그녀의 건조한 유머는 눈썰미 있지만 연민 어린 인물들의 약점에 대한 관찰에 뿌리를 둔다. 휘트섕크 일가는 그런 직접성과 본질적인 성격을 가진 사람들이어서 우리의 이웃 같다."

_웬디 스미스 '로스앤젤레스 타임스'